Quando a luz apaga

Gustavo Ávila

Quando a luz apaga

1ª edição
Rio de Janeiro-RJ / Campinas-SP, 2019

VERUS
EDITORA

Editora executiva
Raïssa Castro

Coordenadora editorial
Ana Paula Gomes

Copidesque
Lígia Alves

Revisão
Cleide Salme
Maria Lúcia A. Mayer

Capa
João Cavalcante

Fotografia
Jair Sena

Projeto gráfico
André S. Tavares da Silva

Diagramação
Juliana Brandt

ISBN: 978-85-7686-789-0

Copyright © Verus Editora, 2019

Direitos mundiais em língua portuguesa reservados por Verus Editora. Nenhuma parte desta obra pode ser reproduzida ou transmitida por qualquer forma e/ou quaisquer meios (eletrônico ou mecânico, incluindo fotocópia e gravação) ou arquivada em qualquer sistema ou banco de dados sem permissão escrita da editora.

Verus Editora Ltda.
Rua Benedicto Aristides Ribeiro, 41, Jd. Santa Genebra II, Campinas/SP, 13084-753
Fone/Fax: (19) 3249-0001 | www.veruseditora.com.br

CIP-BRASIL. CATALOGAÇÃO NA FONTE
SINDICATO NACIONAL DOS EDITORES DE LIVROS, RJ

A972q

Ávila, Gustavo, 1983-
   Quando a luz apaga / Gustavo Ávila. - 1 ed. - Campinas [SP] : Verus, 2019.
   ; 23 cm.

   ISBN 978-85-7686-789-0

   1. Ficção brasileira. I. Título.

19-57888
CDD: 869.3
CDU: 82-3(81)

Vanessa Mafra Xavier Salgado – Bibliotecária – CRB-7/6644

Revisado conforme o novo acordo ortográfico.

Seja um leitor preferencial Record.
Cadastre-se no site www.record.com.br e receba informações sobre nossos lançamentos e nossas promoções.

Atendimento e venda direta ao leitor:
sac@record.com.br

Eu é um outro.

— Arthur Rimbaud

1

A ponta dos dedos untada com uma substância oleosa reluzia sob a iluminação que se projetava a sua frente, vinda de um abajur e também das duas lâmpadas laterais presas ao grande espelho que mostrava seu reflexo. As lâmpadas suspensas incidiam precisamente sobre a cadeira onde se sentava. Na base do grande espelho havia um tampo de madeira no qual, além do abajur, repousava um segundo espelho, próprio para maquiagem, que aumentava em várias vezes a imagem refletida e dava uma visão mais detalhada da pele.

Nesse exato momento, os dedos brilhantes manuseavam uma massa moldável, de cor arenosa, mas bastante lisa. A massa tinha sido modelada com precisão e delicadeza sobre o próprio rosto e, pouco a pouco, ganhava a forma desejada. Olhava-se no espelho enquanto deslizava o polegar com cuidado, achatando, levantando, contornando como um artesão. O nariz refletia enorme, massudo. Os traços finos herdados da mãe desapareciam por baixo da massa postiça que desenhava um nariz núbio, longo e largo.

Não havia pressa em seus gestos, firmes, contidos e treinados. Os olhos concentrados acompanhavam a operação ritualística. Havia ali um processo a ser respeitado. Uma dinâmica trabalhosa, etapas que exigiam paciência e cuidado. Transformar-se em outra pessoa era uma tarefa complexa, um labirinto de detalhes.

Como um cerimonialista dedicado a seguir os protocolos, as etapas iam se cumprindo uma por vez, respeitando o tempo exigido. A disciplina de se preparar com antecedência permitia o cuidado que o trabalho cobrava. Sabia da importância de tudo estar impecável. A maquiagem tinha um papel de destaque — e a importância, na verdade, estava em não chamar atenção. Em ser mais um, porém nenhum. A pessoa com quem cruzamos na rua e cujo propósito, ou motivo para existir, nós desconhecemos. Seu desejo era ser mais um com quem ninguém se importava.

Olhou-se no espelho. Girou o rosto para a esquerda, depois para a direita, analisando seu formato. As luzes laterais brincavam de desenhar sombras vivas na pele durante os movimentos, como um teste de Rorschach dançando na sua face, crescendo, diminuindo e se alongando, vivo. Levantou a cabeça, apontando o novo nariz para cima. A massa não deixava nenhuma ondulação que pudesse denunciar o implante temporário. Pegou a embalagem de látex líquido a sua frente e, com um cotonete que mergulhou no frasco, foi espalhando o líquido branco na camada postiça, impermeabilizando o revestimento, que deveria sobreviver ileso, como sempre, por uma noite inteira. Uma noite. Quanta coisa acontece em uma noite. Quanta coisa acontece que muda tudo para muitos, e não muda nada para o todo. O todo sempre se repetindo, em ciclos que todos nós conhecemos e que vamos apenas rebatizando.

Igual ao nariz rebatizado que era necessário nessa noite. Tempo necessário para fazer o que vinha fazendo, sem levantar suspeitas, por vários meses. Com um secador de cabelo, agilizou o processo. À medida que secava, o látex branco ia ficando transparente, até se transformar em uma película incolor que cobria a massa cor de pele.

Olhou para a bancada. Além do abajur, outros diversos produtos estavam a sua disposição. Pegou um frasco de verniz que já havia utilizado no nariz, antes de fixar a massa, e com um pequeno pincel foi espalhando a substância pegajosa na sobrancelha, fazendo os pelos começarem a grudar uns nos outros. Depois de alguns minutos esperando a substância secar, utilizou uma espátula para alisar essa área, eliminando as ondulações e alisando-a totalmente. Aplicou por cima uma fina camada da massa moldável e achatou sobre a pele para esconder a sobrancelha natural. Com um pincel, aplicou pó translúcido para selar o material. Em seguida, para disfarçar os traços dos produtos, usou um corretivo no tom de sua pele, esfumando com um pincel até dissolver as marcas.

As sobrancelhas definem os traços de um rosto, por isso a preocupação em substituí-las pelas postiças. Além de ajudar a esconder sua verdadeira identidade, esse recurso possibilitava desenhar um rosto mais apropriado para a função. Um rosto amigável, sereno, com traços menos arrebitados.

Já havia fixado as novas sobrancelhas — grossas, pouco arqueadas e sem muito desenho, e agora aplicava no rosto uma camada fina do verniz, que espalhou sobre a bochecha, o queixo e ao redor da boca, contornando com destreza acima do lábio superior. Delicadamente, foi montando a barba rala e levemente grisalha. Não a ponto de parecer um idoso, mas na medida certa para aparentar alguém que já passou por algumas coisas na vida e tem tempo suficiente para guardar arrependimentos sinceros.

Passou as mãos na face, de cima para baixo, sentindo os pelos roçarem a pele enquanto alisava a barba postiça feita de fios naturais. A mentira feita com a verdade.

Atrás de suas costas havia uma estante com portas de vidro, por onde era possível ver cinco prateleiras que se estendiam de ponta a ponta pelos dois metros e meio da parede. E, sobre elas, cabeças. Cabeças assustadoramente enfileiradas dividiam espaço sobre as tábuas. Cabeças de manequins. Suportes para uma grande variedade de perucas feitas com fios naturais de cabelos. Cortes masculinos de diferentes estilos. Fios lisos, encaracolados, crespos, loiros, castanhos, grisalhos, totalmente brancos. A parede de um circo de horrores. A luz que chegava àquele ponto brincava com o vidro que as protegia. Ao seu redor, poucos móveis preenchiam o cômodo, que parecia estar no término ou no início de uma mudança. Era como se o silêncio ecoasse pela casa. E quando o silêncio pode ser ouvido a dor parece tão profunda. Naquele templo onde um virava outro, o que estava dentro vinha para fora, abrindo caminho sob as camadas do invólucro que aprisionava a fera, a coisa ruim.

Uma das cabeças havia sido retirada do armário, deixando um espaço vago entre o corte castanho penteado para trás e o crespo levemente salpicado de fios brancos. Com as duas mãos, a pessoa sentada em frente ao espelho ajeitava uma redinha em sua própria cabeça, escondendo seu cabelo sob ela e o prendendo com grampos para que ficasse bem firme. Retirou a peruca do suporte e cobriu seu próprio crânio, deslizando da frente para trás e ajeitando o disfarce delicadamente. Com mais grampos, prendeu-a à redinha que já vestia e a pressionou com os dedos, certificando-se de sua firmeza. Os fios eram castanhos e, assim como a barba postiça, levemente grisalho.

Levantou e se olhou no espelho de corpo inteiro que havia ao lado. Do pescoço para cima era outro alguém. De uma das duas gavetas da bancada, retirou uma câmera polaroide. Recostou-se a uma parede e fotografou seu rosto. Depois que a máquina cuspiu a fotografia, o papel branco, imaculado e brilhoso começou a se acinzentar, ganhando tons como se a tinta escura brotasse de seu interior. Em poucos segundos seu novo rosto estava estampado no retrato. Guardou a câmera e da outra gaveta retirou uma das três pastas que estavam ali. Folheou até uma ficha específica, onde prendeu a fotografia com um clipe e, com uma caneta, fez anotações no papel. Guardou a pasta na gaveta. O que era tirado do lugar era recolocado assim que usado. Era nítida na sua organização a importância que dava em ter tudo sempre no lugar. Cada objeto, ferramenta, documento, tudo ficava sempre no local onde deveria estar. Tudo era limpo depois do uso e preparado para a próxima vez em que sua utilização fosse necessária.

Olhou-se no espelho novamente. Qualquer conhecido teria dificuldade para reconhecer a pessoa por trás de elementos tão naturais e dispostos com tamanha precisão. Com exceção dos olhos — é impossível disfarçar o olhar. Mesmo adornados por sobrancelhas postiças, mesmo utilizando lentes de contato de outra cor, não importava o que fizesse, eles continuavam os mesmos. Havia neles um brilho opaco, como um espelho borrado pelo vapor. Só assim, examinando bem, quem realmente se desse ao cuidado de ver aquela pessoa saberia dizer quem era. Talvez porque o mal não possa ser disfarçado completamente. Ele sempre está lá, gritando no fundo do poço, tentando escalar as paredes do vazio. Arranhando. Arranhando. E arranhando.

●

Os pés batiam no chão com violência, como se não gostassem de tocar aquele solo. Aquele lugar, aquele concreto. Não eram movimentos controlados. Era uma corrida torta, movida pela adrenalina. Não havia lugar para onde ir. Há muito tempo não havia lugar para onde ir. Era preciso apenas correr. Puxar o ar para dentro, oxigenar o cérebro, que não precisava pensar em nada mais complicado que aquilo: correr. Manter o corpo em movimento para seguir em frente, não apenas no sentido de direção, mas também de futuro. O cérebro só tinha que garantir isto: a força de vontade para continuar, não deixar o corpo desistir. Manter distância. Como um animal selvagem correndo de outro mais feroz. Apenas continuar correndo na esperança de que o outro se canse primeiro. Como uma guerra. Não há vencedores em uma guerra; o país que vence é aquele que perde menos. Todos os lados perdem. A diferença é que um assume a derrota primeiro.

Havia chovido aquela noite, e as calçadas estavam minadas de poças d'água, uma mais ardilosa que a outra. O cérebro, aquele que só precisava manter o foco, ia automaticamente fazendo escolhas entre não se importar com a próxima poça à frente e desviar diante da possibilidade de ela esconder um buraco maior que uma pequena depressão no terreno. E foi em uma dessas escolhas erradas que Cássio escorregou. Não se pode culpar seu senso crítico. A poça não parecia tão funda, olhando na velocidade em que estava correndo, tendo outras coisas em mente. Mas tinha que ser justamente a perna esquerda, a mais forte. Ela deslizou de lado, quase levando o corpo todo de encontro ao solo. A mão que evitou a queda completa foi espalmada em um encontro doloroso com o muro chapiscado, cujas pontas de concreto esfolaram a pele já tão castigada. O que ele mais sentiu, contudo, foi o joelho esquerdo, que estalou com o movimento lateral forçado. Dor que foi logo deixada para ser uma preocupação futura. Havia uma prioridade ali. Continuar correndo. *Corra*, ordenava o cérebro. *Corra, inferno, corra.*

Olhou para trás, de onde vinham sons de passos tão apressados quanto os seus. O barulho desses pés vinha acompanhado de uma algazarra risonha e zombeteira.

— Ali! — gritou um.

Não havia tempo para sentir dor.

Corra, inferno, corra.

Não demorou para se pôr de pé novamente e continuar sua busca por segurança. Tinha sido abordado quando estava a caminho do viaduto onde costumava dormir. Muitos moradores de rua dormem lá, contando com a ampla área coberta para se abrigarem da chuva e de parte do frio — a parte que vinha de cima, porque muito dele vinha de lado, correndo feito um rio por debaixo da ponte. Se não tivesse parado para pedir um lanche no carrinho de cachorro-quente perto da casa noturna, talvez não estivesse na situação em que se encontrava agora. Se tivesse ignorado a fome e ido dormir de barriga vazia, talvez — talvez — seu caminho não se cruzasse com o daqueles caras. Teria passado por ali vinte e poucos minutos antes deles, seu olhar não teria fitado o deles, e o fato de ser pobre, negro e morador de rua não teria lembrado a vontade que aqueles caras tinham de espancar outro cara, só que pobre, preto e mendigo. Talvez já estivesse debaixo do viaduto. Não que fosse o local mais seguro do mundo, longe disso, no entanto ali era mais fácil se defender de valentões bêbados querendo se divertir surrando moradores de rua. Isso quando eles não passavam de carro jogando coisas como garrafas de vidro. Até um miniextintor de incêndio tinha sido arremessado uma vez. Nessa ocasião, o cilindro pesado de metal atingira uma mulher que não viu o objeto vindo em sua direção porque tinha o cobertor sobre o rosto para se proteger do rio de frio, que corria forte aquela noite.

Ela morreu ali mesmo.

O corpo ficou lá por dois dias. Ninguém foi preso.

O fato é que, se você fosse esperto o suficiente, conseguia se defender. E quando havia várias pessoas embaixo do viaduto era mais fácil espantar a covardia disfarçada de coragem que muitas pessoas ostentam quando estão em vantagem.

Mas agora ele estava ali. *Corra, inferno, corra.* Por causa de meio lanche que ganhara de uma garota no carrinho de cachorro-quente. Seu corpo já dava sinais de esgotamento. Era um morador de rua, não um atleta com hábitos saudáveis. A noite era fria, e mesmo assim o suor grosso descia pela face. Sentia a veia do pescoço latejar. Pontadas no estômago começavam a castigá-lo. As pernas trôpegas se esforçavam, tentando não se embaraçar com a rigidez dos músculos. O joelho esquerdo tentava a toda hora lembrá-lo do escorregão.

Havia pessoas na rua.

Poucas, por causa do horário.

Não passou pela cabeça de Cássio pedir ajuda. Cruzou com um grupo e as pessoas reagiram assustadas, abrindo caminho. Os quatro rapazes passaram pelo mesmo grupo menos de um minuto depois.

Eram quatro homens. Sempre homens. Homens insaciáveis. Em toda época do mundo existem os homens. Os homens de deus, os homens do outro deus, os homens da lei, os homens de família, os homens de bem que já são criados como homens mesmo ainda meninos, criados por homens, por mulheres que têm seus homens.

Fugindo do estereótipo de valentão briguento, apenas um exibia o corpo de quem se preocupa com a rotina na academia. Dois eram magros e outro estava um pouco acima do peso. Esse, aliás, parecia prestes a desistir da investida. Talvez seu cérebro também repetisse a frase "Corra, inferno, corra". O mais magro encabeçava a perseguição, seguido pelo marombado de camisa polo. Todos usavam camisa polo, aliás, mas só o mais forte estava sem nenhuma blusa por cima.

Cássio estava exausto. Não aguentaria por muito tempo mais. Começou a olhar para todos os lados, ainda em movimento, tentando achar uma alternativa. A rua era rodeada de comércios, todos fechados àquela hora, e prédios residenciais trancados em si mesmos. Não se via um muro para pular. Talvez nem conseguisse, no atual estado.

Deus.

Os pulmões se esforçavam. As coxas já estavam duras e formigando. A língua seca se comprimia dentro da boca, sentindo o ar passar agoniado, áspero, arranhando a traqueia, que rosnava e bufava. Foi quando enxergou no horizonte a luz amarelada de um posto de gasolina. E foi justamente quando os olhos encontraram uma possível esperança que seu pé esquerdo, já meio arrastado, topou em um desnível da calçada. Dessa vez foi impossível evitar a queda. A parte lateral da face encontrou o chão com dureza.

Tuc.

Um baque forte e maciço, como dois punhos fechados se chocando. Primeiro uma quicada, depois o corpo todo se arrastando no concreto molhado.

Por um instante, se perguntou se já estava morto. Fagulhas de luz e um borrão que parecia névoa chamuscavam sua visão, e não havia dor, apenas uma sensação de existência sem o sentido do tato, como se seu corpo fosse feito de cortiça, uma rolha velha de vinho, flutuando dentro da garrafa, em um resto tinto de bebida. Sim, já devia estar morto. Não importava se tivesse batido a cabeça com força suficiente para matá-lo instantaneamente, ou se tivesse ficado na rua, com o crânio aberto, sangrando por algumas horas até a morte, ou se tivesse sido socorrido e levado para um hospital público onde seria mantido vivo por um tempo, ou até em coma por semanas: agora que já poderia estar morto, a morte instantânea ou a demorada não teriam diferença, porque o tempo rápido ou longo já seria passado. Aquele borrão na vista. Será assim a morte, como nascer de novo e ter os olhos sensíveis ao tipo de luminosidade e cores e intensidade desse novo lado? Será a vida como um feto úmido e escuro? A gente fica encolhido, só esperando sem saber que estamos esperando, pensando que estamos vivendo? E foi como um coice que a única vida que ele conhecia o trouxe de volta para o mundo úmido e escuro. Ele não estava morto. Apenas divagando, como se o corpo tivesse aproveitado a queda para relaxar de vez. *Foda-se, inferno, foda-se.*

Lá do chão, o homem que se aproximava parecia um gigante. Cássio pensou em colocar a mão na frente quando viu a bota vindo pela segunda vez na direção do rosto, mas a vontade de reagir, essa sim estava morta. Com o segundo golpe, sua visão caiu de vez na escuridão, mas ele ainda permanecia acordado. Como se apenas os olhos tivessem sido arrancados com o chute. Mas os olhos ainda estavam lá. E ele também. Tudo estava escuro, mas isso não o impedia de sentir. Mesmo no seu corpo de cortiça ele sentia. Mais chutes. Sentia a ponta das botas na barriga, no lado da coxa. Puxou de sei lá onde um resquício de força para se encolher, os braços sobre a cabeça tentando proteger o rosto, tentando fechar-se em si mesmo, um molusco sem concha. Um chute pegou bem debaixo do ombro, na área da axila, fazendo o membro se deslocar. Por uma fresta na escuridão raiou um pedaço do posto de gasolina brilhante, onde pessoas circulavam e carros eram abastecidos. Gente trôpega soltava risada no ar como se fosse fumaça. Quando os sentidos chegaram ao extremo, o corpo resolveu poupá-lo da dor e ele finalmente desmaiou. *Chega, inferno, chega.*

O primeiro sinal de que Cássio ainda estava vivo veio na forma de um grunhido abafado que saiu escavando a garganta áspera até encontrar a saída pelos lábios úmidos de sangue. A respiração era lenta, como se doesse viver. Abriu os olhos surpreso, mas ficou deitado, imóvel, a cabeça virada de lado, uma das faces no chão duro e molhado. Encarava o grande vaso de concreto cru, cheio de adornos em sua superfície. Talvez fosse a primeira pessoa da cidade a reparar em seus detalhes. A prefeitura havia colocado centenas deles pelas ruas. A boca do vaso deveria ter quase oitenta centímetros e seu corpo era redondo, com a superfície veiada por sulcos que desenhavam uma flor. O vaso para flor tinha uma flor desenhada nele. Parecia estúpido, mas era bonito. Pelo menos daquele ângulo. Talvez fosse esse o motivo de as pessoas deixarem de perceber os detalhes ao redor: se acostumaram a olhar tudo de cima, do topo de sua imaginária montanha mágica.

Cássio pensou em dormir ali mesmo. Precisaria apenas rolar um pouco para o lado, chegar um pouquinho mais para o canto, assim não atrapalharia o fluxo de pedestres durante o dia que iria se erguer em algumas horas. Apenas rolar para o lado, se encostar no vaso em que ninguém reparava. Juntar-se a outro esquecido. Fechou os olhos, mas não para dormir. Dor. Doía por dentro. Rolou devagar o corpo e esticou as costas no chão. Agora olhava para cima, para o céu escuro, carregado de nuvens pesadas.

Vai chover mais.

Mexeu as pernas devagar. Estavam doloridas, mas pelo menos estavam inteiras. Virou-se e voltou novamente a face para o chão quando sentiu algo engasgando na garganta. A coisa rolou dentro da boca, dura, pontuda. Sentiu seus detalhes com a língua e só depois colocou para fora com um cuspe: um dente. Cuspiu o dente com uma boa porção de sangue. Olhou-o no chão: um molar amarelado. Uma fisgada no ombro esquerdo puxou sua atenção pelo cabelo. Uma surra bem dada é assim, a dor continua batendo depois. Socos e pontapés fantasmas.

Custou a ficar em pé, se apoiando no vaso de flor com uma flor no vaso. A sua frente, a menos de um quilômetro, estava o posto de gasolina, onde algumas pessoas ainda perambulavam. Foi uma caminhada arrastada, com a dor controlando a velocidade. A dor faz isso, parece que nunca quer deixar você seguir em frente. Andava, andava e o posto não chegava nunca, como uma miragem. Coisa da cabeça chacoalhada, talvez. Mas aos poucos a distância foi sendo vencida.

Do posto, quem o via chegando pensava que era um andarilho bêbado. A iluminação da rua não deixava ver detalhes. Até que debaixo da cobertura, sob a luz forte e amarela, se descortinou um homem sujo, com rosto, corpo e roupas surrados. O queixo estava avermelhado de sangue, com um rastro úmido que descia pelo pescoço e se perdia na curva da nuca. A mão direita segurava o ombro esquerdo, como se o braço fosse cair caso ele o soltasse.

Um automóvel estava parado na bomba de gasolina, com o motorista do lado de fora do veículo, conversando com o frentista. Dentro estavam uma garota no banco do carona e outra no assento de trás. Elas não o viram chegar. Apenas escutaram a frase, numa voz rouca e titubeante.

— Me bateram.

Quando a garota da frente se virou, instintivamente arqueou o corpo para trás, forçando o banco com as costas, e soltou o grito.

— Meu Deus!

— Por favor, me ajuda.

— Eu não tenho dinheiro. Júlio!

— Não é dinheiro...

— Ô, ô, ô, cara. Sai fora, sai fora. — O tal Júlio apareceu, com ar agressivo.

— Me bateram.

— Isso não é problema meu, cara. Amigo, ajuda aqui, por favor? — o rapaz chamou o frentista, que veio interceder pelo cliente.

— Ali na rua, ali na frente. Acabaram de me bater. Quatro caras.

— Camarada, eu não posso fazer nada. Por favor. — O frentista estendeu o braço, apontando para fora do posto.

Cássio olhou diretamente em seus olhos. Por um breve intervalo de tempo ambos se encararam. Cássio pedia em silêncio. Como se repetisse na cabeça a frase "me bateram", a mão direita segurando o ombro esquerdo.

— Moço?

— Moço?

Cássio virou o rosto em direção ao automóvel que ainda estava parado na bomba. A garota do banco de trás estava com o vidro abaixado. Tinha o cabelo castanho e liso, os olhos grandes se destacavam no rosto fino. Seu braço estava estendido para fora da janela e segurava uma nota de cinco.

Segurando o ombro com a mão direita, Cássio olhou para a nota, depois para a garota de olhos grandes. Parecia que ia chorar, mas nenhuma lágrima desceu.

— Por favor, pega.

O frentista apanhou a nota da mão da menina e colocou dentro do bolso de Cássio.

— Vamos lá, camarada. Agora você já pode ir. Vamos.

O automóvel partiu e Cássio viu que a garota virou para trás para olhá-lo. O olhar do frentista também o acompanhou enquanto ele saía do posto. Parece que no fundo todos querem ajudar o mundo, mas por algum motivo ninguém faz nada.

●

A minivan preta veio deslizando pelas ruas, serpenteando a cidade de forma silenciosa. Naquela hora, durante a noite, as luzes das fachadas refletiam nas janelas, tocando os vidros como dedos que passam por uma cortina de miçangas.

Se durante o dia seria quase impossível notar a maquiagem e até o nariz postiço, àquela hora, sob a penumbra da noite aquecida pelas luzes amarelas dos postes, seu rosto passaria como o de qualquer pessoa solta nas ruas, buscando as possibilidades noturnas. De dentro do automóvel, os olhos percorriam as calçadas.

Cortou por uma rua estreita margeada por sacos de lixo à espera da coleta da manhã. Notou que alguns deles estavam abertos. A via curta desembocava em uma avenida larga que durante o dia tinha o asfalto quente pelo intenso movimento de veículos. O trajeto estava traçado em sua cabeça. Em menos de quinze minutos o ocupante do veículo chegaria próximo à praça do centro, ao lado da catedral. Uma das áreas de maior fluxo de pessoas durante o dia, endereço de uma legião de moradores de rua.

Antes de chegar ao seu destino, porém, ele avistara o homem em trapos entrando no posto de gasolina. Ficou parado assistindo à cena de longe, o cinema mudo de Cássio. Estava estacionado sob uma árvore. Agora, os olhos do motorista fitavam o andarilho seguindo seu rumo, expulso do posto com uma nota de cinco no bolso. O homem aproveitava o declive da avenida, deixando a gravidade ajudar no movimento do corpo. Os faróis do carro se acenderam. Em silêncio, o carro foi se aproximando do morador de rua.

— Está tudo bem com você? — a voz saiu de dentro do veículo.

Cássio se assustou e se pôs a correr.

— Ei!

O rapaz corria mancando. As duas pernas doíam. O braço direito segurando o ombro esquerdo.

Corra, inferno, corra.

De novo, inferno, de novo.

Parou de correr e se recostou na parede, acuado, como se tentasse atravessar o concreto. O motorista saiu do veículo, sem pressa. Os faróis apagados, mas o motor ligado. Caminhou até Cássio.

— Eu não vou te machucar.

Cássio não respondeu. Não olhou para o homem. Sua testa pressionava a parede.

— Ei, eu não vou te machucar.

— Já me machucaram.

— Não vou te machucar mais.

— Não fiz nada, não roubei ninguém, só tava na rua.

— Seu ombro.

— Eu só queria comer.

— Onde você mora?

— Não moro em lugar nenhum.

— Em algum lugar você tem que ficar.

— Eu fico em um canto.

— Onde você fica? Eu te dou uma carona.

Cássio o encarou. Depois olhou para o carro com as lanternas apagadas. Virou o rosto para a rua praticamente deserta.

— Se eu quisesse te fazer algum mal, eu faria aqui. Ninguém iria ver. E, se vissem, provavelmente não faria diferença.

— É, não faria mesmo.

Olhou para o carro novamente. A minivan preta. Os faróis apagados. Baixou a cabeça e se olhou, mantendo-se em um breve momento de silêncio.

— Vou sujar o carro.

— Depois eu lavo.

Sentiu a fisgada puxando o ombro. Pareceu mais forte.

— O que você quer?

— Nada.

— Eu não sou veado.

— Eu também não.

— Eu não quero apanhar mais. Por favor.

O motorista caminhou em direção ao carro e abriu a porta do carona. Cássio ainda permaneceu alguns instantes observando o veículo. Os faróis apagados. Até que resolveu aceitar a ajuda. Sentou com dificuldade. O corpo todo estalava, os músculos repuxavam.

— Onde você fica?

— Sabe a catedral?

— Sei.

— É por lá que eu fico.

O veículo aproveitou o vazio da rua e fez o retorno ali mesmo. Passaram novamente em frente ao posto de gasolina.

— Por que você tá me ajudando?

— Porque eu quero.

Cássio deixou escapar um sorriso solto e descrente. Sorriso que logo desapareceu ao ser recordado da dor. Como se ela puxasse todos os músculos para baixo, inclusive os da face.

— Você é da igreja?

— Não.

— Uma dessas ONGs?

— Não.

— Simplesmente perdeu o sono e saiu por aí pra ajudar os outros.

— Talvez.

— Não quer saber o que aconteceu?

— Se quiser contar.

Ficaram em silêncio por um tempo. Um silêncio confortável, que só não era total por causa dos gemidos de dor do homem espancado.

— Quatro caras. Quatro. Do nada. "Ei, você aí!" Só pelo jeito que me chamaram eu sabia. Eu sabia. "Ei, você aí!"

— Não foi a primeira vez, então?

— Eu não provoquei ninguém. Não fiz nada.

— Eu não disse isso.

— Mas é o que todo mundo pensa: "O vagabundo levou uma surra. Deve ter roubado alguma coisa. Bem-feito pra ele, quem sabe assim aprende e vai trabalhar". É sempre a mesma história. Não sei que graça tem sair por aí dando porrada em neguinho sem mais nem menos. Ainda mais nego da rua. A gente já tá todo fodido. Caralho, eles foderam meu ombro.

— Por que você não revidou?

— Eu estou revidando. A vida quer me fazer desistir e mais uma vez eu disse "não".

— Você é um daqueles moradores de rua intelectuais?

— Deixa de besteira, cara. Que intelectual. Quando... ah, merda... quando vocês veem um morador de rua falando de um jeito racional, sempre pensam: "Pô, mas até que ele fala bem". Caralho, morador de rua tem que ser burro, é? Claro que tem um monte que é, mas... nem todos são. Nem todos. Não é porque a gente mora na rua que não pensa. Que não sente, que não quebra. É foda essa vida, cara. É foda essa gente. Ninguém tá nem aí. A gente não pode vacilar. Isso aí que você falou, revidar — ele fez uma cara de desdém —, isso aí não resolve nada. Não tem jeito. A gente tem é que desviar.

Cássio tossiu. Colocou a mão na boca e tossiu mais. Havia sangue em sua mão, mas não era possível saber se vinha da tosse ou do corte na boca.

— Depois da catedral tem um hospital público. Vou te levar pra lá.

— Não quero hospital.

— Ninguém quer, mas vai quando tem que ir.

— Você fez alguma merda grande, cara?

— O que você quer dizer com isso?

— Fez alguma merda e tá tentando compensar.

— É isso que você acha das pessoas que ajudam?

— Não, nem todas. — Ele buscou uma posição mais confortável no banco. — Tem pessoas boas por aí. As pessoas são boas, na verdade. A maioria delas. O problema é que são preguiçosas. É por isso que muitas nem param pra falar com a gente quando a gente chama.

— Como assim?

— Não param, cara. Quantas vezes você parou pra escutar alguém da rua?

— Nenhuma.

— Viu? E sabe por que elas não gostam de falar com a gente? Porque não querem conhecer a gente.

O motorista fez uma careta de estranheza.

— É por isso, cara. Isso que a gente está fazendo agora, saca? Quer dizer, quase isso. Isso não acontece na rua. As pessoas não querem conhecer quem está na rua. É um risco muito grande. Não querem correr o risco de gostar da gente. De se importar com a gente. Porque, se a pessoa gostar do morador de rua, ficar de alguma maneira... próxima dele, essa pessoa vai precisar fazer alguma coisa. Você não pode deixar alguém que você conhece na rua, né? Imagina, você está andando e vê um amigo de infância na calçada, o cara virou mendigo, você não pode simplesmente ignorar e seguir seu rumo. Você acaba sendo obrigado a fazer alguma coisa. Mesmo que não queira. Mas o código te obriga a parar. Não dá pra deixar seu amigo de infância lá, né? Com fome, passando necessidade, com sei lá o quê, fumando pedra. É isso, cara. Quando você tem uma ligação com alguém, não pode simplesmente virar as costas. É obrigado a fazer alguma coisa por esse alguém. Então as pessoas, eu nem culpo elas, ninguém quer correr o risco de se relacionar com alguém que está passando por problemas. Quando você se importa, você tá fodido.

— O que você quis dizer com "quase isso"?

Cássio riu.

— O ser humano é... ah, que merda. — Mais uma sequência de tosse seca. — De tudo que eu falei, o que te preocupou é a parte que diz respeito a você.

— É que foi a única parte que eu não entendi.

— Então deixa eu te explicar. Qual é o seu nome?

— Vamos pular a parte dos nomes.

— Exato. Foi isso que eu quis dizer com "quase isso". Você tá ajudando um morador de rua que foi espancado, colocou ele no teu carro, todo sujo. — Tossiu. — Mas nem pensou, nem quer perguntar o nome dele. Distanciamento, cara. Você pode até querer ajudar, fazer uma boa ação, sei lá, mas não quer chegar muito perto. O que eu acabei de dizer? As pessoas não querem correr o risco de se apegar. Nós, moradores de rua, encostados nas paredes, estirados nas calçadas, nós somos a sombra do mundo, cara.

2

— Uma reportagem de jornal revelou que vinte e um casos com fortes indícios de homicídios foram classificados como crimes menores, do tipo lesão corporal seguida de morte, e essa classificação teria sido feita propositalmente.

— É difícil entender o que você fala.

— Por quê?

— Você fala muito rápido. E de um jeito complicado.

— Não tem nada difícil no que eu falei.

— Pra mim tem.

— Quando uma pessoa não entende o que a outra fala, normalmente o problema é de quem está escutando.

— Normalmente?

— Normalmente.

— Então não é sempre?

— Não, não é sempre.

— Então, agora, por exemplo, o problema pode ser você e não eu.

— Não. Agora, por exemplo, o problema é você, porque não tem nada de difícil no que eu falei.

— Eu só tenho onze anos.

Os dois estavam sentados em um banco, em frente a uma prateleira de livros que se erguia imponente, exibindo suas lombadas coloridas como o vitral de uma igreja. Artur, que até aquele momento falava ao mesmo tempo em que corria os olhos pela parede pintada de histórias, dirigiu sua atenção à menina, sem encará-la, apenas inclinando o rosto para o lado dela. Era sempre assim: nunca fixava o olhar nos olhos de outra pessoa, mesmo quando falava cara a cara com ela. Parecia estar sempre procurando algo, tentando ver sobre os ombros a sua frente, catalogando os objetos ao redor. Sempre em movimento, com um leve balançar. Mas sua atenção, diferentemente do olhar, não saía de foco.

— Tiraram — Artur tentou falar de forma didática — esses vinte e um casos, que tinham grandes chances de ser assassinatos, da lista de investigação de assassinatos. E fizeram isso simplesmente os chamando por outro nome.

— Ah, entendi.

— Já era hora.

— Mas peraí.

Artur coçou a cabeça, nervoso.

— Não faz sentido. Por que fizeram isso?

— Se esses casos fossem incluídos na conta dos dados criminais relacionados a homicídios, esse aumento mudaria tudo.

— Foram só vinte e um casos. Quase não faria diferença em um estado desse tamanho.

— Faz a diferença necessária.

— Necessária pra quê?

— Vendo de fora, parecem só vinte e um casos entre tantos homicídios, mas, tirando esse número do mês certo, é o que basta para forjar uma porcentagem inferior no total de vítimas do mesmo período do ano passado.

— Mas isso... — Ela fez uma pausa. — Isso é mentira.

— É mentira durante o processo. Mas na frente das câmeras, quando o secretário de Segurança está dando a notícia para a imprensa, falando que o número de homicídios caiu em relação ao mesmo período do ano passado, essa mentira já virou verdade.

— Hum.

— Entendeu?

— Acho que sim. Mais ou menos. Um dia eu vou ser policial também — disse a garota — e vou dar um jeito nessa coisa toda.

— Não vai, não — Artur retrucou, com uma sinceridade que era sua característica, mas que a garota desconhecia.

— Vou sim — ela protestou. — Por isso eu gosto tanto deles. Estou aprendendo a descobrir os assassinos e as pessoas más.

Sobre seu colo estavam quatro livros policiais. Foi por causa de um deles que ela e Artur começaram a conversar. A menina avistara a lombada na prateleira, mas estava alto demais para seu um metro e vinte de inocência. Artur, que também estava na seção de romances policiais, foi chamado para ajudá-la.

— Não é isso que você tem que aprender com eles — repreendeu Artur.

— Mas essa é a ideia, descobrir o assassino.

— Você nunca vai ser uma boa policial se ficar lendo para achar o assassino. O mais importante em um livro policial não é descobrir o assassino. Essa é a parte fácil. Você tem que procurar entender as coisas que ele faz. É o que acontece que importa. E é isso que você vai usar como policial de verdade.

— Faz sentido.

— Sim, faz. Por isso eu disse.

A menina olhou para Artur com o rosto franzido, como se tivesse levado suas palavras de forma dura demais. Ele reconheceu o sinal. Aquela careta estava na sua lista mental de expressões faciais que dizia que a pessoa estava se sentindo, por algum motivo desconhecido, um pouco constrangida, chateada ou de saco cheio. "Saco cheio", outra expressão que não fazia muito sentido para Artur. Nesses momentos, ele tentava aliviar a tensão buscando algum comentário que, na mente dele, seria mais leve e confortável.

— Sabe como você descobre que está falando bem uma língua estrangeira? — o detetive disse do nada.

— Hum, quando você consegue falar com alguém de outro país e essa pessoa entende? — a menina arriscou, com naturalidade.

Artur balançou a cabeça negativamente, com um sorriso se insinuando no rosto.

— Quando você namora alguém de outro país e consegue ganhar uma DR na língua dela. — Artur sorriu e esperou a garota sorrir.

Mas ela não sorriu.

— O que é DR?

— Discussão de relacionamento.

— Ah... — O som saiu como um resmungo.

— Eu também sei fazer piadas — Artur se gabou, rindo da própria fala.

— Era uma piada?

— Você não achou engraçada?

— Não, desculpe.

— Por que está se desculpando?

— Ah, porque eu poderia ter dado risada para ser gentil e não te deixar desconfortável.

— Por que eu ficaria desconfortável?

— Sei lá. Minha mãe disse isso. Tentar não deixar as pessoas desconfortáveis quando a gente não concorda com alguma coisa.

— Sua mãe está errada.

— Um adulto não deveria dizer para eu não desobedecer à minha mãe?

— Provavelmente.

— Mas você está falando para eu não acreditar nela.

— Não. Eu disse que a sua mãe está errada.

— Então, foi o que eu disse.

— Não. Você disse que eu falei para você não acreditar na sua mãe, quando na verdade eu disse que ela está errada. Tem gente que acredita em pessoas que estão erradas. Eu não entendo por que, mas tem.

— Mas, se a minha mãe não é uma pessoa em quem eu possa acreditar, então não posso obedecer a ela.

— Ela pode estar errada só neste caso.

— E por que você acha que ela está errada?

— Você não tem que rir de uma coisa que não achou engraçada só para deixar a outra pessoa confortável. Se não foi engraçado não tem motivo para rir. Além disso, se a pessoa quer ser engraçada e você ri quando ela não foi, ela nunca vai aprender a ser engraçada de verdade. As pessoas vão rir quando estiverem com ela e depois vão falar mal dela quando ela não estiver por perto. Pessoas que não dizem o que pensam fazem isso.

— Ainda bem que você não escolheu ser professor.

— Por quê?

— Seria horrível ter que perguntar alguma coisa pra você.

•

A livraria ficava a poucas quadras do prédio de Artur. Ela fazia parte do que o detetive chamava de "conjunto de características necessárias para ser um bom lugar para morar". Não que a livraria fosse um fator determinante; existiam várias outras necessidades que ele precisava ter mais próximo, mas fazia diferença contar com ela ali. Ainda mais agora, em um período tão complicado de sua vida profissional: as férias.

Ao contrário da maioria das pessoas, Artur odiava tirar férias. Para ele, as férias eram um momento de quebra em uma rotina já estruturada. Ele gostava de ter seus períodos de descanso, claro, só não gostava quando esses períodos eram impostos, sem que ele solicitasse. Mas estava para completar dois anos desde sua última pausa no trabalho, e intervalos maiores que esse eram proibidos. Pelo menos na teoria. Aristes, o delegado, é que não iria desrespeitar algo que ele trabalhava para defender. A lei.

Era seu primeiro dia de férias. Outros vinte e nove o aguardavam, abertos a qualquer possibilidade que ele pudesse imaginar. Menos voltar ao Departamento de Polícia, que era o que ele realmente gostaria. "Vai fazer algo diferente", um colega do trabalho havia dito. *Fazer algo diferente*. Era justamente esse o problema. Ele não queria fazer algo diferente. Ele não gostava de fazer as coisas de forma diferente. Fazer as coisas de forma diferente não fazia nenhum sentido para ele. Depois que você se acostuma com uma coisa, depois que consegue encontrar o melhor jeito, se organiza, decora os horários, sabe com quem falar, onde encontrar o que precisa, depois que você se adapta, vem o *fazer algo diferente* e bagunça tudo.

— Vinte e nove dias e meio — ele dizia, em tom baixo, murmurando para si mesmo enquanto caminhava pela calçada. Carregava consigo uma sacola com sete romances policiais, sua leitura preferida desde a infância. Mas sete livros não ocupariam mais do que duas semanas de sua longa jornada de espera até o retorno das atividades de rotina. Provavelmente menos. — Vinte e nove dias e meio — repetia, enquanto caminhava com seu leve balançar controlado.

Ao chegar ao hall de entrada do prédio, cumprimentou pelo nome o porteiro, que retribuiu calorosamente. Posicionou-se em frente aos dois elevadores, e, enquanto aguardava a chegada de algum deles, um grupo de cinco pessoas apareceu e se postou ao seu lado, também à espera da abertura das portas. Artur olhou para a turma, jovens que voltavam do colégio, mochilas nas costas, o falatório habitual de quem acha que tem mais a dizer do que a escutar. A imagem logo veio a sua mente. Ele entraria primeiro no elevador. Teria que ir para o fundo, e os cinco jovens iriam entrar também, pressionando-o contra o espelho da parede. Um metro e meio por um metro e meio de área, ele e mais cinco pessoas a sua frente, esmagando-o. Provavelmente continuariam com as mochilas nos ombros. Se fosse para tirá-las ao entrar já o teriam feito agora, enquanto estão esperando. Só uma das duas garotas tirou. Ele olhou para ela, para a mochila carregada pela alça. Os outros quatro, outra garota e três rapazes agitados, mantinham as suas penduradas nos ombros. Artur poderia entrar no elevador e ficar na parte da frente, abrindo espaço para que eles entrassem e fossem para o fundo.

Mas e se o elevador parasse antes de chegar ao seu destino e entrassem outras pessoas no andar de cima? No andar seguinte havia o segundo pavimento do estacionamento, e muitos moradores chamavam o elevador de lá. Artur odiava quando isso acontecia. O elevador subia um andar e parava logo no próximo. Se acontecesse isso hoje, com Artur na frente e o grupo de cinco jovens atrás, provavelmente a pessoa, ou pessoas, teria bom senso e não entraria em um elevador com seis ocupantes.

Mas e se essa pessoa, ou pessoas, não tivesse bom senso?

E se entrasse mesmo assim, sorrindo, como quem pede desculpas, porque sabe que poderia, deveria esperar o próximo? Já seriam seis ocupantes, oras. Não daria para contar com o bom senso. Artur seria forçado a abrir espaço para a outra pessoa, ou outras pessoas, entrar e ir para o fundo. Pior: poderia, se não tivesse a agilidade necessária, acabar se movimentando de forma errada, indo parar no meio do elevador. Rodeado por cinco estudantes, quatro com mochilas nas costas, e uma pessoa, ou pessoas, sem bom senso. As mochilas roçando, os cabelos das garotas roçando, as roupas das outras pessoas roçando, e ele sendo apertado, ombro com ombro com ombro, pisadas no pé, algo pressionando suas costas. Mais cabelo perto do rosto.

— Com licença — ele disse enquanto passava entre o grupo agitado, se desvencilhando das mochilas que atrapalhavam a abertura da porta que dava acesso à escadaria do prédio.

— O elevador chegou — escutou a voz de uma garota do grupo, e entendeu que se dirigia a ele. Mesmo assim, seguiu pelos degraus, deixando a porta se fechar sozinha atrás de suas costas.

Para chegar ao 1204, precisaria vencer os doze andares. Mas preferia o esforço da subida. Dois metros de largura. Quase um metro vazio para cada lado do ombro, com ele subindo livremente. Nada de se espremer em um elevador com mais cinco pessoas, suas mochilas e o inesgotável desejo dos jovens de se expressar. Havia, para Artur, uma inversão da lógica na natureza humana. Ele não conseguia compreender por que os jovens sempre falam mais do que os idosos, já que estes últimos têm, obviamente, muito mais assunto para conversas.

Nono andar. Décimo. Décimo primeiro. Os livros na sacola pareciam ganhar mais páginas a cada lance. Décimo segundo. Já dentro do apartamento, olhou o calendário preso na porta da geladeira e se agitou.

— Vinte e nove dias e meio. Vinte e nove dias e meio.

Sacou o celular do bolso e digitou. A voz do outro lado atendeu, seca.

— Diga, Artur. — Era Aristes, delegado e chefe do detetive.

— Eu sei que...

— Artur, não. Não. Nem comece, pelo amor de Deus. Estou cheio de coisas para fazer aqui...

— Justamente por isso, chefe. Eu poderia ajudar.

— Você quer ajudar? Jesus, Artur, você acha que eu gostaria de te dar férias? Por mim você trabalharia vinte e quatro horas, sete dias por semana. — Aristes respirou fundo do outro lado. — Escuta, Artur, aproveite esse tempo. É bom, todo mundo merece um tempo. Vai fazer algo diferente.

Vai fazer algo diferente.

— Eu não quero fazer nada diferente.

— Sei lá, faça. Minha nossa, qualquer um gostaria de estar no seu lugar. Eu gostaria de estar no seu lugar, pelo amor de Deus.

— Senhor? — Artur chamou, frio, mas tentando se aproximar de um tom carinhoso.

Aristes respirou fundo mais uma vez.

— Diga logo, Artur.

— Alguém na sua família está doente?

— Po... Por que você está perguntando isso?

— O senhor não costuma invocar nomes religiosos com essa frequência.

Artur não podia ver, mas, do outro lado, Aristes passou a mão no rosto e olhou através das janelas de vidro que separavam sua sala do departamento.

— É uma pena ter que te dar férias, Artur.

E desligou o telefone com delicadeza.

●

Três policiais conversavam perto da entrada de uma das linhas do metrô, cujas escadarias conduziam ao centro da praça da catedral. Uma viatura estava estacionada um pouco adiante. A movimentação era constante naquela área. Naquele horário, então, era um vaivém de pessoas desviando umas das outras, como se houvesse hora marcada para se aproximar de alguém. Ao acordar, na hora do almoço, no meio da tarde, no café, ao chegar em casa, na hora de dormir. O mundo é assim, vai se organizando em pacotes, e a vida, em intervalos.

Era uma praça ampla, a principal do centro da cidade. A grande catedral dominava uma das pontas, escalando o horizonte com suas paredes cinza e cravejando o céu com seus picos adornados de arte barroca. De fora, tinha uma beleza melancólica, mas que se revelava cheia de luz e dourado para quem adentrava sua larga porta principal, que se abria para um salão amplo no qual bancadas de mogno se repetiam como ondas, em fileiras bem distribuídas até um altar que em nada colocava em prática os votos de pobreza pregados pela igreja.

Era de dentro desse salão que saía um morador de rua, em seu traje maltrapilho. Um sinal da cruz já nas escadarias para depois dar as costas à construção monumental e ir caminhando em direção aos policiais, que, absortos ao movimento dos transeuntes menos chamativos, nem notaram a presença cada vez mais próxima do homem. E foi assim, como se um fantasma tivesse se materializado ao seu lado, que um dos policiais olhou para o rapaz.

— Algum problema?

— Um amigo meu desapareceu.

— Um amigo seu?

— Sim, um amigo meu.

— Da rua?

— É, da rua.

— Hoje não, camarada — o policial disse, virando o rosto para o homem.

— Por favor, cara — o morador de rua falou ao mesmo tempo em que puxou o antebraço do servidor, que reagiu se inflando em sua direção e, com uma das mãos, espantando a do pedinte de forma brusca.

— Tá maluco?

— Eu preciso da ajuda de vocês, porra!

Dois rapazes e uma garota que passavam ao lado olharam rapidamente e seguiram adiante.

— Um amigo meu...

— Você tem que ir na delegacia dar queixa. A gente não pode sair daqui agora.

— Não pode — o morador de rua repetiu, com desdém. Dois policiais o encaravam, e o terceiro desviou sua atenção para algum outro lugar. — Vocês estão aqui pra quê, então, caralho?

31

— Para não deixar nenhum vagabundo roubar quem está saindo do trabalho. É pra isso que a gente tá aqui.

O terceiro policial continuava sem dizer nada, com os braços entrelaçados por trás da cintura. Parecia incomodado com a forma como os outros dois colegas tratavam o sujeito.

— Você precisa ir na delegacia dar queixa — ele finalmente disse, de forma calma e solícita.

— É, porra. Isso que eu estou tentando dizer. Vocês podem me dar uma carona até lá?

— Pega um ônibus, cacete.

— Eu estou sem dinheiro.

— Então vai andando.

O morador de rua se afastou. Os três continuaram olhando por pouco tempo e depois voltaram a conversar entre si.

Foi rápido. O morador de rua nem havia se distanciado muito. Apenas o suficiente para encontrar algo. Achou. Havia uma barra de ferro no chão, perto de um banco da praça. Era pesada. Ele sentiu seu peso na mão e convenceu a si mesmo.

Vai dar.

Sem que o trio policial notasse, ele se aproximou da viatura estacionada ao lado.

— Já que essa merda não serve pra nada... — Antes de terminar a frase, ele bateu a barra na janela de uma das portas do veículo, que trincou, mas não estilhaçou como ele pensou que fosse acontecer.

— Vem cá que agora a gente vai te dar uma carona, seu filho da puta.

●

Artur tinha lido a metade do primeiro livro e, mesmo não tendo se interessado muito pelo andar da história, iria terminá-lo. Não gostava de deixar livros pela metade. Mesmo que o andamento não o impressionasse, sobrava sempre a esperança de um final redentor, algo que lhe compensasse o tempo. Porém, a leitura causou o contrário da distração. Movido pela inquietude, resolveu trocar o assento de sua poltrona por uma caminhada.

Provavelmente qualquer um que estivesse de férias, porém em casa, buscaria uma alternativa diferente para saciar o ócio. Alguns iriam à padaria, outros ao parque, um filme no cinema, uma caminhada pelas quadras próximas que fosse, enfim qualquer coisa que ficasse o mais distante possível do trabalho. Mas Artur resolveu ir à delegacia. Sabia muito bem a expressão que veria no rosto de Aristes caso esbarrasse com ele pelos corredores, mas estava começando a ficar agitado demais para permanecer sentado na poltrona.

Tinha caminhado até o terminal de metrô, próximo ao seu apartamento, mas, assim que desceu os degraus da escadaria, deu meia-volta e chamou um táxi. O metrô, que àquela hora deveria estar mais calmo, encontrava-se inconvenientemente cheio. Como de costume nesse tipo de situação, preferiu que um táxi o levasse até a DP, que, assim como o metrô, tinha suas dependências bem povoadas. Era claro que sua ajuda seria muito bem-vinda, pensou Artur. E o detetive sabia ser insistente. Bete sempre dizia que ele devia ter dado muito trabalho a sua mãe.

E lá estava ele, atravessando a porta tranquilamente, como quem entra em uma padaria.

— Ei, Artur, você não está de férias? — perguntou um policial parado na entrada da delegacia.

— Estou — o detetive respondeu, sem se preocupar em dar detalhes, o que fez o outro policial voltar para sua atividade.

— O que está fazendo aqui, Artur? — Bete apareceu, entrando pela mesma porta, e se surpreendeu ao encontrar o amigo. — O Aristes vai ficar uma fera se te vir zanzando por aqui.

— Eu...

— Estava de saco cheio — ela completou.

Artur a encarou de forma contemplativa.

Saco cheio. De novo essa expressão.

Bete era sua melhor e, para ele, única amiga. Aquela que entendia bem suas peculiaridades e que até parecia gostar delas.

— Artur, como eu adoraria estar no seu lugar.

— De saco cheio? — O tom de suas frases costumava oscilar, muitas vezes, entre a ironia e a ingenuidade.

— De férias. De saco cheio eu já estou. Melhor eu correr.

— Como está o caso?

— Nada bem. Mataram um taxista ontem. Está pior do que eu pensei que ficaria.

— Se quiser conversar. — Olhou para ela, quase pedindo para deixá-lo ajudar.

— Você está de férias, Artur. Aproveite. Passa rápido.

— Ainda faltam vinte e nove dias e...

— Artur, eu tenho que...

— Me solta, seus filhos da puta! Não sou eu que vocês precisam prender! — o protesto vinha da boca de um morador de rua que era carregado para dentro da delegacia. Seus braços estavam algemados atrás das costas e dois policiais o arrastavam, cada um segurando-o por um braço. Ele esperneava e gritava, girando a cabeça para os lados em busca de alguém que pudesse ouvi-lo.

O trio passou por Artur e Bete, que se afastaram para deixá-los passar. Atrás vinha um terceiro policial, que ficou parado na porta, parecendo despreocupado.

— Esses idiotas não querem me ajudar. Alguém sumiu com o meu amigo. Sumiram com o meu amigo! — O morador de rua se jogou no chão, dando trabalho aos policiais que tentavam levantá-lo. — Alguém levou o meu amigo. Me solta, caralho. Eu só quero ajuda. Vocês são a polícia, porra. Vocês precisam ajudar. Eu não fiz nada. Só quero ajuda.

Os protestos continuaram enquanto o homem era levado. Sua voz foi perdendo volume à medida que se distanciava pelos corredores, em direção às celas onde infratores eram detidos provisoriamente.

— O que houve? — Artur perguntou para o terceiro policial, que ficara na porta.

— Um cara querendo chamar atenção.

— E essa queixa de sumiço do amigo? — o detetive quis saber.

— Artur, eu tenho que ir — disse Bete. — Vai pra casa. Férias. Férias! Depois a gente se fala, ok?

Artur apenas acenou com a cabeça e se voltou novamente para o policial.

— Então?

— Então o quê?

— Esse amigo sumido.

— Ele disse que um amigo dele, um morador de rua, sumiu. Mas eu duvido. Você viu o estado dele. Está transtornado, deve ser droga, bebida. Esse cara pode estar doente da cabeça...

— E pode estar desesperado atrás de um amigo que sumiu. Segundo dados mais recentes, quase cento e cinquenta moradores de rua são mortos todo ano — Artur recitou.

O policial se contentou em balançar a cabeça de forma duvidosa.

— Onde vocês encontraram ele?

— Na praça da catedral. No centro, perto do metrô.

— Eu sei onde é.

3

O sol que estalava no céu não era suficiente para aquecer quem estava do lado de fora da funerária, à mercê do vento frio do outono. Um rapaz levantou a gola do casaco para se proteger, levando as mãos aos bolsos logo em seguida. Com os ombros encolhidos, olhou ao redor. Estava sozinho e acabara de chegar.

A funerária era uma das outras três que prestavam seus serviços naquele local, e, do outro lado da rua, se estendia um dos treze cemitérios públicos da cidade. Sua localização facilitava a cerimônia. Assim que o funeral terminava, bastava atravessar a pista, levando o caixão em uma curta procissão.

Dentro da sala em que era realizado o funeral havia cerca de quinze pessoas. Um número modesto que fazia volume com seus lamentos. Parada ao lado do caixão, uma mulher aparentando não mais que cinquenta anos deixava fluir sua tristeza. Com uma das mãos afagava levemente o próprio pescoço enquanto a outra repousava de forma delicada sobre a lateral do esquife marrom e brilhoso. Seus olhos escaneavam o rosto do homem estendido dentro dele. O rapaz tinha a pele levemente corada, o que parecia devolver o calor que lhe fora levado com a vida.

Atrás dela, pairava um jovem, pouco mais de vinte anos. Os olhos vermelhos, brilhantes e aquosos, não transbordavam mais. Porém, olhando bem, era possível ver o rastro úmido que as lágrimas haviam deixado neles. Sua mão esquerda massageava carinhosamente o ombro da mulher, que parecia ignorar sua presença, dando, em alguns momentos, a impressão de não estar gostando do contato. Ao redor, os rostos eram compostos em sua maioria de pessoas relativamente jovens. Uma conta rápida apostaria em algo entre vinte e dois e vinte e sete anos. Era a média, com alguns um pouco mais velhos.

O funeral era simples. Um pouco à frente do caixão, uma coroa de flores se destacava com sua cor amarela. Uma faixa no centro se despedia com a mensagem: "Descanse em paz, Felipe".

Com pouco mais de três horas de duração e sem a presença de um cerimonialista religioso, o funeral transcorreu feito uma ciranda de despedida, com os presentes se revezando ao redor do caixão, sem muito contato entre quem estava na sala. Os grupos eram formados no máximo por quatro pessoas que, entre si, contavam histórias que haviam vivido com o falecido.

— Uma vez — começou uma jovem de cabelo curto — a gente foi para uma festa horrível. — Ela deixou um sorriso solto dançar pelo rosto triste como a luz de uma lanterna que passa, ilumina e sai de cena. — Não havia música, parece que o aparelho da casa tinha queimado, algo assim, e pra chegar onde a gente estava era necessário deixar o carro longe porque o terreno era uma subida estreita de terra, bem difícil de chegar dirigindo. Mas quando a gente viu, na verdade ouviu, lá vinha o Felipe dirigindo com todo o cuidado pelo caminho, trazendo seu carro com o som ligado. — Levou os olhos para os pés, que brincavam nervosos, depois ergueu a cabeça novamente. — Ele salvou a festa. Tudo bem que tivemos que passar o fim de semana todo lá porque choveu e a estrada, que já era estreita, ficou impossível de passar com a terra molhada, e como ele levou o carro pra cima não tinha como sair. Mas pelo menos a gente tinha música. Pelo menos tinha música — repetiu, agora de forma mais murmurada. — Com licença. — Antes mesmo de terminar a frase, a jovem se desvencilhou do grupo em direção ao banheiro.

Em frente ao espelho a garota se olhava e, sem deixar o som da voz sair, repetia algo enquanto observava sua expressão. Colocou a bolsa sobre a pia e de dentro dela retirou um conjunto de três folhas de sulfite dobradas ao meio. Olhou ao redor, para garantir que não havia mais ninguém, e abriu o conjunto de folhas. Virou a primeira e leu com os olhos o que estava escrito na segunda página. Os lábios sussurraram as palavras. Após algum tempo sentiu uma tontura. Apoiou as mãos sobre a pia, deixando parte do peso do corpo ali, e suspirou forte. Olhou para o ralo escuro localizado no centro da louça branca. Ela poderia jurar que algum som estava saindo dali. Um chiado áspero, de sucção, soou como se o círculo escuro estivesse chupando algo para dentro. A garota se aproximou, como para ter certeza daquele som. Aquele som, naquele local, era algo que sua racionalidade colocava em xeque. Desceu um pouco a cabeça, chegando mais perto para escutar. Não era impressão sua; o buraco realmente estava produzindo um som. Provavelmente o ar se deslocando dentro do encanamento. Com o rosto inclinado para a frente, o cordão que carregava no pescoço fugiu de dentro da blusa e ficou dependurado, com o crucifixo prata balançando no ar. Olhou para a representação de Jesus, seu corpo fino e delicado na cruz de prata. Por um momento veio a imagem dos bracinhos arrastando aquela cruz, aqueles bracinhos finos, aquela cruz. Agora ela carregava aquela cruz. O peso daquela imagem. A culpa, a joia da igreja. Olhou para o papel, depois fechou os olhos, e o conteúdo escrito na folha deu lugar a uma prece.

— Ah, Deus, espero não estar indo longe demais com isso. Por favor me perdoe se for errado o que estou fazendo. Por favor me perdoe se...

Sua concentração era tanta que não escutou quando a porta do banheiro foi aberta e uma mulher entrou.

— Tudo bem com você? — a nova presença no local perguntou, sorrateira, fazendo a moça devota se assustar. Sua bolsa foi ao chão com as folhas que segurava. Ainda desnorteada pela sacudida do susto, foi se abaixar para apanhar os objetos quando, distraidamente, sua testa encontrou a beirada da pia de porcelana, em um impacto forte o suficiente para fazer a torneira, também prateada, vibrar.

— Ai... puta que pariu! — A garota, de olhos fechados, esfregou os dedos na testa dolorida.

— Me desculpa. Eu não queria te assustar. — A outra ocupante do banheiro veio em socorro, apanhando a bolsa e o papel no chão. Deu uma lida rápida em seu conteúdo de forma automática.

— Deixa... ai... tudo bem, tudo bem.

— Aqui. Sua bolsa e suas folhas.

Sem agradecer nem olhar para a outra, a garota, apressadamente, jogou o papel já dobrado dentro da bolsa.

— Então você faz parte também — a mulher arriscou. — Você...

— Escuta, eu não quero parecer grossa, mas disseram pra não falar sobre o que nós estamos fazendo aqui. Não quero estragar as coisas.

— Calma, estamos no banheiro e — ela olhou dentro das duas cabines de vasos sanitários — não tem mais ninguém aqui, viu? Tá tranquilo.

— Eu não sei como foi a conversa com você, mas pra mim foi deixado bem claro que estariam de olho e escutando o tempo todo e — a garota baixou o tom de voz, como quem revela um segredo — se ouvirem a gente falando sobre isso já era.

Estava prestes a sair pela porta quando se virou e disse:

— Não é nada contra você, tá? Sério. Eu só não quero... você sabe.

— Eu sei. Você está certa. Foi idiotice minha.

As duas se entreolharam, cúmplices, e sem sorrir, a garota deixou o banheiro. Lá fora, encontrou o grupo onde estava conversando.

— Ei, tudo bem com você? — um dos rapazes perguntou, indo em sua direção. — Sua testa.

— Está tudo bem. Eu bati na porta. Isso tudo... — Ela buscou algo para falar, sem saber se a dor de cabeça que sentia era por causa do impacto ou do nervosismo de estar ali.

Tomara que valha mesmo a pena, pensou.

O rapaz a encarava de um jeito estranho.

Será que ele também é? Quantos daqui são?

Ela não podia se dar o luxo de saciar sua curiosidade.

— Vamos — disse o rapaz. — Está na hora de levar o caixão.

●

A testa da garota ardia enquanto ela caminhava lentamente no cortejo bucólico. Sentia-se um pouco melhor ali fora, com o sol esquentando levemente as poucas partes de pele que não estavam cobertas.

Espero que, quando for a minha vez de ser enterrada, esteja fazendo um dia bonito assim. O pensamento mórbido passou pela sua mente de forma natural.

Não sei se viria muita gente. Imagina se chovesse. Apesar de que este aqui também está bem vazio. Que tristeza ter tão poucas pessoas chorando por você. Será que meus ex viriam? Se eles viessem, meu namorado ficaria com ciúme? Ele conhece dois deles. Será que ele notaria quais foram os outros pelo jeito de chorar? Se é que estariam chorando. Se é que viriam. A gente nem se fala direito mais. Quando o amor acaba, o que a gente sentia era realmente de verdade? O Cleber viria. E iria chorar, certeza. Será que a gente chora diferente quando morre alguém com quem a gente já transou? Deve ser estranho. A gente terminou por besteira. Eu falo pro Marcos que amo ele, mas direto eu penso no Cleber. O Cleber viria e iria chorar. Se eu terminasse com o Marcos e depois de quatro anos morresse, não sei se ele iria no meu enterro. Será que ia chorar, chorar de verdade? Será que ele diz que me ama, mas também pensa em alguma ex de vez em quando? Não precisava ter terminado com o Cleber. Eu não ligaria se viessem as ex do Marcos no enterro dele. Será que o Marcos vai morrer antes de mim? Será que alguma ex dele choraria mais do que eu? Aí ficaria feio pra mim. As pessoas iriam notar. E iriam falar que ou eu não gostava tanto assim dele ou ele estava me traindo com a ex. Não faz sentido terminar com uma pessoa, começar com outra e trair essa com aquela com quem você terminou. Igual a pedir tempo. Preciso de um tempo. Vai tomar no cu, você quer é transar com outra sem ganhar o carimbo de traidor na testa. Tempo. Por que eu ainda penso no Cleber? Será que esse cara morreu pensando em alguém que não tem mais ao lado? É triste isso. Apesar de que pra ele não importa mais. A não ser que exista vida depois da morte, aí fodeu. A eternidade carregando um arrependimento. Quem se mata tem que realmente acreditar que não existe nada depois, não é possível. Não dá pra se matar acreditando que existe algo melhor te esperando, porque é que nem mudar de cidade: não muda nada. Mas não dá pra ter certeza. É uma das coisas em que você pode acreditar de verdade, mas no fun-

do você sabe que não dá pra garantir. Também não dá pra garantir que exista Deus. Meus pais juram que existe. Mas eles nem eram religiosos antes de eu nascer. Aquela menina está chorando de verdade. Será que ela deu pra ele? Será que é ex? Será que ela queria transar de novo com ele? Isso deve ser horrível, ter a total certeza de que uma transa nunca, nunca mais mesmo vai rolar. Porque com algum ex meu, mesmo que eu não queira agora, mesmo que eu ache que nunca mais vou querer, pelo menos ele está lá, e se eu quiser rola. Aquela menina, ela nunca mais vai transar com aquele cara. Ela pode transar com todo mundo, mas com aquele cara nunca mais. Tomara que não seja ele o cara que ela queira transar amanhã. Será que eu ligo pro Cleber? Sem terminar com o Marcos? Será que os dois ficariam amigos no meu enterro? Um sentiria ciúme do outro? Apesar de que é bem capaz de eles morrerem antes de mim. Os dois. Não juntos. Juntos. Nós três juntos antes de morrer seria interessante. Queria experimentar. O Cleber toparia. Também, agora ele é ex, claro que toparia. Eu teria que terminar com o Marcos, esperar um tempo, aí ele toparia. Fingir que não queria isso quando a gente estava junto, que só ele bastava. Homem morre mais cedo. Só pensam em transar e morrem mais cedo. Deve ser por isso que eles só pensam em transar. Caralho, para de sorrir, você tá num enterro. Para de pensar essas coisas. Mas muita gente aqui também deve estar pensando em sexo. Ou em comida. Quando a gente está em algum lugar que não gostaria de estar, normalmente foge em pensamento pensando em sexo. E daí, também? Não tem nada mais egoísta do que o sexo e a morte.

A garota olhou em volta e avistou a outra que havia entrado no banheiro, assustando-a. Estava um pouco à frente, mais perto do caixão, que era levado por quatro homens. A mulher chorava com uma tristeza que assustava de tão verdadeira.

Que vontade de gritar: mentirosa! Ela não está triste nada! Ou será que está? Será que é possível ficar triste de verdade mesmo não estando?

Quando alcançaram o ponto do cemitério, o buraco da cova causou-lhe repulsa. Já havia ido a outro enterro, mas quando ainda era criança. O significado era outro naquela época.

"Ela vai para um lugar melhor, querida", era o que sua tia havia dito; pelo menos era o que se lembrava de ter escutado. O enterro de sua mãe.

Quando falava disso com as amigas agora, quando o assunto entrava na conversa sem ser chamado, ela tinha a impressão de que as amigas queriam fazer uma pergunta que nunca faziam.

Você acha que foi mais fácil crescer sem a sua mãe do que seria perder ela hoje?

Ainda bem que elas nunca perguntaram isso de verdade. Ela mesma ficava pensando nisso às vezes e nunca tinha uma resposta. Na verdade, tinha, mas mudava toda hora. Mas aquela cova, ali, aquilo era real demais. Não há nada mais sincero que a honesta realidade de um buraco no chão. Você um dia vai morrer. E talvez tenha sido essa realidade que a fez desistir, naquele momento, de fazer o que fora fazer ali. Olhou para o buraco prestes a abraçar aquela caixa brilhosa, aquela boca retangular, prestou atenção em sua borda e viu um pouco de terra esfarelando no cantinho e caindo lá dentro. *O buraco está aumentando*, pensou. Agarrada à bolsa, a garota recuou sutilmente. Viu a outra garota conversando com duas pessoas. O rosto murcho fingindo dor, fingindo saudade. A única coisa que pensava ao olhar para ela era: *mentirosa*.

•

— Olá, Artur. Bete. Já sabem o que vão pedir? — o garçom perguntou enquanto passava um pano na mesa.

— Só café. Sem leite — Artur respondeu.

— O meu com leite. Sem açúcar. E um bauru.

— Ok. Já volto.

— Obrigada, Flávio — Bete foi simpática.

O garçom não tinha se distanciado o suficiente quando Artur comentou:

— Você sempre faz isso, fala o nome da pessoa só para que ela saiba que você sabe o nome dela e te ache simpática.

Bete o encarou com os olhos pegando fogo. Ela sabia que Flávio não tinha se distanciado o suficiente para não escutar. De qualquer forma, ela não olhou para trás, torcendo para que o rapaz não tivesse ouvido. Porém, quando o garçom retornou trazendo as duas xícaras e o lanche e disse o nome de Bete e Artur de forma um tanto pausada, ela percebeu que Artur tinha falado alto demais. Mesmo assim ela agradeceu sem deixar a gentileza ir embora com a honestidade desconcertante do colega.

— Obrigada, Flávio.

— Por nada. Por nada também... Artur.

O detetive apenas meneou a cabeça despreocupadamente, sem se dar conta da ironia.

— Minha nossa, Artur — Bete disse, tentando segurar o sorriso do lado de dentro dos dentes. — Quando for falar de alguém, espera a pessoa estar longe.

— Mas eu falei de você.

Bete balançou a cabeça, depois levou a bebida à boca.

— Então, faltam vinte e oito dias, oito horas, trinte e sete minutos, quarenta e sete segundos, quarenta e seis e cinco e quatro e três. É assim que você passa as férias, né? — Ela sorriu e deu uma mordida no lanche.

— Isso era pra ser uma piada? — Artur ficou sério. E justamente por isso divertiu a colega.

— Não, não, é sério. — Mas ela não conseguiu segurar o sorriso. Empurrou com o dedo o tomate que tentava fugir de dentro do pão, depois o lambeu e continuou: — Brincadeira, era uma piada. Mas sério agora: por que você disse que não poderia tomar café? Pensou em alguma coisa para aproveitar o tempo livre?

Artur ficou em silêncio, tentando conter a agitação que sempre crescia dentro dele quando tentava esconder algo de quem era próximo. Era assim na infância, com a mãe, quando era questionado e não queria falar a verdade.

— Opa! Não está querendo me contar por quê? É por causa de mulher? — ela se divertia.

— Não.

— Homem?

— Não!

— Me conta. — Bete olhou para o relógio no pulso. — Sério, não tenho muito tempo, mas eu quero saber, Artur.

— Bom, sabe o morador de rua que entrou na delegacia gritando que o amigo dele tinha sumido?

Bete colocou o lanche sobre a mesa e deixou o corpo cair pesadamente sobre o encosto da cadeira, enquanto mastigava o pedaço que estava na boca.

— Pelo amor de Deus, Artur — falou, ainda mastigando, usando a mão para tapar a boca. — Não é possível. Você não... não acredito nisso. Você está de férias.

— Eu não quero estar de férias. Dá pra respeitar isso? — Artur se movia de forma desconfortável, levando e trazendo o corpo de maneira sutil, mas perceptível para a amiga.

— Tá certo. Ok — Bete também não estava confortável, mas sabia que não era ela quem deveria estar assim. — O que está acontecendo? Você vai investigar esse suposto desaparecimento?

— É exatamente isso que eu pretendo.

— Bom, tomara que não seja nada. Mas você sabe, se o Aristes descobrir... — Bete torceu o rosto em uma careta.

— Você não vai contar, vai?

— É claro que não. Eu tenho mais o que fazer. Esse lance dos taxistas.

— Estou sabendo. Saiu no jornal — Artur disse.

A policial colocou o último pedaço do sanduíche na boca e mastigou com o olhar vago.

— Nenhuma ideia? — continuou Artur.

— É uma máfia. O esquema dos táxis é isso. E quando tem bandidos graúdos no topo são os que estão embaixo que morrem. Eu estou de olho numa empresa que comanda uma frota. Ela cresceu de um jeito absurdo do ano passado pra cá, pelo que investiguei. E os dois pontos onde aconteceram as mortes eram de outra empresa. Em dois pontos muito bons. Eu não duvido que a briga toda seja por causa disso. Se a ordem pra matar esses taxistas tiver vindo de gente pesada, dessa primeira empresa que eu falei — Bete estalou os dedos de uma das mãos —, vamos ver o que acontece. — Olhou para o relógio novamente. — Eu preciso ir, Artur. Vou ver se consigo tirar alguma coisa de uns motoristas. E você — ela disse enquanto se levantava —, o que vai fazer agora?

— Vou dar uma olhada na praça da catedral. Foi de lá que trouxeram o morador de rua.

— Certo.

44

A detetive olhou para o lado.

— A conta, por favor, Flávio.

Ela olhou para Artur com um sorriso no rosto.

— O que foi? — ele retrucou, sereno.

— Ai, Artur, deixa pra lá.

●

Levado por um táxi, Artur chegou até a praça da catedral, local onde o policial havia sido abordado pelo morador de rua. O detetive conhecia os principais pontos onde eles permaneciam, principalmente durante a noite, mas resolveu parar ali, próximo à entrada do metrô, que descia em uma escadaria para o subsolo.

Parado como um turista, olhou ao redor. A igreja acinzentada, as árvores com seus galhos que se emaranhavam entre os fios dos postes, alguns ambulantes exibindo produtos, o chiado de muitos passos se arrastando naquele chão de concreto. Caminhou com objetivo de cortar a praça para contornar a catedral e chegar às ruas perpendiculares de menor extensão. Era ali, naquele conglomerado de vielas, que muitos moradores de rua se concentravam. Alguém vestido com as roupas que usava seria frequentemente abordado com pedidos de trocados, por isso andava com a mão próxima à cintura. Com um movimento rápido mostraria sua identificação policial e, consequentemente, sua arma. Uma maneira fácil e direta de afastar pedintes ou qualquer outra tentativa de abordagem.

Já ao lado da catedral avistou uma viela que virava à direita. De onde estava, era possível ver logo na esquina alguns moradores de rua na calçada. Assim que chegou foi abordado por um deles. Artur puxou o paletó.

— Estou trabalhando — o detetive disse, sem olhar para o homem, que se afastou.

Caminhando pela via, muitas vezes seus pés tinham que buscar altura maior para não pisar em corpos estendidos em sono profundo. Mantas sujas, algumas vasilhas de comida, marmitas de alumínio amassadas.

— Ei! — uma voz arranhada ecoou de um canto no outro lado da rua.

Quando Artur se virou, avistou o morador de rua que havia sido levado para a delegacia vindo em sua direção.

— Eu vi você na cadeia. Você tava lá, não tava? — disse o homem, com os braços em xis, a palma das mãos segurando os ombros.

— Na delegacia, não na cadeia — Artur corrigiu.

— Pra mim foi cadeia. Aqueles escrotos me colocaram numa cela. Fui preso à toa, não tinha por que fazerem aquilo.

— Disseram que você tentou destruir uma viatura.

— Destruir? Eu só dei um sinal pedindo carona — o rapaz ironizou. — O delegado mandou me soltar. Quer dizer, não soltar eu, eu, especificamente, soltar quem não tinha feito nada muito grave. O lugar estava apinhado de gente, precisavam de espaço, senão a galera ia morrer asfixiada lá dentro ou pisoteada enquanto dormia. Disseram que rolaram duas mortes lá, entre os presos mesmo, para liberar um pouco de espaço. Só o que me faltava era morrer desse jeito merda.

Artur não respondeu. Apenas olhou por cima do ombro do homem, buscando o local de onde ele saíra.

— Mas já passou. Só quiseram me assustar, me soltaram na madrugada. De madrugada. Até pra te soltar os caras te sacaneiam. Puta frio que tava. Você é policial, né? Tem cara de policial. Veio fazer o que aqui?

— Você disse que um amigo seu desapareceu.

— Tá de sacanagem? — O homem ficou exageradamente surpreso. — Mandaram mesmo um policial? Só pode ser brincadeira.

— É mentira, então? — Artur questionou, desconfiado.

— Não, cara, não, não. É verdade. É que... Puta merda, a polícia só vem aqui pra esculachar a gente, e ontem aqueles caras não acreditaram em mim, mas mandaram um de vocês.

— Não mandaram. Eu vim porque estou de férias.

— Você tá de férias? — A surpresa do morador de rua era quase cômica. Mas não para Artur, que demonstrou sua impaciência sem precisar dizer nada.

— Que seja, cara — continuou o homem. — Você vai procurar o meu amigo, então? É isso?

Artur atravessou a rua em direção ao ponto de onde o homem havia saído, deixando-o para trás sem resposta.

— É aqui que você dorme?

— É. Às vezes. Ninguém tem uma porta dizendo que é seu quarto, mas, sim, eu fico por aqui, às vezes em outro canto. Onde tiver lugar.

Artur olhou para outro cobertor enrolado ao lado, com uma bolsa de pano.

— Seu amigo ficava aqui também?

— É, são as coisas dele. Ele curtia dormir debaixo de alguma árvore, gostava quando ventava e balançava as folhas, sabe? Ele veio do litoral... dizia que gostava de dormir quando as árvores fazem som de mar. — Olhou em silêncio para o local. — Entende por que eu tenho certeza que ele sumiu? O cara não apareceu mais, não levou as coisas dele. A gente já não tem nada e...

— Você sabe o nome completo dele? — Artur não deixou que o rapaz terminasse a fala desnecessária.

— Sim, sim, claro.

O detetive continuou a conversa por pouco mais de dez minutos. Um tempo curto para qualquer outro policial que estivesse coletando informações, mas não para Artur. Para ele, e ele deixava isso bem claro, uma testemunha só valeria ser ouvida na ausência absoluta de evidências físicas. Um testemunho, em sua opinião como policial, não era nada além de uma versão dos fatos, uma história à mercê da imaginação que poderia brincar no terreno de uma mente agitada e ansiosa. Além disso, mais do que detalhes ou cenas adicionadas sem a intenção da farsa, um testemunho pode ser uma invenção proposital, uma mentira contada com inúmeras possibilidades de motivos. Dessa forma, com esse pensamento a guiá-lo, Artur se esquivava, sempre que possível, da necessidade de usar esse caminho para suas investigações. Mas na ocasião apresentada nada mais poderia ser a porta de entrada para o possível caso. Era preciso começar de algum lugar. Infelizmente para o detetive, esse início se basearia em uma versão.

Foi durante a conversa que Artur descobriu o nome do homem desaparecido, soube que ele estava com o pé imobilizado por causa de um atropelamento, sua idade, suas características físicas, algumas informações sobre seu passado, e fez uma lista mental de prováveis desentendimentos que pudessem ocasionar um sumiço repentino. Nessa lista estava a própria polícia. Não era rara a ação violenta da polícia ou até mesmo o envolvimento de policiais em grupos de extermínio. Artur era do meio, sabia que havia muito policial honesto, grande parte na verdade, mas a parte ruim da corporação conseguia sujar a imagem de todos. Ele não levaria essa possibilidade em grande consideração, já que normalmente casos de extermínios envolviam mais vítimas e não um desaparecimento isolado. Porém, quando o morador de rua que fazia a denúncia disse que circulava entre os sem-teto o rumor de desaparecimento de moradores de rua ao longo dos últimos meses, a possibilidade de envolvimento de algum grupo ganhou força. Em todo caso, ainda era cedo demais para colocar um norte à frente da investigação. Ele precisava de outras peças para começar a montar alguma imagem. Na sua mesa de possibilidades, o quebra-cabeça estava com as peças esparramadas e misturadas. Além disso, peças ainda faltavam no jogo, e algumas que estavam ali não pertenciam a ele. Antes era preciso, e mais fácil, excluir possibilidades. E as primeiras delas seriam verificar se o morador havia sido detido por algum motivo e se estivera na prisão, depois em hospitais. Duas coisas fáceis de resolver com alguns telefonemas. O mais difícil ainda estava por vir. Mas pelo menos uma coisa Artur já sabia: havia encontrado algo para fazer nas férias.

4

UMA CONVERSA, ANOS ANTES DOS ACONTECIMENTOS ATUAIS

Imagina mudar de escola pela terceira vez no mesmo ano. Se ainda fosse — encolheu os ombros — por um motivo maior, alguma coisa como o trabalho dos pais, sabe? Um trabalho que obriga a tantas mudanças, mas não. Era a terceira escola no mesmo ano e na mesma cidade. E não por um motivo inevitável. Na verdade, bom, pensando agora, talvez fosse. É estranho pensar assim.

"Não temos uma metodologia para trabalhar com crianças que necessitam de assistência especial", a diretora da segunda escola havia dito, aquele papo-furado ensaiado, com certeza. Além disso, não era uma necessidade especial. Ninguém nem sabia ainda o que ele tinha, na verdade. Só sabiam que tinha algo diferente nele, o jeito.

Quem estava nessa reunião era só a mãe dele. O pai não tinha ido. Na verdade, pelo que eu sei, acho que ele nunca foi a nenhuma delas. E, para não dizer que estou defendendo alguém, a mãe dele também não era assim o melhor exemplo de mãe. Ele não tinha sido planejado. Veio, os pais eram jovens e acho que nenhum dos dois realmente queria essa responsabilidade. Mas também não tiveram coragem de fazer nada para impedir o futuro de chegar. Eles só começaram a morar juntos por causa do bebê.

Enfim, acontece que ele teve que ir para outra escola. E foi. Mas aquele ano já estava perdido, não conseguiram encontrar outra escola, disseram que não conseguiram, mas honestamente eu acho que nem se empenharam muito e, como já estava no meio do segundo semestre, resolveram deixar para o ano que vem. Imagina. Eu nunca que deixaria isso acontecer. Nunca. Uma vizinha ficava tomando conta, uma senhora que já cuidava dos filhos da filha dela, porque a mãe precisava trabalhar. O pai também. Apesar de que, desculpa, mas quando eu lembro desse homem já me dá um ódio.

Então ele foi para a terceira escola. E foi a melhor coisa que aconteceu para ele. Quem diria. Não por causa da escola. Não por causa dos professores, apesar, estou mentindo, teve duas professoras que ajudaram muito. Mas não foi exatamente por isso, ou por qualquer política de inclusão, que a tal diretora tinha discursado para a mãe quando ela explicou por que estavam procurando um terceiro lugar para seu garoto. Muito menos por causa das outras crianças, que, embora outras, eram as mesmas crianças da primeira e da segunda escola. Crianças são crianças, como pessoas são pessoas. E a maioria, quase todas, é como se fosse um único ser, repartido em pedaços e colocado em potes de formatos diferentes. Por isso, as brincadeiras recomeçaram.

Mas aquela escola foi a melhor coisa que aconteceu para ele, porque foi nela, e no seu primeiro dia, que ele descobriu algo que o fez ser quem ele é hoje. Ao entrar na sala, ele sentou em uma cadeira na primeira fileira, o professor havia colocado ele lá. Durante a aula, enquanto copiava a matéria que o professor ia escrevendo no quadro, ele reparou no conjunto de janelas basculantes acima da lousa, que se estendiam de ponta a ponta na parede. Elas estavam abertas, as janelas em um ângulo de quarenta e cinco graus apontadas para dentro da sala. E ali, daquele lugar onde estava, na carteira no centro da primeira fila, ele conseguia ver quase toda a sala de aula no reflexo do vidro. Não era uma imagem nítida, mas, como os vidros eram escuros e a luz incidia dando um reflexo de espelho, era possível ver, olhando com bastante atenção, como se comportavam os outros alunos sentados atrás dele. Diferente de quando se está atrás e as pessoas sabem que você pode estar observando, dali ele podia ver as pessoas que achavam que ele não estava vendo. E só quando as pessoas acham que você não está vendo é que elas são quem elas são de ver-

dade. Não havia nessa... coisa voyeur um foco específico, não tinha alguém que ele parou para observar. A partir daquele dia, a própria observação se tornou uma fixação. Ele ficou fascinado.

Mas foi naquele dia mesmo que as crianças começaram a falar que ele era meio estranho. Mal o tinham conhecido, foi na hora do intervalo, a gente chamava essa hora de recreio. — Deixou escapar um sorriso sussurrante e nostálgico. — Recreio. Um grupo de crianças começou a conversar com ele, perguntar de onde era, e a conversa, sei lá, não saiu como elas idealizaram, acho, eu só consigo imaginar como ele era quando criança pelo que conheço agora, mas fico pensando que era ainda mais difícil naquela época. Quando voltaram do recreio, ele começou a escutar a conversinha e a repetição da palavra "estranho" aparecendo entre as outras palavras.

"É estranho... que estranho... meio estranho... sei lá, estranho... pode ser, estranho."

Crianças.

Ele já tinha pegado seus pais falando sobre ele várias vezes. Discutindo que ele era diferente.

"Ele é estranho." Até o pai já tinha gritado isso na casa, em uma discussão com a mãe.

O pai parece que ficava muito nervoso com a situação, de ele não ser como as outras crianças. Às vezes, quando saíam só os dois, era raro isso, na verdade, parece que o pai ficava falando um monte de besteiras para ele. Ele tinha sete anos. E, como ele não respondia da forma que o pai queria, muitas vezes ele apanhava, o pai ficava nervoso fácil, por isso, por isso — bufou — homem nojento. Imagina, sete anos, mudar de escola três vezes, assim, as outras crianças falando que ele era estranho, o pai falando que ele era estranho, a mãe, até a mãe, que era um pouco melhor que o pai, com certeza, mas nem ela dava o amor de que ele precisava. A atenção, as demonstrações de carinho, entende aonde eu quero chegar? Ele não teve isso. Acontece que para ele não havia nada de diferente. E isso o deixava ainda mais confuso. Não havia nada de diferente. Nem melhor e, com certeza, nem pior.

5

Pi.

Pi.

Pi.

Pi.

O homem a sua frente o encarava enquanto ele tentava pela quinta vez passar o produto pelo leitor do caixa.

Sétima tentativa e nada de o aparelho registrar o valor.

— Não é melhor digitar? — disse o homem, sacolejando o corpo. E não era tanto pela demora e pela falha do aparelho, mas pela insistência do rapaz do caixa, que parecia tranquilo demais com a recusa da máquina.

— Melhor não é, senhor. Mas vamos lá.

E, antes de começar a digitar a sequência numérica, Ícaro passou o produto mais uma vez pelo leitor.

— Vai que ela só queria irritar a gente — disse, com um olhar de criança.

— Não é ela que está sendo irritante.

Ícaro olhou para o relógio na tela do monitor. Mais duas horas. Ter aquele relógio ali, sempre o lembrando do tempo que estava jogando fora, era angustiante. Era como estar em um deserto e ver uma torneira aberta jorrando água na areia. Mesmo que ele tentasse não olhar para os números, era impossível resistir. Ele sabia que faltava muito, que ainda teria mais um bom tempo no trabalho, mesmo assim olhava para a sequência numérica, como quem gosta de sofrer ou como se fosse uma forma de relembrá-lo de que era preciso se esforçar mais se quisesse sair dali. Que, quanto mais deixasse para amanhã, então amanhã ele estaria novamente ali, fazendo aquilo de novo, vendo os mesmos rostos passando pela sua esteira de compras, os mesmos rostos em pessoas diferentes, comprando as mesmas besteiras que o mercado fingia colocar em promoção. E essas pessoas sabiam que não havia promoção alguma, que quando não era a metade do dobro era apenas um preço mais baixo em uma rotina de preços elevados a um valor não justificado. E elas compravam mesmo assim. Compravam só para ter a sensação de que tinham saído ganhando. Só a sensação. Era o leite que já quase não tinha nada de leite, era o trigo que praticamente já não era trigo, era algo com sabor artificial de algo que dizia que era mas não era. Também era só a sensação. Só a sensação.

O rapaz começou a digitar a numeração do código de barras. Digitava um número no teclado, olhava para o código, digitava o próximo número, depois ia buscar o próximo no código, e assim foi, de número em número, toda aquela longa cadeia.

Pi.

Pi.

— Tá de sacanagem.

O cliente quase desistiu da compra quando outro produto não foi lido pela máquina mais uma vez.

— Às vezes acontece, senhor.

Novamente Ícaro começou a digitar a sequência, com a velocidade de um semianalfabeto digitando pela primeira vez uma carta em uma máquina de escrever. Letra a letra, usando apenas o indicador. Mas Ícaro estava longe de ter alguma dificuldade com a leitura. Quando finalmente o cliente terminou suas compras e virou as costas, Ícaro deixou escapar um sorriso que foi rapidamente contido, guardando para si a pouca alegria que tinha naquele trabalho. Sorriu teatralmente para a cliente seguinte, que já veio emburrada pela espera. E com ela não foi diferente: os eventuais problemas de leitura da máquina. Falhas cujo motivo o técnico da empresa responsável não conseguia entender. O que o técnico não sabia é que Ícaro cobria parte do código com o dedo, impedindo que a máquina fizesse seu trabalho.

Antes mesmo de o relógio marcar dezoito horas, horário em que ele fechava seu caixa, Ícaro já havia colocado a plaqueta sobre a esteira de produtos.

Caixa fechado.

Só fazia isso quando o gerente não estava por perto. Nas primeiras vezes que ganhou alguns minutos dessa forma, não havia reparado na câmera de segurança que ficava apontando para ele. Para o seu lado, não para ele, na verdade. Era muita arrogância pensar que aquela câmera queria vê-lo. Mas ficou se questionando se tinha alguém realmente vendo aquelas cenas. E até mesmo se a câmera realmente filmava algo.

Enfim, estava fora do supermercado, já trazendo nas mãos o cigarro que acendeu imediatamente. Respirou aliviado, deixando uma baforada generosa se dissipar no ar frio. Outro funcionário passou de carro e acenou para ele. Ícaro apenas meneou a cabeça.

— Vamos?

Carina, que também trabalhava como caixa, havia chegado por trás, sem que ele percebesse. Ícaro ajeitou o colarinho do casaco para se proteger do frio e os dois foram caminhando em direção ao ponto de ônibus.

— E o teste daquela peça? — perguntou Carina.

— Não deu certo — Ícaro respondeu, desviando o olhar e enfiando uma das mãos no bolso do casaco enquanto esfregava os dedos com o punho fechado, como se estivesse esfarelando algo. Uma mania crônica.

— Essas coisas demoram. É uma área concorrida. Parece, pelo menos — ela tentava animá-lo.

— Não é concorrida. É pouco valorizada. É diferente.

— Não é nenhuma novidade no mundo. — Enquanto falava, Carina procurava algo na bolsa.

— Não é o nosso ônibus ainda.

— Eu sei — ela respondeu sem olhar para ele, colhendo um objeto no interior da bolsa. — Senhor. Aqui.

A garota chamou um morador de rua que passava por eles e estendeu a mão, depositando um conjunto de moedas que tilintaram na palma suja do homem. Este agradeceu com a cabeça, fazendo uma reverência. Quando o morador olhou para Ícaro, o rapaz balançou a cabeça negativamente, sem muita simpatia. O homem em vestes esgarçadas continuou seu caminho até parar pouco adiante, em frente a uma lixeira. Vistoriou seu interior, avaliando se valia a pena uma busca mais detalhada ali dentro. Desistiu com um semblante sem expressão e seguiu rua abaixo.

— Dá um trocado pra mim também, já que tá sobrando.

— Cala a boca — Carina disse sem rir, mas com um tom leve. — Se você fosse melhor com os outros, talvez o mundo fosse melhor com você.

— Você é melhor com os outros e olha só: estamos os dois aqui, no mesmo lugar.

— Mas nos sentimos diferentes. Você é triste, eu não.

— Que belo jeito de ser melhor com os outros, hein?

— Cala a boca. — Ela esticou o braço, fazendo um sinal. — Até que enfim. Vamos.

Ao chegar ao apartamento onde morava, Ícaro foi direto para seu quarto. Depositou a mochila em um canto da mesa, ao lado de uma pasta aberta que exibia uma página de jornal com uma antiga crítica sobre uma das peças de Matias Dália. Trancou a porta e foi para a janela. Carina tinha um efeito tranquilizador sobre o rapaz. Não eram namorados — aliás, ela namorava um colega que dividia o apartamento com Ícaro. Eram três rapazes no total, compartilhando um imóvel de cinquenta e dois metros quadrados, de dois quartos. Ícaro ficava com um só para ele. Apesar de não ganhar muito, aceitou pagar um valor maior do aluguel para não ter que dividir o cômodo. Queria um lugar somente seu. Um canto que fosse, mas seu, mesmo que temporariamente. Mais do que querer, ele precisava desse espaço. Porque lá ele podia se trancar e chorar. Como estava fazendo agora, enquanto olhava pela janela.

Dentro da casa que guardava a minivan preta na garagem, o motorista do veículo terminava os preparativos de sua caracterização. Presa ao espelho, como referência da última saída, estava a foto polaroide com a imagem do personagem que assumiria mais uma vez. Os olhos dançavam da imagem fotografada ao seu reflexo no espelho, fazendo a comparação e dando os últimos retoques, até que finalmente a imagem colada diante dele era exatamente a mesma que ele ostentava.

Deixou o cômodo reservado para a preparação da maquiagem e vestimentas e entrou em outro quarto, um local improvisado para receber uma cabine horizontal que, claramente, não devia estar ali. Uma câmara refrigerada, medindo dois metros de extensão, tamanho suficiente para acomodar com facilidade o corpo de uma pessoa e na temperatura correta para conter o processo de decomposição por determinado período. Função que a câmara já havia realizado com sucesso em outras ocasiões, guardando o corpo dos moradores de rua que ele havia executado e mantido ali, um de cada vez, até a hora de usá-lo.

Nesse exato momento a câmara estava vazia. Conferiu a temperatura no termostato. Nessa noite, se tudo corresse como planejado, a câmara seria usada novamente. Outro morador de rua iria preencher seu interior. E o assassino já sabia quem seria.

•

Cássio esfregava a mão direita sobre o braço esquerdo imobilizado pela tipoia. Passara-se uma semana desde o ataque violento que sofrera e da improvável ajuda daquela madrugada. As duas costelas trincadas ainda doíam, o dente que havia cuspido na calçada deixara um espaço incômodo, mas era o braço temporariamente inútil que fazia mais falta. Faltava-lhe equilíbrio ao andar com ele preso ao corpo.

— Estou descompensado — ele dizia enquanto simulava uma caminhada na calçada encardida. Laercio, outro morador de rua, estava sentado e olhava os passos do colega.

— Não tem nada de errado no seu jeito de andar.

— É que você está olhando de fora. Eu estou fazendo força para balancear.

— Chutaram sua cabeça, foi isso.

— É, chutaram mesmo. Chutaram minha cara. — Cássio apertou a bochecha sobre a área onde lhe faltava o dente. — Aqueles filhos da puta.

Com dificuldade, tirou um cigarro amarrotado do bolso, colocou na boca e foi buscar o isqueiro.

— Você vai fumar assim? — O tom de Laercio era de preocupação.

Com o cigarro nos lábios, Cássio ergueu os ombros, parecendo não entender.

— Você tá com um buraco no dente, cara. A fumaça vai entrar direto por ele. É muito mais chance de crescer um câncer aí. A nicotina vai direto na ferida.

— Cala a boca — Cássio retrucou, incrédulo, para o amigo, que nada tinha de conhecimento científico.

— Eu tô falando sério, cara. Você quer ficar mais fodido do que já está?

— Eu não vou te dar o cigarro, tá maluco? É o último.

— Você que sabe. Mas a nicotina vai direto pra ferida.

— Já tô todo ferrado mesmo. — Cássio acendeu o cigarro. A chama amarela do isqueiro iluminou seu rosto na rua acinzentada e se apagou, deixando apenas a brasa incandescente queimando o fumo. Na extensão da calçada, outros moradores de rua se aglutinavam. A noite fria os unia. Ainda era cedo, pouco mais de oito. Cássio acariciava algo dentro do bolso da jaqueta. Laercio, vendo as ondulações que os dedos ossudos desenhavam do lado de fora do bolso do amigo e sabendo o que ele guardava ali com tanto cuidado, mudou o tema da conversa.

— Então, recebeu a carta, hein? — falou com uma mistura de alegria e sensibilidade, já que sabia a importância daquela notícia para o colega.

Cássio meneou a cabeça, com um leve sorriso de alegria que às vezes teimava em demonstrar esperança no rosto. Deu mais um trago e fugiu com o olhar. Seus dedos continuavam acariciando o objeto dentro do bolso, revelando para algum observador mais experiente seu nervosismo e ansiedade.

— Vai buscar ela quando? — perguntou Laercio.

— Amanhã — a resposta veio seca e acompanhada de uma nova tragada.

— Pelo amor de Deus, cara, um pouco mais de alegria. Era isso que você estava esperando tanto, não é?

— Sei lá. Era, eu sei. Mas vai saber. Só vou descobrir quando ler — Cássio olhou para o cigarro. Retirou do bolso a mão que acariciava o objeto, buscou o cigarro que pendia na boca e o colocou entre os dedos da mão com o braço imobilizado. Com a outra mão livre, passou polegar e indicador na língua, deixando uma quantidade razoável de saliva se depositar na garra improvisada que os dois dedos formavam e passou a baba na ponta do cigarro, logo abaixo da brasa que ardia, umedecendo o papel por toda a sua extensão até o filtro. O papel úmido ganhou um aspecto transparente, por onde era possível enxergar o tabaco do seu interior. Molhar o cigarro daquela maneira era uma técnica utilizada para diminuir a velocidade da queima do papel e fazê-lo durar um pouco mais, queimando apenas quando tragado.

— E se estiver escrito que eles querem você de volta? — Laercio sempre fora o amigo positivo. Como Cássio não disse nada em resposta, continuou: — Você deve aceitar a ajuda deles. Não precisa ficar nesse lixo aqui.

— Não dá pra voltar assim. Não dá. Eu... eu tô um lixo. Não quero fazer passarem mais vergonha por minha causa. Já deu. Já abusei demais.

Laercio se levantou.

— São seus filhos, cara. Você tá de boa agora. Quer dizer, você meio que tá fedendo — Laercio deixou escapar uma risada no meio da frase —, mas pelo menos não tá fedendo a cachaça, já pagou o que tinha que pagar aqui na rua, já passou muito tempo aqui. Você sabe que é isso que quer. E que está pronto pra isso. Se não estivesse, o Rodolfo não teria te dado esse celular aí.

Cássio acariciou o aparelho dentro do bolso.

— Você está esperando por isso — continuou Laercio. — E, cara, só pode ser boa coisa. Porra, eles não mandariam uma carta pra te escrotizar. Só pode ser, só pode ser eles te aceitando de volta.

Cássio deu mais uma tragada. O olhar vago passeou pelo ambiente ao seu redor.

— Sério — continuou Laercio —, vai fumar tudo sozinho mesmo?

Os dois deram uma risada. Algo necessário a fazer. Quem não ri enlouquece. Seja na rua, seja em qualquer lugar. Os dois sabiam disso. Desde que se conheceram, quase três anos atrás, quando Cássio chegou naquela região. Laercio já estava lá. Ele nunca revelou ao amigo desde quando estava na rua, sempre desconversava, uma mistura de vergonha com memória seletiva.

— Vou dar uma volta. Vou me cansar um pouco. Será? — Olhou para o colega. — Será mesmo que é isso que está escrito na carta? Será que eles me querem de volta? Que me perdoaram? — Seus olhos brilhavam, a voz embargada com a esperança da possibilidade. Afinal, em que mais alguém na sua situação pode se agarrar a não ser na esperança, como farol de suas noites escuras?

— Com certeza, cara. Com certeza. E, já que vai dar uma volta, arruma uns cigarros pra gente — Laercio disse enquanto voltava a se sentar, se enrolando novamente no cobertor.

— Você é folgado demais, cara. Eu que tô todo quebrado.

— Então, melhor. Você tá de dar dó. Eu daria um cigarro pra você, se tivesse.

— Daria porra nenhuma.

— Juro, cara. Você tá horrível.

Cássio deu uma tragada no cigarro, que já se aproximava do fim. Segurou a fumaça e estendeu a ponta para o colega, que a levou imediatamente à boca para que não queimasse em vão.

— Vou lá.

— E cuidado com a porra do câncer. É sério. A fumaça vai...

— Direto pra ferida.

Cássio atravessou toda a extensão da rua, que àquela hora não servia só de passagem, mas também de hospedagem. Assim como ele, muitos sem-teto dispensavam o uso de abrigos públicos cedidos pela prefeitura. Cada um tinha seus próprios motivos para isso. Cássio mesmo já havia experimentado em algumas ocasiões os serviços dos alojamentos e em alguns ele jurou nunca mais voltar. Preferia os imprevistos das ruas à certeza dos piolhos de pomba ou aos maus-tratos por parte de quem, teoricamente, deveria estar naquele lugar para oferecer acolhimento. Mas nem todas as suas experiências tinham sido ruins. Havia, sim, lugares dispostos a proporcionar um acolhimento digno, sem luxo, mas honesto e sincero em seu objetivo de abrir as portas para quem não tem um teto. O abrigo comandado por Rodolfo se encaixava nesse grupo. Cássio passara algumas noites lá, principalmente quando o clima resolvia assobiar seu vento de inverno, que vencia as velhas cobertas sujas e as improvisadas coberturas de papelão. Sem contar a chuva. Todo morador de rua é igual criança, que se apavora quando nota a chegada de uma tempestade, a luz que fagulha no céu, o ribombar das nuvens carregadas de água e eletricidade.

Mas aquela noite que se abria fria era coberta por um céu aberto, indicação de posterior dia de sol — o que alegrava Cássio, que iria até o abrigo de Rodolfo caminhando sob o afago do calor. Caso acreditasse nisso, talvez pudesse passar por sua mente que seria presságio de uma vida melhor. Entretanto, já tão maltratado pelas consequências de seus próprios atos, não se julgava merecedor de bênção alguma: esperava apenas uma nova oportunidade, mesmo que viesse pela imposta obrigação social do parentesco, pela maldição do amor, que obriga as pessoas a fazerem algo umas pelas outras pelo simples fato de estarem ligadas pelo acaso do sangue, a loteria da vida, que coloca você ao lado de pessoas que, se fosse questão de escolha, não seriam a sua.

A caminhada, ao contrário do que os mais saudáveis pregavam, causava-lhe a mais intensa vontade de fumar. Para os sozinhos, cigarro é companhia. E, como na relação entre pessoas, nem sempre companhia é coisa boa. Poderia matar por dentro, mas também queimava o tédio e aplanava a ansiedade. Pediu para um grupo de jovens fumantes parados do lado de fora de um bar. Com ar pidão, acabou ganhando dois. Um foi aceso ali mesmo, na tentativa de levar junto o isqueiro.

— O isqueiro já é demais — impediu um dos jovens, colocando um sorriso na frase para disfarçar de bom humor sua mesquinharia.

Cássio agradeceu com um sorriso com o mesmo objetivo de disfarce, afinal, o que tinha repudiado sua tentativa de levar o objeto nem era o dono dele, muito menos tinha sido o que lhe arranjara o par de cigarros. Com seu olhar rápido, viu se tratar do acompanhante de uma das garotas da roda. Imediatamente, pela forma de olhar para o morador de rua, Cássio o colocou no grupo dos "esse chutaria um mendigo na calçada". Por isso, sem demorar tempo demais por ali, se afastou, um cigarro aceso, outro no bolso, à procura de outros grupos mais adiante para juntar companhia suficiente para uma longa noite de ansiedade. Ele sabia que noites assim demoravam a passar. Alguns cigarros seriam necessários. Andaria, pediria mais alguns, e durante o trajeto matutaria possibilidades sobre o conteúdo da carta.

"Pronto para uma boa notícia? Chegou uma carta pra você. É do seu filho", assim falou Rodolfo ao telefone. Um celular velho que não usava mais. Já que era pré-pago, ia servir pelo menos para receber ligações. No caso, a ligação de Rodolfo, já que não havia outro conhecido que pudesse ligar para o desabrigado. Sua família desconhecia o número do aparelho recebido depois da última carta que ele mesmo havia enviado aos filhos, dando o endereço do abrigo coordenado por Rodolfo como destino para uma eventual resposta. Por isso, quando o telefone vibrou, com o som no mudo, já que a música poderia despertar interesse entre outros moradores de rua, Cássio correu para um canto mais afastado para atender a ligação.

Enquanto caminhava pelas ruas, um sorriso ia pouco a pouco ganhando forma na expressão do homem, morador de rua havia três anos. Três anos. Engraçado, e triste, como parecia muito mais. Sua pele aparentava mais. Seu cheiro, seu cabelo. A pessoa vai se impregnando das coisas da rua, e, ao contrário do que se pensa, que a pessoa não consegue mais sair dela, é ela que não sai mais da pessoa. É uma simbiose, como se a rua fosse uma coisa viva, um organismo, em que um alimenta o outro, e os dois vão caminhando juntos em direção a lugar nenhum. Engoliu o sorriso, guardando a esperança do lado de dentro da boca. Aprendeu cedo a não ficar exibindo seus momentos de alegria na rua. Alegria no rosto de morador de rua muitas vezes é interpretada como vagabundagem por quem se acha mais merecedor de felicidade.

Quem sabe tivesse deixado o sorriso transbordar, talvez o sinal de que algo bom estivesse acontecendo espantasse as intenções do olhar do motorista dentro da minivan preta que o observava já fazia algum tempo. Aproveitando-se do horário, o motorista deslizava seu veículo pela penumbra da noite, deixando o rapaz se afastar para depois se aproximar sorrateiramente, evitando uma movimentação muito picada, que poderia chamar a atenção de alguém curioso com o anda e para do veículo. Naquele jogo de paciência o motorista se mostrava bom jogador, já que, de dentro do carro, não revelava frustração nem nervosismo com a caminhada de Cássio. Pelo contrário. Sem demonstrar, já que não era necessário externar felicidade, nem tinha ele afinidade em tais demonstrações, o caçador via crescer sua oportunidade com o morador de rua caminhando despreocupado, parecendo pensar em algo distante e também ele próprio se distanciando da área mais movimentada daquela região. O motorista viu Cássio virar a esquina, oferecendo a chance que ele esperava.

Sem perder tempo, o carro avançou. O sinal verde deu passagem aberta para o veículo deslizar rapidamente pela via reta, para em seguida percorrer a curva até a esquina usada por Cássio. Logo na virada, de dentro do carro já era possível enxergar o caminhante solitário na rua deserta, uma viela estreita do centro da cidade. A iluminação ruim era tudo de que o caçador precisava para se aproximar, e, quando se emparelhou com Cássio, que tinha a cabeça percorrendo outros caminhos, o desabrigado saltou com o susto que a voz de dentro do carro provocou chamando seu nome.

— Minha nossa, cara, tá maluco de chegar assim? — Cássio disse enquanto desfazia a posição de seu corpo, que havia se torcido com o susto.

— Desculpe. É que eu vi você andando e pensei que, como eu te ajudei aquele dia, talvez você possa me ajudar agora numa coisa.

Cássio deixou um riso irônico sair, triunfante.

— É claro. Claro que uma ajuda não poderia ser de graça.

— Não é isso. Eu não vim aqui cobrar nada. — O motorista sacou um cigarro, colocou entre os lábios e acendeu. — Aquele dia eu te ajudei porque era a coisa certa a fazer. — Deu uma tragada forte, depois baforou a fumaça no ar. — Falando nisso, e esse braço, está melhor?

Cássio olhou para o próprio membro imobilizado.

— Posso abusar e pegar um cigarro seu?

— Claro.

O motorista levou a mão direita para perto do câmbio de marcha do veículo e em seguida entregou o cigarro a Cássio, já preparando o isqueiro para acender na boca do morador de rua.

— Eu vou fumar esse mais tarde.

— Depois eu te arrumo outro. Me faz companhia no cigarro pra não me deixar morrer sozinho.

— Já que está sendo tão bonzinho.

O homem se curvou e colocou a ponta do cigarro que tinha entre os lábios na chama do isqueiro que o motorista empunhava pela janela.

— Você ia me falar sobre o braço. Como está?

— Ah. — Deu uma tragada forte. — Está melhor. Ainda dói, mas logo vai passar. As coisas estão melhorando, na verdade. Parece que até que enfim as coisas vão melhorar. — Ele se revelou mais animado e deixou que sua empolgação, junto com a dívida da ajuda do motorista lembrada pela tipoia, o deixasse solícito e disposto a retribuir a boa ação. Deu outra longa tragada. — O que você quer que eu faça? — Cássio sentiu um cansaço repentino nos olhos.

— Está vendo aquele prédio ali na frente? — O motorista apontou para uma construção adiante, o que fez Cássio virar a face para o lado.

O morador de rua deu mais uma tragada no cigarro e seu corpo hesitou em um balanço trôpego.

— Eita, porra.

Uma das pernas cedeu e o joelho bateu com um baque duro no concreto. Ele olhou para o lado, em direção ao veículo, e sombras translúcidas dançaram a sua frente, brincando com sua visão.

— O que... não estou me sentindo...

Sentiu uma mão agarrando seu cabelo com violência na nuca. O cigarro que tinha entre os dedos já estava no chão, e a mão solta tentava agarrar a roupa do homem que o segurava pelo cabelo. Não tinha forças para reagir quando sentiu o pano molhado sendo pressionado sobre sua boca e nariz.

Com movimentos ágeis, o homem arrastou o outro para trás do veículo, que já estava com o porta-malas destravado. Abriu o compartimento e jogou o corpo lá dentro. Pegou o pano e embebeu de forma abundante com a droga. O efeito dela, em um curto período de inalação, era o suficiente para fazer desmaiar um homem adulto. Por longos períodos, entretanto, o resultado poderia ser fatal. O motorista sabia disso. Mas ele não precisava de Cássio vivo.

6

Rodolfo estava em sua sala, um retângulo espremido de três metros por dois, dentro do abrigo para moradores de rua que administrava. Um lado da parede era tomado por um armário de metal doado por uma mulher que já não via mais utilidade para o móvel após o falecimento do pai. Apesar de ser mantido financeiramente pela prefeitura, os recursos ainda não eram suficientes para arcar com algumas necessidades que, longe de serem luxos, ajudavam no bom andamento do trabalho do abrigo. Coisas simples que eram complicadas pela burocracia pública e, principalmente, pelo desvio de dinheiro, que ia parar nos bolsos dos políticos. Além do armário, o computador usado por Rodolfo também viera de uma doação, já que o recebido da prefeitura era usado pelo funcionário que trabalhava na recepção, fazendo registros e demais tarefas. Rodolfo não fazia aquilo só por ser seu trabalho, mas também, como ele mesmo dizia, por vocação. Quando você não faz algo só por obrigação, consegue relevar os obstáculos que justificam a reclamação diária da maior parte dos trabalhadores.

Sentado à mesa, Rodolfo segurava na mão a carta endereçada a Cássio. Com a outra mão empunhava o telefone, que chamava e chamava e chamava. Buscava o morador de rua que havia dito, com enorme empolgação, que estaria na primeira hora no abrigo para buscar a tão esperada correspondência. Insistia na tentativa de encontrá-lo porque sabia que nada era mais esperado por aquele homem. Um dia e meio já havia se passado. Cássio não chegava nem atendia o celular. A ansiedade de Rodolfo era acrescida da preocupação de ser real o rumor de desaparecimentos de sem-teto nos últimos meses. Ele mesmo tentara uma investigação sobre o assunto, buscando mais informações com quem utilizava os serviços do abrigo, mas nenhuma delas foi suficiente para convencer a polícia sobre a possibilidade. Da boca de quem passava o boato para a frente nunca vinha um nome. Quem sumia sempre era o conhecido do conhecido de alguém. E, se esse alguém realmente conhecesse um morador de rua que havia desaparecido, Rodolfo não conseguia chegar a ele. Sua imaginação ligava fatos e rumores, criando uma possibilidade que o incomodava.

Ele foi para o lado de fora do abrigo, onde da calçada observava o movimento, um áspero sobe e desce de pessoas. Sabia o que procurava, e não demorou para avistar logo à frente o motivo de ter ido até ali. Depois que uma reportagem no jornal da noite mostrou os constantes assaltos na região, cometidos até mesmo à luz do dia, sem nenhum acanhamento pelo fluxo de pessoas, uma viatura da polícia passou a rondar a área. Isso, do último mês para cá. Mas Rodolfo sabia que a ação ia durar o tempo necessário para que a indignação popular provocada pela reportagem arrefecesse, o que ele também sabia que não ia demorar mais do que algumas semanas. E os assaltantes também estavam cientes disso. Nesse momento eles deviam estar em atividade em outras áreas. Não iriam ficar no prejuízo, esperando até que a região preferida se visse desprotegida da atenção policial.

— Augusto — Rodolfo apertou a mão do policial. Também cumprimentou o outro ao lado e em seguida voltou a se dirigir ao policial Augusto, que já tinha se tornado próximo depois de tantos encontros pelas redondezas e conversas sobre a situação dos desabrigados. — Eu estou precisando de uma ajuda sua.

— Claro, senhor Rodolfo. — O policial mantinha as mãos para trás do corpo. Mesmo prestando atenção à conversa, mantinha-se em posição vigilante e sensível ao que acontecia ao seu redor.

— É o seguinte: eu marquei com um homem para ele vir buscar uma correspondência que chegou para ele aqui no abrigo. Eu sei da importância e da ansiedade que ele estava para receber essa carta, mas até agora nada de ele aparecer. Tentei ligar e nada. Estou um pouco preocupado, era para ele ter vindo ontem — Rodolfo dizia, com a expressão séria. — É possível enviar um chamado para alguém dar uma olhada na região onde ele fica, só para saber?

— Talvez ele esteja fazendo alguma coisa e passe aqui mais tarde. A possibilidade de alguma coisa ter acontecido é bem menor do que a chance de ter aparecido um imprevisto.

— Augusto, com todo o respeito, imprevisto para morador de rua nunca é coisa boa. O que eu tenho para entregar para essa pessoa é uma carta que ele vem esperando há mais de oito meses. Entende a ansiedade que essa pessoa está para ter essa carta nas mãos? E outra: um morador de rua não tem a agenda cheia de compromissos. Ele queria vir buscar a carta anteontem mesmo, na noite em que eu liguei. Eu que... — Rodolfo engasgou, fazendo uma breve pausa — eu que pedi pra ele vir ontem de manhã.

— Entendo — foi a única palavra dita pelo policial, acompanhada de um olhar sério, porém gentil.

A verdade é que, além da preocupação, Rodolfo nutria, de forma inconsciente, a ansiedade de entregar a carta. Ele mesmo já tinha morado na rua e também esperou um chamado da família para retornar ao lar. Outras pessoas fizeram por ele o que agora ele tentava fazer pelos desabrigados da cidade que aceitavam seu apoio na instituição. Somava-se a essa ansiedade o atraso de Cássio, com o rumor dos desaparecimentos, e o fato de ele mesmo ter pedido ao morador de rua para vir só no dia seguinte. Embora real, seu nervosismo não era algo que alguém de fora pudesse ver urgência. Mas é esse sentimento inconsciente que nos faz apressar conclusões.

— Façamos assim, senhor Rodolfo. Você me diz o local onde esse homem costuma ficar. Eu vou pesquisar o nome dele, e espero que não o encontre em outros locais. — Rodolfo sabia bem o que o policial estava querendo dizer: IML e hospitais, para ver se Cássio, ou melhor, seu corpo, não estava em alguma gaveta. — É mais rápido fazer essa busca pelos meios policiais — continuou. — Se não o encontrarmos, eu preciso que o senhor vá até uma delegacia registrar a ocorrência. Mas em se tratando...

— Em se tratando de um sem-teto a polícia não vai dar a mínima, eu sei — Rodolfo completou.

— Eu não ia dizer com essas palavras, mas nós sabemos, né?

Rodolfo se sentia impotente e incrédulo. Mas ele mesmo sabia que havia pouco a fazer a não ser esperar por essas ações iniciais e aguardar que Cássio aparecesse de forma repentina, fazendo sua preocupação soar de um jeito bobo quando ele dissesse que estava preocupado, questionando o porquê da demora. Ele passaria um rápido sermão, mas logo se dobraria ao sentimentalismo e entregaria a carta ao homem, que com os olhos brilhantes e grandes leria como quem devora um prato de comida quente e feito na hora.

— Ok. Eu tenho uma foto dele no banco de dados do abrigo. Vou imprimir e trazer aqui para você, tudo bem?

— Ótimo, senhor.

●

Bete estava sentada em uma mesa de bar, acompanhada de outros colegas da polícia. O happy hour entre policiais não tinha um dia específico da semana, nem horário marcado. Mas naquele estabelecimento sempre havia policiais tentando espairecer a mente para compensar a rotina que vivia no limite. Uma vez a detetive tinha sido questionada por um homem de fora da corporação: "Como você consegue parar pra ir num bar beber quando precisa descobrir quem matou quem?" E ela respondeu: "Eu estou sempre no meio de uma investigação. Qualquer profissional tem uma vida em paralelo com o trabalho, senhor. Eu tenho todo o direito de ter também", foi a resposta dela.

Naquele momento, o grupo conversava, entusiasmado, sobre o que cada um faria se pudesse, apenas uma vez, voltar no tempo, em qualquer momento, seja em um passado próximo ou distante, para refazer algo, mandar uma mensagem a alguém ou a si mesmo.

— Acho que eu teria levado mais a sério as aulas de defesa pessoal na academia — disse Bete.

— O quê? — protestou um dos colegas. — Nossa, sério isso? Porra, Bete, você está andando muito com o Artur. — A mesa toda caiu na risada, inclusive a própria Bete, que se pegou sendo racional demais em uma circunstância que permitia fantasias mais divertidas.

— Bete — outro policial começou —, você consegue mais do que isso. Assim, sei lá, levar a ideia de alguma invenção milionária para o seu pai, por exemplo. Imagina, o seu pai sendo o cara que inventou... que inventou... caralho, acho que estou ficando bêbado, não consigo pensar em nada...

— Você não consegue pensar em nada nem sóbrio — alguém da mesa provocou.

— Espera, porra, deixa eu pensar. Ah, sei lá, alguma coisa tecnológica. O celular, tipo isso.

— Não — uma policial ao lado retrucou —, tecnologia é complicado demais. Imagina seu pai sendo o cara que inventou a Coca-Cola. Bem mais simples de pôr em prática.

— Acho que na época do pai da Bete já existia a Coca-Cola — outra argumentou, meio que tirando sarro da colega.

— Será?

— Acho que sim, não sei. Quantos anos tem a Coca-Cola?

— Não faço ideia.

— Bom — Bete cortou a conversa —, Coca-Cola eu não sei, mas cerveja com certeza já existia.

Todos riram e levaram seus copos à boca.

— E você, Juliano? Tá caladão — o policial que começou a conversa de voltar no tempo questionou o colega.

— Ah — o homem bufou, inconformado —, eu só queria não ter feito a cretinice da sexta passada.

Um dos colegas, que sabia da história, começou a rir descontroladamente.

— O que foi? — perguntou Bete, sem entender a piada.

— Ah, puta merda — o rapaz se lastimava apenas com a lembrança.

— Caramba, o que você fez? Você não ia sair com aquela mulher da festa? — Bete se adiantou, preocupada com o que o colega poderia ter feito, mas já prevendo alguma jogada masculina idiota.

— Você gosta de Marvin Gaye, Bete? — o policial falou, e as palavras pareciam derreter logo que saíram da boca.

— Ah, não — Bete disparou, rindo. — Assim? De cara? Não acredito, Juliano. — A detetive estava indignada, mas se divertia.

— O que tem o Marvin Gaye? — um policial jovem, alheio ao motivo da descrença, quis saber. — Não é um som bom pra... — deu uma balançadinha com o corpo — criar aquele climinha cremoso?

— *Climinha cremoso?* — a policial ao lado de Bete repetiu, como se nunca tivesse escutado o termo.

— É, climinha cremoso — o rapaz tornou a dizer e novamente gingou o corpo, como se a movimentação ajudasse a dar sentido à frase.

A policial balançou a cabeça, revirou os olhos, riu e bebeu sua cerveja.

— Calma, vamos entender a situação — Bete tentou soar séria, mas claramente não conseguiu. — Não era a primeira vez que você ia levar ela pra sua casa?

— Era. — O policial estava envergonhado.

— O problema é esse — Bete começou a explicar ao jovem policial, que não entendia o motivo de sua indignação. — O Marvin Gaye é maravilhoso. Quantas pessoas não foram feitas ao som de Marvin Gaye, né?

Todos riram.

— Mas, nossa... — Bete continuou a explicação. — Na primeira vez não, né? É descarado demais. É clichê demais. Como mulher, você já pensa: "Putz, nada de novo nesse aí também". A gente sabe, mulher não é boba, porque um cara convida a gente pra ir pra casa dele, é óbvio, a gente sabe, e tá tudo bem, nós vamos porque também queremos o que vocês querem. Acontece que o fato já é óbvio, mas você não precisa ser, entende? Entrar a primeira vez na casa de um homem e quando ele liga a música rola de cara um Marvin Gaye... Não, não. — Ela se recostou à cadeira, tomou um gole da cerveja e continuou: — Nossa, não precisa ser tão explícito, né, pessoal? Não vai me dizer que ainda por cima foi...

— Essa mesma — o policial se adiantou.

— Nossa, que clichê. Que clichê! — E usando a long neck que estava bebendo como se fosse um microfone, começou a cantar, de forma cômica e chorosa: — *Baaaaaabyyy, I'm hot just like an oven... I need some lovin'... And baby, I can't hold it much longer... It's getting stronger and stronger... And when I get that feeling... I want sexual healing... Sexual healing, baby... Makes me feel so fine... Helps to relieve my mind...*

Mais risos, novas goladas nas bebidas e tapinhas nas costas do policial desolado.

— Mas hoje tudo bem o seu marido colocar um Marvin Gaye, Bete? — outro policial questionou.

— Se ele não colocar, eu coloco — ela disse, provocando ainda mais risadas. — Mas não na primeira noite, né, gente? Por favor — Bete olhou para Juliano, balançando a cabeça de forma negativa e estalando a língua repetidas vezes para reforçar a negação. — Não, não, sinto muito, rápido demais. É como se você tivesse deixado a moça na sala e falado assim: "Peraí que eu vou ali na cozinha e já volto". E aí você já volta pelado: "Então, você estava dizendo..." — Bete simulava uma voz masculina.

— Bom, pelo menos eu estou tentando alguma coisa — Juliano se defendeu, olhando para o colega ao lado, que buscava desviar da indireta bebendo sua cerveja.

— É verdade, Augusto — Bete colocou lenha na conversa. — Está na hora de se mexer e sair dessa fossa.

Os amigos na mesa apoiaram. Augusto havia se separado da esposa quase seis meses atrás e, desde que isso acontecera, não tinha se envolvido com nenhuma outra mulher.

— Eu... — A voz sempre falhava quando buscava uma explicação. — Eu, sei lá, é difícil. Ainda tenho saudade dela.

— Muitas vezes saudade é só preguiça. — Bete olhou para o colega, que sempre arranjava uma desculpa para não sair. Aquele happy hour, aliás, ele quase o declinara. Mais uma vez.

— Dá trabalho recomeçar — a detetive continuou —, mas é preciso.

— Você tem razão. É, eu sei. Esses últimos dias estão sendo foda. — O homem bebeu da cerveja, visivelmente cansado.

— Como ficou o caso da morte do rapaz? — outro colega puxou o assunto, mas todos já sabiam do que se tratava. Augusto havia matado um rapaz em uma batida policial.

— Ele tinha acabado de fazer dezoito anos — Augusto se lamentou.

— Ele atirou em você.

— Eu sei. — Coçou a cabeça. — A verdade é que eu nunca pensei que seria assim... matar alguém.

— É uma merda mesmo — a policial ao lado de Bete concordou. — Mas às vezes não tem jeito.

— É, eu sei. Vocês sabem, não foi a primeira vez que eu acertei alguém, mas, sei lá. Parece que está tudo acontecendo junto.

— Ah, pessoal, na boa. A frase vai ser clichê também, mas é verdade: "Bandido bom é..."

— Nem termina essa frase — Bete interveio. — Porra, sério? Vamos usar esse argumento idiota aqui? "Bandido bom é bandido morto." Como se o problema fosse só isso mesmo.

— E você acha que a escolha da pessoa não conta?

— Não estou falando isso, mas não é simples assim. Por causa de umas declarações rasas como essas que as pessoas acham que policial só quer matar.

— Não é questão de matar, Bete, é questão de deixar o mundo mais seguro. Só isso.

— Pois é exatamente disso que eu estou falando. O mundo não vai ficar mais seguro se o pensamento que norteia os nossos atos for esse. A verdade é que a criminalidade não vai ser resolvida pela punição. Eu não estou dizendo que não tem que haver punição, não é isso, claro que tem que ter, mas não é ela que vai resolver o problema.

— Eu concordo — Augusto afirmou. — O problema está mais associado ao descaso social.

— Exatamente — Bete concordou. — E quando você toca nesse assunto tem sempre aqueles que cospem: "Pobreza não é desculpa para ser bandido" ou "tem muito pobre que leva a vida honestamente". Que argumento imbecil. É claro que tem. Eu não entendo é essa contradição. Muitos especialistas já provaram que a punição não vai resolver o problema da criminalidade. O problema está bem antes, bem antes. É preciso dar uma perspectiva para as pessoas mais pobres, pela educação e pela assistência social. Mas quem está revoltado com a criminalidade não quer seguir esse caminho, sabe por quê? Porque vai demorar muito. A pessoa quer ver quem roubou o celular dela pagando a conta agora. Essa pessoa não quer pensar em fazer alguma coisa para daqui a dez, quinze anos, ter menos roubos de celular... O que interessa é prender o cara que roubou o dele. E a contradição está nisso. Se a pessoa que, teoricamente, quer uma sociedade melhor não consegue escolher o caminho que vai levar a isso porque vai dar algum resultado só depois de anos, como ela pode afirmar que, se ela tivesse a mesma vida do bandido, ela iria escolher o caminho honesto, que também é um caminho que pede paciência e leva mais tempo para colher as conquistas? Entende?

A conversa continuou e outros policiais se juntaram ao grupo. Aqueles momentos no bar não eram apenas para esquecer o trabalho. Na verdade, para a detetive, da mesma forma que era para muitos outros, essas pausas serviam, infelizmente, para pensar nele. Muitas vezes era assim, se distanciando dos casos, que ela conseguia enxergar algo que estava passando despercebido por seu olhar muito próximo. Era como montar um quebra-cabeça cheio de peças sobre uma mesa não muito grande. Muitas vezes, uma peça cai no chão e, se você continuar olhando só para a mesa, não vai perceber o que está faltando. E quase sempre um detalhe impede você de prosseguir. Além disso, como em qualquer mesa de bar na companhia de profissionais da mesma área, era quase impossível o trabalho não virar assunto. Discutir o caso com pessoas de confiança também ajudava, em algumas ocasiões. E claro que a conversa era o momento de saber o que estava acontecendo no todo.

— Eu sei, eu sei — Augusto dizia, tentando convencer mais a si mesmo do que aos outros. — A parte boa é que dá pra focar mais no trabalho — terminou de falar e levou o copo de cerveja à boca.

— Claro, ficar investigando morador de rua desaparecido é uma ótima maneira de ocupar a mente mesmo — provocou um colega.

— Como assim? — Bete foi fisgada pela informação.

— Ah, não é nada. Só uma coisa que um conhecido pediu.

— Sério, me conta isso direito. — Ela se esticou para a frente na mesa. — Que história é essa de morador de rua desaparecido?

— Porra, vamos falar de trabalho mesmo? — alguém protestou. — O papo do Marvin Gaye estava tão mais divertido.

— A gente sempre fala de trabalho, por isso que a gente bebe.

Uma parte dos colegas começou uma conversa paralela sobre o assunto enquanto Bete e Augusto continuaram a comentar sobre a investigação.

— Não dá pra dizer que foi um desaparecimento ainda — o policial explicou.

— Tudo bem. Só me conta a história — Bete demonstrou interesse.

— Eu estava fazendo ronda hoje à tarde perto de um abrigo. O administrador do local, um sujeito bacana, ele estava preocupado porque um morador de rua que ia encontrar lá no abrigo ontem não tinha aparecido ainda. Parece que ele tinha uma coisa importante pra entregar pro cara, mas ele não apareceu. Eu disse que era muito cedo para se preocupar. Mesmo assim fui dar uma olhada na região onde o administrador, o nome dele é Rodolfo, disse que o morador ficava para ver se o encontrava...

— Como você iria reconhecê-lo? — questionou Bete.

— O administrador me deu uma foto do cara. Do banco do abrigo. Do cadastro. Eles têm um cadastro...

— Entendi. E aí?

— Nada. Eu pelo menos não o vi. E também não havia registro de entrada no IML, nem em hospitais, nem pelo nome que o administrador me deu, nem nenhum indigente nesse dia. Eu verifiquei. Ele está por aí, você sabe, essas pessoas circulam. Muitas vezes estão envolvidas em alguma coisa. Ele pode ter perdido a hora. Eu disse pra esperar até amanhã pra registrar uma ocorrência.

— Não vai adiantar muita coisa — Bete disse, seca e pensativa.

— É. Mas eu não queria desanimar o homem. Ele faz um bom trabalho por essas pessoas.

Bete pegou o endereço do abrigo, assim como o contato do administrador. Agora, longe da mesa onde estava sentada, ela se esgueirou em um canto do bar, procurando uma área mais distante da agitação. Com o celular na orelha, terminava de falar com Artur.

— Foi isso que eu fiquei sabendo por aqui. Achei que você gostaria de saber.

Do outro lado da linha, Artur se animou com a notícia. Já se passara uma semana e sua investigação não havia caminhado para nada revelador. A informação nova vinha para reforçar o boato das ruas sobre desaparecimentos de desabrigados. *Será mesmo que eles estavam sendo vítimas de alguém?*, Artur se questionava, sentindo a animação crescer com o caminho que se abria para o andamento de seu trabalho, tão perdido no terreno sem pistas. Ao desligar o telefone, olhou para o relógio e pensou: *Talvez esse tal de Rodolfo ainda esteja no abrigo aguardando.*

●

De táxi, naquela hora, foram pouco menos de quarenta minutos para chegar até o lugar mencionado por Bete. Artur entrou pela porta estreita que dava para um corredor de mesma largura, iluminado por lâmpadas brancas e idênticas. Se estivesse lotado, a porta de grades estaria fechada com um aviso de lotação máxima, e quem quisesse usufruir dos serviços do abrigo teria que voltar no outro dia, com a preocupação de chegar mais cedo na fila. Como na maioria das vezes, os leitos estavam ocupados. A situação era diferente em grande parte dos outros abrigos, mas naquele a fama nas ruas fazia aumentar a procura.

Ao entrar na recepção, foi logo alvo do olhar de Rodolfo, que estava de pé, diante do balcão onde ficava o computador para registro. O rapaz que trabalhava ali já havia ido embora, e, nesse horário, apenas Rodolfo e mais três funcionários permaneciam no abrigo. Já passava da hora de o administrador ter ido embora, mas era constante sua permanência por mais tempo no trabalho. Hoje havia um motivo a mais. Ele folheava um livro qualquer, como quem aguarda a passagem do tempo.

— Posso ajudá-lo? — Ele se virou para Artur.

— Estou procurando o Rodolfo.

— Sou eu mesmo.

— É sobre um morador de rua desaparecido. Disseram que você deu falta de um deles.

— Dar falta não é bem o termo. Não estamos falando de um sapato, senhor.

Artur não respondeu, afinal não era uma pergunta. Olhou ao redor de forma quase inocente, e seu olhar curioso foi acompanhado da observação do administrador.

— Mas sim — Rodolfo continuou, notando a impaciência do homem —, eu acredito que alguma coisa aconteceu com o Cássio, esse é o nome dele. Era pra ele ter vindo ontem buscar uma carta e até agora não apareceu. O senhor é policial?

— Sim, detetive da 34ª DP.

— Detetive — o administrador se surpreendeu e, empolgado, convidou Artur a acompanhá-lo. — Por favor, nem acredito que mandaram você aqui pra investigar isso. Até que enfim...

— Ninguém me mandou aqui — Artur cortou a fala de Rodolfo de forma repentina.

— Como assim?

— Ninguém me mandou aqui — Artur repetiu, sistematicamente.

— Mas você veio investigar o sumiço do Cássio, certo?

— Sim.

O administrador ficou um tempo encarando o detetive, que olhava de volta sem nunca permanecer com os olhos fixos no homem à frente.

— Bom, vamos até a minha sala. Eu te explico tudo o que aconteceu.

Artur seguiu o administrador até sua sala e lá Rodolfo lhe deu a mesma explicação oferecida ao policial naquela tarde. Sua preocupação aumentara agora, com o passar das horas. Já era noite e nada de Cássio, que, para ele, não iria atrasar para ter nas mãos a tão esperada carta, quanto mais deixar de vir. Isso tornava a busca pelo homem ainda mais urgente. Rodolfo insistia na iminência de algum acontecimento grave; nada menor tardaria a vinda de quem tanto ansiava por uma mensagem da família. Rodolfo ficara sabendo por Artur que a busca no IML e em hospitais não havia dado resultado. Informação que Bete tinha conseguido com o policial no bar. Essa notícia só serviu para deixar o administrador do abrigo ainda mais apreensivo e certo de que algo ruim tinha acontecido com Cássio.

— Disseram que você tem um registro dos moradores de rua que passam por aqui. Fotos — Artur foi mais específico.

— Sim, sim. Vou te arranjar uma do Cássio, claro. E o endereço de onde ele costumava ficar na rua. Bem, endereço não é a melhor palavra, mas você entendeu.

•

A conversa com o administrador continuou apenas pelo tempo necessário, sendo cortada toda vez que Artur sentia que o homem estendia o assunto para comentários que não acrescentariam nada de bom uso para a sua investigação. Os trechos desnecessários e, muitas vezes, apenas emocionais deixavam o detetive angustiado, e o reflexo dessa sensação no seu corpo era um leve balançar involuntário e constante, e o hábito de olhar para outro lugares que não fossem os olhos da pessoa que estava conversando com ele. A mania humana de estender depoimentos para assuntos de pouca relevância e iluminados pela luz de achismos e sentimentalismos fazia Artur fugir para dentro de seus pensamentos, onde argumentos racionais travavam uma conversa mais relevante. De posse de uma foto do morador de rua chamado Cássio e orientado sobre a região onde ele costumava ficar, o policial se despediu de Rodolfo, recusando o aperto de mão com um aceno alto que deu a entender que não gostava de contato físico.

Rodolfo ficou parado do lado de fora da entrada do abrigo, vendo o táxi do detetive se distanciar rua adentro até sumir na virada de uma esquina. *Sujeito estranho,* pensou. Porém, o fato de não ter vindo a mando de ninguém, demonstrando um interesse pessoal pela investigação, inspirou confiança no administrador. Quem faz o que quer, e não pelo desejo de outro, emprega mais vontade em suas ações. O interesse do detetive, entretanto, foi uma incógnita que permaneceu na mente de Rodolfo, já que o policial não pareceu ser uma pessoa movida pela sensibilidade às mazelas da sociedade. De qualquer forma, o fato era que alguém estava disposto a ajudar. E era isso que importava.

Assim que o táxi sumiu de sua vista, ele sacou o celular e digitou, pela vigésima quinta vez, o número de Cássio. Na linha, escutava a chamada insistente, buscando do outro lado o dono do telefone, esperando que a voz do homem aliviasse sua preocupação, seu instinto, que desenhava os piores cenários. A imagem pintada vinha com as lembranças do passado e com a triste realidade de que pouca coisa havia mudado para quem vive nas ruas. Sua experiência de vida não dava espaço para pensamentos positivos. Esperança sofre para crescer em terreno castigado pela seca de alegria.

Longe dali, enquanto Rodolfo insistia em suas chamadas esperançosas, um celular velho vibrava numa viela, zunindo no escuro, ao lado de um degrau, perdido onde caiu quando seu dono fora levado. Nem naquele aparelho nem em nenhum outro, e de forma nenhuma, a voz de Cássio seria ouvida outra vez.

7

Hugo aguardava na calçada, esperando o sinal de trânsito parar o fluxo de automóveis da movimentada via. Enquanto o sinal continuava verde, ele se preparava. Seus poucos pertences estavam em uma mochila de lona desgastada e estufada, semiaberta sob uma árvore que se mantinha firme no canteiro de grama ao lado da rua. Era um de seus pontos. Quando não chovia era perfeito, mas em dias de chuva, mesmo quando já tinha passado, não conseguia ficar por ali, já que as rodas da cadeira afundavam na terra molhada.

Com o sinal aberto era comum cruzar olhares com os motoristas que passavam em seus veículos. Mesmo com a sinalização dando passagem livre era necessário diminuir a velocidade, já que estavam diante de uma curva. Às vezes ele ficava pensando no que os motoristas pensavam sobre ele. E, dependendo do dia, do seu humor, do sentimento que sobressaía naquele instante, ele mesmo conjurava seus próprios questionamentos. Ficar pensando no que os outros pensam significava tantas coisas. Não o que os outros pensavam, mas o fato de ele pensar no que os outros pensavam. Muitas vezes era uma maneira de justificar suas próprias escolhas erradas, já que, ao se colocar no papel de vítima, podia se dar a ilusão de que sua vida tinha dado errado não por causa dele, mas dos outros. Imaginar que as pessoas não se importavam com ele era um jeito de ter permissão para não se importar com ninguém. Em momentos diferentes, ele mesmo se colocava contra a parede, assumindo que tais pensamentos eram simplesmente uma fuga, uma forma de não encarar a verdade e escapar da responsabilidade de tentar mudar. E nessas horas pensava em como tinha sido displicente com os sentimentos alheios, ignorado as necessidades das pessoas que o amavam; como tinha sido um companheiro abusivo para suas ex-mulheres, interessado apenas nas próprias vontades; como tinha desperdiçado tantas chances de fazer as pazes com a família, que hoje não o queria mais por perto. E era quando chegava a esse ponto do pensamento, no fundo estreito do funil que era aquele poço escuro e úmido, que ele se lembrava da garrafa de plástico da vodca mais barata do mercadinho que estava dentro da mochila, que agora estava encostada na árvore, mas que logo novamente iria parar nas suas costas.

Quando o sinal finalmente avermelhou, Hugo se pôs na rua. Os passos ele dava com as mãos, impulsionando a cadeira de rodas com os braços magros, porém fortes. Era um paradoxo que seu sustento viesse justamente da esmola do trânsito, o mesmo que arrancara o movimento de suas pernas em um acidente.

Carregando uma bola de basquete no colo, ocupou sua posição em frente à serpente formada por veículos e se pôs a fazer malabarismos, equilibrando a esfera laranja, que girava na ponta do dedo, levada de um lado para o outro com bastante habilidade. Vez ou outra a atenção de seu olhar escapava da bola e ele via o jeito como o olhavam de dentro dos carros. Um misto de pena, medo e arrogância. Por isso ele sempre tentava não olhar para os motoristas enquanto fazia suas apresentações.

O tempo do semáforo já estava enraizado em sua memória. Pouco antes de o vermelho voltar para o verde, Hugo, com a bola descansando no colo, começou a percorrer a viela que se estreitava entre um carro e outro. Os olhos pediam mais que as mãos, responsáveis pelo impulso que o levava de janela em janela, se aproximando daquelas em que outros olhos o recebiam com alguma sobra de atenção. Sua mão nunca entrava no veículo. Não ousaria, apenas pairava, palma aberta paralela ao céu, esperando chover alguma moeda. Algumas janelas nem se abriam, mas de vez em quando percebia olhares baixos para suas pernas, desconfiança de golpe de cadeirante. *Será mesmo que não pode andar?*, era o que alguns pensavam. E Hugo sabia que eles tinham o direito de ter dúvidas. Já vira outros moradores de rua aplicando esse golpe. Às vezes, só às vezes, pensava que seria melhor cortar as pernas de uma vez, exibir os cotocos, os membros terminando nos joelhos, com os ossos fazendo contorno na pele. Já que não funcionavam para andar, a falta delas seria melhor para seguir a vida, ele pensava. Mas a imagem de si mesmo sem um pedaço espantava a ideia, que aliás não poderia pôr em prática, de qualquer maneira.

A verdade, ele reconhecia para si mesmo enquanto negava para quem estivesse perto, é que pouco esforço fazia para receber algum trocado. Tentara alguns empregos depois do acidente, após viver alguns anos do que sobrara no banco. Mas os cargos foram diminuindo no mesmo ritmo em que ele caía bêbado. O último trabalho tinha sido como caixa de uma loja de eletrônicos, de onde foi demitido sob a acusação de furto. Dessa vez ele realmente fora vítima. "As pernas estão mortas, mas as mãos continuam ligeiras", disse o dono da loja, que fechou as portas na cara do cadeirante, chamando-o de larápio e afirmando que Hugo havia desperdiçado a oportunidade recebida. Ficou para o deficiente a dúvida se o homem não acreditava em sua inocência ou se era um gesto de desespero para não aceitar que fora a filha adolescente que tinha levado o bolo de notas para comprar mais remédios para emagrecer. Jovem que de inocente só tinha a pouca idade, fingindo ser criança quando na verdade já tinha o caráter bem decidido. Com um olhar mais atento do pai, e ainda tendo as pernas fortes, poderia correr para uma vida mais honesta. Mas todos ali estavam fingindo ser o que não eram. Uma fingia ser criança, o outro um bom pai, e sobrava para Hugo o papel de ladrão.

O sinal abriu novamente e ele se colocou ao lado da rua, com a bola parada no colo. Já o mundo, esse sempre está girando. Mesmo parados, estamos indo para algum lugar.

●

Um grupo de estudantes acenava para um morador de rua, agradecido por ir embora com uma embalagem parda de pão e uma sacola de queijo e presunto que acabara de ganhar dos jovens. Uma das garotas guardava na mochila o caderno onde eles haviam escrito as respostas dadas pelo desabrigado, uma pesquisa que o grupo estava fazendo para o trabalho da ONG estudantil, um braço social da faculdade onde estudavam.

Cláudio acompanhava com os olhos a ida do homem que caminhava devagar, alheio ao movimento ao redor, um pão na mão já meio comido, segurando com a outra o saco pardo e a sacola.

— Cláudio.

— Cláudio.

— Acorda, Cláudio! — A garota que guardava o caderno na bolsa chacoalhou o colega. — Vamos indo.

O grupo caminhou até chegar à estação de metrô no centro da praça da catedral. Enquanto aguardavam o trem, conversavam sobre o trabalho.

— Já falamos com mais de quarenta desabrigados — disse Olivia.

— Não tem um número certo que a gente precisa entrevistar, né? — o outro rapaz do grupo comentou.

— Não, não tem — Olivia respondeu e, em seguida, olhou para Cláudio. — O que você acha do que já temos?

Antes de responder, esperou o barulho do trem que chegava à estação diminuir, enquanto ele também reduzia a velocidade para o embarque. O cabelo de Olivia se agitou, esvoaçante, e ela sempre fingia estar em um comercial de xampu quando isso acontecia.

— Sei lá — começou Cláudio, que ficou em pé enquanto os outros três se acomodaram em assentos. — Acho que ainda não temos material bom o bastante. A gente tem muita coisa escrita, mas não sei. — O rapaz demonstrava certa frustração.

— Como assim, Cláudio? — perguntou Olivia.

— Com essa pesquisa a gente consegue realmente mostrar como é a vida de um morador de rua? Vocês acham que dá pra passar a verdade? A verdade mesmo? Fazer as pessoas que nunca estiveram nessa situação sentirem como ela é? Sei lá, eu sinceramente acho que não.

— O que você quer que a gente faça, cara? — questionou o outro rapaz do grupo. — A gente precisa saber como eles vivem pra fazer esse trabalho.

— É exatamente disso que eu tô falando. Não dá pra fazer uma coisa realmente sincera só com essa pesquisa, eu acho. A gente podia fazer alguma coisa diferente.

— Como o quê? — Olivia se mostrava interessada, mas pouco animada.

— Eu estava pensando — Cláudio estava apreensivo ao explicar —, mas acho que vocês não vão topar.

— Fala logo, cacete.

— E se a gente vivesse como um morador de rua por uns dias, fizesse uma experiência de campo pra sentir na pele como é? Uma coisa real. Uma coisa de verdade.

— Você tá maluco?

— Passar uma noite na rua? É isso que você tá dizendo? — questionou Olivia.

— Uma noite não. Alguns dias e noites.

— Quando a gente ia fazer isso, cara?

— A semana dos jogos está chegando. É nela que eu vou fazer isso.

— Não, cara. A semana dos jogos é a melhor semana do ano.

A semana dos jogos acontecia todo ano e reunia diversas instituições estudantis em uma grande área para a realização de competições entre os times das universidades. Os alunos acampavam no local em barracas, usavam dormitórios cedidos pela organização e até alguns hotéis da região ficavam lotados. Era um grande evento, com várias festas. Uma semana toda sem aula, dedicada apenas à descontração. A palavra "descontração", na verdade, para a maioria, era um eufemismo para bebida, sexo e drogas.

— Ninguém é obrigado a fazer nada. Eu estou dando a ideia. Eu vou fazer isso.

— Cláudio, não, de jeito nenhum. Você não vai passar uma semana inteira na rua. É perigoso — Olivia advertiu.

— Eu vou me cuidar.

— Não, ainda mais com esse braço engessado — agora era a outra menina do grupo que tentava persuadir o colega. — É desnecessário, Cláudio. Desnecessário.

— Que nada, com o braço assim vai ser até melhor pra pedir esmola — o rapaz tentou amenizar a discussão. — E outra: imagina a repercussão que essa experiência vai dar pra gente depois, pro nosso trabalho. Fiquem tranquilos que eu não vou me arriscar à toa. Eu vou tomar cuidado.

Os colegas do grupo ficaram em silêncio, pensativos, mas ainda relutantes. Embora a proposta fosse agregar muito ao trabalho do grupo, era uma ação que envolvia os riscos de ficar na rua, desprotegido, à mercê das possibilidades.

— Mas você vai ficar perto da sua casa, né? — Olivia quebrou o silêncio.

— Não, Olivia. Eu não posso ficar onde o pessoal me conhece, né? A ideia é ficar mais na área onde os moradores de rua ficam. Eu pretendo ficar por ali, na área da catedral.

— Ai, Cláudio, não sei, não. Isso é perigoso.

— Já está decidido. Relaxa, gente. Vão ser só alguns dias.

8

Os olhos eram uma mistura de cansaço e energia esperançosa, e com eles a garota, que iria completar trinta anos na semana seguinte, percorria o mural de avisos do pequeno teatro. Um anúncio convidando atores para uma entrevista tinha chamado sua atenção. Segundo a descrição, o projeto buscava profissionais para um espetáculo que ficaria marcado na história. Quando leu a frase, uma careta descrente piscou em seu rosto involuntariamente, tão rápido que nem ela havia percebido ainda esse hábito de desacreditar. Algo que ela dizia a si mesma que nunca se tornaria, uma pessoa que, de tão acostumada com as derrotas, deixou que elas se enraizassem em suas entranhas, provocando caretas involuntárias de descrença, mau humor e ironia. Ela mesma já havia notado esses lapsos em alguns amigos e achava aquilo um jeito terrível de matar a melhor pessoa que existe dentro de cada um, aquela que genuinamente acredita em alguma coisa. Mas, pelo visto, quando se torna essa pessoa, você não nota. Só nota nos outros e acha que nunca vai acontecer com você porque, afinal, você é especial, diferente e realmente está aqui para fazer algo de valor com sua vida. Talvez faça parte do instinto de autoproteção da mente não permitir que cada pessoa perceba que está naquela situação, uma herança genética dos antepassados para garantir que continue buscando algo de que inconscientemente você já desistiu, mas se engana, fingindo que ainda luta por aquilo, não com as mesmas convicções de antes, não com a mesma energia, só continua, de vez em quando dando uns sprints de vontade, e logo essa vontade cai para a frequência normal. Você continua porque precisa de algum motivo para se manter vivo e se autopreservar, embora vá seguir o já conhecido script-padrão — crescer, ter filhos, por vontade própria ou acidente, aquela coisa toda de continuidade da espécie, bons costumes e felicidade verdadeira. Talvez seja isso, a mente apenas a segurando de pé não por ela, por suas vontades ou desejos, mas pelo seu papel, justamente o papel que ninguém quer aceitar, mas, tirando um ou outro, todo mundo interpreta.

Mesmo o aviso não trazendo grandes detalhes sobre o projeto, ela terminou de anotar as informações em seu caderno e em seguida o guardou na bolsa. Mesmo assim, ainda continuou um tempo olhando o recado fixado no mural. A palavra "profissionais" era o motivo de permanecer ali. Ela se considerava uma profissional. Não tinha muita experiência em grandes peças, mas já havia participado de alguns projetos. No entanto, mais do que a quantidade de trabalhos, não era isso que ela considerava ser profissional, era sua forma de encenar, seu cuidado com o estudo sobre os personagens, o que ela trazia para o papel, sempre buscando enriquecê-lo, e não simplesmente repetir as falas e emular os trejeitos orientados pelo diretor. O trabalho no teatro exige mais do que talento, ela pensava, e muitas vezes repetia esse argumento com furor quando estava em alguma festa, normalmente acompanhada de outras pessoas do meio ou de outras atividades artísticas, depois de um número elevado de cervejas e outros drinques. E ela parecia estar cada vez mais imune ao efeito do álcool, era outra coisa que também dizia.

Parece que eu preciso beber cada vez mais.

E ria, olhando para o copo vazio, soltando um chiado quando deixava escapar o riso, um som que nada tinha de divertido, como uma fungada.

E realmente precisava beber cada vez um pouquinho mais para atingir o estado a que gostava de chegar, que era aquele ponto beirando o limite, onde um copo a mais a chutava para o outro lado da linha. Não eram raras as ocasiões em que essa linha ficava para trás, e quando isso acontecia não fazia diferença o quão ela ficava para trás. Como em muitas outras coisas, não é a distância em relação a algo que define o quão elas estão longe, como uma porta fechada que separa duas pessoas, três centímetros de madeira que colocam dois seres em extremidades tão opostas, tão distantes.

O trabalho no teatro exige mais do que talento — a frase borbulhava como champanhe.

Hoje, para ela, era tão ingênuo acreditar puramente nele. Talento. Talento é uma coisa que a gente sempre julga ter quando se trata daquilo que quer fazer. Mas a verdade, a dura realidade, é que muitas vezes a tal capacidade nata que conquistamos no nascimento não basta sozinha. Provavelmente nunca baste. Pelo menos não por um período prolongado de tempo. Era preciso mais do que isso. Da mesma maneira que peneira sozinha não encontra diamante no lamaçal. É preciso haver braços para remexer o lodo, onde a água suja se mistura com suor e sonhos. Nesse caso, cada teste, cada entrevista, cada oportunidade de trabalho, ainda que fossem apenas chances, eram como buraco cavado na terra em busca da pedra preciosa, que vinha na forma de papel e palavras.

Que vontade é essa que faz alguém ser ator, renascer tantas vezes como outros, carregando na voz novas entonações, dando ao corpo jeitos diferentes de se mover, sentindo dores que não as suas, transbordando sentimentos que não são os seus? Que vontade é essa de ser outra? Sua mãe, em uma cidade tão longe, perguntava ao telefone, quando ligava com a desculpa de saber como andava a vida, mas querendo mesmo é reforçar que a porta continuava aberta caso ela quisesse voltar. O telefone sempre desligado com o peso da saudade.

Ela muitas vezes relembrava os questionamentos da mãe. Mas ali, sentada no banco bem no centro da plateia do teatro, ela sabia, não tinha intenção alguma de voltar, não tão cedo, esperava até que nunca, embora em muitos momentos quisesse. A saudade do conhecido, do simples mas confortável cantinho da casa dos pais, a lembrança batia tão forte que chegava a ser uma sensação física. Mas, agora, ela que tinha chegado à rodoviária só com duas malas, precisaria de mais para levar suas coisas. Porque é assim: enquanto o tempo passa, e enquanto a gente não conquista o que quer, vai comprando o que nunca pensou querer. Coisas que ocupam espaço, mas não preenchem o vazio. Por isso ela visitava a cidade natal só se já estivesse com a passagem de volta comprada, para não se deixar amolecer pela quentura dos carinhos da mãe, pelas conversas com os velhos amigos, com o prazer que dá saber que conhece cada rua daquelas quadras, com o despertar de lembranças amanteigadas que certas coisas tão pequenas e triviais fazem florescer, como ver que a saboneteira do banheiro dentro do box do chuveiro ainda é a mesma, agora com o esmalte metálico um pouco lascado, e que o buraquinho dela por onde deveria escorrer a água continua sempre obstruído por sabonete, coisa que na adolescência a deixava nervosa, mas hoje a faz rir, boba, simples, enquanto pressiona o local com o dedo enrugado e vê a pequena massa de sabonete mole se projetar para fora, deixando o filete de água escorrer livre.

Mas lá estava ela, persistente como acredita que deve ser, olhando para o palco onde o grupo ensaiava. Deixara de ir ao trabalho, fingindo estar doente, para poder estar ali, logo pela manhã, quando sabia que o grupo passaria um texto de que ela, por meio de um teste, tentara fazer parte. Não havia conseguido. Mas na conversa com um dos donos da companhia conseguira liberação para assistir aos ensaios.

Quando a atriz que ganhara o papel que disputou estava em cena, lá da plateia ela ia dizendo as falas. Sua boca se mexia, mas nenhum som escapava para fora, o que ela dizia ia para dentro, e em sua cabeça se mostrava bem melhor do que a outra. Sentada ali, não deixava transparecer a inveja que crescia com repulsa diante da atriz de desenvoltura tão menor que a sua.

Vão ficar neste teatrinho para sempre se continuarem dando os papéis só para as bonitinhas sem talento — sentiu vontade de gritar, mas apenas pensou.

O diretor olhou para ela, que, da plateia, estática, acompanhava o entra e sai de atores. Sabia que o diretor a examinava, mas fingia não ter a atenção dividida entre a peça e aquele que poderia lhe dar uma chance. Quem sabe se mostrasse tanto interesse pudesse sair daquela fileira, como quem é chamado do banco de reservas para tentar salvar o jogo?

— Ótimo. Ótimo — o diretor dizia lá do palco, já com a atenção de volta ao seu elenco.

Ótimo?, a garota gritava por dentro. *Tá uma merda.*

Fazer parte daquele grupo ou era por escolha da companhia ou por meio de um pagamento mensal que até tinha condições de pagar, entretanto o dinheiro que juntava era guardado para uma temporada em um grupo teatral de maior importância, embora de valor bem mais elevado. Enquanto isso, fazia o que podia, matando o trabalho no limite do aceitável para não perder o emprego, usando o tempo que ganhava com as mentiras para se dedicar àquilo que a ambição mirava. Fora do teatro é que ela era a verdadeira atriz, fingindo ser uma profissional que não era, para falar com pessoas que não queria conhecer, obrigada a sorrir para quem não dava motivo para isso.

Quando, no palco, os atores deram um tempo no ensaio, aplaudindo a si mesmos pelo resultado do trabalho que se encaminhava, a garota na plateia, mãos sobre as coxas, fechou os olhos, fazendo da plateia palco e do palco plateia. E as palmas que os atores batiam para si mesmos, ela imaginava que eram para ela.

●

Artur folheava o jornal que comprara na banca buscando a imagem que havia passado para seu contato. Ele sabia que, se Aristes visse o que fizera, lhe daria uma dura e uma provável punição. Mas agora, depois do depoimento do administrador do abrigo e da conversa com o colega do homem que combinara de ir buscar a carta enviada pela família, mas não apareceu, ele tinha certeza de que algo estava acontecendo. Já eram duas pessoas moradoras de rua que haviam deixado testemunhas do sumiço repentino delas. Algo precisava ser feito. A polícia, corporação da qual se orgulhava de fazer parte, sabia ele, não teria tempo para abrir espaço na já amontoada pilha de casos para investigar o que para ela ainda eram só suspeitas. Fossem ainda outros os alvos dos crimes, tudo bem, mas moradores de rua, não. Definitivamente não era essa a prioridade. E prioridades quase sempre são definidas por questões políticas.

Com que a sociedade acha que deve se preocupar?

Quem a sociedade acha que deve temer?

Como a sociedade acha que a polícia precisa agir?

O detetive olhava para a imagem impressa na página do jornal. A foto de Cássio, a mesma que o administrador do abrigo dera a Artur. Abaixo, uma breve descrição: "Cássio Mariano Antunes, morador de rua desaparecido. Visto pela última vez na região da praça da catedral, no Centro. A polícia busca qualquer informação. Se você o viu, ligue para o número abaixo".

O número no jornal era do telefone pessoal de Artur. Ele sabia que, como não era um caso oficial, usar as ferramentas da polícia seria impossível. E dessa forma não precisaria da autorização de Aristes. Aliás, fazer o que já estava fazendo não seria bem-visto pelo chefe.

●

Naquela manhã, muitas pessoas viram a imagem do morador de rua desaparecido, mas uma delas tinha um interesse especial nela. A pessoa que o havia sequestrado. Por segurança, todos os dias ele comprava os três principais jornais da cidade, sempre para ler o caderno policial. Esticada sobre a mesa, a página era encarada com uma mistura de frieza e preocupação.

Depois de meses tendo cuidado para não levantar nenhuma suspeita, aquela página dizia claramente que algo saíra errado. Dentro da mente criminosa, como uma nuvem negra relampejando dúvidas, o assassino se questionava até onde a investigação tinha ido. O homem estampado no jornal era o único corpo do qual tinham dado falta ou os outros também estavam sendo procurados?

Não, ele negava em pensamento. *Se soubessem de tudo, não seria apenas esse pedacinho de espaço no jornal. Haveria as fotos de outros desaparecidos, e, se não tivessem as fotos, só os nomes, retratos falados, alguma menção.*

Mesmo assim, o assassino cavucava na memória alguma porta que pudesse ter deixado aberta. Tantos outros já haviam sido tirados das ruas. Tantos outros.

Artur Veiga, ele leu na página.

— Quem é você? — finalmente as palavras ganharam o som de sua voz, dirigida a si mesmo.

Mas ele sabia que a resposta não apareceria na sua frente da mesma maneira que o rosto do homem aparecera no jornal, surpreendendo o plano que seguia, até aquele momento, sem nenhuma interrupção. A porta com a fresta aberta precisava ser fechada, porque é assim que grandes problemas começam, com você negligenciando seus pequenos sinais. Considerava-se um sujeito centrado, mais do que bom observador das possibilidades, um planejador criterioso, por isso, antes de começar a coleta dos moradores de rua, se muniu de tudo o que pudesse ser útil, mesmo que não tivesse uso imediato, mesmo até que não tivesse uso algum. Para um plano como o seu, era melhor mesmo pecar pelo excesso de cuidado. Caracterizou-se como uma pessoa aleatória, pegou o carro e foi para uma região distante da casa onde praticava suas ações. Telefonou de um orelhão público. Foram poucas chamadas até a voz de Artur soar do outro lado. Não houve minuto de silêncio. O assassino não ligara para escutar a voz do policial que o caçava.

— Eu tenho informações sobre o morador de rua desaparecido — a voz soou firme, sem sentimento de culpa.

— Pode falar — Artur, do outro lado, estava de pé e começou a andar pelo apartamento.

Sem cumprimentos nem apresentações, um parecia ser mais direto que o outro.

— Pessoalmente é melhor.

As instruções dadas levaram Artur, poucas horas depois, até a praça de alimentação de um shopping. O possível informante tinha dado orientações precisas: depois de subir pela escada rolante do terceiro andar, onde à direita há uma loja de óculos escuros, siga esse corredor para entrar na praça de alimentação, pela entrada da esquerda. À frente, depois da pilastra, há uma mesa para cadeirantes. O encontro se daria à mesa ao lado dessa, à esquerda.

Era horário de almoço, e, como Artur havia previsto, caso o informante não tivesse chegado primeiro, era bem provável que a mesa estivesse ocupada.

— Eu preciso dessa mesa — Artur disse ao grupo de adolescentes que mais riam do que comiam.

— Sai fora, cara. Nós chegamos primeiro — veio o protesto de um garoto defendendo o território.

— Assunto de polícia — Artur mostrou a identificação. — Saiam da mesa.

O protesto agora era mais silencioso, guiado por resmungos e olhares fugidios. Por boa vontade ou pela prudência de quem esconde algo e não quer estar perto da polícia, não importava, os jovens colocaram o corpo em movimento para fora daquele lugar, liberando a mesa.

Artur se sentou, de frente para a grande praça de alimentação que se estendia ao redor. O movimento era constante, assim como o som que fervilhava, misturando vozes, risos, passos, bandejas se arrastando, talheres riscando pratos e se batendo, tilintando metal com metal. O detetive se sentiu desconfortável. Quando estava ao telefone, tentou trocar o local do encontro por outro mais tranquilo, na esperança de fugir do tumulto daquele cenário. Mas o informante insistiu que ali seria melhor. Artur discordava, mas não podia se dar o luxo da negociação, já que ele é quem buscava o que a outra pessoa tinha a oferecer.

O detetive olhou para o relógio de pulso. Quinze minutos já haviam se passado do horário marcado. Artur começou a balançar o corpo de um lado para o outro, não o suficiente para chamar a atenção de todos, mas o bastante para se fazer notar por um ou outro mais perceptivo. Com os dedos da mão, tamborilou na cabeça e depois desceu o braço para baixo da mesa ao perceber que, ao lado, uma garota o encarava.

Vinte e dois minutos e nada.

— Moço, essas cadeiras estão ocupadas? — perguntou uma garota, acompanhada de uma amiga, ambas equilibrando bandejas com pratos e bebidas.

— Não — Artur disse, sem olhar para elas.

— Podemos sentar aqui com você?

— Não — o detetive retrucou, olhando ao redor.

A menina ficou sem reação.

— Ali. Vamos ver ali — chamou a colega, apontando para uma mesa de quatro lugares ocupada por apenas um casal.

— Que cara grosso — Artur escutou a garota resmungar enquanto se distanciava, mas não se importou. Estava agitado.

Olhou para o celular. Nenhuma ligação do número não identificado. Sabia o risco de acreditar em um informante anônimo, entretanto sabia também que muitos faziam isso por causa do medo. Mas não tinha sentido uma ligação anônima para um encontro pessoal. Mesmo assim, fora a única ligação. E ele estava de férias.

Qualquer pessoa que se aproximava sozinha de sua mesa era encarada pelo detetive, que esperava ser o informante atrasado. Mas ninguém se apresentou, a não ser outro rapaz querendo dividir a mesa.

O informante que Artur esperava já estava lá. Aliás, tinha chegado antes mesmo do detetive e se acomodara em outra mesa, parcialmente escondido por uma pilastra. O assassino podia ver o policial. Com uma maquiagem que disfarçava seu rosto de forma convincente, além do boné que cobria a cabeça, ele comia sem pressa um prato de macarrão, demonstrando que seu objetivo não atrapalhava o apetite.

Distante do olhar direto do policial, ele o observava, tomando cuidado para não cruzar olhares com Artur. Notou algo diferente na forma corporal do detetive, nos movimentos claramente contidos, como se a qualquer momento fosse explodir. Parecia estar nervoso, ansioso.

Artur, em sua cadeira, olhou para o relógio mais uma vez. Quase uma hora depois e nada de o informante aparecer.

Trote?, pensou.

De repente, feito um caçador em movimento que congela quando escuta o som quebradiço da presa caminhando na folhagem seca, Artur ficou imóvel. Seu foco mirou uma possibilidade, e os olhos que antes iam e vinham, percorrendo a praça de alimentação de forma acelerada, agora se moviam lentos, varrendo o local com cuidado e atenção renovada para uma ideia que lhe ocorreu.

E se ele já estiver aqui? Se... Os olhos continuaram sua ronda minuciosa. A demora em chegar, o lugar escolhido para sentar. Artur reparava agora, era um local bem aberto, fácil de ser visto de qualquer outro ponto dali.

Por detrás da pilastra, o assassino notou a mudança corporal do detetive.

Artur continuou por mais quinze minutos no mesmo lugar quando seus olhos se depararam com um objeto. O policial se levantou e percorreu a extensão da praça de alimentação com os olhos. Depois saiu, enquanto o assassino continuou sentado, o prato deixado agora de lado, com a atenção seguindo o detetive, que se distanciava, até virar e se perder na curva do corredor.

Distante da praça de alimentação, mas ainda dentro do shopping, Artur foi até um dos seguranças, mostrou sua identificação policial e perguntou ao vigia:

— Onde fica a sala com as filmagens das câmeras de segurança?

9

O dia anterior ainda estava na mente do assassino. A curiosidade sobre o tal detetive que investigava o caso do morador de rua. Seu jeito de se mexer, parecendo estar incomodado não apenas com a situação, mas com algo mais. Além disso, outra imagem cutucava sua mente: a expressão do policial ao se levantar, uma postura estranhamente confiante, como se algo tivesse se iluminado entre seus pensamentos. Aquela demonstração teria sido deliberada? Ou simplesmente fora a lembrança de algo que havia se esquecido e que, de repente, pulou na frente de sua atenção? Questionamentos dessa natureza não seriam respondidos assim, como se uma dedução, por mágica, estalasse os dedos. Mas isso teria que ficar para depois. Agora, tinha algo mais importante a fazer.

Caracterizado como um dos personagens criados para o projeto que estava realizando, o assassino se passava, naquele momento, por Rubens, uma identidade criada por ele cujo papel tinha grande destaque em seu plano. Com o nariz postiço arrebitado, base para a armação grossa e marrom dos óculos de grau, Rubens olhava o homem a sua frente parecendo calmo, mesmo com o sujeito demonstrando receio em continuar com a função já acertada meses atrás.

— Rubens, você precisa me entender, amigo. Isso está começando a ficar demais. Demais, Rubens.

— Nós temos um acordo, Cardoso. Desde o começo o senhor sabia que seria assim.

— Eu sei, eu sei, Rubens. — O sujeito de menor estatura esfregava as mãos em sinal de nervosismo e, agitado, olhava ao redor. — É que concordar com uma coisa é fácil; continuar fazendo... bem, é diferente, entende?

— Não. Não entendo. Mas tenta me fazer entender.

— O esquema — o homem olhava para os lados como se estivesse pronto para revelar um segredo — que a gente faz aqui... um cara se deu mal na semana passada, você não ficou sabendo? Apareceu na TV e tudo. Quando aparece na TV, as pessoas ficam de olho. Eu não quero me ferrar também. O cara foi preso, Rubens, *preso*. — O homem estava agitado, parecia querer gritar, mas falava sussurrando.

Rubens colocou a mão pesadamente sobre o ombro do sujeito, para ele sentir segurança e força.

— Isso não vai acontecer com você. Se em outro lugar deu errado é porque o cara devia negociar com várias pessoas. Assim é questão de tempo mesmo para alguém descobrir. Um fala pra outro, que conta pra mais um... Aqui você só negocia comigo, não é?

O sujeito não respondeu. Ansioso, parecia não sentir a segurança que Rubens tentava transmitir para acalmá-lo.

— Não é, Cardoso?

— Sim, sim, só com você. Se eu fosse fazer isso com mais gente, depois de tantos que você disse que ia fazer, nossa, não ia ter mais espaço aqui.

— Se o seu trabalho te pagasse o valor que você merece, você não teria que fazer isso, não concorda?

— Sim, o que eu ganho é muito pouco. É verdade, é verdade.

— Já que você não ganha o merecido, é justo que busque um complemento para a sua renda.

— Com certeza.

— E mais. Você não está fazendo nada de errado aqui, Cardoso. Você está ajudando pessoas.

— Sim, sim. E você também — o sujeito tentava enaltecer as atitudes do homem, como se dando valor aos atos dele também desse valor aos seus, por ajudá-lo a realizá-los. — É bonito isso que você faz.

Rubens, que ainda estava com uma das mãos sobre o ombro do homem, colocou a outra no ombro ao lado e olhou diretamente nos olhos de Cardoso.

— É bonito o que nós estamos fazendo, Cardoso. *Nós.*

Em seguida, colocou as mãos nos bolsos, em uma demonstração clara de tranquilidade, balançando levemente sobre os calcanhares.

— Não há com o que se preocupar, Cardoso — ele repetia o nome do homem com frequência, sabendo que isso lhe dava segurança. — Continue mantendo esse assunto só entre nós que nada vai acontecer. Eu garanto.

— Certo, certo — o homem demonstrava estar mais calmo e até um pouco animado com o discurso que somou tanta honra aos seus atos. — Você está certo. Eu... eu só fico meio assim. Ainda fico pensando nos parentes, entende?

— De novo esse assunto, Cardoso?

— Não, eu sei. É que... é seguro que eles não vão contar pra ninguém sobre como conseguiram a vaga aqui, né?

— Não há com que se preocupar. As famílias estão recebendo um favor. Um favor em um momento que mais precisam. Quando as pessoas estão sofrendo, são leais a quem lhes estende a mão. E é o que nós fazemos, Cardoso.

— Maravilha. Eu, eu, nossa, esses últimos dias eu pensei muito sobre isso, sabe, mas que bom que conversamos. Você tem razão, eu, não vai durar muito tempo mais, então tudo certo, tudo certo. Eu vou pra dentro terminar os preparativos.

— Ok, Cardoso. Faça isso.

Rubens ficou observando o homem baixinho se distanciar. Não demonstrava, e ele mesmo pensava não sentir, mas sentia o leve terror que surge quando se é surpreendido pela hesitação de quem tinha concordado com algo importante e de repente pensa em desistir. No início de seu planejamento, pensou em todas as formas para que as etapas só dependessem dele, entretanto tinha sido impossível dispensar a participação de um sujeito como Cardoso, e depois de uma longa pesquisa o encontrou. Não que tenha sido difícil encontrar um sujeito corrupto; a difícil decisão era escolher qual corrupto seria realmente a melhor opção. Afinal, em uma negociação com um corrupto, ele sabia, estava em território arenoso. A qualquer momento poderia vir uma chantagem, um pedido de mais dinheiro, uma renegociação para a continuação do trabalho, até mesmo uma crise de consciência ou quem sabe o medo de ser pego. Com um corrupto nenhum acordo é seguro. Por isso, era necessário assumir algumas posturas logo no começo das conversas. Foi preciso ser firme, mostrar que o que seria feito estava muito bem pensado, sem rachaduras para possíveis questionamentos e, acima de tudo, passar a sensação de que ele não era o tipo de pessoa que vale a pena decepcionar ou trair. E essa era uma postura delicada, em que muitos criminosos pecavam. Na tentativa de passar respeito, muitos eram simplesmente violentos, explodindo e dando demonstrações de terror. Claro que ninguém iria correr o risco de fazer besteira enquanto estava subordinado a um sujeito assim, entretanto só trabalha com esse tipo de criminoso quem não tem outra opção. Porque uma pessoa dessa natureza assusta. Além disso, quando se faz algo errado enquanto presta algum serviço para um criminoso com esse perfil, a melhor solução é fugir, muitas vezes o traindo, entregando-o para a polícia em uma negociação em que se busca anistia e proteção. Era melhor ser o sujeito que passa a sensação de perigo, mas também de segurança, em vez daquele que parece impulsionado por uma fúria imprevisível. E ele, caracterizado como Rubens, era assim. Quando acabava a conversa, em vez de pegar logo o seu rumo, ficava parado, como se estivesse observando, como se pudesse ver no seu jeito de andar se estava falando a verdade, ocultando algo, fraquejando. E Cardoso sentia um calafrio sempre que isso acontecia. Toda conversa terminava dessa forma. Rubens nunca se despedia e saía andando: ficava parado no mesmo lugar enquanto Cardoso se virava e ia embora, com a sensação do olhar de Rubens subindo em suas costas, escalando até os ombros, como se seus olhos criassem dedos, feito uma aranha estranha, um caranguejo de olhos e dedos.

Na primeira conversa que tiveram, Cardoso chegou a olhar para trás enquanto se distanciava, e viu Rubens lá, parado, olhando para ele, com um leve sorriso no rosto, como se dissesse: "Pode ir, pode continuar andando, não se preocupe". E isso causava uma mistura de medo e confiança, porque ele sentia que o homem não titubeava. Alguém tão certo do que estava fazendo não iria errar. Já em outras ocasiões, porque a mente gosta de pensar de um jeito e depois de outro, Cardoso pensava justamente o contrário: *Alguém tão certo do que está fazendo normalmente é o que erra. Cego pela arrogância, não deixa a possibilidade de o erro iluminar o caminho por onde anda.*

•

DVDs empilhados de forma organizada repousavam sobre o sofá da sala, cópias das fitas de segurança do sistema de câmeras do shopping. Gravações da tarde anterior que ele ficara analisando repetidas vezes durante a noite. Resolveu parar apenas quando seus olhos já não aguentavam mais ficar abertos, vermelhos e perto de começar a lacrimejar. Esse era um dos momentos em que reforçava sua falta de crença em uma entidade criadora. Ele pensava: *Qual seria a razão de criar uma mente com a capacidade de ir tão longe, tão além, e colocar em uma máquina limitada como o corpo humano?* Se fosse possível, faria inúmeras modificações em seu corpo. Ah, se o tal criador tivesse pedido sugestões durante o processo. À mente, no caso, não acrescentaria muitas coisas, mas para o corpo, essa carcaça frágil de limites tão rapidamente alcançáveis, quantas ideias ele tinha para deixá-lo mais eficaz. Pensava que, se tivesse crença em um Deus, teria grandes problemas com ele, porque, em seus pensamentos, se ele realmente existisse, teria feito as pessoas de forma tão delicada justamente para que ficássemos aprisionados, dependentes de seus cuidados. A perfeição seria uma carta de alforria que livraria as pessoas da necessidade de qualquer coisa, principalmente de adorar ou se subjugar a outro ser. Para o que mais um ser criaria outro senão para escravizá-lo como entretenimento ou ferramenta de trabalho? Criar um ser que superaria a si mesmo só seria possível se algo desse errado, se a criatura evoluísse de maneira não prevista, e Artur achava que um ser que cometesse tal erro não poderia ser chamado de Deus. A crua verdade é que somos limitados até mesmo em nossos julgamentos, já que usamos como parâmetros somente aquilo que conhecemos, baseados em nossas próprias experiências ou em vivências alheias, repassadas por meio da literatura, pintura, teatro e outras artes. Fora o conhecido, tudo o mais se explica somente por suposições ou pela fé. Ideias baseadas na certeza de que existe mais do que podemos ver, na esperança de que haja algum sentido maior.

Por isso, culpava a limitação e o cansaço de seu corpo por não ter encontrado na noite anterior o que sua mente dizia existir naquelas imagens em preto e branco. Alguma coisa estava ali. Agora, porém, estava recuperado, depois de uma noite de sono que até poderia ter sido maior.

O primeiro DVD já rodava no aparelho. Em uma mão o detetive segurava o controle remoto e na outra uma caneta hidrográfica vermelha. A cena era de uma das câmeras da praça de alimentação. A marcação no topo superior direito da imagem registrava o horário do dia que a câmera gravara. Artur colocou a partir de trinta minutos antes do horário marcado para o encontro. Com a caneta, contornou, na própria tela da TV, todas as pessoas que sentaram em alguma mesa e que nela continuariam até, pelo menos, a metade do tempo em que ele, o detetive, permaneceu na praça de alimentação. Nas cenas daquela câmera, porém, nenhuma das pessoas se encaixou. O detetive retirou o DVD do aparelho e com a caneta desenhou um enorme X vermelho, sinalizando o descarte.

Com um pano umedecido em álcool, limpou os círculos da tela da TV e em seguida colocou o DVD de outra câmera de segurança. Agora, de outro ângulo, repetiu a ação de circular com a caneta vermelha as pessoas que se acomodaram no intervalo anterior a sua chegada e que lá permaneceram no período determinado. Nessa imagem o detetive marcou uma pessoa com a possibilidade de ser o suspeito. Numerou o DVD e registrou o achado em um caderno.

Passou por todas as gravações da praça de alimentação. No total eram nove câmeras só naquela área do shopping. Ao todo, quatro pessoas se encaixavam nos parâmetros usados pelo detetive para criar sua lista de suspeitos: ser homem, estar sentado sozinho, ter chegado à praça de alimentação antes dele para se posicionar e, justamente por isso, estar sentado em uma cadeira onde o ângulo de visão proporcionasse um campo aberto ou parcialmente favorável à observação da mesa onde o detetive estava. Esses quatro homens se encaixavam na sua definição.

Depois disso, voltou a ver todos os DVDs, para olhar, em seus mais variados ângulos, o modo como os quatro suspeitos se comportavam. Artur sentia o corpo reclamar do tempo em que ficava parado, olhando vidrado a tela da TV. O pescoço ardia, mas, ao contrário de como ficava quando se sentia entediado ou ansioso, não apresentava movimentos repetitivos. A única coisa que alguém de fora, se pudesse observá-lo, julgaria estranha era a insistência em esfregar a mão direita na têmpora, como se algo estivesse incomodando a pele naquela região. Fora isso, motivado pela possibilidade, estava focado e esperançoso de que, entre aqueles quatro, um deles fosse o homem que havia ligado para marcar o encontro e prometido informações do morador de rua desaparecido. Justamente por isso, agora Artur também considerava a hipótese de que aquele suposto informante pudesse estar envolvido diretamente nos crimes.

Qualquer outro policial movido pelo tédio deixaria sua atenção se perder. Muitos provavelmente avançariam a imagem em velocidade maior para que passasse mais rápido, mas Artur não deixaria que o trabalho pouco movimentado colocasse em risco a chance de notar algum detalhe importante. E ele sabia que o sucesso daquela etapa dependia disso.

Eram quatro suspeitos com campo de visão para Artur. A grande dificuldade é que uma pessoa almoçando sozinha sempre fica observando outras, olhando ao redor para se distrair, e todos eles faziam isso e em muitos momentos olhavam na direção de onde estava o detetive.

Droga.

Agora Artur começava a se agitar. O dia foi se arrastando nessa função, e todos pareciam agir de maneira normal. A qualidade da gravação dificultava ainda mais a observação, já que não era possível enxergar com nitidez as feições do rosto. Sempre se perguntara qual o objetivo de câmeras de segurança que não gravavam com qualidade suficiente para reconhecer claramente o rosto de alguém na tela. A verdade é que nada dessa preocupação seria um problema se um daqueles quatro levantasse uma suspeita genuína. O tempo passava. E ele começava a pensar que poderia ter sido realmente um trote. Caso fosse, a investigação voltaria ao nebuloso estágio das poucas pistas. Era preciso afunilar as possibilidades corporais daqueles quatro suspeitos. Olhou para o temporizador que marcava o horário das cenas e veio uma ideia.

Buscou em outro DVD uma câmera que mostrava ele, o detetive, e anotou o horário exato em que se levantou da mesa. Com esse horário registrado, analisou cada DVD que mostrava os suspeitos, e apenas um dos quatro parou o que estava fazendo para observá-lo se levantar. Mesmo disfarçadamente, era possível ver que aquele homem tinha a atenção voltada para Artur. Nenhum dos outros três demonstrava tanto interesse em sua movimentação. Um comia despreocupadamente naquele momento; outro olhava para uma mulher que, com sua amiga, esperava a funcionária do shopping limpar a mesa para que elas pudessem sentar; e o terceiro parecia entretido com as informações do papel que forrava a bandeja do seu lanche. Só aquele homem continuava a observá-lo. Além disso, em seguida, ele também foi o único que girou o pescoço em direção ao corredor por onde Artur saiu caminhando. Não era possível ver o detetive naquela imagem, mas ele sabia que aquele lado dava para o corredor por onde o policial saiu da praça de alimentação.

— Você? — Artur comentou em voz alta.

Vem atrás de mim.

Artur pensou e aguardou. Poderia ter aumentado a velocidade da gravação para ir mais rápido ao final da história, mas preferiu ficar esperando, como um jogador aguardando a carta ser virada. A expectativa o fazia se sentir vivo, eufórico. Poderia acontecer de o homem voltar novamente sua atenção para o prato e recomeçar a comer despreocupadamente e olhando para diversas pessoas ao redor. Um voyeur social que busca sentido para sua vida na vida dos outros.

Artur pareceu dar um leve pulo do chão, tão rápido quanto um espasmo, quando o suspeito, nitidamente disfarçando, levantou-se da mesa e, sem levar sua bandeja até o local onde se depositam os pratos sujos, saiu caminhando na mesma direção em que fora o detetive. E aquilo o irritou ainda mais: essa mania mal-educada de deixar os pratos na mesa da praça de alimentação.

Tomara mesmo que seja ele, pensou.

O homem foi atrás de Artur cerca de quinze segundos após o detetive ter saído de cena. Quando o suspeito saiu do campo de captura daquela câmera, o policial registrou o horário no caderno, buscou o DVD que filmava aquele corredor e avançou até o mesmo momento. A câmera ficava em cima e mostrou o suspeito entrando na tela de costas, caminhando de maneira contida, e de vez em quando dando alguns passos mais rápidos quando achava que poderia avançar com mais agilidade. Pareciam duas pessoas controlando o mesmo corpo. Chamou atenção o fato de não haver naquele sujeito nenhum interesse pelas vitrines das lojas.

No horizonte do corredor não era possível ver o detetive, que já havia desaparecido daquela área do shopping. E a indecisão do suspeito, que parou na primeira bifurcação de corredores, foi um ponto a mais na sua conta. Por alguns segundos o homem permaneceu parado, pensando, até que virou à direita. Artur anotou no caderno o corredor e registrou o horário, foi até a pilha de DVDs e encontrou a câmera daquele ponto. Adiantou até o horário desejado e conseguiu ver o suspeito pela lateral. Naquele corredor a câmera ficava, como todas, na parte superior, porém posicionada em um canto. Já era possível enxergar um pouco da fisionomia do sujeito.

Foram mais de duas horas acompanhando o vaivém do homem pelos corredores, sempre anotando o número dos DVDs e o horário em que ele saía de um para outro, montando seu trajeto pelo shopping, um quebra-cabeça de cenas, como o editor de um filme. Era claro para Artur que o suspeito procurava algo, e, em sua cabeça, aquele algo era ele, já que nada mais parecia chamar sua atenção.

Seguindo seus passos, a expectativa de Artur aumentava, esperando que o homem fosse para onde o detetive tanto desejava. Enfim, o suspeito chegou a uma das saídas do shopping e Artur buscou o número da porta, procurou a câmera externa que filmava quem saía do local e, quando a encontrou, lá estava ele, de frente para o aparelho, com seu rosto em preto e branco, imperfeito e levemente borrado pela imagem de má qualidade. Com um porte físico alto e robusto, vestia uma jaqueta escura, cuja cor não era possível precisar com clareza pela imagem em preto e branco. Talvez um azul-escuro de nylon. A barriga se pronunciava levemente em curva para fora. Ao sair do campo de visão daquela câmera, Artur buscou a que filmava a área lateral e conseguiu acompanhar a caminhada do suspeito pelo lado externo, contornando a parede. O detetive tinha a sensação de estar lá, como se estivesse pessoalmente no encalço do homem, seguindo-o a distância, camuflado pelo movimento do ambiente, esgueirando-se por trás de pilastras, sob a proteção de outros corpos, atrás do homem, que, sem saber, o levava para uma informação que Artur esperava conseguir e que poderia pôr fim àquela investigação mais rápido do que o detetive imaginava.

O homem virou à esquerda e Artur buscou o DVD com a câmera daquele setor. Mas a esperança de ver o suspeito entrar em algum carro terminou ali. O homem seguiu por um caminho de pedestres, atravessou pela passagem de acesso que descia em uma rampa para a rua e desapareceu, enquanto outras pessoas usavam a mesma passagem para entrar.

Não vai ser tão fácil assim.

Artur passou o restante do dia catalogando as informações que tinha sobre a investigação. As denúncias, as suspeitas, suas pistas, hipóteses. Desde criança sempre fora organizado com as coisas que o interessavam e totalmente desorganizado com o que não chamava sua atenção. Ele sabia, pela experiência adquirida ao longo de seu crescimento, que nem sempre bastava explicar as coisas para as pessoas oralmente. Muitas vezes elas não acompanhavam; ele não entendia como as coisas podiam parecer tão complicadas para os outros se na cabeça dele era tão simples.

À noite, quando chegou a hora de dormir, Artur estava agitado. Sempre ficava assim quando a ansiedade borbulhava na cabeça, impedindo-o de cair no sono. Ficava com o rosto virado para o teto, os olhos inutilmente fechados, como uma cortina que bloqueia a luz, mas não faz o barulho cessar. Foi sua mãe quem teve a ideia, quando ele era criança, de criar um sistema que o acalmasse. Meia hora antes de se deitar, ele já preparava tudo que seria necessário ao acordar pela manhã. A roupa que seria usada no dia seguinte era separada e pendurada na porta do armário. Quando criança, era o uniforme escolar. Hoje, a camisa branca, a calça e o paletó pretos, a gravata, as meias, os sapatos logo abaixo de onde as vestimentas estavam penduradas. Sua arma, uma pistola Taurus PT 24/7, ficava dentro da cômoda ao lado da cama, e Artur sempre verificava o conteúdo do cartucho, mesmo sabendo que não a havia usado. Todo esse processo o ajudava a ir se acalmando lentamente. Um meio de ir esfriando ao mesmo tempo em que facilitava o dia seguinte, com tudo organizado.

Da infância mantinha ainda outro hábito. O de dormir de barriga para cima, com as mãos sempre do lado de fora das cobertas.

— Vamos cobrir esses braços — sua mãe havia dito uma vez.

— Não, mãe, deixa assim.

— Está frio, Artur — ela dizia, sem forçá-lo, esperando sua aprovação.

— Eu não sinto frio nos braços.

— Não é porque você não sente que não está.

— Me sufoca. Por favor.

— Tudo bem, querido.

Quando criança, Simone, sua mãe, sempre ajeitava o edredom e esfregava a mão sobre seu peito, por cima da coberta, completando com a frase que os dois diziam juntos:

— Pra esquentar o coração.

Desde sua morte, toda noite ele dizia a frase sozinho. E, para compensar a ausência dela, falava duas vezes:

— Para esquentar o coração. Para esquentar o coração.

Por um momento ele pensou no homem que vira nas câmeras de segurança. Não por carinho, e não sabia por que, apenas pensou, enquanto a frase da infância parecia ecoar dentro do quarto.

Para esquentar o coração.

10

UMA CONVERSA, ANOS ANTES DOS ACONTECIMENTOS ATUAIS

A janela foi o jeito que ele arrumou para fugir das sensações que pareciam invadir seu corpo, sem mais nem menos. Teve um dia em que, ao entrar na sala de aula, percebeu que as janelas estavam fechadas e precisou se segurar para não levantar e ir lá abri-las. O professor poderia perceber que ele ficava ali para olhar pela janela, e ele não queria ser colocado em outra carteira. O professor poderia argumentar que essa distração iria prejudicar seu aprendizado, o que estaria completamente certo, já que em grande parte da aula ele, que parecia olhar atentamente para o quadro, estava na verdade observando o comportamento dos outros alunos. A partir desse dia ele começou a chegar mais cedo à sala para garantir que as janelas estivessem abertas e no ângulo correto.

As provocações das crianças ficavam cada vez mais frequentes. Era todo dia. Agora elas já tinham certeza, naquela certeza de criança, de que o menino tinha algo diferente. Por orientação de uma professora, a mãe o levou a alguns médicos, porém nenhum fez um diagnóstico que realmente explicasse por que ele se comportava daquela maneira. Um deles havia mencionado a possibilidade de ele ser autista, e isso deixou o pai ainda mais furioso. Muitas vezes ele gritava em casa: "Eu não tenho filho autista! Isso é frescura. Você cria esse menino como se fosse um bebê!"

Nessa época, a situação ficou pior dentro de casa e ele começou a sentir mui-
tas coisas. Era frequente ter dores fortes de estômago, vomitar, ficar com o in-
testino preso. O pai dizia que era tudo mentira para poder faltar à escola e
que o filho dele não seria o covarde bundão da turma, que tinha que apren-
der a se defender, que saísse na porrada com as outras crianças, que voltasse
todo quebrado se fosse preciso, mas que fizesse algo, não deixasse as outras
crianças caçoarem dele. Acontece que nem ele entendia muito bem que as ou-
tras crianças estavam caçoando dele. Era confuso o que acontecia, e ele não sa-
bia como explicar. Uma vez, quando o pai estava brigando com ele, falando
para não ser um bundão, ele vomitou repentinamente no pai, que o segurava
pelos braços. Não foi fácil fazê-lo me contar isso. E, mesmo quando me con-
tou, imagine ele falando isso. Parecia até que estava falando de outra pessoa,
só contando uma história. Percebe como é muito mais complicado do que pa-
rece? Não é questão de querer. Pelo que eu sei, foi depois desse dia que o pai
ficou umas duas semanas sem voltar pra casa. Quando ligava, era só pra di-
zer para a esposa que uma hora ele voltava, que estava resolvendo umas coi-
sas. As ausências ficavam cada vez mais frequentes, até que um dia ele saiu
e não voltou mais. Só apareceu anos depois, mesmo assim não durou muito.
Voltou porque estava doente. Câncer. Nem o câncer o fez ser uma pessoa me-
lhor, mais aberta ao mundo. Fingia querer se aproximar, mas a verdade é que
não tinha para onde ir, estava morrendo do corpo e também morrendo de medo
de parar de existir sem ninguém ao lado.

Mas com o menino, na escola, ainda naquela época, com a ausência fre-
quente do pai, os sintomas físicos começaram a piorar. A mãe, que não era tão
ligada a ele, não sabia bem o que fazer. Fiquei sabendo por um amigo da fa-
mília na época, um dos meninos netos da vizinha, que ele escutou que a mãe
dele também chegou a pensar em fugir. Mas o marido fez isso primeiro, e ain-
da bem, eu fico pensando. Não consigo imaginar como seria se ele tivesse fi-
cado sozinho com o pai. Com a mãe não era nenhum mar de rosas, mas com
o pai era ainda pior.

Teve uma noite em que a mãe dele foi obrigada a correr para o hospital, por-
que o menino estava ardendo em febre, vomitando, mas nos exames não apa-
recia nada de errado, nada físico, nada. Ele ficou cada vez mais magro, ima-

gine como isso fez as coisas piorarem ainda mais na escola. Logo o menino franzino ganhou um apelido. Para a professora, quando questionado em particular, o garoto se mostrava inabalavelmente frio em relação a como era chamado pelos colegas de sala. Para ele, não incomodava ser chamado daquele jeito. E para a professora, tão habituada a lidar com crianças, o garoto realmente parecia não se importar. O que fazia a mulher se assustar e pensar, em seu íntimo, que o apelido parecia fazer jus ao comportamento dele.

11

Já passava das quatro da tarde do outro dia. Em seu apartamento na zona sul, Matias se preparava para mais uma sessão de gravações no escritório, local onde toda a família estava orientada a não entrar. Ninguém podia incomodá-lo quando estivesse lá dentro, com a porta fechada à chave.

A mesa de trabalho ficava diante de uma janela envidraçada. Com as persianas puxadas, a luz solar incidia diretamente em sua face esquerda. Sentava-se de lado, com o braço esquerdo largado sobre a mesa e o outro sobre o apoio da cadeira, encarando o móvel a sua frente. Era um gaveteiro extenso de madeira, medindo quase dois metros de largura, com cinco gavetas altas e espaçosas, um móvel antigo que sempre existiu na sua lembrança de infância, ainda na antiga casa dos falecidos pais. Aquele móvel tinha uma função específica: guardar as minifitas cassete que ele utilizava em seu gravador. Tinha preferência pelo aparelho analógico. Não por nostalgia, mas porque nem todo mundo hoje em dia tinha um para reproduzir as gravações de uma fita. Cerca de um quinto das fitas estava gravado, o que significava quase duzentas delas.

A sugestão de fazer essas gravações tinha vindo do seu médico. Segundo ele, poderia ajudá-lo. Mal não iria fazer. Pelo menos era o que sua mulher pensava quando disse: "Que ótima ideia".

A orientação era que ele fizesse pelo menos uma gravação por semana. Se possível, mais. Mas que não forçasse para não transformar a ação em um hábito tedioso. Não era para ser uma obrigação. Não era um trabalho, era uma válvula de escape.

Naquela tarde, tinha pegado a garrafa d'água da geladeira e caminhado tranquilamente para o cômodo. Possuía como característica um modo sempre tranquilo de caminhar, como se nunca estivesse com problemas. E o mesmo jeito sereno que trazia no corpo mantinha no rosto, que expressava poucas emoções. Parecia nunca ter pressa.

A fita virgem já estava no aparelho e o aparelho sobre a mesa, a centímetros de seus dedos. Ao apertar o botão de gravar, Matias permaneceu em silêncio. Ele parecia ter preferência por essa forma de comunicação. Pelo menos era o que quase todo mundo pensava e com bastante estranheza questionava nos bastidores: como um homem com esse perfil havia chegado tão longe em uma carreira na qual falar e se mostrar era essencial? Era o cenário perfeito para boatos e lendas. Uns acreditavam ser apenas timidez, um homem cujo trabalho fala por si e prefere preservar sua existência do assédio sufocante do sucesso; quem conhecia todos os fatos chegava a culpar o acidente, mas a verdade é que ele já era de natureza contida antes do que acontecera; o grupo dos maliciosos e o dos invejosos levantavam suspeitas sobre algum segredo, talvez culpa. O que quer que fosse, poucas pessoas sabiam, e mesmo assim não conheciam toda a verdade. Até porque é impossível conhecer tudo o que habita o interior de uma pessoa, mesmo daquelas mais abertas ao mundo. Algumas coisas nunca escalam a garganta para sair de forma tão clara como as palavras. Somente os mais sensíveis, e são tão poucos, conseguem enxergar os demais através da verdade inconsciente de seus atos; como aquele espasmo quase imperceptível da boca que se retorce e por uma fração de segundo revela o ranço por alguém; como o pé que bate e bate e bate repetidas vezes, tamborilando o chão e se passando como um simples tique nervoso, mas na verdade é uma barragem represando um poderoso rio de impaciência; como aquela piada, aquele comentário disfarçado de humor, que no fundo é a manifestação contida de um ódio que não pode ser liberado com toda a sua fúria, em nome de manter as aparências perante a sociedade. O que quer que seja que Matias guarde dentro de si, talvez assopre para dentro daquelas fitas, transformando-as em verdadeiras caixas de Pandora, cheias de demônios.

●

— Onde está o seu pai?

— Trancado no escritório dele. Você sabe disso.

E Daiane sabia. Ela sabia onde o marido estava e sempre fazia aquele tipo de pergunta como tentativa de fazer o filho falar sobre o pai. Muitas vezes, Nicolas se perguntava se ela fazia isso de propósito. Apesar de imaginar que conhecia muito bem sua mãe, ela sempre dava a sensação de saber mais do que demonstrava. Fora Matias, seu marido, poucas pessoas conheciam exatamente o que se passava em sua mente. Por isso, Nicolas sempre tinha a sensação de que ela estava jogando. Principalmente quando se tratava de tentar fortalecer o laço do filho com o pai, que nunca tinha sido uma relação comum e amorosa. Amigos íntimos diziam que ela estava fazendo um ótimo trabalho, já que ambos tinham um gênio caprichoso, porém ela sabia que não estava nem perto de conseguir o que queria: transformar aquele coletivo de pessoas em uma família de verdade. Mas ela sabia que era o ponto de conexão ali. Como se Nicolas e Matias fossem dois ímãs de polaridade negativa e ela uma peça positiva que, quando estava no meio, era capaz de juntá-los. Ou pelo menos tentava. Tinha a sensação de que, se fosse embora, se resolvesse fugir, os dois talvez nunca mais trocariam uma palavra entre si. Nessa questão, seu foco era o filho, já que sabia das limitações do marido em fortalecer laços em uma relação. Sabia e entendia, não era uma questão que ele podia controlar. Ele era diferente, ela entendia desde o começo. Quanto a Nicolas, seu filho, era questão de fazer sua mente jovem entender. Mas os jovens nunca entendem, ela também sabia.

— Você é uma mulher forte — uma amiga do trabalho havia dito uma vez.

Daiane não concordou com o termo, que julgou exagerado.

— Não sou uma mulher forte, sou resistente — ela contradisse.

— E tem diferença?

— Muita.

Daiane Pimenta trabalhava em uma empresa farmacêutica havia mais de uma década. O filho seguiu um caminho parecido: estudava medicina, estava no quinto ano da faculdade e prestes a completar vinte e oito de vida. O rapaz havia morado fora do país por um tempo, mesmo a mãe achando não ser uma boa ideia naquele momento. Ao voltar, retomou o curso na faculdade particular bancada pelos pais. Ao contrário da relação com Matias, tinha pela mãe grande admiração e orgulho. Fora dela a ideia de dar o valor da mensalidade para o filho pagar os estudos. Era uma maneira de mostrar com mais propriedade o recurso saindo das mãos dele, mesmo que não fosse realmente dele, para que Nicolas entendesse a relação que deveria ter com o dinheiro, a forma de gastá-lo, as responsabilidades. Os únicos momentos em que Daiane e o filho discutiam estavam ligados a Matias. Nicolas não escondia da mãe suas opiniões sobre o pai, apesar de nunca ter chegado nem perto de sugerir que ela buscasse alguém que a fizesse mais feliz. Pelo contrário, suas investidas mais pareciam um tipo de pedido, um esforço para que a mãe, que com certeza tinha muito mais controle sobre Matias, o fizesse mudar de postura, o fizesse mudar de alguma forma. Não que ele não gostasse do pai e o quisesse longe; ele não gostava do pai e o queria diferente.

— O que o seu pai tem não é uma escolha dele, filho.

— Eu não quero entrar nesse assunto. De novo.

— Eu sei que você não quer, mas...

— Mãe. Sério. Por favor, não vamos fazer isso.

Nicolas estava sentado em uma cadeira comendo salada de frutas de um pote, sem nenhuma pressa. A mãe estava do outro lado do balcão da cozinha, bem em frente ao filho.

— Tá certo.

Os dois permaneceram por um instante em silêncio. Nicolas brincava com a colher dentro da salada de frutas, vendo o líquido no pote entre os pedaços de mamão, banana, laranja e granola.

— Vocês saíram ontem, né?

— Pensei que não quisesse falar sobre ele.

— Não estou falando sobre ele, estou perguntando sobre vocês. Também, deixa pra lá, vai. — Nicolas não parecia ofendido e, na verdade, estava fazendo seu jogo. — Espero que tenha sido bom. — E deu um sorriso tímido, mas brincalhão.

A mãe, que naquele momento estava de costas para ele, pegando um copo no armário, hesitou por um instante.

— Eu fiz coisas que você não vai querer saber — ela disse, ainda mais brincalhona do que ele, sabendo a reação que iria despertar no filho.

— Ah, nossa, sem detalhes. Por que eu fui perguntar?

Os dois sorriram um para o outro. Mas o sorriso de Nicolas desapareceu ao escutar o som de um móvel sendo aberto dentro do escritório do pai. Houve um momento de silêncio entre eles, até ser quebrado pela mãe, que pousou uma mão sobre a mão do filho.

— Eu sei que você não gosta de falar sobre isso. Eu também não gostaria que fosse preciso falar, mas o seu pai é diferente, você sabe. Ele é o que é. E é muito mais do que você vê.

Nicolas desviou os olhos. Depois voltou a olhar para a mãe com seriedade, porém com ternura. Com a outra mão, deu algumas batidinhas na mão dela, que estava sobre a dele, como se fosse um jogo em que o vencedor seria aquele que terminasse com a mão sobre a do outro.

— Eu sei bem o que ele é. — Nicolas suspirou, afagou a mão da mãe e se levantou. Ia levar o pote até a pia e lavá-lo, mas a mãe o impediu.

— Sabe o que seria legal, eu estava pensando? Se você acompanhasse o seu pai em uma das caminhadas dele um dia desses.

— Ah, é tudo o que eu preciso mesmo. Andar duas ou três horas ao lado de um cara que não abre a boca.

— Nicolas.

— Além do mais, eu sei que ele gosta de caminhar sozinho pra ficar tendo as ideias dele. Está tudo bem, mãe. Fica tranquila, sério.

Daiane suspirou, deixando os ombros pesarem nas laterais do corpo.

— Vai, deixa isso aí na pia. Vai tomar um banho e descansar um pouco que mais tarde você tem aula.

O rapaz deu um beijo no rosto da mãe e a olhou nos olhos. Uma fração de momento, um instante ligeiro, mas suficiente para os dois perceberem que ambos guardavam seus próprios segredos.

Matias estava novamente sentado a sua mesa de trabalho. Aberta sobre ela havia uma pasta onde ele guardava alguns recortes de jornal. Foi Daiane quem começara com aquilo, depois de lerem a crítica a uma de suas peças. Comemoraram, ela visivelmente mais eufórica. Ele ficara feliz, ela sabia disso, sabia reconhecer a felicidade mesmo seu rosto não a expressando, e foi naquela noite que encontrou repousando na cama a pasta e o retângulo de quase uma página. Todas as demais críticas daquela pasta fora ele mesmo quem recortara do jornal. Mas somente as escritas por Inácio Chalita, um dos críticos de teatro mais respeitados do país. Não havia amizade entre eles. Havia, na verdade, uma tensão. Caso fosse possível separar os elementos dessa relação, os principais ingredientes seriam uma honesta dose de admiração, uma boa falta de compromisso com o sentimento alheio e um pingo de maldade bem colocada.

Para Inácio, Matias era sem dúvida um dos melhores dramaturgos da sua geração. Entretanto, para o crítico, havia certa limitação nas peças, uma limitação paradoxal, afinal a característica atípica de Matias era a marca de suas obras. A declaração "um dos melhores" era o que incomodava Matias, que, sem modéstia, mas também sem ataques de estrelismo, se considerava bastante superior aos demais, pelo menos aos que ainda estavam vivos. O dramaturgo, pelo contrário, já assumira publicamente, nas raras ocasiões em que dera algum testemunho público, que Inácio Chalita **era** o melhor crítico de teatro, aliás o único que ele lia.

— O problema do Inácio — Matias disse em uma entrevista, certa vez — é que as observações negativas que ele faz são de pontos que ele pensa ter encontrado por descuido do meu trabalho, quando na verdade estão lá propositalmente. Ele tem um ótimo olhar para vê-las, mas as trata como erros.

Algumas pessoas diziam que Matias Dália possuía um caráter arrogante e que toda essa prepotência ajudava a afastar ainda mais as pessoas de seu círculo social. O próprio filho, Nicolas, já fora rotulado com a mesma arrogância na escola e por um dos professores da faculdade, que lera uma crítica ao pai dele e dissera, em conversa particular, que a insolência de Matias não deveria servir de exemplo para sua formação.

A página aberta a sua frente era a crítica a seu último projeto, realizado quase dois anos antes. O dramaturgo possuía uma peculiaridade que chamava a atenção do público e da crítica. Seus projetos de apresentação única, aqueles que seriam encenados apenas uma vez e nunca mais repetidos. Ele já explicara uma vez o motivo dessa forma de trabalhar.

— Algumas coisas só têm força no seu instante, naquele momento em que vêm ao mundo. E não podem ser repetidas, muito menos revistas, pois nunca mais causarão o mesmo impacto. Hoje o mundo não consegue ficar calado, alguma coisa sempre escapa. Prefiro que apenas algumas pessoas sejam tocadas verdadeira e integralmente, que tenham a total experiência da coisa, a ver a mensagem diluída pela perda da sua força, como uma luz que se acende na escuridão, que no primeiro momento impacta pelo seu surgimento, mas logo todos se acostumam com a sua presença. O maior poder da luz não é o fato de ela iluminar o caminho, mas sim a sua capacidade de cegar tanto quanto a sua falta.

E sua última peça fora assim, de apresentação única. Seu nome, longo como a maioria dos títulos que batizavam seus trabalhos, era: *Se crianças são anjos, quando fogem de casa elas estão caindo ou voando?*

Matias percorreu as linhas da crítica com os olhos, enquanto a mente voltava àquele dia. A peça, em especial, pedia um trabalho de marcenaria que iria mexer com a própria estrutura do teatro. Não é segredo para ninguém que o teatro enfrenta uma série de obstáculos para acontecer. Mesmo um dramaturgo reconhecido encontra suas dificuldades, a maioria delas ligadas a questões financeiras, exigindo pessoas com colhões para apostar em algo que fuja do que já foi feito antes. As pessoas apenas fingem querer novidades, fingem estar abertas ao diferente, mas quando isso acontece o choque é tamanho que a primeira reação é repelir, desgostar, dizer que está errado ou, no caso de quem tem o papel de investir dinheiro, a incredulidade e a insegurança se tornam terreno para construir a certeza do fracasso baseada apenas no desconforto pessoal provocado pelo novo.

O maior obstáculo nesse trabalho foi convencer os donos da casa de espetáculos a aceitar a intervenção que era necessária na estrutura para a realização da peça. Somente depois de muita argumentação e a promessa de que o projeto renderia grande repercussão para o local os empresários aceitaram a ideia.

A intervenção que quase inviabilizou a peça era a colocação de um enorme tapume que dividia a plateia em dois lados. A divisória percorria toda a extensão do local, cortando a plateia em duas, e subia pelo palco, também o dividindo em dois. O tapume era feito de um compensado de madeira, com um lado todo pintado de azul-bebê e seu verso de um vermelho-endiabrado. A estrutura media quase três metros e meio de altura. Dessa forma, indo de uma ponta a outra do teatro, quem estava de um lado da plateia não podia ver o que acontecia do outro. Nem mesmo do outro lado do palco, já que ele também estava dividido. Os assentos superiores não seriam liberados, exceto um único lugar. Uma cadeira reservada para o crítico Inácio. Sentado em um assento posicionado bem no centro da casa, de onde era possível enxergar ambos os lados da plateia e do palco. Era dali que ele iria assistir à peça.

Do lado de fora, no hall de entrada do teatro, os espectadores começavam a fazer volume, já que o horário para o início do espetáculo se aproximava. Na verdade, a peça começava ali mesmo. Havia duas entradas para a plateia, uma porta do lado esquerdo e outra do direito. Entre elas, uma instalação simples que consistia em duas janelas diferentes, uma delas fechada com uma cortina vermelha e outra com uma cortina azul. Acima das duas havia um letreiro que explicava: "Na janela da esquerda, de cortina vermelha, você pode ver o inferno. Na janela da direita, de cortina azul, você tem vista para o céu. Em qual delas você gostaria de dar uma espiada? Escolha uma e olhe. Depois de olhar por ela você não poderá olhar pela outra. Faça sua escolha, em seguida entre e ocupe um lugar".

As pessoas examinavam a instalação com certa desconfiança, rondando as janelas feito animais curiosos, quase todas deixando escapar risinhos nervosos. Muitas delas, antes de escolher uma janela, olhavam para outra pessoa, como se esperassem uma aprovação, alguma cumplicidade em sua escolha.

Enquanto esperavam, as pessoas observavam a reação de quem enfiava a cabeça para dentro das cortinas, ficando com o corpo de fora como se presas em uma guilhotina. Na janela com vista para o inferno quase todos tinham sempre a mesma reação, um espasmo, um tremelique, um susto. Era possível ver, do pescoço para fora, o corpo dando um sobressalto, e logo em seguida a pessoa saía dando um risinho, o rosto corado por causa do sangue que havia descido para a fronte, para mais adiante entrar pela porta da esquerda. Ninguém sabia ainda que a plateia do teatro estava dividida pelo tapume e que quem entrava pela esquerda não veria o que iria acontecer do lado direito. Na verdade, o susto era provocado por um letreiro luminoso que piscava de forma agressiva, praticamente fazendo a mensagem pular no rosto da pessoa. O letreiro dizia, simplesmente: "Entre pela esquerda". Dentro da janela do céu as pessoas não levavam nenhum susto. Quem olhava de fora não via muita reação corporal em quem descobria o que guardava seu interior, vendo a pessoa sair em seguida, sem grande entusiasmo, para a porta da direita. A mensagem dada na janela do céu dizia apenas "Entre pela direita", porém era um letreiro suave, que acendia lentamente num azul confortável e acolhedor.

Matias aguardava na coxia, observando por detrás das cortinas, de um lado e de outro. Não conseguia ver como as pessoas se comportavam no hall, com o experimento das janelas. Mas ele sabia o que iria acontecer. À medida que a espera se diluía, seu pensamento foi se comprovando, com os assentos do inferno sendo ocupados muito mais rápido que o lado vizinho. Para ele, no fundo, todos gostariam de saber se lá no inferno é tão ruim como pregam os mais crentes. Se valeria mesmo a pena se privar dos prazeres daqui, em vida, até então a única certeza, para escapar das punições eternas de lá, querendo ou não, apenas uma possibilidade. Sabendo dessa provável preferência, somente metade da capacidade máxima da plateia principal foi colocada à venda.

Quando a última pessoa ocupou seu lugar no teatro, a proporção era a seguinte: cerca de oitenta e cinco por cento dos espectadores estavam sentados na plateia do inferno e quinze por cento nos assentos do céu. É claro que existiam muitos motivos para esse número: a necessidade de parecer rebelde e escolher a janela do mal; o efeito manada, já que os primeiros estavam escolhendo a janela vermelha, mesmo aqueles que, acovardados pela palavra "inferno", se sentiam pressionados a fazer uma escolha mais corajosa; a descrença em Deus; a crença de que o inferno deveria ser mais divertido — para assistir, claro, porque ninguém gostaria de estar lá. Este último motivo, aliás, foi posteriormente narrado na crítica de Inácio da seguinte forma: "A curiosidade de grande parte das pessoas pelo inferno levanta a questão do sadismo que há dentro de cada um que escolheu a janela de cortina vermelha (a esmagadora maioria). Ninguém sabia o que veria ali, mas é de conhecimento comum que o inferno é um lugar para onde vão pessoas que serão castigadas. Torturadas. Que vão sofrer. Que desejo é esse que habita dentro de nós? Que fome é essa que nos leva tão perto do fogo que faz borbulhar o caldeirão? 'Calma, é só teatro', alguém poderia protestar, defendendo sua escolha e se dizendo incapaz de querer e, pior ainda, de gostar de ter o sofrimento de outro como espetáculo e entretenimento. A questão é: sabemos que era encenação o que poderia acontecer naquele palco. Podemos dizer o mesmo sobre o desejo da plateia?"

A crítica de Inácio funcionava como uma extensão da obra de Matias, e era justamente essa a intenção do dramaturgo ao colocá-lo ali, naquela posição privilegiada.

O tapume impedia que um lado pudesse ver o que acontecia no outro. Porém, não impedia que pudesse ouvir. Na verdade, quem escutava era o lado angelical do teatro, já que o lado esquerdo, malévolo, fervilhava com o falatório da maioria de pessoas, enquanto o lado direito, pacatamente, aguardava a peça começar.

E foi o lado esquerdo que primeiro abriu as cortinas do seu palco. Quando isso aconteceu, o lugar foi banhado por uma luz vermelha que explodiu dos holofotes no palco, sobre ele e de sua lateral. Do lado direito era possível ver a luz escarlate transpassando os limites, quase como se tentasse invadir o território vizinho, escorrendo feito sangue translúcido imune ao poder da gravidade por todas as frestas inferiores, superiores e laterais, como a cera de uma vela púrpura derretendo e se amontoando por cima de si mesma. Com a luz invadia também o burburinho espantado com os efeitos da iluminação. Do seu lugar, Matias observava a reação de quem estava sentado do lado direito, todos olhando para cima, como se tentassem ver pelo tapume, a sensação de lamento por ter escolhido aquele lado estampada nos semblantes perdidos e inquietos dos rostos que se olhavam, todos pensando a mesma coisa, inclusive aqueles que se esforçavam para manter a face de desdém, o puritanismo fingido que oprimia seus prazeres mantidos em segredo e revelados apenas aos amantes e às amantes, longe do casto teto familiar.

A curiosidade do lado direito talvez encontrasse consolo se essa plateia soubesse o que estava para ser presenciado na metade oposta, quando, de repente, atores totalmente nus adentraram o palco. Era difícil saber o número certo deles, já que muitos se aglutinavam uns aos outros, vindo montados em seus semelhantes de maneira circense, disformes e retorcidos, formando coisas emboladas em que membros pareciam sair de corpos aos quais não pertenciam, soltando risos, gemidos e guinchos em uma mistura de prazer e sofrimento. Grande parte desses atores estava caracterizada com maquiagens grotescas, orelhas que faziam pares na mesma cabeça, mas em tamanhos diferentes; narizes pontiagudos feitos de massa de modelar que iam até o limite da gravidade, quando então cediam ao peso; um ou outro com um queixo protuberante que descia e subia, dando ao rosto um aspecto de lua de carne. Tudo tão deformado e fantasioso, mas ao mesmo tempo tão verdadeiro, que era impossível não se perguntar onde aquelas pessoas foram encontradas, em quais famílias estavam escondidas. Apesar da aparência, em nada davam a impressão de serem bichos ou monstros aquelas figuras inomináveis que traziam a imagem de pessoas embora não o fossem. E o que faziam no palco, aquilo não poderia ser chamado de sexo. Apesar de ser, não se via na plateia nenhuma expressão de atração, tampouco alguém ali parecia ter vontade de estar no lugar de um ator naquele palco. Tudo parecia muito além das possibilidades praticadas por quem estava na plateia, exceto, é claro, as fantasias nunca reveladas, mas tão repetidas na mente. De qualquer forma, para quem assistia, o efeito se distanciava muito de um estímulo sexual. A sensação estava mais próxima do remorso. Um rapaz na primeira fileira vomitou quando sentiu um cheiro forte e peculiar. E não foi o único. Pessoas começaram a se levantar e sair, mas, ao chegarem à saída, encontram as portas trancadas, iniciando um princípio de caos, que também já tinha sido imaginado. Do lado azul e cintilante, quem aguardava escutava sons de protestos e pedidos de ajuda que julgavam vir do palco. O princípio de tumulto foi rapidamente contido com lanterninhas sinalizando a saída para quem realmente quisesse ir embora. Lanterninhas que também eram atores e sibilavam aos passantes em disparada: "Do inferno real você não escapa, do inferno real você não escapa, do inferno real você não escapa, do inferno real você não escapa..."

Muitos que ainda suportavam, sentados em seu assento, desviavam o olhar para o lado superior direito, onde uma luz azul cintilava suave e constantemente, em um embate com as rajadas rubras que tentavam avançar, misturando as cores.

Do lado direito, o incômodo era justamente pelo motivo contrário. Nada acontecia. Quando a primeira pessoa, depois de quase meia hora de espera, ameaçou se levantar, uma voz suave e aveludada apenas disse: "Estou chegando". Porém, mais quinze minutos se passaram e nada de o dono da voz aparecer. Em pouco menos de quarenta minutos, o lado direito da plateia estava completamente abandonado. O lado esquerdo demorou pouco mais de uma hora. Cada pessoa que deixava a plateia, tanto de um lado quanto de outro, recebia na saída um cartão.

No cartão do lado angelical havia a mensagem: "E se não existir o céu?"

No cartão do lado infernal vinha escrito: "E se existir o inferno?"

Quando chegavam ao hall de entrada do teatro, um grande cartaz recebia os desistentes de ambos os lados com a mensagem: "E se todos nós estivermos errados?"

12

Nessa manhã, Artur se levantou mais cedo do que o costume. Seu despertador foi uma ideia que relampejou uma possibilidade em sua cabeça. Aproveitou o horário matinal para sair antes que o transporte público fosse tomado pelo mar de pessoas indo para o trabalho e a faculdade. O sol ainda ensaiava raiar no horizonte quando ele colocou os pés para fora do prédio e se pôs a caminhar até a estação de metrô. Mesmo tão cedo, o lugar tinha pessoas esperando seu meio de locomoção. Mas ainda era possível caminhar sem ser tocado e esbarrado e apertado contra corpos, e as pessoas ainda estavam dormentes o suficiente para permanecer mais silenciosas. Naquele horário elas ainda não haviam se juntado e, sozinhas, não se exaltavam como animais querendo chamar atenção no grupo.

Encontrou um lugar no vagão e se sentou, sempre perto da porta para, caso começasse a encher repentinamente, poder sair como quem foge de um incêndio. O transporte público era assim, ele sabia. Muitas vezes, sem dar nenhum sinal, uma multidão aparecia, ocupando o espaço com seus corpos e suas vozes. Olhou para um jovem sentado em um assento próximo, com fones de ouvido grandes que cobriam por completo suas orelhas. Com os olhos fechados, a cabeça do rapaz pendia segurada pelo pescoço e, vez ou outra, levantava repentinamente, olhava pela janela, averiguando a estação em que estava, e voltava a se entregar ao sono, que ainda não havia passado. Tinha um livro de estudos no colo que o sono não permitia que fosse folheado. Artur apertava a visão tentando ler o nome na lombada, mas era difícil enxergar de onde estava.

O detetive desceu depois de sete estações e caminhou para o outro lado, onde pegaria o trem que o levaria para outra região da cidade, onde ainda teria que fazer uma nova baldeação. Demorou pouco menos de uma hora para chegar à estação que ficava próxima ao shopping onde havia esperado pelo contato anônimo. Dali foram menos de dez minutos de caminhada. O shopping ainda estava com as portas fechadas para clientes; só alguns funcionários entravam. Caminhou ao redor, procurando a saída por onde o suspeito havia deixado o local naquele dia, e a encontrou pelo lado de fora. Havia uma rampa que se quebrava em v por onde era possível entrar de cadeira de rodas e, ao lado, uma escada de degraus metálicos que ressoava com o peso de quem pisava. Artur subiu até a entrada que dava acesso ao estacionamento, ainda vazio, mas não entrou. Girou sobre o próprio corpo e escaneou a região, mapeando as ruas e acessos, pensando, sem nenhum critério para guiá-lo, qual seria o caminho que o homem pegara.

Era possível que tivesse chegado lá como ele, de metrô.

Era possível.

Anotou o pensamento na cabeça, já com a ideia de requerer as imagens das câmeras de segurança para investigar se fora por lá que o suspeito havia partido. Mas sabia que com o metrô não seria simplesmente usar o poder do distintivo; seria necessário um mandado judicial para ter acesso às imagens, e isso não seria tão rápido. Até porque teria que convencer Aristes a dar a permissão e assinar o documento para o requerimento, coisa que ele também não faria assim tão fácil. Procurou então novos caminhos, literalmente. Caso não encontrasse nada, iria para o jeito mais burocrático.

Próximo dali também havia um ponto de ônibus por onde o suspeito poderia ter ido embora. Os olhos vasculharam a vizinhança, catalogando o que havia ao redor. O lado da rua onde ele estava era traçado, de ponta a ponta, pelo cercado de grades que contornava o shopping. Na outra calçada, uma sequência de casas coladas uma na outra pontilhava o horizonte. Entre as residências, Artur notou, havia comércios dos mais variados tipos — lojas de ferragens, bares, uma fachada estranhamente escondida por uma placa de neon apagado e uma faixa que dizia: "Entrada com direito a quatro latinhas de cerveja". Mais para a frente, descendo o olhar para a direita, um posto de gasolina. Algumas ruas cortavam o horizonte da calçada adiante em quarteirões. Mais possibilidades de caminhos para o suspeito.

Vou ficar o dia todo aqui, Artur pensou e se pôs a caminhar, atravessando a passarela que dava acesso ao outro lado da movimentada rua. Havia saído de casa com um plano. Um plano que nada tinha de prático, porém fora a única opção que acendera em sua mente: percorrer toda a região ao redor, buscando comércios e prédios residenciais com câmeras de segurança que davam para a rua e analisar uma a uma na esperança de encontrar o suspeito e seguir o rastro de seu caminho através das imagens.

Chegou até a loja de ferragens, o lugar mais próximo do shopping com uma câmera. Havia uma porta envidraçada que estava fechada, com uma placa que dizia o mesmo para quem estava do lado de fora. A porta de metal que cobria a porta de vidro estava suspensa no teto, enrolada em um caracol de correr. Artur viu que uma funcionária estava lá dentro. Bateu no vidro, fazendo a mulher dar um salto e colocar a mão no coração. Ela olhou desconfiada e não se moveu. Em seguida, fez um gesto ríspido, batendo com o indicador sobre o pulso da outra mão, querendo dizer que não era hora de abrir ainda. Artur colou a identificação policial no vidro, o que não fez a mulher mudar sua expressão carrancuda e mal-humorada. Levou alguns instantes para ela se mover, mas, mesmo receosa, a mulher veio. Não abriu a porta de vidro de imediato, chegou mais perto para olhar a identificação que Artur sustentava sobre a vidraça. Parecendo tomar um ar de coragem, enfim abriu a porta.

— A gente só abre às nove.

— A câmera de segurança. Eu preciso ver as imagens de ontem.

Ela olhou para a câmera que Artur apontava, na parte superior da fachada da loja.

— Eu não sou a dona da loja, só trabalho aqui.

— Eu preciso ver. É uma investigação policial. É possível que um assassino tenha passado por essa rua ontem e eu preciso verificar.

Artur sabia que o argumento do assassino sempre fazia as pessoas não quererem estar no caminho da polícia.

— Nossa... mas não fiquei sabendo de nada. Mataram alguém aqui ontem? — Ela olhou em volta, como se tivesse medo de que o assassino estivesse por ali.

— Não, não foi por aqui... Olha, eu preciso ver a câmera. Eu vou ter que percorrer toda a região olhando de câmera em câmera, e não posso perder tempo.

— Deixa eu ver a identificação novamente.

Artur a mostrou.

— Vem, eu vou te mostrar pela tela. Se tiver que levar a gravação, eu vou ter que pedir autorização pro dono antes.

— Primeiro vamos descobrir se ele passou por aqui.

A mulher o levou até a parte de trás do balcão, caminhou para um canto mais afastado da loja e buscou a gravação do dia anterior. Artur disse a partir de qual horário ele queria ver, e assim a funcionária o fez.

— Quer que acelere para ser mais rápido?

— Não.

O detetive parecia nem piscar. Os olhos fixos na imagem iam e voltavam em cada pessoa que entrava e saía de cena. Mas o suspeito não passara por ali.

— Obrigado — Artur agradeceu, seco, virou sobre o corpo e deixou a mulher com uma grande cara de interrogação, sem tempo para nenhuma das perguntas que ela queria fazer ao policial.

Já do lado de fora, o detetive olhou novamente para a câmera sobre a fachada. Viu para onde ela estava apontada. Voltou-se para a passarela que trazia quem vinha do shopping para lá.

Se essa câmera, apontada para cá, não captou, este lado da calçada está descartado.

Entretanto, pensou mais um pouco. Era possível que o homem tivesse caminhado pelo lado da calçada do shopping e atravessado mais à frente. Dessa forma, não era possível descartar esse lado da calçada ainda. Apenas esse pequeno trecho do lado da calçada.

Um longo suspiro escapou entre os lábios de Artur. O plano era mapear a área em quadrados menores de cada lado. Assim, a possibilidade de encontrar o suspeito era mais fácil, imaginou. Colocou-se em movimento, seguindo agora o caminho oposto daquela calçada, onde havia outro comércio com uma câmera na fachada. Porém, não havia ninguém lá naquele instante. Continuou o caminho com o pensamento de que, se o suspeito tivesse passado por ali, a câmera seguinte o teria capturado.

Talvez.

Tudo era um grande talvez naquela investigação.

Mas não havia nada também na câmera seguinte. E nem na outra. Nem na do posto de gasolina. Aumentou o quadrante de pesquisa, voltando a percorrer o lado que já havia investigado, agora com maior amplitude. E assim fez também com o lado contrário de novo. Indo e voltando, indo e voltando. Questionou-se se essa forma de mapeamento era a melhor estratégia, mas chegou à conclusão de que só pensava assim porque ainda não havia chegado a nenhum resultado. Caso tivesse decidido pegar um lado todo e fazê-lo por completo para depois ir buscar no lado contrário, chegaria até ali questionando se essa teria sido a melhor estratégia se continuasse também sem nenhuma imagem do suspeito.

Depois de seis horas caminhando de um lugar a outro, conversando com funcionários das lojas para explicar a situação, vendo imagens e prometendo voltar com um mandado para aqueles que se recusaram a colaborar, agora ele estava sentado sobre uma mureta de concreto, em frente ao mercadinho onde acabara de olhar as imagens gravadas.

E nada também do suspeito.

Mantinha na boca um cigarro apagado. A perna direita estava cruzada sobre a esquerda e ele tirara os sapatos para massagear os pés cansados. Não havia parado nem para almoçar, mas não sentia fome. Não era comida que queria.

— Me arranja um cigarro, amigo? — um morador de rua abordou Artur, que deu um cigarro para o homem. — Tem um foguinho aí pra emprestar?

— Não.

— Entendi. Beleza, tranquilo. — O homem se colocou a caminhar.

Artur o observou andando. Olhou para os pés dele, que calçavam um tênis batido e sujo. Voltou a calçar os sapatos, levantou, espreguiçou o corpo, arqueando a coluna para trás, jogou os braços para um lado, depois para o outro, escutando as costas estalarem, e se colocou novamente em movimento.

Ainda tem muitas câmeras para olhar.

E assim, por mais duas horas ele fez, até que, finalmente:

— Olha só você — disse em voz alta, fazendo o funcionário da padaria que estava ao seu lado se curvar, curioso, querendo ver o tal assassino.

O suspeito passava de relance. Por pouco menos de um metro estaria fora da captação, mas estava lá. Passou por aquela rua e ia na direção da direita.

— Não perca essa gravação — disse ao homem e saiu, caminhando por onde o suspeito havia ido.

Alguns metros à frente, Artur encontrou uma grande floricultura que também possuía um sistema de câmeras. Explicou para o funcionário o mesmo que havia repetido durante as últimas horas e conseguiu acesso às imagens. O suspeito estava mais nítido naquela imagem e continuava seu trajeto.

— Não perca essa gravação — repetiu a orientação dada anteriormente e saiu da floricultura.

Logo ao dar seus primeiros passos, descobriu que a floricultura ficava exatamente na esquina da rua, dando a opção de seguir adiante pela via principal ou virar à direita, em uma rua que se estendia longamente até se perder de vista. No outro lado da esquina havia outra loja, e nela não havia câmera do lado de fora, apenas internamente. Resolveu, depois de pensar um pouco, seguir pela rua principal. Investigou os sistemas de segurança dos próximos comércios, mas em nenhum deles encontrou sinal do suspeito. Depois de seguir adiante por um longo trajeto, resolveu voltar até a esquina da floricultura e seguir pela rua da direita. Entretanto, a partir dali, a região possuía mais residências do que comércios. Havia alguns bares, cafés e pequenos mercados, e só em um desses mercados existia câmera do lado de fora. Conseguiu acesso às imagens, porém o suspeito não passara por elas. O túnel, que parecia mostrar uma saída, agora começava a se estreitar novamente, sem nenhum sinal de luz em sua extremidade.

Avistou uma pequena praça no centro de uma rotatória e caminhou até ela. Sentou-se em um banco, sem se recostar. A coluna reta dava uma sensação de desconforto à imagem de Artur, que olhava para um lado e para o outro, vendo cinco ruas distintas, ampliando as opções de caminho e diminuindo sua chance de sucesso.

Ele não foi de metrô, pensou, raciocinando que vira o suspeito em algumas imagens, caminhando em outra direção. *Também não pegou nenhum ônibus. Pelo menos não na via principal, onde há tantas opções.* Tentou juntar aquelas peças tortas e construir um caminho para percorrer. Tirou um cigarro do maço e colocou entre os lábios. *Sem metrô, talvez sem ônibus. Táxi? Não, havia ponto de táxi dentro do shopping, apesar de que há uma greve acontecendo. Sem táxi, provavelmente. Você deve ter vindo de carro. Deve ter vindo de carro. Ou será que mora aqui perto?*

Artur se levantou e rodou sobre si mesmo, inspecionando a fachada das casas e prédios. Ele havia verificado as câmeras de segurança da maioria deles e também não tinha encontrado nenhuma imagem do suspeito. Sentia-se agora como se estivesse sendo observado. Como se o animal na mata, mais habituado ao ambiente da floresta, estivesse entre as folhagens, camuflado entre troncos e galhos, olhando para quem queria observá-lo, fazendo pensar que ele não existia, embora estivesse ali, vendo-o.

Sentiu a ansiedade crescer dentro de si, inchar o peito, ocupando o espaço que devia ser dos pulmões. A respiração parecia se trancar, e uma crise de pânico roçava a garganta, começando a sufocá-lo. Colocou o corpo em movimento, nervoso, agitado, buscando no baú de emergências as orientações para conter a crise, a sensação de estar sendo tocado, de estar perdido, em pânico. Acelerou os passos, parecia realmente estar fugindo de algo que o espreitava. Deixou a praça, atravessou a rua sem olhar e obrigou um veículo que vinha em velocidade pela rotatória a frear de maneira brusca. A buzina que estourou do lado direito do ouvido fez Artur tirar os dois pés do chão. Acelerou ainda mais e levou as mãos aos dois ouvidos, tentando abafar o barulho ensurdecedor do mundo. Parecia haver mais buzinas, mais portões metálicos sendo destrancados e correndo pelas roldanas, o canto dos pássaros ganhava tanto volume que Artur tinha a sensação de estar dentro de uma grande gaiola, os latidos dos cachorros vinham de todas as direções e um deles explodiu de dentro de uma boca cheia de dentes a poucos centímetros de seu braço, o focinho do animal entre as grades do portão. Artur encontrou uma abertura entre dois muros, local onde ficava o registro de água de uma casa, e se enfiou lá dentro. Colocou as costas na parede, queria sentir-se protegido, mas a ideia não durou muito tempo. O lugar estreito fez a sensação claustrofóbica crescer, e as paredes ao seu redor pareciam agora se mover lentamente, querendo fechá-lo ali dentro, apertá-lo como um compactador de lixo. Conseguia até escutar a água fluindo pelo cano do registro perto de seus joelhos. Tudo era tão alto. Saiu de lá, olhando desconfiado para todos os cantos.

— Não tão bom nisso, melhor em muitas outras coisas.

— Não tão bom nisso, melhor em muitas outras coisas.

— Não tão bom nisso, melhor em muitas outras coisas.

— Não tão bom nisso, melhor em muitas outras coisas.

— Não tão bom nisso, melhor em muitas outras coisas.

— Não tão bom nisso, melhor em muitas outras coisas.

A frase era repetida num misto de reza e sussurro.

Foi quando parou, repentinamente. Antes de atravessar a rua, viu o local, e a ideia que relampejou a possibilidade afugentou o nervosismo. Ali estava um caminho para seguir.

Você deve ter vindo de carro.

Um estacionamento. Artur foi até ele e explicou a situação ao homem na pequena guarita. Não foi necessário argumentar muito depois da frase "investigação de assassinato". Mas nas imagens não havia nem sinal do suspeito.

— Tem outros estacionamentos por aqui? — Artur perguntou.

— Sim, sim. Tem, só pelo que eu sei, peraí, tem um mais ali no final da rua. — O homem apontou a direção. — Tem um outro menor ali. —

Apontou para outro caminho. — E voltando. Você veio por ali, né? — Artur confirmou com a cabeça. — Então, voltando, mas não pela principal, tem uma rua que quebra pra esquerda, ela contorna e mais pra frente, é meio escondido, mais pra frente, um pouco mais perto do shopping, tem outro. E, se eu não me engano, tem mais dois mais pra frente ainda. Também tem um subindo pela principal, mas aí é mais longe.

— Excelente. — Artur virou sobre o calcanhar e saiu.

Tinha em mente o estacionamento que o homem havia indicado, que ficava mais próximo ao shopping, que batia com a direção em que o suspeito havia seguido nas poucas câmeras em que aparecera, e Artur não havia chegado até lá por ter tomado outros caminhos. Mesmo assim, antes de ir até esse especificamente, como garantia, o detetive foi até os estacionamentos mais próximos de onde estava. Em nenhum deles encontrou o suspeito nas câmeras.

Levou quase meia hora para encontrar o tal estacionamento próximo ao shopping. A pele do rosto já estava brilhosa com o suor grosso das longas idas e vindas, mesmo a temperatura do dia não passando dos dezoito graus. Agora, com a chegada da noite começando a tingir o céu de negro, o termômetro começava a cair. Não tinha vontade de comer, mas seu estômago insistia na necessidade de se alimentar. Explicou, já sem saber quantas vezes havia repetido a mesma história, o que precisava ao homem que guardava o estacionamento. Como quase todas as outras pessoas, o funcionário se mostrou mexido diante da palavra "assassino". Ele o levou para dentro da guarita e mostrou o sistema de segurança que filmava os carros que entravam e saíam. Havia também uma câmera ali dentro que filmava os clientes que paravam para pegar o tíquete do estacionamento e pagar a conta.

Artur pediu para começar por essas imagens.

Pronto. Lá estava ele.

A imagem era preta e branca, mas, pela distância, agora era fácil ver com clareza os traços do homem.

— Vocês pedem algum documento?

— Não, não fazemos isso. A pessoa para aqui, a gente anota a placa para ter no tíquete na hora da saída e pronto.

A placa do carro.

— Qual a placa do carro dele? — Artur solicitou, quase eufórico.

— Então, não dá pra buscar a placa aqui na documentação porque são tantos entrando e saindo. Não dá pra lembrar qual é o tíquete...

— Pelo menos você guarda todos os tíquetes de ontem? — Artur perguntou, já imaginando outra próxima e longa busca que viria pela frente.

— Sim, a gente tem tudo aqui. Mas não vai precisar disso, senhor. Eu não consigo saber o tíquete pelo rosto do homem, mas as câmeras de entrada e saída pegam as placas também. Vamos ver aqui. — Começou a mexer no sistema de segurança. — Temos o horário que ele pagou, então foi mais ou menos aqui, e... É esse aqui, olha.

O vidro escurecido pela película ajudava a esconder detalhes do rosto, mas Artur já possuía a imagem do suspeito. O que ele queria era a placa e o modelo do automóvel. E agora tinha essas informações. O detetive anotou também o horário daquela câmera, já pensando em facilitar as provas do processo criminal.

●

Com os dados nas mãos, ligou para o Departamento de Informações da Polícia.

— Boa noite, Artur — a voz do outro lado da linha soou acompanhada de um chiado aguado de quem estava tomando café.

— Eu preciso de uma informação.

— Você não está de férias, Artur?

— Sim. Eu preciso saber quem é o dono de um carro.

— Claro, pode me dizer a placa.

— zxv9003.

— Vamos ver aqui.

Artur escutou o som de teclas sendo digitadas com velocidade.

— Posso falar?

— Claro.

— Matias Dália.

— Matias Dália — repetiu Artur.

— Isso mesmo.

— Qual o endereço?

— Eu posso até te passar, Artur, mas, tem uma coisa, não sei se vai adiantar muito.

— Por quê?

— O carro foi roubado. Há quase três anos.

O detetive ficou em silêncio por alguns instantes.

— Artur? Artur?

— Sim?

— Mais alguma coisa?

— Me passa a data do roubo e o local de onde levaram o carro.

— Sim, senhor.

Artur anotou as informações.

— Há algo mais sobre o roubo?

— Temos no arquivo imagens da câmera de segurança do prédio onde o carro estava estacionado.

— Perfeito. Consegue me passar por e-mail?

— Se quiser só a parte do roubo, eu posso recortar e enviar. A gravação do dia todo vai ficar pesada demais.

— Dá para me enviar com dez minutos antes e depois?

— Acredito que sim.

— Ótimo.

Artur desligou o telefone sem esperar resposta. Muitas vezes a ansiedade o fazia esquecer as cordialidades sociais, por exemplo, agradecer.

Repentinamente o corpo pareceu dar um basta em todo o esforço do dia e cobrou o preço. As pernas bambearam, o estômago doeu, a boca estava seca, os lábios ressecados, sentia a pele do rosto endurecida. As costas, se fossem de metal, estariam rangendo. Tudo doía. Quando resolveu pedir um táxi, teve que esperar quase uma hora para conseguir. Aguardou no estacionamento mesmo. Sentado na calçada do lado de fora do local, com um cigarro apagado entre os lábios.

●

Ao chegar em casa, foi direto para a cozinha. Abriu a geladeira, tirou a garrafa de dentro e encheu um copo de água três vezes. Fez dois sanduíches, mas comeu apenas um. Ainda não tinha a cabeça na fome. O que queria não estava dentro de um pão ou em nenhum prato. Estava no computador. A única coisa que fez antes de se sentar em frente dele e checar seus e-mails foi ir ao banheiro.

Já com o computador ligado, abriu a caixa de e-mails e começou a realizar o download do arquivo, porém a velocidade da internet era lenta e o arquivo, pesado. Teve que esperar mais. Aquele dia fora uma longa busca testando sua pouca paciência, e a noite demonstrava que não seria diferente. Quando, enfim, o processo de download terminou, o detetive começou a assistir ao vídeo. Eram vinte e um minutos e trinta e sete segundos de gravação desde o momento em que o assaltante entrava em cena até quando ele desaparecia com o carro. Como solicitado, o corte possuía dez minutos para trás disso e outros dez a seguir.

O Chrysler modelo Town & Country preto estava estacionado de forma que a câmera de segurança que gravara a cena pegava a porta do carona. A placa era bem visível: ZXV9003. O começo do vídeo não pegava quando o veículo havia chegado, e Artur fez uma anotação mental para pedir esse trecho. Também não mostrava o motorista, que já tinha saído de cena. Durante os dez minutos antecedentes ao roubo, nada de anormal havia acontecido. Algumas pessoas passaram caminhando pela calçada, mas nenhuma delas deu atenção especial ao veículo. Quando o relógio marcou 11h37, o suspeito entrou em cena, caminhando pela calçada, vindo pela frente do carro. Pela câmera era possível enxergar seu lado esquerdo. Carregava nas costas uma mochila marrom que não parecia muito preenchida e levava na mão esquerda um varão de metal utilizado para abrir portas de carros. O homem agiu rápido, demonstrando bom conhecimento da técnica para a ação. Como a câmera filmava a porta do carona, não era possível ver com detalhe o que acontecia do lado do motorista. Em questão de segundos a porta foi aberta, o homem entrou e se fechou lá dentro. Artur ficou espantado com a velocidade do assaltante. Em um minuto e trinta e sete segundos ele entrou em cena, abriu a porta, fez a ligação direta e partiu com o veículo recém-adquirido.

Mas Artur sabia que o carro não tinha ficado com o assaltante. O tipo físico de quem o roubara era totalmente diferente do suspeito nas câmeras de segurança do estacionamento e do shopping. Quem roubou o carro era um homem calvo, com o cabelo raspado nas laterais. Ele usava óculos escuros largos, calça jeans, vestia uma regata que deixava a tatuagem no ombro esquerdo bem aparente. Artur se esforçou para ver mais detalhes do desenho, mas, pela distância da gravação, era difícil enxergar com clareza. Era grande, pegava todo o ombro e descia até o cotovelo, parecendo contornar boa parte do bíceps. Chamava a atenção do detetive o descuido, ou quem sabe a arrogância, de não se preocupar em cobri-la.

De qualquer forma, agora Artur possuía outros caminhos a percorrer. Era melhor ele descansar os pés.

13

— Pode vir. Vem! Vem, vai vindo, vai vindo. Para. Pra frente agora. Calma, só um pouco. Isso, isso, chega. Agora volta. Dá uma ajeitadinha pro lado. Vem. Vem, vem, vem, devagar. Para. Prontinho, prontinho, rapaz — a mulher que falava demonstrava uma energia que, à primeira vista, não condizia com sua aparência física. Era magra de braços, de pernas, de tudo. E olhos sérios em um rosto contido de soldado. Parecia mesmo trabalhar como segurança do local. A postura intimidadora servia para evitar que outros moradores de rua ficassem rondando por ali, se metendo na sua área de trabalho, e aquela imagem de mulher sem medo também causava certo receio nos motoristas que usavam a rua para deixar o carro. — Pode ficar tranquilo que aqui tá bem guardado. Eu olho de lá — a mulher apontou uma extremidade da rua — até a outra esquina. Fora daqui não dá pra garantir nada. — A voz rouca saía com propriedade e entrava no ouvido de forma áspera. — Só peço uma colaboração na saída do serviço — ela falava olhando nos olhos e depois deixava a vista correr pela área para mostrar que sua atenção não dispersava.

— Ok. Na volta — o rapaz falou, ríspido.

— Bom dia, moça — a guardadora esticou o braço no ar e cumprimentou a mulher que saiu do banco do carona do automóvel, tentando disfarçar o receio.

— Bom dia — a jovem respondeu com uma frase que quase foi levada pelo vento. Letícia, a segurança da rua, meneou a cabeça. Tinha o pescoço fino, cabelo preto e sem brilho que descia duro e terminava um pouco acima dos ombros. Com os olhos, seguiu o casal que se distanciava do veículo de mãos dadas até que os dois se perderam no virar da esquina. Imediatamente sua atenção se voltou para o trabalho de vigiar os automóveis.

Quando um motoqueiro passava, Letícia ficava entre um carro e outro, próxima ao centro da via, as mãos sempre atrás das costas, na altura da cintura, fazendo os cotovelos ficarem alinhados, quase em ângulos retos, formando um quadrado atrás de si que deixava seu corpo magro aparentemente mais largo. Tinha lido em uma revista que certos animais fazem isso, posicionando os membros de uma maneira que seu corpo parecesse mais robusto, tendo maior chance de intimidar os predadores. Ela não sorria e seguia o motoqueiro com os olhos enquanto ele se aproximava, passava por ela e logo depois se distanciava.

A rua que Letícia olhava era comprida e larga, o que possibilitava vagas dos dois lados da via. Aquele lugar foi escolhido justamente pela geografia, além de ser plano. E também por estar rodeado por uma área comercial. Agências bancárias, supermercado, lojas, restaurantes. Só um determinado tipo de comércio que, mesmo sendo responsável por trazer a maior parte da clientela, era uma tortura para a mulher. Restaurantes. Principalmente a churrascaria, que tomava quase metade de uma das esquinas. Aquele cheiro úmido e gorduroso que rodopiava no ar e impregnava sua fome de desejo. Letícia era atormentada pelo aroma convidativo da carne no fogo. Imaginava os mais diferentes cortes na grelha, seus sucos fervilhando entre as fibras da carne, a gordura se desfazendo em sabor e pingando na brasa, imaginava as linguiças suculentas com as peles esticadas pelo calor que chegavam a explodir com a espetada do garfo, e, quando o faziam, deixavam subir todo o seu aroma de porco cozido. Odiava aquele lugar. Principalmente no horário do almoço, que era exatamente agora, quando se pegava caminhando de forma lenta pela calçada em direção à fachada do restaurante. Mesmo impossibilitada de entrar e saciar-se, ela sempre passava por ele, repetidas vezes. Nem ela percebia que, quando caminhava em frente à churrascaria, respirava de boca aberta, como se pudesse se alimentar do cheiro quente, do aroma carregado de sabor. Quem sabe da gordura que vinha pelo ar. Nesses ligeiros e deliciosos segundos seu rosto carrancudo parecia se desmanchar, amolecido pela vontade, o transe da fome, que vinha servido de tantas lembranças boas que tinha do passado, dos churrascos em família na churrasqueira improvisada de tijolos nos fundos da casa. As asinhas de frango com pele crocante que ela comia com as mãos, as crianças correndo, a espuma densa da cerveja gelada, as risadas, a música alta e alegre, mas toda essa alegria sempre trazia também a lembrança de que tudo acabara, tinha sido jogado fora, desperdiçado.

Não era frequente, mas algumas vezes um dos garçons preparava uma marmita e levava para Letícia quando chegava o fim do expediente.

— Está meio frio — ele sempre dizia, como que se tal gesto precisasse de desculpa. O prato levemente morno enchia o estômago e o sabor aquecia a alegria que minguava a cada ano na rua. E já se passavam nove deles. Nove anos desde que perdera a guarda das duas filhas, que agora eram criadas pela avó, mãe do ex-marido já falecido. Segundo a avó, Letícia não tinha condições de criar as meninas, já que passava grande parte do tempo bêbada. Alcoolismo de que a própria sogra tentou livrar Letícia, oferecendo pagar pela clínica de reabilitação com um dinheiro que nem tinha, mas daria um jeito. Iriam à igreja, Deus ajudaria. Porém, suas inúmeras recusas ao tratamento resultaram na separação dela das crianças. Não demorou muito para estar nas ruas em definitivo, pouco mais de um ano depois da morte do marido, também alcoólatra, que já estava havia mais de três anos sem emprego fixo, ambos apenas acumulando dívidas e frágeis alegrias.

Letícia acelerou o passo, com sua caminhada desigual, para chegar perto de um carro. A dona dele estava voltando, e a guardadora chegou rodeando o veículo, parando próximo com a intenção de ajudar a motorista a sair da vaga. Forneceu algumas orientações e, quando o carro estava pronto para sair, a motorista estendeu a mão para fora da janela.

— Aqui.

— Obrigada. — Com a mão em concha, Letícia recebeu as moedas.

Logo em seguida a guardadora contou na palma da mão. Dez, quinze, trinta e cinco, quarenta e cinco centavos.

— Quarenta e cinco centavos — disse, em tom de desdém, olhando o carro da mulher já virando a esquina, longe de seu protesto murmurado.

Mas na rua não há tempo para pouco-caso. Outro carro já dava sinal para parar na vaga recentemente aberta. O motorista, um senhor de idade, e sua esposa. A guardadora notou a dificuldade do homem, que tentou entrar duas vezes sem sucesso logo na endireitada inicial da manobra. Enquanto orientava o senhor, Letícia avistou o casal que tinha estacionado anteriormente. O carro deles não estava longe, mas também não estava perto o bastante para cobrar o pagamento sem deixar o senhor ao volante nas mãos da pouca habilidade.

— Um pouco mais pra frente, senhor. Calma. Isso, devagar que dá. Agora volta.

Quando Letícia olhou novamente para o casal, notou claramente que os dois aceleraram o passo para chegar ao veículo enquanto ela orientava o recém-chegado motorista.

— Não! Devagar, senhor. Vai ter que sair e entrar de novo. Não tá dando assim.

Desdobrando sua atenção, ela encarou o casal que abria as portas do veículo. Os dois olharam para ela e sumiram no interior do automóvel.

— Sai e entra de novo que eu já volto. Dez segundos! — ela disse, apressada, para o senhor ao volante, que demonstrava grande dificuldade, e correu mancando até o outro casal. Em vão. Ao se aproximar, o veículo arrancou e ganhou velocidade, quase acertando o carro do casal de idosos que terminava de estacionar. Letícia nem se deu o trabalho de esbravejar a raiva. Não era a primeira vez que isso acontecia. E não seria a última.

A guardadora voltou até o automóvel dos dois idosos, que já desciam do veículo.

— Aqui tá bem guardado, senhor. Só peço uma colaboração na saída pra...

Antes de terminar a frase, Letícia foi interrompida pelo gesto brusco do homem, que levantou a mão no ar, já de costas para ela.

— Nem para ajudar a estacionar você serve.

Mais uma vez Letícia não disse nada. Os braços que costumavam ficar às costas agora pendiam nas laterais, com pouca vontade. A rotina na rua incluía todo tipo de relação com as pessoas.

Letícia Dias voltou a olhar os carros. Às vezes seu nome vinha à mente assim, por completo, lembrando-a de quem era ela. Avistou na outra extremidade da via dois garotos que também moravam na rua e que logo desapareceram caminhando. A guardadora se posicionou para atravessar até a outra calçada. Estava por trás do veículo do casal de idosos. Quando o trânsito abriu espaço ela passou, e, com uma das moedas dos quarenta e cinco centavos que ganhou no último pagamento, percorreu a lataria do motorista idoso, deixando um rastro descamado de ponta a ponta na traseira de pintura bordô perolizada.

As horas foram passando. Letícia esfregou os braços com as mãos para se aquecer do vento que soprava de tempo em tempo, como se o mundo tivesse que tomar ar para recuperar o fôlego. Andava sem pressa pela calçada. Um dos grandes aprendizados da rua era saber quando não se cansar de forma desnecessária. Nunca se sabia quando seria preciso energia. Com as mãos sempre cruzadas atrás da cintura, impunha uma postura zelosa, mas que perdia credibilidade pela imagem de suas vestimentas maltratadas. Avistou na fachada da churrascaria o casal de idosos deixando o local. Apressou o passo para se distanciar do veículo e evitar a acusação pelo risco feito na traseira, caso um deles notasse. Estava a alguns metros, de costas, fingindo vigiar a outra extremidade da rua. Andava com passos rígidos, lentos, quase parando. Enquanto disfarçava o que acontecia por trás dela, onde o carro do casal se encontrava, não percebeu o motorista idoso que havia passado pelo veículo e agora caminhava em sua direção. O tempo deixa as pessoas mais lentas, e aparentemente mais leves, já que Letícia não escutou o velho chegando, já tão próximo. Foi sua voz rouca que a pegou de surpresa, já a menos de um metro de distância.

— Moça.

Letícia se virou em um susto, prevendo que o arranhão tivera sido descoberto e o senhor viera tirar satisfação. Sem responder, ela olhou em direção ao carro dele, que ficara para trás, ainda estacionado. Não conseguia vê-lo de todo, já que estava bem apertado entre outros dois. A senhora, provável esposa do homem, estava do lado de fora do automóvel, observando, como que se garantindo.

— Aqui. — O velho esticou a mão, com uma nota de cinco.

Letícia não reagiu. Estática, permaneceu com as mãos cruzadas para trás da cintura.

— Tome — o velho insistiu de forma gentil. — Desculpe o rompante mais cedo.

— Rompante? — Letícia disse, com a voz flácida, enquanto apanhava o pagamento generoso.

— Meu nervosismo. Foi desnecessário. — Com ele, o senhor carregava uma sacola plástica que também estendeu a Letícia. — Está com fome?

A mulher, pega de surpresa, falou hesitante enquanto recebia a sacola.

— Nossa. É, estou sim. Obrigada. Obrigada de verdade.

— Bom, hora de ir. Tenha um bom-dia. — O velho tinha se virado, mas voltou a olhar para Letícia. — Ah, poderia me ajudar com a manobra?

Letícia olhou sobre os ombros do velho. Sua esposa agora já estava dentro do carro. Se antes ele não percebera o arranhão na traseira, era porque vinha caminhando pela frente. Agora que iria voltar por trás, o extenso risco craquelado seria facilmente visível.

— É... claro, claro.

— Que bom. Eu jamais gosto de assumir na frente de alguém, mas não sou um exímio motorista. — E sorriu como se seu sorriso fosse o ponto-final da frase.

Letícia espelhou seu sorriso, mas sem grande vontade de exprimir essa reação.

A moradora de rua acompanhava o caminhar sem pressa do homem, uma lentidão que só fazia aumentar a tensão dentro dela, se aproximando de forma lenta do veículo. Letícia aproveitava a vantagem física para dar passadas mais longas, se posicionando sempre um pouco à frente do homem. Assim, calculava ela, seu corpo ficaria em um ângulo horizontal que bloquearia parte da visão lateral do velho. Pelo menos era isso que esperava enquanto caminhava na expectativa do desfecho. O frio, naquele momento, não existia. Tanto que gotas de suor começaram a surgir em sua testa. O calor do nervosismo. Sabia ela que ter feito o que fez colocava em risco sua permanência naquela rua. Mesmo sem ter como provar, era fato que ela seria responsabilizada. E, nesse caso, os lojistas e donos dos comércios da vizinhança poderiam se juntar para tirá-la de lá. Logo aquela rua, um ponto tão movimentado, que custou a ela inúmeros embates com outras pessoas na mesma condição. Até ameaça de faca já tinham feito, mas o rapaz não tivera coragem de colocar em ação o que prometia fazer com a lâmina em punho. Letícia Dias o enfrentara, o corpo arqueado para a frente, braços em posição de contra-ataque, a perna ruim para trás, jurando ao jovem que ele só teria uma chance. Permanecera na defensiva, mas próxima, para dar a entender que não pretendia arredar pé dali, mas sabia que não era sensato tomar a iniciativa. Se atacasse primeiro, o rapaz não teria opção a não ser ir de encontro ao combate. Letícia tinha um pedaço de tijolo avermelhado na mão, grande o suficiente para quebrar um coco. Enquanto esperava, dava ao jovem a possibilidade de desistir da disputa pelo território e ir em busca de algum lugar vago ou com dono menos disposto a resistir. O que, no final da história, foi o que aconteceu. O rapaz ainda levou o pedaço de tijolo nas costas enquanto se distanciava, o que cravou de vez a lembrança de que aquela área tinha dono. Ou melhor, *dona*.

Agora, não era outro morador de rua que ameaçava seu posto. Era ela mesma, e, no lugar de faca, a arma em punho tinha sido uma moeda. No fim, não poderia ser diferente. Não há arma mais poderosa que o dinheiro.

Estavam a poucos metros do veículo bordô que reluzia com sua pintura perolizada. Letícia alargou o passo para ganhar frente aos olhos do idoso. Um frio subiu pela espinha quando ela notou os olhos do velho no veículo. A tensão continuou mesmo quando, de forma inteligente, como um boiadeiro que vai conduzindo a direção da boiada com seu próprio caminhar, ela foi induzindo os passos do homem para fazê-lo contornar o carro pela dianteira.

Letícia cumprimentou a mulher já sentada no banco do carona e esperou o homem se acomodar no interior do veículo. Assim que ele colocou o cinto de segurança, sua esposa ao lado lhe entregou os óculos de lentes grossas, que ele ajeitou no rosto. Letícia disfarçou o suspiro que lhe aliviou o peito. Passo a passo foi instruindo o homem, que, mesmo com instruções, teve dificuldade para sair da vaga.

Quando enfim o automóvel já tinha desaparecido na virada da esquina, ela se tranquilizou e sentiu os dedos que seguravam a sacola plástica sendo aquecidos pelo vapor morno que ainda levantava da marmita trazida pelo velho. Sorriu. Mas logo em seguida pensou nas filhas e os lábios envergaram como se os sentimentos brigassem dentro dela. Era sempre assim, qualquer sinal de alegria trazia as meninas à mente. Nove anos. Elas já deviam ser moças. Será que sentiam falta da mãe? Letícia Dias sentia saudade e fome. Pelo menos uma delas iria matar naquele momento. E provavelmente a outra é quem iria matar a mulher algum dia.

•

Ele não estava disposto a ir. Guardou para si o verdadeiro motivo da indisponibilidade e criou cinco opções de desculpas, que ensaiou dentro do escritório. Não que ele não gostasse da ideia de vê-la, pelo contrário, já fazia quase duas semanas que os dois não se encontravam. Mas aquele encontro não seria como os tantos outros, nessa relação que era mantida em sigilo havia tempo demais. Escolheu uma das cinco histórias inventadas para fugir do compromisso e recitou ao telefone.

Quem sabe se tivesse escolhido uma das outras quatro opções.

Não teve como fugir. Ao terminar de se vestir, foi até a sala onde a mulher trabalhava no notebook, sentada à mesa.

— Estou indo — Matias disse, antes de dar um beijo na esposa.

Ele olhou para o corredor do apartamento.

— Ele está no quarto — a mulher informou.

Os dois não sabiam que o filho havia aberto uma fresta da porta para escutar a conversa.

— Vai estender por lá?

— Não sei.

— Vai tranquilo — Daiane falou, carinhosa.

Matias saiu de casa e alguns instantes depois Nicolas foi até a sala. Parou no corredor, com o corpo encostado na entrada, e permaneceu ali, olhando para a mãe.

— Eu não entendo como a senhora aceita isso. Você sabe pra onde ele está indo.

— Sim, eu sei. Mas isso faz parte do trabalho dele.

— Não faz parte do trabalho dele transar com ela.

Daiane esfregou a testa com a ponta dos dedos. Nicolas estava inconformado, mas não era agressivo com a mãe. Só não aceitava a situação, o fato de ele parecer estar sempre tão disponível para a outra, tão solícito, enquanto a mãe era tratada assim, enquanto ele era tratado assim. A verdade é que Matias nunca tratara mal a esposa, não da forma como Nicolas levantava a questão.

— Você não sabe o que acontece, Nicolas.

Mas, quando Daiane olhou para o corredor, o filho já tinha voltado para o quarto.

●

Matias chegou em frente ao prédio de Heloísa depois de quarenta minutos ao volante. Desde que seu carro fora roubado, anos antes, bem naquela rua, nunca mais se sentiu seguro ao estacionar por ali, do lado de fora. Agora tinha uma vaga garantida no condomínio, alugada e reservada apenas para ele, tamanha era a frequência de suas visitas, muitas delas que duravam a noite toda e só terminavam no dia seguinte. O porteiro já o conhecia e o cumprimentou enquanto entrava. De dentro da portaria o homem acenou com a mão, gesto que escondia o que ele dizia para si mesmo em pensamento.

Lá vem o esquisitão que tá comendo aquela gostosa.

Matias estacionou o carro na vaga e caminhou sem tanta pressa pelas áreas internas do condomínio em direção ao salão de festas. Heloísa havia dito que tinha encontrado resistência de alguns moradores para a realização do evento naquele espaço. E ela não encontrou nele o apoio que esperava.

— Eu entendo a preocupação do síndico — ele havia dito em um encontro anterior, quando explicara o motivo.

— Eu tenho o direito de convidar quem eu quiser. Não interessa quem são os convidados — ela protestara.

— Interessa se eles colocarem outros moradores em risco.

— São pessoas, Matias.

— Algumas pessoas colocam outras em risco.

— Pensei que ficaria do meu lado.

— Eu estou.

— Não parece.

— Eu sei que nunca parece. Mas estou. — Ele aguardou um instante e reforçou: — Estou mesmo.

Matias lembrou de como Heloísa o encarou com ternura, claramente se dando conta das limitações dele. E ele odiava aquilo. Odiava quando alguém se compadecia dele não por causa de seus argumentos. Odiava mais ainda que o tratassem como diferente, a própria palavra "diferente" o fazia sentir algo. E odiava mais ainda porque ele sabia que ninguém conseguia ver todo esse sentimento estampado em seu rosto, que nunca extravasava como acontecia com as outras pessoas. De repente, sentiu o estômago, aquela dor que começava com uma queimação, logo depois o gosto de bílis subindo pela garganta. Parou, respirou profundamente algumas vezes. Sentiu-se vigiado. E era mesmo. Na sacada, em um apartamento próximo, dois jovens olhavam para ele enquanto fumavam. Matias os encarou e os rapazes viraram o rosto para outra direção.

O dramaturgo continuou caminhando até o salão de festas onde acontecia o evento que só conquistou o direito de existir naquele lugar graças a uma ameaça de processo feita por Heloísa. Ele nunca conseguiu entender o fato de ela ajudar essas pessoas mesmo depois do que havia acontecido.

Matias, ainda de longe, já conseguia notar alguns. Eram moradores de rua. O evento tinha como objetivo arrecadar dinheiro para a ONG que ela fundara alguns anos antes.

143

— Matias — Bernardo Nogueira, um ator que já havia trabalhado em algumas peças suas, se distanciou do grupo onde estava conversando para ir ao encontro do dramaturgo.

— Oi, Bernardo. — A saudação veio acompanhada de um meio sorriso, como se o mecanismo da expressão estivesse enferrujado.

— A Helô disse que você viria. Mas pensei que tinha desistido.

— Não, eu tinha que vir.

— Também acho.

Matias não continuou a conversa que Bernardo tentava fazer pegar no tranco. Então o ator seguiu assoprando para ver se o fogo acendia.

— É muito bacana esse trabalho todo da Helô — ele dizia, olhando ao redor, enquanto segurava um copo de bebida em uma das mãos.

— Sim, é verdade.

— Tomara que ela consiga um bom dinheiro. Fiquei sabendo que deu um rolo enorme esse evento.

— É, eu fiquei sabendo por cima — Matias não queria entrar em detalhes sobre os acontecimentos que, para ele, só diziam respeito a Heloísa.

— Tenho certeza que sim. — A frase, claramente, estava carregada de malícia. O ator sentiu o passo desnecessário na intimidade e foi logo continuando, tentando apaziguar o assunto. — Mas e você, trabalhando em algo novo?

— Sim. Estou.

— Espero que seja tão grotesco e espetacular quanto o último — o comentário veio adoçado por um sorriso.

— Também espero. Mas hoje em dia as pessoas não se chocam com facilidade. Não se chocam, não se emocionam.

— Você acha mesmo? As pessoas choram por qualquer bobagem.

— As pessoas choram, choram, choram e nunca choram; riem, riem, riem e nunca riem; amam, amam, amam e nunca amam. Todos os sentimentos tão fáceis de adquirir que o corpo já não produz por si só, já não é de verdade, é tudo sintético, falso. E é difícil chocar mentirosos.

— Já me interessei! — Os olhos ator brilhavam com a ideia de uma grande oportunidade.

— Onde você pegou essa bebida?

Bernardo sabia que Matias não iria revelar nada.

— Bom, uma parte eu peguei lá no bar. Mas não tem nada com álcool lá. A Helô achou melhor não servir nada alcóolico porque alguns dos convidados especiais têm problemas com bebida. Mas eu trouxe um aditivo. Deixei com um conhecido que está trabalhando no bar. Vamos lá que a gente pega um pra você. E mais um pra mim.

Os dois caminharam até o bar. No percurso, Matias parava para retribuir os cumprimentos de algumas pessoas.

— Michael. Michael! — Bernardo chamou o amigo que trabalhava no bar. Balançou o copo, onde ainda restava bebida, e virou o líquido na garganta, esvaziando-o completamente.

— Mais dois. Pra mim e pro Matias — ele disse, apontando para o dramaturgo, que olhou para o barman sem sorrir.

Michael preparou os dois drinques sem álcool. Olhou ao redor de forma disfarçada, puxou discretamente a garrafa de vodca escondida embaixo do balcão, virou uma boa dose em cada copo, mexeu e entregou à dupla, que em seguida se virou para o centro do salão.

Ao redor, cerca de sessenta pessoas. Heloísa tinha se esforçado para que o evento não ficasse restrito a profissionais do teatro. De forma articulada e sem pudor, conseguira chegar a diferentes mercados. Ali se reuniam advogados, arquitetos, uns dois políticos, pequenos comerciantes e empresários dos mais variados ramos. O trabalho que realizava não se dava o luxo de deixar ninguém de fora. Desde artistas que poderiam realizar ações para divulgação e arrecadação de fundos até aqueles que poderiam contribuir diretamente com o que ela realmente precisava: dinheiro.

— Que bom que você veio. — Heloísa apareceu pela lateral como um velociraptor, entrelaçou seu braço no dele e o cumprimentou com um beijo carinhoso no rosto, enquanto com uma das mãos apertava logo acima do pulso, um gesto que dizia: "Gostaria de poder fazer mais do que isso". Matias apenas meneou a cabeça. Nem o meio sorriso deixou transparecer. Mas ela sabia que ele estava sorrindo pela forma como seu braço tremelicava. Um gesto discreto que ela aprendeu a perceber. Era assim que lia suas emoções. Pelo corpo, a forma como andava pelas coxias quando estava nervoso, como batia o pé e movia a mão, e, principalmente, quando sentia alguma dor ou desconforto físico. Ao contrário da maioria, que disfarçava, mas se incomodava com as limitações de Matias, essa característica o tirava do saco homogêneo de homens e o colocava naquela cesta menor, que fica ao lado desse saco, onde algumas pessoas se destacam das demais.

— Sei que você não gosta, mas preciso que faça umas politicagens pra mim.

— Você já tem um político aqui. — Matias olhou para um homem de cabelo encaracolado, vestido de roupa social e paletó, mas sem gravata, que conversava de forma nitidamente bem ensaiada.

— E nada melhor do que dois para a coisa pegar fogo — Heloísa falava carinhosa, mas com propriedade. — É naquele grupo mesmo que eu gostaria que você começasse.

— Você está me usando.

— Estou, eu sei. Leva o Bernardo junto — ela falou, colocando a mão no braço do ator.

— Vamos lá, Matias. Eu sirvo de guarda-costas.

— Tem álcool nesse copo? — Heloísa sentiu o cheiro no ar.

— Neste? — Bernardo bebeu de uma vez toda a bebida que segurava. — Claro que não — finalizou a frase com uma desviada de olhar, como se procurasse alguém ao redor.

— Eu vou circular por aí, Heloísa. Foi o combinado. — Matias alisou o pescoço, levando a cabeça de um lado para o outro como se estivesse esticando os músculos, e ela sabia o que isso significava. O dramaturgo não se sentia confortável naquela situação.

— Ok, Matias. Mas se alguém te chamar...

— Eu sei o que fazer, Heloísa.

— Certo. Me desculpa. É que... isso é importante pra mim. A ONG precisa de dinheiro. Estamos no limite.

Matias passou a mão sobre a barriga novamente.

— Eu vou te deixar circular, então — disse Heloísa, alisando o braço do dramaturgo e indo parar em um grupo próximo.

Matias sempre ficava espantado com a capacidade daquela mulher de mudar a expressão do rosto quando começava a conversar com outra pessoa. Segundos antes ela estava a sua frente, frágil e quase lacrimosa, e ao se virar já era outra pessoa, como se metade do corpo dela estivesse pintado como um personagem e a outra metade caracterizada como outro e, assim, quando virava mudava completamente, fácil, num girar de calcanhares.

Ele a olhava de longe. Ela sorria, gesticulava, fazia as pessoas se sentirem à vontade. Como ela fazia com ele. E ele observava a cena e se sentia bem. Tão bem que em sua cabeça ele estava sorrindo. Mas só em seus pensamentos. Porque no rosto não havia nenhum sinal de sorriso. A boca estava reta. Uniforme como um lago escuro e frio.

Depois de falar com algumas pessoas que o pararam enquanto circulava pelo salão, Matias buscou a área externa como tentativa de isolamento. O local possuía um espaço gramado, entrecortado por trilhas de concreto e alguns bancos de praça. Um pouco afastado da multidão, Matias observava um homem sentado em um dos bancos. Ele estava de costas, e seu corpo se movimentava, indo para a frente e para trás. O dramaturgo ficou ali parado, observando aquela figura chamativa. Era possível escutar um murmúrio repetitivo, algo que lembrava uma reza. Vez ou outra o homem olhava para os lados, sem interromper o balançar do corpo.

Matias não gostava de aglomerações, nem de conversas com estranhos. Mas sempre fora atraído por pessoas que ele julgava curiosas. E sabia que aquele sujeito era um dos moradores de rua convidados por Heloísa para estar presente no evento. Qual seria sua história, o dramaturgo se perguntava. Olhou ao redor e foi até o homem, caminhando lentamente, não querendo quebrar a naturalidade da situação. À medida que se aproximava, iam se revelando as palavras do mantra repetido pelo homem.

— ... minha... Quebraram minha... minha... Quebraram minha capelinha. Quebraram minha capelinha. Quebraram minha capelinha.

Matias estava bem próximo ao homem, que, ainda de costas para ele, repetia a frase sem parar. De onde estava, notava que ele segurava algo. Alguma coisa que era preciosa para ele, já que parecia protegê-la no colo.

Foi dando a volta no banco, ganhando espaço para que o homem o pudesse ver se aproximando. Mesmo estando quase em frente ao sujeito, este não olhou para Matias, que ficou parado, observando o que o rapaz segurava com tanto cuidado no colo, repousado nas pernas juntas, com as mãos em concha. A imagem de uma figura religiosa de cerâmica.

De forma repentina, o homem voltou os olhos para Matias, que ainda de pé foi cravejado pelo olhar.

— Quebraram minha capelinha. Quebraram minha capelinha.

O homem tornou a olhar para o objeto, enquanto repetia a frase para si mesmo.

Matias sentou ao lado dele, na outra extremidade do banco. Não disse nada, apenas ficou ali, parado, escutando a repetitiva reclamação, enquanto examinava a figura religiosa mantida com tanta preocupação. Seu rosto não demonstrava nenhuma reação perante as lamúrias do homem. Era como se estivesse assistindo a um programa de TV curioso, mas sem graça.

— O que você quer?

De repente, a frase em loop foi interrompida e Matias se sobressaltou com a inquisição.

— O que você quer? O que você quer? O que você quer?

— Nada. Não quero nada.

— Mentira. Mentira. Mentira. Mentira. Mentira...

— Eu não minto.

— Mentira. Mentira. Mentira. Mentira. Mentira...

— Por que você acha que estou mentindo?

O homem ficou em silêncio. Parecia pensar. Confuso. Como quando perguntam algo que não faz sentido. Lentamente, foi virando o rosto para Matias, até olhá-lo nos olhos fixamente.

— O que você quer? O que você quer? O que você quer?

— O que você quer? — perguntou Matias, fazendo o homem se calar. Ele se voltou novamente para a figura que segurava no colo.

— Quebraram minha capelinha. Quebraram minha capelinha. Quebraram minha capelinha...

Dentro do salão, Heloísa circulava entre as pessoas, sorrindo e se desvencilhando rapidamente de possíveis paradas para conversas.

— Você viu o Matias? — perguntou para uma amiga, também atriz de teatro.

— Não sabia que ele estava aqui. Quando o encontrar, fala que eu gostaria de falar com ele também?

— Claro — respondeu sorrindo e continuou seu trajeto.

Rodou o salão até parar do lado de fora, onde foi fumar. Então avistou Matias. Afastou-se da porta para evitar ser chamada por algum convidado e se acomodou embaixo de uma árvore, na parte lateral do salão de festas, protegida dos olhares. Puxou do bolso um maço de cigarros, acendeu um e deu uma tragada, deixando a fumaça se instalar no peito antes de libertá-la no ar em uma baforada longa e relaxante. Os olhos fixos em Matias. Era raro vê-lo conversando com alguém. Mas lá estava ele, ao lado de um de seus convidados especiais. Permaneceu ali até o cigarro acabar. Colocou uma pastilha de menta na boca e voltou para o salão. Havia solicitado a presença de Matias para dar mais peso ao evento. Ele não costumava socializar, e muitos dos convidados vieram sabendo que o dramaturgo estaria presente. Ela não mentira, pensou. Matias estava presente. Se iria conversar com alguém, já não podia garantir, muito menos pressionar. Heloísa o conhecia suficientemente bem para saber que ele estava se esforçando para estar ali, emprestando sua imagem. Quem quisesse conversar com ele que fosse hábil em pescar sua atenção. Pelo que tinha visto do lado de fora do salão, somente uma pessoa tivera sucesso até agora. E era quem ela menos esperava que o fizesse.

●

A noite chegara, e com ela o fim do evento. Heloísa se dividia entre a função de se despedir dos convidados remanescentes e as orientações finais ao pessoal da empresa de transporte que oferecera uma van para levar os moradores de rua da ONG até seu edifício.

Foi até o balcão do bar onde os profissionais terminavam de arrumar os utensílios para ir embora.

— Michael — ela chamou o barman, que se aproximou. — O Bernardo esqueceu a vodca ou levou?

— Qual vodca, senhora? — O rapaz fez uma expressão de desentendido.

— Senhora — ela repetiu e se sentou ao balcão, com expressão cansada. — Michael, você prepara um drinque pra mim antes de ir embora, por favor? E deixa a garrafa de vodca.

— Sim, senhora.

— Acho que foi bom, hein? — Fátima, a melhor amiga de Heloísa, e também sua irmã caçula, chegou e sentou ao seu lado.

— Michael — Heloísa chamou o barman. — Prepara dois, por favor.

Fátima deu um sorriso escorregadio para o rapaz com a coqueteleira chacoalhando nas mãos e foi recepcionada por outro em retribuição. Heloísa se divertia com o flerte da irmã.

— Aqui estão, meninas. — Ele colocou as bebidas no balcão, em frente às duas. — Posso fazer mais alguma coisa? — a frase terminou com um sorriso sutil.

— Hoje está bom assim, Michael — Fátima deu a deixa para o rapaz ir embora.

— Vocês que mandam. Aqui. — Ele colocou a garrafa de vodca sobre o balcão, cheia até a metade. — Deixei isso aqui pronto também. — Mostrou um frasco com uma mistura. — É só colocar gelo e álcool na medida que a ocasião exigir e mexer.

— Bom garoto — disse Fátima.

Michael deu uma piscada para as duas, apanhou os objetos que tinha organizado antes e foi embora, se apressando para alcançar a equipe do bar que já tinha saído.

— Como você está? — Fátima perguntou assim que as duas ficaram sozinhas.

— Bem. — Heloísa deu mais uma golada no copo. — Estou bem, o evento foi ótimo, conseguimos algumas doações boas e promessas de outras — finalizou, bebendo mais do copo.

— Fico feliz por saber que o evento foi bem. Mas estou perguntando de você.

— Eu estou bem, Fátima. Que mania.

— Então, tá. Sabe que estou aqui para qualquer coisa, né? — A irmã deu um gole na bebida.

Heloísa ficou olhando para o próprio copo, em silêncio. Ambas com os cotovelos no balcão do salão, olhando para o nada, como se uma esperasse a iniciativa da outra.

Foi de repente que Heloísa soltou um suspiro profundo e começou a chorar, como se aquele ar estivesse entalado no peito desde o começo do dia, servindo de represa para as lágrimas que agora desciam abundantes. A irmã veio em seu consolo, colocando o braço em volta do ombro dela e trazendo-a para perto do seu corpo. A cabeça de Heloísa apenas quicou no corpo de Fátima e ela logo se repôs na posição. Com as mãos abertas, enxugou a face, puxando as lágrimas para os lados como se estivesse abrindo cortinas. Olhou para o teto, os olhos abertos, outras lágrimas vieram e ela voltou a chorar com soluços pipocando e entrecortando o som do choro. A irmã voltou a trazê-la para perto dela, e dessa vez Heloísa aceitou o aconchego e se deixou acalentar, até se acalmar. Em seguida bebeu mais um gole do drinque, tentando chegar mais rápido ao efeito desejado.

— Esse Michael sabe mesmo preparar uma bebida, né? — Fátima falou, com leveza, arrancando um pequeno sorriso da irmã.

— É, ele sabe.

— Vamos ver se eu consigo fazer parecido.

Fátima pegou o recipiente que Michael havia deixado com a mistura pronta para mais drinques. Estendeu a mão para recolher o copo da irmã e foi interrompida.

— Espera — Heloísa virou o que restava no copo até secá-lo. — Agora sim. — As duas sorriram, se divertindo, quebrando a tristeza que ameaçava tomar o ambiente.

Fátima colou os dois copos um no outro para acertar as medidas.

— Joga um pouco disso aqui. E nesse outro também. Agora... gelo. E... vodca. Mais um pouquinho. — Pegou uma colher que estava no balcão, cheirou, fez uma cara de que estava limpa e usou para mexer. — Vamos ver.

As duas beberam o drinque e se olharam com aprovação.

— Quem é que precisa do Michael? — Fátima brincou.

— Foi ele que deixou a base pronta.

— É, né? E ele é bonitinho. Vamos chamá-lo mais vezes.

O silêncio voltou a se restabelecer entre as duas. Fátima sabia o que se passava na cabeça da irmã. E justamente por isso estava ali, ao lado dela. Mesmo não sabendo como a irmã tinha estômago para fazer o que estava fazendo depois do que ocorrera no passado. O irmão, o mais velho dos três, era declaradamente contra a ONG. Fátima, a mais nova, também não entendia como Heloísa fazia aquilo, mas a apoiava em sua decisão.

— Até quando você vai continuar com isso, Helô?

— Como assim, até quando?

— Desculpa falar isso. De novo. Mas em contato com essas pessoas você nunca vai seguir em frente.

— Você fala *essas pessoas* como se nós fôssemos melhores do que elas.

— Helô...

— Não, Fátima, por favor. Já me basta o Juliano enchendo o saco.

— Não vejo problema em você ajudar. Pelo contrário, é lindo, é realmente lindo. Todo mundo acha incrível como você consegue depois de tudo. — Fátima bebeu um gole do copo. — Você já criou a ONG, já fez ela crescer e se sustentar...

— Se sustentar? Uma ONG não ganha vida sozinha, Fátima, ela não ganha independência como um... — hesitou, antes de continuar, decidida — como um filho. Todo mês é uma luta para manter esse trabalho vivo.

— É disso que eu estou falando. Se fosse um trabalho mais esporádico, ele não te faria reviver o que aconteceu todo santo dia.

Heloísa sorriu. Um sorriso de incredulidade.

— Você é mãe, Fátima, mas ainda bem que não precisa entender o que eu passo. Não importa se eu trabalho na ONG ou não, não importa se eu vejo um morador de rua, o que aconteceu nunca vai se apagar da minha mente. Nenhuma mãe esquece quando acontece algo assim com o filho. Mas aconteceu. Eu não posso mudar isso. Não posso, quem dera. E também não posso deixar pra trás, não porque eu não queira, é porque — Heloísa deu de ombros — simplesmente não dá. A vida tem que seguir. Estando tudo bem ou com dor, tem que seguir. — Heloísa limpou as lágrimas do rosto e tomou fôlego. — Tem dias que eu acordo e... — deu um suspiro e bebeu mais um gole da bebida — e eu realmente sinto um ódio tão grande, mas tão grande deles que me dá vontade de largar tudo. Eu me pergunto que porra estou fazendo, penso em fechar a ONG e deixar que eles apodreçam nas ruas, mas... o que isso vai mudar? Não vai mudar nada simplesmente virando as costas ou... ou... fechando os olhos. Não é assim que o problema vai ser resolvido. Não é culpando todos os moradores de rua que eu vou me vingar daquele que matou o Luiz. O plano precisa ser melhor do que isso. A gente precisa ser melhor do que isso.

Fátima colocou o braço novamente sobre os ombros da irmã e a trouxe para junto dela.

— O mundo seria tão melhor com mais pessoas como você. Seria tão melhor.

— Então me ajuda. Eu sei que pra vocês também não é fácil. Mas fica mais difícil pra mim sem apoio.

— Eu sei, eu sei. Eu vou tentar fazer o meu melhor.

As duas voltaram para os copos. Mataram o que restava do líquido e prepararam mais um, secando a garrafa de vodca.

— Você vai de táxi, né? — Heloísa questionou a irmã.

— Sim, sim. Do jeito que eu estou ficando... Ah, eu estava esquecendo. A Sofia vai apresentar uma peça na escola. Só que ela vai representar um personagem masculino...

— Olha só que escola moderninha — brincou Heloísa.

— Pois é, esse povo de artes, essa sua galera... — Fátima devolveu a brincadeira. — Então, ela pediu para eu falar com a suuupertia dela, a melhor maquiadora artística do teatro, para deixar ela com cara de menino.

As duas riram. Heloísa tomou mais um gole do copo.

— Claro. É só me dizer quando.

•

153

No seu escritório, sentado em sua cadeira, Matias deixava a escuridão das luzes apagadas fazer o papel das pálpebras abertas. A sensação de enxergar, mas não ver, ao contrário do que poderia causar na maioria das pessoas, acalmava as sensações de seu corpo, como uma compressa quente, relaxando os músculos e reduzindo o ritmo cardíaco até sentir a respiração roçando o peito de forma lenta.

Levou a mão até a parte superior da mesa, onde o gravador esperava, aguardando permissão para registrar sua fala.

Clique.

Aguardou alguns instantes enquanto escutava o chiado da fita girando no aparelho. O único som, um contínuo som de máquina rastejando de forma áspera na escuridão.

14

Artur entrou na delegacia e foi direto para a sala de Aristes. Espreitou pela fresta da persiana que cobria a janela envidraçada do delegado. O chefe estava sentado a sua mesa, com um papel na mão e falando ao telefone. Pela sua expressão, coisa boa não era. Mas isso também não era novidade. Era uma delegacia, nenhum assunto tratado ali seria motivo de alegria. Talvez fosse essa rotina que tinha moldado o semblante habitual de Aristes, que quase sempre tinha o rosto fechado, como um embrulho malfeito.

O detetive ficou por um tempo olhando pela janela, tentando ser percebido, mas sua intenção não foi notada. Aguardou. Paciente, permaneceu em pé, ao lado do janelão envidraçado, montando vigia. Sua presença ali despertava curiosidade do lado de fora, já que todos o conheciam e muitos sabiam que estava de férias. Pela quarta vez espreitou pela fresta, se mexendo, quase dançando, com a esperança de que a movimentação chamasse a atenção do delegado. Aristes continuava ao telefone. Com a ponta do dedo, Artur sequenciou leves batidas que tilintaram ocas no vidro, atraindo o olhar do chefe, que deu um pesado suspiro de surpresa e cansaço. Acenou para Artur, mandando-o esperar. O detetive cessou as batidas na janela, porém ficou ali, encarando o delegado. A pressa era demonstrada por sua insistência. O delegado, enquanto falava ao telefone, dava olhadas furtivas para a janela, incomodado com a presença de Artur. Não conseguia se concentrar na voz que falava do outro lado com o detetive ali, pressionando-o com seu olhar incandescente. Girou a cadeira, dando as costas para Artur, e por quase cinco minutos ficou naquela posição. Ainda na conversa, voltou a cadeira à posição original e quase deu um pulo do assento ao se deparar com os olhos do detetive, estáticos como se todos aqueles minutos tivessem sido apenas breves segundos. Abanou a mão no ar, gesticulando para Artur sair da janela. O detetive apenas balançou a cabeça de forma negativa e irritante. Aristes então apontou para o próprio relógio de pulso, enquanto segurava o telefone com a cabeça, pressionando-o no ombro, e fazendo uma careta que demonstrava que a conversa ainda levaria algum tempo. Pela fresta da janela, viu Artur levantando o polegar, sinalizando que não tinha pressa. Aristes bufou mais uma vez.

— Preciso resolver uma coisa aqui. Ligo depois — o delegado disse para quem o ouvia do outro lado da linha e colocou o fone no gancho. Apoiou a testa na palma da mão em sinal de cansaço e com a outra gesticulou sem olhar para a janela, sabendo que o detetive ainda estava ali.

Sem levantar a cabeça, Aristes escutou a porta se abrindo.

— Senhor — o detetive entrou falando, mas foi logo interrompido com a palma da mão do chefe levantada no ar, enquanto ele ainda estava com o rosto virado para baixo, com a cabeça caída na outra mão.

Artur ficou em silêncio, sem entender por que o delegado estava daquele jeito, como se estivesse psicografando uma mensagem do além. Permaneceu assim alguns instantes, incomodado com o silêncio, ora olhando Aristes, ora percorrendo os olhos pela sala, impaciente.

— Está tudo bem, chefe?

Nenhuma resposta.

— Delegado?

Nada ainda.

— Se quiser eu volto mais tarde.

De forma brusca, Aristes levantou a cabeça e encarou Artur.

— Era isso que eu estava tentando lhe dizer antes.

— Como é que eu ia saber, senhor? — Artur falava com naturalidade e, se não estivesse tão impaciente, Aristes teria rido da situação. Mas, para evitar cansaço maior, apenas se entregou.

— O que houve, Artur?

— Alguém está desaparecendo com moradores de rua, senhor.

Com o corpo pesando sobre os dois cotovelos apoiados na mesa, Aristes apenas o encarava, sem dizer palavra alguma. Nem a expressão em seu rosto se modificou com a notícia. Ele olhava fixamente para o detetive, como se o estivesse lendo. O silêncio do delegado e o insistente olhar incomodavam o policial, que estava ali, em pé, sem saber qual seria o próximo passo.

Artur se lembrou de sua mãe, que tantas vezes tinha a mesma reação quando ele vinha contar algo esperando uma resposta, mas ela apenas ficava em silêncio, olhando, dando a entender que ele sabia exatamente o que fazer.

Não era essa a intenção de Aristes.

O delegado, ainda em silêncio, jogou o corpo no encosto da cadeira, cada mão segurando forte nos braços do assento, como se fosse levantar com um impulso. Mas permaneceu sentado, a cabeça levemente tombada.

— Senhor...

Aristes levantou a mão, pedindo silêncio.

— Estou pensando, Artur, estou pensando. — E continuou, dramaticamente: — Estou pensando... por que caralho você me vem com uma história dessas?

— Porque está acontecendo.

O delegado olhou para o telefone em sua mesa e passou a mão no rosto, como se secasse um suor que não existia. Estava cansado de tentar ir contra o empenho do policial, que, ele sabia, não iria deixá-lo em paz. Exonerá-lo? Obviamente estava fora de cogitação. Suspender? Mas ele já estava de férias. E era o melhor da DP. Para o delegado, Artur era como aquele amigo chato. Você gosta, mas é cansativo. Não que eles fossem amigos, mas esse era o exemplo que dera uma vez para sua esposa, enquanto jantavam e ele explicava a ela por que tinha chegado em casa mais estressado que o habitual naquela noite.

— Continua, Artur. Fala o que você tem a dizer.

O detetive apoiou na mesa a pasta que trazia debaixo do braço e de dentro dela retirou um conjunto de inúmeras folhas.

— Que férias de merda, hein?

— Por quê? — Às vezes ele soava quase ingênuo, e nesses momentos Aristes pensava que ele fazia de propósito. Caso o fizesse, seria uma ótima tática. Aliás, mesmo se não fosse proposital, era uma ótima tática. Parecer ingênuo deveria dar a impressão de que era pouco capaz, e dessa forma poderia fazer as outras pessoas não se esforçarem tanto em tentar esconder algo dele.

— Nada, nada não. Continua, vai. Puxa uma cadeira e senta.

— Eu prefiro ficar de pé, senhor. Não quero perder muito tempo aqui.

Aristes nem se incomodou com a resposta. Já estava acostumado. Pelo menos dessa vez ele não falou desse jeito com o delegado na frente de outras pessoas.

Artur explicou o contexto inicial, falando quase sem usar pontuação, sobre o morador de rua que uma dupla de policiais trouxera algumas semanas antes para a delegacia. Contou que foi procurá-lo e começou a investigar para passar o tempo. Mencionou a conversa que Bete tinha escutado no bar e relatou que foi verificar o abrigo.

— Até aqui poderia não ser nada — Artur confessou. — Mas eu resolvi fazer um teste. Peguei a foto do rapaz desaparecido e coloquei no jornal...

— Você fez o quê?

— Coloquei no jornal — Artur respondeu, com uma naturalidade destoante do tom usado pelo chefe. Como se aquela resposta pertencesse a outra pergunta.

Aristes deu mais um longo suspiro e gesticulou sem vontade para que o policial prosseguisse.

Em seu relato, o detetive contou sobre a pessoa que disse ter informações e não apareceu. O delegado deu de ombros, e Artur espalhou na mesa algumas impressões que tinha feito em casa da tela dos vídeos de segurança do shopping, contando sobre sua suspeita.

— Temos uma ideia de como ele é. — Artur apontou para a folha que mostrava o sujeito no corredor, em direção à saída do shopping. — E temos a placa do automóvel.

O detetive olhou com firmeza para o delegado.

— Eu chequei. É um carro roubado.

Aristes deu uma olhada nas folhas, espalhando-as ainda mais na mesa.

— Não faz sentido, Artur. Por que o suspeito iria ligar para marcar um encontro com você? E o carro roubado, nossa, parece uma teoria da conspiração, Artur. Deve ser só uma coincidência.

— Senhor, muita coisa que poderia ter sido resolvida no início acaba se complicando porque nós preferimos chamar de coincidência e não de possibilidade.

— Eu sei, Artur. Jesus.

— Ninguém estava ligando para os moradores de rua desaparecidos. De repente, a foto de um deles aparece no jornal, com o telefone de um policial como contato. O suspeito queria investigar quem estava investigando. É cedo para saber os motivos de ter escolhido os moradores de rua, mas uma coisa é certa: eles são um alvo com quem ninguém se importa. E agora alguém está se metendo nos planos desse sujeito.

— Que plano, Artur? Pelo amor de Deus, *plano*? Se, veja bem, *se* alguém estiver fazendo isso mesmo, provavelmente é por não gostar de moradores de rua. E outra: se mataram esse sujeito mesmo, é mais provável que seja uma morte específica. O cara sumiu com esse homem, você colocou uma foto dele no jornal, o idiota se desesperou e fez besteira.

— E o carro roubado?

— Do mesmo jeito que você está criando uma história em volta de alguns fatos, dá para criar muitas outras. O sujeito já tinha roubado esse carro, o rapaz morador de rua descobriu, sei lá, e o cara deu um sumiço nele.

— Não foi ele que roubou o carro. Olha, eu consegui as gravações que registraram o roubo há quase três anos. As duas pessoas — Artur colocou uma foto ao lado da outra —, o sujeito do shopping e quem roubou o veículo, são diferentes.

159

— Ok, o cara comprou o carro que o outro roubou. Você sabe que é pra isso que o pessoal rouba carro, né?

— Mas você não pode negar que existe a chance.

— Existe a chance de o mundo ser só uma bola de gude nos dedos de Deus.

Artur encarou o delegado.

— Foi só um jeito de falar, Artur. A questão é que o que você falou pode ser verdade, pode sim, mas existem explicações melhores.

— Existem explicações mais fáceis.

— Artur — o delegado se levantou da cadeira —, você está de férias. Por favor...

— Exatamente. Eu não vou parar um caso para investigar isso. O senhor não tem nada a perder.

— Você já está investigando. O que quer que eu faça? Ah, e outra coisa: nada de colocar coisas em jornal nenhum mais.

— Combinado.

— Não é combinado. Isso não é um trato, é uma ordem. Se fizer isso de novo, eu vou te suspender. Imagine umas férias de três meses.

Artur ficou um momento em silêncio, receoso com a possibilidade.

— Senhor, eu só preciso de uma coisa. Lançar um chamado para as viaturas ficarem de olho em um Chrysler modelo Town & Country preto com essa placa.

Quando o delegado foi protestar, claramente para negar o pedido, Artur se adiantou.

— É um carro roubado, senhor. Isso é um fato. Temos um crime aqui.

— Que fique claro, que fique claro mais um fato, Artur. Apenas isso. E você tem até o fim das suas férias para brincar com esse caso. Quando for trabalhar de verdade, vai pegar casos de verdade. Agora sai daqui. Eu não quero te ver até o fim das férias.

Depois de recolher os papéis da mesa, Artur se retirou apressadamente. Aristes o observou deixando a sala. Seu caminhar meio desengonçado parecia ter ainda menos controle com uma pasta debaixo do braço.

O detetive foi direto solicitar à central que enviasse a orientação para as viaturas, que ficassem de olho no carro roubado.

Artur olhou para o relógio. Havia vindo de metrô, já que pelo horário em que saíra de casa as estações não estariam muito cheias, e, como não estava em serviço, pelo menos não oficialmente, o custo com táxi não seria ressarcido. Porém, agora, marcando pouco mais de cinco da tarde, estava se aproximando do pico de movimento. Resolveu chamar um táxi. Ficou esperando na calçada, mas não avistou nenhum. Estranhou.

Começou a caminhar. Sabia que a três quadras havia um ponto. Enquanto andava, olhava os ônibus que passavam pela rua. Nem todos estavam tão cheios, mas para Artur era como se estivessem. Pelo menos o clima frio ajudava enquanto caminhava.

Três quadras depois, Artur estacou na esquina, de onde já era possível ver o ponto de táxi. Nenhum veículo. Olhou de uma extremidade a outra da rua, tentando avistar algum. Nada. Sacou o celular e discou para a empresa para onde costumava ligar.

— Eu estou aqui na...

— Senhor, os veículos não estão rodando hoje.

— Como assim? Nenhum? Por quê?

— Todos os taxistas entraram em greve por causa das mortes.

— Mas eles não podem. Eu preciso de um táxi.

— Sinto muito, senhor.

Artur se lembrou de que era Bete que estava investigando os crimes contra os taxistas.

— Senhor? Senhor?

O atendente do outro lado da linha desligou por não obter resposta.

O policial olhou para o relógio. Ir de metrô àquela hora exigiria um autocontrole que ele não possuía. Desde a infância ele fugia de locais aglomerados. Era uma sequência de sensações que crescia até chegar ao pânico. Olhou no relógio de novo. Impossível. Ligou para a central de táxi novamente, na esperança de que outro atendente desse notícia melhor. Em vão.

Artur esfregava a palma da mão na têmpora repetidas vezes e com certa força. Resolveu ir caminhando até a estação de metrô. Quem sabe. Mais quatro quadras. Agora, nem o clima ameno do dia o impedia de suar. Um suor de nervoso, o corpo reagindo aos estímulos da ansiedade, sentia a palma das mãos úmidas e frias. Quando alguém caminhava ao seu lado, muito próximo, Artur se continha. Algumas características da síndrome de Asperger até ajudavam o policial no seu trabalho. Principalmente em relação ao foco e a uma insistência quase obsessiva para resolver o que era preciso. Entretanto, algumas questões o fragilizavam de maneira quase infantil.

Parado em frente à estação, o fluxo de pessoas que entrava era tão grande quanto o que saía, atrapalhando o plano de pegar a direção no contrafluxo. A ideia era ir pelo caminho contrário, mesmo dando uma volta desnecessária, percorrer o metrô em circular para que, quando chegasse ao ponto onde muitas pessoas fossem entrar, ele já estivesse sentado e protegido em um canto. Mas naquela região da cidade se concentrava um grande número de rotas e baldeações. Era gente indo e vindo para todo lugar.

Sacou o maço de cigarros do bolso, retirou um e colocou entre os lábios, rolando-o na boca seca.

Naquela situação, o detetive parecia um carro no acostamento de uma movimentada rodovia, aguardando uma brecha para entrar na pista. Sem se dar conta, ele balançava para a frente e para trás enquanto observava o cardume de humanos. Não tinha o hábito de recorrer a memórias afetivas do passado, mas veio a lembrança de quando sua mãe o acompanhou ao ponto de ônibus, ainda na infância, para que ele fosse à escola sozinho pela primeira vez.

Eu não consigo, mãe.

Claro que consegue, ora. Você tem pernas, tem braços, tem uma cabeça que pensa. São só pessoas — Simone era carinhosa, mas firme, deixando claro que não tratava as peculiaridades de Artur como algo limitador. E ela realmente acreditava nisso porque, se não acreditasse, como iria fazer o filho acreditar?

São pessoas demais. Pessoas demais.

— Pessoas demais. Pessoas demais. Pessoas demais. Pessoas demais — o que era apenas pensamento na sua cabeça agora vinha na forma de voz, sussurrada quase como um mantra.

Esse era um dos poucos momentos em que o detetive se lembrava do Asperger. O momento em que ele, mesmo tentando, de vez em quando perdia e travava como uma máquina.

Não tão bom nisso, melhor em muitas outras coisas.
Não tão bom nisso, melhor em muitas outras coisas.
Não tão bom nisso, melhor em muitas outras coisas.
Não tão bom nisso, melhor em muitas outras coisas.

Era a frase que ele repetia na cabeça enquanto caminhava, se distanciando da estação. Aprendera também com a mãe, que o fazia repetir sempre que se deparava com algo que ele não conseguia realizar de forma totalmente satisfatória.

Não tão bom nisso, melhor em muitas outras coisas.
Não tão bom nisso, melhor em muitas outras coisas.

Do lugar onde se encontrava até sua casa, foram quase três horas de caminhada. Um exercício que, mesmo sendo ex-fumante, ele fazia de forma natural, mas que exigia grande esforço.

Melhor em muitas outras coisas.

●

— Não atendeu o celular por quê? — era Bete que falava. Ela estava encostada no carro dela, estacionado logo à frente da portaria do prédio de Artur.

— Porque eu não **vi**.

Mentira. Artur olhou a tela do celular as quatro vezes que ele tocou. Sempre Bete.

— Eu ia te avisar da greve e ver se você estava em algum lugar pra te dar carona.

— Eu imaginei.

— Eu sei que você não atendeu de propósito. Veio andando de onde?

— Não muito longe.

— Sei.

Ela desencostou o corpo da lataria do carro e, empolgada, disse:

— Vai fazer o que agora?

— Descansar.

— Você disse que a caminhada não foi longa.

— Não estou cansado da caminhada.

— Entendi. Sério, você está muito cansado?

— Por quê?

— Eu queria uma visão de fora sobre o caso dos taxistas.

— Claro. — Artur já virava em direção ao portão. Nunca estava realmente cansado quando o assunto era trabalho.

— Não, não vamos fazer isso trancados dentro do apartamento. Vamos dar uma volta, mas não a pé — Bete falava de maneira divertida. — Eu sei que você gosta de andar. Vamos de carro. Entra aí.

Artur entrou, acomodando a pasta sobre o colo como um estudante tenso.

— O que é isso?

— Evidências de que alguém está mesmo sumindo com moradores de rua.

— Sério? Você descobriu quem está fazendo isso? — Bete disse enquanto arrancava com o carro da frente do prédio de Artur.

— Tem uma pessoa. Mas eu ainda não sei quem ele é. Fui falar com o Aristes para...

— Espera. — Bete soltou uma risada nervosa. — Você contou pro Aristes que está investigando um caso. Nas suas férias? E de algo que nem sabe se existe?

— Agora eu sei.

— Minha nossa. O que ele disse?

— Ficou um pouco relutante no início.

— Relutante? Ele deve ter ficado puto.

— Puto?

— Relutante em uma escala bem maior — Bete explicou, sarcástica.

— É. Ele ficou puto.

— Artur, cuidado. Ele gosta do seu trabalho, mas pode te suspender se você forçar a barra demais.

Outra vez o tema suspensão entrando na conversa. A possibilidade apavorava o detetive. O que ele iria fazer se não tivesse trabalho para ocupar sua cabeça? Todos os dias organizados com os seus horários, sua mesa, sempre no mesmo lugar. Rapidamente imaginou quão terrível seria ficar longe do trabalho por três ou, pior, mais que três meses. E se fosse exonerado? O que iria fazer? Será que estava forçando a barra, como Bete disse? Forçando a barra. Mas não havia barra nenhuma, ele pensou.

— Eu só precisava que ele liberasse a busca por um carro roubado. Ele acabou aceitando, embora eu ache que ele só queria que eu saísse da sala. Bete riu.

— Bem provável. Mas que bom que você conseguiu o que queria.

— Mas você me chamou para ajudar com o seu caso. O que tem até agora?

— Bom, na verdade a ajuda que você vai me dar é me fazendo desligar um pouco dele. Eu estou muito — Bete fez uma careta azeda —, muito bitolada. Preciso sair um pouco dessa bagunça, espairecer.

— O que você quer de mim, então?

— Bom, na verdade, de novo, não é bem por mim que eu estou aqui — ela falava de um jeito divertido, quase sorrindo, mas Artur achava aquela conversa estranha. Se ela não disse o motivo no começo, seria porque a ideia que passava na cabeça dela não era algo que Artur fosse aceitar.

— Bete, pra onde estamos indo? — O detetive começava a se remexer no banco.

— Vamos fazer uma coisa que a gente já devia ter feito há muito tempo.

Artur não gostava de surpresas. Desde pequeno. As pessoas que fazem surpresas sempre esperam que você goste dos planos delas, e quando a surpresa não é boa você não pode ser sincero e dizer que não gostou. Ora, se quer ter certeza que alguém vai gostar de algo que você está pensando em fazer, a melhor coisa é perguntar para a pessoa que você quer surpreender o que ela acharia disso, era o pensamento de Artur.

O detetive tentava adivinhar o destino pela região por onde Bete dirigia. Ele conhecia o lugar, mas nada ali lhe dava pistas sobre as possibilidades.

— Calma, não vou arrancar seu rim.

165

— Para onde estamos indo?

— Quase chegando.

— Eu preciso trabalhar.

— Quem devia estar preocupada com isso era eu. Se dê uma chance, Artur.

Bete contornou pela direita, seguiu por mais alguns metros e virou novamente, revelando aos olhos de Artur o grande estacionamento de um supermercado desativado. Dois outros carros estavam no local, e quem os dirigia parecia não ter pressa. Andavam de um lado para o outro vagarosamente. Um deles cantou os pneus e parou, fazendo o motor engasgar. Esse mesmo carro sacolejou, engasgou em novos solavancos e o motor morreu.

— Já está na hora de você aprender a dirigir, Artur.

O detetive olhou ao redor. Notou o motorista que dirigia o carro que tinha morrido. Ele já voltara a se locomover pelo estacionamento. Era um jovem, talvez não tivesse nem completado dezoito anos ainda. Ao seu lado estava uma mulher mais velha. O veículo passou pela frente do carro de Bete e Artur e os dois o viram seguir, como em um desfile. A mulher sentada no banco do carona acenou para a dupla que assistia. Bete retribuiu o cumprimento.

— Vem. Hora de inverter os papéis e você me dar uma carona agora.

Bete já estava fora do carro e Artur nem teve chance de argumentar. Ela deixou a porta aberta e foi contornando o veículo pela frente, fazendo gestos agitados para que Artur se movesse. O detetive, parecendo confuso, desafivelou o cinto de segurança, colocou a pasta que estava no colo no banco de trás, mas não saiu do carro.

— Não é uma boa ideia — Artur disse, sem olhar para a amiga. Seus olhos iam e vinham, focados nos outros dois veículos que também praticavam.

— Claro que é. Anda. — Bete estava de pé, ao lado da janela do carona.

— Eu...

— Artur, a gente tenta um pouco. Depois de tentar, se não quiser continuar a gente para.

Pensativo, o detetive olhou para o interior do carro, estudando-o como se fosse um adversário dentro de um ringue. Olhou o painel, os botões, os visores, o câmbio. Ele sabia como tudo ali funcionava. Não era o passo a passo do dirigir que causava sua paralisia.

— E então, Artur?

O detetive saiu do carro a contragosto. Deu a volta por trás do veículo e fez uma breve pausa em frente à porta aberta e convidativa do motorista. O veículo guiado pelo jovem e a mulher passou por eles novamente, agora com mais velocidade e confiança.

Já dentro do carro, Bete foi orientar o amigo, mas ele apenas levantou a mão, pedindo silêncio. Estava agitado, e seu corpo se movia como se o banco fosse muito desconfortável. Ajustou o espelho no teto, verificou os dois retrovisores laterais, ajustando sem pressa o que ficava ao seu lado. Afastou o banco para acomodar melhor as pernas. Verificou o câmbio do automóvel e, quando Bete achou que finalmente iriam sair, Artur voltou a mexer no espelho do teto. Depois no espelho da porta novamente.

Bete se segurava. Mordia o lábio inferior, como se segurasse a boca com os dentes para não explodir sua impaciência. Propositalmente, puxou a alavanca do encosto do banco onde estava sentada, reclinando-o para trás, e fechou os olhos.

— Você não vai me fazer desistir, Artur. É até bom que eu aproveito pra dar um cochilo.

Quando o carro começou a se mexer, Bete, sem abrir os olhos, deixou um leve sorriso crescer no canto da boca. Ela permaneceu na posição em que estava, com o assento reclinado, sem olhar.

— Ajeita o banco, Bete.

— Deixa eu ficar assim só mais um pouquinho.

— Ajeita o banco ou eu paro.

— Nossa, tá bom.

Artur dirigia lentamente. Um dos outros dois carros já tinha partido e restavam apenas eles e a dupla de mãe e filho, de que Artur tentava manter boa distância.

— Não fica andando só em círculos. Contorna aquela sequência de postes, ali.

Eles permaneceram no estacionamento, realizando manobras cada vez mais complexas para o estímulo de Artur. Foi mais para o fim da noite, quando o estacionamento ganhou outros doze veículos, que o plano de Bete falhou. Artur dirigia atento, dividindo sua atenção por toda a área.

— Não precisa olhar para o carro que está lá do outro lado. Presta atenção só nestes dois aqui perto.

Mas Artur não conseguia se desligar das imagens que passavam pelo retrovisor, ao fundo, como vultos. Um veículo freou de forma brusca do outro lado do estacionamento e o detetive se agitou atrás do volante.

— O carro tá longe, Artur. Presta atenção neste aqui.

O motorista do carro que freou parecia estar ainda no início do aprendizado e agora vinha manobrando seu veículo de frente, em direção a Artur. Ainda distante, o detetive quis mudar seu trajeto para não encontrar com o outro carro, e foi quando o automóvel que vinha atrás e que acelerou para ultrapassá-lo buzinou, estridente, frustrando a mudança de rumo do detetive.

— Seu idiota, vai devagar — Bete fulminou o motorista.

— Vai se foder — respondeu quem orientava a garoto do outro carro, com o dedo do meio em riste.

— Que filho da puta — ela continuou, bufando dentro do veículo.

Bem à frente, o carro que Artur estava tentando evitar vinha aos solavancos, cada vez mais próximo. Artur, sem necessidade, acelerou, fazendo outro carro que estava vindo pela lateral frear. Em uma manobra ágil, o detetive costurou os dois automóveis, passando rente a um poste de metal, e se apressou em chegar até uma área isolada. Quando chegou aonde queria, parou o carro, puxou o freio de mão e desceu, agitado, caminhando em diversas direções, ora se afastando do veículo, ora se aproximando.

— Artur. Artur. — Bete já estava do lado de fora do carro. — Não aconteceu nada.

— Eu disse que não era uma boa ideia. Eu disse, eu disse. Eu disse. — Artur olhava para o estacionamento. Reparou que algumas das pessoas nos veículos o observavam com estranheza. Ele virava o rosto para não encará-las.

Com os braços cruzados sobre o próprio corpo, como se estivesse abraçando a si mesmo, respirou fundo, enchendo os pulmões, de costas para a área onde os carros circulavam. Bete estava parada do lado de fora do veículo, em silêncio, encostada no capô. Artur olhou em sua direção, depois voltou a contemplar o vazio. Olhou para os pés, fixos no chão, e percebeu que seu corpo balançava para a frente e para trás. A boca abria e fechava, como se sussurrasse algo. Bete não conseguia escutar o que o detetive dizia baixinho, enquanto balançava.

— Não tão bom nisso, melhor em muitas outras coisas.

— Não tão bom nisso, melhor em muitas outras coisas.

— Não tão bom nisso, melhor em muitas outras coisas.

Pensou no seu apartamento, na poltrona onde costumava ficar horas e horas lendo seus livros. Em uma conversa com Bete, tinha explicado a ela por que gostava tanto de ler: a grande magia dos livros é que vez ou outra você lê um trecho e pensa: *nossa, isso aqui foi escrito pra mim!* Mas aí você se dá conta de que não, aquele livro não foi escrito especialmente para você. E isso te deixa feliz. Porque você entende que outras pessoas também vão achar que aquele livro foi escrito para elas. E nessa hora você se dá conta de que existem outras pessoas como você. E você não se sente mais tão sozinho.

Quando se acalmou a ponto de não perceber mais o balanço, que ainda era facilmente notado por quem observava de fora, Artur foi até Bete e deixou o corpo descansar no capô morno do carro, ao lado da amiga. Permaneceram em silêncio por alguns instantes. Puxou um cigarro do maço e colocou na boca. Bete pensou que dessa vez ele iria acendê-lo, mas não. Ele permaneceu contemplando o nada, ainda um pouco agitado, com o cigarro apagado nos lábios.

— Dirigir não é o problema — confessou Artur. — São... são as outras pessoas, as buzinas, as motos, os pneus freando, tudo, tanto... tanto barulho, tudo isso. Eu, eu... — Deixou o ar sair pelo nariz. — Eu não consigo controlar. São milhões de veículos circulando juntos todos os dias pela cidade, milhões de buzinas, freadas, discussões, acidentes, mais buzinas, mais discussões, e não para, não para, não para.

— Não dá para fugir da forma que a vida é, Artur.

— Mas dá para evitar situações de que eu não preciso fugir.

Os dois permaneceram em silêncio, um ao lado do outro, e, por alguns minutos, ficaram assim, apenas observando o vaivém de veículos.

— Foi minha mãe que me levou para dirigir pela primeira vez — Bete quebrou o silêncio. — Meu pai também não gosta muito de dirigir. Ainda mais agora. Acha que tá todo mundo doido no trânsito. Putz...

— O que foi?

— Acabei de lembrar que mês que vem é aniversário dele.

Os dois conversavam sem olhar um para o outro. Continuavam observando as outras pessoas, como se estivessem em algum tipo de experimento social.

— Quantos anos ele vai fazer?

— Cinquenta e nove. Começaram cedo — ela disse, dando um sorriso.

— Deve ser horrível — Artur falou com naturalidade.

— O quê?

— Saber que já viveu mais do que vai viver.

— Que horror, Artur. Poxa, melhor eu nem te convidar pra festa.

— Por quê?

Ela estalou a língua dentro da boca.

— Deixa pra lá. Claro que eu vou te convidar. Espero que você vá.

Artur não respondeu.

Bete puxou um cartão de dentro do bolso.

— Toma.

— O que é isso?

— É o cartão de um taxista com quem conversei hoje. Ele está em greve como todos os outros, mas está fazendo corridas para conhecidos no seu carro particular. Eu falei de você pra ele. Enquanto as frotas não voltam, ele pode ajudar.

Artur balançou a cabeça para baixo e para cima repetidas vezes.

— Obrigado, Bete. Obrigado.

Ficaram ali, parados, recostados no capô do veículo, enquanto a suas costas as outras pessoas treinavam, pneus aceleravam demais, motores borbulhavam, vozes, buzinas, e Bete, que até aquele momento não parecia ter percebido, naquele instante, silenciando a si mesma, também conseguiu escutar.

Tanto barulho. E não para, não para nunca.

●

Cláudio, o jovem universitário, terminava de encher a mochila velha que tinha pegado de um amigo. Havia tentado pagar por ela, mas o amigo não aceitou, alegando que seria quase um roubo cobrar por aquele trapo e que ele estava fazendo um favor de levá-la embora. A mochila esgarçada era perfeita para seu papel de morador de rua, vivendo uma semana como um. Qualquer uma de suas mochilas chamaria muita atenção. Bonitas demais. Na semana anterior preparou tudo o que iria usar. Pegou um dos cobertores de casa e o sujou. Lavou com água sanitária para manchá-lo, fez cortes em certas partes e costurou cada um novamente. Buscou a calça jeans mais velha que tinha e não levou mais nenhuma outra. Meias, apenas as que usava nos pés e outro par na mochila. Também trabalhou no tênis, para deixá-lo mais degradado.

Como não podia sair de casa trajado como um maltrapilho, carregava dentro da mochila as vestes que iria usar. Levava ainda uma camiseta velha de manga comprida, que também pegou com um amigo, um rapaz que tinha o porte físico maior que o dele. Queria algo que parecesse doado, com número diferente do seu. Além disso, a camiseta maior permitia que o braço engessado passasse mais facilmente. Carregava também um casaco de capuz, um gorro e um segundo casaco um pouco mais fino para vestir por baixo, caso fosse muito necessário. Ele sabia que, com o tempo frio que estava fazendo, a vestimenta seria útil, porém sua ideia era resistir à tentação de tirá-lo da mochila e sentir na pele o que os moradores sentiam.

Tirou o cartão de crédito da carteira e colocou na gaveta da escrivaninha. Ficou apenas com o documento de identidade, uma nota de dez e três de cinco. Por segurança, escondeu outras cinco notas de dez dentro da mochila e mais quatro de cinquenta em uma pochete fina e impermeável de vinil que já havia usado em alguns mochilões por outros países. Colocou nela também uma carta dobrada que escrevera para o caso de acontecer algum imprevisto e prendeu a pochete na barriga com dificuldade, já que fazia uso apenas de uma das mãos. Não falou da carta para os amigos; não queria deixá-los ainda mais preocupados. Para o grupo dizia que não teria problema algum, que era apenas uma semana, mas ele sabia que mesmo tomando cuidado sempre existia o risco de algo acontecer. Depois de tantas entrevistas feitas com moradores de rua, ele não era ingênuo em pensar que aquele era um ambiente acolhedor e sem perigos. Pelo contrário. Por isso, levava também um canivete retrátil que havia comprado quando era bem mais jovem e se interessava por aquele tipo de coisa. Agora, a faca fazia parte da composição do seu kit de sobrevivência nas ruas. Pensou em levar alguns remédios, mas desistiu por achar que estaria facilitando demais suas necessidades. Além do mais, não haveria remédio para levar em caso de uma situação grave; as outras opções seriam praticamente supérfluos, como um analgésico ou um relaxante muscular. Cueca, apenas a do corpo e mais uma na mochila. Uma escova de dentes e um tubo de creme dental quase no fim. Um luxo de que não se desfez foi o rolo de papel higiênico, caso houvesse necessidade de fazer algo na rua. Levava também quatro edições de um jornal que usaria para forrar a cama de papelão e colocar por baixo das roupas, se esfriasse demais.

— Você vai com essa mochila horrorosa? — questionou a mãe, ao vê-lo sair.

— É sempre uma zona a semana de jogos, mãe. Não quero levar as outras.

— Deixa disso. — A mãe se aproximou para olhar a mochila e o rapaz se esgueirou simulando uma fuga. — Não cabe nada dentro disso aí. Está levando blusa? Calças? Está fazendo frio. E o cobertor? Não cabe tudo que você precisa aí dentro.

— O cobertor já está no carro do Cleber. Fica tranquila, mãe. Não é a primeira vez que eu vou. Da última, eu não usei nem a metade das coisas que levei.

— Nossa — ela segurou o rosto do filho —, essa barba está horrorosa e malfeita. É moda isso agora ou esqueceu como se barbeia?

— Tchau, mãe. — O rapaz deu um beijo na mulher e foi em direção à porta.

— Xampu, sabonete, toalha, cuecas! Tá levando cuecas? Escova de dentes, pasta. Meias. Camisinhas? Que tênis é esse, meu Deus? Que tênis nojento é esse, Cláudio?

— Tchau, mãe.

Ao sair do prédio caminhou quatro quadras até o local onde havia escondido algumas caixas de papelão. Elas já estavam abertas e amarradas com barbantes. Ele as colocou entre a mochila e suas costas. Foi até um ponto de ônibus e pegou o que o deixaria perto do local que havia escolhido para dormir. Na verdade, pegou dois ônibus para chegar até lá. Ao descer, foi para um canto escondido por um muro e se trocou. A roupa bonita do corpo foi para a mochila e a da mochila foi para o corpo. Pegou o celular e mandou uma mensagem para os amigos:

> Já estou na rua. Vou desligar o celular e ligo uma vez por dia pra mandar mensagem, como combinado. Boa semana de jogos por lá!

Desligou e guardou o aparelho. Cobriu a cabeça com o gorro, colocou a mochila e o papelão nas costas e caminhou, contornando a praça do centro, paralelo à catedral. Cruzou o braço bom na frente do corpo para se aquecer enquanto caminhava, colocando a mão debaixo da axila. Os ombros recolhidos, altos, pressionando o pescoço. Apesar de tudo, estava animado para a experiência. Mas também começava a sentir um leve receio. Pensar em fazer algo é completamente diferente de fazê-lo. E, ao ver os verdadeiros moradores de rua espalhados pela região, percebeu que seu disfarce, apesar de chegar perto da realidade, ainda tinha roupas bem melhores que as deles. Mesmo sujo, ainda se sentia limpo. E realmente estava. Conseguia sentir o cheiro da rua. Ele não tinha aquele cheiro, e não teria tão cedo. Aquilo era algo que levaria tempo para absorver. É preciso ficar de molho na realidade até que a sujeira comece a fazer parte do seu corpo, até que a parte interna das unhas fique enegrecida e lanhada. Já começou a pensar em algumas questões e lembrou que carregava no bolso um bloco de anotações e uma caneta para registrar os fatos vividos e as observações que faria *in loco.*

Semanas antes, quando planejou o acampamento, pesquisou uma rua que ele e o grupo não tinham visitado para a realização das entrevistas. Não queria ser reconhecido por algum morador de rua que o tivesse visto naquela ocasião. Sua ideia era passar despercebido por todos. Uma coisa ele já tinha notado em pouco mais de uma hora na rua, vestido daquele jeito: parecia ter descoberto a magia da invisibilidade. Eram raras as pessoas que olhavam para ele enquanto faziam seu trajeto pela calçada. A vantagem é que, se algum conhecido estivesse andando por ali ou cruzasse com ele em determinado momento, talvez nem o reconhecesse. Principalmente porque, para reconhecer alguém, é preciso olhar para a pessoa. E ele tinha a sensação, já em tão pouco tempo, de que perdera o título de gente, o cargo de ser humano. Assim, tão rápido, tão simples. Nunca tinha feito nada de mal para alguém, nunca havia matado, roubado, pelo contrário, era um rapaz de bom coração, um jovem esperançoso e cheio de vitalidade, mas a mudança estética tinha sido suficiente para lhe dar uma triste e perigosa história.

Retirou da mochila o bloco de anotações e escreveu uma frase para utilizar posteriormente no trabalho: "As pessoas sabem que estou aqui, mas não me enxergam. Sou um fantasma em meio a pessoas que rezam para que eu suma".

Cláudio leu a frase e deu um sorriso de autoaprovação, satisfeito com a tirada, que o iludia com o pensamento de que tivera uma ótima ideia.

Foi até a rua que encontrara para se acomodar. Chegou tranquilo, mas de cara fechada, simulando ser um rapaz calejado pela rua. Acomodou o papelão na virada de uma esquina e se sentou.

— Tá do lado errado.

O jovem olhou para a direção de onde vinha a voz. Outro morador de rua havia se aproximado e ele nem percebera.

— Como é?

— Se vai pedir dinheiro, tem que ficar na outra curva da esquina. Na curva do lado movimentado. — O homem que orientava Cláudio tinha a barba longa e grisalha, quase branca, contrastando com o rosto escuro.

— Ah, claro. Obrigado pela dica — o rapaz até tentava, mas não conseguia esconder a educação tão bem aprendida com seus pais.

Cláudio se curvou para se levantar e nem percebeu quando o soco desceu à nuca. Voltou para o chão de joelhos e com a palma da mão se escorando no concreto. O braço engessado fez peso e balançou na tipoia que circundava o pescoço. O golpe viera de um homem velho, porém com punho pesado. O rapaz, jovem, se recompôs com agilidade. Ao virar o rosto, já com o braço esquerdo levantado para se proteger de um possível segundo ataque, viu o velho correndo, carregando sua mochila com apenas uma das alças nas costas. O universitário se levantou rapidamente, mesmo com o braço imobilizado, o que o velho provavelmente não esperava, e correu para alcançar o homem. Não demorou para chegar até ele, que corria de um jeito capenga. Mais ágil, Cláudio veio por trás e chutou uma das pernas do velho, que se desequilibrou e no movimento acelerado foi direto ao chão. A mochila, carregada em apenas um ombro, se distanciou, arrastando-se à frente do corpo. O homem de barba grisalha se recolheu em concha, já se protegendo de outros golpes que não vieram.

— Não quero rolo. — Apontou o dedo bom na cara do homem caído. — Mas se tentar me roubar de novo... — Bufou, buscando as palavras. — Não faça isso — Cláudio disse, olhando o velho estendido no chão e falando alto para que os outros moradores de rua que estavam próximos também escutassem.

O rapaz retornou ao local onde havia deixado o papelão no chão e voltou a sentar. Colocou a mochila na parede e a protegeu jogando as costas sobre ela. Olhou ao redor e fitou o velho, que já estava de pé, avaliando o rasgo na calça, bem na região do joelho, provocado pela queda. O senhor, dono de características físicas que tornavam sua aparência tão pacífica, o encarava de volta. Até que resolveu sair da rua e foi caminhando, seguindo na direção oposta à de onde o jovem recém-chegado se acomodara. O rapaz, agora sem a figura do velho para observar, trocava olhares com outros de condições semelhantes. Parecia ver no rosto de alguns uma certa aprovação. Como um novo detento que chega impondo respeito assim que entra na cela, tentando evitar se transformar no alvo do assédio.

Em poucas horas na rua, já tinha entrado em uma confusão. Para sua sorte, quem o tentara roubar fora um homem idoso, e não um jovem com mais força, ou um viciado fortalecido e encorajado pela fissura. Essa era uma de suas maiores preocupações, um pensamento que foi reforçado pelos amigos do grupo.

E se algum drogado vier pra cima de você, cara? Deixa essa ideia de lado, não precisa disso.

Mas agora não era hora de se questionar. Aliás, tais situações estavam previstas na experiência. A vida nas ruas era assim, e ele queria experimentá-la em sua totalidade. Depois que a adrenalina baixou, ficou contente com o acontecido. Daria uma ótima introdução para seu trabalho.

●

Durante o transcorrer da tarde, Cláudio permaneceu na calçada, exercitando seus argumentos de pedinte. Puxou do bolso o que conseguiu até aquele momento. Na palma da mão, contou as moedas. Ganhara também duas notas de dois que ele esticou, dobrou e guardou rapidamente no bolso. A vida na rua ensina de forma rápida a ser ágil nos gestos e contido no ego de exibir os ganhos. Já era um aprendizado que levaria para a vida normal, ele refletiu, anotando o pensamento no bloco de notas. Anotou também as duas palavras: "vida normal". Quão tristes elas pareciam.

Quando a noite enfim chegou, enegrecendo o céu, o rapaz saiu da esquina e foi até um boteco perto da praça para comer algo.

— Tamo fechando, amigão.

Um garçom barrou sua entrada esticando o braço no ar, mas sem chegar a tocá-lo. Cláudio o encarou.

— Que que tá olhando?

— Nada, não.

O homem fungou e entrou, deixando o olhar se voltar por cima do ombro para dar uma conferida em Cláudio, que já estava em movimento, se dirigindo a outro estabelecimento.

Encontrou um carrinho de lanches e pediu um cachorro-quente.

— Primeiro o pagamento.

— Tem cebola no vinagrete? — o jovem morador de rua perguntou enquanto entregava os três e cinquenta.

— Claro. Sempre tem cebola no vinagrete. — O homem que cobrava era o mesmo que preparava o lanche.

— Então faz sem, por favor.

O vendedor olhou para Cláudio pensativo, mas nem se deu o trabalho de perguntar como o garoto tinha parado na rua. Aprendera com a experiência que motivos não faltavam para levá-los cada vez mais cedo para o fundo do poço. Quando colocou a segunda salsicha, foi rapidamente repreendido por Cláudio.

— Não, senhor, é de uma salsicha. Só tenho três e cinquenta.

— Te acalma, garoto.

O homem entregou o lanche ao rapaz e reparou nas unhas bem cortadas e limpas da mão que recebeu a refeição, meio desajeitada por causa do gesso.

— Pode sentar aí. — O homem apontou com a cabeça para uma banqueta de plástico. — Se não tiver feito uma merda muito grande, liga pra tua família, garoto. Se tiver feito uma merda muito grande, liga também. Não se deixa afundar demais.

Ao redor dele havia cinco banquetas. Uma dupla de mulheres ocupava outras duas. Uma delas lançou um olhar lascivo para Cláudio. Ele pensou se aquele olhar era prospecção profissional ou só tesão mesmo. Estavam forrando o estômago para enfrentar mais uma noite de vigília nas calçadas à espera de clientes.

— Tem molho aqui, se quiser. — O dono do carrinho deu um cutucão em uma cesta de plástico com algumas bisnagas de ketchup, mostarda e maionese.

Cláudio pegou apenas as de ketchup e mostarda.

— Não curte maionese? É boa. Caseira. Eu mesmo que faço.

— Uhum — o rapaz respondeu de boca cheia. — Mas hoje não estou a fim.

— Aqui. — Mais um cliente recebeu seu lanche.

Ao terminar a janta daquela noite, Cláudio agradeceu e, quando começou a andar, o atendente o chamou.

— Tem um abrigo a umas sete quadras. Melhor do que ficar na rua.

Cláudio sorriu gentilmente com a preocupação do homem.

— Obrigado. Eu estou bem — respondeu, ajeitando a mochila nos ombros.

— Aqui é meio perigoso, garoto. — O homem olhou para o relógio no pulso. — Ainda dá tempo de pegar uma vaga se você correr. O pessoal é gente fina lá.

— Escuta o Bisnaga, rapaz — uma das duas mulheres entrou na conversa. Ela chupou a ponta do dedão e olhou para Cláudio. — O pessoal lá é bacana mesmo.

— Certo. Vou ver se consigo dar uma olhada.

A mulher não respondeu nada. Nem Bisnaga. Os dois sabiam que ele não iria fazer o que disse.

O jovem saiu caminhando com uma sensação esperançosa. Olhou para trás e viu as duas mulheres já em rumo, andando de costas. Bisnaga servia mais dois clientes. Outros três já estavam sentados devorando seus lanches. Sem saber por que, o estudante teve a sensação de ser uma noite de Natal, com aquelas pessoas ali, reunidas tão pacificamente, se alimentando juntas, parecendo preocupadas umas com as outras.

Já distante da barraquinha de Bisnaga, Cláudio encontrou um canto em uma travessa. Eram pouco mais de oito da noite. As ruas ainda fervilhavam de sons. Carros passando, pessoas andando, algumas correndo. Esticou o papelão no chão e fez da mochila travesseiro. Encolheu-se próximo à parede, embrulhado em si mesmo para se proteger do frio. O cobertor que estava dentro da mochila agora cobria seu corpo. Hora ou outra escutava alguém gritando. Outros quatro moradores de rua também estavam esticados ali, naquela travessa. Cláudio fez questão de verificar se um deles não era o velho. Por segurança, o canivete retrátil estava na mão esquerda, que ele mantinha debaixo da coberta, entre os joelhos flexionados em posição fetal. A mão direita, imobilizada, estava sobre seu corpo, pesando e sem encontrar uma posição agradável. O ar frio, o chão duro e o barulho o mantiveram acordado por horas antes de finalmente adormecer. Sono de que era desperto repetidas vezes pelas vozes que gritavam na noite, algumas próximas, outras tão distantes que pareciam sussurros ou provocações de alguma entidade dentro de uma misteriosa floresta. Costumam dizer que a cidade é uma selva de pedra, e naquele momento ela realmente era. E muito mais selva do que pedra, com seres que, feito gárgulas de concreto, permaneciam silenciosos durante o dia e se agitavam e batiam as asas à noite.

15

Diante do espelho havia quase três horas, ele se dedicava ao complexo, mas já rotineiro, processo de caracterização. Uma foto que tirara na primeira vez que usou aquela personalidade estava a sua frente, e ele a tomava como parâmetro de comparação. Uma grossa pasta estava aberta sobre o móvel, e foi dela que ele resgatou a fotografia. Na pasta estava também o documento falso preparado para ser usado com aquele rosto. Havia diversas fotografias com caracterizações diferentes naquela pasta, todas separadas em seções com fichas e relatórios onde ele anotava o que tinha feito quando saiu com aquele rosto, tudo em detalhes, como um diário. Tudo para que nunca cometesse a falha de misturar personagens, de esquecer algum fato. Apesar de ter diversos rostos, no documento sempre colocava o mesmo nome. Tudo fora cuidadosamente planejado desde o começo, o que lhe garantia a segurança de andar pelas ruas despreocupadamente. Atrás dele as cabeças de manequins enfileiradas nas prateleiras o encaravam com suas faces vazias. Às vezes elas davam a sensação de querer gritar, como se almas humanas estivessem aprisionadas em seus crânios de resina, colocadas ali após um ritual de magia negra.

Perfumava o quarto um cheiro forte e saboroso que entrava pelo corredor. O aroma vinha da cozinha, onde uma grande panela, daquelas usadas para fazer merenda de escolas, continha uma generosa quantidade de sopa que era mantida quente sobre fogo baixo.

Na cozinha, metodicamente, com as mãos protegidas por luvas plásticas, começou a preencher com a sopa as embalagens descartáveis que havia comprado e mantinha no estoque. Virava duas conchas, tampava e colocava na bolsa térmica. Fez quarenta e cinco embalagens. Alguns sacos pardos de pães também repousavam sobre a mesa. Uma quantidade pequena para as bocas das ruas. Mas, naquela noite, ele iria para um local de menor movimento no centro da cidade. Algumas ruas paralelas, onde um número mais enxuto de moradores de rua se concentrava. Tinha dois alvos em mente e sabia os pontos onde costumava vê-los.

Antes de sair, olhou para a parede e contou os pequenos quadrados que ainda estavam sem marcação na matriz impressa no papel. Faltava pouco agora. Vestiu a jaqueta jeans por cima do quente moletom de capuz e saiu.

Já atrás do volante da minivan, pouco mais de vinte minutos depois, estava percorrendo as ruas do centro da cidade. Desacelerou ao passar ao lado de um viaduto onde era possível ver a já conhecida concentração de desabrigados. Algumas barracas, no estilo camping, chegavam a invadir a calçada e se repetiam uma atrás da outra como pontos de uma linha pontilhada. Além de homens e mulheres, crianças circulavam pela área, as mangas das blusas maiores que seus braços, servindo como luvas para as mãos gorduchinhas em corpos magros. O fogo aceso, próximo à rua, dançou seu brilho alaranjado na lataria escura do Chrysler, que passou lentamente, feito uma charrete fúnebre.

O motorista acelerou, sem levantar suspeitas, ao notar um veículo da polícia em uma esquina paralela, mais à frente. Virou à esquerda, sem pressa, e se distanciou da viatura. Levou cerca de quinze minutos, em um ziguezague seguro, até estacionar na esquina da curta travessa. Notou as cabeças se esgueirando dos cobertores pela presença do farol do veículo. Um dos moradores de rua já estava de pé, o cobertor enrolado às pressas embaixo do braço, segurando desajeitadamente a mochila velha e em posição preparatória para a fuga. Carro parando ali, àquela hora, normalmente não era boa coisa.

Cláudio acordou com a movimentação. Quando abriu os olhos, viu a luz pálida refletindo na parede do outro lado. Assustado, olhou para os companheiros da rua. Foi quando escutou o chamado alto.

— Sopa quente! Sopa quente!

A frase veio acompanhada do som do porta-malas do veículo se abrindo.

Cláudio olhou para o horizonte, onde era possível ver parte da minivan parada. Alguns andarilhos já se organizavam em fila, outros se levantavam e passavam por ele, como os ratos hipnotizados pelo flautista.

O lanche que comeu no carrinho do zeloso Bisnaga não havia sido suficiente para saciar sua fome, e, agora desperto, sentia o estômago exigir atenção. Além disso, era uma ótima oportunidade para o estudante conhecer uma das pessoas que saíam pela noite ajudando os sem-teto. Entrou na fila. Sete pessoas estavam a sua frente. Escutava adiante os agradecimentos à pessoa que servia o alimento.

Ao chegar sua vez, olhou atentamente para o rosto de quem entregava a embalagem de sopa e uma colher plástica descartável. O sujeito usava luvas de lã preta.

— Quer um pão para acompanhar?

— Opa, sim, aceito. Muito obrigado.

Cláudio, com a mochila nas costas, sentou-se ali mesmo na esquina, aproveitando a iluminação dos faróis acesos. Acomodou a embalagem na coxa, com a ajuda do gesso, e com a mão esquerda dava as colheradas e também segurava o pão. Ainda bem que era canhoto. Enquanto tomava a sopa, observava as últimas unidades sendo entregues. Não havia muitas pessoas por ali, mas ficou imaginando o que aconteceria se não tivesse comida para todos. Será que se sentiriam com falta de sorte?

Quando o autor da boa ação serviu o último morador de rua, Cláudio o viu caminhando em sua direção.

— Espero que ainda esteja quente o suficiente — disse o sujeito, em tom gentil, mas com algo estranho na maneira de falar que Cláudio percebeu, porém não se prendeu à sensação.

— Está ótima — respondeu o estudante. — Você faz isso com frequência?

— Sempre que posso. Não é muito, mas acho que ajuda.

— Ajuda sim. Muito. Às vezes basta se colocar no lugar do outro de vez em quando pra saber como um gesto assim ajuda tanto.

O sujeito apenas balançou a cabeça, concordando.

— Você faz isso sozinho?

— Não é todo mundo que está disposto.

— É, eu sei bem — Cláudio disse, e sua voz pareceu mais um resmungo.

— Eu nunca te vi por aqui — o homem sacou o comentário como quem saca uma arma.

— Você conhece todo mundo da rua? — o rapaz disse, em tom bem--humorado.

— Tem razão. Não conheço.

— Só disse de brincadeira. — Deu mais uma colherada na sopa. — Eu vim pra essa área faz pouco tempo.

Cláudio já tinha se preparado para o caso de sua história ser questionada por alguém. Pensou que iria contá-la a outro morador de rua, mas era o sujeito da sopa que iria ouvi-la. Era a história que outro jovem da rua tinha contado a ele, em uma entrevista que fizera para seu trabalho. Fez o resumo para o homem: pai bêbado, mãe falecida, filho drogado que resolveu tentar a sorte em outra cidade. Não conseguiu emprego, gastou tudo o que tinha, fez dívidas, sem lugar onde morar, sem ter para quem voltar.

— Estou tentando dar a volta por cima. Já larguei as drogas, pelo menos. Faz um bom tempo que não uso nada. Nem álcool, cigarro, nada.

— Por que não volta pra sua cidade? Deve ter alguém que se preocupa com você.

O rapaz, lembrando da conversa com o verdadeiro dono daquela história, deu a mesma resposta que ele havia dado na entrevista.

— Não tenho mais ninguém. Pelo menos não alguém que se preocupe. Nem sei se meu pai continua vivo. Agora sou eu e o que vier pela frente. Espero que seja coisa boa.

Lembrava a frase toda, palavra por palavra. Ele a havia escrito no bloco de anotações aquele dia. A citação ficaria bem no trabalho.

O homem que trouxera a sopa estava a sua frente. Um pé no meio-fio, outro na rua. A atenção fixa no rapaz. Um rato passou correndo na calçada do outro lado da rua, seguido por outro ainda maior; parecia até que iria comer o pequeno caso o alcançasse. Os dois desapareceram, deslizando pelas sombras, na direção do lugar onde Cláudio dormia. O rapaz olhou para baixo, observando onde estava sentado. O elevado da entrada da loja tinha um espaço razoavelmente largo e com mais de um palmo de altura em relação à rua. Pensou nos ratos desaparecidos na escuridão.

— Bom, obrigado pela sopa.

O jovem universitário caminhou até onde estavam suas coisas. A mochila, ele a carregava nas costas. Olhou para o cobertor embolado no chão. A falta de iluminação não facilitava o que ele estava tentando descobrir. Aqueles ratos teriam se entocado ali?

Cutucou o tecido com o pé, ligeiro. Nenhum movimento. Cutucou mais forte, como se tentasse acordar alguém com sono pesado. Nada. Abaixou-se para pegar a manta, segurando por uma das pontas, e sacudiu o tecido no ar. Sem ratos.

— Ó o barulho aí, caralho — uma voz rouca e mole rosnou de algum lugar.

De forma mais silenciosa, recolheu o papelão do chão e voltou caminhando até a esquina onde tinha tomado a sopa. O bom homem já estava dentro do carro, olhando a cena pela janela com o vidro aberto. Observava em silêncio.

— Prefiro o beliche — Cláudio brincou, apontando para o degrau da entrada da loja.

O rapaz se acomodou ali e observou o carro do homem indo embora. Permitindo que a noite voltasse a cobrir a rua.

•

O motorista do Chrysler dirigia espreitando as vias, à procura de uma das vítimas que tinha em mente. Não havia encontrado nenhuma das duas na primeira rua em que parou e por isso não distribuiu todas as embalagens de sopa. Pensou que, parando lá, o grito de alimento os atrairia, mas nada.

Em seguida, contornou a rua perpendicular à catedral, iluminando os muros com faróis baixos. Procurava o cobertor amarelo. O homem havia dito a ele, na conversa que tiveram, que aquele era seu maior bem, o cobertor amarelo, sujo e estropiado, feito de lã grossa. Tinha sido bordado por sua falecida mãe e o acompanhava desde muitos anos.

Morro, mas não deixo ninguém levar meu cobertor.

E quase havia morrido mesmo. Envolvera-se em uma briga com outros dois homens que tentaram roubar suas coisas e apanhou tanto que teve o braço quebrado. A perna quase. Mas o cobertor, esse não levaram.

Com o movimento do carro, a luz percorreu a noite. Cabeças despontaram das sombras e olhos desconfiados fitaram a nascente daquele brilho, feito animais noturnos. Dois carros passaram pelo automóvel, que se movia lento, e o som alto vindo de ambos revelava jovens motoristas em busca de diversão. Mas nada do cobertor amarelo e também nenhum sinal da cadeira de rodas, cujo dono era sua outra opção.

A minivan seguiu caminho, contornando a grande igreja. Iria buscar outra possibilidade. Sabia que a quase dez quilômetros dali dormia a mulher que também estava na lista. Sua hora havia chegado um pouco mais cedo. Já conversara com ela em outras três ocasiões, deixando uma marmita de comida em todas elas.

A alguns metros de entrar na avenida principal, o semáforo do cruzamento mandou que parasse. A luz vermelha refletia no seu para-brisa, como um sinal dos céus. Mas foi a combinação de luzes azuis e vermelhas rodopiando na parte traseira do seu carro que o fez se retesar por trás do volante. Olhou pelo espelho retrovisor e viu dois policiais na viatura, a meio metro de distância. Parou de olhar para não chamar os olhos dos policiais para os seus. Estranhou que as duas pistas ao lado estivessem livres, mas a viatura continuava atrás dele. Não conteve a curiosidade, e seus olhos espreitaram novamente pelo retrovisor. O policial do banco do carona parecia ler algo. Olhou para o sinal, que teimava em permanecer vermelho. Abriu os dedos da mão esquerda e os fechou em seguida, apertando o volante. A mão direita parecia coçar sobre o câmbio de marchas. O sinal ainda continuava vermelho. O rádio do carro estava desligado e ele escutava os veículos da via que cortava a frente passando em velocidade e sumindo na outra esquina.

Enfim, o sinal vermelho abriu passagem e a luz verde o convidou a continuar seu trajeto. Virou à esquerda, atravessando a via perpendicular que agora estava fechada. A viatura fez o mesmo. Ele aumentou a velocidade, mas não o bastante para parecer suspeito, apenas um motorista querendo chegar em casa. Não conseguiu estender distância do carro policial, que acelerou na mesma intensidade.

Pensou ter escutado a sirene da viatura apitar, mas julgou ser apenas nervosismo e continuou. Foi quando ela apitou pela segunda vez, de forma mais intensa e constante, que ele se deu conta de que não era sua imaginação. Os policiais queriam que ele parasse o veículo. Não pensou em correr. Não havia motivo para isso. Deu sinal com o pisca e desacelerou, deixando que o carro andasse alguns metros para não ficar totalmente embaixo do poste de iluminação.

Olhou pelo retrovisor e viu os dois policiais descendo do carro. O que dirigia foi se aproximando da sua janela, que já estava com o vidro abaixado. O outro policial se posicionou na lateral oposta, em frente ao para-brisa. Ambos com a mão sobre o revólver na cintura.

— Boa noite.

— Boa noite.

— Documentos do carro e do senhor, por favor.

— Claro. Algum problema?

— Só os documentos, por favor.

Os dois policiais estavam claramente desconfiados de algo. Depois de tanto tempo, o motorista do Chrysler até pensou que esse dia não chegaria mais. Levantou as mãos com calma, mostrando cooperação e deixando claro que se movimentaria, não queria levar um tiro de um policial tenso como já vira tantas vezes nos jornais. Debruçou o corpo e abriu o porta-luvas. Ao lado da janela, o policial reforçou os dedos no cabo do revólver, o cão já sentindo a pressão do polegar.

186

O motorista retornou à posição e entregou os documentos do veículo e sua habilitação.

O policial recolheu os documentos e orientou, com firmeza:

— Acenda a luz interna.

O motorista obedeceu.

— Mantenha as duas mãos no volante enquanto eu verifico.

— Sem problemas.

Analisou os documentos do carro. Conferiu a habilitação. Comparou o rosto na foto com a face do homem a sua frente. Foi até a parte dianteira do veículo e conferiu a placa.

— O carro está no nome de quem? — o policial questionou ao retornar à janela.

— No meu nome.

— E qual é seu nome?

Ele se esforçou para não fazer nenhum gesto irônico, já que o policial estava com seus documentos na mão. Mas sabia que era um jeito de tentar pegar alguma mentira. Quantas vezes pessoas nervosas esquecem suas histórias inventadas e acabam se deixando pegar por um detalhe bobo.

— Matias Dália — ele disse, com calma.

O policial o encarou por alguns instantes. Olhou para o interior do veículo.

— Senhor Matias, o senhor está indo pra onde?

— Para a minha casa.

— E vindo de onde?

— Eu faço trabalho voluntário, senhor. Está frio, e em algumas noites assim eu distribuo sopas para moradores de rua. No porta-malas estão algumas que sobraram. Posso mostrar ao senhor, sem problema nenhum. Só gostaria de saber o que está acontecendo. Há algum problema?

— O sistema indica que esse carro foi roubado.

Dentro do veículo, o motorista sorriu e fingiu surpresa, como se tivesse se lembrando de algo.

— Nossa, é isso ainda?

O policial ao lado não deu sinal de achar nada engraçado.

— Ele foi roubado, sim. Mas isso já faz quase três anos. Mas eu o encontrei menos de uma semana depois. Foi largado na mesma rua onde o levaram. A gente achou que a pessoa tinha se arrependido, algo assim. Era para eu ter ido retirar a queixa, mas estava numa semana corrida e o carro não tinha nada de anormal, encontrei do jeito que levaram, acabei deixando e me esqueci completamente.

O policial o encarava de um jeito inquisidor.

— Aguarde aqui, por favor — ele disse ao motorista, depois olhou para o parceiro, que continuou onde estava, encarando o homem dentro do automóvel.

O oficial foi até a viatura e, pelo retrovisor, o motorista da minivan o viu conversando pelo rádio. Não conseguia escutar o que era dito, mas percebeu que ele falava, ouvia, falava, ouvia e ia balançando a cabeça como se do outro lado alguém estivesse confirmando algo.

O policial retornou e, mais gentil, porém ainda firme, entregou os documentos ao motorista.

— Senhor Matias, por favor, não esqueça de ir à delegacia retirar a queixa. Algum policial menos preparado poderia ter agido de maneira agressiva. Ainda mais neste horário, entendeu?

— Com certeza, policial. Obrigado.

— Ok. Tenha uma boa-noite. Parabéns pelo trabalho com a sopa. É um belo gesto.

O motorista recolheu os documentos. Tinha no rosto um sorriso tranquilo. Acenou com a cabeça para o outro policial, que, mesmo depois de tudo esclarecido, não pareceu relaxar nenhum dos músculos. Dentro do veículo, ele não se apressou. A viatura passou por ele, chamuscando o interior de azul e vermelho. Acenou para a dupla e a viu desaparecer na curva à frente.

Ligou o carro, mas permaneceu onde estava. Sentia o motor vibrar o corpo estático enquanto olhava para a rua, que se estendia em silêncio. Sempre tinha um plano B, muitas vezes um C também, ensinamento que colocava em prática. Porém, algumas dessas saídas só era possível utilizar uma vez. Como uma pistola sinalizadora com apenas um tiro. E a luz do disparo que dera agora se esvaía, esfarelando suas fagulhas no ar. Aquele veículo não poderia mais ser usado. Surpreendeu-se com o fato de só agora isso ter acontecido, apesar de ele ter aguardado que o tempo esfriasse a procura pelo automóvel. Foram mais de seis meses com ele escondido, estacionado, enquanto andava com o restante do planejamento e colocava em prática o que podia fazer sem o veículo. Pensou no detetive no shopping e tentou encontrar a conexão da possível descoberta. Os pensamentos fervilhavam em sua mente, mas ele despertou novamente com a urgência do fato de que tinha aquele veículo apenas por mais aquela noite. Não seria sensato utilizá-lo mais, principalmente sem saber se o tal detetive era o responsável por desenterrar o interesse em encontrá-lo.

Manobrou o carro e fez a volta ali mesmo. Desistiu de ir atrás das vítimas planejadas anteriormente. Agora, queria aproveitar a última noite com aquele veículo.

Dirigiu fazendo o caminho inverso, com atenção redobrada para identificar qualquer jogo de luzes de sirenes. Contornou a catedral, tomando distância das ruas que a cercavam. Três quadras adiante ficava a esquina onde havia servido a primeira rodada de sopa. O relógio já marcava a virada da meia-noite e se movimentava em direção à uma da madrugada. Desligou a luz dos faróis, acelerando de forma lenta e rastejante. Parou com antecedência e desligou o veículo para cessar o ruído do motor. Guardava a pequena maleta debaixo do banco do motorista, disfarçada de kit médico. Usava luvas para o frio, tornando desnecessária a preocupação com evidências. Embebeu o pano grosso no vidro que levava dentro da maleta. Saiu contornando o veículo por trás, levantando o porta-malas, que já havia destravado e deixando-o aberto. Caminhou alguns metros próximo à parede. Na mão esquerda, o pano pingava.

Antes de olhar para a rua, deixou os ouvidos espreitarem primeiro. As costas rentes à parede, os olhos atentos ao redor, aos movimentos possíveis, mas não existentes. Tinha que ser rápido. Não podia ficar ali, com o carro parado, o porta-malas aberto, ele sorrateiramente encostado no muro. Nenhum som. Iria atacar como um monstro que sai de baixo da cama.

A cabeça se esgueirou de forma lenta por detrás da parede e, olhando para baixo, viu o jovem morador de rua que havia pouco recebera o pote de sopa. Lembrou sua mudança de acomodação, vindo parar ali, na beirada da esquina. Viu parte do braço engessado despontando do cobertor. A rua estava escura, como se tudo estivesse coberto por uma película cinza semitransparente. Calculou: três passos bastavam. O rapaz estava deitado de costas para a rua, encolhido em concha, como se já se protegesse de algo.

Um passo. Dois. O coração batia mais acelerado. Aquilo, feito de tal maneira, era novidade. Apesar de gostar de ter tudo sempre tão planejado, sentiu um fervor crescer com aquele jeito de trabalhar, os olhos vidrados, injetados de adrenalina, uma sensação que havia muito não sentia. Podia dar tudo errado. Ele poderia, naquela noite, colocar tudo a perder, mas sentia-se vivo, sentia-se vivo, que sensação era aquela que naquele instante ele pensou nunca ter conhecido.

E três.

De forma ágil, se abaixou, o joelho direito se dobrou no chão e o esquerdo caiu sobre o corpo do rapaz, imobilizando-o parcialmente. Com a mão direita segurou sua cabeça pelo cabelo denso, ao mesmo tempo em que a esquerda cobriu sua boca e nariz, cortando o grito de susto já no início e o abafando com um gosto forte e úmido. Trouxe a perna direita para cima do jovem, montando-o feito um touro mecânico, e com ela imobilizou também as pernas do rapaz, que tentava se desvencilhar. O braço engessado pressionado pelo peso do corpo do agressor impossibilitava Cláudio de puxar a mão esquerda de dentro das pernas dobradas. Ele queria sacar o canivete, um plano que parecia simples em sua mente e que agora se revelava tão difícil de colocar em prática. Arqueou o corpo, fazendo peso para a frente, erguendo a cabeça do homem. Um som duro ribombou no ar quando o cotovelo engessado bateu na porta de metal da loja. A mão do agressor que pressionava o pano úmido escorregou na movimentação, dando um tranco violento no rosto do rapaz. Um corte profundo se abriu na carne mole de seu lábio inferior. Mas o homem, de forma ágil, retornou o pano sob o rosto do jovem, tapando novamente um possível grito. Do outro lado da rua, mais distante, outro morador ergueu a cabeça em direção ao barulho. O velho que tentara roubar Cláudio estava lá e o jovem não o tinha visto; talvez teria mudado de lugar caso soubesse dessa informação. O homem comprimiu os olhos para enxergar melhor. Não via com detalhes, mas sabia que era o jovem que estava sendo atacado. Permaneceu de cabeça erguida, mas não demonstrou sinal de nenhuma outra iniciativa. Apenas flexionou uma das pernas para servir de alavanca caso fosse necessário se levantar com a velocidade que só tinha na cabeça. Sabia que, em sua idade, era mais vantajoso ficar quieto.

Não demorou para os dois corpos, que estavam muito unidos, pararem de se movimentar. O velho que observava tinha dúvidas se o rapaz estava sendo estrangulado ou molestado. Como uma sombra, a cabeça do agressor se voltou para a rua, feito um bicho faminto que acabara de capturar sua presa, e agora olhava para o restante do rebanho como forma de intimidação. O velho não se moveu. Nada mais parecia se mexer na rua. Com um movimento veloz, o homem levantou, trazendo junto o corpo amolecido do jovem. Os braços caídos e a cabeça tombada deram a certeza ao velho do que se tratava, uma cena em forma de vultos e silhuetas contornada pela pouca luminosidade. Em instantes, os dois sumiram no virar da esquina. Ainda imóvel, o idoso esperou, aguardando com o coração acelerado, sem tirar os olhos da curva. Esperando. Escutou uma porta de automóvel se fechando. Depois outra. Um motor entrou em funcionamento. Logo em seguida, com faróis desligados, um carro atravessou a breve abertura de uma esquina a outra e desapareceu.

O velho olhou ao redor, verificando se alguém mais tinha notado, mas nenhum dos outros dois moradores de rua que estavam dormindo pareceu ter escutado ou se preocupado com o que quer que estivesse acontecendo.

Levantou-se devagar. Lentidão gerada mais pela desconfiança do que pela limitação da idade. Caminhou com passos receosos em direção à esquina até chegar ao local onde o rapaz dormia. No chão, algo molhado começava a secar. A princípio pensou ser sangue, mas, ao olhar com atenção, percebeu ser urina. O estudante havia se mijado nas calças. Foi até a calçada e observou os dois lados da rua, tudo em total silêncio. Retornou

191

até onde o jovem estava. No piso, o forro de papelão úmido e a mochila deixada para trás. Mais uma vez olhou para a rua onde estava deitado. As duas pessoas ainda dormindo. Abaixou-se e verificou a mochila. Dentro estava uma roupa que para ele era considerada nova. Cheirou. Cheiro de amaciante. Vasculhou o interior e encontrou as notas de dez. Um sorriso se abriu no rosto. Procurou por mais. Por algum compartimento escondido, por zíperes. De dinheiro, só aquele. Havia um rolo de jornais que ele verificou e, por julgar sem valor, retirou do interior e jogou no chão. Dobrou o cobertor, também molhado pela urina, fechou a mochila e colocou nas costas arqueadas. Voltou para o lugar onde estava deitado, deixando para trás o papelão usado como cama pelo rapaz. Ao chegar aonde estava antes, juntou suas coisas e saiu caminhando. O que quer que tivesse acontecido, não seria sensato permanecer ali. O agressor poderia voltar. Ou quem sabe a polícia. Resolveu ir para outra área, a algumas ruas dali. Lá encontrou um canto onde estendeu seu papelão. Fez sua própria bolsa de travesseiro e abraçou a nova mochila como um amante dormindo de conchinha. Fechou os olhos e adormeceu com um sorriso no rosto, se sentindo um homem de sorte.

•

O motorista da minivan acabava de chegar em casa. Entrou carregando o corpo do jovem nos braços e, em uma mesa larga de madeira, forrada por um grosso plástico de cor leitosa, depositou o estudante. As pernas do móvel estavam fixas ao chão por parafusos. Verificou sua respiração. Fraca, mas ainda estava vivo. O ar saía pelas narinas, já que a boca estava tampada por uma grossa fita cinza. Uma medida preventiva para evitar um grito dentro do porta-malas, caso acordasse. Coisa que nunca havia acontecido, já que normalmente as vítimas permaneciam desacordadas por estarem com o pedaço de pano dentro da boca ou morriam ali mesmo, dentro do compartimento do veículo, asfixiadas.

Sobre o corpo desacordado do rapaz, passou uma resistente fita de náilon, dando a volta por baixo do tampo da mesa e prendendo na extremidade, onde havia uma presilha estilo mordedor feita de aço. Passou outras três fitas sobre o corpo, ficando uma na região do peitoral, outra no abdome, uma sobre as coxas e a quarta prendendo firmemente as canelas. Verificou todas, puxando com força para garantir que o rapaz, caso despertasse por algum milagre, não conseguisse se levantar. Agia rápido, querendo terminar logo. Aquela era a etapa que menos apreciava. Na verdade, não sentia prazer nenhum nesse processo. Pelo contrário. Tinha quase um sentimento de culpa pela necessidade de fazer o que fazia. Mas era necessário. Era necessário, ele sempre se lembrava disso. O mundo sempre fez questão de exigir mártires. Como um vulcão que pede sacrifícios à tribo para conter sua cólera.

Escutou um leve resmungo vindo do corpo. Naquele cômodo havia apenas a mesa, uma prateleira com ferramentas e produtos de limpeza e o grande freezer. Deixou o corpo ali e foi para o quarto vizinho, transformado em seu camarim.

Na parede havia um quadro metálico com diversas fotos 3x4 presas por ímãs. Ele pegou a carteira de motorista com a foto utilizada naquela noite e a prendeu no quadro. A carteira de motorista de Matias Dália. Normalmente ele repetia diversas das transformações, mas aquele quadro lembrava-o de quais ele não poderia usar novamente. Cada uma com seu motivo específico. A dessa noite, para não correr o risco de ser parado outra vez pela polícia e ser pego por causa de sua descrição física. O Matias Dália de hoje nunca mais iria sair daquela casa, ficaria ali, pregado, como mais uma lembrança que nunca seria revivida. E agora ele se sentava à frente do espelho para fazer aquele Matias realmente desaparecer para sempre.

Primeiro, retirou a peruca branca. *Escolha perfeita para a situação de hoje*, pensou. Colocou-a no suporte à frente do espelho. Com um pincel, umidificou as sobrancelhas, também brancas, facilitando o desprendimento da resina. Um pouco da massa modeladora que cobria sua sobrancelha real saiu junto, deixando apenas uma parte à mostra. Era como se desmontar. Sentia-se como um brinquedo que ainda tinha no quarto, na sua casa real. O Sr. Cabeça de Batata, em que cada parte do rosto era removível. Era um dos poucos brinquedos que guardara desde a infância. Retirou também os enchimentos das bochechas, que desciam moles e levemente caídas, simulando certa idade. O bigode grosso e branco saiu repuxando a pele e levantando o lábio superior. Os lóbulos postiços das orelhas. O aplique rechonchudo do nariz. Com um chumaço de algodão embebido em removedor, limpou o rosto. Enquanto circulava a face, escutava os grunhidos abafados vindos do outro cômodo. A mesa parafusada no chão evitava que ela virasse. O rapaz era realmente resistente. Ele se olhava no espelho enquanto o ouvia se debater, ainda sem muita força, a distância. Nunca fazia o que iria fazer ainda maquiado. Era algo que tinha que concluir de cara limpa, sendo ele mesmo, sem se esconder por trás de outro alguém. Devia isso à vítima, devia isso a ele, e, principalmente, seria totalmente incoerente com o motivo pelo qual estava fazendo tudo aquilo. Quando finalmente terminou de se limpar, levantou-se calmamente, foi até o banheiro e lavou o rosto com a água fria da torneira, secando na toalha felpuda.

Ao chegar ao cômodo, o rapaz, que se movia feito uma minhoca cortada ao meio, inquieta, mole e sem controle, olhou para seu rosto. O garoto tinha os olhos muito vermelhos, irritados pelo produto químico que aspirara e que ainda deixava resquícios dentro de sua boca, onde o pano avolumava suas bochechas. Um filete de sangue escorria pelo nariz com uma secreção densa e borbulhante. Em silêncio, parecia tentar puxar na lembrança quem era aquele homem ali de pé, à sua frente, com um olhar tão frio e alheio que chegava a parecer que o sujeito também não sabia de nada sobre tudo aquilo. Mas ele sabia. Tinha que saber. E naquele instante o rapaz se perguntava o que fizera para ele. O que queria aquele homem. Começou a murmurar, mas as palavras não saíam, fazendo ecos que só a própria mente compreendia.

O homem foi até a prateleira na parede e apanhou uma caixa plástica branca que lembrava uma maleta de ferramentas. Colocou sobre a bancada que tinha ao lado do grande freezer. De dentro retirou um pequeno recipiente de vidro com uma preparação de brometo de pancurônio, depositou delicadamente sobre a bancada, depois se voltou novamente para a caixa, de onde sacou uma seringa. Injetou a agulha no recipiente e sugou seu líquido até completar os cem miligramas necessários da substância. Nessa dose, a droga impede a contração das fibras musculares a ponto de paralisar o diafragma e os pulmões, cessando a respiração. Foi até o rapaz, que balançava a cabeça sem parar, em negação, e que depois passou a tentar arquear o corpo, fazendo força para se desvencilhar das amarras, uma tentativa inútil observada pelo olhar gelado do sujeito, que agora empunhava uma tesoura cirúrgica. O homem colocou a mão sobre o pulso de Cláudio, tão gentil que seu gesto aumentou ainda mais o terror nos olhos do estudante. Passou a tesoura, abrindo a manga do pulso até o bíceps. Virou e voltou como se tivesse apenas dado um giro sobre os calcanhares, agora com a seringa em riste. Dessa vez, com firmeza, segurou o antebraço do suposto morador de rua e invadiu a veia grossa e verde-azulada que saltava da pele tão lisa. As lágrimas do estudante desciam pelos dois lados do rosto, enquanto a face do homem que aplicava a substância era uma represa contendo o que quer que se passasse do lado de dentro.

16

Eram pouco mais de dez da manhã e ele estava na sala do modesto apartamento, sentado no braço do sofá, o corpo pesando na extremidade do móvel.

— Quando aconteceu?

Com o telefone na orelha, mantinha no rosto um semblante incrédulo.

— Como a família está?

Aguardou a resposta.

— Imagino. Devem estar arrasados.

Coçou a testa com a mão, um gesto estranhamente robótico para ele.

— Eu sei. Sei. É que, nossa. Fazia tanto tempo que a gente não se via. Sim, a gente se distanciou, o de sempre, aquela coisa, a correria de tudo, cada um acabou indo pra um lado. Mas eu o considero, considerava um grande amigo, mesmo assim. De vez em quando a gente se falava por telefone. Encontrei ele uma vez na rua. Caramba, ele estava tão feliz. Parecia estar, pelo menos.

Ele não piscava. Sentiu os olhos se enchendo. Um pouco de ardência. Ergueu o rosto para o teto, pressionando o telefone na orelha. Levantou-se do móvel e, de forma lenta, ia e vinha, caminhando sem rumo pela sala.

Às vezes dava um tempo curto para as respostas do outro lado; em outras ocasiões, parecia esperar bastante para continuar.

— Nossa. Quando vai ser o velório? Não tem data ainda? Sem ideia para a liberação do corpo? Entendo. O pessoal todo já sabe? Falou com a Cecília? Ela deve estar desmontada. Desmontada. Hum, arrasada. O pessoal todo já sabe? Falou com a Cecília? Ela deve estar arrasada.

Tirou o telefone da orelha, baixando o braço e olhando para o teto. A boca se mexia, como se ele estivesse recitando algo para si mesmo. Voltou a levar o aparelho à orelha, caminhando até a cozinha.

— Não acredito. Não acredito! — Agora a voz era mais chorosa, e, enquanto segurava o celular com uma mão, a outra segurava o próprio cabelo, num chumaço. — Quando vai ser o velório? — A lágrima escorria pelo rosto. — Não tem data ainda? Sem ideia para a liberação do corpo? Entendo. Eu ainda não estou acreditando. O pessoal todo já sabe? Falou com a Cecília? Nossa, ela deve estar arrasada. É, é... — Fechou os olhos. — É difícil imaginar, saber que ele se foi. Que nunca mais vamos escutar aquela risada boba. É, eu sei. Mas, que droga, que droga. Você sabe se...

O celular que segurava na orelha tocou, quebrando sua linha de raciocínio. Ele olhou para a tela. Era sua esposa.

— Oi, amor. Não, não. — Deu uma risada fácil, enxugando o rosto molhado com a outra mão. — Estava ensaiando. Não, ainda não tem uma data fechada para a segunda fase do teste. Disseram que seria entre esta e a outra semana, no máximo.

Enquanto falava, ele foi até a geladeira e a abriu. A porta se moveu com facilidade. A borracha estava desgastada, perdendo a sucção. Pegou uma garrafa de água e fechou o eletrodoméstico. A porta bateu e voltou, deixando uma fresta aberta de onde era possível ver a luz interna escapando. Forçou a porta uma, duas, três vezes e ela voltava a se abrir. Segurou por alguns segundos e tirou a mão, duvidoso, mas finalmente ela permaneceu no lugar.

— Essa geladeira. Precisamos consertar essa merda de borracha. Sim, ele vai ligar pra confirmar. É como ele explicou. Tá, eu sei que você não gosta da ideia desse trabalho. Na verdade, não é bom para o bebê ficar falando disso com você, não dos detalhes. Eu sei, mas é uma oportunidade boa. Eu acho, acho mesmo. Pode ser a porta de entrada que eu tanto estou batalhando pra... Eu sei amor, eu sei. Não. — Ele riu. — Fica tranquila.

Tem outras pessoas envolvidas também, não sou só eu nisso. É um grupo grande — ele disse —. Não, eu não conheço quem está no meio disso também. Faz parte da ideia do negócio, cada um... cada um faz sua parte. Tá, eu sei que é... Vai me deixar falar? Sim, sim, eu sei, amor. Como está o nosso filhote aí dentro? Daqui a pouco ele vai estar aqui com a gente. É por isso que eu preciso me esforçar nesse trabalho. Não dá mais pra ficar fazendo esses projetinhos pequenos. Preciso de algo grande, algo assim, diferente. Já está na hora de acontecer. Vamos ver. Espero que sim. Também te amo. Beijo.

Ele desligou o celular e ficou segurando o aparelho. Estava encostado na pia da cozinha, pensativo. Bebeu a água que colocou no copo e sentiu o líquido gelado descendo pela garganta.

Abriu a geladeira e devolveu a garrafa. Fechou a porta. Ela se abriu. Fechou de novo, segurando por algum tempo. Ela se abriu outra vez, lentamente, como por provocação.

— Que bosta! — Ele empurrou a porta com força. Ela voltou a se abrir. Buscou uma das quatro cadeiras que estavam ao redor da mesa e a posicionou para escorar a porta, que enfim se manteve fechada.

Aproveitou a cadeira convidativa e se sentou nela. Os olhos na pia. A louça já estava lavada. Fechou as pálpebras, repetindo mentalmente algo. Seus lábios se moviam, abrindo e fechando com movimentos quase imperceptíveis. Era como se rezasse. E talvez estivesse mesmo.

●

O barulho da bola ecoava na quadra quando ela batia no piso brilhoso, e seu som dividia espaço no ar com a voz dos jogadores. Em volta, na arquibancada, as diferentes torcidas se dividiam, cada uma identificada com a camiseta correspondente ao nome da respectiva faculdade. Algumas pessoas fantasiadas de mascote ajudavam a animar ainda mais o evento. Era a semana mais esperada pelos estudantes o ano todo. Uma semana inteira sem preocupação com aulas ou provas, apenas jogos e festas. A maioria ficava alojada no próprio local onde aconteciam os jogos, em barracas, estilo acampamento. Alguns grupos alugavam casas próximas, garantindo festas particulares e exclusivas, longe dos olhares e das poucas regras exigidas dentro das dependências onde eram realizadas as disputas.

Sentada no meio da arquibancada em ebulição, Olivia olhou para o celular. Já eram quase três da tarde e até agora nenhuma mensagem de Cláudio.

— Ele não disse que avisaria de manhã. Disse que mandaria uma mensagem por dia — o amigo ao lado argumentou.

— Eu sei. Mas mandei uma mensagem pra ele de manhãzinha e nada.

— Você chegou a ligar ou só mandou a mensagem?

— Só a mensagem.

— Vai ver ele está com o celular desligado. Relaxa. Ele disse que estaria desligado. Mais tarde ele vai ver. Vai, caralho! — o amigo se distraiu com um lance da partida em andamento. — Aproveita o jogo, meu — ele disse, percebendo que ela continuava olhando para o celular.

●

Um dos policiais da ronda da noite anterior chegou à delegacia para iniciar seu turno. Como já tinha virado hábito, chegou quase duas horas adiantado. Havia cerca de três meses saía de casa o quanto antes, evitando permanecer na residência, onde as brigas com a esposa ficavam cada vez mais frequentes — mais um motivo para as horas extras constantes. Orientado pelo Departamento de Recursos Humanos da DP, conseguiu que seu filho de dez anos fosse atendido por um jovem psicólogo infantil que prestava serviços para a polícia.

Encheu um copo plástico de café e bebeu. Esforçava-se para tomar a bebida sem açúcar, mas só conseguia no primeiro gole, que era mais para ele se autojustificar com a desculpa de que havia pelo menos tentado. A verdade é que era um gole quase nulo, em que ele apenas molhava o lábio inferior. Adicionou açúcar. Dois sachês. No último exame médico fora orientado a reduzir o consumo, seu índice glicêmico apontava uma alta preocupante. Com os dedos dentro do bolso da calça, coçou a coxa, hábito que ganhara depois que largou o cigarro, também sob orientação médica.

— Mais cedo de novo? — Outro policial chegou para encher o copo vazio de café.

— Tá foda.

— Pelo menos ganha hora extra.

— Marco hora extra, né? Porque pagarem que é bom tá difícil.

— Uma hora eles vão ter que pagar.

— É. Uma hora vão. Quando a gente entrar em greve de novo e a cidade virar um inferno. Parece que nós somos a única coisa que impede as pessoas de virarem animais de vez.

Os dois ficaram em silêncio, cada um bebericando do seu próprio copo.

— Bom, vou resolver uma coisa. Depois a gente se fala.

— Beleza, vai lá.

Com o tempo livre, o policial foi até a central de informações.

— E aí, Renato? — Ele se debruçou sobre o balcão à frente, apoiando-se sobre os dois cotovelos, parecendo cansado.

— Tudo tranquilo. E aí?

O policial apenas acenou com a cabeça, como se não quisesse gastar voz com as trivialidades sociais de sempre.

— Seguinte: encontramos aquele carro em que pediram para ficar de olho.

— Seja mais específico.

— O Chrysler modelo Town & Country preto, zxv9003. O chamado disse que era prioridade. Mas está tudo certo. Já está com o dono.

Do outro lado do balcão, o policial da central digitou de forma veloz.

— Como assim? Aqui ainda consta como furtado.

— O dono encontrou, mas não retirou a queixa.

— Inferno. Depois dizem que nós é que não fazemos o nosso trabalho.

— Pois é.

— Tem certeza que era o dono mesmo?

— Tá parecendo minha esposa, me questionando por tudo, porra. Eu conferi os documentos. Estava tudo certo.

— Que merda.

— Eu sei, uma merda.

— Não. É que... quem pediu prioridade nisso foi o Artur.

— Já fiz a minha parte, agora a pica é sua.

— Esse cara é muito estranho.

— Já viu ele tendo uma daquelas crises?

— Não, mas já ouvi falar. — O policial colocou as duas mãos espalmadas sobre as orelhas e imitou o movimento repetitivo de Artur, balançando o corpo para a frente e para trás.

Os dois riram.

— Bem assim mesmo.

— Beleza. Você avisa ele, então.

— É, né? — O homem bufou.

O policial que veio entregar a informação deu duas leves batidas no balcão, se despedindo, e deixou o outro, que já estava com o telefone no ouvido.

•

Artur chegou à delegacia em pouco mais de uma hora. O policial já o aguardava, a contragosto. Já tinha saído com a viatura, mas voltou quando chamado por Artur.

— Você encontrou o Chrysler ontem?

— Sim, mas ele...

— Tem certeza que era o dono do veículo?

— Claro. Eu conferi os documentos. O próprio dono estava dirigindo.

Agora, além do policial que havia chegado mais cedo, seu parceiro estava a seu lado, balançando a cabeça em concordância.

Antes de encontrar os dois policiais, Artur solicitou uma cópia impressa da carteira de motorista de Matias Dália. Entregou o papel para o policial.

— Era esse homem?

O policial examinou a folha. O parceiro ao lado se esticou para ver a foto mais de perto. Os dois permaneceram em silêncio. Provavelmente estavam pensando como iriam dizer para Artur que a foto na folha do detetive não era do homem que eles tinham parado na noite anterior dirigindo o veículo.

— Não era esse cara — foi o parceiro, que até então não tinha dito nenhuma palavra, que proferiu a frase. O policial que segurava a folha ainda a mantinha erguida à frente dos olhos, como se, olhando fixamente para aquele rosto, fosse possível ver o mesmo sujeito que tinham parado.

— Ele... ele foi tão calmo. E ele tinha os documentos. Os documentos do carro, a carteira de motorista. Caramba, e ele estava servindo sopa. Servindo sopa, não tinha como desconfi...

— Servindo sopa?

Com o silêncio do policial que segurava a folha, ainda encarando a foto em preto e branco no documento, foi o parceiro que respondeu novamente:

— É, ele estava servindo sopa para moradores de rua. Ele já tinha servido, na verdade, quando nós o paramos. Disse que estava voltando pra casa. — A frase do rapaz foi caindo de tom, como se ele fosse perdendo a coragem enquanto falava olhando para o detetive.

— É difícil desconfiar de alguém que serve sopa pra morador de rua, o senhor não acha? — foi o outro policial que falou dessa vez.

O detetive mostrou outra folha à dupla. Na impressão estava uma cena do suspeito do shopping.

— Era este homem?

Ambos os policiais balançaram a cabeça em negativa. O que segurava a primeira impressão era o policial que havia feito a abordagem de forma mais direta e conferido os documentos. Ele coçou a coxa por dentro do bolso. Viu que o detetive tinha um maço guardado na calça.

— Eu preciso saber de tudo. Onde vocês o encontraram, como ele era, o que vestia, como falava, tudo.

Depois que os policiais contaram cada detalhe sobre o suspeito e a abordagem, Artur recolheu as folhas e se preparou para sair. O policial que coçava a coxa se prontificou para ajudar.

— Vou avisar a central para dar o aviso sobre a desculpa do suspeito para que outros não sejam enganados também — ele tentou ser solícito ao detetive.

Artur respondeu enquanto caminhava, já de costas.

— Só vai perder tempo. Ele não vai cometer o erro de continuar com esse carro. Mande o aviso para procurar o veículo em possíveis locais de descarte.

●

Ele se preocupou em sair cedo, enquanto a madrugada ainda enegrecia o céu, mas na escuridão o fogo chamaria mais atenção, então aguardou, esperando o amanhecer já no grande descampado, localizado na região norte da cidade. Vistoriou mais uma vez cada fresta da parte interna do veículo. Debaixo dos bancos, entre os estofados, sob os tapetes, no porta-luvas e no porta-malas. Nada tinha ficado para trás. O carro estava completamente vazio. Oco de qualquer pista que pudesse escapar.

Os dois galões de gasolina que trouxera no porta-malas já estavam do lado de fora. Com todas as portas abertas, esvaziou o primeiro galão na parte interna. Começou a jogar o segundo cobrindo a lataria e finalizou o galão rodeando o veículo. Antes disso já havia esvaziado o tanque. Não queria uma explosão que pudesse chamar atenção. Riscou o fósforo, acendeu e o carro foi tomado pelas chamas. Ficou ali por um tempo, apenas para ter certeza de que o fogo atingira o veículo por completo. Era a melhor maneira de apagar qualquer evidência que o carro poderia guardar. Saiu do local caminhando, deixando o veículo queimar. Mesmo distante, era possível sentir o cheiro forte da borracha, do estofado em carbonização. Já tinha em mente o plano de emergência para continuar o trabalho. Faltava pouco, e, para isso, não precisaria de um carro exclusivo.

Pensou no policial do shopping, se perguntando se ele já havia sido avisado ou se o fato de ter sido parado na noite anterior seria uma informação perdida na falta de comunicação e na desorganização tão comum dos órgãos públicos. Por um instante, até pensou em marcar um novo encontro. Mas não poderia se dar o luxo do risco. O objetivo de seu trabalho era sua grande prioridade e estava acima de qualquer querer.

Seu celular vibrou indicando o recebimento de uma mensagem. Olhou e viu quem era. Abriu um sorriso. Era preciso encontrar alguns momentos para relaxar no meio de tanto tumulto. E aquilo o faria aliviar o estresse. Respondeu à mensagem pedindo para encontrá-lo no lugar de sempre. Ainda usava a jaqueta jeans sobre o moletom. Puxou o capuz, cobrindo a cabeça, enfiou as mãos no bolso do casaco e foi esquecer um pouco o trabalho.

●

Olivia estava sentada do lado de fora de sua barraca, as pernas cruzadas, o celular na orelha, e seu olhar vermelho entregava o choro recente. Já era noite, havia um vaivém constante dos demais estudantes nas barracas armadas umas ao lado das outras.

— Você não está pronta ainda? — reclamou o amigo, que vinha acompanhado de outras três pessoas.

— Ele não atende... — ela disse, com uma voz molenga.

— Ei, calma. — Só agora ele reparara nos olhos dela.

O rapaz se abaixou para conversar mais próximo.

— Não respondeu às mensagens, não atende, diz que está fora de área... E se acon...

— Calma. Deixa eu tentar do meu.

O amigo digitou do seu celular. Nada diferente do de Olivia.

— Deve estar desligado pra não chamar atenção. Você sabe.

— Não, ele sabe que precisa avisar a gente. E se aconteceu alguma coisa?

O rapaz ficou em silêncio, olhando para o chão e tentando não parecer preocupado. Mas também estava.

— Eu vou ligar pra mãe dele.

— Você tá doida?

— Eu vou ligar. Eu já não era a favor disso. Eu falei, eu falei. Essa besteira, ele... Eu vou ligar.

— Olivia, não passou nem um dia inteiro ainda. Você vai colocar o Cláudio numa merda gigante se a mãe dele descobrir o que ele está fazendo.

— Mas ela vai descobrir de qualquer jeito quando o trabalho ficar pronto.

— Mas aí já vai ter acontecido. É mais fácil desculpar quando a coisa já aconteceu.

— Não interessa. Eu estou sentindo algo ruim.

— Para de besteira.

— Eu vou ligar. Pode ir, depois eu encontro vocês lá.

— Não vou te deixar aqui. Galera, vão indo, daqui a pouco eu vou — o rapaz disse para os três que o acompanhavam e estavam de pé esperando.

Olivia já estava com o celular na orelha, esperando que a mãe de Cláudio atendesse. Respirava fundo a cada toque. Sabia o que vinha pela frente. E sabia que era justificável a bronca que levaria da mãe do amigo, que ela já conhecia fazia muito tempo.

Quando a mãe de Cláudio atendeu, Olivia contou a ela o que estava acontecendo. O plano de pesquisa do filho e sua preocupação por não ter tido notícias. Agora era a garota que tentava acalmar a mulher do outro lado da linha, dizendo que provavelmente não havia acontecido nada e que o celular de Cláudio devia estar desligado para não ser interrompido. É irônico como tentamos acalmar alguém quanto a algo que também nos preocupa. Como se, convencendo o outro de que não há com o que se preocupar, também pudéssemos acalmar nossos próprios medos. Mas Olivia encontrou na mãe de Cláudio, como previsto, apenas um acréscimo a seus temores.

Ela contou tudo o que sabia, desligou e caiu em um choro intenso, seguido de um aperto no peito. O amigo, abaixado ao seu lado, a abraçou. Seu corpo tremia com o sacolejar da garota.

— Aconteceu alguma coisa. Aconteceu alguma coisa com o Cláudio. Aconteceu, aconteceu.

●

Depois de ter colocado fogo no automóvel, que não teria mais serventia, ele havia voltado para o apartamento onde realmente morava. Ficou lá por algumas horas, almoçou, dormiu um pouco, mas ficou remoendo nos pensamentos a pochete de viagem que estava afivelada à cintura do jovem quando o despiu ainda na madrugada para colocá-lo no grande freezer. Normalmente seu processo seguia dessa forma, despindo o corpo e limpando-o para guardá-lo. Tinha que fazer isso pouco tempo depois que morria, porque algumas horas mais tarde, com a alteração corporal conhecida como *rigor mortis*, os músculos do corpo começavam a se enrijecer, deixando-o pouco maleável e dificultando o manuseio. Caso estivesse muito cansado, deixava essa etapa para outro momento, já que a alteração química da rigidez cadavérica se dissipava depois de quarenta e oito e o corpo voltava, não totalmente, a ficar maleável.

A pochete presa à cintura do rapaz estava agora sobre a pilha de roupas dobradas, tudo dentro de uma cesta de plástico em cima da mesa que não servia mais de repouso para o corpo. Da mesma forma como agira em relação aos pertences das outras vítimas, evitava investigar os objetos pessoais que encontrava com elas. A partir dali aquelas pessoas seriam quem ele quisesse, parte de um plano com seus papéis definidos. Quem elas eram em vida não lhe interessava, e, no fundo, não queria conhecê-las ainda mais. Seus objetos pessoais, seus pertences, documentos, qualquer coisa que mantivessem guardada para si em carteiras, bolsos e agora, naquela pochete, com certeza tinham um significado maior e mais revelador do que seus discursos. As pessoas mentem. Elas sempre mentem, isso era um fato para ele. Mesmo quando dizem a verdade, na maior parte das vezes a dizem enriquecida por detalhes que não aconteceram bem daquela forma, contaminada com pontos de vista, interpretações, sentimentos. Então, nem quando há a intenção de dizer a verdade ela realmente é pura como a fotografia de um instante despreocupado. Sempre é uma versão. Já o que guardam para eles, o que escondem dos outros, que querem preservar por perto, carrega sempre a chance de ter um significado muito mais profundo e revelador. Depois de estarem mortos não era necessária nenhuma outra forma de conexão com eles, portanto não havia motivo para correr o risco de descobrir algo que já não se fazia necessário e que só poderia trazer a possibilidade do remorso. Por isso, o destino dos pertences era sempre o mesmo: o fogo. Incinerados em um balde improvisado, feito em um tambor de metal cortado ao meio. Não demandava grande esforço se livrar de tais vestígios.

Mas foi a primeira vez que encontrou uma pochete daquelas presa à cintura de uma de suas vítimas. Ele conhecia aquele tipo de pochete, tão utilizada por viajantes para guardar documentos e dinheiro. Somava-se a isso o fato de o rapaz ter uma aparência bem cuidada, que assim se revelou quando ele o desnudou e cuidadosamente limpou seu corpo, um jovem que não tinha nada de morador de rua, com uma pele sem marcas, lisa, até sedosa, dedos e mãos sem calos, sem sujeira sob as unhas, pés polidos, que pareciam mais acostumados a carpetes felpudos do que a chão duro. Tudo aquilo o incomodava.

Depois de repor um pouco da energia, já estava novamente dentro da casa onde planejava e realizava seus atos. Estava separando os pertences, pronto para levá-los ao fogo, quando, curioso, sacou a pochete da pilha de roupas e a abriu. Viu as notas de cinquenta e julgou que ela deveria ter sido roubada de alguém. Separou o dinheiro. Dinheiro é sempre dinheiro, e, como tal, sempre bem-vindo.

Hesitante sem mesmo saber por que, ficou por um breve momento olhando para o papel dobrado no interior da bolsinha. Aquele papel. A coceira. Claro que era uma carta. Mas, se aquela pochete tinha mesmo sido roubada, muito provavelmente aquela carta também era de outra pessoa. Então, ao lê-la não iria conhecer sobre o rapaz que repousava gelado no freezer, e continuaria, na ignorância de sua verdadeira história, sendo apenas um corpo, uma massa, nada mais do que um boneco muito parecido com um ser humano.

Foi assim, mentindo para si mesmo, dando certeza para uma possibilidade, que puxou a carta do interior da pochete. Estava dobrada e tinha uma frase na sua fachada de papel: *Caso aconteça algo comigo, leia esta carta, por favor.*

O homem olhou para o freezer encostado na parede. Um som ruidoso vinha dele. Do seu motor trabalhando, vibrante. Enquanto olhava para o retângulo branco, tinha a sensação estranha de que deveria fazer com o bilhete o mesmo que sempre fizera com os pertences das demais vítimas. Mas agora já era tarde. O papel pesava-lhe nas mãos, e formigas pareciam andar pelos seus dedos. Aquela sensação que, ao chegar a hora de dormir, vai com você para a cama, disputa o travesseiro, puxa o lençol, sussurra irritante no silêncio. Uma voz que só você escuta, uma maldição.

Sem perceber, já estava com a carta aberta, e lia cada palavra, tentando assimilar seu significado.

Meu nome é Cláudio Cabral. Sou um estudante universitário fazendo um trabalho social da faculdade, no qual o foco é a vida das pessoas em situação de rua, o que podemos fazer para ajudá-las a sair da condição em que se encontram. Por uma semana resolvi me juntar a eles, na rua, disfarçado como um morador de rua. Queria sentir o que eles sentem. Passar pelo que eles passam. Quem sabe assim saberia dizer melhor o que realmente poderia ser feito para ajudá-los de verdade, e não só fingir ajudar. Porém, sei que há riscos neste projeto. E essa carta foi escrita justamente para o caso de acontecer algo comigo. Espero que ninguém precise lê-la. Se acontecer, deixo abaixo os contatos sobre quem informar sobre o que quer que tenha acontecido. Se assim for feito, espero que não seja grave, para poder lhe agradecer pela ajuda.
Um grande abraço,

Cláudio

PS.: Se for grave, fale sem rodeios. Ela vai perceber pelo seu tom de voz, então é perda de tempo enrolar.

Ele releu a carta. Passou os olhos pelo nome da mãe do rapaz: Lígia Cabral. E pelo número de telefone que vinha logo abaixo. Seu corpo estava tenso. Contido. Foi até a cesta e pegou a carteira que tinha sentido dentro da calça que tirou do rapaz. Abriu, buscando algum documento. Lá estava a carteira de motorista. Olhou a foto. O maxilar inferior agitando o queixo. O tilintar dos dentes era audível dentro da própria cabeça. Foi até o freezer e o abriu. Um vapor ralo e gélido subiu quando a câmara respirou. Olhou mais uma vez o documento nas mãos, comparando com o rosto branco deitado na câmara. A pele levemente azulada, deixada pela vida. O semblante sério. Olhando bem, talvez sabendo do ocorrido, fosse perceptível a dor. Mas era apenas impressão. Talvez reflexo do próprio rosto. Um corpo sem vida costuma refletir no rosto o sentimento de quem olha para ele. Parece triste por aqueles que se despedem em sofrimento, em contrapartida vai sereno por aqueles que dão adeus com as lembranças boas que viveram juntos.

Fechou a porta horizontal do freezer com força, silenciando o chiado baixo do ar resfriado. Voltou para a mesa, revistou mais uma vez o interior da carteira e largou o objeto. Os dedos da mão direita tamborilavam no tampo de madeira. Buscou na cesta o celular que havia retirado de um dos bolsos da calça do rapaz. Estava desligado. Indeciso, pressionou o botão e segurou por um tempo até que ele se iluminou, cuspindo um brilho esverdeado na tela, que se bloqueou em seguida, exigindo senha. Instantaneamente ele vibrou algumas vezes parando logo em seguida. A sua frente, na mesa, estavam o monte de roupas, a carteira, o celular, o documento do rapaz. Permaneceu assim por alguns segundos, tentando buscar na memória algum plano. Não havia se preparado para isso. Como teria pensado em uma possibilidade dessa? Sempre teve planos de emergência; aprendeu a tê-los. Mas agora sentia as mãos atadas pela falta de ideias.

A atenção foi trazida à tona pelo celular tocando. Uma ligação. Olhou a tela. A chamada identificada: *Mãe.*

Esperou. Esperou até que o aparelho parasse de gritar. Mas logo em seguida uma nova chamada insistiu.

Mãe.

Ela não iria parar. Quem era esse Cláudio Cabral? Olhou para as roupas na mesa. Se já não tivesse queimado o carro, pensou. Mas não seria uma boa ideia, refletiu em seguida. Os dedos agitados no tampo do móvel. O celular tocou outra vez.

Mae.

Pressionou o botão e segurou até que o aparelho foi desligado. Aquela mãe buscava respostas. Seu plano de não chamar atenção estava prestes a desabar. Agora não era um morador de rua de quem ninguém sentiria falta. Iriam procurar pelo rapaz. Andou até o cômodo que servia de camarim. Olhou para as perucas moldando os suportes no formato de cabeças idênticas.

Jogar o corpo na rua.

O próprio bilhete já dava a desculpa: os perigos da rua. Ele sabia onde estava se metendo. Os riscos. A possibilidade de algo dar errado.

Malditos policiais que o pararam justamente naquela noite. Não teria se apressado para usar o carro pela última vez, escolhendo uma vítima com quem tivera tão pouco contato. A pressa. Amaldiçoou os policiais que o pararam, jogando a culpa neles, não querendo admitir que seu excesso de confiança o havia colocado naquela situação.

O detetive do shopping. Pensou quanto tempo levaria para a notícia chegar a seus ouvidos. Um universitário desaparecido fazendo o papel de um morador de rua. A porta estaria aberta para mais perguntas: "Foi um caso isolado? Os sem-teto estão em perigo?" Ora, eles sempre estão.

Ele sabia do que precisava. A melhor maneira de evitar que o encontrassem era não acontecer uma busca. Precisava dar a eles mais do que um corpo, precisava também de um assassino.

Quem poderia ter matado esse rapaz? Quem?

Quem poderia matar um morador de rua?

E, como muitas vezes acontece, a resposta estava na própria pergunta.

Outro morador de rua.

A questão agora era como fazer isso.

Lembrou-se da pressa. Ela o colocara onde ele estava naquele momento. Apesar da necessidade de agir rápido, não queria errar novamente impulsionado pelo tempo. Um detetive investigando o sumiço de uma de suas vítimas. Seu carro sendo parado tanto tempo depois do roubo logo após o encontro com o tal detetive. Não podia se dar o luxo de acreditar na coincidência. Era arriscado crer nessa alternativa fácil.

Escutou o celular tocando. Som de mensagem. Verificou o aparelho na mesa. Ele o tinha desligado. E realmente estava. Olhando para a tela preta, escutou o som novamente. Era seu próprio celular.

Leu a mensagem: *Vamos nos encontrar hoje?*

Resolveu aceitar o convite. Relaxar por algumas horas poderia esvaziar a mente das barreiras que impediam de ver alguma solução para seu dilema. E, para ele, não havia nada melhor para relaxar do que sexo.

Ele se arrumou, vestiu a jaqueta jeans e saiu, indo encontrar o relaxamento pelo qual ansiava. Levou junto a mochila com suas coisas; não tinha a intenção de dormir fora. Depois de saciar o desejo que a mensagem no celular despertara, voltaria para casa, para dormir tranquilamente em sua própria cama.

•

Daiane estava lavando o prato na pia. Acabara de almoçar. Matias ainda terminava de comer. Imerso, como sempre, em sua própria mente. Os pensamentos fechados atrás da cortina pesada que era seu rosto. Apesar do apartamento amplo, gostavam da mesa na cozinha. Fora ideia de Daiane. Uma sala de jantar tirava o clima de casa.

Ao terminar de lavar a pouca louça, a mulher secou as mãos na toalha e foi até o marido.

— Trouxe uma coisa pra você.

— O quê?

Ela saiu da cozinha e voltou logo em seguida, carregando na mão uma caixa de papelão. Tinha quase quarenta centímetros de altura e trinta de largura. Não parecia tão pesada quanto aparentava o tamanho.

— Lembrei que você tinha falado sobre aquele rapaz de rua que encontrou no evento da Heloísa.

— Qual rapaz? — sua voz sempre saía em um tom único. Linear.

— Abre que você vai lembrar.

Ele se levantou e abriu a tampa da caixa. Por cima, viu a ponta do teto de madeira, descendo para ambos os lados. Puxou o objeto de dentro da embalagem. Uma capela de madeira. Dentro, um espaço vazio.

Ele não disse nada.

— Você falou sobre aquele morador de rua que estava chateado porque quebraram a capela dele.

— Eu não disse que ele estava chateado.

— Você disse que ele estava reclamando que quebraram a capela do santo dele. Ele estava chateado.

— Não era um santo. Era um arcanjo. São Miguel.

— Que seja. Eu estava em uma loja e vi essa capela. É mais ou menos desse tamanho, pelo que você contou, não é?

— Sim, era sim — ele disse, sem demonstrar empolgação.

— Eu fiquei com pena dele.

Matias a encarou, como se não entendesse.

— Você pode dar de presente pra ele. Ele vai gostar. O que acha?

Voltou seu olhar novamente para a capela.

— Sim. Acho que vai.

— Que bom. Assim você vê como as pessoas ficam felizes quando ganham um presente.

O homem a encarou, sabendo o que ela queria dizer.

— Eu sei que eu não reajo como deveria quando ganho um presente.

— Eu não quis dizer isso, Matias.

— Quis sim.

— Você não acha uma boa ideia. Deixa pra lá.

Ele olhou para a capela novamente. Pensativo. Em um silêncio contemplativo.

— É uma boa ideia.

Matias sentou na cadeira e voltou a comer. Daiane deixou a capela na mesa a sua frente e saiu. Enquanto comia, ele a examinava. Toda feita de madeira. Por fora era quadrada e dentro possuía um forro aveludado azul, côncavo, como um ovo cortado ao meio, esperando ser preenchida por alguma imagem santa. Matias tocou o interior com o dedo, sentindo o contato macio do veludo. Bateu de leve com o dedo no material. Oco.

17

Na falta de espaço na delegacia, Artur transformou a parede da sua própria sala em um grande quadro em que juntava as informações que tinha até agora sobre o caso. Estavam ali algumas impressões do suspeito no shopping, do homem que furtara o automóvel de Matias Dália anos antes, post-its com lembretes destacando o que julgava importante, além de possibilidades e questionamentos. Tatuagem no braço, carro encontrado com um homem que ele denominou "Suspeito 3", a foto do espaçoso veículo, destaque da placa, o abrigo onde fora conversar sobre um dos desaparecidos, informações gerais sobre moradores de rua, tudo e mais algumas outras coisas em um emaranhado de possibilidades.

Havia pedido para o policial que abordara o carro na noite anterior que procurasse o desenhista da polícia e fizesse um retrato falado do motorista. A imagem produzida mostrava o homem grisalho que dirigia o automóvel, e aquele retrato também estava ali, em uma cópia em papel no quadro. O homem aparentemente de idade, de bigode branco e rosto tranquilo.

No exato momento em que seu telefone tocou, ele estava em pé, parado em frente à parede, tentando desenhar uma trilha com as poucas informações que possuía.

— Alô.

— Artur.

— Bom dia, senhor.

— Onde você está?

— Em casa.

— Vem pra delegacia. Preciso falar com você.

Ao entrar na sala de Aristes, Artur encontrou o delegado com a já famosa expressão de urgência. Abriu a porta bem no momento em que ele virava na boca algum comprimido que estava na palma da mão. Em seguida tomou um gole de água, fechou a gaveta do seu lado da mesa e olhou para o detetive como se ele tivesse feito algo errado.

— O que houve, senhor?

Com as palmas abertas, Aristes deslizou as duas mãos sobre o rosto, demonstrando cansaço.

— Senta aí, Artur. Senta.

O detetive se acomodou em uma das duas cadeiras à frente do chefe.

— Talvez. — Ele fez uma pausa antes de continuar. — Talvez alguém realmente esteja dando um sumiço nos moradores de rua. Deixa eu terminar. — O delegado freou a iniciativa de Artur de começar a falar.

— Uma mulher veio relatar o desaparecimento do filho.

— Um morador de rua?

— Calma, diabo. Deixa eu terminar.

Artur se aquietou como fazia quando sua mãe chamava sua atenção.

— O filho dela, um estudante, estava fazendo um trabalho da faculdade, um trabalho social, e teve a brilhante ideia de se disfarçar de desabrigado para viver como um deles durante uma semana nas ruas. Ela não sabia do plano do filho, que aproveitou a semana de folga da universidade para colocar essa ideia de bosta em prática. Isso faz dois dias. Ele foi sozinho, mas alguns amigos sabiam da coisa toda, amigos idiotas, e o rapaz não deu notícias. Resumindo. Ele não atende o celular, não deu mais as caras. Espera, Artur. — O delegado tomou um pouco de ar. — Já mandei uma equipe fazer as buscas para encontrar esse garoto, ver se ele está em alguma esquina por aí. Vai saber o que mais a mãe dele não sabe no que o rapaz está envolvido. Eu não envolveria você se fosse outra situação, mas — o delegado suspirou, como se já tivesse refletido bastante a respeito do assunto —, já que você está disposto a trabalhar mesmo, quero que você inicie, veja bem, com o maior sigilo possível, uma investigação paralela.

— Por que o sigilo?

— Diabos, eu não quero espalhar por aí que tem alguém matando desabrigados. Até porque nós ainda não temos certeza.

— Se o senhor não tivesse certeza não teria me chamado.

— Eu te chamei por garantia. Se isso for verdade mesmo... Que inferno, precisamos descobrir se isso está realmente acontecendo. Vai ser uma merda se pensarem que a polícia deixou passar isso. Quase ninguém se importa com moradores de rua, como eles estão vivendo, mas, quando começam a morrer, aí todo mundo se torna sensível e não podemos deixar que achem que nós não ligamos para eles só por causa da... da condição em que eles vivem.

— Mas a polícia deixou, senhor.

O delegado olhou para o detetive, que o olhava de volta com naturalidade, como se não percebesse a inquisição do chefe.

— Aqui. — Ele entregou um bloco de folhas para o policial. — O relatório sobre o garoto. Tem tudo aqui. Agora vai. Na surdina, hein, Artur?

— Como é?

— Sigilo, Artur, sigilo.

Artur saiu da sala de Aristes e folheou o relatório. Não queria perder tempo, principalmente agora que tinha autorização para utilizar os recursos da corporação. Solicitou uma viatura e mandou que o levasse para a área onde os amigos do estudante disseram que ele ficaria.

— Ele não estava de férias? — um dos policiais da viatura comentou com o outro.

— Ele é louco. Pronto, senhor?

Artur respondeu com um meneio de cabeça. Entrou no carro, na parte de trás, e voltou sua atenção para o relatório enquanto o veículo se dirigia até o endereço indicado. Junto tinha uma foto do rapaz. Parecia um jovem feliz.

Leu a descrição da mãe, que informou como o filho se vestia quando saiu de casa pela última vez: "Ele não estava vestido como um mendigo. Mas algumas peças já eram bem velhas. O tênis, eu até comentei do tênis que ele estava usando e da mochila. E uma blusa velha. E o braço, meu Deus, o braço, ele estava machucado, com o braço engessado, ainda estava se recuperando..."

Dava para ouvir o choro nas palavras impressas no papel.

Quando a viatura chegou ao local, o detetive se lembrou do morador de rua que fora levado preso aquele dia depois de desacatar os policiais.

Artur desceu do veículo.

— Quer que a gente espere, senhor?

— Não.

Ele caminhou lentamente pelo local. Não demorou para que um rapaz viesse pedir dinheiro.

— Gente boa, tá quase no horário do almoço. Será que...

— Você viu este rapaz? — Artur mostrou a foto do jovem.

O homem a examinou ligeiramente, como se não ligasse.

— Talvez.

Artur nem se deu o trabalho de continuar a conversa, que ele sabia aonde levaria. Deixou o homem para trás e foi caminhando pela área. O relatório não apontava um local específico, mas uma região aproximada indicada pelos amigos do estudante.

Seu celular tocou.

— Alô.

— Senhor, o Aristes pediu que nós ligássemos para você. Encontramos uma pessoa que disse ter visto o que aconteceu — quem falava era um dos policiais da equipe de busca enviada pelo delegado antes mesmo do detetive.

Eles não estavam longe. Bastou descer algumas quadras para ver as duas viaturas paradas na esquina. Dois policiais mantinham um morador de rua próximo a eles. Mesmo a distância era possível perceber que o sujeito não queria estar ali. Olhava para todos os lados, como se buscasse reforços que nunca viriam ao seu resgate. Outro morador de rua passou do outro lado da calçada, andando devagar, o que sugeria que tinha mais chances de ser um curioso que um suspeito.

Ao chegar à esquina, Artur olhou pela extensão da rua que seguia o horizonte e avistou outros dois policiais. Um terceiro e mais um, ainda mais longe, conversando com outras pessoas.

— Senhor — o policial que havia ligado o cumprimentou com um aceno de cabeça. Tinha a intenção de demonstrar um trabalho bem-feito.

— O que você descobriu?

— Este homem viu o rapaz desaparecido. Anda, conta o que falou pra nós.

O sujeito olhou para Artur, desconfiado. Desdenhoso, bufou. Depois tossiu de forma forçada, querendo aparentar vulnerabilidade. Era o mesmo morador que tentara roubar o rapaz assim que ele chegou ao local e que pegara sua mochila quando ele fora levado pelo agressor.

— Eu tentei ajudar o garoto. Sabia que ele não era daqui, tava na cara. Menino gente boa, coitado.

— Vai direto para o que você viu. — Artur estava impaciente.

— Foi aqui mesmo. — Ele apontou para a esquina, para o elevado da loja que agora estava com as portas abertas e onde pessoas iam e vinham em um movimento veloz. — O rapaz estava deitado aqui. Tava dormindo de boa. Eu tava deitado lá. — Apontou o dedo encardido para a outra direção. — Tenho sono leve. Aqui na rua gente esperta não se deixa levar por sonhos profundos, entende o que eu quero dizer? Só os bêbados e drogados. Eu não bebo... não mais... não muito. — O cheiro que exalava da boca contava outra história. — Eu escutei um fuá e quando...

— Fuá? — questionou Artur.

— Fuá, sabe? Não? Minha nossa, uma confusão. Os outros que estavam dormindo mais pra frente nem se importaram. Olhei pra cá e vi o cara em cima do rapaz. Eu até pensei, sei lá, na rua às vezes tem umas sem-vergonhices, sabe o que eu quero dizer, né? — O velho fez um movimento ligeiro e discreto com o quadril. — Enfim, essas coisas acontecem, e o rapaz estava vestido como a gente, mas tava na cara que era limpinho. E gente muito limpinha, né? — Ele fez um gesto, quebrando o pulso. — Afeminado, sabe? Mas não tô julgando. Eu mesmo prefiro as limpinhas.

— E um sorriso áspero pareceu se iniciar no seu rosto, mas foi logo aba-

217

fado. — Eu olhei por um tempo, fiquei meio desconfiado, vai saber. A gente tenta não se meter muito nos rolos dos outros. Quando vi que o cara estava fazendo alguma coisa com o garoto, eu levantei e fui ajudar. Mas, né, olha pra mim. Sou um velho. Um velho de rua. De lá até aqui, não deu tempo de fazer nada. Mas eu tentei. Eu só vi o homem colocando o garoto nas costas, no ombro, sei lá, e saindo pela esquina. Quando cheguei na esquina, ele disparou com o carro. Eu peguei a mochila, né, porque, você sabe, se eu não pego, outro pega. Mas se o rapaz aparecesse eu ia devolver. Mas, né, senão eu ia ficar com ela mesmo. Não vou mentir. Sou pobre, mas não sou mentiroso. E nem ladrão.

— Que carro era?

— Carro grande. Preto. Não vi a marca, não. Nem placa. Velho, né, o olho já tá ruim. Acho que era tipo aqueles, S... S... T... — o homem parecia puxar o alfabeto da memória. — Como é mesmo? R, S, T, U, tá certo, né?

Artur se impacientava claramente.

— Não, peraí. R, S, caralho.

— SUV? — adiantou Artur.

— Isso, SUV. Esses fabricantes de carro são foda, ficam lançando essas siglas e embaralhando a ordem das letras, aí confunde a gente.

— Você não viu nada do homem que atacou o rapaz?

— Cara, eu não vi. Tava longe, escuro, e, né? — Apontou para os próprios olhos — Já falei, sou velho...

— Você também deve ser meio surdo, né? — o homem foi repreendido pelo policial, exigindo respeito.

— Calma, gente, calma. Só pra descontrair. O clima tá pesado. — E continuou: — Mas, pelo carro, certeza que era o homem da sopa.

Artur se lembrou dos policiais que pararam o carro. Do homem da sopa.

— Quando eu peguei a sopa com ele, deu pra ver bem a cara. Eu, eu não lembro detalhes, porque, né, sou velho. — Ele insistia naquela palavra. — Mas ele também não era novo, não. Cabelo branco, bigodão, sabe, branco também, parecia, eu acho, pelo que lembro. Cabeça de velho é foda. Mas o carro, o carro eu acho que era o mesmo. Grandão. Preto. E foi pouco tempo depois.

— Quanto tempo?

— Tá vendo algum relógio no meu pulso, chefia?

— Olha como fala — foi o policial ao lado que o intimou novamente.

O velho expôs os dentes amarelados em um falso sorriso de desculpas.

— Cara, sei lá, deve ter sido uns, sei lá, uma hora depois, acho.

Artur olhou para a bolsa que estava sendo segurada pelo policial. Pegou da mão dele e a abriu. Vistoriou seu interior.

— O que você pegou daqui de dentro?

— Já falei que não sou ladrão.

O detetive apenas o encarou.

— Tinha as roupas aí. Falei comigo mesmo que ia segurar por uns dias. Mas se não aparecesse eu ia usar mesmo. Aliás, né, já que o garoto não vai usar mais, podia deixar comigo, né? Pagamento pela minha contribuição. — Terminou a frase com outro sorriso amarelo com gengivas escuras.

— O garoto vai voltar a usar. Vamos encontrar e devolver pra ele — disse o policial ao lado.

O velho riu. Agora não era mais um sorriso simples. Os lábios em arco vinham carregados de ironia.

— Sei, claro. Boa sorte pra vocês. Mas — o velho quebrou a cabeça para o lado, de forma duvidosa —, do jeito que pareceu, e do jeito que são as coisas na rua, quando nego te pega daquele jeito não é pra brincadeira não. Morador de rua morre a rodo toda hora, ou é espancado. Não sei por que o garoto veio brincar aqui na rua. Se foi pra fazer algum trabalho com a gente, sempre tem esse pessoal, ele meio que vai acabar ajudando mesmo. Agora vocês vão procurar o cara que deve ter matado ele, e isso é bom pra nós.

O curto espaço de tempo em que o grupo permaneceu em silêncio foi quebrado pelo velho.

— Bom, enfim, boa sorte aí pra vocês. Tomara que achem o menino.

— Não — Artur interrompeu. — Você vai pra delegacia com eles.

— O quê? Por quê? Não, eu já contei tudo. Não menti nada, pô.

— Tem um retrato falado do motorista abordado por outros dois policiais. Mostre pra ele. Confirme se é o mesmo homem. E se é o mesmo carro também.

— Porra, traz as fotos aqui, né, pelo menos. Vão me levar lá e depois eu vou ter que vir andando. Vai ter carona pra voltar também? Vai porra nenhuma.

— Aproveita pra tomar um café e comer um sanduíche.

— Bom, nesse caso, né, não custa nada ajudar.

Enquanto se distanciava do grupo, Artur ainda conseguiu escutar o velho dizendo aos policiais:

— Vocês colocam leite no café? Se tiver eu agradeço. A gastrite tá foda.

●

— Eu acordei doente.

— Rapaz, a desculpa do "acordei doente" tem que ser dada de vez em quando, senão a mentira fica muito descarada.

— Eu não tenho culpa se você não acredita em mim.

— Cadê o atestado?

— Não era tão grave pra ir ao médico.

— Só grave o suficiente para não vir trabalhar. De novo.

Ícaro fez força para disfarçar o olhar. Havia sempre uma sugestão de riso em seus olhos castanhos. Mas não conseguiu conter os ombros de se levantarem, como quem diz: "É assim que é".

— Garoto, eu sei que o trabalho de caixa não é a profissão dos seus sonhos. Mas deixa eu te falar uma coisa: não é a de ninguém. Você se sente especial demais. Precisa descer desse teu saltinho imaginário e cair na real. Todo mundo aqui tem seus objetivos, seus planos, mas encara o trabalho de cara limpa, com dignidade, e dá importância a ele...

Palavras se avolumavam dentro da boca de Ícaro. Até que não conseguiu mais se conter. Apenas segurou o tom da voz, tentando minimizar a insolência.

— Importância? Sério? Aqui todo mundo finge que se importa. E, esse fingimento... vocês mesmos entregam uma parte desse fingimento pra gente logo na entrevista, depois mais um pouco com o crachá e o uniforme. Como se fosse simples assim, só vestir. Por isso você tem que fingir que se importa. Não só aqui. — Ele olhou ao redor. — Pra tudo, pra se enturmar, pra ser aceito e não ser tachado como uma pessoa amarga, ranzinza e reclamona, você tem que fingir. Fingir que se importa com o resultado merda do seu trabalho e que, que... que parece que só você não fica empolgado. Como se fosse um erro, como se fosse uma ingratidão pensar que dá pra fazer mais, que dá pra fazer melhor, mas não, vamos seguir, vamos levando, uma hora a coisa muda, a culpa é do outro, estamos fazendo a nossa parte, tudo tem seu tempo, tem algum ensinamento nisso tudo, que se não aconteceu é porque ainda não é hora, tudo desculpa, e a gente finge que acredita. O mais foda é que fingir é a solução mais fácil mesmo, porque já é tudo tão merda que se não fingir que algo pode ser melhor, aí vai ter gente se matando todo dia.

As orelhas de Ícaro queimavam, vermelhas, o rosto corado pensando que deveria ter segurado aquelas palavras. Era o que pensava, mas ninguém quer saber o que você pensa, importa apenas o que você diz, como alguém que fala "eu te amo" mas não ama, mas também não importa, porque para a outra pessoa só faz diferença o que é dito para ela, não o que o outro ou a outra sente de verdade.

— Você quer ser mandado embora, é isso?

Depois daquele discurso, era sensato esperar esse próximo passo. Entretanto, não era realmente o que Ícaro queria.

— Não. Eu admito que não é o emprego dos meus sonhos, mas eu preciso dele, preciso de verdade.

— Infelizmente você o perdeu hoje.

— O quê? Por favor, não faz isso comigo.

— Você fez isso com você mesmo, garoto.

— Para de me chamar de garoto.

— Viu só? Você acha que alguém quer um moleque bocudo como funcionário?

— Por favor... — A lágrima de ator desceu pelo rosto com uma facilidade que quase pareceu natural.

— Me poupe dessa lágrima seca. Quer trabalhar sua educação? Escute em silêncio e aprenda algo pra tua vida. Porque, ao contrário do que você disse, tudo tem alguma coisa pra ensinar. E depois passa no RH. A documentação já está pronta.

— Porque raios você perguntou se eu queria ser mandado embora se já ia fazer isso?

— Pra compensar toda a dor de cabeça que me deu te vendo chorar.

Depois de passar no RH, assinar a documentação e verificar todas as contas da rescisão, ele juntou as poucas coisas que costumava deixar na salinha dos funcionários e foi ao banheiro, se aliviar pela última vez naquele sanitário.

Enquanto urinava, veio à mente a lembrança de quando seu pênis foi acometido por uma candidíase, já fazia alguns anos. Havia ficado assustado, já que até então isso nunca tinha acontecido com ele, e, sendo no pênis, qualquer coisa de errado seria motivo para preocupação. Naquela semana fora ao médico e ele o acalmara dizendo que não era nada grave, coisa comum, tanto em homens quanto mulheres. O doutor receitara uma espécie de talco antisséptico e secativo que ele deveria aplicar no membro afetado. Em poucos dias voltaria tudo ao normal, tranquilizou o médico. Talvez fosse apenas baixa imunidade, ou até algum fator estressante. Ele havia perguntado se o rapaz mantinha relações sem proteção com alguém, e ele respondera que não. Naquela época era verdade. Nem sem proteção, nem com proteção. Não estava com cabeça para nada além de seus próprios sonhos. E agora aquela lembrança voltava à mente enquanto ele estava ali, em pé diante do mictório, após ser mandado embora do trabalho. Lembrou que durante o tratamento, quando ia urinar, já com a extremidade do pênis toda coberta de talco antisséptico, algumas vezes a urina desenhava um rastro molhado na pele rosa da glande coberta por aquele pó branco, e ele ficava pensando que aquilo lembrava um palhaço triste, com a maquiagem borrada, já no fim do espetáculo, no camarim, murcho e molenga e parecendo que nunca mais iria se levantar.

●

Agora, sentado do lado de fora do supermercado, Ícaro fumava um cigarro. Jogava o peso sobre as pernas, apoiando os cotovelos nas coxas, e olhava para o chão. Uma formiga traçava seu caminho, solitária, carregando uma grande folha. Olhou ao redor dela, não viu nenhuma outra próxima. A formiga trabalhava sozinha.

— Isso aí. A gente tem que trabalhar sozinho mesmo. Foda-se o formigueiro. — Pensou em fazer uma camiseta com essa frase.

Aquilo o fez abrir um sorriso. Vê-la se esforçando para seguir seu rumo. Resolveu acompanhá-la, ver para onde ia. Não tinha pressa mesmo. Com o que tinha juntado, mais o valor que receberia da rescisão, daria para pagar mais quatro ou cinco meses do aluguel. Apertando, talvez seis, não mais do que isso. Caminhou por quase uma hora acompanhando o inseto marrom, que ziguezagueava no concreto. Sorria com o jeito obstinado de seguir seu caminho, às vezes parecendo confusa quando topava com algum obstáculo. O rapaz tirou da frente dela algumas pedras que para a pequena aventureira seriam quase uma montanha. Sentia-se orgulhoso com essa contribuição. De fora, quem passava por perto via aquele rapaz de mochila nas costas, cigarro na mão, andando curvado, olhando para baixo, a passos lentos.

Sacou a câmera que tinha dentro da bolsa. Gostava de fotografar e queria um retrato daquela pequena rebelde. Curvado para o chão, enquadrou a pequena, aproveitando a rápida parada enquanto parecia decidir o caminho, e disparou. Gostava do som da máquina analógica. Tirou mais algumas fotos.

Mas a jornada ao lado da pequena trabalhadora terminou com um desfecho inesperado para o rapaz. Em sua ilusão, encontrá-la ali, desgarrada, deu-lhe a ideia de que era uma opção. Um desejo. Mas, depois de tudo, viu a companheira se juntar a uma trilha de inúmeras outras formigas que caminhavam capengas umas atrás das outras. Cada formiguinha carregando um pequeno pedaço de folha ou algum outro material. Só agora percebeu que a formiga que acompanhara até ali apenas fora buscar uma folha maior e mais verde. Teria orgulho dela por fazer isso, não fosse pelo fato de ter todo esse trabalho para continuar no mesmo caminho pasteurizado de todas as outras, em fila, ziguezagueando como insetos tontos para fazer o que a natureza impôs para sua existência.

Tanto esforço para fazer algo melhor e não fazer diferença nenhuma?

Será que aquela esforçada formiga se iludia achando que a rainha diria: "Quem trouxe essa grande folha, essa, mais verde e maior do que todas as outras? Quem trouxe? Traga esse exemplo de formiga para mim, quero conhecê-la. Quero que ela sente ao meu lado".

Aquele inseto iria depositar a folha na pilha de folhas, dar meia-volta e ir buscar outra, se batendo com outras tantas no caminho reverso, escravizadas pelas exigências do formigueiro. Pelo que aprenderam desde o nascimento, que seriam aquilo e que aquilo era o que deveriam fazer, nada mais. Quem sabe até lhe incutiram a ideia de que seria egoísmo querer outra coisa. Egoísmo ou presunção ou loucura ou desperdício de tempo.

Olhou para aquela fila com todas as formigas no mesmo sentido, mas cada uma desprovida do sentido próprio.

Será que elas, enquanto caminhavam, sonhavam com outra vida?

Olhando para aquelas folhinhas verdes, pensou na relva de folhagem rasteira.

Será que as vacas, quando pastam, ficam pensando em outras coisas além da grama?

Será que as formigas olhavam para cima?

Decepcionado com a obediência cega da formiga, sua vontade de se destacar sendo apenas aquela que tem a folha maior e mais verde, Ícaro apagou o cigarro contra o inseto, vendo seu frágil corpo desaparecer na brasa e nas cinzas, e sua grande e maior folha cair ao chão, de onde foi arrastada pelo vento.

Puxou do maço mais um cigarro. Contou quantos sobraram, depois colocou no bolso novamente. Sacou o celular e ligou para ele.

Quando a voz atendeu do outro lado, Ícaro falou direto.

— Fui demitido. É, aquele filho da puta. Gerentezinho de merda que acha que faz grande coisa. Não, eu tô bem. Sei lá. Vai dar pra segurar por um tempo. Um pouco. Sim, eu sei. Eu liguei porque... sei lá, deu vontade de ligar. Eu sei que esse trabalho anda ocupando bastante o seu tempo. Aliás, eu queria saber daquela outra peça. Agora eu posso me dedicar totalmente. Posso ensaiar o dia inteiro e... Sei. Uhum. Sei. Tá. Você promete? Não me deixa de fora. Sei. Claro. Sei. Não, não estou desanimado. Eu preciso fazer alguma coisa, só isso. Agora estou empolgado. Acho que vai ser bom ter esse tempo todo pra me dedicar. Sobre esse papel, certo... Eu sei. Não quero te forçar. Só não esquece de pensar nele. Por favor. Não quero te cobrar, não é só por isso. Quer ir lá em casa hoje? Tá. Eu entendo. Entendo mesmo. Tá com pressa, né? Dá pra perceber na sua voz. Aconteceu alguma coisa? Agora eu tenho tempo. Posso te ajudar com isso. Ok. Um beijo.

●

— Então chegou o dia?

Ícaro ainda estava sentado em um banco próximo ao supermercado. Olhou sobre o ombro direito e viu Carina se aproximando. Tinha as pernas finas, parecendo dois lápis por causa da calça jeans preta e justa que usava. Como de costume, ela levou um dos pés sobre o banco, deu um impulso, e sentou no encosto, ficando com os dois pés apoiados no assento, com o corpo esguio e felino demonstrando habilidade em se equilibrar.

— E esse sorrisinho na cara? Tá feliz por ser mandado embora, né?

— Ah, sei lá, o lance da grana vai ser complicado, mas, honestamente, estou mais feliz do que triste.

— Que bom. A questão do dinheiro vai apertar, mas é só correr atrás de outra coisa antes que acabe tudo.

Carina, que até então falava olhando para baixo, onde estava o amigo, voltou seus olhos para o outro lado da rua, como se à frente deles houvesse a bela vista de uma praia. Mas o lado oposto era apenas uma fileira ininterrupta de comércios. Lojas de departamentos, lanchonetes, padarias e ambulantes que tomavam parte da calçada.

— Mas vai ser bom. Vai ser bom.

— A gente sempre dá um jeito.

Eram dois jovens, mas, ali naquele banco, lembravam mais dois saudosos e velhos amigos. Há momentos em que a juventude, na sua esperança de um futuro igual ao que pinta nas ambições, replica de forma rasa um conhecimento que não tem, que apenas reflete como um vidro escuro no qual é possível ver a imagem opaca, fraca, sem a total clareza. A fase mais preocupante dessa postura é quando você começa a se lembrar de coisas que na verdade nunca aconteceram, ou não daquela forma, criando um passado na sua cabeça para, inconscientemente, ter esperança de um futuro que provavelmente também não vai existir.

— Qual é o plano? — Carina perguntou, o olhar transitando sem um foco específico.

— O plano sempre foi o mesmo. Agora eu tenho tempo. E mais pressa.

— Ser um grande ator.

— Você também não acredita que eu vou conseguir, né? Ninguém acredita em ninguém. Sabe por quê? Porque, quando as pessoas não são capazes de realizar o que realmente querem, acham que os outros também não são.

— Sei.

— É verdade. É verdade.

— Ouvi dizer uma vez que, quando a pessoa fala a mesma frase duas vezes, uma na sequência da outra, é porque ela não acredita no que diz e tem que repetir pra tentar se convencer.

— Talvez isso sirva pra outras pessoas. Eu estou bem certo do que quero. Eu estou bem certo do que quero. — E olhou para a amiga com um sorriso brincalhão.

— Que bom.

Ela cutucou o amigo, aproveitando a diferença de altura de onde estavam sentados, com um leve tapa na nuca dele.

— Eu acredito em você, seu mané. Sei que vai conseguir. — Ela olhou para baixo. — Vai ser legal ter um amigo famoso. E vê se não esquece da ralé quando chegar lá, viu? — Deu mais um peteleco na nuca dele, acompanhado de um sorriso.

O curto intervalo de silêncio entre os dois foi quebrado por Ícaro.

— Eu telefonei pra ele e a gente se encontrou.

— Aquele cara do teatro?

— *Aquele cara* — ele disse, desdenhando da forma como a amiga falou. — Aquele cara é a porta para os grandes palcos.

— A porta e a cama, né?

Os dois riram.

— Mas e aí?

— Ele está vendo o papel certo pra mim.

— Ícaro, eu acredito em você, acredito na sua vontade de chegar aonde quer, e acredito que vai chegar, mas cuidado. Cuidado pra não ser enganado. E vê se vale mesmo a pena se entregar tanto assim. Tem muita gente ruim nesse mundo escroto. E eu sei que você pensa que sabe se cuidar, mas você é só um bobão ingênuo que se acha marrento.

— Cala a boca.

Ícaro puxou a câmera da mochila, apontou para a amiga e tirou uma foto. Ela fez uma pose misturando sensualidade com descontração. Ícaro tirou mais algumas.

— Vai acabar com o filme assim.

— É isso mesmo que eu quero. — E tirou mais uma. — Quero revelar as fotos de ontem logo.

— Fotos com ele, né?

Ícaro não respondeu e tirou outra.

— Tô falando sério, viu? — Ela se levantou do banco e jogou o corpo em direção ao dele, apoiando a palma das mãos em seus ombros. — Vai fundo. Mas não esquece de levar uma corda. — Ela bagunçou o cabelo do amigo e completou: — Anda, até que enfim o ônibus.

18

Sentia um prazer físico com o silêncio da manhã, o ritmo lento da movimentação ainda despertando, do cheiro do dia se abrindo, por isso, costumava acordar sempre antes de todos. Mas, naquele dia, quando despertou, o silêncio se devia ao fato de já não ter mais ninguém em casa. Olhou o relógio que buscou no móvel ao lado da cama: mais de dez horas.

Apertou os olhos, forçando até parar de senti-los. Quando liberou a vista, fagulhas estralavam na visão, em conjunto com uma leve dormência que desapareceu poucos segundos depois. Ainda se sentia cansado. O corpo reclamava, mas ele nunca dera ouvidos a ele. Não iria começar agora.

Já no banheiro, olhou-se no espelho. Era possível ver a grande cicatriz que começava no lado direito do pescoço. O fogo também havia queimado o início da nuca, e, nessa parte, o couro cabeludo fora comprometido. Havia uma falha no cabelo, fazendo com que aquele lado da cabeça parecesse uma maçã mordida, e o implante não era possível, já que o fogo tinha atingido a pele em profundidade. O acidente havia acontecido mais de dez anos antes, mas a marca ainda era bastante evidente, começando na extremidade da nuca, enrugando a pele do pescoço, descendo pelo ombro, onde se alargava e tomava grande parcela das costas. As cirurgias plásticas ajudaram, mas não resolveram de vez a estética que o incomodava.

Aquelas marcas. Sentia-se sempre o centro das atenções com elas. Com roupas era possível esconder o maior pedaço do corpo atingido pelas chamas do incêndio no pequeno teatro. Naquela época a preocupação com a segurança não era tão rígida quanto hoje. Nem por ele mesmo, aliás. Vem daí o aprendizado que ele, obsessivamente, carregava agora para tudo o que fazia: saída de emergência.

"Tenha sempre uma saída de emergência", ele dizia para si mesmo. E dividia com outras pessoas, alertando com seriedade para essa preocupação.

Hoje, em todo lugar fechado aonde ia, primeiro ele queria saber onde ficava a saída de emergência. Nos teatros em que encenava suas peças, em cada ocasião, fazia o trajeto para se assegurar de que nada estava bloqueando o caminho das saídas de emergência e decorava mentalmente onde estavam posicionados os extintores de incêndio. Aprendeu o uso de cada um deles e as diferenças de seus conteúdos. Água, pó químico, CO_2, espuma mecânica. E, claro, as classes de incêndios; do A, B e C, que são os mais comuns, até os D, E e K. Cada tipo de fogo, dependendo do local que queima, demanda um modo de agir. E ele sabia todas elas. Apesar de que, caso se visse nessa situação novamente, era bem capaz de o terror das chamas o fazer esquecer ou se embaralhar, e provavelmente sua forma de lidar com o fogo seria correr.

Justamente pelo trabalho de esconder suas queimaduras, acordar cedo se tornara um hábito indispensável para a rotina. Toda manhã, em frente ao espelho, ele maquiava a parte do corpo queimada que ficava exposta nas regiões descobertas pela roupa. Aprendera as técnicas com Heloísa, que, naquela época, não tinha o nome que tem hoje no cenário teatral, mas já lidava de forma bastante habilidosa com as transformações possibilitadas pela maquiagem. Haviam trabalhado juntos em uma peça e, desde então, nunca mais se separaram, e ela sempre era convocada para seus trabalhos. Assim como quase todos os outros profissionais envolvidos com ele. Matias não gostava de criar novas alianças, fazer com que alguém de fora entendesse seus processos. Era mais fácil achar alguém competente e trabalhar sempre com essa pessoa.

Assim começara a amizade mais próxima entre Matias Dália e Heloísa Diniz. A relação mais íntima surgiria anos depois, quando ele já estava casado com Daiane. Heloísa passara por uma época de profundos golpes em sua vida, o mais forte dele a morte do filho, assassinado em uma tentativa de assalto feita por um morador de rua viciado no pico da fissura. Divorciada e querendo ocupar a cabeça com qualquer coisa que pudesse preencher momentaneamente o buraco na alma, passava grande parte do tempo trabalhando, criando. Chamava Matias para mostrar o que estava fazendo, possibilidades novas no uso da maquiagem, técnicas que buscava fora do país e que ela mesma desenvolvia e testava. O trabalho era sua nova família, mesmo tendo sua irmã, seu irmão e sua mãe. Mas todos eles lembravam o filho. A família lembrava a família, era inevitável. E foi assim, pouco a pouco, que a amizade com o dramaturgo começou a se tornar outro tipo de relação. No início era aquela relação em que um procura o outro para preencher uma necessidade, uma ausência. Não havia um sentimento mais forte, como paixão ou muito menos amor, nem mesmo tesão estava envolvido naquele início de algo. Era simplesmente uma necessidade. A necessidade de estar com alguém que está lá para você. E Matias sempre estava. E muito disso também se devia ao fato de Daiane, sua mulher, e grande amiga de Heloísa, incentivá-lo a estar ao lado da maquiadora sempre que ela precisava e até mais, pois sabia que a amiga não chamaria todas as vezes em que necessitava para não querer incomodar ou passar do ponto. E como ela precisava de uma companhia naquele momento. Daiane sabia disso. Heloísa também. E Matias concordava.

Normalmente é a pessoa mais fragilizada que se deixa envolver primeiro. E foi assim que aconteceu. Ela via em Matias a pessoa ideal para ter ao lado. Principalmente porque, como já sabia, o dramaturgo tinha uma postura sexual contida, decorrente de seu pouco conhecido distúrbio neuropsicológico. E ela, afastada da vontade de se relacionar fisicamente, o que fora uma das questões apontadas por seu ex-marido para o fim de seu casamento, via em Matias a companhia perfeita. E seria apenas uma relação de profunda amizade e comprometimento. Até que rolou a primeira transa, em um teatro onde tiveram que ficar até mais tarde. E depois a segunda, a terceira e a coisa se repetiu, a princípio em intervalos de tempo maiores, depois com mais frequência, e nessa fase Matias também já estava envolvido. A primeira vez fora iniciativa de Heloísa, e ela gostava assim, de saber que poderia ter aquilo apenas quando tivesse vontade, se libertando aos poucos de algo que sentia. Muitas pessoas tinham certeza, sem prova alguma, do caso extraconjugal do dramaturgo, e em conversas pelas costas se perguntavam como Daiane não desconfiava. Ainda mais pelo fato de Heloísa ser uma grande amiga do casal, frequentando a casa deles habitualmente. A maquiadora também tinha um vínculo forte com Nicolas, o filho de Matias e Daiane. Conheceu o menino quando ainda era bem garoto, e, naquela época, Nicolas a adorava. Os dois ainda mantinham um segredo entre eles. Certa vez, quando Heloísa estava almoçando na antiga residência do casal, em um almoço de domingo, daqueles que se estendem tarde afora, entrou no quarto de Nicolas sem bater para convidar o menino a ir com ela ao shopping. Foi quando o flagrou na cama, com um pequeno espelho, se pintando com um estojo de maquiagem que tinha pego da mãe escondido. Com o rosto todo maquiado, lápis no olho, blush corando as bochechas e um batom na mão, encarou a mulher, que, segurando uma taça de vinho, ficou ali, sem saber muito bem o que fazer. O garoto estava paralisado, pensara que tinha trancado a porta, mas não. Seus olhos se encheram de lágrimas, e de onde estava Heloísa conseguiu ver o desespero que crescia no rosto do jovem, já com catorze anos, ciente de que aquilo que estava fazendo não era algo que a sociedade diria que ele poderia fazer.

— Não conta pro meu pai — foi a frase quebradiça que o menino pronunciou, trêmulo de medo e ainda paralisado pelo choque.

— Não conto. Prometo que não conto — ela havia falado com segurança, e a passou para o menino, que deu um sorriso de rosto pintado. — Mas acho que esse tom de vermelho não é o ideal para a sua pele — ela disse sem nenhum tom de reprovação, muito pelo contrário. — Vou no shopping comprar umas coisas e vim te chamar pra ir junto, que tal? Podemos conversar sobre isso se você quiser, ou também podemos não tocar mais no assunto. Só não vamos deixar que nada mude entre a gente, tá bom?

O menino balançou a cabeça. Era tudo o que queria, que nada mudasse.

— Então que tal você se arrumar e me encontrar lá embaixo pra gente ir? — E deu uma piscadela cúmplice que foi retribuída por um sorriso jovial.

— Tá. Daqui a dez minutos eu desço, então.

— Combinado.

E Heloísa mantivera sua promessa. Haviam conversado um pouco sobre o assunto no carro, enquanto se dirigiam para o shopping. E iam conversando sobre ele aos poucos, sem pressa, em seus encontros casuais, quando a maquiadora ia para a casa da família almoçar ou jantar ou apenas passar o tempo bebendo alguma coisa. Conversaram sobre o assunto quando ela ficou no quarto do hospital onde Nicolas fora internado após o estranho acidente com o martelo que acertara sua cabeça com tanta força que quase o deixara em coma. Ele havia sido encontrado em casa, desmaiado, a testa vermelha com o sangue que escorria do corte e o martelo ao lado, no chão. Nicolas havia dito que estava brincando e não lembrava bem o que tinha acontecido. Os dois conversaram bastante naquele dia. Mas ela nunca contara nada para Matias ou Daiane sobre coisa alguma em torno da qual o garoto houvesse pedido segredo, nem sobre o flagra, nem sobre a conversa que tiveram durante o passeio no shopping, no hospital ou em outras ocasiões. Mas, como boa amiga do casal, deu dicas para que os dois prestassem mais atenção a Nicolas e frequentemente levantava temas durante as conversas sobre escolhas sexuais. Sabia que nem Matias, muito menos Daiane, iriam repreender o filho por aquilo, mas havia feito uma promessa, e, mesmo achando que deveria abrir o jogo para o casal, que assim Nicolas encontraria nos pais a aprovação que não enxergava na sociedade, manteve sua palavra e guardou segredo. Mesmo quando Nicolas deixou de falar com ela, anos mais tarde.

Após maquiar a cicatriz, fazendo-a desaparecer por completo por baixo de camadas retocadas com detalhe e precisão, Matias prendeu a mecha postiça na área do couro cabeludo levada pelo fogo. Com leves batidas, pressionou para conferir a fixação. A prática o havia levado à perfeição.

Depois de pronto, procurou na sala a embalagem que continha a capela dada pela esposa dois dias antes. Não estava mais na mesa, mas em um móvel ao lado do sofá. Com o presente estava uma sacola ao lado da caixa, cujo interior guardava uma peça de roupa para doar ao homem que receberia a capela. E foi carregando os dois presentes que Matias saiu do apartamento, indo ao encontro de Heloísa.

Quando não estava trabalhando no escritório montado dentro de seu apartamento ou em algum teatro preparando os atores, a maquiadora estava na ONG criada por ela. No local era oferecido suporte psicológico, orientação profissional, recolocação no mercado de trabalho, distribuição de doações, funcionando também como ponte entre abrigos e instituições para dependentes químicos. A casa, alugada e mantida por doações, era o QG, a parte de inteligência de onde ela orquestrava suas ramificações para um suporte completo, dependendo das necessidades de cada um que vinha por vontade própria ou era convidado pela equipe de voluntários que saía pelas ruas para apresentar a ONG aos que precisavam.

Naquele momento ela estava agitada. A sua frente, Matias esperava, de pé, a caixa em uma mão e a sacola na outra. Em silêncio, aguardava que ela terminasse a conversa que se estendia pelo celular. Ela tentava reduzir o preço de uma leva de colchões para um abrigo que necessitava de novas camas.

— Eles não vão dormir sentindo o estrado de ferro das camas. Não faz sentido tirá-los das ruas se não oferecermos alguma coisa melhor do que o chão.

Aguardou e em seguida continuou:

— Eu sei, mas não dá pra reduzir mais um pouco? Mais quinze por cento seria perfeito — ela falava agradecendo por não estar em frente à pessoa do outro lado da linha. Assim esta não veria a careta dela, sabendo que seu pedido já ultrapassava o bom senso comercial.

— Que maravilha. Dez já vai ajudar muito. Muito obrigada mesmo! Claro, claro. Muito obrigada de novo.

Ela desligou o aparelho com um sorriso que disfarçava gentilmente o cansaço do rosto.

— Se me disser que essa caixa está recheada de dinheiro eu te dou um beijo na boca.

— Agora tenho que pagar por um beijo?

Ela riu. Mas não o beijou. Havia outras pessoas por perto. Não perto o suficiente para escutá-los, mas poderiam vê-los, com certeza. Não era necessário se exporem. Aliás, o maior cuidado que tinham em relação às demonstrações públicas de afeto era no intuito de preservar Daiane.

— Toma.

— O que é isso?

— Abre.

Ela retirou a capela da caixa, fazendo uma careta questionadora. Matias resumiu a história.

— Ele vai adorar. Vamos entregar juntos. Ele está aqui. Daqui a pouco termina a sessão com a psicóloga.

Matias não respondeu. Em seguida entregou a sacola. Heloísa tirou de dentro a peça de roupa e a sacudiu no ar.

— Também é para ele — Matias disse.

— Um pouco maior que ele, mas é até bom.

— Eu tenho que ir. Tenho que resolver uma coisa.

— Fica pra ver a reação dele. Ele vai gostar tanto.

— Eu não preciso ficar. Tenho que ir.

— Tem uma máxima que diz que, quando a gente ajuda alguém, isso faz mais bem para quem ajuda do que para quem é ajudado. Fica. Vai ser legal ver ele feliz.

— Depois você me diz como foi.

— Ei — ela o chamou enquanto ele já dava os primeiros passos para sair. — Dizer como alguém ficou feliz não chega nem perto de ver a felicidade pessoalmente.

Matias achava que tinha dado um sorriso como resposta. Mas Heloísa viu apenas o rosto estático, que voltou a se virar e foi embora.

●

Heloísa aguardou até que Jonas saísse da sessão e o chamou para a área externa da casa, um gramado com jardim no quintal da frente. Ela se sentou com o morador de rua, que sofria de esquizofrenia mas se recusava a permanecer internado em tempo integral. Heloísa não o julgava perigoso, mesmo assim tentava convencê-lo de que seria bom para ele um tempo maior de cuidado e atenção. Às vezes parecia chegar perto do objetivo, mas o homem nunca aceitava realmente o tratamento. Com muita paciência, ela já o havia convencido a frequentar as sessões regularmente. Tirando algumas faltas, ele parecia se esforçar para não perder nenhuma delas.

Carregava sempre consigo uma imagem religiosa de gesso. A figura de São Miguel Arcanjo. Nunca a soltava. Dizia protegê-lo. Orientá-lo. Agora, segurando a figura com as duas mãos, sentava-se de forma contida no banco, ao lado de Heloísa.

— Tenho um presente pra você.

— Presente? — Ele olhou com curiosidade para a grande caixa no colo dela. Sua boca não conseguia disfarçar o sorriso.

— Eu gosto de presentes.

— É, eu sei. Eu também. E acho que você vai adorar este aqui. Na verdade são dois. Primeiro. — Ela estendeu a peça de roupa no ar e ele a apanhou com velocidade.

— Pra proteger do frio — ele disse, feliz, e, de forma rápida e desajeitada, foi vestindo a jaqueta jeans. Olhou para os braços vestidos, se levantou e girou sobre os próprios calcanhares, como se assim pudesse ver como a roupa lhe caía por trás. — Tem mais? — ele perguntou, excitado, e voltou a sentar ao lado dela.

— Tem mais.

Ela fez suspense. Ele olhava para a caixa com expectativa.

— Está dentro da caixa?

— Está dentro da caixa.

— Parece grande. — Coçou atrás da orelha.

Com alegria, Heloísa entregou o objeto ao homem.

— Quer que eu segure o Miguel?

— Não — ele disse abruptamente, mas sem demonstrar violência. — São Miguel Arcanjo. Eu seguro.

— Tudo bem.

Com a grande caixa no colo, de forma desajeitada, olhou ao redor. Fitou cada pessoa próxima com desconfiança. Colocou a imagem do arcanjo atrás das costas, entre o banco e ele, protegendo-o com o corpo. Quando abriu a caixa, a alegria explodiu no rosto, levando boca e olhos para as extremidades da face.

— Oh, Deus. Oh, Deus!

Ele tentou abraçar Heloísa, mas a grande caixa no colo tornou o gesto de carinho algo desconfortável com que ele parecia não se importar. Era forte, então amassava a caixa pressionando seu corpo contra o dela.

— Cuidado, Jonas, cuidado. A caixa, a caixa — ela dizia em meio a um sorriso abafado.

O homem retirou a capela de madeira com delicadeza e depositou a caixa de papelão no chão sem a mesma atenção. Buscou o arcanjo e o colocou dentro da capela.

— Minha capelinha. Minha capelinha.

— Ficou certinho, hein?

— Minha capelinha. Certinho. Certinho. Minha capelinha.

Agora, a figura do arcanjo repousava no interior da capela de madeira, emoldurada pelo forro azul de veludo na base côncava.

●

Jonas possuía uma barraca de camping velha, feita de lona azul. Naquela noite, estava acampando ao lado de uma árvore triste e magra, em um terreno gramado que ficava na lateral de um viaduto. Outros moradores de rua ocupavam o local, cada um com suas instalações improvisadas. Um deles, um catador de lixo reciclável, possuía um carrinho de mão de madeira que lembrava uma charrete, mas era ele mesmo que fazia o papel de cavalo. Quando estacionado, o veículo servia de estrutura para o plástico grosso que ele estendia sobre os braços do carrinho, improvisando um cubículo estreito que o protegia do sereno da noite.

Dentro da barraca, que Jonas deixava semiaberta para ter uma visão da área externa e ficar atento ao movimento, ele apreciava a imagem do arcanjo, agora acomodado na nova capela de madeira.

Seu estado mental não o impossibilitava de lembrar suas rezas, mas às vezes ele se perdia em trechos inventados ou misturados com outros textos religiosos. Falava com a imagem como se ela também falasse com ele. Mas nunca, até aquela noite, tinha escutado sua voz. Até aquela noite.

Foi quando o relógio se aproximou da meia-noite. Como se presenciasse um milagre, seus olhos arregalados pareciam não acreditar.

— Amanhã. Eu quero te ver amanhã, Jonas. Amanhã. Eu quero te ver amanhã, Jonas.

A voz ecoava baixa, vindo de dentro da capela.

— Oh, Deus. Eu estou aqui, eu estou aqui. — O homem se colocou de joelhos em frente ao objeto, e as duas mãos espalmadas no chão sentiram o frio da relva.

— Amanhã. Eu quero te ver amanhã, Jonas — a voz repetia, suave e baixa.

— Eu estou aqui agora. Estou aqui agora. Eu sempre estive, senhor...

Como se o arcanjo não o escutasse, a voz continuou falando, interrompendo a manifestação emocionada do devoto.

— Amanhã. Às dez da manhã. Quero te ver sentado no terceiro degrau da catedral. Não conte para ninguém que me escuta. Eles não vão entender. Às dez da manhã, no terceiro degrau da catedral — e falou novamente, antes de se calar. — Às dez da manhã, no terceiro degrau da catedral.

— Fale comigo. Fale comigo, senhor. Por favor. Eu não quero mais ficar sozinho.

Ele esperou, as lágrimas descendo pelo rosto áspero. Um sorriso nervoso tremelicava em sua face enquanto ele alisava a capela lisa de madeira.

— Amanhã — agora era Jonas que repetia a palavra. — Amanhã. Eu estarei lá. Eu estarei lá.

Durante aquela madrugada, o morador de rua não conseguiu dormir. E mesmo se fizesse seria acordado pela voz, que voltou a falar em outros cinco momentos no decorrer da noite. Toda vez que a imagem voltava a ganhar vida, sempre repetia a mesma frase, não dando importância ao que Jonas falava, nem a suas perguntas ou afirmações. Aquele enviado de Deus não estava ali para escutá-lo, mas para falar o que tinha a dizer e pedir.

Às dez da manhã, no terceiro degrau da catedral.

Amanhã. Eu quero te ver amanhã, Jonas.

Afoito e movido pela fé, o homem não esperou o dia chegar. Apressadamente, saiu da cabana capenga, ajeitando suas coisas com velocidade. Dobrou o plástico, se atrapalhando com as hastes de metal que o sustentavam, enfiou tudo na mochila e nas duas sacolas onde carregava o que restava de seus pertences. A capela, ele a colocou em uma sacola plástica preta, que carregava com o maior cuidado, mas andava rápido. A rua onde estava ficava a seis quadras da catedral. Percorreu as vielas escuras buscando abrigo nas sombras. Os postes de lâmpadas amarelas projetavam seu tom cobre no cimento encardido das calçadas. A lâmpada de um deles piscou quando ele passou próximo, e ele teve a certeza de que a oscilação de energia era um sinal divino. De sinal em sinal, sua certeza era concretada com a argamassa da fé. Era um abalo provocado pela presença radiante que emanava do arcanjo. Parou sob a lâmpada que piscava, um sorriso afetado rachando-lhe o rosto. Olhou para a luz oscilante, como se Deus estivesse falando em código morse. E como se ele pudesse entender. Quando você deposita toda a sua esperança em acreditar em algo, aquilo, de uma maneira ou de outra, se torna real.

Havia um ritmo diferente em seu jeito de andar. Um ritmo de alegria. Deus precisava dele. Sentia, enfim, que sua hora havia chegado. Aquilo pelo qual esperava, e ele sabia que iria acontecer. Já estava nos planos de Deus. Já estava escrito. Ele era importante. Especial.

Na praça da catedral, pessoas ainda circulavam, indo e vindo de destinos diversos. A região era circundada por casas noturnas, bares e alguns puteiros. Sentou no terceiro degrau, bem junto ao canto. Fingia não sentir frio, mas o corpo tremia com o vento gelado da madrugada que sussurrava na noite. Mesmo assim sorria, contente, inebriado em suas próprias fantasias. Ninguém acredita, ele pensava e ria, divertindo-se com a estupidez dos infiéis, tão vazios de Deus. Mas a revelação seria exposta em breve. Quando as trombetas tocassem e os selos fossem abertos, ele também estaria de braços abertos, rindo como ovelha na cara dos porcos. As ideias formavam cenários aleatórios em sua mente: não era vingança, Deus não é vingativo, é justo. O mal seria cobrado, todos sabiam o preço a pagar pelas escolhas fáceis. Só voltava a atenção para o mundo real quando a imagem começava a falar e a repetir as mesmas coisas.

Às dez da manhã, no terceiro degrau da catedral.

Amanhã. Eu quero te ver amanhã, Jonas.

— Já estou aqui, senhor — ele dizia. Mas a imagem parecia ignorá-lo. Foi a fé que clareou a resposta em sua mente. Deveria esperar a hora certa, não a hora em que ele quisesse que acontecesse algo. Tudo tem sua hora. Só de vez em quando caía no sono, levado pelo cansaço do corpo, e, quando o fazia, fechava os olhos, sorrindo, abraçado a sua certeza de gesso e madeira, convicto de que o amor sobrepujaria o ódio e decapitaria os pecadores com lâminas de fogo.

O amor. O amor.

•

O sol aqueceu a face do morador de rua logo pela manhã, despertando-o com um calor gentil, apaziguado pela brisa do inverno. Sentia as bochechas duras e coradas. Não eram nem oito da manhã. O sino da igreja soou sete badaladas no último toque. Esperou, ansioso, tentando conter a expectativa. Olhava os passantes com um sorriso de desdém. A capela repousava logo abaixo das pernas, que a abraçavam com cuidado de forma protetora. As duas mãos sob o teto de madeira, o corpo curvado, com a orelha próxima, alisando-a com os dedos, como se fosse um gatinho.

Oito badaladas.

Depois nove.

Enfim, dez.

Apreensivo, o sorriso armava-se no rosto como uma tenda. O olhar afetado em seu próprio brilho.

Mas nada aconteceu. Não havia voz. Só o silêncio.

Pegou a capela nas mãos.

— Estou aqui, senhor. Estou aqui. Estou aqui. Estou pronto. Mais do que nunca estou pronto.

Olhando mais distante estava ele, dentro do veículo. O local já havia sido escolhido previamente. Também tinha visto outras opções, caso ele estivesse ocupado. Sempre um plano de emergência. Sempre um plano de emergência. E ele estava ali, da mesma forma que estivera no dia anterior, também dentro do carro, parado em frente à ONG de Heloísa, vendo-a no jardim, na parte da frente da casa, entregando os presentes ao morador de rua.

Agora, de onde estava, conseguia ver Jonas sentado no terceiro degrau, na ponta da escadaria. Esperou que não houvesse ninguém próximo. Era o momento de colocar seu plano em prática. Conseguia ver a excitação do homem. Nas mãos de um oportunista, a luz de Deus é usada da mesma forma que alguém usa uma lanterna para brincar com um gato.

Sentado, Jonas aguardava, a excitação beirando a transformação da impaciência.

— Estou aqui. Fale comigo.

Dentro do automóvel, ele conseguia ver que o homem dizia algo para a capela. Mas não conseguia escutar. O aparelho em sua mão não tinha o retorno do som. Apenas conseguia transmitir. Justamente por isso, precisava garantir que sua ideia havia dado certo, atraindo-o para um local onde pudesse vê-lo.

— Silêncio.

Ele disse pelo rádio em sua mão. E a voz se propagou pela capela do arcanjo, sussurrada como uma mentira.

Agitado, Jonas se contorceu em alegria. Uma euforia que tentava conter. Olhava ao redor e se curvou em concha, como que para proteger o que quer que estivesse ali.

— Faça o sinal da cruz, Jonas. Três vezes.

E assim o homem fez, de forma apressada, querendo provar sua obediência.

— Jonas. Eu preciso de você. Preciso que me ajude com uma tarefa. Preciso que você seja as mãos da minha vontade. Se você acredita em mim, faça o sinal da cruz três vezes.

E assim o simples homem fez. Descrente do mundo, acreditava na voz, na promessa, e não dava atenção aos olhares que vez ou outra o fitavam, vindo de pessoas que passavam ao seu lado. Pessoas que não escutavam o chamado, mas viam sua excitação, seu transe. Em sua loucura, era o mais honesto à mesa do mundo. Dispensava o verniz da aparência. Era quem era. O que pensava agia, pois os chamados de loucos são os únicos que dispensam máscaras.

Depois de explicar a Jonas o que ele deveria fazer, dando as instruções e pedindo confirmação visual por meio de gestos de fé, o homem dentro do carro esperou que o morador de rua juntasse suas coisas. Ligou o veículo e saiu. Depois de dirigir alguns quarteirões, estacionou próximo à rua do terreno com o galpão de lixo reciclável. Aguardou pouco mais de quarenta minutos até que avistou o morador de rua vindo em sua caminhada desengonçada. Ele parecia olhar de um lado para o outro, averiguando onde estava. Chegou até o começo da trilha e adentrou sem titubear, confiante no caminho a seguir. Do carro, ele viu o homem desaparecer de sua vista. Deu a partida no veículo e saiu, rumo à próxima fase do plano.

•

HORAS ANTES DO ACONTECIMENTO ANTERIOR

Durante o começo da noite, ele trabalhava. O vento frio que suspirava através do aparelho de ar-condicionado refrigerava a sala onde ele trabalhava com o corpo e o som de uma música instrumental suave e ritmada dava tom ao ambiente, que tinha um clima soturno, com a luz amarelada das lâmpadas acobreando a pele pálida do corpo do estudante estendido sobre a mesa.

Vestir um morto sempre fora uma parte bem trabalhosa do processo. Ainda mais depois de algum tempo na câmara fria do freezer. Os membros rígidos eram difíceis de manobrar. Mas ele tinha paciência e ia pouco a pouco, sempre indo para a frente. Até naquela situação, que fugia dos planos. Executava cada etapa de maneira metódica. Diferentemente do que fizera com os outros corpos, que os vestia com roupas distintas das que usavam quando viviam na rua, neste ele recolocou as mesmas roupas, peça por peça. A cueca, as meias, a calça, a camiseta, a blusa. Calçou os tênis, amarrou os cadarços. Colocou a carteira e o celular desligado nos bolsos. Tinha um aspirador de mão, muito utilizado para aspirar o interior de automóveis. Ligou o aparelho e passou por todo o corpo do rapaz, garantindo que não havia deixado nenhuma evidência dele no outro. Com materiais médicos que possuía em casa, limpou também por debaixo das unhas do estudante.

Quando terminou, deu alguns passos para trás, como um artista que se afasta para ter uma visão mais ampla da obra. Ali estava mais uma farsa. Justamente o que ele combatia era o que repetia agora. Tivera essa dualidade de sensações outras vezes. Em todas elas, aplacava o que lhe agitava os pensamentos com a desculpa de haver uma necessidade para tais encenações, para ser quem não era, dizer o que não pensava, sentir o que não sentia.

Retirou as luvas plásticas que cobriam as mãos e a touca que enclausurava o cabelo. Colocou-as em outro móvel, distante do corpo. Precisaria delas novamente quando fosse movimentar o estudante para fora da casa. Antes, porém, era necessário se preparar para sair mais uma vez com um novo rosto. Um novo corpo. E antes disso, também, era necessário dar o próximo passo em seu plano.

Havia trazido o sistema de rádio de casa. Ligou o aparelho, aguardou um instante, respirando fundo, acionou o comando e falou:

— Amanhã. Eu quero te ver amanhã, Jonas. Amanhã. Eu quero te ver amanhã, Jonas. Amanhã. Eu quero te ver amanhã, Jonas. Amanhã. Às dez da manhã. Quero te ver sentado no terceiro degrau da catedral. Não conte para ninguém que me escuta. Eles não vão te entender. Às dez da manhã, no terceiro degrau da catedral. Às dez da manhã, no terceiro degrau da catedral.

Horas antes, quando estava parado do lado de fora da ONG, espreitando de dentro do carro e vendo a capela sendo entregue para Jonas, a ideia também era segui-lo e acompanhá-lo até o local onde iria montar acampamento. Porém, perdeu o homem de vista em uma curva onde não conseguiu entrar. Tentou acelerar e contornar por outra via que dava mão e o levaria àquela esquina, mas em alguma viela o morador de rua desapareceu de vez. Não era possível segui-lo a pé, carregando o equipamento de rádio que ele usaria para já dar as informações naquele momento, quando tivesse a chance. Enquanto guiava, indo e voltando e contornando as vias na esperança de encontrá-lo, pensou que antes deveria tê-lo acompanhado andando. Mas havia desistido da ideia com a possibilidade de também perdê-lo caso o homem saísse do lugar enquanto ele voltasse para buscar o carro.

Por isso, esperou até aquele horário, pouco mais da meia-noite, quando imaginava ser tarde o bastante para ele estar isolado de outras pessoas e cedo para que ainda o pegasse acordado. Por via das dúvidas, repetiu o recado durante toda a madrugada, de tempos em tempos, já que não tinha o retorno do áudio para ter certeza de que ele havia recebido a mensagem.

Depois da primeira sessão no rádio, foi até o cômodo que usava como camarim. Escolheu uma peruca na prateleira que exibia as cabeças sem rosto e levou-a até a estante, à frente do espelho. Os produtos necessários para a transformação estavam todos dispostos de maneira organizada. Buscou em outro armário um enchimento para cobrir o tórax, proporcionando um peitoral robusto. Escolheu as roupas. Olhou para os chapéus e bonés, mas desistiu de pegar algum deles. Sabia que muitas vezes um rosto à mostra escondia mais do que revelava. Quando você quer se esconder, a melhor maneira é se mostrar. Aprendeu que é da natureza humana não se aprofundar. Ninguém desconfia de que algo está errado simplesmente quando parece estar tudo bem. O real é profundo demais, e as pessoas estão cada vez mais preguiçosas para cavar.

Após quase duas horas de preparação, foi até o rádio e disparou baixinho o recado ao sem-teto. Em seguida acomodou o corpo de Cláudio no porta-malas da minivan prateada. Alugara o carro usando seu documento real. Não queria correr o risco de ser pego por um excesso de cuidado que mais poderia colocá-lo em risco do que em segurança. Agora que seu veículo havia sido inutilizado, usaria o recurso da locação para terminar seu plano. Faltava pouco para preencher o quadro na parede. Antes de sair, havia contado. Talvez mais dois. Iria ajustar seu material para fazer caber nesse número. O aparelho de rádio também já tinha sido colocado no carro e seria alimentado por baterias.

Já tinha o local perfeito em mente. Contornando um depósito de lixo reciclável, havia uma trilha pouco conhecida que dava para os fundos do terreno. Parou com o veículo, acobertado pela noite. Antes de sair do carro, olhou com cautela, verificando qualquer movimentação. Calçou as luvas plásticas e se pôs ao trabalho. Não era boa ideia perder tempo. Saiu decidido, contornando o veículo pelo lado de fora, e com agilidade retirou o corpo do porta-malas, ajeitando-o sobre o ombro. O plástico onde estava enrolado soou quebradiço em seu ouvido. Caminhou apressado, sentindo dificuldade no terreno cheio de desníveis. Quase torceu o tornozelo em um buraco. Pouco tempo depois já estava ofegante. Deixou o carro para trás, desligado. O mato seco que atapetava aquela parte do solo estalava sob os pés. Um cheiro de coisa morta pareceu subir no ar. Não sabia dizer se era o odor vindo de Cláudio ou se havia outro animal em decomposição ali havia mais tempo. Parou de pensar no assunto e seguiu. Andou o suficiente para tirar o corpo da vista de possíveis passantes, mas tomando cuidado para não escondê-lo demais. Fazia parte do seu plano ele ser achado pela pessoa certa. Tinha um plano preciso, e cada fase necessitava ser cumprida uma a uma, como um jogo em que toda etapa o prepara para a próxima, um prerrequisito para seguir adiante.

A noite fria não foi suficiente para deter o suor que descia pela testa, drenado de dentro do corpo através de bombadas de esforço físico. O líquido transparente adquiria um tom leve de terra, ganhando a coloração quando passava pela maquiagem. A lua cintilava de forma gritante, como se a natureza jogasse um holofote sobre ele, tentando revelar ao mundo seu ato. Em sua mente, julgava ser uma ajuda, iluminando o caminho de altos e baixos do local.

Depositou Cláudio ali, desenrolando-o do plástico, que ele dobrou rapidamente em um quadrado fofo. Ajeitou o corpo de um jeito peculiar e deu dois passos para trás. O ar escapava com força. Com a ponta dos dedos secou o suor, dando batidas leves para não tirar a maquiagem. Olhou a cor de terra na luva plástica leitosa.

Satisfeito, girou sobre os calcanhares e partiu. Levou pouco mais de duas horas para realizar essa parte do plano. Antes de sair com o carro, rapidamente mandou um recado ao morador de rua novamente, dali mesmo. Já eram quase cinco da manhã quando estacionou na garagem da casa. Lá, descartou a luva e retirou a maquiagem.

Depois de limpo, se olhou no espelho e reparou no que vinha acontecendo de forma cada vez mais frequente quando se despia de seus personagens e deixava de ser ele mesmo. Ficou se olhando e se olhando. Deu alguns passos para trás, se vendo nu no espelho, e girou lentamente, como se algo ainda estivesse nele. Voltou a se aproximar de seu reflexo, franziu o cenho, apertando os olhos, e levou as mãos até os lóbulos das orelhas. Puxou-as.

Estranho.

Puxou com mais força, ainda sem acreditar, mas sua crença foi restabelecida pela dor. Pensou que tivesse esquecido o aplique na orelha, mas estava enganado: era ele mesmo. Parecia incomodado ao olhar-se no espelho, onde seu reflexo era circundado por cabeças enfileiradas e sobrepostas na parede atrás de Nicolas Dália.

19

UMA CONVERSA, ANOS ANTES DOS ACONTECIMENTOS ATUAIS

Teve uma festinha de uma das meninas da escola, uma vez, festa de aniversário. Foi a professora quem conversou com a garota, em particular, porque ela ficou sabendo que a menina não havia convidado todos da classe. Apenas um menino ela não fez questão de chamar. Mas depois da insistência da professora ela cedeu. A garota não havia convidado, a professora tinha explicado, porque os outros colegas da classe falaram para ela não convidar. No mesmo dia, depois de tê-lo avisado sobre a festa, as crianças começaram a dizer que ela e ele eram namoradinhos. A menina quase cancelou a festa. Foi a mãe dela quem foi conversar com a professora para saber melhor o que estava acontecendo. Ainda bem que essa mãe era mais sensata e não deixou cancelar a festa e fez questão de que todos os alunos da sala comparecessem.

Na festa, depois dos parabéns, as crianças se juntaram para tirar uma foto, todo mundo atrás do bolo. Só que alguns garotos e algumas meninas já haviam armado tudo e foram se ajeitando e fazendo a menina ficar perto do convidado que ela não queria na festa. A menina percebeu e tentou ficar em outro lugar para a foto, mas as crianças a ficaram cercando também. A menina saiu corren-

do, chorando, deixando todo mundo lá. Do lado de fora, no quintal da casa, os pais conversavam com a menina, que ainda chorava e gritava e começou a apontar o dedo para o pai: "Eu disse que não queria ele aqui, eu disse que não queria".

Foi seu pai mesmo quem me contou tudo isso uma vez, quando a gente, depois de um tempo de casado, estava com alguns problemas. E ele me contou de uma maneira tão natural. Ele disse que saiu para ver como a menina estava, e ela ficou apontando para ele e gritando, chorando: "Eu não queria ele aqui, eu não queria ele aqui".

Eu perguntei como ele se sentiu nesse dia, se ele lembrava. Ele sempre me disse que se lembrava de tudo o que acontecia na infância dele, mas que não recordava o que tinha pensado nesse dia. Ele encolhia os ombros e parecia tentar buscar alguma palavra para me explicar, mas só conseguia dizer o que tinha acontecido, não parecia aborrecido por relembrar aquilo. Mas eu sabia que estava. Sabia porque durante a nossa conversa ele chegou a tomar três antiácidos, dava para escutar o barulho que o estômago dele fazia, como se estivesse com fome, sabe?

Ele não soube me dizer o que sentiu naquele dia, mas contou que, quando chegou em casa, meia hora depois, ele caiu no chão da sala e teve uma convulsão. Foi a primeira vez que teve uma convulsão, uma reação daquela. Um dia, conversando com a sua vó, uns três meses antes de ela morrer, ela também me contou algumas coisas e me falou desse dia. Ela pensou que o Matias ia morrer. Que o filho dela ia morrer. Ela disse, chorando para mim, que foi quando percebeu que não queria isso. Que não queria que seu filho morresse. Ela disse que foi naquele dia que percebeu o que era ser mãe. Falou que o Matias, ele estava com quase nove anos naquela época, se debatia nos braços dela e que a boca espumava. Foi a vizinha que entrou na casa, de tanto ouvir os gritos, voltou com o marido e levaram o Matias para o hospital.

O Matias não foi para a escola por uma semana. Só voltou depois que a professora foi até a casa deles conversar com ele. Disse que as crianças estavam sentindo falta dele, que queriam que ele voltasse. Foi nesse dia também que a sua avó descobriu o apelido que deram para o filho dela.

Menino robô.

As crianças da classe chamavam seu pai de menino robô, Nicolas.

Desde criança ele sofre por não conseguir demonstrar os sentimentos dele, por não conseguir mostrar para as pessoas ao redor como ele gosta delas. Não pense que ele não gosta de você. Ele só não consegue, não consegue.

Foi essa mesma professora que ajudou o Matias com tantas coisas. Foi só para ela que ele revelou sobre a janela acima do quadro. E foi ela, depois de pesquisar muita coisa e ir por vontade própria conversar com médicos, quem encontrou um para atendê-lo, e foi nessa época que seu pai teve uma resposta para o jeito como ele era.

A alexitimia é uma maldição para o seu pai. Mas ele aprendeu, de certo modo, a lidar com isso. Ele faz coisas que diziam que alguém com alexitimia jamais faria, como trabalhar com teatro. Apesar de ele ter uma maneira bem peculiar de trabalhar, olha só, é uma forma que faz o trabalho dele ser diferente. E você tem que entender que ele é diferente sim. Ele não vai chegar em você, olhar nos seus olhos e dizer que te ama. Não vai chegar em você e perguntar se está tudo bem, não porque ele não se importa, mas porque ele não consegue ver a coisa assim. Eu encontrei o meu jeito de fazer a nossa relação dar certo. Você também vai precisar encontrar uma maneira para a sua relação com ele funcionar.

Na noite em que tivera essa conversa com a mãe e ela contara um pouco mais da história do pai, Nicolas foi dormir sem sequer imaginar que se tornaria um assassino. Mas, diferentemente de Matias, o filho sabia muito bem as emoções que gritavam dentro dele. A tristeza pela vida do pai e o ódio pelo mundo que exigia de Matias algo que a sociedade também não entregava. Não foi naquela noite, que aconteceu quatro anos antes, que tivera a ideia do plano que colocava em prática agora. Mas foi a partir dela que ele entendeu que deveria fazer algo.

Cada gesto de carinho não recebido do pai, cada palavra não dita, cada abraço não dado, cada olhar vazio, cada ausência, cada vez que o trabalho parecia ser mais importante do que ele, cada vez que esperou por algo que não aconteceu fazia a chama que tinha dentro dele oscilar, balançar e, muitas vezes, quase ceder, como o fogo de uma vela dançando no vento, instantes antes de quando a luz apaga.

20

Artur entrou na viatura às pressas. Recebera uma ligação da central dizendo que haviam encontrado o corpo do estudante e prendido o assassino. O veículo disparou com a sirene gritando, exigindo passagem. Enquanto deslizavam pelas vias, abrindo caminho com velocidade, Artur arquitetava os fatos na cabeça, questionando a informação dada pelo policial que o avisara.

Mesmo com a sirene ligada, demorou mais do que o previsto para chegar ao local. E, quando a viatura entrou na pequena rua, já era possível ver, no final dela, outros três veículos da polícia. A rua tinha pouco movimento, dispensando a necessidade de fazer um grande desvio no trânsito.

Artur desceu do carro e foi informado dos detalhes por um policial que veio em sua direção e que caminhou ao lado do detetive.

— Aquele é o suspeito?

— Sim, senhor. Acho que ele é retardado.

Artur olhou para o policial de forma séria.

— Acho, não. Tenho certeza, senhor.

— Você quer dizer que ele possui um transtorno mental.

— Isso, senhor. Transtorno mental. Me desculpe.

— Desculpar por quê?

— Não, quero dizer, por nada, senhor.

— Primeiro eu quero ver o corpo.

— Claro.

O suspeito estava contido dentro de uma das viaturas e o detetive passou por ela lançando um olhar rápido pela janela, de onde era possível vê-lo. Foi conduzido pela trilha com orientação do policial que o acompanhava. No caminho, cruzou com um homem e uma mulher, também policiais, que conversavam e pararam o papo quando o detetive passou por eles.

Não demorou para chegar ao destino onde jazia o rapaz. Deitado com as duas pernas esticadas, uma rente à outra, os braços abertos em cruz com as palmas das mãos voltadas para cima, e o rosto também virado para o céu, os olhos abertos, petrificados pelo parar do tempo da morte. Ali estava o corpo de Cláudio Cabral. Sua identidade havia sido confirmada previamente pelo documento encontrado na carteira que estava no bolso da calça. O objeto já havia sido embalado em um saco plástico e retido como evidência.

— O celular do rapaz também estava no bolso — disse o policial ao lado de Artur.

O detetive estava em silêncio, catalogando a cena de cabeça.

Terminou de colocar as luvas plásticas entregues por outro policial, abaixou-se e verificou o pescoço.

— Asfixia por esganadura — disse o funcionário da perícia, que anotava alguma coisa. — Muito provavelmente — complementou.

Artur se levantou.

— Ligação anônima, você disse?

— Sim — o policial voltou a falar. — Ligaram dizendo que tinham visto um homem carregando o corpo de outro rapaz aqui pra dentro.

— Tentaram a identificação do informante?

— Sim. Mas ele não quis se identificar.

— Quando chegamos, o suspeito estava sentado ao lado do corpo. Não resistiu à prisão. Ele estava, sei lá, digo, estava feliz. Um sorriso no rosto, sabe? De satisfação mesmo. Olhava pra gente como se tivesse feito uma coisa boa. Ele só ficou agitado quando tiramos aquela coisa dele.

Artur olhou para onde o policial apontava. Próximo ao corpo, como uma lápide de madeira, estava a capela.

— Ele não queria se desfazer desse santo aí.

Abaixado próximo ao objeto, o detetive apenas disse:

— Não é um santo.

●

Jonas se debatia na pequena sala da delegacia onde era mantido algemado. Gritava com força, pedindo que devolvessem sua capelinha. Dois policiais o seguravam. Um terceiro estava em frente à porta, observando a cena. O morador de rua tinha mordido a mão deste, que lhe devolveu a agressão com dois socos no rosto. O terceiro golpe só foi evitado porque o policial havia sido contido pelos outros dois.

Artur entrou com violência e a porta bateu nas costas do policial com a mão mordida, empurrando-o para a frente, quase o fazendo cair. Ele olhou para trás com raiva.

— Que porra!

Artur apenas olhou para ele, sem dar atenção. *Não tinha nada que estar na frente da porta,* pensou.

— Aqui. — O detetive colocou a capela sobre a mesa, mas longe do alcance do homem, que tentou pegá-la, mas foi segurado na cadeira pelos policiais. — Se você não se acalmar, eu vou levar ela embora. Entendeu? Entendeu?

O homem se acalmou, tentando visivelmente se conter. O corpo tremia, e um pouco de saliva juntava-se no canto da boca.

O detetive fez sinal para que os policiais parassem de segurá-lo.

— Se tentar alguma coisa, vou te prender e levar isso embora. Consegue me entender?

Com os olhos grandes e vidrados, o sujeito acenou positivamente com a cabeça. Tinha um tique nervoso e às vezes quebrava o pescoço de lado.

— Me deixem sozinho com ele.

— Senhor...

— Podem ir. Vamos apenas conversar. A capela vai ficar aqui, bem na sua frente, Jonas. É seu nome, não é? Jonas, certo?

Mais uma vez a resposta veio com um aceno brusco e curto.

— Podem ir.

Os três policiais deixaram a sala, fechando a porta. O homem olhava para a capela com fixação.

— Vamos tentar fazer isso rápido, ok?

Ele não respondeu.

— Você matou aquele rapaz? — Artur não levava jeito para interrogatórios.

Ainda vidrado na capela, o homem permaneceu em silêncio, como se conversasse telepaticamente com a caixa. O detetive colocou a mão sobre o teto da capela.

— Vou falar só mais uma vez. A próxima pergunta que eu fizer e você não me responder, eu levo essa capela embora e jogo no lixo.

— Não — a resposta veio engasgada, um sussurro arranhando a garganta.

— Você matou aquele rapaz?

— Tudo que fiz foi em nome do senhor.

— Então você o matou?

— Tudo que fiz foi em nome do senhor.

— Eu quero uma resposta diferente, Jonas.

— Ele não vai falar com você aqui. Você não é digno.

— Ele quem? Deus?

— Deus é importante demais para falar diretamente comigo. Ele fala através de São Miguel.

Artur olhou para a capela.

— Deus fala através dessa estátua?

— Por isso ele não fala com você. Você só vê gesso e tinta. É preciso olhar através, olhar através. Precisa ver com os olhos fechados, ver com os olhos fechados. Fechar os olhos para ver, fechar os olhos para ver.

— Não foi você que matou aquele jovem, Jonas. Eu sei disso. Alguém quer colocar a culpa em você. Estão usando a sua fé, Jonas. Você vai ser preso, entende isso?

— Preso — a palavra saiu em tom de desdém, seguida por um estalido com a língua. — Preso, não. Estou livre. Mais livre do que nunca.

— Jonas. — Artur deixou o ar pesado sair dos pulmões. — Me diz quando São Miguel falou com você. Que dia?

— São Miguel fala comigo. Ele me escolheu. Ele sabe a minha importância. Ele sabe.

Artur tirou um cigarro do maço, se recostou na cadeira e começou a bater com o filtro do cilindro no tampo da mesa. Com as leves batidas, o tabaco ia se compactando pouco a pouco dentro do cigarro. Levantou da cadeira. Não gostava de interrogatórios. Ainda mais com tamanha dificuldade. Deu uma última olhada para trás e escaneou o homem sentado à mesa. Suas pernas balançavam para cima e para baixo, movidas por uma espécie de tique nervoso. O detetive olhou para seus tênis velhos e encardidos com os cadarços mal amarrados. Em seguida, voltou-se para a porta, abriu e deu sinal para os policiais. Dois deles agarraram Jonas pelos braços, cada um de um lado. O terceiro, com a mão enfaixada de forma improvisada, apanhou a capela. Foi necessário força para conter o homem, que se debatia ao ver seu santuário particular se distanciando nas mãos de outro.

●

Artur foi direto para a sala de Aristes. Bateu na porta e entrou, sem esperar resposta. O delegado, atrás de sua mesa, parecia satisfeito.

— Esse não é o homem que procuramos, senhor.

— Do que você está falando, Artur? Ele estava ao lado do corpo. Os policiais já me disseram que ele repetia sempre a mesma frase: "Tudo que eu fiz foi em nome do senhor". Ele estava delirando, você viu muito bem. É maluco, matou em nome de Deus. Isso não é novidade.

— Você acha que ele matou os outros moradores de rua também? — questionou o detetive.

— Que outros moradores de rua?

— Como assim que outros? Você sabe bem que outros sumiram.

— Não temos nenhuma queixa disso, Artur.

— Temos sim. O outro rapaz que mora na rua...

— Não foi nem uma queixa formal, Artur.

— Não tem como formalizar uma queixa quando você está sendo carregado pra dentro de uma cela. Você mesmo me chamou porque eu estava investigando o caso. Você sabia que poderia ser a mesma pessoa. Não podemos...

— Artur. — O delegado passou a mão no rosto. — Porra, eu estava de bom humor. Você sempre faz isso. Seguinte, se você tiver algo concreto, algo real sobre o assunto, a gente vai em frente. Enquanto isso você não tem nada.

— Quem você acha que estava dirigindo o veículo roubado e entregando sopa aquela noite? Você acha que esse sujeito preso hoje era o motorista?

Aristes ficou um momento em silêncio e, por não achar argumento melhor, usou a autoridade de ser o chefe para dar credibilidade ao pensamento.

— Coincidência, Artur.

— Temos uma testemunha que viu o mesmo carro que entregou as sopas fugindo com o rapaz.

— Outro morador de rua.

— E o que isso muda no que ela viu?

— Essas pessoas inventam coisas, Artur, são capazes de contar qualquer tipo de história para ganhar algo ou sair de alguma encrenca.

Certa vez, Artur e Bete estavam conversando assuntos aleatórios sobre o trabalho na polícia quando o nome de Aristes emergiu na conversa. Uma colega de Bete, também policial e filha de um policial já aposentado, havia lhe contado sobre o delegado, quando ele ainda não tinha tal cargo. Seu pai e Aristes eram colegas de trabalho. Ela dissera que o atual chefe era, em outra época, um sujeito voraz, aparentemente incansável e de uma sagacidade assustadora. Seu porte físico ainda o ajudava quando era necessário mais do que o intelecto para resolver alguma questão. Agora, no instante presente, Artur ficava se questionando onde estaria aquele Aristes do passado. O detetive não acreditava que as pessoas ficassem burras com o tempo, só mais fingidas, a não ser, claro, por alguma doença degenerativa, mas ele suspeitava de que não fosse o caso. E, se as pessoas não emburrecem só por envelhecerem, aquela postura de Aristes se mostrava ainda pior. Não era questão de não achar que algo estivesse acontecendo, ele sabia que estava. Talvez não tivesse realmente todas as provas, eram apenas evidências, mas muitas vezes elas são mais do que suficientes para saber da existência de algo. E por um instante Artur pensou em Deus. Na fé. Jamais rezaria para que algo desse certo para ele ou esperando algum milagre, nenhuma coisa do tipo. Até porque, em seus estudos sobre o assunto, o mais próximo que havia chegado de uma conclusão espiritual foi: "Deus escuta seus agradecimentos; o Diabo, suas reclamações". Mas o fato de que muitas vezes não precisamos de provas para saber sobre algo dizia muito sobre essa questão. Independentemente disso, ele sabia, qualquer que fosse sua opinião sobre Deus existir ou não, isso não mudaria em nada o fato de ele realmente existir ou não. Essa era a mais simples verdade. Restava às pessoas decidir em que acreditar, o que faria bem a elas. E Aristes tinha feito sua escolha. Ele não queria acreditar que moradores de rua estivessem sendo mortos deliberadamente por alguém. Mais uma vez, como frequentemente acontece, o cargo de importância era ocupado por alguém que só fingia ser o que deveria ser.

Um silêncio se instaurou na sala, denso como uma gelatina. Aquele momento parecia encontrar cumplicidade nos olhares perplexos que se dirigiam ao gabinete envidraçado com as persianas fechadas.

De um lado, o delegado estava em chamas com a ousadia de Artur; de outro, sabia que ele estava certo. Porém, não podia deixar uma investigação dessa ganhar corpo sem algo palpável.

— Artur, você ainda tem carta branca para usar os recursos da polícia nessa sua investigação... particular. Talvez você esteja certo. Talvez. Mas eu preciso mais do que isso. Continue fazendo o trabalho, mas sem alarde, entendeu?

●

Artur solicitou as fotos feitas na cena do crime. Olhou uma a uma, separando aquelas que mais interessavam em sua mesa. O barulho da delegacia estava incomodando. Sentia falta de trabalhar no silêncio de seu apartamento. Era como se o arrastar de cadeiras, o chiado de vozes, as risadas desnecessárias, todos os sons ganhassem volume. E ele se agitava em frente à mesa, cada vez mais incomodado. Com maior velocidade, separou as fotos que julgava importantes, colocou dentro de uma pasta e saiu.

21

Quando o celular tocou, Nicolas atendeu com um tom sorridente na voz. Estava empolgado, sentindo-se confiante e revigorado.

— Alô — Nicolas disse e, depois de escutar o motivo pelo qual o homem ligara, respondeu de forma seca.

— Eu disse que ligaria para confirmar, se não ligasse não teria. Assim que tiver a data e tudo certinho eu aviso, ok?

Apesar da rispidez com a pessoa que havia ligado, estava de bom humor consigo mesmo. Só não queria ser atrapalhado, nem cobrado por ninguém. *Eles que precisam de mim, que esperem,* pensava, com uma autoconfiança ilusória, já que, na verdade, naquele caso, era ele quem precisava daquelas outras pessoas. Nem todas ligaram para ele, cobrando-o, não porque não queriam, mas para não parecer que estavam ansiosas demais, embora estivessem.

Desligou o aparelho e o rodou na mesa onde o corpo de Cláudio perdera a vida, girando-o de forma divertida. Foi até o cômodo onde se caracterizava e tirou uma pasta da gaveta do móvel. Folheou e leu a ficha do morador de rua, relendo as observações de localização. Gostaria de ter aqueles rastreadores utilizados por grupos de proteção animal, que, após cuidarem do bicho machucado, o microchipam com um grampo na orelha ou nadadeira e assim o localizam em qualquer canto do mundo. Como seria útil. Grampear a orelha dos sem-teto escolhidos e ir atrás deles quando bem entendesse, encontrando-os sem dificuldade.

Mas não havia localizador. Apenas as anotações que tinha de sua pesquisa, fotos das regiões, do alvo. Por isso, apesar de todo o seu planejamento, não perdia a oportunidade de capturar um morador de rua quando ele se apresentava em seu caminho de maneira tão fácil. Outras três vítimas foram pegas dessa forma, quase se oferecendo. E assim, depois do processo de caracterização e de pegar os documentos que exibiam aquele rosto e seu nome verdadeiro, Nicolas Dália se pôs atrás do volante do automóvel alugado e saiu, ainda à luz do dia, à caça da sua vítima. Saiu cedo, queria tempo para ampliar a busca, olhar em cada esquina da região caso fosse preciso. A não ser que o homem tivesse realmente se mudado, não deveria estar longe, ainda mais com sua condição física. Se realmente não o encontrasse, partiria para o nome seguinte, depois o outro, e o seguinte. Agora que iria reduzir o número de pessoas, tinha ainda mais opções a seu dispor.

Ao passar pela igreja, tentava dirigir na menor velocidade possível, porém o fluxo de veículos o impedia de ir muito devagar. Não era possível estar ali a passeio. As pessoas tinham pressa, e, em uma cidade onde se perde tanto tempo no trânsito, ninguém está dentro de um carro para aproveitar a vista. Depois da segunda buzinada que levou, resolveu acelerar um pouco mais; não queria chamar atenção. Apesar do grande número de furtos por ali, o lugar tinha uma presença razoável de policiais. Seguiu reto, deslizando pela estreita via onde o asfalto malfeito revelava a cobertura anterior, de paralelepípedos, fazendo o carro sacolejar. No lado esquerdo, a faixa pintada no chão desenhava uma área destinada aos táxis, mas nenhum veículo estava ali. No ponto, uma faixa de pano explicava a paralisação decorrente da violência das últimas semanas. Os comércios estavam todos abertos, e toldos vermelhos e azuis cobriam a frente das fachadas. Logo acima, altos prédios corriam em direção ao céu, com pichações escritas a rolos com tinta preta. Do lado direito havia uma área larga, coberta por um piso de cimento queimado e áspero com lances abertos exibindo um gramado que resistia ao redor de árvores com uma folhagem verde-escura, provavelmente em virtude da fuligem do escapamento dos carros. Nicolas observou uma barraca de lona amarrada a um dos troncos, uma lona grossa azul de piscina. Do lado de fora, uma mulher amamentava uma criança no colo, fazendo uma cama com o braço esquerdo para o bebê debruçado sugar o seio escuro e tentando manter longe do filho, na mão direita, o cigarro que queimava na ponta dos dedos. Outras duas crianças brincavam mais para trás da barraca, próximas a outra extremidade, lateral à via tripla de grande circulação de automóveis. Continuou até chegar ao fim da rua, que se partia em duas possibilidades: à direita, onde era possível pegar um retorno e voltar pela direção de onde viera ou até mesmo seguir para a zona leste; ou à esquerda, para se embrenhar ainda mais fundo nas entranhas do centro. Entre a bifurcação se estendia um viaduto que mais parecia um grande bloco de concreto no qual uma ponte fora entalhada. Um vão largo em sua extremidade servia de abrigo para outras barracas de lona, onde um aglomerado de moradores de rua se formava. Era nítido que os pedestres que precisavam passar por ali preferiam contornar o lugar, escolhendo circular pelo segundo vão que também se abria por debaixo da ponte, separados então por uma larga pilastra de concreto. Mais barracas estavam ali, porém com uma área maior era possível transitar com mais facilidade para driblar os pedintes. Parecia uma selva, com hienas fatigadas sentadas em bando enquanto zebras receosas transitavam no pasto. Cada um achando que era a zebra e dando o posto de hiena para o outro.

Não era um local permitido para parar, mesmo assim Nicolas encostou e, sem desligar o veículo, ficou observando de dentro dele os sem-teto que ficavam naquela área, buscando aquele que procurava. Olhou, olhou, e nada. Permaneceu ali por quase três minutos e depois seguiu seu caminho, tomando a rua da esquerda, que subia paralela a uma larga escadaria que dava acesso aos pedestres.

Logo após a subida, converteu o veículo mais uma vez para a esquerda a fim de adentrar as pequenas vias que desaguavam nas avenidas principais. Circulou pela região por um longo período, buscando as ruas mais povoadas pelos moradores de rua. O centro da cidade mantinha ainda um grande número de prédios antigos, e sua arquitetura rebuscada, adornada por formas circulares do barroco, com verdadeiros babados de concreto, perdia o glamour debaixo da camada cinza de fuligem que parecia cobrir cada centímetro quadrado, cada fresta, como uma praga egípcia.

Nicolas aprendeu a odiar aquela cidade. Um lugar que ao mesmo tempo tinha tudo e não tinha nada. Toda aquela sujeira e sons, toda aquela gente se engalfinhando por algum espaço. Mesmo assim, nunca se imaginou morando em outro lugar. Já conhecera outras cidades, até outros países, já vira lugares que funcionavam de verdade, alguns até onde as pessoas se olhavam na rua parecendo se importar umas com as outras, mas ali, naquela terra cinza, suas raízes haviam se cravado no concreto. Morar naquela cidade era viver em um relacionamento abusivo que você não sabe como deixar. Era um vício.

Enquanto torcia o volante, olhou para o relógio. Circulou por quase quatro horas direto, indo e vindo e voltando, procurando, sem sinal algum. Quando viu um carro deixando uma vaga aproveitou; não era sempre que um lugar aparecia naquela região da cidade. Desceu do veículo, esticou as pernas e os braços, as mãos suavam e a testa estava engordurada. Com um lenço de papel, deu leves batidinhas para enxugar, com a preocupação de não remover a caracterização. Caminhou até uma padaria de esquina e se posicionou na ponta do balcão de metal. Sentiu o geladinho do alumínio nos antebraços. Sinalizou para o atendente, que acabava de entregar um prato de vidro com um misto-quente para outro cliente, e pediu um também.

— E um café preto — completou.

Apesar de a busca ainda não ter rendido nenhum fruto, continuava de bom humor. Tinha se livrado de um grande problema de um jeito bastante criativo, julgou, e pensou em como o pai ficaria orgulhoso se soubesse o que tinha feito. Mas com esse pensamento sua face caiu em uma breve tristeza.

Ficaria orgulhoso?

Claro que ficaria.

Será mesmo? E como você iria saber? Como, hein?

Como?

259

— Timeco de merda!

Nicolas olhou para o lado, de onde veio a frase. O homem à sua esquerda apontava para a TV fixa na parte superior da parede, onde um canal esportivo mostrava os lances de uma partida de futebol.

— Início do campeonato todo embalado, agora derrota atrás de derrota. Tomar no cu.

O misto-quente de Nicolas foi entregue, e, enquanto comia, engatou na conversa sobre futebol com o desconhecido a seu lado. Também torcia para aquele time. Mas já fazia um bom tempo que não se deixava levar por uma partida. Só vez ou outra, quando passava em frente a alguma TV, se dava o luxo de permanecer ali por alguns minutos vendo a equipe jogar. Mesmo com a conversa tendo como tema principal as frequentes derrotas, ele estava sorrindo.

— Trocaram de técnico de novo — o homem comentava. — Os caras não dão tempo para a pessoa trabalhar o time, acham que vai entrar e já vai mudar tudo assim.

— É, eu acho a mesma coisa — Nicolas concordou.

— Não é?

— Mas o time também não está ajudando. Chama um técnico novo, mas não reforça o elenco, fica difícil mesmo.

— Mas o time é bom, tem bons jogadores.

— Tem, eu sei, mas a gente perdeu três do começo do ano pra cá, que foram vendidos e não repusemos. E dois eram meio de campo titular, agora a gente não tem a mesma força pra puxar um contra-ataque rápido. A gente não tem velocidade no pensamento.

— Sim, é verdade — agora era o homem que concordava com Nicolas.

Em frente à TV, o homem parecia mais indignado, realmente sofria pelo futebol. Continuaram conversando enquanto lanchavam. Assim que terminou seu misto e secou a garrafa de Coca-Cola, o desconhecido se levantou, apertou a mão de Nicolas e saiu. Talvez nunca mais se vissem, porém, por um momento, um fez parte da vida do outro.

Mesmo após terminar o lanche, Nicolas permaneceu ali, assistindo à TV. O canal esportivo ainda falava do seu time. Só quando o bloco terminou ele se levantou, pagou a conta e voltou para o veículo. Atrás do volante, pensou: *Onde?*

Antes mesmo de sair da vaga, outro carro já aguardava em sua traseira, prevendo que ele iria liberar o posto. E sempre vale a pena esperar por uma vaga, mesmo que se esteja com pressa, mesmo que isso atrapalhe outros veículos na rua, mesmo que se escutem buzinas irritadas passando zunindo.

Nicolas contornou mais uma vez a grande praça que servia de quintal para a igreja matriz. Tinha uma rua em mente e resolveu tomar o caminho mais longo, ziguezagueando pelas vias que costuravam a região. Era hora do almoço e o trânsito sempre piorava, tanto de carros quanto de pedestres. Lembrou a frase do morador de rua, quando conversou com ele: *O melhor horário pra pedir é no almoço, quando as pessoas também estão com fome e ficam com pena de você estar passando uma coisa que elas também estão sentindo.*

Agora ele guiava o veículo para ir até um dos semáforos onde o morador costumava fazer seu improvisado show a que ninguém realmente queria assistir. Um momento de esperança passou por ele como uma brisa e da mesma forma se dissipou no ar quando percebeu que a pessoa que estava ali, sentada no gramado, não era o seu alvo. Mesmo assim, ele buscou um lugar para estacionar e foi até o homem, que mexia alguns malabares enquanto aguardava o sinal fechar novamente.

— Boa tarde — Nicolas disse, se aproximando.

O rapaz se levantou, sem demonstrar agressividade, porém com os malabares nas mãos. Não disse nada, apenas acenou com a cabeça.

Nicolas coçou a barba postiça.

— Tinha um rapaz — ele começou —, o nome é Hugo Mafra, de cadeira de rodas. Ele costumava ficar aqui neste semáforo.

— Sei, sei quem é.

— Sabe onde ele está?

— Eu não conheço o cara, só sei de vista.

— Mas você o viu por aí?

— Ele arrumou um rolo com uns caras da rua, queriam pegar a cadeira dele... ajuda a ganhar um pouquinho mais.

— Pegaram?

— Nada, o cara tem uns puta braço forte, se agarrou na cadeira e não largou, nem levando bicuda. Aí uns malucos pararam pra ajudar, estacionaram o carro no canto aqui mesmo e o pau comeu pro lado dos vagabundos. Roubar cadeira de aleijado já é demais, tá loco. Aí ele fica trocando de lugar, parece. Uma hora tá numa rua, outra hora tá em outra. Mas eu acho isso uma burrice. Melhor é ficar no lugar onde a galera já te vê sempre, e aqui é abertão, se der alguma treta pode ser que o pessoal ajude. Ficar zanzando, trocando de esquina, até porque, querendo ou não, todo mundo sabe onde te achar. Pra se esconder tem que ir pra longe, longe mesmo.

— Sabe onde eu posso achar ele?

— Pra quê?

— Pra ajudar.

O sujeito olhou desconfiado.

— Sabe a rua das fantasias? Que vende fantasias mesmo, não é putaria. — E deu uma risada mostrando dentes escuros.

— Sei.

— Já vi ele na esquina de lá. E às vezes ele fica na rua do metrô também, saca?

— Sei também.

— É, eu vi ele por esses lugares.

— Ok.

— Se tiver sobrando uma ajudinha pro amigo aqui, não seria ruim, não. Perdi um sinal fechado.

Nicolas já levava alguns trocados separados no bolso da calça para não ter que abrir a carteira na rua naquelas situações. Entregou uma nota para o homem e saiu. Já no carro, partiu em direção à rua das fantasias, uma via conhecida por ter diversas lojas que vendiam artigos para festas, além, é claro, de fantasias. Nicolas já comprara algumas coisas lá e conhecia bem a região. Ao se aproximar, circulou pela via perpendicular, dobrou a esquerda e entrou por uma das extremidades da longa rua. Foi dirigindo com a mínima velocidade possível, já que a rua possuía diversas esquinas pontilhando sua extensão. Parou no semáforo fechado de uma delas, olhou para o homem que passou caminhando entre os veículos com um buquê de rosas em uma mão e uma delas solta na outra.

— Um agrado pra esposa, amigão? — Nicolas ouviu o homem falando com o motorista de um carro à frente, que negou com um aceno rápido. — Ganhar uns créditos com a namorada, jovem? — o homem disse para o motorista de outro veículo, que também recusou. — Que tal inverter as coisas e dar flores pro maridão? — ele ofereceu a rosa para uma mulher que dirigia próximo a Nicolas.

— Eu sou lésbica — ela respondeu e balançou a mão no ar como negativa.

— Melhor ainda — o homem contra-argumentou e, ao contrário do que fizera com os dois motoristas anteriores, não saiu de perto do veículo após a mulher dizer que não queria. — Tenho certeza que ela vai gostar — ele insistia pela janela do carona, olhando para dentro do carro e encarando a motorista.

— Não, obrigada.

— Eu faço um preço melhor pra você.

— Obrigada, mas não.

Chegou mais perto da janela, fazendo a mulher ficar apreensiva. O farol continuava vermelho.

— Você é lésbica mesmo? — perguntou, quase sussurrando para que outros motoristas não escutassem, e continuou: — Que desperdício. — Dava para escutar a respiração áspera entrando pela janela. — Apesar de que deve ser bem divertido assistir. Como é que vocês fazem? Eu sempre tive vontade...

Um curto, mas alto, toque de buzina soou próximo ao homem das flores, que despertou com um solavanco e, meio desnorteado, endireitou o corpo e se virou para o semáforo, que continuava fechado. Olhou para a direção de onde viera a buzina e foi flagrado pelos olhos de Nicolas caracterizado, no carro ao lado, encarando-o.

— A moça disse que não quer flores.

O vendedor reparou na mão direita do motorista descendo do volante, como se estivesse indo buscar algo.

— Eu ia fazer um precinho mais camarada. — Quando voltou o olhar para o carro da mulher, o vidro já estava fechado, refletindo como um espelho a figura magra e desgrenhada do homem das flores.

Quando voltou a olhar para Nicolas, o motorista ainda o encarava, em silêncio, apenas com a mão esquerda no volante. Permaneceram assim por um breve instante, até que o vendedor desabrochou um sorriso frouxo e deu a entender que sairia dali. Deu a volta pela frente do veículo da mulher e, logo após passar pelo carro, tendo certeza de que não seria atropelado, abriu a boca e pôs a língua para fora, movendo-a como se estivesse lambendo o ar repetidas vezes, depois estalou os lábios e lançou um beijo. A mulher permaneceu com o rosto estático, em linha reta, sem olhar para ele, mas viu parte da provocação pela visão periférica. O corpo todo estava tenso, as duas mãos seguravam com força o volante, apertando, descontando nele a vontade de gritar, como se tivesse uma mordaça na boca, desejando virar o volante e acelerar por cima daquele sujeito, e com vontade de chorar, de ódio e de tristeza.

O sinal finalmente abriu e todos os carros se moveram com a pressa da rotina. Apenas o de Nicolas circulava mais devagar, tentando não prender demais o trânsito. Passou os olhos pela encruzilhada seguinte e não conseguiu ver o que procurava. Uma árvore magra que se debruçava para dentro da rua fez sombra no veículo. A tarde se adiantava e seguia seu rumo, amornando o frio que esperava a noite cair para dominar com sua presença. Foi quando avistou, pouco mais de cem metros adiante, o homem em sua cadeira de rodas. Estava sobre a faixa de pedestres da rua que cortava a via por onde Nicolas dirigia, aproveitando o sinal fechado daquele lado para fazer seu show, girando a bola de basquete no dedo em riste, passando para a outra mão, por trás da cabeça, caindo pelos ombros e deslizando pela nuca para reaparecer no outro braço. Com o tempo na rua foi melhorando sua técnica e parecia dançar sobre a cadeira, movendo-se apenas da cintura para cima.

Nicolas foi alertado com uma buzinada por estar lento demais e teve que acelerar. Seguiu adiante, agora mais rápido até a próxima entrada à direita para realizar o contorno e chegar ao destino. Conhecia um estacionamento próximo àquela esquina. Por precisar parar muito o antigo carro em estacionamentos, tentava sempre guardar na mente quando via um. Após serpentear pelas vias, subiu a calçada e entrou no estacionamento, onde uma placa exibia os valores. Antes de descer do veículo, pegou no banco traseiro sua mochila e retirou de dentro dela uma camisa polo branca, com mangas e gola azuis, em cujo peito estava bordado um símbolo composto de uma bola de basquete em chamas e uma sigla. Atrás da camisa estava estampado Comissão Técnica. Estava frio, mas ele não colocou nenhuma blusa por cima para não esconder a vestimenta. Verificou na carteira os documentos, inclusive a identificação da Federação de Basquete em Cadeira de Rodas, um documento falso que ele mesmo fizera e que de real só tinha a logomarca da federação. Desceu do carro, colocou a mochila nas costas e saiu do estacionamento após pegar seu tíquete. Caminhou despreocupado pela calçada, indo em direção a um boteco na outra esquina. Hugo estava de costas, na outra rua, fazendo suas acrobacias com a bola. Nicolas se posicionou em uma mesa do boteco na calçada, pediu uma água com gás e uma travessa de petiscos: amendoim, azeitona e queijo cortado em pequenos cubos salpicado de orégano. E ficou ali, observando o homem e suas manobras. A ideia era ficar visível. Já tinha o plano todo em mente.

Hugo terminou de rodar entre os carros, recolheu uma única mão de moedas e depois girou a cadeira sobre as duas rodas com habilidade, saindo por um vão entre a traseira de um veículo. Chegara ao outro lado da rua, onde sua mochila, com tudo o que tinha na vida, estava depositada, bem amarrada pelas alças ao tronco fino de uma árvore que estendia seus galhos calvos para o céu. Era uma mochila tipo alpinista, alta e velha, mas com bastante espaço para colocar as roupas, o cobertor e alguns utensílios, como papel higiênico e outras coisas. Normalmente tentava fazer suas necessidades em banheiros de estabelecimentos comerciais, assim, além de ter uma privada, não precisava utilizar seu próprio rolo de papel, que mantinha para quando não possuía um banheiro de verdade e precisava cagar em algum canto. No chão mesmo. Normalmente fazia isso durante a noite, para ter mais privacidade.

Do lado da mochila, Hugo puxou uma garrafa d'água de plástico e tomou um longo gole. Apesar do frio, o corpo demonstrava leves marcas de suor. Olhou ao redor e reparou no homem de camisa polo azul e branco também olhando em sua direção. Os dois se mantiveram firmes na encarada, e Hugo teve a sensação de ser um olhar pacífico, mais curioso do que ameaçador. Tantas vezes já tinha pego pessoas o olhando assim, imaginando como seria a vida dele, como ele fazia certas coisas, se almoçava todo dia, se ganhava mais dinheiro do que algumas profissões de carteira assinada, se seu pau ainda subia, se estava na rua porque não queria trabalhar ou tinha sido expulso de casa por ter feito alguma merda, coisas do tipo, coisas da curiosa e sádica mente humana.

Após o breve descanso, partiu para uma nova apresentação. Escolhera aquela esquina porque ali, ao contrário de grande parte da cidade, a calçada tinha um acesso para cadeira de rodas. Manobrou a bola, girando e trocando de mão, deslizando pelos ombros atrás das costas, movimentos tão mecânicos quanto o bom-dia de uma recepcionista. Mas sua técnica realmente estava afiada, tinha um jeito suave de se mover, e alguns movimentos lembravam a dança do ventre, principalmente por ter o quadril imóvel, mexendo apenas o tronco, os braços e o pescoço. Só faltava uma música. O tempo dos sinais também já estava decorado na cabeça e agora não era preciso fazer conta nenhuma, e Hugo instintivamente cessava os movimentos com uma finalização mais espalhafatosa, pousava a bola nas pernas mortas e rodava a cadeira olhando para os motoristas, sempre com os olhos no vão entre os veículos para ter noção se era possível passar por ali. Dessa vez, como em muitas, nenhuma mão de moedas. Saiu pela outra lateral da rua, sempre trocando de sinais no cruzamento, quando tinha um número interessante de veículos ou quando seu olhar batia com o de alguém que ele notava ser mais predisposto a abrir a mão. O tempo na rua também o ensinou a perceber isto: olhar no rosto das pessoas e ter uma ideia se aquele sujeito era mais emotivo ou se não daria a mínima para ele.

Claro que não era uma ciência exata e muitas vezes era surpreendido, mas todo conhecimento na rua era um atalho para a próxima refeição.

Hugo teve que sair pelo outro lado, ficando na calçada oposta à de Nicolas, que continuava sentado, bebendo outra água com gás, que agora vinha saborizada com rodelas de limão no copo. Ele beliscou um pedaço de queijo com o palito de dentes e levou até a boca. Olhou para o morador de rua, que também estava olhando para ele e fez um gesto, convidando-o para ir até lá. O homem, a princípio, não demonstrou nenhuma iniciativa. Virou o rosto para sua mochila, amarrada na outra ponta da esquina, na árvore. Sabia por experiência própria que não dava para vacilar com seus poucos pertences, mesmo amarrados com alguns nós para dificultar um possível roubo. Voltou a olhar para o homem no boteco e fez um sinal, apontando para a mochila e dizendo que voltaria. Esperou o sinal vermelho cessar o trânsito e atravessou, a bola de basquete repousada entre as coxas atrofiadas. Era sempre uma acrobacia amarrar e desamarrar sua mochila em árvores que muitas vezes tinham sua base protegida por um quadrado de concreto, impedindo que Hugo se aproximasse com sua cadeira de rodas. Nessas horas era necessário subir com as rodas sob o quadrado de proteção e, quando fazia isso, era sempre trabalhoso retornar, já que a roda entrava na concavidade da área e quase sempre ficava presa no estreito espaço, obrigando o homem a empenhar muita força nos braços. Nessas ocasiões ele sentia que a coluna estava sendo cada vez mais exigida, e a lombar reclamava com uma dor terrível que piorava à noite, quando tentava dormir.

Agora, já com a pesada mochila presa fixa na parte traseira da cadeira e a bola no colo, ele se dirigia até a mesa do homem de camisa branca e azul. Ao ver a aproximação do jovem, Nicolas se levantou e afastou um dos assentos, abrindo espaço para a cadeira de rodas de Hugo que, não tão à vontade, se posicionou na área vaga.

— Se estiver com fome — Nicolas disse, apontando os petiscos com um gesto.

Hugo não tinha timidez quando o assunto era comida. Ninguém tem quando está com fome. Sacudiu o paliteiro até um palito saltar para fora e se depositar na palma da mão, que precisava urgentemente de água, sabão e um bocado de esfregadas. Alfinetou um quadrado de queijo e uma azeitona e levou os dois pedaços à boca. Mastigou com pressa, como se a comida fosse desaparecer, e repetiu o gesto mais três vezes, só parando para não assustar a boa alma que lhe convidou à mesa. Deixou o palito espetado em um pedaço de queijo e olhou para o homem.

— Queijinho com azeitona é bom demais, minha nossa — disse sorrindo, ainda mastigando.

Hugo se conteve para não enterrar a mão na cumbuquinha de amendoim. Sabia que estava com as mãos sujas. Com cuidado, pegou o objeto com as mãos, tocando apenas na parte de fora do vidro, e virou com suavidade, deixando que alguns amendoins rolassem para a outra mão, em concha.

— Fico girando a roda, pegando na bola, a mão fica imunda — ele mesmo se adiantou.

— Sei como é. — Nicolas, com o indicador em riste, bateu no peito, onde o brasão com a bola de basquete em chamas estava bordado. — Sabe o que é isso?

— A Federação de Basquete em Cadeira de Rodas — disse e chupou um amendoim preso no dente. — Trabalha lá? — Hugo estava interessado. Ao chegar à mesa, tinha notado a camisa, mas resolveu esperar que o outro falasse sobre o assunto.

— Trabalho sim. Sei como as mãos dos atletas ficam. — Sorriu e continuou. — Mas é uma sujeira boa, sujeira do esforço.

Nicolas já havia conversado com Hugo meses antes, quando estava catalogando as futuras vítimas, fazendo entrevistas e montando suas organizadas e metódicas fichas. Naquele dia passado, estava caracterizado como outra pessoa, um voluntário de uma ONG. Durante aquela conversa fora Hugo quem comentara sobre a Federação de Basquete em Cadeira de Rodas. Disse que pensou em se inscrever, tentar uma vaga, mas tinha desistido. Não chegou a revelar o motivo, mesmo quando Nicolas questionou. Ele apenas levou o olhar para o chão, balançando a cabeça, pensativo, e, quando parecia que ia confessar algo, deu um sorriso descrente e respondeu:

— Ah, sei lá. Acho que... sei lá... olha pra mim.

Agora, Nicolas fingia não saber de nada sobre o assunto.

— Nunca pensou em jogar?

— Ah... eu só faço isso pra tirar um dinheiro. Não sou tão bom assim.

— É sim.

— Sei lá, não... eu sei fazer uns truques, só isso.

— Você tem habilidade. Tem jogador que não faz o que você faz, não assim, tão fácil. Sério que nunca pensou em jogar?

— Já disse, não disse? Nunca pensei. — Hugo não estava bravo com a insistência da pergunta. Não era nervosismo. Sentia-se, na verdade, envergonhado.

— Mas devia. Estou falando sério. Tem muito time precisando de bom jogador. Já assistiu alguma partida?

— Não.

Mas Hugo já havia visto sim, em um centro esportivo que ficava na região. Mais de uma vez, e todas elas tentando ficar meio distante dos outros cadeirantes.

Nicolas o encarava de um jeito tranquilo.

— Já sou muito velho para tentar — Hugo deixou a frase escapar da boca.

— Tem jogadores mais velhos.

— Você nem sabe a minha idade.

— Vivendo na rua, a tua cara não está tão ruim assim, e eu imagino que a rua dê uma ajuda na ação do tempo, então você ainda deve ser mais novo do que aparenta.

— Sou velho. Velho demais.

Nicolas se debruçou sobre a mesa, arqueando o corpo em direção ao homem.

— Você gosta de viver na rua?

— Você acha mesmo que alguém gosta? Tem gente que tá aqui porque não quer trabalhar, quer ficar coçando mesmo, ficou de saco cheio da família, tem gente que tá aqui porque não quer as responsabilidades de outros lugares, mas se pudesse ficar de boa tipo numa casa sem ninguém encher o saco, claro que não escolheria a rua. A rua é uma merda, ninguém tá aqui porque quer. Mas aqui não tem cobrança, ou estão igual eu — Hugo parou de falar por um instante. — Não, eu não estou aqui porque quero — disse enquanto beliscava dois pedaços de queijo e uma azeitona, colocando na boca e mastigando com vontade. — Mas o que eu vou fazer?

— Você pode tentar fazer alguma coisa.

— O que você quer, cara?

— Ajudar.

— Sei.

— Estou falando sério.

Hugo olhou para o homem.

— Ajudar como?

— Eu já disse. Estava olhando você com a bola. Você tem jeito. E não vem com essa de estou velho. Tem gente que perde os movimentos das pernas quando está velho e começa a jogar, muitos provavelmente mais velhos do que você. Talvez não dê para ir para as paraolimpíadas, mas pode rolar algo melhor do que ficar na rua. Os times pagam. Alguns ajudam com outras coisas. Pode ser que role alguma moradia. Não vai ter luxo, mas...

— Qualquer coisa é luxo comparada com a rua.

Hugo deixou o palito de dentes espetado em uma azeitona e colocou as duas mãos sobre a bola que repousava no colo. Olhou para o homem, depois para a travessa de petiscos. Apertava a bola com os dedos e sentia as rugas ásperas da borracha. Ela estava começando a ficar um pouco murcha. Afastou a cadeira de rodas da mesa, como se fosse sair. Nicolas se retesou no encosto do assento, e, quando ia dizer algo, Hugo parou. Girou o torso para trás, abriu o zíper da mochila e, aparentando dificuldade, vasculhou o interior atrás de algo. Instantes depois, sacou a bombinha da bola, fechou a mochila para não correr o risco de uma mão ligeira tirar algo de dentro e voltou a se aproximar do lugar na mesa. Enfiou o bico metálico fino da bomba na bola e começou a bombear. Fazia força, descendo e subindo o pistão. A bola pressionava as coxas, mas ele não sentia nada nelas. Bombeou em silêncio, olhando para a esfera laranja e, de vez em quando, lançando uns olhares para Nicolas, que também observava sem dizer nada. Quando sentiu que a bola estava cheia na medida certa, cessou o movimento e retirou a bomba. Deu algumas batidas na bola, como se estivesse amassando-a.

Foi Nicolas quem quebrou o silêncio.

— Seguinte. Vai rolar um encontro hoje na casa de um dos integrantes do grupo. Coisa informal, um churrasco pro pessoal descontrair. Eu vou com a minha mulher. Nossa filha está na casa dos avós. Vai com a gente. Você conhece algumas pessoas, sente como é o clima do grupo, o pessoal é gente boa. Caso você não goste, pelo menos come um churrasquinho. — Nicolas terminou a frase com um sorriso.

— Eu... eu nem tenho roupa pra isso, cara. Eu, sério, olha pra mim. Tô todo sujo.

— É, seria bom tomar um banho e trocar de roupa.

— Claro, mas... valeu, cara, tô vendo que você tá tentando ajudar e agradeço, de verdade, mas já ajudou, só... esses petiscos já deram uma forrada e... e valeu pela conversa, sério, valeu pela conversa.

— Calma, relaxa. Eu vou ter que ir pra casa, pra me trocar e também pegar minha mulher. Você vai com a gente. Enquanto eu me troco você usa o outro banheiro, toma um banho e eu te empresto uma roupa...

— Não, cara, não posso aceitar.

— Como assim? Por que não?

— Porque... porque... sei lá.

— Eu já fui alcoólatra — Nicolas sacou o argumento repentinamente. — E... alguém fez muito por mim. Me escutou, conversou comigo, depois que eu me recuperei eu queria compensar de alguma forma, juntei um dinheiro e ia dar para o cara que me ajudou e ele não aceitou de jeito nenhum. Ele disse que o pagamento dele foi eu ter aceitado a ajuda. Disse que já tinha ajudado outras pessoas... e tentado ajudar outras mais. Só que essas não aceitaram a ajuda. Preferiram ficar como estavam, como se estivessem no controle da coisa toda, como se soubessem o que estavam fazendo, ou talvez por orgulho mesmo. Ele disse que nenhum pagamento é melhor do que ver a pessoa que você quer ajudar aceitando ser ajudada. E ver ela saindo do buraco e tocando a vida novamente. Deixa eu te ajudar.

Não seja uma dessas pessoas que sabem que precisam de ajuda e não aceitam, por orgulho, por vergonha ou por se acharem fortes o bastante pra saírem dessa sozinhas. Não é vergonha nenhuma precisar de alguém de vez em quando. Na real, todo mundo precisa.

Os dois ficaram em silêncio.

— Posso pedir a conta?

— Só se me prometer que no futuro eu posso pagar a próxima.

— Pode ter certeza que eu vou deixar pagar sim. — E sorriu.

●

Após pagar a conta, Nicolas e Hugo se dirigiram para o estacionamento, lado a lado na calçada. O cadeirante não disse nada, mas ficou contente pelo outro homem não se pôr atrás dele com a intenção de empurrá-lo. Enquanto esperavam o sinal abrir para atravessarem a via, Hugo acariciava a bola de basquete repousada no colo. Um sutil sorriso despontava de forma tímida no canto da boca. Um misto de ansiedade e esperança que conflitava com o conhecimento da vida e suas rasteiras. Inquieto por dentro, ele se manteve em silêncio, encarando os carros parados na outra rua da esquina, aguardando o sinal ficar verde para dar passagem a suas vidas corridas. Não estivesse ao lado daquele homem, cujo nome só agora percebera que não sabia, estaria ali, girando a pesada bola entre os dedos e contorcendo corpo e boca para parecer um pouco mais simpático.

— Eu nem perguntei o seu nome.

— Nicolas — o homem disse, olhando-o de cima, com um sorriso estranho no rosto.

Pela primeira vez o sujeito causava-lhe uma impressão incômoda, algo que beirava o ruim. O mal é assim, se esconde, se esconde, mas não gosta de ficar na coxia todo o tempo. De vez em quando dá as caras, como um adulto muito mimado quando criança que quer aparecer mais do que seu próprio trabalho.

Mas Hugo deixou aquele sentimento de lado quando Nicolas se dirigiu a ele novamente, agora sorrindo sem nenhum sinal de malícia, como se tivesse puxado suas verdadeiras intenções para dentro, longe da janela.

— Abriu.

Hugo colocou força nos braços, controlando a velocidade da cadeira, que pegou impulso na rampa para deficientes da calçada. Seguiram por cerca de cinco minutos e chegaram até o estacionamento.

— Estou com o meu carro pessoal. Este não é adaptado.

— Sem problemas. Se importa de dobrar a cadeira e colocar no porta-malas depois?

— Claro que não. Pode ficar tranquilo.

— Ok.

— Quer uma ajuda? — perguntou enquanto abria a porta do carona.

— Só fica atrás da cadeira, segurando para ela não ir pra trás enquanto eu entro, pode ser?

— Claro.

Nicolas se posicionou atrás da cadeira, meio afastado por causa da grande mochila que estava presa às costas. Segurou com firmeza as duas pegadas paralelas para as mãos e pôde sentir a força que o homem fez para praticamente saltar para dentro do carro, impulsionado pelos braços, que usaram a porta aberta e a lateral do automóvel como suporte. Puxou as pernas inertes para dentro, ajeitando-as com experiência.

— O lado bom de quase nunca ter ajuda é que você se vira bem. Com quase tudo — o cadeirante declarou.

— Vou colocar sua mochila no porta-malas também, ok?

— Pode ser. Vou ficar com a bola.

Depois de guardar os pertences de Hugo, Nicolas se ajeitou no seu lugar, atrás do volante. Em pouco tempo estava deslizando pelas ruas, correndo e contornando. Com a janela aberta, o cadeirante apreciava a vista, que se movia mais depressa do que costumava rodar em sua cadeira. Seus olhos sempre eram arrastados na direção dos moradores de rua que ele via no caminho, experimentando uma sensação estranha, como se ele mesmo não fosse um deles. Parecia até ter pena daquelas pessoas, ali, margeando a sociedade. Afastada mais para dentro da calçada, em uma área larga paralela à rua, viu uma tenda de plástico azul, como a que tinha na mochila que agora estava no porta-malas do carro. Viu um homem sentado próximo a ela e percebeu que aquele outro, mesmo sendo outro, também era ele. Os dois se encararam, e Hugo sabia o que sujeito pensava. O que pensava dele, naquele carro. Baixou os olhos, quase envergonhado, e passou a observar o painel do veículo. Nicolas estava em silêncio, talvez respeitando seu momento.

— Posso ligar uma música?

— Claro — Nicolas respondeu e já foi levando a mão ao aparelho, mas foi interrompido por Hugo.

— Tudo bem se eu ligar o rádio? Eu mesmo ligar, com as minhas mãos?

O motorista cessou sua intenção de ligar o aparelho e deixou que o outro homem o fizesse.

— Pode ficar à vontade, Hugo.

Pode ficar à vontade, Hugo — o morador de rua repetiu a frase na mente, a forma como aquela outra pessoa se dirigiu a ele. — *Pode ficar à vontade*, Hugo.

Oi, Hugo.

Quanto tempo, Hugo.

Que carro bonito, Hugo.

Legal, não sabia que estava morando aqui agora, Hugo.

Esse é o nosso vizinho. Dá oi pra ele, filho. O nome dele é Hugo Mafra.

Oi, senhor Hugo Mafra.

Esta é sua mesa, Hugo.

O jantar já está quase pronto, Hugo.

Quer manteiga, Hugo?

Suco, senhor?

Me ajuda com isso, pai.

— Pode ligar, Hugo — Nicolas reforçou o consentimento, vendo que o homem ainda estava olhando para o rádio, em silêncio.

Ele apertou um botão que imaginou ser o que ligaria o aparelho. E era. Fazia tempo que não mexia com o rádio de um automóvel. Buscou uma estação, escutou por alguns segundos e buscou a próxima. Escutou também por alguns segundos, e foi até outra. A música entrou pelos seus ouvidos e ele se recostou no assento do automóvel, sem nem mesmo se importar se a roupa estava suja ou não. Estava à vontade. Aquela música, aquele vento na cara, "pode ficar à vontade, Hugo", estar do lado de dentro e não lá fora. Fechou os olhos, parecia estar indo para a praia. Férias de fim de ano. Conseguia até sentir o cheiro do mar, fazia tanto tempo que não dava um mergulho, mas aquela lembrança foi resgatada como se estivesse dentro de um quadro de emergência, protegido por um vidro frágil. Os dedos da mão começaram a tamborilar na bola de basquete, seguindo a cadência da música. A cabeça mexia para baixo e para cima, no ritmo, e uma sensação de satisfação arqueava seus lábios, sugerindo um sorriso. E, de repente, seus lábios começaram a se mexer, tímidos, quase que não desgrudando um do outro, mas ele estava cantando. Cantando para dentro, enchendo a si mesmo de música.

Foi quando o som cessou abruptamente.

Hugo despertou quase atordoado, como se tivesse dormido por longas horas. Olhou para o aparelho que estava desligado.

— Esse aparelho fica desligando toda hora — Nicolas argumentou sem olhar para ele, concentrado na direção. — Pode ligar de novo.

Hugo ligou. Continuou tamborilando os dedos, mas agora continuava de olhos abertos, prestando atenção à rua. A cabeça ainda balançava suave, no ritmo. Não sabia ele que o aparelho não estava com problema algum e que fora Nicolas quem o desligara rapidamente sem deixar que ele percebesse.

Pararam em um semáforo fechado. À frente, um rapaz fazia malabares com três longos pinos coloridos que giravam no ar e caíam como plumas em suas mãos. Ao lado, na calçada, a mochila do garoto, provavelmente de não mais de vinte e três anos, estava largada no gramado, próximo à guia. Não estava amarrada a nada, apenas ali, depositada, esperando seu dono. Um garoto, com certeza. O mundo só não está totalmente perdido por causa da inocência dos garotos.

Terminado o show, ele passou pela lateral do veículo, ao lado de Nicolas. Hugo olhou diversas moedas largadas ao lado do câmbio do carro, mas nenhuma delas foi parar nas mãos do rapaz. Nicolas apenas acenou a cabeça negativamente, repetindo a frase que o cadeirante já ouvira tantas e tantas vezes: "Hoje tô sem".

Nicolas sempre tinha moedas ao lado do câmbio para o caso de precisar puxar assunto com um morador de rua, parecer simpático, algo que fosse necessário. Naquele momento não precisava ser. E estava incomodado com a companhia a seu lado. Não por ele, mas por vê-lo tão feliz.

— Sua filha tem quantos anos? — Hugo perguntou, já com o veículo em movimento.

— Oito.

— Qual o nome dela?

— Luiza.

— Bonito nome.

— E ela é ainda mais.

A conversa não durou muito. Logo o carro estava parado em frente ao portão. Nicolas desceu, destrancou o cadeado que o prendia e o arrastou lateralmente, correndo-o sobre o trilho. Era um portão vazado, de barras, e dava para ver o interior da garagem que se abria à frente e continuava até o fim da casa, feito um largo corredor, paralelo à residência. Parecia uma casa simples, as paredes pintadas de verde, duas janelas na fachada com as cortinas do lado de dentro escondendo o movimento do interior.

Avançaram com o veículo de ré, subindo uma leve inclinação inicial na garagem. O carro parou lá no fundo, mas ainda com uma boa distância da parede. Nicolas retirou a cadeira de rodas do porta-malas e a posicionou ao lado da porta do passageiro, que já estava aberta. Ficou atrás dela, segurando as pegadas laterais da cadeira, dando firmeza para que Hugo pudesse saltar para ela.

— Será que a sua mulher não está dormindo? Não quero acordar ela.

— Não vai acordar. Por aqui. — Nicolas caminhou em direção ao lado de trás da casa, rodeada por uma parede alta. Ali o quintal era coberto por um teto de telhas finas e cinza, protegido de olhares curiosos, e por causa disso estava pouco iluminado, já que o corredor também era todo fechado, como uma caverna.

— Minha mochila.

— Vamos entrar primeiro. Eu já pego.

— Pode pegar agora, por favor? Eu fico mais confortável com ela perto.

— Claro. — Nicolas não parecia tão amistoso. Não estava agressivo, longe disso, porém algo no seu jeito de se mover demonstrava certa impaciência.

Hugo começava a pensar se teria sido uma boa ideia aceitar aquele convite. A casa não emitia som algum e nenhuma luz estava acesa.

A porta de trás dava acesso à cozinha. Logo que foi aberta, um cheiro peculiar baforou no rosto de Hugo. Não era ruim, não era forte, só era um cheiro diferente.

— Deixa eu te ajudar aqui. — Nicolas se posicionou atrás da cadeira para empurrá-la sobre o pequeno degrau que se levantava na base da entrada.

— Obrigado.

Entraram sem ligar as luzes. A casa estava toda num tom de cinza, mas era possível ver a cozinha por completo. Até porque não havia muito para ver. Era pequena, com as paredes forradas de azulejo marrom, tinha apenas um armário suspenso em uma das paredes e outro abaixo da pia de alumínio. E uma mesa estreita de compensado de madeira com duas cadeiras.

Hugo nem viu quando foi atingido. O objeto pesado e maciço que desceu forte sobre sua nuca o colocou na escuridão. A bola de basquete caiu do colo, quicou algumas vezes no chão, rolou e finalmente parou em um canto qualquer.

Nicolas empurrou a cadeira pela casa até chegar ao cômodo onde preparava os corpos. O homem era pesado e precisou fazer força para levantá-lo e debruçar o corpo na mesa. Por segurança, afivelou as amarras em volta dele, verificando se estavam bem firmes, e em seguida destacou uma faixa de fita adesiva e tapou sua boca. Olhou para o rosto adormecido e pensou que seria melhor barbeá-lo. Sua barba estava muito desgrenhada.

Realizou todo o processo seguinte para o armazenamento do corpo. Mas antes, como Hugo ainda estava vivo, preparou a solução fatal na seringa e injetou na veia de seu braço. O efeito era rápido. Poucos minutos depois, ao checar o pulso do homem, ali havia nada mais do que um corpo.

•

Logo após tomar um banho, Nicolas já estava ao telefone. Sentado em uma das cadeiras à mesa da cozinha, ele falava calmamente.

— Então está combinado. Depois de amanhã. A preparação habitual. Sim, vai ser só esse e mais um, pode ficar tranquilo.

Em seguida, Nicolas telefonou para outras dezesseis pessoas e confirmou a data para o encontro, como disse que faria na primeira entrevista que fizera com cada um. Aberta sobre a mesa da cozinha estava outra pasta. Diferentemente daquela que tinha todas as potenciais vítimas entrevistadas, essa possuía a ficha de outras pessoas, cujo papel também era fazer parte de tudo aquilo. A pasta era mais grossa, com um número ainda maior do que a dos moradores de rua, os nomes separados em grupos. Fora um trabalho de catalogação totalmente diferente da pasta de vítimas, entretanto a minuciosa tarefa de pesquisa exigiu grande esforço para que chegasse ali, naquele resultado final de nomes. O projeto pouco ortodoxo assustou alguns no início da conversa, porém maior do que o receio de fazer parte de algo é o medo de ficar de fora.

22

Depois de analisar por longas horas as fotografias da cena do crime onde o corpo do estudante fora encontrado, rever repetidas vezes as imagens das câmeras de segurança do shopping e catalogar possibilidades, Artur saiu em busca de novas informações nas ruas. Até o momento, o que tinha só dava para montar um painel imaginário que não abria muito caminho para chegar até o culpado. Precisava de mais.

Novamente, foi circular pela região da catedral. Percorreu o local até chegar à esquina onde os policiais encontraram o morador de rua que havia testemunhado o ataque ao estudante. Sabia da possibilidade de não encontrá-lo com facilidade, mas resolveu arriscar. Realmente, ele não estava por ali. Enquanto andava à caça do homem, parou alguns sem-teto para mostrar uma foto e questionar se sabiam de algo. Não demorou para encontrar alguém que conhecia o homem. Na verdade, descobriu que muitos ali sabiam de quem se tratava, e grande parte dos que disseram não saber quem era se negou a ajudar porque: ou não queriam se envolver, ou não foram com a cara do detetive, ou perceberam que não ganhariam nada por sua contribuição.

— Sim, sim, esse é doidão — respondeu a mulher abordada por Artur. — Tá sempre por aí, fica nos cantos, já apanhou de um pessoal. É meio folgado, meio chatão, sabe?

— Ele é violento?

— Então, como eu disse, já vi ele saindo na mão com uns aí. Mas normalmente apanhava. Às vezes dava dó. É folgado, é chatão, mas é doido, né? A gente fica ligeira porque vai saber o que ele pode fazer.

— Você acha que ele seria capaz de matar alguém?

— E quem não é?

— Você já viu ele conversando com essa imagem?

Artur mostrou outra foto. A da capela com o arcanjo.

— Olha só, ele arrumou outra capela pro santinho.

— Não é santo.

— Não é?

— É um arcanjo.

— Tudo a mesma coisa.

— Você disse *outra* capela.

— É, nessas brigas dele, teve uma em que ele discutiu com dois caras. Uns tranqueiras daí da rua. Os caras detonaram o negócio dele. Só deu pra segurar o tal do santo e proteger a imagem. Mas foi quase, também. Só que a capela os caras arrebentaram. Foi nesse dia que eu fiquei com dó dele. Ele chorava demais, demais mesmo, parecia criança, sabe? Tipo criança perdida dos pais. Que bom que ele conseguiu outra. Bom pra ele. Ei, é cigarro o que você tem aí no bolso?

— É.

A mulher ficou esperando, mas, quando Artur não tomou uma atitude, ela continuou:

— Me dá um?

Artur tirou o maço do bolso e deu um para a mulher, que pegou o cigarro com os dedos de ponta enegrecida.

— Só um? O maço tá cheio, pô.

— Você pediu um.

— Uns três.

Artur puxou mais dois e entregou para ela.

— Empresta o fogo.

— Não tenho.

— Caralho. Ô Cláudia! — Ela olhou para outra mulher que estava sentada na calçada, mais adiante. — Empresta um fogo aí.

Cláudia encarou Artur.

— Dá um cigarro aí, moço.

— Um ou uns três?

— Uns três, né, já que tá todo mão aberta.

O detetive entregou os cigarros para a mulher, que passou o isqueiro sujo para a outra.

— Valeu, cara.

— Fogo? — a mulher com quem falava estendeu o isqueiro para Artur.

— Eu não fumo.

— Então dá esse maço aí pra gente.

— Eu uso.

— Você é meio doidinho também, né não?

— Não.

Seria um momento constrangedor em outra ocasião, mas a mulher agia com naturalidade, não parecia ter maldade, não naquele momento, e honestamente não parecia julgá-lo, apesar de tê-lo chamado de doidinho. A outra já tinha voltado a se sentar na calçada e prestava atenção à conversa dos dois.

— Sabe quando foi que quebraram a capela dele? Lembra a data?

— Nossa, a data? Sei não, mas já faz um tempinho, sei lá, um ou dois meses, talvez?

— E depois disso você nunca mais o viu com a capela?

— Não, nunca mais. Tô vendo agora nessa foto aí.

— Lembra a última vez que viu o Jonas?

— Vixe, mas você faz umas perguntas... a última vez. — Ela deu uma tragada no cigarro, segurou a fumaça como se aquilo ajudasse a pensar, baforou e balançou a cabeça, indecisa. — Olha, se pá, foi semana passada. Não lembro o dia. Mas vi de longe.

— Deu pra ver se ele estava com a capela?

— Não, já disse, sem capela. Só com o santo.

— Arcanjo.

— Isso aí, com essa imagem, ele sempre segura isso com cuidado, saca, não tem como não perceber que ele está carregando alguma coisa. Até acho burrice, porque chama uma atenção do caralho e nego na rua tem olho grande, qualquer coisa que tem valor pra alguém pode ter valor pra outro, entende? Tipo, ele era praticamente a própria capela do santo...

— Arcanjo.

— Isso, arcanjo, coisa louca de pensar, né?

Artur deixou a mulher e ficou pensando sobre o que acabara de escutar. *Deus fala comigo.*

Solicitou um veículo para buscá-lo e pouco tempo depois já estava na delegacia. Caminhou com foco, indo direto para o depósito de provas. Lá, no balcão, solicitou a capela, que foi entregue a ele. Assinou os papéis do requerimento de provas e depois se afastou, mas permaneceu ali mesmo, naquele ambiente. O policial que entregara a capela ficou observando o detetive vistoriar com minuciosa curiosidade o objeto.

Artur olhou para a capela, depositada em outra parte do balcão. Girou lentamente, olhando cada ângulo com cuidado. A lateral de madeira lisa e envernizada, uma textura suave. O teto, que embicava em um V ao contrário em direção ao céu. Testou sua resistência segurando a cobertura da capela e balançando. Estava bem firme. Girou mais um pouco e percorreu toda a chapa de madeira da parte de trás, completamente lisa e sem nada que despertasse a atenção. Verificou a outra lateral. Mais uma vez, nada. Voltou a olhá-la de frente. A concavidade que dava espaço para o arcanjo era forrada por uma camurça azul. O detetive passou os dedos, sentindo a textura macia e prazerosa do toque, percorreu todo aquele vazio, circulando, passando pela base que era palco da imagem de gesso. As laterais de madeira que emolduravam a parte da frente criavam um vão que resultava em um cantinho escondido em cada ponta interna, onde a camurça se curvava e retornava. E foi girando em um ângulo específico que Artur reparou em pequenos orifícios, uma sequência deles, apenas um pouco mais largos do que uma agulha. Ambos os cantinhos, em cada uma das laterais, tinham esse grupo de orifícios. Uma imagem que se assemelhava a furos improvisados de uma caixa de som.

— Tem uma faca? — Artur perguntou ao policial que observava.

O homem buscou o objeto e entregou ao detetive.

Artur posicionou a ponta da lâmina na interseção do forro com a madeira. Não foi preciso empregar muita força. A capela era praticamente uma caixa quadrada e o ângulo côncavo do seu interior era formado pelo forro, que era colado nas paredes laterais e em formato de lua na base e em pontos na parte superior. A ponta metálica entrou e o detetive correu a faca seguindo o molde, destacando pouco a pouco o forro da madeira.

Já no início da operação os primeiros fios despontaram daquela casca. Artur continuou e retirou todo o forro. O policial ao lado agora mantinha toda a sua atenção na tarefa do detetive. Preso na parte interna estava um improvisado sistema de áudio, com duas caixinhas de som em cada ponta, fixadas com cola quente translúcida.

— Tá de sacanagem — o policial ao lado exclamou, pontuando cada sílaba.

— Mais um deus que se cala — disse Artur.

●

Jonas já havia sido transferido da delegacia para um centro de detenção provisória . Como ainda não havia sido julgado, nem recebido orientações de um advogado, estava em uma instituição comum, mesmo com sua condição mental que pedia um local mais adequado. Ele foi levado até uma sala onde Artur o esperava. Estava claramente assustado, e um hematoma escurecia o lado direito da face, golpe que recebera de outro detento dentro da cela.

— O que aconteceu com o rosto dele? — Artur perguntou ao carcereiro.

— Ficou falando, falando, um encheu o saco e deu nele. Aqui não é lugar pra esse cara — o carcereiro disse, em um misto de frieza e realismo.

Artur nem perguntou se daria para colocá-lo em outro canto. O detetive sabia bem qual era a realidade dos presídios do país. *Que canto?*, pensou. *Isso aqui é tudo um grande canto.*

— Minha capelinha! — Jonas exclamou, sorridente, ao avistar a capela sobre a mesa, atrás do detetive. Mas foi contido de ir até ela pelo carcereiro. — Minha capelinha! Você trouxe. — E olhou para Artur, que, pela primeira vez, realmente sentiu tristeza por vê-lo ali, a pele escura ainda mais escura no lado direito do rosto. Só agora reparara que o lábio superior também exibia um corte. Mesmo assim, os olhos brilhavam, beirando uma inocência natural.

— Jonas — Artur começou —, vamos conversar e eu deixo você passar um tempo com o seu arcanjo, ok?

— Você sabe. É arcanjo, você sabe. Tá, tá, tá, vamos conversar. Tá.

Artur sentou-se à mesa, puxando a capela para si a fim de usá-la como objeto de barganha. Jonas foi acompanhado pelo guarda e sentou no lado oposto. O policial aguardou atrás do preso, em pé.

— Jonas, antes de deixar você com ela, eu preciso que você me responda uma coisa.

O homem nem olhava para o detetive. Tinha todo o foco de sua atenção na casinha de madeira que protegia a imagem.

— Jonas, está prestando atenção em mim?

— Não — o homem disse com total naturalidade, o que fez Artur pensar em si mesmo.

— Se você não prestar atenção no que eu estou dizendo eu vou embora e levo a capelinha comigo.

Pronto. O detetive havia fisgado os olhos do homem.

— O que você quer saber?

— Quem te deu essa capela?

Jonas ficou em silêncio, os olhos fixos em Artur, e permaneceu assim, estático, por um tempo que fez o policial atrás dele dar um cutucão grosseiro em suas costas.

— Responde.

Artur levantou a mão pedindo para que o guarda não se manifestasse.

— Jonas, quem...

— Deus mandou pra mim.

— Mas quem entregou, Jonas?

— Deus mandou pra mim.

— Mas alguém entregou pra você, não foi? Ou você achou em algum lugar?

— Deus mandou pra mim.

O homem repetia de forma automática, como se apenas estivesse cumprindo ordens. E estava. Mas não de Deus.

Artur deixou um suspiro pesado escapar pela boca. Olhou para o homem à frente, que o encarava ansioso. Havia naquele rosto uma simplicidade reconfortante, ao mesmo tempo em que emanava pelos olhos uma certeza dura e cega que incomodava o detetive.

Artur havia trazido consigo um canivete que tirou do bolso. O brilho da lâmina ecoou nos olhos do detento e fez o policial que estava atrás se mexer à espera de alguma surpresa.

— Essa capela não foi enviada pra você por Deus. E não é o arcanjo que você escuta, Jonas.

O detetive retirou cuidadosamente a imagem do interior da capela.

— Não toca nele — Jonas protestou, já sentindo os braços fortes do policial o conterem sentado na mesma posição, forçando-o pelos ombros.

Ao ver a ponta da lâmina encostar no forro interno da capela, Jonas se contorceu, tentando pular em sua direção, mas o guarda que o segurava era forte demais e um de seus braços agora estava enlaçado em volta do pescoço. O canivete pulou para dentro do forro, mas parecia que estava penetrando a carne do homem, que gritou para que parasse.

— Você precisa ver, Jonas. Precisa ver pra entender.

O detetive deslizou a lâmina seguindo a abertura do forro, descolando-o. Um par de fios saltou para fora. Ao remover toda a proteção interna, Artur colocou na mesa o aparelho de rádio.

— A voz que você escutou vinha daqui, Jonas. Alguém colocou um rádio dentro da sua capela. Você ganhou essa capela de alguém, não ganhou? Foi por isso que deram ela pra você. Pra te enganar.

— Não, não — balbuciava o homem. — Não, a voz, não.

— A voz não era do arcanjo e não foi Deus que mandou essa capela pra você, Jonas. Alguém só está usando a sua fé pra você carregar a culpa. Quem deu essa capela pra você, Jonas? Eu preciso saber e eu vou conseguir que você fique livre.

Jonas olhava para as pequenas peças conectadas por fios a sua frente. E sem olhar para o detetive, resmungou:

— Livre.

— Sim, Jonas. Livre.

— Livre — repetiu o homem.

— Diz quem...

— Deus mandou pra mim.

Artur não conseguiu conter a careta.

— Jonas, você está vendo...

— Estou vendo o que você quer que eu veja. Você... você colocou essa, essa coisa aí. Você. Você. Você. Mentiroso. O arcanjo disse que mentiriam, vocês... que, que, que inventariam co... co... coisas. Livre? Eu estou livre. Eu estou livre. Está chegando a hora. — Jonas pressionava o braço do guarda com o peito, forçando o corpo em direção a Artur. — Está chegando, e vocês, mentirosos, farsantes, vão conhecer o amor de Deus na ponta das lanças do seu exército. Mentiroso. Mentiroso. Mentiroso.

Artur apenas olhava, sem reação, enquanto Jonas repetia e repetia a palavra "mentiroso", cuspindo sua raiva disfarçada de sabedoria. Aquela arrogância que os inocentes têm ao estarem convictos de que estão certos.

Olhou para o guarda e sinalizou com a cabeça. Jonas fez o corpo se escandalizar em gestos e gritos, obrigando o policial que o continha a aplicar mais força ao redor de seu pescoço. Ainda gritava, a voz saindo áspera e abafada, o rosto vermelho já se aproximando de uma coloração azulada, e bufando e bufando enquanto era arrastado, as mãos à frente do corpo algemadas, os pés deslizando sem força para reagir. E assim se foi.

Diante de Artur estava a capela desmembrada, o improvisado aparelho de rádio e seus fios e o arcanjo de gesso a encará-lo, impávido.

Ele não vai falar comigo, pensou. E agora era ele que encarava o arcanjo.

23

Naquele momento, Nicolas não seria chamado pelo nome. Ali ele era só outro. O rosto franzido, enlutado pelo papel que representava, observando a movimentação dentro da capela anexa ao cemitério. As lâmpadas amareladas acobreavam o ambiente noturno. Sempre fizera assim, durante a noite, período preferido para sair caracterizado, aproveitando as sombras para dissimular ainda mais sua maquiagem.

As pessoas iam chegando em intervalos precisos, e ele verificava no relógio, certificando-se da pontualidade ou não de cada um. E aqueles que não eram pontuais tinham seu rosto marcado e o nome riscado do grande projeto. A não ser que sua forma de agir fosse tão insubstituível que a pontualidade pudesse ser deixada de lado.

A maioria chegava sozinha. Alguns deixavam o carro no estacionamento que ficava em um terreno paralelo, e muitos outros desciam dos ônibus que paravam bem em frente ao local. Fazia frio, e os corpos comprimidos em si mesmos aumentavam a sensação de melancolia, aquela vontade de se fechar em concha buscando uma proteção contra as tristezas do mundo.

Os pequenos grupos se formavam como previsto. E Nicolas, que naquele momento não era Nicolas, meio distante de todos, circulava e observava. Ninguém ali dentro o conhecia pela feição adotada naquela noite. Seu papel ali era ver, ser tocado por quem conseguia sentir sem sentir de verdade, onde a morte era a deixa para o grande espetáculo da mentira.

O caixão tinha sua extremidade superior próxima a uma parede, coroado por um grande círculo de flores amarelas com uma mensagem de luto e esperança. Hugo Mafra, que ali também não era Hugo Mafra, tinha outro nome na faixa fixada à coroa. Ali era Sandro Ferreira. O rosto que despontava da caixa de madeira também não possuía só os traços de Hugo. Por segurança, Nicolas também transformava as vítimas para levá-las a seu próprio velório. Havia nessa precaução muito mais do que o preciosismo de evitar que alguém ali reconhecesse aquela pessoa. Na verdade, nem o próprio Nicolas se dava conta de que tal gesto era mais do que cuidado. Ele não via, como a maioria das pessoas não vê, que muito do que se faz tem um motivo a mais, uma motivação interior que dá as ordens por trás das cortinas, que controla os fios invisíveis amarrados à falsa sensação de livre-arbítrio.

As sobrancelhas de Hugo Mafra tinham sido raspadas e no lugar outras duas foram coladas, mais grossas, porém bem-feitas. A barba real também fora feita e no rosto liso outra tinha sido fixada. Uma barba espessa, de pelos grisalhos, bem recortada. O cabelo, banhado, hidratado e pintado. Agora penteado para trás, possuía uma ondulação galante, com volume, e cheirava a algo que talvez fosse bom se estivesse em outro lugar. Mas ali, na tentativa de perfumar a morte, falhava em sua função. O perfume trazia certo conforto, mas não passava de um desodorizador de banheiro, um cheiro bom disputando com o cheiro do tempo em seu estado mais bruto. O cheiro da morte não pode ser disfarçado.

Uma mesa com café, chá, água e alguns biscoitos sem gosto estava posicionada em um canto. Nicolas foi até ela encher um copo de chá, mas com a verdadeira intenção de circular. Estava de olho na mulher, que aparentava pouco mais de quarenta anos, ao lado do corpo estendido de Sandro. Uma de suas duas mãos estava repousada na beirada do caixão e a outra alisava carinhosamente o rosto do morto. Era a primeira vez que isso acontecia. Alguém que se aproximava tanto que tocava. Nicolas sentia o calor do chá transpassar o fino copo plástico descartável e superaquecer a ponta dos dedos, mas nem isso conseguiu tirar sua atenção daquela cena. Alguns dos outros presentes também observavam e pareciam genuinamente comovidos por aquela demonstração de afeto.

A maioria das pessoas não faz isso, não toca, muitos não querem nem se aproximar, imagine tocar. Como se aquela casca vazia fosse uma arapuca que pudesse sugar o sopro do outro para dentro de si. Ou simplesmente o nojo. O asco da coisa morta. Toda a importância que a pessoa conquistou em vida se torna um tipo de repugnância. Mas aquela mulher, ela não tinha isso. Ou tinha? Será que ali, naquele jeito sutil de tocar, naquela maneira de homenagear o morto, não havia nada de amor, ou de dor, de tristeza ou saudade? Será que era nojo? Enquanto deslizava suavemente o polegar ossudo na bochecha borrachuda do defunto, será que se sentia corroer por dentro, como aconteceria com o corpo de Sandro, implodindo até virar pó? Aquele gesto que dava vontade de se aproximar e abraçar a outra pessoa, de tentar pegar um pouco da dor e ajudá-la a carregar, será que tudo aquilo era simplesmente encenação ou de algum lugar a mulher resgatava algo de verdade? *Só pode ser isso,* pensava Nicolas. *Só pode ser.* Ela tocava aquele homem, mas não era aquele homem que ela sentia. Ela enxergava aquele homem, mas não era aquele homem que ela via. Talvez a barba lembrasse o outro. Talvez as sobrancelhas ou a boca. Tem gente que tem uma boca que fala sem precisar mexer os lábios. Ou seria a própria bochecha? Meio inchada, talvez lembrasse o outro. Seria o pai? O marido? O irmão? O amigo? O amante? Só a dor deixa as pessoas sinceras. Nem o amor tem tal poder. Porque a alegria disfarça as coisas da vida. A dor escancara a verdade: a vida é assim. É na dor que somos quem somos. É na dor que não pensamos em ninguém e fazemos aquilo que gostaríamos de fazer sempre. A essência do ser humano se revela sem disfarces. E pode até desabrochar em beleza. Como o carinho triste e sincero que aquela mulher estava fazendo em Sandro, mas pensando em outro. E talvez tudo bem, porque aquele também não era Sandro. Nem Sandro, nem Hugo. Para aquela mulher aquele homem era só alguém que se foi que lembrava outro alguém que também se foi. E desse buraco a atriz tirava o sentimento sincero para compor aquele carinho. *Que boa escolha*, Nicolas pensava agora. *Que achado.* Lembraria aquele rosto, já o tinha em mente, na verdade. Na seleção, enquanto conversavam, deu para ver que ali habitava uma persona que emergia de vez em quando.

A atenção foi dividida por uma jovem de vinte e oito anos que se aproximava em uma movimentação triste do corpo. Mais uma vez, também naquele velório, ficava claro para Nicolas quanto as mulheres, na falta de uma palavra melhor, se doavam mais. Era soberano e desproporcional o peso do sentimento de entrega, força e capacidade de demonstrar a dor. Alguns poderiam dizer que elas seriam mais hábeis na dissimulação das verdadeiras intenções. Mas Nicolas havia notado, depois de tanta observação, que aquilo não vinha do poder de mentir, mas da capacidade de sentir. E do querer sentir. Um transbordar de sentimento. Só mesmo um ser capaz de conjurar outro dentro de si poderia conter tanta força. Agora eram duas. A mais nova apenas se aproximou, não chegou nem a tocar o caixão. Segurava uma mão na outra, e os dedos pareciam querer arrancar os que estavam na mão oposta, como quem quer se rasgar ao meio. As lágrimas não escorriam, ficavam no parapeito dos olhos, que brilhavam, e faziam quem estava do lado de fora ter vontade de gritar: "Chora! Deixa sair!". Esse segurar era outra característica que Nicolas havia observado nas mulheres. A habilidade de se conter. Talvez pela história repressora, da força bruta do macho tentando manter um protagonismo que nunca foi dele, uma estratégia grosseira e egocêntrica de impedir que elas mostrassem tudo o que sempre souberam; talvez para não arrastar tudo que havia pela frente se essa torrente viesse de uma vez. Mas a verdade é que um simples reflexo dessa imagem tem o poder de afetar as pessoas. Até porque o sentimento genuíno não se divide, uma fração dele também contém o seu todo.

Nicolas quase se deixou emocionar. Mas o conhecimento de que até aquele genuíno sentimento não passava de uma mentira o impedia de se deixar levar totalmente. Porque a emoção deixa de ser verdade quando dita no lugar errado. A emoção deixa de ser verdade quando declarada para a pessoa errada. Embora o sentimento não deixe de ser verdade só porque não foi dito. Porque a verdade, mesmo quando não é conhecida, existe. E isso lembrava seu pai. E a relação em que o não dizer era interpretado como não sentir. Uma interpretação hipócrita que Nicolas, à sua maneira, iria desmascarar.

Por isso, aquele ambiente, aquela capela ao lado do cemitério, era o mundo inteiro. Um mundo de atores. De mentirosos até quando dizem a verdade. E ali todos eram atores. Não só de vida, como também de profissão. A emotiva mulher que acariciava o rosto do morto, uma atriz. A mulher que se aproximava, uma atriz. Mais distante, o rapaz ao lado do outro rapaz e da outra garota, todos atores. Ninguém ali viera velar o corpo de um amigo, de um parente, um pai ou amante. Todos estavam ali a convite de Nicolas, que meses antes selecionara um por um, em entrevistas particulares e com uma dedicada pesquisa para garantir as pessoas certas para seu projeto.

Um homem estava a seu lado, servindo-se de uma xícara de café. Nicolas, sem ser Nicolas, encarou-o e desviou o rosto, deixando claro que tal gesto de olhar não era um convite para aproximação. O papel de Nicolas naquela encenação toda era observar.

Selecionar.

Os participantes estavam cientes disso. Nicolas fora bem claro nos detalhes quando explicou o curioso processo de preparação dos atores.

Antes de explicar a proposta do projeto, era assim que ele sempre começava a entrevista: "Será preciso assinar um termo de confidencialidade. Você pode ler com calma, mas não há nada de mais nesse documento. Para saber do que se trata, será necessário declarar que tudo o que for dito aqui não será exposto para ninguém. Para nenhum melhor amigo, marido, esposa, ninguém. Caso assine e descumpra o termo de confidencialidade, e algum detalhe seja revelado, haverá medidas judiciais, processo, e, mais do que isso, o caso será conhecido por todos os profissionais do teatro. Ninguém vai convidar para trabalhar alguém que não mantém sigilo a respeito de um projeto".

Um ou outro, na pressão da responsabilidade, declinava e terminava a entrevista naquele ponto. Não assinava o contrato e também não ficava sabendo do projeto. Mas todos os escolhidos eram atores que ansiavam por uma grande oportunidade. O teatro, como todas as áreas culturais, era um mercado concorrido, sonho de muita gente. Viver da arte. Não ter que possuir um segundo emprego. Poder se dedicar apenas à paixão de atuar, ser um grande ator, uma grande atriz. E para isso era necessário trabalhar, entrar em uma grande peça, se destacar de alguma forma para conseguir mais trabalhos. E, principalmente, trabalhos que pagassem as contas. Porque encenar era possível. Viver da encenação, no quesito pagar as contas, era outra história.

Depois do contrato assinado, a ideia do projeto era aberta: "A seleção será feita de maneira diferente, mas adianto que é primordial para a realização do projeto. Você irá para um enterro real, de uma pessoa que será velada. O seu papel é representar um conhecido do falecido". E nessa etapa algumas pessoas ficavam pelo caminho. Para muitos, guardar o segredo daquele trabalho era mais fácil do que aceitar fazê-lo.

Eram diversas as reações quando Nicolas introduzia a proposta: "É sério isso?", "Nossa... é... mas por quê?, "Interessante", "É a primeira vez que ouço falar de algo assim", "Mas a gente vai entrar de penetra?".

E Nicolas continuava a explicação: "Não vamos entrar de penetra. Isso não seria ético. Vamos ter autorização".

"Quem vai aceitar um negócio desses?", era um questionamento comum, ao que se seguia a resposta: "Essas famílias terão todos os custos do velório e do enterro pagos por mim".

Era mentira. Na verdade, era mentira porque Nicolas fora impedido de realmente fazer dessa forma. Essa era realmente sua ideia inicial. Oferecer o custeio do velório e do enterro em troca da autorização para que alguns atores participassem como se fossem amigos e familiares do falecido.

Em sua ingenuidade, Nicolas achava que todo mundo sairia ganhando. A família seria beneficiada pela não necessidade de gastar pelo enterro e ele teria a cena de que necessitava para realizar a primeira etapa de seu projeto. E ele tentou. Falou com oito famílias. Em duas delas teve que sair às pressas para não ser agredido.

"Quem você acha que é para propor um negócio desses?", dissera a mulher do motorista de ônibus ao mesmo tempo em que se levantava do sofá, o rosto vermelho, a veia saltando da testa. "Você acha que eu vou vender o último momento que eu tenho com o meu marido? O último momento?", foram suas palavras. Nicolas não conseguia entender o motivo de tanta revolta, principalmente porque o último momento dela com ele não seria aquele. O marido já não existia mais; o que estaria deitado naquela caixa de madeira era só um monte de carne e ossos, e em breve nem aquilo existiria. O último momento com o marido tinha sido aquele que o casal tivera ao se ver pela última vez, com ele vivo. Provavelmente, Nicolas conjeturou depois, ela dissera que aquele seria o último momento com o marido porque o último, de verdade, havia sido desperdiçado. Talvez eles tivessem brigado no dia em que ele saiu de casa para trabalhar e o ônibus que dirigia se chocou de frente com um caminhão que atravessara a pista e viera na contramão. Talvez ela tivesse saído antes para o trabalho, às pressas, e nem se despedira dele, que ainda estava no banho e que, quando saiu, encontrou um bilhete sobre a mesa da cozinha pedindo, encarecidamente, que ele virasse homem e peitasse o patrão para conseguir um salário melhor, porque ela não havia se casado para passar o resto da vida com uma pessoa sem ambição e que aceitava tudo sem nunca levantar a voz. Ela queria ter um último momento que não a deixasse com remorso. Ela queria ter um último momento no qual resgataria do passado as lembranças gostosas dos primeiros meses, quando resolveram juntar as coisas porque descobriram que seriam pais de gêmeos e estavam animados com a concretização do sonho que todo mundo tem de formar uma família. Essa sensação viria à tona naquele dia, no último momento com o marido, a lembrança de quando ele ainda a procurava na cama e de quando ela ainda o recebia. Tudo o mais seria esquecido, tudo o mais não tinha importância, e, naquele último momento com o marido, apesar da dor, haveria amor. E, apesar da tristeza, seria bonito. Mesmo tendo que chorar sobre um caixão fechado, já que o corpo do homem havia sido dilacerado pelo caminhão que arrancara a cabine do motorista do restante do ônibus, jogando para fora da pista um quadro de metal retorcido com seu amor dentro.

Nem todos foram tão enfáticos na negação da proposta, mas ninguém, nem de longe, deu a entender que iria pensar.

"Posso não ter muito dinheiro, provavelmente eu tenha mesmo que pegar um empréstimo para arcar com os custos, mas minha mãe não merece isso no último momento dela, não merece, não merece", fora o que dissera o rapaz desempregado que vestia um casaco puído com um furo na ponta da manga. Não estava revoltado, nem atiçado por algum sentimento. Não demonstrava muita reação com nada, na verdade. Anestesiado pela única verdade da vida. A morte. E mais uma vez a questão do último momento.

Dizem que cada um tem um jeito de lidar com a morte. Mas a verdade, Nicolas chegara a essa conclusão, é que até nesse cenário tão revelador da natureza humana os sentimentos de um quase sempre são os mesmos do outro, em qualquer lugar. Muda a forma de extravasar, de chorar, mas ninguém quer perder a oportunidade de expurgar as péssimas escolhas da vida, fazendo aquilo que esperam de você diante da despedida final de alguém. Sofrer.

Quando nasceu a ideia do que pretendia fazer, Nicolas não imaginou que se tornaria um assassino. Para ele, as coisas simplesmente aconteceram. Ele tentou fazer de outra forma. Tentou colocar seu plano em prática sem machucar ninguém. Mas as pessoas simplesmente não entendiam. O teatro continua até no momento em que você deveria encarar a vida sem a armadura da falsidade. Pensou em fazer sem pedir consentimento. E ele mesmo fora a um velório desconhecido, rondando o ambiente até conseguir achar uma brecha para entrar, como se também fosse um enlutado. Mas quando parou ao lado do caixão, tentando derramar uma lágrima que não vinha, se viu sendo encarado pela mãe do garoto atropelado. Ela olhou para ele e soube que Nicolas não deveria estar ali. Ela sabia, de alguma maneira, ela sabia.

"Você é um intruso", era como aqueles olhos ferroavam Nicolas.

Você é um intruso.

Ela parecia segurar a palavra na boca, como quem segura um bocejo, o corpo vibrando.

Como ela conseguia saber?, Nicolas ficou se perguntando depois. Afinal, ele poderia ser um amigo que ela desconhecia. Mas ela sabia que não era. E mesmo assim ela não fez nada. Apenas o olhou, pedindo que fosse embora, mas não fez nada. Nem ela agiu, nem a lágrima de Nicolas desceu.

Não daria para fazer dessa forma. Colocar um grupo inteiro de penetras e ainda por cima interagindo, encenando a dor. A possibilidade de um escândalo jogaria os papéis ao vento. Seria necessário ter seu próprio velório. E começou pensando em fazer todos de caixão fechado, como o do motorista de ônibus. Não seria necessário um corpo. Mas desistiu dessa possibilidade. Para a mentira se passar por verdade é preciso sinceridade. Por isso aquela mãe sabia que Nicolas não deveria estar ali. Não havia sinceridade em sua mentira. Ele não se importava nem um pouco com o garoto atropelado. E a mulher do motorista só tinha aquela sinceridade porque o que estava dentro do caixão de madeira também estava dentro dela. O que Nicolas precisava era de uma farsa honesta, daquelas vistas todos os dias nos atos disfarçados de educação, de civilidade, nos gestos que até parecem amor.

24

Jonas chegou sendo trazido pelo mesmo guarda que o trouxera para aquela sala no dia anterior. O homem parou em frente à porta ainda fechada, posicionou-se diante do prisioneiro e puxou a chave prateada do bolso.

— Você vai ficar nessa sala por um tempo, entendeu?

Jonas não respondeu nada. Parecia incomodado e encarava o guarda com ar de superioridade.

— Vou tirar essas algemas, abrir a porta e você vai ficar na sala, ok?

O prisioneiro se recusava a falar. O guarda apenas balançou a cabeça de um jeito cansado e soltou um resmungo. As algemas estalaram quando se abriram e Jonas passou as mãos pelos pulsos livres.

— Entra — o guarda disse ao mesmo tempo em que abria a porta da sala e revelava para Jonas um ambiente vazio, ocupado apenas pela capela sobre a mesa.

Os olhos de Jonas se expandiram e ele olhou para o lado, encarando o guarda com uma euforia contida que parecia prestes a explodir.

— É, pode ir. Vai ficar com ela um pouco.

— Obrigado, obrigado, obrigado — Jonas disse, enfim, correndo em direção ao objeto de adoração. A porta atrás de suas costas foi fechada, mas ele nem se importou. O guarda rodou a chave, trancando-a.

Jonas estava sentado diante da imagem, mas ainda não a havia tocado. Olhava de forma suspeita para o aparelho eletrônico que estava na mesa, ao lado da capela. Eram os alto-falantes que viu sendo arrancados das entranhas da capela por aquele policial. Alguns fios se ligavam a eles, se emaranhando uns nos outros. Passou a mão sobre a mesa, varrendo aqueles objetos, que foram parar no chão. Posicionou a capela bem à sua frente, juntou a palma das mãos no peito, fechou os olhos e começou a sussurrar uma oração.

Passou-se quase meia hora e Jonas permaneceu na mesma posição, fiel a sua reza.

Foi quando escutou a voz falando seu nome e as palavras em sua boca silenciaram.

— Jonas. Nosso tempo está acabando. Por que me abandonou? Por quê?

As duas mãos do homem colaram nas laterais da capela ao mesmo tempo em que ele se curvou, colando a testa à mesa, já em lágrimas.

— Eu sempre estive aqui, meu senhor. Nunca fui embora, nunca, sempre estive aqui.

— Não temos tempo, Jonas. Não temos tempo.

— O que o senhor quer que eu faça? É só me dizer.

— Eu quero entender, Jonas. Quero entender. Você sabe o mandamento: não matarás. Você sabe, Jonas.

— Eu sei, eu sei, sim eu sei, eu sei, sei sim.

— Então por que me desobedeceu, Jonas? Por quê?

— Eu não, eu não, eu fiz o que me ordenou, fiz tudo, fiz tudo.

— Você fez errado, Jonas. Fez errado.

— Não, não fiz, senhor. Fiz o que me ordenou, fiz sim, fiz.

— Nao, Jonas. Você interpretou errado o que eu disse.

— Não, senhor, eu, eu, o senhor disse...

— O que eu disse, Jonas?

— O senhor disse — Jonas se levantou da cadeira, girou sobre o próprio corpo, passando as duas mãos sobre a cabeça repetidas vezes, virando o corpo para um lado, depois para o outro. — O senhor disse, o senhor disse, disse sim...

— O que você entendeu, Jonas?

— Eu fui escolhido, o senhor disse, escolhido, escolhido... para ir até lá, até lá, lá... e ficar ao lado do corpo, para ir até lá, o corpo do infiel, o corpo do infiel, sujo, sujo, sujo, eu fui escolhido, não fui? Não fui? Senhor, não fui?

— Eu não mandei você matar aquele menino, Jonas.

— Infiel! Sujo! Pecador! — Os lábios de Jonas brilhavam com a saliva que se projetou para fora da boca.

— O mandamento, Jonas. O mandamento.

— Eu não matei, eu fiz o que senhor disse, eu não matei, não pequei, eu pra lá, pra lá, fiquei ao lado do corpo, ao lado do sujo, pecador.

— Eles querem saber onde você encontrou a capela, Jonas. Eles querem saber quem deu a capela pra você. Mas você não pode dizer. Não pode, entendeu?

Jonas apenas balançava a cabeça positivamente.

— Fique perto de mim, Jonas. Perto de mim, filho.

O homem sentou com força, fazendo a cadeira de pernas de metal arrastar no assoalho.

— Temos que proteger a pessoa que nos ajudou, entende? Me entende, Jonas?

— Entendo, entendo, entendo, senhor, entendo.

— Temos que proteger a pessoa que foi boa com a gente, entende?

— Sim, senhor, sim, entendo. Ninguém vai saber. Eles não vão saber, não vão.

— A pessoa que deu a capela pra você, Jonas, nunca diga o nome da pessoa pra eles, entende? Me entende, Jonas?

— Entendo, senhor. Eu não vou falar, não vou.

— Reze por ela, Jonas, reze pela pessoa que está ajudando a gente. Reze por ela, Jonas. Reze.

Jonas se colocou em posição, as palmas das mãos unidas.

— De joelhos, Jonas. Mostre a sua fé.

Imediatamente o homem puxou a cadeira em que estava sentado, praticamente a jogando para o lado e se colocando de joelhos diante da mesa. A capela quase na altura do seu rosto.

— Reze por ela, Jonas, reze pelo nome da pessoa que está nos ajudando, reze pela pessoa que deu a capela para você, para me proteger, reze por ela.

— Deus, eu peço — começou Jonas. — Deus eu peço, eu oro pela proteção da Heloísa, eu oro e imploro que derrame sobre ela todas as dádivas do céu, que ilumine seu caminho através do vale dos pecados, que ela nunca caia na tentação da mentira, eu oro, senhor, eu oro, derrame sua bênção, sua proteção, derrame, senhor...

Pelo monitor, Artur observava o homem ajoelhado. Ao lado dele estava o policial que trouxera Jonas, que agora também escutava o diálogo improvável entre o prisioneiro e a imagem que era captada pela câmera posicionada na parede, sobre a porta de entrada. Artur tinha nas mãos um rádio que mantinha próximo à boca, mas por alguns instantes perdeu o ritmo do raciocínio.

Heloísa.

Jonas havia dito: Heloísa.

Enfim conseguiu tirar dele o nome da pessoa que provavelmente dera a capela. *Mas Heloísa de quê?*

— Reze com mais fé, Jonas! Reze por Heloísa. Reze por ela. Reze por quem deu a capela para você, Jonas.

Jonas abriu os braços. Com a palma das mãos viradas para cima, levou o rosto para o alto, os olhos fechados em direção ao teto.

— Abençoe, senhor, abençoe Heloísa, abençoe a mulher que cuida de mim, abençoe essa alma bondosa que cuida da gente, de mim, de outros, de tantos, cubra com seu manto, com sua proteção, com seu amor, derrame sobre ela a sua graça, meu senhor...

— Leve sua fé até ela, Jonas, leve sua voz...

Foi de repente. Uma música alta e estridente ressoou dentro da sala onde Artur e o outro policial estavam. Artur soltou o botão do rádio imediatamente, cortando a passagem de som da sua voz para os novos alto-falantes dentro da capela. O detetive se voltou em direção ao policial que segurava o celular nas mãos, tampando-o em uma concha de dedos, os olhos vidrados em Artur.

— Desculpe, senhor. Eu pensei que estivesse desligado.

Artur olhou pelo monitor. Jonas mantinha os braços abertos e os olhos fechados. Porém, de sua boca não saía mais nenhuma palavra. Seu corpo foi desfazendo a curva, a cabeça que pendia para trás voltou-se novamente para a frente, os braços foram se reposicionando, pendendo paralelos ao lado do corpo. Olhava agora a imagem, ainda de joelhos.

Artur se preparou para dizer algo, roçou o dedo no botão do rádio, mas parou quando viu Jonas levando as duas mãos em direção à capela, até seu interior, de onde retirou a imagem do arcanjo. O homem se levantou, a imagem agora deitada na palma das mãos. Olhou para a capela e caminhou até o outro lado da sala. Recostou-se na parede, ficando de frente para a mesa na outra extremidade. Sentou-se ali mesmo, no chão, com as pernas cruzadas, e repousou a imagem a sua frente.

Pelo monitor, Artur observava. Via Jonas distante da mesa. A capela e o arcanjo separados. Ela sobre mesa, ele no chão.

— Senhor, fale comigo. Por favor, fale comigo — Jonas disse, olhando para a imagem. — Por favor, fale comigo, senhor, por favor. — As lágrimas escorriam dos olhos, a palma das mãos estava no chão e sentia a frieza do piso gelado, enquanto o silêncio predominava.

Artur segurava o rádio em frente à boca. O dedo longe do botão que abria o canal de comunicação de sua voz com o alto-falante da capela. Não podia dizer mais nenhuma palavra sem entregar que o som vinha da capela e não do arcanjo. Havia chegado à delegacia antes mesmo do técnico da polícia e aguardou até que ele aparecesse para instalar o novo sistema de rádio dentro da capela. E agora não podia dizer mais nenhuma palavra.

Viu Jonas se levantando, deixando a imagem do arcanjo no chão e caminhando em direção à mesa onde estava a capela.

— Vá até lá — Artur ordenou ao guarda, que saiu apressado.

Mas ele não chegou a tempo de impedir que Jonas pegasse a capela e a arremessasse na parede oposta, fazendo-a se espatifar com o impacto. Madeira e forro foram ao chão em pedaços, com dois pequenos alto-falantes e fios. Jonas olhou em direção à porta que se abriu e viu a câmera que o filmava. Com o policial entraram outros dois que foram convocados no corredor. Jonas partiu em direção à câmera, gritando e apontando o dedo, lutando para se desvencilhar dos braços que tentavam contê-lo.

— É tudo mentira! É tudo mentira! Tudo mentira! Mentira, mentira, mentira, mentira, mentira, mentira... — Jonas se debatia, o rosto agora no chão, com o joelho de um dos guardas pressionando suas costas, um braço sendo torcido para trás, o outro tentando se livrar da torção exercida que outro guarda lhe impunha no pulso. — É mentira! É mentira! — ele continuava, agora mais devagar, um fio de baba ligando a boca ao chão, os olhos injetados, os lábios entreabertos, balbuciando em direção à imagem que, virada para a parede, dava as costas para o homem.

•

Artur já estava no corredor, a poucos metros da porta, quando Jonas saiu carregado pelos guardas. O homem parecia ter desistido, o corpo pesando nos braços dos policiais, querendo despencar. Os olhos do prisioneiro e do detetive se encontraram.

— Por quê? — Jonas balbuciou.

Artur fez sinal para os guardas esperarem e o deixarem falar.

— Precisamos descobrir quem matou aquele rapaz — respondeu o detetive.

Jonas balançou a cabeça.

— Não — resmungou. — Eu quero saber... — o homem parou de falar, como alguém já muito cansado.

— Quer saber o quê?

Jonas olhou para Artur, balançou a cabeça, olhou para o alto, depois para o lado, deu um sorriso irônico.

— Você não tem respostas pra mim.

Depois de aguardar alguns instantes, Artur sinalizou para que os guardas o levassem.

— Tentem cuidar dele.

— Eu tenho Deus... ele cuida de mim — Jonas disse, já de costas.

Artur permaneceu no mesmo lugar, observando Jonas sendo escoltado pelos guardas até desaparecer na curva do corredor. Ainda assim, por alguns instantes ele continuava olhando na mesma direção, para o corredor vazio. Em sua mente, só via o nome Heloísa.

Heloísa.

Do lado de fora, uma viatura esperava por Artur. Dois policiais fumavam perto do carro. Artur entrou e mandou que fossem para a DP.

●

O detetive não queria perder tempo. Em frente ao seu computador, ficou pensando em como encontraria a Heloísa específica. A ficha que puxou de Jonas não continha muitas informações. Possuía dois irmãos e uma irmã que não se chamava Heloísa. Buscou pelo nome dos irmãos para verificar se eram casados. Ambos eram. Mas nenhuma das esposas se chamava Heloísa. A mãe e o pais já haviam falecido.

Artur se recostou na cadeira, as mãos repousando sobre as pernas, os dedos nervosos tamborilando sobre as coxas.

Buscou na internet por "Heloísa e Jonas Ramalho da Cunha". Nenhuma das opções levou a uma resposta eficiente. Tentou apenas "Heloísa e Jonas". Apareceram diversas opções, mas nenhuma mostrando o Jonas, morador de rua, esquizofrênico.

Abençoe a mulher que cuida de mim, abençoe essa alma bondosa que cuida da gente, de mim, de outros, de tantos..., Artur lembrou que foi isso que Jonas disse enquanto orava por ela.

A mulher que cuida de outros.

Digitou no campo de buscas por: "Heloísa moradores de rua".

Encontrou: "ONG comandada por maquiadora ajuda moradores de rua".

Abaixo da chamada da primeira opção de busca vinha o texto: "Após a perda do filho, a maquiadora Heloísa Diniz divide o seu tempo entre o teatro e a ONG fundada por ela para..."

A segunda opção de resposta trazia no título: "Evento realizado por Heloísa Diniz reúne artistas, políticos e empresários", seguida pelo breve complemento: "Aconteceu no prédio da maquiadora o encontro para arrecadar doações à ONG fundada pela maquiadora para ajudar moradores de rua...".

Diversas outras opções se desenrolavam pela tela do computador. Artur clicou na primeira e leu a matéria completa, que destacava a iniciativa da maquiadora Heloísa Diniz em fundar a ONG para ajudar moradores de rua justamente depois que seu filho fora assassinado por um.

A informação latejava na mente do detetive: *justamente depois que seu filho fora assassinado por um.*

Com o nome completo, Artur buscou mais informações sobre a maquiadora no sistema da polícia. Conseguiu o arquivo sobre a morte do filho: "Morto por um morador de rua durante tentativa de assalto"; "Único filho"; "Maquiadora".

Voltou para o site de buscas e pesquisou por "Heloísa Diniz maquiadora". Diversas respostas apontavam para trabalhos realizados por ela no teatro e também na televisão. Havia sites especializados em maquiagem para os quais a profissional dera entrevistas, e os textos sempre destacavam o talento e a capacidade de Heloísa de realizar projetos impecáveis e de muita técnica.

Foi em um desses textos que o detetive encontrou o que precisava. Uma foto no hall de entrada de um teatro onde Heloísa posava para fotógrafos ao lado do diretor da peça, Matias Dália: "Heloísa Diniz e Matias Dália trabalham juntos novamente na nova peça do dramaturgo".

O detetive leu diversas matérias em que Heloísa e Matias eram mencionados. Viu fotos. Leu sobre as peças de Matias nas quais a maquiadora trabalhara.

"Heloísa é uma grande profissional, pra mim, a melhor maquiadora que temos no teatro. E além disso é uma grande amiga", dizia Matias em uma das matérias.

Artur buscou no sistema da polícia e anotou o endereço da maquiadora. Anotou também o endereço da ONG e de Matias Dália.

Heloísa Diniz e Matias Dália trabalham juntos novamente.

Uma grande amiga.

Justamente depois que seu filho fora assassinado por um.

25

Artur aguardava o retorno do porteiro, que pediu que ele esperasse enquanto interfonava para o apartamento de Heloísa. Parado do lado de fora do portão, o detetive balançava o corpo em movimentos suaves. Olhava para cima, onde imaginava ser o andar da mulher, depois de subir contando as janelas até parar na linha do provável décimo terceiro andar. Ia com os olhos, lambendo as janelas de lateral a lateral, tentando ver algum movimento por trás das vidraças fechadas. Fazia frio, mas ele não se sentia desconfortável com a temperatura. O único ponto negativo da estação era a necessidade de utilizar mais roupas do que gostaria. Não gostava do fardo que casacos pesados impõem ao corpo, do volume opressor e do abafamento que alguns tecidos mais grossos provocam.

— Senhor — a voz do homem estalou entre o plástico perfurado do interfone.

— Sim — Artur respondeu, ansioso.

— Ninguém atende no apartamento.

— Você pode subir lá e tocar a campainha?

— Eu não estou autorizado a fazer isso, senhor.

— É urgente. Preciso falar com ela.

— Senhor, acredito que a dona Heloísa não esteja em casa.

— Preciso que você toque a campainha para ter certeza.

— O carro dela não está na garagem, senhor, não deve ter ninguém em casa no momento. Volte outra hora, por favor.

Artur não respondeu. Deu mais uma olhada para cima, buscando janela a janela, e em seguida virou sobre os calcanhares, dando as costas para o interfone. Permaneceu ali, olhando ao redor, os prédios vizinhos que se esticavam em direção ao céu. Prédios altos, fechados em si mesmos. O portão de uma garagem se abriu veloz em outro canto da rua, descortinando a passagem por onde saiu um veículo que despontou com força, invadindo a calçada e já se lançando pela rua. Na parte superior do portão dançava um par de luzes amarela e vermelha indicando que algum automóvel estava para se movimentar ali, um aviso aos pedestres da calçada para tomarem cuidado. Era sempre assim, os mais frágeis é que precisam redobrar os cuidados com os mais fortes no mundo.

O detetive já tinha um plano B para o caso de não encontrar Heloísa em seu apartamento.

●

Quando Artur chegou à ONG criada por Heloísa, a maquiadora também não estava. Depois de explicar por cima a uma funcionária o motivo pelo qual a procurava, foi encaminhado para conversar com a psicóloga que atendia Jonas. Ela se mostrou chocada com a notícia.

— Meu Deus, não acredito nisso. Ele... nossa.

— Ele não era agressivo?

— Não acho que... bom, talvez, mas, olha, eu acho difícil ele fazer algo assim, quero dizer, planejado. Mesmo nas suas fantasias. Talvez algo por impulso, no meio de uma briga. Eu posso conversar com ele? Seria bom.

— Claro. Vou providenciar isso.

— Ótimo.

— Ele disse ouvir vozes da imagem do arcanjo que foi encontrado com ele.

— Ele sofre de esquizofrenia. E tem uma ligação muito forte com a religião. Era algo que nós estávamos tentando trabalhar pouco a pouco, mas é um ponto delicado. Sempre é. Essas fantasias são reais para ele, você entende. Não digo que a fé seja uma fantasia, mas as vozes na imagem, da forma como ele dizia ouvir.

— Na rua me disseram que tinham quebrado a capela dele.

— Sim, aconteceu mesmo. Agora ele leva a imagem na mão.

Artur mostrou a foto para a mulher.

— Encontramos ele com esta.

A mulher pegou a foto para olhar de perto.

— Então ele conseguiu bem recentemente. Na sessão anterior ele tinha apenas a imagem.

— Você foi a última pessoa a vê-lo?

A mulher pensou um pouco.

— Na sessão anterior, que foi quando eu o vi pela última vez, a Heloísa estava aguardando para falar com ele.

— Por isso eu preciso falar com ela.

— Hoje, deixa eu ver. Rafa. Rafa! — a psicóloga chamou uma jovem. — A Heloísa vem que horas hoje?

— Ela não vem. Hoje tem apresentação.

— Verdade, obrigada. — A psicóloga se voltou para Artur. — Ela está trabalhando em uma peça de teatro. Ela é maquiadora. Em dia de apresentação é difícil ela vir. Ela fica no teatro.

— Você tem o endereço desse teatro?

●

Do lado de fora, o teatro era uma grande caixa. A lisura das paredes era quebrada por muitas janelas com detalhes de arte barroca. No lado externo da entrada, pilares grossos davam sustentação e beleza à boca que devorava pessoas. Ainda era cedo e não havia uma grande movimentação no local. Um funcionário estava encerando o piso quando Artur entrou. Do lado de dentro do balcão do café, duas pessoas uniformizadas preparavam os utensílios. A máquina de pipoca brilhava um amarelo quente e exalava um aroma de açúcar e sal. O hall de entrada era amplo, com um piso quadriculado de grandes lajotas em diferentes tons de marrom que reluzia com a claridade dos lustres no teto e das luminárias na parede, exibindo duas grandes escadas que subiam pelas laterais como acesso do público.

O detetive olhou ao redor em busca de algum profissional para pedir informação. Encontrou um homem alto caminhando sem pressa. Vestia terno preto, camiseta branca e gravata também preta. As mãos se entrelaçavam às costas. Não fosse o segurança, seria um sujeito bastante tranquilo.

— Estou procurando a Heloísa.

O segurança, que também já fora policial, respondeu depois de um tempo de análise.

— Eu digo a ela que o senhor é...?

— Detetive Artur Veiga.

O homem dentro do terno não se surpreendeu com a informação de quem ele era, mas estava curioso para saber o motivo.

— Vou avisá-la. Se quiser, pode sentar ali enquanto aguarda. — E apontou para um par de sofás pretos próximos ao banheiro.

— Eu espero aqui.

Heloísa saiu seguida pelo homem de terno, como se fosse seu segurança particular. Veio na direção de Artur, secando as mãos em um pano já bastante manchado por resquícios de algum material amarronzado. O cabelo longo amarrado em um coque na parte superior da cabeça deixava o pescoço curto à mostra.

— Pois não? Desculpe não o cumprimentar. — Ela mostrou as mãos ainda sujas. — Alguns produtos levam tempo para retirar. O Renato disse que você é da polícia?

— Detetive Artur, senhora.

— Heloísa tá bom. A conversa vai demorar? Estou no meio de um trabalho complexo lá dentro.

— Eu sempre espero que seja rápido, mas nem sempre acontece assim — o detetive disse, sério, sacando um cigarro do maço.

— Não pode fumar aqui dentro, senhor — o segurança que não estava longe se intrometeu.

— Eu não fumo. — Artur ficou girando o cilindro nos dedos.

— Quer conversar lá fora para fumar?

— Eu não fumo.

— Mas eu sim. Conversa com polícia pede um cigarro. Vamos lá.

Os dois andaram até o lado de fora do teatro. Agora era Artur que parecia o segurança de Heloísa.

Na área externa, a maquiadora pegou um cigarro, acendeu e deu uma longa puxada, soltando de forma macia e elegante.

— Não fuma mesmo?

— Não.

A mulher deu de ombros.

— Você me procurou pra quê?

— Jonas.

A fumaça que ela acabara de puxar ficou presa na garganta. Com a mão parada no ar, apontando o cigarro para Artur, ela falou, receosa:

— O que houve com ele? Está tudo bem?

— Ele foi preso.

— Nossa, preso por quê?

— Suspeito de matar um rapaz. E talvez outras pessoas.

Ela deixou uma risada nada engraçada escapar à força da boca.

— Outras pessoas?

— Na rua disseram que ele às vezes ficava violento.

— Ele se defendia quando era necessário. Não estou falando que é o certo, mas na rua é complicado. Que história é essa? Como assim suspeito de matar outras pessoas?

— Encontramos ele ao lado do corpo de um jovem. Ele não diz se o matou, só diz que fez o que o Deus mandou.

— Eu não consigo acreditar. — O cigarro queimava esquecido no dedo. — Que horror — a voz agora saía baixa e seus olhos pararam no chão, como se tivesse encontrado algo.

— Eu preciso saber uma coisa de você. — O detetive estendeu uma foto para a mulher. — Disseram que ele tinha perdido a capela antiga. A psicóloga falou que na última sessão ele estava só com a imagem.

Heloísa acendeu outro cigarro. Desconfortável, tentava disfarçar sua surpresa com a pergunta.

— O que a capela tem a ver com isso?

— Dentro da capela estava escondido um aparelho de rádio. Alguém estava se comunicando com o Jonas por meio da capela.

O cigarro que ela segurava entre os dedos escapou e foi ao chão, espalhando a brasa que esfarelou em fagulhas brilhantes. Para disfarçar, a figurinista apagou o cigarro com o pé.

— Tem certeza disso? Um rádio?

— Sim. Eu mesmo encontrei.

— Eu dei a capela pra ele.

— Sim, ele deu a entender que tinha sido você.

— Na verdade... foi um presente. Uma doação. Eu só... repassei.

— Quem deu a capela pra você?

— Ela chegou na ONG. Foi deixada lá. Muitas doações chegam assim. Alguém simplesmente deixa na ONG.

— Preciso saber quem deixou lá.

— Sim, sim, claro. Mas eu preciso ver como. Às vezes quem entrega não se identifica. Simplesmente deixa na recepção e vai embora.

— Eu vi que tem câmera na recepção.

— É só de fachada. Ela não filma, na verdade. Só para inibir alguma tentativa.

— Por que ter uma câmera que não grava?

— Porque nós não temos dinheiro para o conjunto todo.

— Se nós descobrirmos quem deu a capela, podemos descobrir quem matou aquele rapaz. E quem está sumindo com outros.

— Como assim?

— Alguém está sumindo com moradores de rua.

Os dois ficaram em silêncio por um instante. Heloísa voltou a usar o pano para limpar as mãos.

— Eu preciso, preciso voltar ao trabalho.

— Seu filho foi morto por um morador de rua.

Heloísa olhou para ele, um olhar que parecia um tiro.

— O que... o que você quer dizer com isso?

— Você tem que ir comigo para a ONG. Nós precisamos ver quem recebeu a capela.

— Eu não posso agora. — Heloísa estava agitada. Desencostou do corrimão onde estava e subiu alguns degraus da escada que levavam para a entrada do teatro. Olhou o relógio. — A esta hora já não tem ninguém lá. Já fecharam.

— Heloísa.

— Eu vou te ajudar. Amanhã de manhã, bem cedo, eu vou estar na ONG e nós descobrimos quem recebeu o objeto. Amanhã de manhã.

— Ligue para quem trabalha lá. Eu preciso disso agora.

— Amanhã de manhã, detetive.

— Me dê os telefones de quem trabalha lá.

— Amanhã. Me encontra amanhã.

A mulher virou as costas para Artur e subiu os degraus com pressa até desaparecer pela entrada. Atravessou o hall do teatro olhando para o chão. Percorreu o corredor com iluminação de caverna até chegar à parte dos camarins.

— Helô, nossa, ainda bem que você voltou. Precisamos continuar aqui.

— Gente, desculpa. Cláudia, eu preciso sair — ela falou com a sua assistente. Além dela havia outras quatro profissionais de maquiagem e figurino. — Vocês tocam hoje, tudo bem? Eu preciso mesmo sair.

Sem esperar resposta, apanhou a bolsa, colocou no ombro e saiu, sem responder à assistente, que gritou se estava tudo bem. O ambiente ao redor parecia claustrofóbico. O corredor de um tom vermelho amadeirado parecia pulsar. Apertou as têmporas com as mãos. Buscou o celular na bolsa e no caminho digitou. Caiu na caixa postal. Sentiu falta de ar e o pé direito pisou em falso. Saiu por uma porta lateral ao teatro, à qual funcionários e elenco tinham acesso. De lá, foi até o estacionamento. A chave do carro tremelicava nos dedos nervosos. Deixou o chaveiro cair.

— Inferno! Deve ter alguma explicação. Claro que tem.

Dentro do carro, tentou ligar outra vez. Direto na caixa postal novamente. Acelerou. Acendeu outro cigarro. A brasa caiu no colo e ela bateu com a mão, mas não conseguiu evitar que a cinza incandescente abrisse um pequeno furo na calça. Um carro que vinha pela rua lateral buzinou estridente quando ela não parou antes de entrar na rotatória. Acelerou sem dar atenção e seguiu. Os dedos agitados da mão direita tamborilavam no volante. As cinzas do cigarro salpicavam o interior do veículo.

— Que merda tá acontecendo?

Ela vinha em velocidade. A cem metros, em um cruzamento movimentado, o farol acabara de mudar para o amarelo. Ela acelerou. O ônibus na rua que agora tinha o sinal livre buzinou quando ela passou em alta velocidade. Tinha pressa. Obrigou um pedestre a desistir de atravessar a rua.

— Devagar, caralho!

O protesto ficou para trás, com a imagem do jovem no retrovisor.

A qualquer hora o trânsito era sempre o pior possível. Enquanto dirigia, cortando quem podia, digitava o número, que caía novamente na caixa postal.

Demorou quase uma hora para chegar. Estacionou sem preocupação em ocupar a vaga em frente ao prédio e interfonou para o apartamento.

— Sim? — soou a voz metalizada através do interfone.

— Daiane, sou eu, Heloísa.

— Helô?

— Preciso falar com o Matias, Daiane.

— O Matias não está, Helô.

— Sabe onde ele está?

— Saiu para caminhar.

— Droga.

— O que houve?

— Eu... Aconteceu uma coisa, eu...

O som do portão sendo destrancado estalou.

— Sobe. O Nicolas não está em casa.

Heloísa subiu às pressas. Parecia ter ido de escada, tamanha a euforia do corpo quando Daiane abriu a porta e viu a mulher.

— Entra.

— Desculpa vir aqui. Mas... eu não consigo falar com o Matias.

— Senta. Nossa, o que houve?

— Melhor eu não ficar aqui. Se o Nicolas aparece...

— Ele vai demorar.

Heloísa sentou no sofá, apoiando os cotovelos nas coxas, e passou as duas mãos na cabeça, puxando o cabelo para trás, segurando-o na nuca de forma nervosa. Olhou para Daiane, que tinha se sentado a seu lado de maneira cúmplice e afetuosa. Suas mãos tremiam levemente.

— O que houve?

— Aconteceu um negócio e, sei lá, eu preciso saber uma coisa do Matias. Pode ser sério, Daiane. Pode ser bastante sério.

— Me conta o que houve.

Heloísa olhou para o alto, encarando o teto, depois vasculhou o ambiente com os olhos.

— Caramba, só agora me toquei de quanto tempo eu não entro aqui. Está tudo tão igual.

Daiane não disse nada, apenas esperou e deixou a amiga ter o tempo de que precisava. Heloísa virou a cabeça na direção da outra mulher.

— Nossa! — Suspirou. — Tem um... — Suspirou pesadamente mais uma vez. — Tem um rapaz lá na ONG, um rapaz que a gente ajuda. Ele sofre de esquizofrenia.

— O Matias me falou sobre esse homem. O do santo?

— Você sabe sobre isso? Sobre a capela?

— Sim, sei sim.

Daiane segurou a informação de que fora ela quem comprara a capela e dera para Matias presentear o rapaz. Revelar isso tiraria o valor do gesto que o marido tivera.

— A polícia veio me procurar, Daiane.

Ao escutar a palavra, Daiane se mostrou curiosa e desconfortável.

— Como assim? Por quê?

— Jonas, é o nome do morador de rua, ele foi preso. Parece que, parece que ele matou um jovem na rua e... e parece que ele fez isso porque escutou uma voz vindo do santo na capela mandando ele matar. — As palavras ganhavam velocidade exagerada à medida que a maquiadora as revelava.

— Nossa, então o caso dele é sério mesmo.

— Não é só isso, Daiane. A voz na capela, a voz do santo, encontraram um dispositivo, sei lá, tipo um rádio dentro da capela. A suspeita é de que implantaram o rádio lá pra usarem o Jonas.

— A polícia acha isso?

— Acha. E, nossa, faz sentido, caramba. Por que teria um rádio dentro de uma capela assim? E o Jonas falou que escutou a voz dizendo o que ele deveria fazer. — Heloísa colocou uma das mãos sobre a mão de Daiane. — Eles sabem que eu entreguei a capela para o Jonas.

Daiane, que aparentemente não tinha se dado conta da seriedade da visita de Heloísa, jogou o peso do corpo no sofá, deixando as costas caírem no móvel acolchoado.

— Eu não disse quem entregou a capela pra mim. Inventei uma história, mas ela não vai se sustentar por muito tempo. Antes eu preciso falar com o Matias, tenho que entender o que está acontecendo.

— Eu comprei a capela, Helô. Eu comprei. Comprei em uma loja. Vai que, vai que aquela coisa já estava lá dentro, o aparelho.

— Você comprou? Quando?

— Ah, alguns dias atrás. E dei ela para o Matias.

— Você acha que ele seria capaz disso?

— De mandar o homem matar outra pessoa? Pra quê? Quem era esse homem, o que foi morto?

— Não sei. Parece que um morador de rua. Mas parece que não foi o único. Minha nossa, sei lá.

— Como assim?

— Eu não consegui entender direito. Depois que o policial falou do rádio na capela, da voz mandando o Jonas fazer a tal coisa, eu só consegui pensar no Matias, nele me entregando a capela. Fiquei pensando... será que foi ele, o que está acontecendo? Mas o policial, ele disse que outros moradores de rua sumiram. E que talvez essa coisa da capela seja para despistar a polícia. Colocar a culpa no Jonas.

— É uma história muito doida isso, Helô.

— É, eu também acho. Mas... — Heloísa hesitou. — Bom, em se tratando de quem nós estamos falando, o Matias, caramba, é o tipo de história que poderia sair da cabeça dele.

— Para, Helô, o Matias pode ser um monte de coisas, mas isso... Você o conhece tão bem quanto eu, sabe disso, ele não, isso não... — Agora era Daiane quem hesitava.

As pessoas nunca imaginam que alguém que elas conheçam, ainda mais tão bem, seja capaz de algo tão abominável. Tudo de ruim sempre acontece em outro lugar, e quem está ao nosso lado são sempre pessoas boas, incapazes de fazer mal a alguém.

— Eu não consigo, não consigo acreditar. O Matias... ele não faria isso. Matar alguém. Não, isso. Isso não.

— Precisamos conversar com ele, Daiane. Precisamos...

— O que está acontecendo aqui? — As duas nem se deram conta da porta se abrindo quando Nicolas irrompeu na sala. — O que essa mulher está fazendo aqui, mãe?

Heloísa retirou a mão que segurava a da amiga. Daiane se levantou, indo em direção ao filho, que caminhou para o lado, contornando a poltrona que estava próxima para não se deixar alcançar pela mãe.

— Fala, mãe. O que essa puta tá fazendo aqui? — Os olhos de Nicolas brilhavam, aquosos.

— Nicolas, chega! Já está na hora da gente conversar. Já passou da hora, na verdade. Mas agora não é o momento.

— Conversar sobre o quê? Do que você tá falando, mãe? Essa... essa mulher, ela quer destruir a nossa família, mãe. A senhora não pode ser tão cega. Ela é...

— Amante do seu pai? Eu sei disso, filho. Eu sei disso desde o começo, porque fui eu que incentivei.

Nicolas, que antes olhava diretamente para Heloísa, que agora já estava em pé na sala, voltou toda a sua atenção para a mãe. Os olhos vidrados, perplexos, como quem não acredita no que acaba de ouvir.

— Eu, eu... O que você disse?

— Filho. — Ela tentou se aproximar novamente, mas Nicolas recuou de forma brusca, tentando se proteger.

— O que você disse, mãe? Você...

— Não é hora para essa conversa, filho. Eu prometo...

— O que você disse?

— Eu disse que aprovo. Você já não é nenhuma criança, Nicolas. Eu e o seu pai, nossa, de verdade, não é o melhor momento para falar disso, vamos conversar com calma...

— Não, não, não, eu quero saber agora. O que está acontecendo aqui? Você aprova? Você *aprova*? Como assim, você aprova?

— Daiane, melhor eu ir. Depois...

— Não, você não vai pra lugar nenhum, sua vagabunda. Você vai ficar aqui.

— Chega, Nicolas. Eu já mandei.

— Você não manda nada aqui. Você aprova? Como assim, você aprova?

Daiane deixou os músculos do corpo caírem, em desistência.

— Eu e o seu pai. Você sabe como é o seu pai.

— Não joga a culpa nele!

— Seu pai e eu somos adultos. O nosso relacionamento é diferente.

— O que você está dizendo, meu Deus, o que você quer dizer com *diferente*?

— Nós podemos nos relacionar com outras pessoas. É isso que eu estou dizendo. Eu aceito isso. Ele também.

— Você só pode estar de brincadeira. Isso, isso, isso não é verdade. — Nicolas ria entre uma palavra e outra. Um riso histérico e descontrolado, ora olhando para a mãe, ora para Heloísa, que presenciava a declaração achando que não devia estar ali.

— Por favor, filho, vamos conversar sobre isso mais tarde. Agora a gente precisa encontrar o seu pai. Temos um assunto grave para falar com ele.

— Não! — Nicolas se recompôs de forma quase teatral, endireitando o corpo, coluna reta, peito para a frente. Enxugou uma lágrima que desceu pelo rosto e sentou em uma das poltronas da sala. Fez um gesto com as mãos para as duas mulheres se sentarem. O que elas fizeram. Uma ao lado da outra. Daiane, então, resumiu toda a história para o filho.

Revelou que sabia da relação do marido com Heloísa. As duas eram amigas de longa data. Haviam estudado juntas na mesma faculdade. Nicolas sabia disso, o que era motivo ainda maior para odiar a mulher, afinal era amiga da mãe. E tão próxima do próprio Nicolas. Mas ele não sabia toda a verdade. Apesar de não ver mais a mãe em contato com Heloísa, as duas permaneciam grandes amigas. Elas se afastaram apenas por comodidade. Para dar estrutura a uma situação que eles mantinham em relativo segredo. Não o caso do marido com a amiga, mas o relacionamento livre que mantinham.

Revelou que tudo começara anos antes. Fora Daiane, mulher de Matias, quem tivera um caso extraconjugal primeiro. Um relacionamento que ela resolveu abrir para o marido.

— Seu pai, por causa... do que ele tem, isso não afeta somente a forma como ele demonstra as emoções. Como não demonstra, na verdade. O fato de ele não demonstrar o desejo sexual como eu gostaria que fizesse. — Daiane se mexeu no sofá, desconfortável. — Eu sempre pensei em como seria ter essa conversa com você. Na minha cabeça parecia mais fácil.

— Continua. Você mesma disse que eu não sou mais criança.

— A alexitimia do seu pai... você tem seus desejos, Nicolas, eu também tenho os meus, como qualquer outra pessoa neste mundo. Ele não demonstra emoções, não demonstra desejo, sempre sou eu que tenho que procurá-lo pra tudo, não é uma coisa isolada, é um conjunto de coisas.

— Você sabia que ele era assim!

— Eu sei muito bem disso, Nicolas. E eu amo o seu pai com todos os pontos positivos e negativos que vêm no pacote. Mas eu sou uma pessoa e, como qualquer outra, também preciso me sentir amada. Eu nunca quis magoar o seu pai. E eu nem consegui saber se ele ficou magoado quando eu contei o que estava fazendo.

— É claro que ficou. Ele só não consegue dizer. Você sabe disso.

E no fundo Daiane sabia.

— Eu conheço o seu pai muito mais do que você, Nicolas. Sabe o que ele me disse quando eu contei pra ele sobre o caso que estava tendo? Ele disse que não sabia dizer o que sentia, mas que achava bom eu ter alguém. Que eu poderia me relacionar com outras pessoas se isso me fizesse bem. Seu pai é especial pra mim, sempre vai ser, mas, sim, foi libertador. E não só pra mim. Foi pra ele também. Eu terminei o caso que tinha. Mas outros apareceram. A maioria não foi nada sério. E desde o começo eu deixava tudo bem claro com a outra pessoa.

— Minha nossa — Nicolas resmungou, franzindo o rosto em uma cara de nojo.

— Você acha que o seu pai também não tirou proveito dessa relação assim? — ela disse, olhando para Heloísa. — Nós três sempre fomos muito próximos. Sempre estávamos juntos. E foi na época em que... — Daiane fez uma pausa no depoimento.

— Quando o meu filho foi morto — Heloísa continuou a fala da amiga. — Eu fiquei muito mal. Meu casamento acabou. Eu não tinha nem vontade de levantar da cama. Eu estava... eu estava me acabando. Seu pai e sua mãe sempre ficaram do meu lado. Sempre. Eles salvaram a minha vida. Às vezes eu ficava sozinha com o seu pai. Ele não fala muito, e isso foi bom porque quem precisava falar era eu. Foi assim que... que as coisas entre mim e ele começaram. Eu sabia da relação aberta deles. Eu acabei me aproveitando da situação também. Sei lá.

— Você não se aproveitou de nada — Daiane disse para a amiga. As duas deram um sorriso simples, que emergiu com pureza.

— Seu pai é muito importante pra mim, Nicolas. Pra mim e pra sua mãe. Eu não quero acabar com o casamento deles. Acho que ninguém é capaz disso. Eles se entenderam. Acharam um jeito de funcionar. Descobriram juntos o melhor movimento para a vida deles, de um com o outro, e se concentraram em construir. Não reagiram com um comportamento enlatado, a maneira esperada de explodir diante da frustração da fantasia romântica, entende? De que a vida se basta apenas juntando duas partes. Eles se completam sem se sufocarem. A maioria das pessoas prefere manter relações frágeis, baseadas em um amor puritano fingido, que se despedaçariam com uma olhada ao redor. Ou que se mantém de pé, balançando nas vigas das convenções sociais, se privando das vontades que tem.

— A gente ia contar pra você, Nicolas. No começo era por um tempo, até você ficar mais velho. Mas ficamos com medo de você não entender também, de ainda não ter vivido tempo suficiente para passar por coisas que fazem a gente ver a situação com outros olhos. Achamos melhor viver a nossa vida sem nos mostrarmos demais. Esse foi o nosso único erro — Daiane dizia, com um pesar inocente. — Devíamos ter ligado o foda-se pra todo mundo e viver como a gente realmente é. Mas nos escondemos, fingimos também, como se a nossa escolha fosse errada. E não tem nada de errado nisso.

— Tem sim. Tem sim. É totalmente errado. Totalmente.

Impaciente e de maneira súbita, Daiane se levantou.

317

— Quer saber? Você realmente não é criança e eu não tenho que ficar me explicando como se você fosse. Chega dessa conversa. Precisamos encontrar o seu pai. Temos um assunto sério para resolver.

— É tudo culpa sua. Você traiu o pai. Ele tem um problema e você, por... por causa de sexo, traiu o pai. — Nicolas também estava de pé, indo em direção à mãe, que o confrontou.

— Chega disso, Nicolas. Não seja mais um hipócrita.

— O que você está dizendo? Hã? O que você tá querendo dizer, sua vagabunda?

Heloísa se levantou para apaziguar o confronto que esquentava à sua frente, e, quando se pôs entre os dois, Nicolas a segurou pelo queixo e a empurrou com força, fazendo-a cair no sofá e bater a cabeça no móvel de madeira ao lado, no qual um abridor de cartas dado de presente para Matias repousava ao lado de dois livros, pendurado em seu apoio como um objeto de decoração.

A mãe partiu para cima dele, tentando conter o filho. Com os braços em volta do corpo do rapaz, tentou trazê-lo para longe da amiga. Mas ele era forte demais e estava incontrolável, movido pela raiva e cego pela descoberta de uma mentira que para ele era inaceitável. Sua mãe havia mentido para ele. Seu pai tinha sido enganado. Tudo era difícil demais para aceitar.

Com solavancos, lutou para se desvencilhar da mãe, e nesse vaivém de movimentos seu cotovelo socou com força o queixo da mulher, que caiu para trás em um estado de tontura. Quando olhou para o lado, Heloísa, assustada, já estava novamente de pé, meio curvada, em posição de defesa e empunhando o abridor de cartas. Provocado pela visão da amante do pai o ameaçando dentro da sua própria casa, Nicolas foi em sua direção. A mulher tentou se defender com um golpe sem habilidade, estocando o ar com a ponta afiada do objeto metálico. Nicolas se esquivou com facilidade e, segurando seu braço, tomou o objeto de sua mão. Tudo aconteceu muito rápido. Braços e pernas indo e voltando, respirações ofegantes invadindo o ar. Nicolas nem se deu conta, apenas continuou. E a mão que tomou o abridor de cartas fez o caminho reverso, apunhalando Heloísa na barriga. Uma, duas, três, quatro e continuava, agora ambos caídos no sofá, com Nicolas sobre ela.

318

Daiane, que parecia ter ficado apenas um instante atordoada, recobrava a totalidade dos sentidos e viu seus olhos se clarearem com a imagem do filho, em transe, golpeando o corpo da amiga. Ainda no chão, a mãe se jogou sobre a perna direita do filho, apoiada no chão, enquanto a outra estava dobrada sobre o sofá, e o agarrou pela calça para impedir o que via. Em reflexo, Nicolas girou o braço com violência, sem nem olhar para trás. A mão que segurava o abridor de envelopes cortou o ar feito uma foice, atingindo o pescoço de Daiane com a lâmina de metal. A mulher largou a calça do filho, caindo com a palma da mão direita no chão e a esquerda no pescoço, onde fora atingida. O sangue descia-lhe pelos braços, por entre os dedos, e escapava pela boca aberta de surpresa e choque.

Nicolas, cambaleando, balançando ora pela raiva descontrolada que ainda fervilhava no corpo, ora pelo choque da realidade que ia abrindo espaço na mente até então consumida pela violência, se dava conta da cena que via à sua frente.

Heloísa já estava morta no sofá. O corpo pesado, chamuscado de sangue em diversos pontos do estômago e do tórax. Daiane, sua mãe, ainda resistia, caída no tapete, sem forças para conter o sangramento que vazava cada vez mais. Os olhos que pareciam procurar algo debaixo de um móvel brilhavam. As pontas do cabelo estavam tingidas de vermelho e a respiração ficava cada vez mais espaçada.

Nicolas olhou para sua mão, que ainda segurava o abridor de cartas. Um líquido vermelho-escuro, denso e brilhante escorria pela lâmina. Pouco a pouco seu estado de euforia violenta se transfigurava em medo. Olhou mais uma vez para a lâmina. Bastava um golpe para fugir de todo aquele problema. Talvez no olho, uma estocada só em si mesmo, cravando o metal lá fundo. Talvez abrir a barriga, um haraquiri, feito um samurai em um último gesto de honra. Ou no pescoço. Morreria como a mãe. Mas foi justamente esse pensamento, essa cena quase teatral, que trouxe a possibilidade da morte que o recordou de que não era hora de morrer. Ainda tinha um trabalho para terminar. Estava tão perto. Olhou mais uma vez para as duas mulheres ali caídas. Sentou no sofá onde estava momentos antes assistindo às duas revelarem seus segredos sujos, suas mentiras. Agora uma estava no sofá e a outra no chão. As duas mortas. Tomou cuidado para não pisar no sangue. Permaneceu ali por alguns minutos. Precisava pensar, mas tinha que ser rápido.

Colocou o abridor perto do corpo da mãe e correu para o banheiro. Lavou as mãos de forma urgente, secando-as no papel higiênico, que jogou no vaso sanitário e deu a descarga. Sacou o celular.

— Oi. Onde você tá? Preciso que venha aqui em casa. Agora. É urgente. Você tem que estar aqui em quinze minutos, consegue? Ótimo.

●

Já haviam se passado mais de quinze minutos. Nicolas estava parado no corredor próximo ao interfone. Tentava pensar no que fazer caso o pai aparecesse, mas nada vinha à mente. Apenas, talvez, contar a verdade. Contar a verdade que ele agora sabia. Que ele sabia que a mãe o tinha magoado, que o tinha traído. Que ela não soube entender o que o pai tinha e como ele precisava de alguém fiel ao lado. Logo o pai, que já nascera tendo que lidar com todo aquele fardo, ganhara outro para carregar. Ainda por cima dentro de sua própria casa. Traído pela mulher e usado por outra que só o tinha ao lado para saciar necessidades sexuais e ter um par de ouvidos para desabafar, um lombo para despejar a carga de seus próprios problemas. E ele sem conseguir expressar que não aguentava mais isso. Com certeza, pensava Nicolas, com certeza se ele pudesse demonstrar que aquilo não era o que queria, se pudesse ele o faria. Foi usado. Usado pelas duas. Falaria para ele que entende. Que agora ele estaria livre para procurar alguém que o amasse de verdade. Um relacionamento correto, onde houvesse respeito. Era o que falaria para o pai.

O interfone tocou. Nicolas segurava um objeto na mão e com a outra atendeu o aparelho.

— Quem é?

— Senhor Nicolas, tem um rapaz chamado Ícaro aqui — disse o porteiro.

— Pode deixar subir.

Ícaro atravessou o portão sorrindo para o vidro que cobria a cabine onde provavelmente estaria o porteiro. Acenou para o vidro espelhado, sem nem ao menos conseguir enxergar alguém. Olhou seu reflexo acenando de volta. Feliz. Empolgado. Iria finalmente entrar na casa de Matias Dália. Enfim aquele relacionamento com Nicolas daria frutos. Será que Matias estava em casa? Era uma esperança em que no fundo Ícaro sabia não poder acreditar com toda a vontade. A probabilidade era a de que os pais de Nicolas estivessem viajando e ele tivesse ficado com o apartamento só para ele. De qualquer forma, já era um passo à frente.

Vou entrar na casa.

Vou entrar na casa.

Primeiro sem Matias, talvez, mas isso é um bom sinal. E eu vou poder ver como é a casa do Matias. Vou pedir para entrar no quarto dele. No escritório. Quero ver quais livros tem na estante e vou comprar para ler também. Assim tenho o que conversar com ele e posso dizer: "Ah, eu já li esse sim. Eu também gosto muito de tal. Sério, você também já leu? É incrível. E fulano, você já leu? Eu também. Gosto muito. Que engraçado". Talvez ele tenha anotações dentro dos livros, passagens ou frases grifadas. Seria ótimo para poder dizer: "Gosto muito do trecho onde ele diz tal e tal e tal coisa".

Encontrou a torre informada, o condomínio possuía três delas. O hall de entrada era bonito, o chão de porcelanato brilhava. O local tinha um ar fresco, refrigerado, mas ele não viu aparelho de ar-condicionado. Entrou no elevador, apertou o número no quadro e foi se ajeitando, olhando seu reflexo no espelho enquanto subia. Puxou a camiseta para baixo com força, para aliviar algumas rugas malpassadas no tecido. Ajeitou o colarinho e as mangas. Puxou a calça jeans para cima. Jogou o cabelo para trás, levantando um pouco a parte da frente. Não gostou muito do resultado e acelerou novas tentativas até sentir a porta se abrindo às suas costas. *O elevador nem deu um solavanco quando chegou,* pensou.

Saiu olhando para os dois lados. Eram quatro apartamentos por andar. Identificou o número na porta. O coração acelerou. Reparou na maçaneta brilhante e bonita. Apertou a campainha.

Nicolas abriu a porta, sério. Ícaro sorriu, mas logo em seguida engoliu os dentes ao ver o estado de Nicolas, com a roupa toda manchada de vermelho-sangue.

— Nossa, você está...

— Relaxa — Nicolas ergueu a mão, que segurava uma bisnaga de sangue teatral, usado nas peças e filmes. — Estou fazendo um trabalho e quero você nele.

— Não acredito que vou conhecer tua casa — foi a única coisa que Ícaro respondeu, já novamente com o sorriso na boca.

— Entra aí.

Ícaro deu os primeiros passos e, antes de se adiantar muito, foi interrompido por Nicolas.

— Quero te fazer uma surpresa.

— Tem alguém aqui?

— Talvez. Deixa eu te fazer uma surpresa ou não?

— Claro que deixo. O que eu faço? Espero aqui?

— Deixa eu colocar isso nos seus olhos — Nicolas mostrou um pedaço de pano.

— Precisa disso mesmo?

— Você vai curtir.

Ícaro fingia bem ser o que Nicolas gostaria que ele fosse. Mesmo não tendo nenhum interesse nas coisas que fazia, quando entrava no personagem ele se dedicava ao papel. O rapaz se virou, a mochila que carregava nas costas atrapalhando um pouco.

— Deixa essa mochila comigo — Nicolas o ajudou a tirá-la das costas, colocou-a no chão e vendou os olhos do rapaz.

Com uma das mãos carregava a mochila pela alça, com a outra, sobre o ombro de Ícaro, Nicolas foi direcionando-o até a sala, separada da entrada por uma parede que continuava por um corredor. Ícaro sorria, tentando imaginar o que iria acontecer. Jamais passaria por sua mente que, depois de ter sido conduzido de forma ziguezagueante entre móveis, estava de pé, sobre o tapete da sala, e que logo abaixo dele jazia o corpo de Daiane e, no sofá ao lado, o de Heloísa.

Nicolas colocou a mochila do rapaz no assento próximo.

— O que eu faço? — Ícaro disse, sorrindo.

— Fica de joelhos.

— Poxa, Nicolas, você me trouxe aqui pra isso? Você não disse que...

— Fica tranquilo. Não é o que você está pensando. Faz parte da peça.

— Peça?

— Sim. Eu vou te colocar no palco, Ícaro.

O rapaz abriu um sorriso e foi se colocando de joelhos no tapete. Uma das mãos ia se apoiar no sofá, próximo à perna de Heloísa, mas Nicolas a segurou a tempo. Agora ele estava de joelhos. Bem à sua frente, a menos de dez centímetros, estava Daiane. Se alguém pudesse vê-lo naquela posição, acharia que tinha acabado de atacá-la. E era justamente ali que Nicolas o queria.

— Não se mexe. Fica assim que eu vou fazer um negócio. Não se mexe, hein?

— Ok, ok.

De joelhos, Ícaro pensava se aquilo era só uma armação de Nicolas, fingindo que o colocaria em uma peça só para ter o que queria dele. Ele sabia que essa era a possibilidade mais provável, mesmo assim um fio de esperança ainda conduzia seus movimentos para estar ali, de joelhos, interpretando mais um papel real em sua vida. Afinal, estava na casa dele, no apartamento de Matias. Estava chegando perto, de alguma maneira, do que queria.

Será que os livros dele ficam aqui na sala? Estou na sala? Preciso ver os livros.

Tanta coisa passa pela cabeça em um intervalo tão curto de tempo.

Quando Nicolas saltou sobre o rapaz, fazendo os dois caírem sobre o corpo de Daiane, Ícaro inicialmente se assustou com o impacto provocado pelo choque. Sem esperar o brusco movimento, o pescoço balançou forte, machucando-o, e ele grunhiu em protesto.

— Caralho, Nicolas, que porra.

Sentiu onde havia caído, mas os poucos segundos não foram suficientes para reconhecer o que tinha tocado. Era algo mole, flácido e molhado. Tinha caído de peito sobre um sei lá o quê viscoso.

— Nicolas!

— Não tira a venda. Não tira.

Nicolas o puxava pela camisa com força, de um lado para o outro. Sem entender, se deixou levar, agora tendo certeza de que era apenas mais uma fantasia do parceiro. Nicolas fazia movimentos bruscos, puxando sua roupa e ao mesmo tempo impedindo que Ícaro se virasse, apertando forte seu antebraço.

— Calma, Nicolas. Isso machuca.

O rapaz não teve resposta.

— Que coisa é essa debaixo de mim?

Nicolas não respondeu. Puxou Ícaro para o lado com força, fazendo-o ficar de bruços no chão, ao lado do corpo da mãe.

— Que coisa é essa aqui, Nicolas?

O rapaz não sabia que por trás dos olhos cobertos, bem em frente aos seus, estavam os olhos petrificados da mulher. Dois pares de olhos que não podiam ver.

— O que te deu hoje?

A resposta não veio com palavras. Logo a primeira estocada com o abridor de cartas desceu sobre as costas do rapaz, que soltou um grito gutural de dor. Depois a segunda, a terceira, a quarta. Os braços de Nicolas lançavam-se no ar em movimentos repetitivos. Foram mais de oito estocadas, e uma delas perfurou a nuca. Simulava velocidade, uma tentativa de querer parecer uma legítima defesa provocada pela adrenalina.

Quando sentiu o corpo do parceiro parar de se mover em tentativa de fuga, deslizou para o lado e agarrou o corpo da mãe nos braços, como se tentasse acudi-la. Abraçou-a forte, pressionando seu rosto sem vida no próprio peito. Permaneceu assim por alguns instantes, depois a soltou no chão, foi até o móvel que ficava em um canto da sala, tirou o telefone do gancho e ligou para a emergência.

Ao ser atendido, disse:

— Ele, ele, matou elas. Minha mãe. Ele matou a minha mãe. Ele matou a minha mãe.

26

E negrecido pelo fogo, o veículo era apenas um esqueleto de metal e restos de matéria queimada. Um fóssil moderno descoberto naquele terreno descampado. A localização do automóvel fora dada por uma criança do bairro em conversa com um policial que morava no seu prédio. "A gente sempre brinca por lá", ela havia lhe dito. O policial foi verificar e encontrara o veículo. Ele ainda não sabia, até então, o motivo daquele carro estar ali, largado, incendiado. Boa coisa não era, logicamente. Até porque nenhuma das duas placas estava no carro. Ele mesmo buscou o número do chassi cravado na lataria, sem muitas esperanças de conseguir, já que normalmente, em se tratando de veículos roubados, esse número era adulterado ou raspado. Mas nesse caso não tinha sido. O número estava lá.

Foi assim que chegaram até Artur.

O celular do detetive tocara naquela tarde informando que haviam encontrado o veículo que ele procurava. O carro roubado de Matias. Uma viatura fora enviada para buscá-lo próximo ao teatro onde, meia hora antes, havia sido deixado para trás por Heloísa.

Agora ele circundava o fóssil de metal, as mãos enluvadas para não interferir ainda mais naquela cena, já tão comprometida.

Não havia um perito com ele. Aliás, não havia equipe nenhuma a não ser a dupla de policiais que o buscara com a viatura e outros dois, sendo um deles o que encontrara o carro.

O terreno era uma mistura de chão de terra e tufos de grama espalhados aleatoriamente. Olhou para as marcas de pneus que desenhavam um par de linhas grossas ainda aparentes. Bateu o pé no chão. Não era um terreno muito duro.

As marcas de pneus ainda não desapareceram.

Apenas o vidro do motorista estava abaixado. Artur enfiou a cabeça para dentro para olhar. Tentou abrir a porta, mas estava emperrada.

— Alguém tem um pé de cabra?

— Tenho no carro, senhor.

Artur nem olhou para o policial. Apenas balançou a cabeça afirmativamente, dando a entender que o rapaz devia ir buscá-lo. E foi o que o policial fez, voltando logo em seguida com o instrumento.

Artur deu alguns passos para trás, deixando espaço para o homem forçar a porta, que foi estalando, estalando, estalando até abrir com um baque.

— Não devíamos esperar a perícia, senhor? — agora era outro policial que falava.

Artur nem respondeu.

Eles vão demorar demais. Se vierem.

Abriu a porta e fragmentos de plástico e borracha esfarelaram de encontro ao chão. O veículo ainda mantinha um pouco do cheiro de fogo, um cheiro que trazia um gosto amargo à boca.

O detetive vasculhou por baixo dos bancos, entre frestas e concavidades, mas a princípio não conseguiu encontrar nada. Não era possível destravar o que restara da estrutura do banco, e tentar passar para trás, por dentro, seria pedir algum corte perigoso. Ele estava de pé, parado em frente à porta aberta, olhando fixamente para o interior do automóvel. Dois dos policiais estavam próximos e aguardavam em silêncio, observando-o trabalhar, observando o que sairia daquele momento de contemplação. Os outros dois estavam mais distantes, encostados em uma das viaturas, sem vontade de estarem ali.

326

Tanto tempo procurando aquele carro e agora que o encontrara ele pouco revelava para o detetive.

Artur olhou para a porta, o forro apodrecido pelo calor do fogo. Escaneou cada detalhe, acompanhando linhas e contornos, até chegar onde normalmente há o pino de metal que tranca e destranca a porta. Porém, era um veículo com trava interna. Desceu com os olhos seguindo a linha daquele ponto. O forro chamuscado. Vasculhou cada canto, buscando qualquer coisa. Algo que pudesse ter escapado do fogo. Mas, naquele momento, seus olhos não viram nada. Qualquer um pensaria que aquela era mais uma prova que não apontava caminho algum. No entanto, apesar de não revelar algo específico, aquele carro, naquelas condições, dizia claramente para Artur que alguém estava tentando fugir dele.

●

Quando Matias chegou em frente a seu prédio, vindo de suas habituais e longas caminhadas, viu o tumulto provocado por três carros da polícia e uma ambulância. As luzes das sirenes giravam frenéticas, anunciando que algo recente acabara de acontecer. Era fim de tarde, e estrias alaranjadas sulcavam o céu, que gradualmente ia se apagando.

— O senhor mora aqui? — perguntou o policial que restringia a entrada no edifício.

— Sim, ele mora. Deixa ele entrar, deixa ele entrar — o porteiro veio em auxílio de Matias, agitado.

O policial abriu passagem e liberou a entrada do automóvel. Matias entrou, encarando o porteiro, que o olhava de uma forma estranha, o rosto todo murcho, seguindo o carro do dramaturgo enquanto ele dirigia rumo à garagem. No retrovisor as luzes giravam. O policial falava com outro carro que tentava entrar no prédio.

Depois de estacionar em sua vaga, caminhou até o hall, onde encontrou outros três policiais. Um grupo de moradores, cerca de oito pessoas, estava reunido, conversando sobre o acontecimento. Não sabiam exatamente o que tinha ocorrido, apenas que algo sério acontecera no 1903.

— Mataram alguém — uma mulher comentou.

— Nossa! A Heloísa?

A mulher do primeiro comentário comprimiu os ombros.

— Não sei bem.

— Olha quem está vindo.

Dois dos homens se encararam e foram em direção a Matias. Com olhares tensos, se aproximaram cuidadosamente, quase em silêncio. O dramaturgo sentiu que vinham com o objetivo de falar com ele e parou quando se aproximaram.

— Matias — disse o mais baixo dos dois, um sujeito de ombros espaçados, que vestia uma roupa social bem ajustada ao corpo.

— O que houve?

— Amigo, aconteceu alguma coisa lá no teu apartamento.

Pela reação do dramaturgo, eles tiveram a sensação de que ele não tinha entendido.

— No seu apartamento, Matias. A polícia está lá.

Matias cortou os dois, deixando-os para trás, sem dizer nada. Saiu caminhando com passadas mais rápidas, mas sem correr. Foi barrado por um dos policiais e se identificou como morador do 1903. O policial se retesou, pediu para ele aguardar e chamou os outros dois. Matias foi impedido de subir. Ele olhou para trás. Os vizinhos o olhavam também. Todos. Cada um com o mesmo olhar do porteiro. Ele se voltou novamente para os policiais.

— Por que eu não posso subir?

— Senhor, já está descendo alguém que vai informar o que houve.

Ele olhou para trás novamente. Depois para um sofá quadrado com ângulos retos e duros, onde se sentou. Aguardou até que outro policial chegou, que parou para conversar com os outros três, e um deles apontou para Matias.

— O senhor é morador do 1903?

— Sim, sou — Matias disse, já de pé. — O que está acontecendo?

— Senhor, sinto dizer que houve um crime na sua casa. Duas mulheres e um rapaz foram mortos.

O policial esperou uma reação que não veio da forma que imaginava. Matias permaneceu à frente dele, parado por alguns instantes, sem reação.

— O senhor me entendeu?

Sem responder ao policial, Matias se virou, deu alguns passos, depois caminhou na direção contrária, em seguida retornou, indo de um lado para o outro como se estivesse pensando. Sentiu uma forte e repentina dor no estômago, mas o rosto parecia calmo e tranquilo. Sacou um comprimido do bolso e engoliu, levantando a cabeça para o céu a fim de ajudar a descê-lo pela garganta seca.

— Senhor? O senhor me escutou? — O policial se aproximou.

— Sim.

— Qual é o seu nome, senhor?

— Matias.

— Pode me dizer quem morava com o senhor, Matias?

— Minha esposa e meu filho. Você disse que duas mulheres foram mortas? Quais os nomes?

Incomodado, o policial pareceu se perder na resposta novamente. Olhou para Matias com curiosidade, encarando seus olhos. Tentava encontrar ali o sinal de alguma reação.

— Daiane Pimenta Dália e Heloísa Diniz. O rapaz é Ícaro Arantes.

Matias levou a mão ao estômago, curvando o corpo como se estivesse sentindo muita dor.

— Seu filho está lá em cima.

— Ele está bem?

— Hum, ele está, sim, bem. Quer dizer, não está ferido, mas está bastante nervoso. — O policial pareceu aliviado com alguma preocupação vinda do homem a sua frente.

— Podemos subir agora?

— É, vamos, então.

Pegaram o elevador. No corredor do décimo nono andar, um policial estava na porta. Entraram depois de o policial identificar Matias como morador.

— Senhor? É... Está pronto?

329

O dramaturgo sinalizou que sim com a cabeça.

Contornaram a pequena área da entrada, dobraram onde iniciava o corredor e foram caminhando a passos lentos. O policial vinha à sua frente, descortinando o caminho. Mais adiante, olhando em direção à grande porta de vidro, viu um aglomerado de pessoas uniformizadas.

— Só peço para não tocar em nada, por favor, senhor. A perícia está a caminho, ok?

Mais uma vez a resposta veio com um sinal de cabeça. O rosto sem expressão.

— Posso ver de perto?

— Por enquanto não, senhor. A cena do crime precisa ser analisada primeiro. Desculpe.

— Aquela no chão é a Daiane?

Na posição em que estava era difícil enxergar com clareza.

— Sim, senhor.

— O que...

Heloísa era fácil de identificar, o corpo caído no sofá, como se estivesse chegado bêbada e se atirado no móvel, ficando na posição em que se deitara. O corpo do outro rapaz estava ao lado de Daiane, no tapete. Dava para ver uma parte dele, principalmente o rosto virado em sua direção, mas a maioria do corpo era tapada por uma poltrona.

— Pai — a voz veio do corredor.

Matias olhou para o lado e viu Nicolas, em pé, com um cobertor enrolado sobre os ombros. O dramaturgo foi em direção ao filho, andando devagar. Antes de chegar ao rapaz, ainda deu outra olhada para a sala, onde estavam os corpos.

— Ele matou elas, pai. E eu matei ele. Eu matei ele — a voz saía trêmula, balançada pelo choro. Nicolas, segurando o cobertor que lhe caía às costas, parecia esperar um abraço.

— Esse rapaz...

— Ele é... Era... eu não consigo falar disso agora.

— Tudo bem.

— Caceta — a palavra veio da sala e Matias foi até lá verificar.

Era o detetive enviado para investigar a cena do crime. Ele olhou para o dramaturgo, que surgiu do corredor. Viu atrás dele o jovem com o cobertor nas costas. Uma equipe da perícia começava a se movimentar pelo ambiente.

— O senhor é?

— Matias.

— Ah. E você?

— Nicolas.

Ele deu uma olhada profunda no jovem sujo de sangue.

— Vamos conversar primeiro.

Ele se aproximou dos dois. Encarou Matias para tentar trazer alguma reação perante sua presença e estranhou o fato de não ter notado nenhuma. Em seu prejulgamento, aquilo não representava boa coisa.

Muito calmo para essa loucura toda.

Olhou para o garoto sujo de sangue. Esse sim estava bastante mexido com a situação. Olhou novamente para Matias.

Os três foram para um quarto, acompanhados de outro policial. Nicolas se sentou na cama. Matias, na cadeira da escrivaninha. O detetive ficou em pé, encostado no armário.

Nicolas contou a eles o que havia acontecido.

— Eu tinha marcado para o Ícaro vir em casa, que eu queria conversar com a mãe, junto com ele. Eu cheguei em casa primeiro, mas — fez uma pausa antes de continuar — quando eu cheguei eu vi aquela mulher junto com a mãe, eu não entendi o que ela estava fazendo aqui e quis ir embora. Mas a mãe me segurou, pediu para ficar, disse que queria contar uma coisa pra mim. Eu disse que também queria contar algo pra ela, mas em outra hora. Mas ela começou a falar. Ela disse, pai, ela me contou tudo. — O rapaz olhou para o pai esperando algo, como se tivesse esquecido que esse algo não viria. — Enfim...

— Não pula nada da história. Eu preciso saber de tudo — disse o detetive.

Nicolas resumiu a narrativa para ele. Contou o que a mãe e Heloísa haviam revelado, pulando trechos onde ele aparecia como alguém que não aprovaria a escolha do casal.

— Vocês tinham um... — o policial balançou um pouco no ar com um gesto de mãos — um relacionamento aberto, então?

Matias assentiu com a cabeça.

— Foi quando o Ícaro chegou. Ele interfonou, eu disse que ia descer, pra gente conversar outra hora com a mãe, mas a mãe disse para chamá--lo... Eu acho, acho que ela sabia o que eu ia dizer. Então resolvi contar a minha verdade também. — Ele olhou para o pai novamente. — Quando o Ícaro chegou, eu contei pra ela que ele era meu namorado. Foi aí que a coisa começou a esquentar. Ele reagiu mal quando a Heloísa riu de forma sarcástica dizendo que eu tinha chamado elas de mentirosas e que eu também guardava segredos. Eu já tinha contado pra ele que não falava mais com essa mulher porque... porque eu pensava que ela que... droga. Eu não me importei, mas o Ícaro sabia o quanto aquela mulher me fazia mal. Ele se levantou, todo agressivo. Eu nunca tinha visto ele daquela maneira. Eles começaram a discutir, minha mãe entrou no meio, eu estava paralisado, não conseguia acreditar naquele circo, mas não imaginei que o Ícaro ia fazer o que fez. Ele empurrou a Heloísa com força e ela bateu a cabeça no móvel, a minha mãe se jogou em cima dele, ele a empurrou e a Heloísa já levantou com o abridor de cartas na mão. Foi tudo tão rápido. Eu não imaginei que chegaria a esse ponto. Quando ele pegou o abridor e começou a golpear a Heloísa, eu tentei impedir, mas não deu tempo. Ele me jogou pra longe também. E acertou a mãe. Ele, ele acertou a mãe, eu não tinha reparado ainda que tinha sido tão fundo, eu só vi o sangue, muito sangue saindo pelas mãos dela. Eu fui pra cima de novo, a gente se embolou no chão, eu queria parar ele, então eu fiz o que tinha que fazer, eu fiz o que tinha que fazer, o que eu tinha que fazer, eu não queria, mas eu fiz, eu, eu matei ele, matei meu namorado.

Encostado no armário, o detetive escutava com os olhos fixos no rapaz. *Que história doida.*

Não estava totalmente convencido de que aqueles acontecimentos relatavam toda a realidade. Mas também não duvidava. Em tantos anos na polícia, já vira casos mais estranhos e difíceis de acreditar do que esse.

— Ei — o detetive chamou a atenção do policial. — Se a perícia já estiver aí, traz pra cá. E uma câmera. E uns sacos.

Instantes depois, atravessou a porta um fotógrafo da equipe de perícia que tinha chegado fazia pouco tempo.

— Registra o garoto pra ele poder se limpar.

O fotógrafo fez um gesto pedindo para que Nicolas se levantasse. Orientou o rapaz em uma série de poses para registrar todo o seu corpo, as marcas de sangue, os puxões na roupa provocados pelo embate.

— Preciso que você tire a roupa, garoto. Vamos ter que levar ela, ok? Pode colocá-las nesse saco. — O detetive colocou três grandes sacos na cama.

Nicolas mostrou a intenção de pegar os sacos, talvez para ir se trocar no banheiro, mas foi interrompido.

— Você tem que se trocar aqui, ok? É assim que se faz, entende?

— Sim, claro.

O rapaz retirou as roupas e as colocou dentro dos sacos.

O detetive foi até o banheiro que tinha no quarto, pegou uma toalha pendurada no box e entregou a Nicolas.

— Cueca também.

Quando a peça íntima foi para dentro do saco, o detetive a fechou e entregou ao perito. Nicolas cobriu a cintura com a toalha.

— Vou pegar algumas amostras, ok? — disse o perito, com um recipiente com hastes de algodão e algumas sacolas tipo ziploc.

Ele pegou a mão direita de Nicolas, passou uma haste de algodão sob uma das unhas e guardou em um saquinho. Repetiu o processo em alguns dedos. E também na mão esquerda. Fez o mesmo para colher uma amostra do sangue que estava no pescoço do rapaz.

— Vou deixar vocês a sós um pouco — disse o detetive. — Acho que precisam conversar. Pode se limpar, garoto. Depois vão levar vocês para a delegacia. Pegar o depoimento formal, fazer um exame mais detalhado, aquela coisa toda que é necessária. Ah, vocês não vão poder dormir aqui por alguns dias, ok?

Matias acenou com a cabeça.

— Você não fala muito, né?

— O suficiente.

— Sei. — Ele olhou para Nicolas, depois voltou para Matias. Estava claro para ele que a relação pai e filho naquela casa não tinha sido feita no melhor molde do amor.

O detetive foi para a sala, onde se juntou à equipe que fazia o trabalho de perícia, deixando Nicolas e Matias sozinhos no quarto.

Um momento de silêncio denso se instalou no ambiente. Até que Matias finalmente se dirigiu ao filho, que já estava sentado na cama.

— Melhor você ir tomar um banho, Nicolas.

O rapaz se levantou, balançando a cabeça repetidas vezes, obediente. Parecia meio perdido, como se aquela frase, "melhor você ir tomar um banho, Nicolas", não fosse o que ele esperava naquele momento.

Debaixo do chuveiro, deixou a água quente descer pelo corpo. O líquido transparente trançava a pele, levando o sangue em seu serpenteio. No ralo, uma espiral de água engolia o vermelho, que ia ficando cada vez mais fraco. Pensou se o pai ainda estaria do lado de fora da porta, esperando-o sair. Ensaboou o corpo, fazendo a espuma liberar um aroma de erva-doce. Passou o sabonete no rosto e esfregou com força. Queria tirar o cheiro daquela imagem do seu corpo. O cheiro de toda aquela mentira. Não era a ideia do corpo da mãe, nem do parceiro, muito menos o de Heloísa na sala que fervilhava em sua mente. Era toda a história contada por Daiane, toda a mentira que ele vivera ano após ano. Aquele cenário de papelão. Aquele amor de plástico. Um teatro dentro da própria casa. O vapor do chuveiro tomava todo o banheiro.

Coitado do meu pai. Enganado pela própria mulher. Forçado a aceitar a ideia da esposa, pensava.

Saiu do banheiro disposto a conversar com Matias. Queria abraçar o pai, mas ele já não estava em seu quarto. Por um instante até se esqueceu de que a polícia estava ali. Mas o vaivém e o cochicho de pessoas o relembraram.

Escutou alguém batendo à porta. Era Matias. Ele arrastava uma pequena mala de rodinhas.

— Precisamos ajeitar algumas roupas e levar conosco. Vamos para a delegacia e depois para um hotel.

— Ok.

Quando Matias ameaçou virar as costas, o filho o chamou.

— Pai.

Matias olhou para trás.

— Podemos conversar um pouco?

— Não temos muito tempo, Nicolas.

— Nossas conversas não duram muito tempo, pai. — Ele deu um sorriso triste.

Matias entrou no quarto arrastando a mala de rodinhas e sentou na mesma cadeira onde estava sentado antes. Continuava com uma das mãos na alça da mala. Nicolas tinha saído do banheiro com uma calça, buscou uma camiseta no armário, vestiu e colocou uma blusa por cima. Depois se sentou na cama, próximo ao pai.

— Eu queria... queria ter dito antes. Contado pra você... sobre mim — a voz saía baixa. Algumas sílabas vinham mais fortes, como se tomassem impulso dentro da garganta.

Matias ficou em silêncio, olhando para o filho.

— Eu sei que é difícil pra você demonstrar o que está sentindo. — Nicolas começou a chorar. — Mas eu preciso saber se você sente alguma coisa por mim. Se sente orgulho de mim, por favor, tenta me dizer...

Matias se ajeitou na cadeira. Os dedos abriram e fecharam no pegador retrátil da mala.

— É claro que eu sinto orgulho de você. Você é meu filho. Eu não entendo por que você escondeu isso da gente esse tempo todo.

— Vocês também esconderam muita coisa de mim.

— Eu sei. Eu sei. É difícil para algumas pessoas serem o que elas realmente são. Mas — Matias pigarreou —, se eu puder dar um conselho, é para você nunca mais fingir ser quem não é. Não importa o que as pessoas vão achar. Elas sempre vão achar algo. De qualquer maneira elas vão achar alguma coisa. Se você não der um motivo para elas, elas vão criar um. As pessoas são assim. Elas sempre querem alguma coisa para julgar

335

os outros com conceitos inferiores para depois usar a imagem que criaram na cabeça como comparação com elas mesmas. É como machucar um adversário antes da luta para entrar no ringue com uma vantagem. Não seja assim. Não caia nessa mentira. Você não precisa da aceitação de ninguém. Nem da minha. As pessoas veem as suas cicatrizes, mas não sabem a dor que você sentiu.

Nicolas olhava para baixo, balançando a cabeça de um jeito que Matias não sabia dizer se estava concordando com o que dizia ou se eram apenas os soluços. De repente, sem esperar, foi surpreendido por um abraço impulsivo de Nicolas, rápido feito uma cobra saltando no ar. O rapaz se agarrou a seu pescoço como fazia quando era criança. Naquela época ele simplesmente o abraçava de volta. Hoje, fez o mesmo. Ficaram assim por alguns instantes. Nicolas parecia não querer soltá-lo. Desgarrou somente quando escutou batidas na porta. Um policial se desculpava com uma das mãos no ar.

— Vocês estão prontos?

— Quase — Nicolas disse, limpando o nariz com a mão. — Só vou ajeitar umas coisas. Vou arrumar umas roupas e nós podemos ir, pai.

— Ok — Matias respondeu e se levantou da cadeira. Arrastou com ele a mala de rodinhas e foi em direção a seu quarto.

Enquanto Nicolas arrumava suas coisas, Matias foi até o banheiro. Olhou-se no espelho como havia muito tempo não fazia. De dentro da mala retirou os produtos e utensílios que usava diariamente para maquiar a grande cicatriz provocada pelo incêndio. Depositou tudo na pia. O banheiro era amplo e espaçoso. Tirou o paletó que vestia e também a camiseta. Olhou-se no espelho novamente. A maquiagem cobria a parte da cicatriz que ficava para fora da roupa. A outra parte não era necessário maquiar. Pegou um chumaço de algodão, molhou com uma substância e começou a passar na pele. Rapidamente o algodão ganhou uma coloração bege. Trocou por um chumaço novo. Repetiu o processo várias vezes até retirar toda a maquiagem que cobria a cicatriz. Analisou-se no espelho. Vestiu a camiseta, colocou o paletó e saiu.

336

O filho estava terminando de fechar a mala quando o pai apareceu na porta.

— Pronto?

— Sim — Nicolas fez uma pausa ao avistar a grande cicatriz queimada que cobria uma parte lateral do corpo do pai. Deu um leve sorriso. — Sim. Pronto.

Matias passou pela sala empurrando sua mala. Parou e olhou para a cena. Era estranho ver aquilo. Chegou bem no momento em que embalavam os corpos. O detetive olhou para ele. Chamou atenção a cicatriz que tomava boa parte da lateral do corpo. Ficou se perguntando se tinha deixado esse detalhe passar. Olhou para Nicolas, que estava vidrado nos sacos de corpos.

— Nos vemos na delegacia, senhores — disse o detetive. — Não é uma cena boa para gravar na memória.

Quando a dupla deixou o apartamento, conduzida por um dos policiais, o detetive foi inspecionar os outros cômodos. Já estava querendo fazer isso, mas esperou até que os dois saíssem. Foi direto para a suíte principal, o quarto de Matias e Daiane. Um quarto espaçoso, com uma bela decoração, sem exageros. Havia alguns quadros na parede. Olhou os móveis. As gavetas das cômodas, vistoriou todas as portas dos armários. Remexeu bolsos de paletós e interior de bolsas. Até dentro de sapatos olhou. Foi para o banheiro da suíte. Apertou o interruptor e o cômodo pulsou com um brilho firme, como se acordasse repentinamente em uma grande montanha coberta de neve. A pia enorme parecia ter uma divisão bem definida. Não era um grande entendedor de produtos femininos, mas estava claro para ele qual lado pertencia a quem. E foi justamente por isso que incomodou tanto ver os diversos produtos de beleza do lado da pia que aparentava ser de Matias. Pegou um frasco que parecia estar mais à frente, abriu e constatou que era uma base para a pele. Base ele sabia o que era. Dos dois lados da pia havia uma pequena lixeira. Como se ambos separassem o próprio lixo. Pisou no pedal posicionado na parte inferior da lixeira do lado de Matias e viu diversos chumaços de algodão manchados de cor de pele. Tirou o pé do dispositivo, deixando a tampa cair. Pensou que iria escutar um estalado som de metal, como acontecia na lixeira da sua própria casa quando a tampa descia, mas aquela lixeira tinha algum aparato que ia freando a descida, e seu movimento era lento e delicado, repousando sem nenhum barulho, de forma suave e amena. Abriu o armário de espelho e se deparou com uma verdadeira farmácia. Havia ali remédios para dor de estômago, diferentes tipos de analgésicos para dor de cabeça. Um deles ele mesmo havia tomado certa vez e sabia que era forte. Havia ainda três caixas para ajudar com intestino preso, além de outras substâncias que ele não sabia exatamente para o que serviam. Tudo do lado que parecia pertencer a Matias.

Carlos deixou o quarto do casal e foi para um cômodo mais ao final do corredor. A porta estava fechada, mas não trancada. Ao entrar, se deparou com um amplo escritório. Duas paredes forradas de prateleiras recheadas de livros. Passou os olhos pelas lombadas. Alguns nomes pareceram conhecidos. Reparou que grande parte dos títulos se repetia em lombadas diferentes. Descobriu que eram diferentes edições da mesma história. Traduções diferentes, datas de lançamento diferentes. Viu a sequência de edições de *Frankenstein*. Ele já havia lido uma delas e gostado bastante. Ficou se questionando por que ter diversas versões da mesma história. Notou que esse hábito de leitura se repetia por toda a estante. Na verdade, quase todos os livros possuíam mais de uma edição.

O detetive sacou duas edições diferentes de um mesmo livro e, com o polegar, deixou as folhas passarem com velocidade. Havia muitas anotações nas páginas. Destaques marcados por canetas marca-texto. Olhou com mais atenção em uma das anotações e viu um número ao lado do texto grifado. Curioso, pegou o outro livro e procurou a página com aquele número. Como ele tinha imaginado. Matias havia grifado reações diferentes que falavam a mesma coisa, e que por alguma razão tinham chamado sua atenção.

A terceira parede tinha um grande móvel. Um armário de madeira grossa e robusta. Da metade para baixo havia quatro gavetas largas e, em cima, portas verticais. A parte superior era um pouco retraída, mais curta que a inferior, deixando uma extensão livre de quase dez centímetros. Nesse filete de espaço, repousava apenas um pequeno gravador de mão no canto, próximo à parede.

Abriu uma das gavetas, que se estendeu, revelando seu interior, tomado por uma sequência interminável de minifitas cassete. Como a gaveta era profunda, havia um suporte retrátil feito exclusivamente para ela, que dividia seu interior em camadas. Cada camada superior um pouco mais curta do que a de baixo, como uma escada. Abrindo a gaveta totalmente, era possível levantar essas camadas para ter acesso às que estavam por baixo. Mais fitas. Passou rapidamente os olhos, contando a primeira fileira, mas desistiu. Eram fitas demais. Na lombada de cada uma havia uma data. Eram gravadas com frequência semanal.

Olhou para o gravador no canto. Sacou uma das fitas. Procurou a mais recente, colocou no aparelho e apertou o botão de "ligar". Deixou a fita rolar por alguns segundos, depois acelerou a gravação para escutar mais à frente. Achou curioso. Guardou aquela fita e pegou outra, agora em uma parte aleatória da gaveta. Repetiu o processo de escutar alguns trechos, acelerar um pouco, escutar mais. Fez o mesmo com cerca de dez fitas. Já estava sentado na cama, com diversas fitas espalhadas pelo colchão, quando resolveu colocá-las todas no lugar novamente. Procurou a posição na ordem cronológica e buscou uma lá do fundo, na última camada inferior, onde o espaço vazio não seria descoberto tão cedo.

Fuçou com curiosidade o restante do escritório. Havia outras gavetas. Papéis organizados. Dentro de uma delas encontrou um bloco de folhas sulfite e percorreu os olhos pelas primeiras páginas. Era uma peça de teatro. Sentou na cadeira que estava em frente à mesa de trabalho e com interesse foi lendo as folhas.

Quando isso estrear eu vou querer assistir, pensou.

Guardou a peça na gaveta e na de baixo encontrou uma grossa pasta onde havia diversos recortes de jornal. Críticas de teatro, todas elas assinadas pelo mesmo crítico. Inácio Chalita. Leu algumas rapidamente. Não conseguiu entender se o crítico tinha gostado ou não das peças.

Depois de olhar em cada canto do escritório, o detetive Carlos foi até o quarto de Nicolas. Também era uma suíte. No banheiro não encontrou nada diferente para um jovem da idade dele. O quarto era grande. Todos os cômodos daquele apartamento eram. Depois de ler as críticas no escritório de Matias, conseguiu ter uma ideia melhor de com quem estava lidando.

Deviam tê-lo avisado na delegacia, pensou.

Olhou os armários do rapaz. Vistoriou roupas, bolsos, duas mochilas. Não havia nada de mais nelas. Apenas o quarto de um rapaz comum.

27

Naquele lugar ressoava um som de metal, portas sendo abertas e fechadas, conversas vindas de tantas direções e passos ecoando no corredor frio e cinzento. A noite estava longe de acabar para Matias e Nicolas. Enquanto o detetive terminava o trabalho no apartamento, eles foram encaminhados para a delegacia, onde esperavam para prestar depoimentos formais. O banco onde estavam sentados era composto de cinco assentos plásticos fixos em barras de metal, que por sua vez estavam fixas no chão. Matias e Nicolas ocupavam duas delas, deixando as três ao lado vazias. Havia um bebedouro quase à frente dos dois. Em silêncio, Nicolas e Matias observavam, naquele momento, a entrada de ar evocar uma sonora bolha no interior do galão azul transparente, enquanto dois policiais enchiam seus copos de água. Em seguida eles foram embora, fazendo as solas emborrachadas dos sapatos beliscarem o piso, emitindo lascas agudas de som que iam diminuindo o volume, até silenciarem no ar, quando a porta no fim do corredor se fechou.

Nicolas ainda tinha sangue na parte interna das unhas. A mesma cor trincava o branco de seus olhos. O rapaz se levantou e foi até o bebedouro, encheu um copo plástico de água e olhou para o pai.

— Quer água? — perguntou, olhando em seus olhos.

— Não. Obrigado.

Abriu a torneira sem muita força, para o copo ir se enchendo devagar. Não tinha sede de água. Sentou novamente ao lado de Matias, o corpo curvado, jogando o peso nos dois cotovelos apoiados nas coxas. Segurava o copo de água intacto com as duas mãos.

Matias olhou para o filho. De repente bateu aquela sensação estranha que tinha vez ou outra e que nunca sabia explicar, nem para si mesmo. Uma sensação física, um desconforto. Jogou o peso do corpo para trás, apoiando as costas no encosto da cadeira. O silêncio era algo que sempre pontuava as interações de Matias e Nicolas. Um silêncio tão alto. Uma massa transparente e pegajosa pairando no ar, que em vez de sossego trazia incômodo. O silêncio era uma criança desobediente impedida de brincar, que ficava ali, na frente deles, encarando, como que esperando por alguma coisa.

— Sabe — começou Nicolas —, eu estou estudando com um grupo de teatro — ele falava sem olhar para o pai.

— Qual grupo?

— O senhor não vai conhecer.

— Talvez eu conheça.

— Não conhece, tenho certeza. Eu não quis um grupo com quem você tivesse alguma ligação. Só depois de um tempo o líder do grupo descobriu que o senhor é o meu pai. Eu não queria nenhum tratamento especial.

— Entendo. Você acha que mudou alguma coisa na relação dele com você por causa disso?

— Mudou, claro. Mas, na verdade, ele descobriu porque eu quis. Eu quero... quero fazer um negócio. Eu precisava de algum crédito pra ele me dar espaço.

— Espaço pra quê?

— Ah, ainda não é o momento pra falar disso.

— Ok.

Nicolas estava curvado para a frente, os cotovelos apoiados nas pernas. Não conseguia olhar para o pai ao seu lado; a presença dele, por algum motivo, trazia um peso, uma responsabilidade. Estavam em silêncio na-

342

quele instante, depois do "ok" dado pelo pai. Foi quando sentiu um toque na cabeça, alguém pousando os dedos em seu cabelo, roçando o couro cabeludo com cuidado e carinho. Primeiro foi um susto, depois fechou os olhos, sem se mover. Ali, naquele local em que sentia os dedos tocando sua cabeça era onde estava a pequena cicatriz que ficara no couro cabeludo. Naquela área, de pouco mais de dois centímetros, não crescia mais cabelo, e um pequeno risco branco, como uma farpa na cabelereira castanha, divisava aquela região, marcando-o como um bicho domado. E aquele afago, o carinho que sentia naquele instante, domava-o ainda mais. Relaxava-o, como se soubesse que tudo iria finalmente ficar bem.

Foi quando teve coragem de virar o rosto para olhar para o pai, ainda sentindo o toque dos dedos dele entre seus cabelos. Mas, quando encarou o homem sentado a sua esquerda, viu que as duas mãos dele estavam repousadas entre as pernas e ele nem sequer estava olhando para o filho. Ainda sentia o toque na cabeça, o carinho que acontecera apenas no desejo da sua imaginação. Em seguida, voltou a olhar para a frente, e dessa vez ele mesmo levou os dedos à área esfolada do couro cabeludo, tocando-o de leve, sentindo a si mesmo.

— Nunca falamos sobre isso — disse Nicolas.

Matias olhou para o filho e o viu tocando a cabeça.

— Falamos sim. Na época — Matias respondeu.

— Não. Quem falou foi a mãe. O senhor ficou ao lado, apenas olhando.

— Estar ali, ao lado, já era dizer algo.

— Eu só tinha onze anos. Acho que eu não tinha idade para entender desse jeito.

— E agora? Você sabe?

Nicolas levantou as costas, endireitando-se sem se apoiar no encosto da cadeira. Olhou para o galão de água e não respondeu à pergunta do pai.

— Não foi um acidente — Nicolas soltou as palavras que nunca tinha dito. — O martelo não caiu na minha cabeça. — O rapaz levantou os olhos para o teto, na tentativa de fazer voltar as lágrimas que ameaçavam sair.

— Você disse...

— Que o martelo caiu na minha cabeça, eu sei o que eu disse.

— O que aconteceu?

— Eu bati o martelo na minha cabeça de propósito.

Uma lágrima escorreu pelo lado direito do rosto, e o rapaz rapidamente a limpou com a mão.

— Por quê?

— Eu queria ficar como o senhor. Eu queria que a minha cabeça fosse como a sua. Um dia... um dia eu perguntei pra mãe por que o senhor não gostava de mim. Ela me disse que o senhor gostava sim. E eu disse: "Mas ele... ele nunca demonstra, mãe". Então ela me explicou por que o senhor era do jeito que é, que não conseguia demonstrar seus sentimentos por causa... por causa do jeito que o seu cérebro é. Que era como... como se uma parte do seu cérebro estivesse desligada. Que o senhor sentia, mas não conseguia colocar pra fora... de... de... demonstrar.

Houve um instante de silêncio.

— É difícil entender isso que você tem — Nicolas continuou. — Quem é de fora, quem não está aí dentro, é difícil acreditar. Eu pensei, eu sei que foi idiotice, mas eu só tinha onze anos, eu pensei, quem sabe se eu bater bem forte na minha cabeça com esse martelo, quem sabe eu consigo desligar essa parte no meu cérebro também, igual é na cabeça dele, assim eu vou saber como é, como o meu pai se sente, vou saber que é verdade, vou saber se você realmente gosta de mim, mas só não sabe como colocar isso pra fora. Se acontecesse comigo, se eu ficasse assim também, eu saberia que é verdade.

Nicolas limpava as lágrimas na mesma velocidade em que elas desciam. Ao lado, Matias estava impassível. As mãos juntas, os dedos entrelaçados. Um polegar mexia gentilmente no outro, como se travassem uma batalha de dedões.

— Que bom que não conseguiu o que queria — Matias enfim respondeu. — Se tivesse conseguido, você não estaria chorando. Você não sabe como é ser do jeito que eu sou. Na verdade, muitas vezes nem eu me dou conta disso. Só lembro que sou assim quando alguém faz questão de me lembrar que eu não ajo como supostamente deveria agir. Você tem sorte de a martelada na cabeça não ter dado certo. Ser como eu sou... é como gritar debaixo d'água enquanto todos estão do lado de fora da piscina.

Nicolas virou os olhos para o pai, que não mostrava no rosto a emoção que parecia transmitir no que dizia. Era como se estivesse lendo o texto que alguma pessoa escreveu em uma língua que ele não conhecia.

— Sabe, nem eu entendo como é essa coisa. E mesmo assim todo mundo que está em volta acha que entende. Como se o que eu tenho fosse apenas um jeito de ser que eu preciso mudar. — Matias levantou as sobrancelhas, como se quisesse dizer: "O que se pode fazer?" — Ninguém quer que você seja você — continuou. — Todo mundo quer que você seja você do jeito deles. Como se a forma que eles te enxergam fosse a versão certa de quem você deveria ser. A versão melhorada. A verdade é que ninguém vê as pessoas como elas realmente são.

Nicolas pensou que o pai ia dar um longo suspiro antes de continuar, mas Matias simplesmente seguiu falando:

— As pessoas acham que eu me escondo. Já me disseram isso na escola: "Matias, você precisa mostrar pro mundo a pessoa que você é", uma professora me disse uma vez.

O homem ficou em silêncio.

— Isso te deixou triste? — questionou Nicolas.

— Acho que sim.

O filho enxugou o rastro molhado que ainda tinha no rosto.

— Ninguém vê as pessoas como elas realmente são — Nicolas repetiu a frase dita pelo pai.

— Ninguém.

— Mas um dia eles vão entender isso, pai. Eles vão entender.

— Nicolas — quem chamou foi o detetive Carlos.

Ele apareceu no corredor e fez um gesto para que o rapaz o seguisse. Nicolas olhou para o pai e Matias olhou para Carlos.

— Primeiro eu quero falar só com o Nicolas, depois com o senhor, Matias.

Matias balançou a cabeça positivamente. Nicolas entregou o copo de água cheio para o pai e seguiu o detetive até desaparecerem por trás de uma porta que se fechou.

Matias pegou o celular e ligou para Luana, irmã de Daiane.

— Alô.

— Oi, Luana, é o Matias.

— Oi, Matias, tudo bem?

— Não.

— Aconteceu alguma coisa?

— A Daiane. A Daiane está morta, Luana. Sua irmã morreu.

Ela parecia não entender o que Matias dizia, e ele precisou repetir tudo para ela. Demorou para explicar a ela que não poderia ir ao apartamento, que o corpo da irmã talvez nem estivesse mais lá.

O interrogatório de Nicolas levou quase duas horas. O rapaz foi liberado e Matias foi chamado para a sala. Eles se cruzaram na porta.

— Não vamos para o hotel. Vamos para a casa da Luana.

Matias entrou e fechou a porta. Agora era o filho que ficaria esperando no banco. A conversa com ele levou quase o mesmo tempo. Em seguida, o policial e o dramaturgo deixaram a sala e se juntaram a Nicolas, que se levantou quando os dois caminharam em sua direção.

— Vocês vão ficar na casa dessa Luana, então, certo?

Matias acenou com a cabeça que sim.

— Ok. Ok. — O policial parecia desconfortável. Esse momento do trabalho era sempre assim. — Venham, eu acompanho vocês.

Matias e Nicolas seguiram o policial, arrastando pelo corredor as malas de rodinhas onde haviam colocado algumas roupas.

— Vamos por outra saída — disse o policial.

Nicolas olhou para o detetive com cara de interrogação. O tom de voz dizia algo que o detetive não havia deixado claro.

— Jornalistas — completou Carlos. — Já tem alguns esperando na saída principal. Uma viatura vai levar vocês até o seu carro, assim os jornalistas não veem vocês, ok?

Matias acenou com a cabeça. Um movimento tão discreto que Carlos mal notou. Mas depois do depoimento do dramaturgo ele entendeu o motivo de seu comportamento contido demais.

Que merda esse negócio.

Depois olhou para o rapaz que caminhava ao lado. Nicolas parecia apreensivo.

Também não deve ser nada fácil pra ele ter um pai assim.

Carlos apontou para uma viatura que aguardava na rua. Dois policiais uniformizados estavam encostados nela. Um deles acenou com a cabeça para o trio.

— Eles vão acompanhar vocês.

— Certo — Matias respondeu. Esticou a mão para o policial e a apertou.

Em seguida, Carlos estendeu a mão para Nicolas e os dois se despediram. O detetive não esperou. Deu as costas e entrou na delegacia. Havia muito trabalho a fazer. E já era tarde.

Logo após descer o curto lance de escadas que desembocava na calçada, onde, logo à frente, a viatura policial os aguardava, Nicolas deteve o pai.

— Eu preciso resolver uma coisa — disse.

Matias, primeiramente, o observou. Depois perguntou:

— Agora?

— Sim. Eu, eu acho melhor não esperar. E também prefiro. Quero ocupar a cabeça.

— Entendo.

— Mas não é nada, digo, não é porque eu prefira ficar com outras pessoas. Eu, eu realmente preciso ir, pai.

— Tudo bem. Não quer que eles levem a gente para o carro e eu te deixo onde você precisa?

— Não. Na verdade eu prefiro caminhar um pouco. Tem um ponto de táxi perto daqui.

— Se você prefere assim. — Matias se movimentou para dar as costas, mas pareceu hesitante em seguir para a viatura, como se tivesse dado uma pane no cérebro e ele não soubesse bem para que direção seguir.

— Pai?

Matias olhou para o filho. Nicolas se aproximou dele e o envolveu nos braços, com um afetuoso abraço.

— Eu te entendo — disse o filho.

Depois de se soltarem, se olharam.

— O senhor leva a mala pra mim?

— Claro.

Antes de entregá-la ao pai, Nicolas retirou de dentro um gorro e o colocou na cabeça, ajeitando as orelhas para dentro. Depois olhou para Matias novamente antes de virar as costas e sair caminhando, na direção contrária à entrada principal da delegacia.

Após se distanciar o suficiente, atravessou a rua e começou a fazer o caminho de volta. Andava com as mãos nos bolsos do casaco. Ao se aproximar da área da delegacia, ainda era possível ver alguns jornalistas aguardando. Um deles falava para uma câmera que o filmava. Nicolas passou pelo prédio e foi até o fim da rua. Na esquina havia um ponto de táxi. Porém, quando chegou ao local, não tinha nenhum carro. Resolveu esperar, mas viu um aviso colado no ponto.

Aviso do Sindicato dos Taxistas:

Estamos em greve por tempo indeterminado.

Nenhum carro credenciado rodará até que a violência contra motoristas seja resolvida e as mortes ocorridas esclarecidas.

Pedimos desculpas aos nossos clientes, mas estamos cientes do apoio de vocês.

— Que bosta.

O rapaz caminhou de volta à avenida principal, onde sabia que tinha um ponto de ônibus. Outras três pessoas aguardavam no local. Em pouco mais de vinte minutos chegou o ônibus que ele sabia que o deixaria em seu destino. Já era tarde, por isso havia muitas cadeiras disponíveis e ele se sentou em uma janela do lado direito do veículo.

Após um tempo de percurso, o ônibus passava pelo centro da cidade. Seu rosto era iluminado pelas luzes das fachadas, neons coloridos e postes de iluminação pública. Da janela, ele reparava nas pessoas andando na rua. As calçadas cinza ficavam ainda mais escuras naquele horário. Encardidas de sujeira e pessoas. Em alguns pontos, moradores de rua se apoiavam nas paredes, sentados nas calçadas como manchas de óleo no chão.

Pouco mais de meia hora depois, o veículo já havia deixado a parte mais movimentada do centro. Mas ainda estava próximo da área central. Um local escolhido propositalmente, próximo o bastante da região de maior concentração de sem-teto da cidade. Era menos arriscado estar perto de onde realizava os crimes do que morar em um ponto distante e ter que circular por longos percursos com um corpo no porta-malas. As blitze são mais possíveis do que a preocupação da sociedade com o sumiço de moradores de rua.

Nicolas levantou e deu o sinal. O ônibus estacionou em um ponto e apenas o rapaz desceu. Com as mãos no bolso, olhou a sua volta. Era uma região menos movimentada. As casas ao redor possuíam muros ou grades. Casas simples. Vizinhança simples. Ele andou cerca de quinze minutos até chegar a um pequeno imóvel de muro alto, com um portão de grades fechado por um cadeado. Ao lado, um portão maior.

Ao atravessar o pequeno portão, havia um lance curto de cinco degraus que dava na porta principal. Já lá dentro, não havia muita mobília na sala. Apenas um sofá velho, uma estante e uma TV de tubo. Foi até o quarto usado como camarim. Parou em frente ao espelho e se olhou. Em seguida, foi até a parede onde estava colado o papel dividido em diversos quadrados pequenos. Dois terços já estavam preenchidos por um xis vermelho. Com o dedo, Nicolas foi contando cada quadrado que ainda estava vazio. Um após o outro.

Dá pra fazer só com mais um.

Não vai ficar completo, mas dá pra fazer.

Foi até o compartimento de madeira sob o espelho, abriu uma das gavetas e retirou uma pasta estilo fichário de dentro dela. Folheou as fichas de moradores de rua que ele mesmo montara depois da longa pesquisa para identificar suas vítimas.

Dá pra fazer só com mais um.

Dá pra fazer.

Seu plano estava chegando ao fim. Inicialmente, a ideia era fazer mais alguns. Mas o momento pedia que ele se adiantasse.

Dá pra fazer só com mais um.

Era esse seu pensamento. Três anos de planejamento e execução e, até então, tudo tinha corrido bem. Até então. Sem pressa e com cuidado, foi colocando em prática cada ação. O único imprevisto foi acontecer logo quando estava prestes a concluir seu plano. Mas isso também já havia sido resolvido.

Foi quando fechou os olhos e percebeu.

Percebeu que a morte do estudante não fora o único imprevisto em seu plano.

Sua mãe.

Sua mãe estava morta. A pasta pareceu pesar-lhe nas mãos. Parecia que não tinha se dado conta ainda. Depois de toda aquela energia correndo dentro dele, um fervilhão de pensamentos e emoções, agora a água se acalmava e dava lugar ao pensamento.

Sua mãe estava morta.

E ele a matara. Ele. Cortara sua garganta com uma estocada de metal. Sua mãe.

A pasta em sua mão caiu e bateu no chão com um estrondo mole de plástico e papel. Nicolas deixou seu corpo fazer o mesmo e se sentou no chão duro ao lado dela.

Eu matei minha mãe. Matei minha mãe.

Mãe.

Só agora chorara por ela. Só agora sentia sua perda. Lembranças vinham sem permissão, cenas dele com ela, as tantas conversas na cozinha. Ela. Sua mãe sempre se esforçara para suprir o carinho e a atenção que Matias não conseguia dar ao filho.

E agora ela estava morta. Morta. Assassinada por ele.

— Droga, mãe... — Nicolas balbuciava. — Droga, por que você foi mentir? Por quê?

Sentado, com a coluna curvada em lua, cabisbaixo, Nicolas lamentava e sentia a dor de perder alguém que cuidava dele. Alguém que ele amava.

Foi quando um tapa estalou em seu rosto. Um tapa vindo de sua própria mão. Seguido de outro, agora na face oposta. E mais um. E outro. Tapas fortes que ele mesmo se dava, estalados, ardidos, deixando sua pele cada vez mais corada.

A mentira que sua mãe escondera dele esse tempo todo, era nisso que ele tinha que pensar. Ela mentira para ele, mentira para seu pai, o manipulara. Ela mentira, não precisava sofrer por sua morte. Agarrado a esse pensamento que descia forçado, se concentrou em pensar no próximo passo. E com essa desculpa tentava soterrar o acontecido usando o trabalho que estava chegando ao fim como terra para cobrir a lembrança desnecessária.

Mesmo assim, apesar de todo o esforço, mesmo passando outros pensamentos na frente, colocando outros afazeres em destaque, sentia a dor. Como se ela latejasse vez ou outra, lembrando de sua existência.

Eu matei minha mãe.

Ela mentiu, ela mentiu!

Eu matei minha mãe.

Ela não era tão ruim.

Era, era, era sim. Ela mentiu, caralho!

A lembrança dela vinha com cheiro de café. Café. Os dois sempre conversavam tomando café na cozinha.

Uma bolha parecia ganhar tamanho dentro de seu estômago. Tentou desviar sua atenção daquela sensação folheando as páginas do fichário.

Só mais um.

Dá pra fazer só com mais um.

Abriu um sorriso nervoso enquanto folheava a pasta. Forçava a sensação de orgulho na tentativa de abanar a dor para outro momento. Deslizou os dedos enquanto relia uma das fichas e bateu com a ponta ao escolher sua próxima vítima.

Leu algumas anotações escritas nas observações.

Guardadora de carros em uma rua próxima de onde há uma churrascaria.

Possibilidades de captura: marmita batizada, cigarro batizado, clorofórmio, arma de choque, golpe por trás...

Nicolas, em sua pesquisa de potenciais vítimas, fazia uma ficha de informações de cada uma delas. Para isso, usava diferentes recursos para coletar tais informações. O mais eficiente deles era se passar como funcionário de uma ONG que estava documentando a vida de pessoas em situação de rua para o planejamento de uma ação mais efetiva de auxílio. Também encarnou outros personagens. Motorista que estaciona na rua e puxa conversa. Pedestre que paga cachorro-quente. Não era difícil se aproximar de moradores de rua. Eles sempre aproveitam a chance de ter com quem conversar. Ainda mais se a pessoa que escuta parece tão gente boa ou ainda está pagando um lanche, distribuindo sopa quente, se importando.

Relendo a ficha da guardadora de automóveis, Nicolas se lembrou de um sujeito com quem havia conversado quando estava começando a montar sua lista de possíveis alvos. O homem costumava ficar quatro quadras adiante da rua onde trabalhava a guardadora. Era frágil, mais velho, simples, com uma inocência que ele não se lembrava de ter visto em mais ninguém. Ele não tinha uma das pernas e usava uma muleta improvisada como substituta. Durante a conversa que tiveram, Nicolas sentiu algo bom em sua presença. Algo que ele não sabia explicar, algo parecido com a sensação que tentava fluir em seus pensamentos naquele instante, ao se lembrar da mãe. Porém, o sentimento agora era o extremo oposto, um algo ruim. Além disso, aquele homem ensinou para o rapaz uma lição que ele deveria anotar se quisesse ter sucesso no seu plano. Nicolas nunca mais o viu. Apesar de ele dizer que sempre estava por aquela região e que normalmente ficava bem naquele lugar ou nas ruas da redondeza, o velho nunca mais foi visto por ele. O ensinamento era justamente este: "Eu sempre estou aqui, mas posso não estar mais".

Tenha uma boa margem de possibilidades, Nicolas pensou naquela época. Moradores de rua não ficam eternamente no mesmo local. Por isso, Nicolas sempre ficava de olho nas pessoas que tinha em sua pasta. Mesmo que não fosse a hora delas ainda, vez ou outra ele pegava o carro e ia certificar-se de que as vítimas pré-escolhidas ainda estavam disponíveis e em condições de captura.

Olhou para o relógio. Era tarde. Mas acelerando ele conseguiria se aprontar e ainda pegar a última hora da churrascaria, que fechava à meia-noite.

28

Só mais um pouco, pensou, enquanto esfregava as mãos nos braços para se aquecer. A blusa que usava não era tão grossa. Fantasiou que a esquentaria um pouco, mas não foi o que aconteceu.

Um carro se preparava para deixar a vaga. Letícia orientava o motorista, que só olhava para ela vez ou outra. Pronto para partir, esticou o braço para fora da janela e entregou algumas moedas para a mulher. Assim que o veículo se distanciou, ela abriu a palma da mão e contou as três moedas. Estava na média.

Um som de vozes emergiu da saída da churrascaria, onde um grupo de quatro pessoas, dois casais, estava parado, conversando alto, animado pela bebida e saciado pela carne. Letícia olhou ainda distante. Os olhos castanhos observavam sem olhar diretamente, como se fosse proibido. Um dos homens segurava uma sacola plástica com uma marmita. O casal se despediu um do outro e cada um foi para uma extremidade da rua. Letícia estava do outro lado da calçada. O casal com a marmita estava indo em sentido contrário. Ela havia visto quando eles chegaram. Estava ajudando a orientar a manobra de outro veículo quando eles estacionaram. O segundo casal vinha em sua direção, mas do outro lado da via. Esses, ela havia ajudado a estacionar. Mas agora eles pareceram não ver Letícia do outro lado da rua.

Os dois carros estavam distantes um do outro. Não daria tempo de ajudar um a manobrar e em seguida ajudar o outro. Não daria tempo de cobrar dos dois. Era preciso escolher. Normalmente essa decisão não seria problema. O casal que estava mais próximo, já vindo em sua direção, e que ela havia ajudado a estacionar, tinha mais chances de fornecer algum pagamento. Mas o outro casal carregava uma sacola com uma provável deliciosa refeição.

Letícia enfim se moveu. Mancando, caminhou em direção ao casal que andava de mãos dadas, sem pressa. Eles olhavam um para o outro, sorriam. O homem deve ter dito alguma gracinha para a mulher, porque ela deu um empurrão nele, de forma divertida. Os dois riram mais. Letícia já havia atravessado a rua, mas não fora para a calçada. Caminhava ao lado dos carros, no lado do motorista. Naquele instante, ela mesma percebeu que estava com a cara fechada demais e, naquele horário, chegar assim poderia assustar. Vestiu um semblante mais amigável. Entretanto, quem não a conhecia não iria concordar com esse adjetivo. Ainda parecia um pouco ameaçador. A rua faz isto: ela vai manchando as expressões. De tanto fazer olhares cautelosos, eles se instalam no rosto, tornando o semblante carrancudo, mesmo sorrindo. O sorriso vem carregado de malícia. É possível ver a doçura. Ela está lá, mas encoberta por camadas de vida.

Quando o homem abriu a porta do motorista, a sacola com a marmita tinha sido passada para a mulher, que já estava no interior do veículo. Ele encarou Letícia, que se aproximava. Reparou que ela mancava da perna direita e ficou na dúvida se era golpe, cena para conquistar piedade. Ela não conseguiu notar se o homem havia feito um movimento gentil com a cabeça ou se fora apenas um tique involuntário, de tão sutil. De qualquer forma ela o cumprimentou.

— Boa noite. — Passou por ele, se posicionou um pouco à frente do veículo, depois voltou para a parte de trás, se colocando à vista do retrovisor.

O motorista já tinha entrado e começava a movimentar o carro.

— Pode vir, senhor. Pode vir. Isso. Tá bom. Pra frente agora.

O carro estava posicionado para sair da vaga. Mancando, Letícia chegou perto da janela, a uma distância que não fosse intimidar demais. Olhou a sacola repousada no colo da mulher ao lado, mas não disse nada.

— Moça? Moça? — insistiu o homem, com a mão para fora da janela.

Letícia olhou e apanhou as moedas. Agradeceu com um aceno de cabeça. Não disse palavra alguma. Não costumava pedir. Aceitava o que era dado, mas pedir, não, não tinha esse hábito, apesar de muitas vezes fazê-lo sem perceber. Voltou a olhar para a sacola no colo da mulher. O carro foi saindo lentamente, já que Letícia não se distanciou do automóvel para ele poder arrancar de uma vez. Ainda conseguiu escutar a mulher sentada no banco do carona comentar com o marido.

— Deve estar bêbada.

Ela viu o veículo ir até o final da rua e dobrar à esquerda, enfim desaparecendo. Olhou para as moedas na palma da mão. Três moedas. Estava na média. Colocou-as no bolso e com a mão apertou a barriga magra. Fome e frio lembraram que ela possuía bebida. Olhou para a rua, quase vazia, mas ainda com alguns carros estacionados. A maioria de clientes na churrascaria. Pensou na garrafa de plástico que tinha guardada num cantinho no final da rua. A cachaça branca e barata que ajudaria a matar o frio e a fome de uma só vez e ainda ajudaria a dormir. Olhou para o pulso, onde um relógio de plástico se enrolava, e começou a caminhar, buscando ficar próxima da saída da churrascaria, mas distante o suficiente para não ser atacada pelo cheiro de carne que emanava do lugar.

Orientou a manobra de uma família, depois um grupo de três amigas que ficaram meio acuadas com a companhia de Letícia, que as tranquilizou dizendo que só estava trabalhando. Aos poucos a rua se esvaziava. Contou cinco carros.

Um homem sozinho desceu o curto lance de escada do restaurante e parou em frente ao local. Olhou para os dois lados, como se tentasse lembrar onde havia deixado o carro. Letícia olhou para ele e ele também pareceu olhar para ela. Segurava uma sacola nas mãos. Já as mãos de Letícia estavam atrás das costas e o homem não pôde ver que ela mexia os dedos, passando as unhas nas palmas, dedos agitados, querendo agarrar aquele saco plástico.

O homem caminhou em direção ao seu carro. Letícia se aproximou. O estranho tinha o cabelo levemente salpicado de fios brancos, era volumoso e ela achou divertido, mas não sorriu.

— Boa noite — ele disse quando os dois se aproximaram e já foi entrando no veículo, colocando a sacola com a marmita no assento ao lado.

— Boa noite — ela respondeu, os olhos acompanhando o trajeto da sacola que farfalhou no banco.

O homem fechou a porta, ligou o carro e começou os movimentos da manobra. Letícia o ajudava do outro lado. Àquela hora os movimentos já não eram tão ligeiros. Um cansaço misturado com preguiça. O homem estendeu uma nota de cinco para ela, que aceitou com um sorriso.

Muito mais do que a média, pensou.

O carro deixou a vaga e deslizou em direção ao fim da longa rua. Letícia olhou para a nota e depois a guardou no bolso. Foi quando olhou para a frente e viu o veículo que acabara de sair da vaga fazendo a curva e virar para a direita. Mas, logo em seguida, o carro retornou em marcha à ré, cruzou a via e encostou no meio-fio. Era possível ver dali apenas a metade dianteira dele. O vidro elétrico do carona desceu e Letícia viu o motorista, lá de dentro, fazendo um sinal para ela, que não se moveu. Ela olhou para trás e viu que não havia mais ninguém ali. O motorista, então, levantou a sacola plástica com a marmita, balançando-a no ar. Letícia apertou o passo. Do ponto onde estava até a esquina era quase uma quadra, uma distância curta, mas que se alongava por causa da perna. Ela andava com pressa, receando que o homem não a esperasse e fosse embora, desaparecendo feito miragem.

Chegou perto da janela.

— Eu ia levar pra casa, mas — começou o motorista — acho que já está todo mundo dormindo. — O homem fez um breve silêncio. — Tá com fome?

— Sim, bastante.

— Então pode pegar. Seu nome é Letícia, né?

— Como você sabe?

— Um dia eu vim comer aqui, a gente conversou, você até me falou da sua perna. — Ele olhou na direção da perna direita dela.

— Eu não lembro. Desculpe. É que... eu falo com tanta gente.

— É mesmo?

— Bom, tenho contato com muita gente. Fica difícil guardar o rosto.

— Eu sei. Vai comer antes que esfrie.

— Muito obrigada, viu? Obrigada mesmo. Nossa, eu tava morrendo de fome. Tava de olho nessa sua sacola aí quando o senhor saiu. — Ela deu uma risada nervosa.

O homem olhou para ela, sorriu e se despediu.

Letícia esperou até que ele seguisse adiante, onde virou à direita e desapareceu. Olhou para trás, apenas três carros na rua. Aproveitou que já estava na esquina onde costumava guardar suas coisas e foi para um canto do muro, onde havia uma abertura. De lá arrancou a garrafa plástica que continha sua cachaça. Abriu e tomou um gole. Apoiou-se no muro, ergueu a barra do vestido e com alguns movimentos retirou a prótese que usava na perna direita, amputada na metade da coxa. Colocou-a no chão com cuidado e se sentou ali mesmo, na calçada da rua que fazia esquina com a da churrascaria. Era o lugar onde costumava descansar, perto de onde trabalhava, mas não sentada à vista dos lojistas, que não gostavam de moradores de rua na calçada. Era ruim para os negócios. Então, quando não estava olhando os carros ou fazendo cobrança, ficava ali, existindo, mas não à vista dos outros.

Ao abrir a tampa de isopor da marmita, uma lufada de vapor temperado deu um banho no seu rosto. Havia garfo e faca descartáveis dentro da sacola, mas na pressa ela pegou uma das linguiças e mordeu. O suco quente da carne desceu pelo lábio e ela chupou a gordura saborosa. Pegou o talher de plástico e começou a comer. Havia várias linguiças inteiras e mais alguns pedaços de carne. Um pouco de arroz e batata frita. Com a fome que estava, não era possível guardar para comer no outro dia. Até porque não tinha tanta comida assim. Ou tinha, mas a fome fazia julgar que não.

Tomou mais um gole da garrafa plástica e descansou o corpo, relaxando as costas no muro. Sentiu o corpo um pouco desconfortável e se acomodou melhor. Um veículo passou pela rua, ela olhou por segurança, mas não se incomodou. Ele virou à direita e desapareceu. Comeu mais uma linguiça. Saborosa, molhada, explodindo na boca quando os dentes rompiam a pele fina e tostada da carne. O arroz estava morno, mas gostoso.

Sono.

Um cansaço repentino subiu pelo corpo de Letícia. Ela olhou para a garrafa de cachaça. A mulher tinha um olhar difícil de julgar. O compartimento de isopor da marmita estava vazio, jogado ao seu lado, com o talher de plástico no seu interior. A sacola de onde eles vieram voou com o vento e foi se arrastando, rolando e farfalhando pela rua.

Muito sono.

Letícia tateou o chão. A vista embaralhou. Colocou a mão sobre a prótese e puxou para junto dela. Com dificuldade, levantou o vestido e tentou acoplar a perna substituta na coxa, mas perdeu o equilíbrio, mesmo sentada, e tombou para o lado. Escutou uma conversa vindo de algum lugar. Alguém ria. Estava deitada com as costas na calçada, olhando para o céu. Um casal passou por ela. A garota tomou um susto e foi para o lado.

— Nossa.

A cena girava dentro dos olhos da guardadora de carros. Ela levantou o braço no ar, pedindo ajuda. Um carro passou devagar pela rua. O casal parou ao lado dela.

— Tudo bem, moça? — disse a garota.

O rapaz se abaixou ao lado de Letícia.

— Ela não tem a perna — a garota disse para o namorado.

Ele se aproximou da garrafa plástica, não foi preciso chegar muito perto.

— Ela só tá bebaça. — E se levantou. — Vamos.

— E deixar ela aqui?

— Quer cheirar o que tem naquela garrafa?

As duas mulheres se olharam. Letícia deitada, os olhos se fechando, perdidos.

— Vamos — disse o rapaz.

A garota, ainda indecisa, olhou para a mulher no chão. Não queria deixá-la ali, mesmo assim foi, de mãos dadas com o homem.

Letícia já não escutava mais nada.

Um carro passou novamente pela rua. O mesmo carro que passara outras duas vezes. Dessa vez o veículo estacionou ao lado do corpo da moradora de rua. Desligou os faróis, mas manteve o motor funcionando. Com um estalo, o porta-malas foi destravado. Antes de sair da churrascaria, Nicolas levara a marmita até o banheiro, onde injetou o forte sonífero nas linguiças, que mantinham a substância presa com seus líquidos. Para garantir, colocou também nas outras peças de carne. Ele desceu do carro, contornou o veículo pela frente e olhou para a rua principal, certificando-se de que não vinha ninguém. Foi até a traseira do automóvel e abriu o porta-malas. Com um movimento rápido, levantou o corpo de Letícia do chão e o jogou no compartimento do veículo. Depois pegou a prótese e jogou sobre a mulher, com a marmita de isopor. Antes de fechar o porta-malas, embebeu um pedaço de pano em um líquido e enfiou com força dentro da boca da mulher. Ela ainda estava acordada quando escutou a porta batendo, fechando-se, e caiu na escuridão ainda de olhos abertos.

29

Era bem cedo quando Artur ligou para a ONG perguntando sobre Heloísa.

— Quem gostaria de falar com ela? — perguntou a mulher que atendeu, com a voz embargada e rouca.

— Detetive Artur. Ela sabe do que se trata.

— Detetive. — Ela fez uma pausa e deu para escutar sua respiração pesada do outro lado da linha. — Ela... Ela... Minha nossa. Só um minuto, vou chamar alguém.

Artur aguardou, estranhando a hesitação. Outra mulher atendeu, com a voz mais firme e decidida.

— É da polícia?

— Sim. Eu quero falar com a Heloísa.

— Ela morreu, policial. Ela morreu ontem.

— Como assim?

— Olha, eu não sei detalhes, a família ficou sabendo ontem à noite, quase de madrugada — ela falava rápido, como se não desse muita importância para quem estava do outro lado. — Ligaram pra gente avisando, não sei bem. Parece que foi assassinada. Não sei. Droga.

— Sabe dizer onde isso aconteceu?

— Nossa, você é da polícia mesmo?

— Sou, mas eu não cuido de todos os casos, senhora.

A mulher desligou na cara de Artur.

O detetive ligou para a DP e pediu informações sobre o caso de Heloísa. Avisaram que quem estava investigando era o detetive Carlos Matos. Artur ligou para Carlos e combinaram de se encontrar em um café próximo à delegacia.

Carlos já estava lá quando Artur chegou. Bebia uma xícara grande de café. Artur apontou para ela quando o garçom chegou para atendê-lo.

— Qual o interesse nessa Heloísa, Artur?

— Ela tinha uma informação de que eu preciso. Para um caso.

— Você não está de férias?

— Estou.

Carlos preferiu não continuar o assunto. Tomou uma golada do café sem tirar os olhos do homem sentado à sua frente. Artur resumiu a história. O que, no caso dele, quer dizer dar muita informação, muito rápido. Em vários momentos Carlos levantou e sacudiu a mão no ar, pedindo para Artur voltar e falar com mais calma.

Em seguida foi a vez de Carlos resumir seus fatos. A história era mais curta e ele não tinha tantas suposições quanto Artur. Diferentemente do outro detetive, que demonstrava certa empolgação com sua investigação, Carlos parecia mais metódico. Tinham praticamente a mesma idade, mas Carlos parecia mais cansado. Era só mais um caso. Mais algumas pessoas mortas. No exato momento em que tomavam café, outras pessoas estavam sendo assassinadas. Para ele, se empolgar não significava nada. Depois desse caso haveria outro. Uns mais fáceis de resolver, outros mais complicados. Alguns seriam solucionados, outros não. Independentemente disso, para ele o fim era sempre o mesmo. Gaveta. A gaveta é a cama da justiça. Foi quase um resumo em tópicos: casal tinha um relacionamento aberto... filho não sabia de nada e ficou chocado com a verdade... o namorado do rapaz, que estava lá para os dois também revelarem seu segredo, ficou nervoso quando a amante do caso apontou o dedo na cara deles... o namorado do rapaz tomou as dores... então começou a discussão... objeto cortante perto da briga... três mortos.

No meio da explicação, Carlos entregou uma fotografia para Artur, revelada da máquina dentro da mochila de Ícaro e que mostrava ele e Nicolas.

Carlos não esperou que Artur perguntasse sua opinião sobre o desfecho do caso. E fez bem, porque Artur não estava mesmo interessado na opinião dele. Por isso, continuou por sua conta.

— Interroguei os dois, o pai e o filho. Honestamente, não há muito o que procurar. O tal Ícaro tinha bebido um pouco antes de ir lá para o apartamento. Ficou fora de controle com a história toda, comprou a briga e já viu. Álcool e discussão não combinam. Vou falar com mais algumas pessoas assim que acabarmos aqui, mas — Carlos deu de ombros —, pelo que eu vi até agora, não acho que haverá muita mudança.

Artur acenou com a cabeça para o colega, se levantou e estendeu a fotografia para Carlos.

— Fica, eu tenho outras, e o negativo. Se descobrir alguma coisa me avisa. Vai que, sei lá, tem alguma coisa a mais nisso, duvido, mas vai que... — disse Carlos.

— Eu aviso. — Mas Artur não faria isso. Ninguém era tão aberto quanto ele para acreditar em todas as possibilidades, e a preguiça dos colegas atrasava suas conclusões. Não fazia sentido ficar dividindo o que descobria com outras pessoas. A não ser que fosse preciso.

— Artur — Carlos o chamou quando ele já tinha dado alguns passos, fazendo-o retornar. Retirou da bolsa que carregava com ele uma minifita cassete. — Talvez você, sei lá, encontre algum significado nisso. Peguei no escritório do Matias. Ele tem um armário enorme, cheio delas. Todas catalogadas com datas. Mas é cheio mesmo, sei lá, deve ter mais de mil. Leva. Mas depois me devolve. Seguinte, o que tem na fita tem em todas as outras que encontrei. Eu escutei umas trinta, em uma cacetada de datas diferentes. Sempre a mesma coisa.

— Certo. — Artur olhou para o detetive, com um sorriso pouco eficaz, acenou com a mão no ar e meneou a cabeça em sinal de agradecimento.

— Ah, esqueci de falar um detalhe. Sei lá, pode não ser nada. Mas é algo que ficou na minha cabeça. O tal Matias, ele tem uma cicatriz enorme de queimadura na parte direita do corpo, que desce da orelha pelo pescoço e deve ir até onde não sei mais. O que eu achei estranho é que quando ele chegou no apartamento a cicatriz estava coberta por uma maquiagem. Nem dava pra notar que tinha a cicatriz. Era feia a danada. Sei lá, vai que te ajuda em algo.

Artur estava saindo do café, descendo os últimos degraus, quando parou de repente, fazendo as duas pessoas que vinham logo atrás, conversando distraídas, quase esbarrarem nele. O detetive nem notou a careta de insatisfação de uma delas, que teve de desviar de forma brusca. Ficou ali, como se tivesse visto alguma coisa, mas não olhava para nada em específico. O que ele via não estava ao redor, mas dentro de sua cabeça. Enquanto pensava, cerrava levemente os punhos, roçando as unhas na palma das mãos, como se estivesse esfarelando algo. Mas só estava pensando. Outra pessoa precisou desviar dele na estreita escada. Não era um bom lugar para ficar parado. Estava em pé no meio dos degraus, tentando conter as mãos agitadas, os lábios se movendo, como se estivesse fazendo uma conta em voz baixa. A mente fervilhava, indo e voltando nos pensamentos, desfazendo conclusões que ele mesmo tirava, ele mesmo o próprio advogado do diabo.

Mas o Carlos disse que as câmeras de segurança provam que Matias não estava no apartamento quando Heloísa foi morta.

Matias não estava no apartamento.

Heloísa foi morta por Ícaro.

Ícaro.

Quem é esse Ícaro?

O café ficava em frente à DP. Pensou em pedir informações para Carlos, mas resolveu ignorar a política da boa vizinhança. Até porque o outro detetive com certeza não iria gostar de ver outro investigando seu caso.

Ao entrar na delegacia, foi até o Departamento de Provas, onde já havia estado dias antes para verificar a capela. O policial encarregado estava atrás do balcão.

— Artur — o policial cumprimentou, amistoso.

— Renato, já trouxeram os objetos coletados das vítimas do caso que o Carlos está investigando?

O policial encarou Artur com certa desconfiança.

— Melhor você perguntar pra ele.

— Ele está em um interrogatório.

— Então melhor esperar ele terminar.

— Estou com pressa.

— Todos estamos, Artur.

— O caso pode ter ligação com um que eu estou investigando.

— O da capela?

— Exato.

O homem o encarou novamente, aguardando em silêncio por alguns instantes, relutante e desconfiado.

— Vou deixar você olhar, mas não vai levar nada.

O policial desapareceu dentro da sala, que se estendia em uma curva às suas costas. Artur olhou para cima, onde uma câmera de segurança registrava quem estava por ali. Levou pouco tempo para o policial voltar. Depositou no balcão uma caixa de plástico recheada de sacos plásticos tipo ziploc. Cada saco vinha com uma etiqueta nomeando quem era o dono daquele objeto. Artur estava em busca de algo específico.

Pegou um saco com a etiqueta que dizia: "Ícaro Arantes".

O policial por trás do balcão jogou um par de luvas plásticas para o detetive. Artur as calçou, abriu o saco e retirou uma carteira de dentro. Havia outras coisas dentro da embalagem. Um objeto que estava lá era o que Artur realmente viera buscar. Mas ele sabia que o policial a sua frente não deixaria que o levasse. Então, foi ganhando tempo, esperando uma oportunidade. Abriu a carteira para olhar seu interior, deixando o saco plástico posicionado com a boca aberta virada para dentro do balcão. A caixa de plástico ajudava a esconder parcialmente alguns movimentos do detetive. O policial olhava com curiosidade. O guardião de todas as provas também era humano.

Artur investigou o interior da carteira. Onde deveria ser guardado dinheiro, não havia dinheiro. Quase nunca há. Mas muitos papéis recheavam seu interior. Aquela carteira velha era uma bagunça. Com os cotovelos apoiados no balcão, fazendo as mãos que manipulavam a carteira ficarem próximas da extremidade onde a área do balcão terminava, Artur dedilhou os papéis no interior. Puxou um papel pequeno que estava lá dentro, provavelmente um recibo de cartão. O papel, que estava lá no fundo, veio para fora, com um pouco de ajuda dos dedos de Artur, trazendo junto muitos outros que saltaram do interior. Alguns caíram no balcão, mas outros despencaram para o lado do policial Renato.

— Porra, Artur, cuidado com isso — o policial disse, já se abaixando para recolher o que caíra no chão.

Artur rapidamente enfiou os dedos no saco plástico para pegar o que queria, mas não deu tempo: o policial se levantou tão logo tinha abaixado, fazendo o detetive retirar os dedos antes de pegar o objeto que viera buscar.

— Caralho, quase toquei nessa merda. — O homem procurou uma luva plástica, calçou e voltou a se abaixar.

Artur enfiou os dedos novamente no saco plástico e dessa vez apanhou o objeto. Ainda deu tempo de levantá-las propositalmente para a câmera que o filmava, para mostrar que não estava fazendo nada escondido; era só um empréstimo. Ou, para o caso de alguma outra coisa sumir, não jogarem a culpa nele. Estava apenas pegando as chaves.

Quando o policial retornou e colocou no balcão os dois pedaços de papel que haviam caído, Artur olhou cada um deles. Havia uma folha dobrada na carteira. O detetive leu. Era uma fala. Uma fala de teatro. Além disso, não encontrou nada de mais.

— Celular?

— Ainda está com a perícia — o policial respondeu.

Artur colocou tudo dentro do saco plástico, fechou e enfiou na caixa. Tirou de dentro outra sacola, agora com os pertences de Heloísa Diniz.

Dentro da sacola havia uma bolsa. Vistoriou seu interior. Vazio. Mas ele já sabia que estaria assim. Os objetos de bolsas normalmente eram separados em outras sacolas. Na polícia nem tudo era jogado ao olhar da sorte e do tempo; havia sim alguma organização em determinadas gavetas. Mas o detetive vistoriou a bolsa mesmo assim, passando os dedos pelo tecido do forro. Quem sabe alguma coisa escondida ali. Quem sabe.

Nada.

Buscou em outros sacos: maquiagem, uma carteira feminina onde não encontrou nada que chamasse atenção, um maço de cigarros com poucas unidades ainda em seu interior, isqueiro, alguns anéis, brincos, pulseiras.

Artur guardou tudo no devido lugar, colocou dentro da caixa e agradeceu a Renato com um meneio de cabeça e a palma da mão levantada no ar.

Antes de sair da delegacia, buscou nos registros se já haviam anexado as fotos da cena do crime. Encontrou uma que mostrava bem o tal de Ícaro e imprimiu. Solicitou uma pesquisa e descobriu o endereço atual do rapaz. De posse dessa informação, da foto e do molho com três chaves que pegara dentro do saco plástico, foi conversar com uma testemunha que sempre diz a verdade: o lugar onde um suspeito vive.

●

O detetive chegou até o prédio levado por uma viatura, que foi liberada por ele só quando o porteiro do local saiu da guarita e foi vê-lo pessoalmente. Queria que o homem visse que ele havia chegado ali com a viatura.

— Meu nome é Artur — disse, mostrando sua identificação. — O rapaz Ícaro Arantes morava neste prédio, certo?

— Que eu saiba ainda mora, policial.

— Ele foi morto ontem.

— Minha nossa. Minha nossa! Os meninos já sabem?

— Que meninos?

— O Júlio e o Márcio. Os três dividem o apartamento.

— Não sei lhe dizer isso. Eles estão em casa?

— O Márcio, acho que o Márcio está sim. Peraí, vou chamar ele.

O vigia foi para dentro da guarita. Artur se deu conta de que todo o trabalho para pegar as chaves fora desnecessário. Não precisaria entrar escondido, seria convidado.

— Ele já está descendo — o homem disse enquanto vinha na direção do detetive. — Mas o que aconteceu? Como foi isso?

— Não posso falar — Artur respondeu, se escondendo por trás do sigilo profissional.

— Claro, claro — o homem disse enquanto coçava a cabeça. — Ah, espera, me desculpe. — O portão que separava o porteiro do policial estalou e se abriu para Artur entrar.

Não demorou para que Márcio aparecesse, cruzando o hall de entrada em direção à portaria onde Artur já aguardava do lado de dentro.

— O senhor é o policial que quer falar comigo?

— Você mora com o Ícaro?

— Sim. Nós dividimos o apê. Eu, ele e mais um. O que houve?

Artur não queria perder tempo. Mostrou a ele a imagem do corpo de Ícaro.

— O Ícaro está morto. Assassinado, quero dizer, ele também é suspeito de matar essas duas mulheres.

O rapaz levou o punho fechado à boca, abafando o "minha Nossa Senhora" que deixou escapar.

— Jesus — disse o porteiro que estava bem ao lado.

— Preciso subir e dar uma olhada no quarto dele.

— Como assim? O que aconteceu com o Ícaro?

— Outro policial vai vir aqui para explicar os detalhes. Eu estou aqui para ver o quarto dele.

— Eu... É verdade mesmo? — O rapaz estava desnorteado, sem saber o que fazer. — Já... avisaram a família dele? Eles não são daqui.

— Márcio? — Artur chamou com firmeza.

O rapaz o encarou, ainda perdido.

— O quarto.

— Sim, certo... sim, vamos subir.

No caminho Márcio sacou o celular para ligar para o outro rapaz que morava no apartamento. Não queria segurar essa bomba sozinho.

O local não era grande. A porta da entrada se abria direto para a sala, que possuía uma larga janela para uma vista de prédios. Um sofá marrom já bastante usado estava logo abaixo da janela. Não havia tapete. Um pequeno rack de compensado segurava uma TV. Dois pufes amarrotados estavam largados em um canto, próximo ao sofá. Atravessaram rapidamente o ambiente. Para a esquerda da porta da sala ficava a cozinha. Para a direita, dois quartos. Um maior e outro menor. O maior acomodava dois beliches e era o quarto que Márcio e Júlio dividiam. Ícaro ficava no outro, menor, mas com a privacidade de ser apenas dele.

— Droga, eu... eu esqueci. Ele tranca a porta e eu não tenho a chave.

Artur não respondeu. Enfiou a mão no bolso e tirou o molho com as três chaves. Era uma fechadura de porta interna, larga. Pegou a chave específica, enfiou e girou.

— Não acredito que... nossa, que coisa horrível — Márcio ficava se lamentando, falando consigo mesmo, já que Artur não lhe respondia, nem o consolava.

Era um quarto pequeno. Quatro por dois, aproximadamente. Encostada em uma parede estava uma cama de solteiro esperando alguém para ajeitá--la. Havia um armário de madeira clara ao pé da cama, com um espelho na porta. Adesivos imitando lâmpadas estavam colados nas bordas do espelho, simulando de forma precária um espelho de camarim. Uma escrivaninha de madeira ficava perto da janela, de lado, grudada na parede. Estava tomada por objetos, papéis, um cinzeiro de metal contendo algumas bitucas de cigarro. O quarto cheirava a cigarro. Artur reparou que algumas das bitucas tinham marca de batom. Um porta-retrato de Ícaro com uma mulher mais velha. Eram parecidos. Provavelmente sua mãe. Ela estava feliz. Ele, difícil saber. Na parede, alguns pôsteres de filmes antigos coloriam o ambiente. Logo acima da cama, duas prateleiras com livros. Artur chegou perto para ler as lombadas. Muitos deles falavam sobre teatro, algumas ficções, biografias de personalidades já mortas. Em um criado-mudo improvisado ao lado da cama estava um exemplar de *A cidade & a cidade*, de China Miéville.

Artur retirou do bolso interno do paletó duas luvas plásticas e as calçou. Pegou o exemplar e folheou o livro para ver se havia alguma anotação ou passagem grifada. Não encontrou nada. Mas sentiu vontade de reler aquele livro. Também era um de seus preferidos.

O celular de Márcio tocou sob as costas de Artur e o detetive se virou para ver.

— Vou atender na sala — o rapaz disse, saindo.

Artur voltou a vasculhar o quarto sem responder nada.

Analisou os objetos sobre a escrivaninha. Havia uma pilha de folhas, separadas em blocos presos por grampos. Artur leu e viu que se tratava de peças de teatro. Diferentes peças. Folheou algumas e viu falas marcadas mostrando personagens que deveriam ser ensaiados. Abriu uma das duas gavetas da escrivaninha e dentro encontrou uma pasta de plástico preta, estilo fichário. Recortes de jornal, de revistas e folhas impressas com páginas da internet forravam seu conteúdo. A maioria dos jornais trazia críticas de teatro. Leu a primeira e viu quem era o autor da peça: Matias Dália. O segundo recorte de jornal, dentro da próxima película plástica, também era sobre uma peça de Matias. A terceira também. A quarta. Cada película plástica daquele fichário continha algo sobre Matias Dália. Críticas, matérias, entrevistas, fotos. Havia uma foto impressa de Ícaro com Matias. Dava para ver ao fundo um palco de teatro. Ícaro sorria, demonstrando clara alegria. Matias estava sério. Não parecia estar incomodado, não aparentava nada, na verdade. Além da foto tirada com Matias, havia outras, que Ícaro tirou provavelmente do palco. Nelas, o dramaturgo estava sempre em foco. Mas foi em outra gaveta que Artur encontrou algumas fotos que jogavam novas peças naquele quebra-cabeça. E provavelmente peças bem importantes. Fotos de Heloísa. Havia uma do rapaz com ela, como com Matias. O cenário do teatro era diferente. Definitivamente não havia tirado as fotos de Matias e Heloísa no mesmo local. Entretanto, ao contrário de Matias, que não aparentava nenhum desconforto nas imagens, ela não parecia estar tão à vontade com Ícaro. Havia alguma coisa que Artur não conseguia identificar no rosto da mulher. Certo descaso, talvez. Da mesma forma como fizera com o dramaturgo, Ícaro havia tirado algumas fotos de Heloísa no palco, ajeitando a maquiagem de alguma atriz. Em uma delas a maquiadora olhava para a câmera, como se tivesse sido pega de surpresa. E, nesse instante, o clique capturou o rosto levemente enervado, pesado, como se Ícaro fosse uma espécie de paparazzi indesejado invadindo o espaço do artista.

Ele conhecia Heloísa.

Na prateleira abaixo, Artur encontrou uma coleção de revistas sobre cultura.

O detetive abriu o armário. Tinha apenas três portas. Uma dupla, onde ficavam penduradas roupas, que o detetive vasculhou à procura de alguma coisa, mas não encontrou nada. Na parte inferior, dois pares de tênis e um sapato social. Na outra porta o armário era dividido por quatro prateleiras horizontais. Duas delas com algumas roupas dobradas, toalhas, roupa de cama. A terceira estava vazia. A quarta tinha uma caixa de sapatos colocada mais ao fundo. Artur a pegou e investigou seu interior.

A caixa era um cemitério de lembranças. Havia mais fotos dele com a mesma mulher do porta-retratos. Era realmente sua mãe. Não encontrou nenhuma fotografia com o pai. Em outra, que parecia reunir a família, o rapaz indicava ter um irmão e uma irmã. Ele aparentava ser o caçula. Artur encontrou também alguns envelopes de cartas. Havia um maço contendo mais de uma dezena deles. Olhando, o detetive conferiu que tinham sido enviadas pela mesma pessoa. Uma tal de Jéssica Freire. Artur leu o conteúdo de uma delas.

A garota havia ficado na cidade natal de Ícaro, e, pelo que o detetive entendera, os dois eram namorados fazia bastante tempo. Artur leu outras três cartas. O romance, pelo visto, havia terminado com a mudança. A garota não queria se mudar. Artur olhou para a mesa, para o cinzeiro com as bitucas prensadas por alguma boca com batom.

O detetive guardou a caixa de sapatos onde estava, fechou o armário e ficou ali no quarto, olhando, tentando achar algo mais. Imaginava que seria em vão, mesmo assim ligou o computador que estava sobre a mesa. Como esperado, era necessário ter uma senha, que Artur não possuía. Arriscou Matias Dália, Matias, Dália, teatro, dramaturgia, dramaturgo, sonho, palco, mas nenhuma das tentativas destravou o sistema. Foi quando sua concentração se quebrou ao escutar um choro beirando o escândalo vindo da sala. Nem precisou ir até lá, já que a dona do choro invadiu o quarto. Era Carina, colega de Ícaro no supermercado e namorada de Márcio.

— É verdade mesmo? — ela perguntava, através de uma cortina de lágrimas.

Artur apenas balançou a cabeça positivamente.

— Ah, não, ah, não! — A garota caiu de joelhos e foi amparada, de maneira desajeitada por Artur, que ao mesmo tempo não queria abraçá-la demais. O namorado também ajudava por trás.

Eles a colocaram sobre a cama de Ícaro. A garota soluçava. Era ela quando o telefone de Márcio havia tocado anteriormente.

Márcio tinha saído do quarto e agora voltava com um copo com água e açúcar.

— Aqui, bebe isso, Cá.

A garota demorou para olhar para ele e, quando viu o copo, negou.

— Não quero essa merda. Me traz uma cerveja.

O rapaz olhou para Artur, levantou e foi até a cozinha. Voltou com três longnecks geladas já abertas. Deu uma para Carina, que se sentou no canto da cama, encostada na parede. As pernas cruzadas, fios de cabelo molhado grudados no rosto. Deu uma golada longa. Seus olhos vagavam pelo quarto sem muito movimento. Voltou a chorar. Seu namorado foi consolá-la. Mas antes estendeu a segunda longneck para Artur.

— Não bebo — ele respondeu e não pegou a garrafa. Olhou para a garota, sentada na cama, e seus pés chamaram sua atenção. Reparou na forma como ela amarrava os cadarços.

Do jeito certo.

Artur esperou mais de dez minutos até a garota se acalmar um pouco. Ela foi até a janela, sacou um cigarro e começou a fumar. Artur reparou em sua boca. Não parecia estar de batom.

— Essas bitucas com marca de batom são suas? — o detetive perguntou.

Carina demorou para responder. Ficou encarando o cinzeiro. As bitucas. Olhou para os pôsteres presos nas paredes.

— Não. — Deu uma tragada. — Acho que é da Sofia, acho que é esse o nome dela. Uma menina que o Ícaro conheceu um dia desses em algum teatro.

— Namorada dele?

— Não. — Ela balançou a cabeça. — Nada sério. Só transa.

— Deve ser dela mesmo — Márcio entrou na conversa. — O Ícaro trouxe ela aqui faz alguns dias.

— O Ícaro não era gay? — perguntou o detetive.

— O quê? — Márcio se espantou. — Não.

Artur olhou para Carina.

— Não, ele gostava de mulher — ela respondeu.

— Eu tenho informações de que ele tinha um caso com o filho de um dramaturgo chamado...

— Matias Dália — Carina completou a frase. Ela apagou o cigarro no cinzeiro, praticamente ao mesmo tempo que em pegou outro do maço. — Esse lance — a garota recomeçou —, o Ícaro não era gay, gay de verdade, sabe? Esse lance com o tal do Nicolas, o filho desse Matias, acabou acontecendo por acaso, não foi ele quem foi atrás. O tal Nicolas é gay, eles acabaram se conhecendo em um grupo de teatro. O Ícaro descobriu que ele era filho do Matias Dália, que é... era... o grande ídolo dele. Sério, o Ícaro tinha uma fixação por esse cara, adorava o trabalho dele. Então o Nicolas, o filho desse Matias, deu em cima do Ícaro e... foda, ele tava trabalhando naquela bosta de mercado, não conseguia um papel legal, aí o Ícaro achou que poderia ser um jeito de se aproximar do Matias, entende? Ele se envolveu com esse Nicolas pra tentar se aproximar do pai dele.

— Caralho, sério? — ao lado, Márcio questionou, surpreso.

— Eu também achei meio maluco no começo, mas foda-se também, foi uma escolha dele. Ele encarava como mais um papel. Era só mais um personagem. E, se ele quer transar com o cara também, foda-se, a vida é dele. — A garota deu mais um trago no cigarro. — Era dele. — E continuou como se fosse seu dever defender o amigo. — Acho que a maior liberdade não é nem assumir ser hétero nem assumir ser gay; a maior liberdade é ser um e não ter medo de ser outro, porque não tem nada de errado em nenhum dos dois.

— Eu sei, meu. A doidera é que — Márcio sentou na cama — mentir desse jeito... É a coisa toda, fazer isso só pra conseguir se aproximar do pai do cara, só pra tentar se aproximar. É isso.

— Você também não finge um monte de coisas pra ter a vida que tem? — Carina deu de ombros. — Qual é a diferença? A mentira dos outros parece sempre pior que as nossas, né?

30

As mãos se seguravam uma na outra à frente do corpo, fazendo os braços formarem um V que apontava, como uma seta, para o corpo da mulher estendido naquele invólucro de madeira que brilhava feito um carro polido recém-saído da loja. Seu último veículo. Mas não seria nele que Daiane ficaria até se decompor e virar ossos, e apenas seus ossos, um dia, ocupando seu metro quadrado no planeta. Ela seria cremada. Em breve aquelas chapas de madeira tão cuidadosamente trabalhadas, dobradas, seladas com verniz e enfeitadas com adornos rebuscados dourados iriam enfrentar o calor do fogo. Mil e duzentos graus fazendo cinquenta e dois quilos de corpo virar setecentos gramas de pó. Quase toda a matéria passando direto do estado sólido para o gasoso. Depois, apenas resquícios de minerais triturados por vinte minutos em uma máquina, uma batedeira de restos de ossos, para deixar tudo bem miudinho. Por fim, a urna. O pó embalado para presente. Pó e memória. Lembranças e sentimentos que um dia também queimarão na fogueira do tempo, restando um pó que não terá urna, jogado ao vento da história. E se repetindo, e se repetindo, e se repetindo.

Era só mais um velório. A diferença aqui é que o marido, viúvo, não tinha no rosto nenhum traço de dor, de perda. Seus braços em frente ao corpo pareciam simplesmente um sinal de respeito.

Ao lado, meio passo atrás, estava Nicolas, que parecia tentar imitar o pai, sua força — como era erroneamente interpretada pelos presentes. Mas havia nos olhos o resquício da tristeza. Aquela vermelhidão que brilha no olhar como reflexo do fogo nas paredes de uma caverna.

A autorização judicial, em razão das circunstâncias da morte, tinha sido emitida na noite anterior, permitindo o velório, que já estava com todos os detalhes acertados. Fora Matias, com a ajuda do marido de Luana, que ajeitara tudo.

Luana, irmã mais nova de Daiane, não conseguia parar de chorar. Em alguns momentos conseguia represar o sentimento, mas logo a barragem cedia e as lágrimas corriam. Amparada pelo marido, ela chorava em seu peito. O próprio marido também tinha os olhos úmidos. Um sujeito emotivo, que chorou ao abraçar Matias quando se encontraram pessoalmente. Um abraço forte e apertado. Ele sabia sobre a questão de sentimentos do dramaturgo, mesmo assim parecia impossível para ele entender como conseguia ficar inabalável, parecer inabalável. Como se um grande acontecimento fosse mudar, feito uma cena de filme, aquilo que era da forma que era. As pessoas fingem que entendem o jeito como você é, mas querem que você reaja como elas reagiriam.

Daiane era uma mulher querida. Por isso o número de pessoas presentes era volumoso. Nem todo mundo sabia que Matias era alexitímico, e ficavam intrigados com seu semblante sereno em tal situação.

"Como é forte", sussurrou um marido para uma esposa.

"Como é estranho", sussurrou outra pessoa para outra pessoa.

Matias pousou uma das mãos sobre o estômago, que ardia. Pegou um antiácido do bolso e colocou na boca. Ninguém conseguia ver. Ninguém conseguia sentir, mas estava ali. A dor estava ali, um sentimento que nem mesmo ele conseguia nomear, cavando um buraco dentro dele. E ele, em sua cabeça, estava sentindo. Ele sabia que voltaria para casa sozinho. Sabia que o lado esquerdo da cama não iria mais afundar levemente como acontecia quando Daiane deitava no colchão. Sabia que não iria sentir o cheiro no travesseiro ao lado. E que não bastaria borrifar seu perfume nele, porque o cheiro de que ele tanto gostava, o cheiro dela, era a combinação do perfume com a pele da mulher. E isso, essa dinâmica química, não seria mais possível. Talvez o cheiro do travesseiro se mantivesse por alguns dias. Mas ele sabia que ficaria cada vez mais fraco, até ser apenas tecido sujo, sem alma. Já sentia falta da risada dela. Mas também não sabia dizer que era por causa disso. E seu estômago doía mais. A risada que o fazia rir sem precisar esticar a boca para o lado, e ele tinha certeza de que ela sabia que ele sorria. Como quando ela deitava sobre seu peito no sofá, assistindo a algum filme.

Eu não preciso ver o seu coração para saber que ele está batendo.

Ele nunca se esqueceu da frase que ela soltou, sem mais nem menos, em um desses momentos comuns.

Eu não preciso ver o seu coração para saber que ele está batendo.

Sim, ele chorava. Debaixo daquela fachada de força, de estranheza, de frieza, de babaca, de traidor, de corno, de pai, de cunhado, de viúvo, de pessoa, ele chorava. Ele estava debruçado sobre o caixão, com uma das mãos sobre as pálidas mãos da esposa, a outra ajeitando o cabelo atrás da orelha dela, os olhos pingando, ele estava. Só não estava para as outras pessoas, que viam apenas um homem com os braços em V, as mãos dadas para si mesmo.

Nicolas, um pouco atrás, observava o pai. Ao mesmo tempo, observava quem olhava para o pai. O jeito como olhavam para ele. Como o julgavam.

Como ele pode ficar tão calmo.

Como eu queria ser assim, tão calmo.

Que bom que ele entende.

Deve ser budista. Ou espírita.

Não deve acreditar em nada, por isso não faz diferença.

Talvez seja tudo culpa dele.

Deve ter descoberto que é corno.

Será que a Daiane morreu sabendo que era traída?

Alguns olhares iam para ele. Dava para sentir, para ler nos olhos.

Perder a mãe assim.

Ainda bem que esse menino é ajuizado.

Agora que esse rapaz despiroca de vez.
Não quero nem pensar. Vai ficar só com o pai, que tristeza.
Alguém precisa ficar por perto desse rapaz.
Será que agora vira homem?
Não duvido que caia nas drogas.
Ainda bem que é mente aberta. Gente assim entende melhor as coisas.

Matias e Nicolas estavam parados próximo à saída, despedindo-se das pessoas que prestavam suas últimas condolências, entregando o sentimento feito um fardo de areia molhada. Foi Nicolas quem viu o detetive se aproximando e, por um instante, pensou ter colocado tudo a perder com o assombro que lhe desceu sobre o rosto. Afinal, o rapaz sabia quem era aquele homem, aquele homem que tinha ido até o shopping para que Nicolas pudesse ver o rosto de quem estava procurando uma de suas vítimas desaparecidas. Não esperava vê-lo novamente, principalmente em tal situação, e pensou que seu próprio espanto o devia ter entregado. Mas Artur não parecia tão interessado nele. Os olhos do detetive fitavam o pai, que ainda não havia percebido o olhar do homem que aguardava, mantendo distância para que as últimas pessoas entregassem sua dor ao viúvo.

Nicolas só despertou quando alguém pegou sua mão solta no ar e balançou.

— É uma pena, uma pena enorme. Espero que você possa encontrar consolo para o seu coração. Um dia vamos todos nós — dizia o homem mais velho, que não soltava sua mão.

— Sim, uma hora, uma hora — Nicolas soltava as palavras, deixando-as escorregar sem nenhum pensamento específico na conversa. Sua mente não estava no homem à sua frente, mas no sujeito próximo, à espreita, que aguardava com uma infernal paciência.

Ele descobriu. Ele descobriu?
Não olha pra ele.
Só saia. Procure um jeito de sair daqui.
Não posso fugir.
Mas não posso ficar aqui.

Ele não sabe quem eu sou.

Matei minha mãe.

Impossível.

Ele descobriu o carro.

De alguma maneira ele descobriu o carro.

— Ela era ótima. As lembranças boas nunca morrem — agora era a senhora, mulher do homem que havia chacoalhado sua mão, que dizia.

Olhos tão azuis. A pele debaixo dos olhos dela parece tão fina.

Olhos tão azuis.

Bonitos.

— Sim, tem razão, tem razão — Nicolas devolvia palavras que serviriam para qualquer diálogo.

Não restava mais ninguém para soltar palavras que não iriam fazer a menor diferença. Matias parecia cansado.

— Nicolas? Nicolas? Nicolas? — o pai insistiu.

— Sim, sim — o rapaz pareceu voltar de um pensamento distante, disfarçadamente. — Senhor? — Nicolas se dirigiu a Artur, que se aproximava lentamente dos dois. — O senhor conhecia a minha mãe?

Artur olhou para o rapaz, que devolvia o olhar sem demonstrar o nervosismo que escondia por baixo de tudo que já aprendera no teatro.

— Não. — Ele se voltou para o dramaturgo. — Eu gostaria de conversar com o senhor, Matias, certo?

— Sim. Você é...?

Detetive Artur Veiga, Nicolas falou em pensamento.

— Detetive Artur Veiga — Artur mostrou sua identificação.

— Pensei que quem estava investigando o crime era...

— Sim, eu estou investigando outro caso.

Ao lado, Nicolas observava o homem falar. O rapaz estava posicionado perto do pai, ansioso, como se estivesse pronto para começar uma briga.

— Que pode ter ligação com a morte de Heloísa Diniz.

— Eu — Matias chacoalhou a cabeça — não estou entendendo nada.

— Ícaro Arantes. O senhor conhecia o rapaz.

— Ele — Matias segurou as palavras, sentindo a presença do filho bem atrás dele.

— Eu levei o Ícaro pra casa. — Nicolas tomou a frente. — Meu pai não conhecia ele. Não deu tempo. Esse maldito matou a minha mãe. E eu levei ele pra casa.

— Nicolas — Matias interveio. — Deixa eu conversar com o detetive por um instante, a sós.

— Por quê? O senhor não precisa passar por isso agora.

— Por mim será rápido — Artur declarou.

— Eu te encontro lá dentro, Nicolas.

Matias não esperou que o filho respondesse e começou a caminhar para a lateral externa, onde um gramado verde se estendia, convidativo. Artur caminhou a seu lado, e Matias começou a falar quando tomaram distância.

— Eu conhecia o rapaz. O Ícaro. Meu filho disse que eu não conhecia, mas eu conhecia. É que... ele não sabe.

— Não sabe que você conhecia ele? Por quê?

— Esse rapaz veio me procurar algumas vezes. Foi a algumas peças. Depois apareceu umas duas vezes quando eu estava ensaiando com os atores. No começo eu não estranhei, acontece com frequência de atores me procurarem. Acontece. Mas esse rapaz, ele era insistente. Eu tive que pedir pra ele dar um tempo, um pouco, que se aparecesse algo eu entraria em contato. Cheguei a conversar com o segurança do teatro para não deixar ele entrar lá, pra ficar de olho.

— Eu fiz uma busca no apartamento dele. Havia algumas fotos suas.

— Eu sei, ele ficava tirando fotos. Um dos motivos pelos quais eu pedi para ele se retirar. Mas eu não imaginei, pelo menos não naquela hora, que poderia ser perigoso.

— Você sabe se ele conhecia a Heloísa? — Artur lançou a primeira isca.

— Conhecia. Conhecia. Depois que eu dei um chega pra lá nele, ele até deu um tempo. Até que um dia a Heloísa me disse que tinha um rapaz que não deixava ela em paz, que estava sempre aparecendo no teatro, que até num café perto do apartamento dela ele apareceu, tinha dito que foi coincidência, mas ela percebeu que não. Ela disse que pescou na conversa que o foco não era ela, o rapaz estava tentando se aproximar dela para se aproximar de mim.

Pescou na conversa? Artur pensou no que ele queria dizer com aquilo, mas resolveu não expressar a dúvida em voz alta.

— Ela disse isso pra você?

— Sim. Ela percebeu. O garoto começou a falar de mim toda hora, perguntava se ela me via sempre por aí — Matias fez uma pausa. — Ela chegou a pensar se alguém o tinha mandado para descobrir sobre a gente. Um dia ele perguntou se ela poderia comentar sobre ele comigo. Eu pensei em ir à polícia, mas acabei não indo. A Heloísa deu um chega pra lá nele também e acabou que não o vi mais.

Matias falava de um jeito qualquer, como se estivesse contando a história de outra pessoa. Como se estivesse naquele lugar para o velório de alguma conhecida, não da sua esposa.

— Por isso eu disse para o Nicolas deixar a gente conversar sozinho. Quando eu vi... quando eu vi a cena no meu apartamento, o rosto do rapaz, eu vi que era ele. Eu fiquei tão desnorteado com a possibilidade de ter negligenciado o perigo daquele garoto, aquela fixação dele por mim, eu pensei que ele tinha invadido a minha casa e feito aquilo, sei lá, que ele tinha ido para me matar, e como eu não estava matou quem estava no apartamento. Mas aí o Nicolas me contou, ele disse que eles tinham um relacionamento. Aí eu entendi. O tal Ícaro, depois de levar um chega pra lá da Heloísa, também se aproximou do meu filho para tentar se aproximar de mim.

— Por que você não conta para o seu filho a verdade?

— Pra quê? Se o rapaz estivesse vivo, eu até falaria para ele se afastar, mas o garoto está morto. Não preciso fazer meu filho sofrer com essa informação.

— Mas é a verdade.

— A verdade deve existir para construir, não para destruir. Não há necessidade de contar isso pra ele. Saber que ele foi usado. Eu... eu não sei como era a relação entre os dois, não sei, eu... eu e meu filho, enfim, não há necessidade. Por que você veio aqui, detetive?

— A Heloísa tinha uma informação para me dar. Mas ela morreu antes de me dizer.

— Sobre o quê?

Artur o encarou, pensativo.

Ele não estava no apartamento quando Heloísa foi morta por Ícaro.

Ícaro o idolatrava.

Ícaro matou Heloísa.

Os três se conheciam.

— Ainda não posso revelar.

— Dessa maneira fica difícil ajudar, detetive.

Artur se deteve por um instante antes de continuar, observando o dramaturgo.

— Qual foi a última vez que viu Heloísa?

A resposta veio rápida.

— Estive na ONG há alguns dias para entregar uma coisa a ela.

— Uma coisa?

— Sim. Uma capela...

Artur tentou se conter, segurar qualquer excitação em forma de movimentos repetitivos em seu corpo.

— Um dos moradores de rua que ela ajudava — Matias continuou — tinha uma imagem, um arcanjo de gesso, longa história.

— Continue. Eu quero saber.

— Era um homem com problemas... Ele tinha a imagem de um arcanjo que carregava sempre com ele, parece que tinha uma capela de madeira onde levava a imagem, mas ela foi quebrada por outras pessoas na rua. Eu fui levar uma para Heloísa dar pra ele. Foi isso.

— Bom — Artur refletiu —, era justamente essa a informação que a Heloísa ficou de me passar.

O dramaturgo mexeu a cabeça para o lado como se não tivesse entendido o que o detetive queria dizer.

— Quem levou a capela para o Jonas. Jonas é o nome do morador de rua.

— Eu não sabia o nome dele.

— Agora sabe. Jonas.

— Eu não entendi. Como assim, essa era a informação que ela ficou de te passar?

— Eu precisava saber quem deu a capela para o Jonas. Ele me disse, bem, acabou dizendo que havia sido a Heloísa. Mas ela disse que tinha recebido na ONG e não sabia quem havia deixado a capela lá, que tinha sido uma doação, que a pessoa levou, deixou lá e foi embora e que tentaria descobrir quem era essa pessoa para me dizer.

— Eu não entendo por que ela não disse a verdade. Fui eu que levei a capela para a ONG e deixei com ela. Pessoalmente.

Nesse momento uma possibilidade se iluminou na mente do detetive. A chance de Heloísa ter colocado o rádio dentro da capela, de ela ter manipulado Jonas.

Será?

Matias revelou sem demonstrar nenhuma preocupação que ele mesmo havia levado a capela para Heloísa. Caso tivesse colocado o rádio dentro do objeto, talvez não revelasse assim, sem nenhuma pressão.

Ou será que revelaria? Talvez para disfarçar.

Talvez ele saiba por que estou aqui.

Afinal, por que estaria aqui se não tivesse descoberto algo?

Artur olhou para o chão, pensativo, o corpo indo e voltando em um leve balançar. Seus olhos se depararam com os pés de Matias, que usava um sapato social marrom e brilhante, os cadarços finos, redondos e encerados.

— Um dos seus cadarços está desamarrando — comentou Artur.

Matias, pego de surpresa pela informação fora de contexto, também se voltou para seus pés. O dramaturgo levou o pé sobre uma mureta que limitava o gramado onde estava, dividindo a área onde, do lado de lá, começava um grande estacionamento. Artur observou o homem amarrar o calçado, passando o cadarço de um lado para o outro, voltando e puxando até terminar em um nó firme.

— Você e a Heloísa tinham um caso, certo? — a pergunta veio como um tiro.

Matias olhou para o detetive por um instante antes de responder.

— Sim, nós tínhamos um relacionamento.

— Acredito que ela era uma pessoa importante pra você.

— Com certeza.

383

— E você pra ela.

— Imagino que sim.

Por que ela não me daria a informação? O que ela estava escondendo? Se escondendo? Escondendo o amante?

— Essa cicatriz? — Artur apontou com o dedo ao mesmo tempo em que falava. Veio à mente a lembrança de sua mãe dizendo para não fazer isso. Ela sempre dizia isso, Artur tinha mania de falar sobre alguém ou algo e apontar com o dedo. Em muitos casos o gesto deveria ser contido, já que o assunto era algo particular, dito de uma maneira que tal pessoa não soubesse. Mas Artur sempre lembrava o ensinamento depois de já ter feito. — O incêndio foi provocado por um morador de rua, certo?

Matias não fazia mais questão de maquiar a cicatriz, deixando exposta a área que não era coberta pelas roupas sem nenhuma preocupação, pelo menos não aparentava ter. O dramaturgo passou a mão sobre o lado do pescoço queimado, sentiu a pele dura e enervada.

— Você está bem informado sobre mim. O que está investigando, detetive?

Matias tinha a impressão de que Artur fugia de seu olhar direto. O detetive olhava em sua direção, porém não parava de movimentar a cabeça e os olhos, como se fosse o policial que escondesse algo.

— Eu estava pensando... — Artur se conteve por um instante, depois continuou: — O quanto você odeia os moradores de rua por causa do que um deles fez com você?

— Eu não odeio eles.

— Não?

— Não.

— Mas também não deve sentir nenhum sentimento bom por eles.

— Por que eu deveria odiar os moradores de rua?

— A resposta está em você.

— Por causa disso? — Matias levou a mão novamente à cicatriz. — Por causa da minha cicatriz? — voltou a perguntar.

— Foi um morador de rua que fez isso.

— Bom, mais ou menos. Ele não jogou gasolina em mim e ateou fogo. Detetive, foi um morador de rua que causou o incêndio que fez isso, mesmo assim não faz sentido eu odiar todos os moradores de rua por causa de um. Seria o mesmo que dizer que todos os negros são ladrões porque prenderam um assaltante negro. As pessoas têm a mania preguiçosa de pegar um fato, transformá-lo em uma etiqueta e grampear em tudo que traga a lembrança daquilo. A catalogação da sociedade. Você acha que toda vez que eu vejo um morador de rua eu lembro da minha cicatriz? Não. — Ele balançou a cabeça com firmeza. — Toda vez que eu vejo um morador de rua eu lembro que ele vai passar frio durante a noite. Igual ao morador de rua que entrou escondido em uma das salas do teatro e fez uma fogueira porque ainda sentia frio. Claro que eu não tenho prazer nenhum em ter esta cicatriz no corpo, e durante muitos anos eu tive vergonha de exibir essa marca. Ainda bem que a gente não para de aprender mesmo depois que cresce. Pena que é preciso algumas situações bem ruins para ensinar alguma coisa pra gente.

Artur escutava com atenção, tentando captar alguma mentira nas palavras do homem. Uma coisa em que ele não tinha muita habilidade. O detetive olhou para baixo novamente.

— Seu cadarço — comentou. — O nó está afrouxando.

Matias olhou novamente para o calçado que acabara de amarrar. Levou o pé sobre a mureta.

— Esse cadarço — resmungou mais do que falou.

— Não é o cadarço. É você que está amarrando errado.

— Eu amarro cadarços há muitos anos, detetive. Acho que tenho uma boa experiência nisso.

— Fazer algo há muito tempo não quer dizer que você faz certo. Muitas vezes só significa que tem uma boa experiência em fazer errado. Olha. — Artur trouxe seu pé junto à mureta e os dois ficaram na mesma posição.

O detetive desamarrou um de seus calçados.

— Veja, você está amarrando assim — Artur mostrou rapidamente a forma como viu que Matias dava o nó. — A pessoa que me ensinou isso disse para eu não me sentir um idiota por amarrar o cadarço errado porque praticamente todo mundo amarra errado, mas não faz sentido, só porque todos são idiotas então está tudo bem ser idiota? Enfim... — Artur continuou e Matias apenas observava, impassível, mesmo sendo chamado de idiota. — Faça ao contrário, passe o laço pela outra direção. Assim, está vendo? Um nó forte e — o detetive deu ênfase —, se você puxar o sapato, como se fosse abri-lo, vai ver que o laço se posiciona ao longo do eixo transversal do calçado, o que ainda fica mais elegante, mais forte, que vai se desfazer com menos frequência e ficar mais elegante. Faça você agora.

Matias começou a amarrar o cadarço, sentindo-se incomodado com o olhar do detetive sobre suas costas.

— Isso — Artur orientou. — Isso, pelo lado contrário, exatamente.

Matias deu o nó, puxou as bordas do sapato, verificando que realmente o nó ficara mais bonito na transversal. Trouxe o pé para o chão e bateu algumas vezes contra o solo, constatando que o fio não se afrouxara. Franziu os lábios.

— Funciona mesmo.

— Sim, funciona. Você realmente não seria capaz de matar moradores de rua? — Artur disse, como se a conversa nunca tivesse saído do foco do interrogatório.

— Mataram algum morador de rua e você acha que... o homem da capela... Mataram ele?

— Não, ele não. Estão tentando fazer parecer que ele matou um outro rapaz.

— Morador de rua também?

— Não. Mais ou menos. Mas não.

— É difícil acompanhar o seu raciocínio, detetive.

— Já me disseram isso.

— Imagino que com bastante frequência.

— Sim, com certa frequência.

— Detetive, sinceramente eu ainda não entendi o que você quer comigo. Eu levei a capela para a Heloísa. Se era essa a informação que você precisava dela, pronto, já tem. Diga o que mais eu posso fazer ou me dá licença.

— Há um suspeito, talvez seja a pessoa que estou procurando. Você teve um carro roubado...

Matias assentiu com a cabeça.

— Esse sujeito foi parado dirigindo o seu carro. E ele tinha o seu documento de motorista, usava o seu nome.

— Mas a foto no documento?

— Ele conseguiu trocar. A foto era dele, tinha o rosto dele, pelo menos, mas o nome no documento era o seu. O carro também era o seu.

— Meu carro foi roubado há algum tempo, detetive. E — Matias se deteve por um instante antes de continuar — eu perdi minha carteira... mais ou menos um pouco depois de o carro ter sido levado — o dramaturgo disse, parecendo tentar disfarçar o quanto essa informação era suspeita. — Minha carteira de motorista estava dentro dela.

Eu perdi minha carteira.

Parecia até um aluno falando para o professor que havia feito o trabalho, mas o cachorro o havia comido.

— Foi no mesmo mês que roubaram o carro do meu filho também — o dramaturgo disse com naturalidade e olhou em direção ao filho, que observava o pai e o detetive a distância.

O rapaz estava sentado do lado de fora do crematório em um banco de concreto.

— Eu preciso ir, detetive. Meu filho... preciso ir.

— Sim, claro. — Matias olhou para um lado, depois para o outro. — Pode ir.

O dramaturgo acenou com a cabeça e, como o detetive não oferecera a mão para um aperto, também não o fez.

Artur ficou onde estava, observando Matias Dália se distanciar, caminhando sobre o chão gramado. Passo a passo ia se aproximando do filho, que já o aguardava de pé. Lado a lado, o detetive notara que o filho era mais alto que o pai, provavelmente uns sete centímetros. Ambos usavam sapatos muito parecidos. Aliás, idênticos, marrons e brilhosos. Artur, de onde estava, não conseguia escutar o que os dois falavam. Era uma conversa de poucas palavras, espaçadas, como quem pensa vagarosamente no que vai dizer, tomando cuidado. Percebeu que Matias olhou para os pés do rapaz, que estavam próximos aos seus. O dramaturgo acenou com a cabeça para o calçado que ele usava, fazendo um movimento positivo, como se aprovasse algo. No rosto não despontara nenhuma sugestão de sorriso. Nada. Mas isso não inquietara o detetive. Até porque a ocasião não era o local mais propício para alegria. Um pai, um filho, e entre eles o vazio.

•

No seu apartamento, Artur revisitava o que tinha do caso. Releu anotações, fichas, passou foto atrás de foto tentando capturar algum detalhe que houvesse ficado para trás, despercebido.

Nada.

Nada.

Passou a mão pelo rosto cansado, sentiu a barba que crescia e deixava sua pele áspera. Ficou alguns minutos deslizando os dedos pelo rosto, subindo e descendo, sentindo a fricção que os pelos rígidos exerciam. Segurava uma das fotos tiradas do corpo de Cláudio. Colocou-a sobre a mesa e se levantou da cadeira, indo até o banheiro. Olhou-se no espelho, os olhos cansados, levemente caídos.

É isso que eu tenho.

Abriu o armário de espelho e tirou de dentro o creme de barbear e a lâmina. Sentiu a água gelada sair pela torneira e molhou o rosto. O creme de barbear gelava a pele ao entrar em contato com a face. A lâmina desceu, puxando os pelos, com uma leve dificuldade para cortá-los de imediato, o que provocava um pouco de dor. Precisava trocar aquela lâmina. Havia outras dentro do armário, mas Artur não a substituiu e continuou fazendo a barba. À medida que cortava, o aparelho encontrava menos dificuldade no trabalho e a pele começava a se mostrar cada vez mais lisa e livre do aspecto desleixado que aparentava. Artur banhou-se com a água gelada e passou a toalha de rosto para tirar o que sobrara do creme. Olhou para o cabelo e bateu uma vontade que nunca sentira de cortá-lo, cortar tudo.

Entrou no chuveiro para pensar e deixou a água quente encher o cômodo de vapor.

O que estou deixando passar?

Ficou ali, sentindo os fios de água quente, praticamente imóvel, sem sabão nem xampu, apenas água quente. Gostava da sensação, de como os pensamentos iam e vinham, parecendo se desenrolar melhor sob a água, nu, longe das pessoas, apenas o barulho da água escorrendo, os pés que às vezes chapinhavam no piso molhado. A área interna do box era espaçosa. Não conseguiria viver em uma casa com um banheiro diferente. Talvez ali fosse onde mais precisava ter espaço, um lugar particular que não o reprimisse, onde fosse capaz de deixar as coisas acontecerem sem pressa.

Sempre secava bem o cabelo antes de sair do banheiro quente. Uma vez, quando criança, um tio contou sobre um rapaz que teve um choque térmico ao sair do banho e ficou com parte do corpo paralisada por alguns meses. Nunca esquecera disso. Nunca mais saiu do banho sem secar completamente o cabelo.

Voltou a se sentar à mesa da sala, que agora já se tornara um verdadeiro santuário para aquele caso. A mesa cheia de documentos, impressões, pastas, fotos. As paredes com outras tantas folhas e imagens fixadas sobre elas.

A fotografia que havia deixado sobre a mesa quando foi tomar banho chamou sua atenção novamente. Cláudio, o estudante, deitado no terreno abandonado.

Seus pés.

Artur olhou com mais atenção, trazendo a imagem para mais perto dos olhos.

Seus pés.

31

No outro dia, Artur saiu atrás das demais informações de que necessitava para montar a teoria que se armava em sua mente. A primeira coisa que precisava fazer era falar com a mãe do estudante assassinado.

Ali, sentado no sofá contra sua vontade, já que havia insistido para permanecer de pé, ele observava a mulher, também sentada a seu lado. Sobre as pernas dela repousava uma caixa de papelão.

— Eu só deixei uma foto dele à vista — ela falava com os olhos na caixa. — Eu não conseguia andar pela casa e ver a imagem dele na sala, no quarto... as fotos. Parece frio, eu sei, tentar tirar ele daqui de casa, mas não é isso que eu estou fazendo, juro. Ele, ele nunca vai sair daqui de casa, eu só não consigo deixar as coisas dele à vista, toda hora ver elas. Não significa que eu quero esquecer dele, não quero, nem se eu quisesse. Só não quero ver as coisas dele me lembrando que ele não existe mais, entende?

Artur não respondeu. Não sabia o que responder.

— Meu marido, ele aceitou também doar as coisas do Cláudio, as roupas, os objetos, os livros. A gente pensa da mesma forma sobre isso. E com certeza o Cláudio também não iria querer que a gente mantivesse tudo aqui, parado, sem uso. Ia querer que doássemos mesmo, que essas coisas todas fossem úteis para alguém. Ele sempre pensava nos outros, sempre.

Sempre pensando nos outros. As fotos. Só deixei uma ali, aquela na estante que você viu. Mas aquela não serve, você disse, né? Aquela não serve. Eu acho ela tão bonita.

— Eu preciso ver fotos de corpo inteiro.

— Eu sei, você disse. Tem algumas aqui. Tem várias fotos dele, com os amigos, com a gente, feliz. Ele era um menino tão feliz, ele sorria tanto. Sabe aquelas pessoas boas de ter por perto? Ele era assim. O Cláudio era especial. Bom demais pra este mundo, bom demais.

— Senhora, eu... posso ver as fotos?

— Sim, pode, claro. Eu trouxe.

Mas ela não entregou a caixa para o detetive. Parecia não querer que aquela conversa terminasse. Parecia querer fazer o detetive entender que seu filho era um garoto bom. Ela deslizou a palma da mão sobre a caixa fechada, como se ali dentro guardasse um valioso tesouro.

— Pegaram o homem que fez isso, não pegaram? Por que você quer ver as fotos dele?

— Eu preciso confirmar uma coisa.

— O quê?

— A forma como ele amarrava o cadarço do tênis.

A mulher pensou que não havia escutado bem o que o detetive dissera.

— Não entendi.

— A forma como ele amarrava o cadarço do tênis.

— Por quê?

— Porque eu preciso. Posso?

A mãe o encarou, os olhos cheios de um brilho estranho. Enfim, estendeu a mão e entregou com delicadeza a caixa para Artur.

O detetive a abriu sem cerimônia, e o modo como a tampa foi retirada pareceu ofender a mulher, que se retesou.

Havia uma coleção de momentos naquela caixa. Instantes de história, fragmentos de vida que antes serviam para trazer sorrisos, mas que agora só lembravam a dor que aquela mulher deveria sentir ao pensar no filho.

Artur foi passando foto a foto, buscando alguma que o interessasse. O aparente descaso com que o detetive pulava de uma foto para outra, sem dar a contemplação que aqueles registros mereciam, com cada foto colocada de lado, era uma pontada no peito da mulher, que as ia recolhendo à medida que o policial as colocava sobre o sofá, a seu lado. A mãe pegava uma foto, olhava com ternura e se segurava, se segurava com o que sobrara dela. Artur se deteve em uma imagem. A foto mostrava Cláudio e um casal de amigos sentados em um sofá de três lugares. Não era na casa onde o detetive estava naquele momento, pelo menos não naquele cômodo. Parecia a casa de algum amigo, sem muitos móveis, uma casa de estudante, uma república. Cláudio estava em uma das pontas, uma garota estava no meio e outro rapaz ocupava o outro lado. O pedaço de uma mesa de centro despontava na fotografia e era possível ver duas garrafas de cerveja. Os três jovens tinham um copo cheio nas mãos e posavam para a foto de forma descontraída, felizes, largados no sofá como se fossem o trio de uma banda de música. O braço direito de Cláudio passava por cima do ombro da garota e as pernas do segundo rapaz ao lado estavam esticadas sobre as coxas da menina, os pés calçados apenas de meias brancas repousando no colo de Cláudio.

Cláudio estava de pernas cruzadas, seus tênis bastante visíveis na imagem. Artur puxou a foto mais para perto. Observou que o cadarço ia e voltava, dando voltas em si mesmo até se fechar em um nó.

É assim que você amarra.

— Senhora, posso levar esta foto?

A mulher pareceu se ofender com a pergunta, como se quisessem roubar algo dela. Algo que ela havia conquistado com tanto trabalho e agora queriam tirar dela.

— É tudo que me sobrou dele. Isto, cada uma delas, é tudo que me sobrou.

— Eu prometo devolver.

A mulher pegou a foto na mão de Artur e olhou para ela. Olhou para o sorriso despreocupado do filho, o jeitão levemente bobo, mas decidido.

— Ele ria tão fácil, tão fácil. Apesar de se preocupar tanto, ele continuava rindo, como se tudo fosse acabar bem, sabe? — Ela olhou para o detetive. — Não esquece de me devolver, por favor. — Ela entregou a foto para Artur, que apenas fez um sinal positivo com a cabeça.

O detetive devolveu a caixa e se levantou.

— Você acha que não foi ele? — a mulher perguntou enquanto o detetive se dirigia até a porta. — O homem que pegaram, que tem o problema mental, você acha que não foi ele, né?

— Acredito que não.

— Então... quem matou meu filho está por aí, solto, vivendo livre.

— Sim, acredito que sim.

— Você acha que vai conseguir pegar esse sujeito?

— Estou fazendo tudo para chegar até ele.

— Saiu no jornal que o assassino do meu filho havia sido preso. Saiu no jornal, no jornal da noite.

— Eu vi a reportagem.

A mulher permanecia sentada no sofá. Como se a conversa tivesse terminado, começou a recolocar as fotografias dentro da caixa, uma a uma, a cabeça baixa olhando as imagens, como se Artur já tivesse saído. Mas ele estava ali, parado, em pé, observando a mulher enclausurada em sua dor, tão frágil e tão forte. Artur saiu sem falar mais nada. Apenas se virou, tomando cuidado para não fazer barulho, fechando a porta atrás de si suavemente. Mesmo assim, o som da porta se fechando fez a mãe, sentada no sofá, ter um pequeno espasmo, como um frágil vidro que trinca sozinho com a temperatura.

●

A próxima parada de Artur foi no centro de detenção provisória onde Jonas permanecia preso, aguardando seu julgamento. Depois do acontecimento com a capela e o rádio, o detetive não esperava ser bem recebido pelo homem. Talvez ele tivesse esquecido, o que julgava pouco provável em se tratando de algo de tamanha importância para a sua vida. Por cautela, resolveu pedir a um dos guardas que fizesse o que precisava. Artur tirou seu próprio calçado e entregou ao guarda.

— Você vai pedir para o Jonas amarrar o cadarço deste sapato.

O guarda estendeu a mão para pegar o calçado, mas Artur o puxou de volta, pedindo atenção.

393

— Ele precisa amarrar o calçado de frente pra ele, como se estivesse amarrando o cadarço no pé de outra pessoa. Isso é importante.

— Entendi, senhor.

O homem saiu pelo corredor levando o calçado de Artur, balançando as duas pontas do cadarço solto. O detetive se sentou em um banco, apenas com um dos pés calçados. O que estava descalço, ele dobrou sobre o joelho na outra perna, deixando o pé calçado com a meia preta balançando no ar.

Demorou um pouco mais do que Artur imaginava que iria aguardar. Pensou até em ir atrás do guarda para saber o que havia acontecido, mas preferiu esperar ali mesmo e dar a chance para o homem fazer seu trabalho. Vez ou outra se lembrava de sua mãe orientando para deixar as pessoas realizarem as coisas no seu tempo: "Cada um tem um tempo, Artur. Nem todo mundo faz tudo rápido ou devagar e, principalmente, quase ninguém faz a mesma coisa no mesmo tempo que o outro. Então, se você faz algo mais rápido do que outra pessoa, não use isso para mostrar que ela é mais lenta. Se puder esperar, espere. As pessoas precisam ter a chance de mostrar que podem fazer tão bem como você".

Após aguardar mais alguns minutos, o guarda reapareceu no corredor, trazendo o sapato com o cadarço devidamente amarrado.

— Desculpe a demora, senhor. Eu preferi levar o rapaz para uma sala, fora da cela. O pessoal estava tumultuando e ele começou a ficar agitado. E não queria amarrar o sapato. Eu peguei uma barra de chocolate que estava na minha mochila e ofereci como pagamento, então demorou um pouquinho por causa disso, para ir buscar o chocolate.

— Fez bem, fez bem — Artur disse, pegando o calçado. — Ele amarrou...

— De frente para ele, sim. Eu coloquei o calçado em cima da mesa, ele estava sentado, coloquei com a ponta virada para ele. Não teve dificuldade nenhuma em amarrar o cadarço, isso foi bem rápido.

Artur olhou para o guarda com um semblante de aprovação.

As pessoas precisam ter a chance de mostrar que podem fazer tão bem como você.

Artur acenou com a cabeça, virou as costas para o guarda e saiu andando, calçando apenas um pé do sapato e levando o outro na mão.

●

Artur entrou em seu apartamento trazendo o sapato na mão. O taxista que o trouxera, o mesmo que Bete havia indicado para ele, achou estranho ver o homem entrar no carro calçando apenas um dos sapatos, mas resolveu não perguntar nada. Como taxista, ele já vira situações muito mais excêntricas do que uma pessoa calçada apenas com um pé e carregando o outro na mão com todo o cuidado.

O detetive abriu espaço na mesa da sala e deixou o calçado ali. Ao lado do sapato colocou a foto de Cláudio que havia pego com a mãe do rapaz. E ao lado dela alinhou a fotografia do corpo de Heloísa, tirada na cena do crime e que mostrava bem os tênis que a mulher usava e como ela amarrava os cadarços. As duas fotos e o calçado estavam paralelos uns com os outros, formando uma linha reta. Sobre essa linha, Artur posicionou a foto de Cláudio, morto, na cena do crime. A fotografia que dera o start para o detetive pensar em sua teoria.

De uma coisa Artur já tinha certeza: a forma como os cadarços de Cláudio estavam amarrados na cena do crime era diferente de como o próprio estudante amarrava seus tênis na fotografia dele com os amigos. O suspeito havia tirado os tênis do estudante ou, pelo menos, havia amarrado seus cadarços. O mais provável, pensou Artur, é que o calçado houvesse sido tirado, já que os dois pés, na foto da cena do crime, estavam amarrados da mesma forma, como se alguém de fora tivesse feito isso. Seguindo esse fio de lógica, o detetive imaginou que, se o suspeito havia removido os dois calçados, talvez o tivesse despido, por alguma razão que Artur ainda desconhecia.

Um crime de motivação sexual?

Talvez o suspeito fosse um necrófilo.

Artur já lera sobre alguns casos de pessoas que praticavam sexo ou se excitavam com um corpo sem vida, mas nunca conheceu pessoalmente ninguém motivado por esse desejo. Pelo menos achava que não conhecia ninguém, já que ele imaginava que nenhuma pessoa iria expor tal desejo em público.

Será?

Não descartaria a possibilidade.

O rapaz era limpinho, ele se lembrou do depoimento do velho morador de rua, testemunha da captura de Cláudio.

Possibilidade anotada.

Mas o detetive tinha certeza de mais uma coisa. O modo como o nó havia sido dado não era só porque a pessoa estava de frente para o estudante. Aquele nó. Aquele tipo de nó. Sabia bem porque aquela imagem havia saltado aos olhos dele logo agora, mesmo depois de ele já tê-la visualizado tantas vezes em outros dias. A conversa com Matias. Artur ensinara o dramaturgo a dar o nó que não desamarrava o cadarço com facilidade, e essa conversa estava em seu subconsciente, agora tão recente, tão próxima da superfície que sua atenção estava mais voltada para o tema. Por isso ele olhara o calçado do estudante de outra forma. Por isso ele estava aberto a essa informação. E aquele nó dado em ambos os calçados do estudante era o mesmo tipo de nó que Artur ensinara a Matias no dia anterior.

Um nó que não soltava com facilidade.

Artur ficou alguns instantes martelando essa informação.

Um nó que não soltava com facilidade.

Primeiro, o suspeito entendia de nós, pelo menos os de cadarços. O que poderia sugerir que ele também entendia de outros nós, afinal ele poderia usar algum tipo de corda para imobilizar suas vítimas.

Será que ele já sabia dar esse tipo de nó nos cadarços ou descobriu enquanto aprendia a dar nó em cordas para amarrar suas vítimas?

Artur traçava possibilidades para tecer teorias. Havia tantas delas, tantas probabilidades. E era justamente disso que o detetive gostava, quando casos ocupavam sua mente a ponto de fazê-lo se esquecer de tudo e só pensar em seu desfecho, em como montar as peças, girar as faces até ter todos os lados da mesma cor. Mas ainda estava longe de um resultado. O suspeito ainda estava à frente dele. E isso, ao mesmo tempo que o motivava, talvez a palavra certa seja *entretinha*, também o frustrava. Do outro lado estava alguém jogando melhor. Apesar de essa pessoa ter a clara vantagem de dar os primeiros lances.

Mas agora outra informação era sovada na mente do detetive. O fato de esse pequeno detalhe, de esse nó ajudar a tirar um nome da lista de suspeitos. Claro que não completamente, pois havia muitos outros pontos que deixavam o dramaturgo na mesa de possibilidades, mas, se Artur o ensinara a dar aquele nó no sapato no dia anterior, não teria sido ele a amarrar os tênis do estudante.

Talvez não seja um suspeito, sejam dois. Ou três.

Matias e Heloísa tinham seus motivos, apesar de Matias ter argumentado que jamais faria isso só por causa do acidente no teatro. E ele pareceu ser bem convincente. E havia também Ícaro, o rapaz obcecado pelo dramaturgo, com tanta propensão a fantoche.

Ícaro.

Artur fuçou as fotografias da cena do crime até encontrar o que buscava, uma imagem que pudesse mostrar os pés de Ícaro. E encontrou.

Pelo menos nisso a perícia da polícia não economizava. Fazia parte dos ensinamentos, claro, fotografar tudo, captar todos os ângulos da cena de um crime. E como isto era importante: não negligenciar os detalhes que, tantas e tantas vezes, se mostram ser os pontos mais reveladores.

Não ignore as rachaduras nas paredes de um grande edifício. Mesmo tão pequenas em comparação a todo o cenário, toda fenda se abre de uma rachadura. A única diferença entre uma e outra não é o tamanho, é o tempo.

Era um ensinamento sábio, e Artur podia dizer sem medo de se constranger que as equipes de perícia da polícia faziam um bom trabalho.

E estavam lá. Os tênis de Ícaro, mesmo com boa parte empapada em sangue, estavam lá.

Ícaro amarra os cadarços do jeito forte, que não afrouxa com facilidade.

Era possível ver pela posição do laço, paralelo ao tênis, e pela forma como a ponta do fio se dobrava, saindo do nó do mesmo jeito que os cadarços de Artur nos seus pés.

Será você mesmo?

Mas isso era pouco, muito pouco para chegar a uma conclusão. E, no fundo, apesar de querer descobrir o assassino dos moradores de rua, no fundo Artur gostaria que não fosse ele. Terminar a investigação agora seria colocar um ponto-final no que ocupava seus dias de férias. Voltar a procurar algo até que essa interminável pausa na sua rotina chegasse ao fim. E também, na verdade, principalmente, seria descobrir que o culpado já estava morto. Como se a justiça tivesse sido feita antes do julgamento. Quando isso acontece, nunca é justiça. É apenas sentença.

Artur levou a foto que mostrava os pés de Ícaro para junto das demais, enfileiradas também com o sapato do próprio detetive sobre a mesa. Posicionou a imagem acima da foto do estudante e permaneceu ali, de pé, olhando para aquele mapa de possibilidades.

Não contou quanto tempo permaneceu naquela posição, olhando para baixo, o pescoço arqueado em uma posição completamente contrária a tudo o que pregam os ortopedistas.

"Endireita esse corpo", sua mãe diria se passasse por ele naquele momento. Endireita esse corpo.

Esse corpo.

Esse corpo.

Esse corpo.

O policial foi até uma caixa que estava ao lado da mesa e revirou até encontrar os DVDs com as imagens de segurança do shopping. Buscava um disco específico, e ele sabia bem qual era. Tinha a numeração dele na cabeça. Ao encontrá-lo, inseriu no computador e acelerou até chegar à cena-alvo de seu interesse. A imagem corria em alta velocidade, fazendo dançar fagulhas ligeiras na tela. Parou quando viu o suspeito caminhando, saindo do shopping e contornando pela parede externa. O detetive, que estava com o dedo engatilhado sobre o botão de "pause", congelou a imagem naquele momento. O sujeito estava caminhando rente à parede, Artur capturou aquela imagem e a imprimiu na impressora conectada ao seu computador. O aparelho chiou seu som mecânico e pneumático enquanto a bobina trabalhava e ia, lentamente, cuspindo o papel talhado em tinta preta e branca, reproduzindo a cena vista na tela de seu computador.

Perfeito.

Em seguida buscou na caixa de ferramentas a trena, o lápis, uma régua de acrílico menor, pegou a impressão e colocou tudo na bolsa de uma alça única que passou sobre a cabeça e manteve no ombro. Saiu de casa empolgado, pensando que, se o suspeito tinha a vantagem de estar na frente por começar primeiro, ele possuía a vantagem de estar atrás, observando seus movimentos.

32

As grandes viagens respondem a questões que antes de começar você nem imaginava perguntar. Por isso, enquanto preparava o corpo de Letícia Dias, Nicolas não conseguia manter o pensamento focado exclusivamente na tarefa que demandava tanta atenção. A cabeça flutuava de pensamento em pensamento, sem conseguir se agarrar à função que estava à sua frente.

Eu não quero ser só mais uma pessoa perdida no meio das outras.

Foi seguindo esse pensamento, à sua maneira, que Nicolas se lançou no nada ortodoxo projeto que agora se aproximava do fim.

Desde o acontecimento em sua casa, a mãe surgia em sua mente trazida por quase qualquer tipo de pensamento. Ela surgia tão fácil que ele tinha que fazer um grande esforço para continuar. No dia posterior à morte dela, Nicolas não sentira o que estava sentindo agora. E simplesmente não conseguia entender o que acontecia dentro dele.

É assim que é com você, pai? É assim? Será que... eu estou ficando igual a você, pai?

Por um instante, Nicolas soltou a mão mole de Letícia, depositou a lixa de unha sobre a mesa ao lado do corpo e levou seus próprios dedos à cabeça, sentindo a cicatriz da martelada que havia dado em si mesmo.

Será que só agora está surtindo efeito?

Aquilo o assustou.

Será?

Não queria mais que a martelada desligasse uma parte de seu cérebro. Não queria mais. Agora ele sabia o que o pai sentia por ele, sabia que o pai o amava, que era verdade, não era necessário mais desligar uma parte de seu cérebro.

Vai acontecer agora?

Se acontecer, se acontecer, eu não vou conseguir demonstrar, não vou conseguir demonstrar o que sinto pra ele?

E se ele achar que eu não gosto mais dele?

Eu não quero mais, não quero mais, juro.

Em meio ao tormento dos pensamentos, ele se pegou entrando em pânico, a respiração inflando o peito com velocidade anormal, a mão ficando gelada.

— Mãe — a palavra saiu tão baixa que poderia ter sido até um pensamento.

Lá estava ela surgindo em sua mente de novo. Agora materializada letra a letra e saindo de sua boca. Afinal, foi ela quem Nicolas sempre buscou quando teve medo. Tirando a verdade de sua sexualidade, tudo o mais ele havia revelado a ela. E ela sempre esteve lá para ele.

Eu devia ter contado pra ela.

Eu devia.

Eu contei praquela traidora e não contei pra minha mãe.

Aquela traidora.

Traiu meu pai. Traiu minha mãe. Me traiu!

— Mãe? — Dessa vez a palavra saiu mais alto. — Mãe? — falou de olhos fechados e, quando os abriu, o fez na esperança de vê-la ali, à sua frente, do outro lado da mesa onde o corpo de Letícia estava esticado. Mas a mãe não estava lá. — Eu matei a senhora — disse ao mesmo tempo em que retorcia o rosto, reprimindo a si mesmo.

O que você está fazendo?

Você não acredita nisso.

Você sabe que ela não está escutando.

Você sabe.

Você fez e está feito.

Ela mentiu. Ela mentiu. Enganou seu pai.

Nicolas apanhou a lixa da mesa e voltou a trabalhar nos dedos de Letícia, que tinha as unhas roídas e malcuidadas. Lixava com força, uniformizando seu contorno. Tanto as mãos dela quanto as dele estavam frias devido ao ambiente climatizado. O chiado áspero da lixa ajudava a espantar os pensamentos trazidos pela emoção.

É como gritar debaixo d'água enquanto todos estão do lado de fora da piscina, lembrou o que seu pai havia dito, de como era ser daquele jeito, e teve ainda mais pena dele. Tudo o que sentia trancado dentro de si, reverberando nas paredes de uma cela sem janelas, uma prisão-fantasma de ecos. E, ainda assim, ainda assim tantas críticas. As pessoas dizendo que o pai era frio, insensível, nas poucas entrevistas que havia dado sempre tão criticado pela forma como falava, não pelo que falava, o jeito dele, que aquilo que ele dizia que tinha, essa tal alexitimia, tudo frescura, só um jeito de tentar justificar o que ele era.

Pegou outro dedo da mão de Letícia. Não era fácil fazer a manicure de uma pessoa morta, mas ele já tinha pegado o jeito. Para não cansar mais do que o necessário, o segredo era não levantar a mão, apenas o dedo, senão pesava mesmo. Ela tinha dedos finos, descarnados, e as juntas eram grossas.

A lixa ressoava.

Chichichichichichichichichichichichichichichichichichichi.

Nicolas sempre gostou desse som.

Chichichichichichichichichichichichichichichichichichichi.

Mais uma vez a mãe saltou no meio de seus pensamentos. Ela costumava fazer as unhas em casa. Mesmo depois de ter conquistado sua independência financeira, coisa que não tinha quando era adolescente, na infância da família simples em que crescera. Havia aprendido quando garota a fazer sua própria manicure, gastar com isso era bobagem, a mãe dela a ensinara. Raras vezes ia para o salão cuidar da mão. Só de vez em quando, quando queria algo mais trabalhado e profissional, mas normalmente fazia em casa. E Nicolas a escutava em seu quarto, com a porta aberta.

Chichichichichichichichichichichichichichichichichi.

Letícia já havia sido higienizada. Isso Nicolas fazia logo depois de levar o corpo para casa. O cabelo também tinha sido lavado nesse dia. Para isso, Nicolas trazia o corpo para a frente da mesa, deixando a cabeça pendendo, e logo abaixo, no chão, deixava um balde onde caía a água, o xampu e o condicionador. Ficou pensando em como faria o cabelo dela, se alisava, mas resolveu deixar mais natural. Era a última vez que faria aquilo, por isso resolveu deixar Letícia o mais natural possível. Não iria escondê--la por trás de maquiagem artística, não iria pintar seu cabelo. Resolveu apenas cuidar dela. Já havia escolhido a cor do batom que usaria. Um tom levemente avermelhado, pouca coisa acima da cor natural de seus lábios em vida. Antes, porém, precisou tratar da pele da boca, que já estava ressecada antes mesmo de ela ter sido morta. O álcool.

Apesar de tudo, era uma mulher bonita. Ali, estendida sobre a mesa, Nicolas conseguia ver isso. Mesmo não sendo o corpo que o atraía sexualmente, e talvez justamente por isso, ele conseguia vê-la de verdade. Não olhava para seus seios desejando-os, não olhava para seu pescoço desejando-o, não olhava para sua pele desejando-a, apenas olhava. Ele conseguia enxergar aquela mulher. Por isso, dessa vez, ela seria velada como era. Apenas seu nome, os atores e atrizes que seriam parentes e amigos a chamariam por outro nome.

— Elaine — ele disse, deslizando os dedos sobre o rosto dela. — Para eles você é Elaine Barbosa. Mas pra mim será sempre Letícia Dias. Eu sei quem você é e nada vai mudar você pra mim, eu juro.

O elenco já estava escalado, avisado e cada um deveria estar se preparando para a hora que se aproximava. Cardoso, o administrador do cemitério, dissera ao telefone que o local já estava pronto para o velório. O homem estava bastante satisfeito pelo fato de saber que esse seria o último. Não via a hora de voltar a dormir com a consciência tranquila, principalmente após rechear a conta bancária com o pagamento ilegal já recebido.

Nicolas olhou no relógio. Apesar de todos os pensamentos tumultuados, estava dentro do previsto e tinha tempo para se preparar devagar. O veículo para transportar o corpo já havia sido alugado e estava na garagem. Agora só faltava o motorista. E Nicolas iria se transformar nele nesse momento

Ao se sentar em frente ao espelho, não perdeu tempo. Os gestos automáticos iam construindo seu rosto sem muita ajuda de concentração. A foto da figura que ele deveria emular em si mesmo estava a sua frente, mas ele parecia não necessitar dela. Mesmo assim, lá estava ela para conferir a exatidão dos traços assim que Nicolas terminava de fazer algum detalhe. Enquanto se preparava, as roupas já aguardavam, penduradas no cabide próximo ao espelho. Pouco a pouco o rosto de traços finos ia se reconfigurando no homem que dirigiria, pela última vez, o carro que levaria o caixão de Letícia.

Elaine Barbosa, repetiu o novo nome na mente.

A partir de agora, sempre Elaine.

Elaine Barbosa.

Levou o tempo necessário para se transformar. O motorista possuía cabelo grisalho, volumoso. Era bem-apessoado. Tinha essa preocupação, de se transformar em pessoas de quem a sociedade desconfia menos. E aquele motorista era um típico homem de meia-idade, talvez pouco mais de cinquenta anos, com o cabelo impecável, penteado para trás com clara convicção. As pessoas desconfiam menos se você tem boa aparência. Ainda mais um senhorzinho apresentável.

Agora, já praticamente com a vestimenta completa, Nicolas se olhava no espelho maior na parede, esticando e se ajeitando, entrando nos trejeitos do novo homem que era. Observar bons atores o fez aprender bastante, saber colocar as intenções certas nos gestos, a velocidade dos movimentos. Após terminar de abotoar a camisa turquesa, olhou-se mais uma vez no espelho, girando sobre si mesmo, garantindo a última vistoria, qualquer detalhe que pudesse ter passado.

Nada.

Já com Elaine pronta, dentro do caixão, no automóvel, abriu o portão e saiu. O veículo deslizando de forma tranquila, como qualquer outro carro que pudesse estar saindo de outras casas naquele mesmo instante. Por um momento veio o pensamento de quantos outros crimes estariam acontecendo naquela mesma hora. Quantas outras pessoas estariam sendo mortas, corpos escondidos, criminosos fugindo? Quantas outras pessoas nesse exato momento estariam deixando de existir?

Enquanto dirigia, Nicolas penetrava na noite na companhia do tempo. O horizonte se estendia à frente em um céu rasgado de tonalidades, acrescentando um instante de beleza ao drama da vida. Era a hora do dia de que ele mais gostava. Momento que não é dia, mas também não é noite, quando dois opostos se encontram e, antes de um tomar o lugar do outro, se misturam, em um abraço de tintas.

O começo daquela noite parecia estranhamente silencioso, uma calmaria que normalmente só se via em feriados, quando grande parte das pessoas deixa a cidade. Mas as pessoas estavam ali. O trânsito estava ali. Porém, tão comportado. Parado no semáforo, Nicolas lançou o olhar para o motorista ao lado, que esperava pacientemente, a cabeça encostada no banco, as duas mãos no volante, simplesmente esperando o sinal abrir. Olhou para o outro lado e seus olhos cruzaram com os de uma criança no banco de trás do veículo quase paralelo ao seu. Ela permaneceu com os olhos nos dele. Nicolas ergueu a palma da mão no ar e acenou. A garotinha acenou de volta, a mão indo e voltando para as laterais. Da mesma forma que se conheceram, se despediram, sem mais nem menos, quando o sinal abriu e o carro da garota avançou. Nicolas seguiu seu trajeto, sentindo uma lufada de tranquilidade invadi-lo.

Quase acabando.

Só mais esse velório e, depois, o ato final.

Ao chegar, Nicolas foi recebido por Cardoso. A noite já tomara conta do céu, e as luzes vinham das lâmpadas amarelas que acobreavam o lugar. Para Cardoso, aquele não era Nicolas, era Luciano. Esse era o nome utilizado para aquele personagem.

Na primeira vez que se encontraram, Cardoso tentou emendar uma conversa qualquer com o motorista, mas havia percebido que o homem, apesar de aparentar ser um sujeito amigável, não era de papo solto. Nicolas tinha a preocupação de trabalhar a voz tanto quanto trabalhava sua aparência, mas sabia que não era tão fácil de disfarçar. Então, se escondia atrás do personagem caladão. Pelo menos com Cardoso, uma pessoa com quem ele precisava interagir por intermédio de mais de um personagem. Era falador apenas quando vinha na pele de Rubens. Mesmo assim, falava daquele jeito que deixava Cardoso levemente tenso, o que educou o homem a também segurar a língua.

Tinha pouco mais de uma hora e meia para ajeitar o corpo no local, tempo mais do que suficiente. Não foram necessários nem quarenta minutos para ter tudo ajeitado, e, como de costume, Luciano deixou o restante sob os cuidados de Cardoso.

Eram raras as vezes em que os atores se atrasavam. E, neste, que seria o último velório, Nicolas estava ainda mais ansioso. Mas pouco a pouco o local foi sendo ocupado, cada um chegando em seu horário definido. O núcleo que faria o papel dos familiares sempre chegava antes.

Elaine era negra, e seus familiares também eram. A história que criava em torno de cada uma de suas vítimas era flexível, dependendo dos atores que selecionava para a realização do teste. E Nicolas estava bastante ansioso para ver a performance de alguns esta noite. Em especial o sr. Hélio, homem que faria o papel de pai de Elaine. Um homem de quase sessenta anos. Um achado.

— É mais um hobby — o homem havia dito, com pura honestidade. — Não dava para ficar tentando a vida toda também, né? A gente tem que pagar as contas, e o senhor sabe... — Nicolas ficava tocado quando uma pessoa mais velha, principalmente quando era bem mais velha, chamava alguém mais jovem de "senhor". — Não dá pra ganhar muito com teatro. Artes, no geral, infelizmente, a cultura. A gente costuma dizer que antigamente se dava mais valor pra cultura, a gente sempre tem isso, de acreditar que antigamente era melhor, a verdade é que a maioria das coisas é sempre a mesma coisa em todos os tempos, as pessoas são assim, não mudam com facilidade. A cultura nunca foi prioridade.

E lá estava ele. Vestido com um terno escuro, meio desgastado, que sobrava um pouco nas costas. Vinha completo, com gravata preta, larga, mas na medida, a ponta chegando até o cinto. Os sapatos pretos estavam bem engraxados. Elegante em sua simplicidade. Nicolas tinha uma conversa diferente com cada ator e atriz, munido de todos os argumentos para quebrar a descrença do projeto.

"Mas os parentes realmente concordaram com isso?", "Peraí, mas eu vou chegar lá e não vai ter ninguém? E os familiares? E os amigos? Eu vou chegar primeiro lá?", eles o questionavam.

Para os atores que chegariam primeiro, Nicolas explicava:

— Eu pedi um tempo pra ficar sozinho. Mas não vai ser muito. Por isso é tão importante que você chegue no horário.

Quando outros atores chegavam, aqueles que tinham chegado primeiro pensavam que eram os familiares e os amigos de verdade. Ou, claro, ficavam se questionando se seriam atores como eles. De qualquer forma, seguiam o roteiro.

Para atores e atrizes que fariam papéis em conjunto, Nicolas dava as características de um para outro. Assim, mesmo sem se conhecerem pessoalmente, se identificariam na hora da cena e, de modo natural, se juntavam.

Como iria acontecer em questão de segundos, quando o sr. Hélio se juntaria ao rapaz e à moça que faziam os papéis de irmão e irmã de Elaine e aguardavam perto do caixão. Haviam sido os primeiros a chegar.

Mas o sr. Hélio hesitou. A quase três metros do caixão, o homem agarrou o chão com os pés e pareceu, por um instante, que iria desistir.

Logo ele.

Ele não.

Nicolas, na figura de Luciano, estava lá dentro, meio afastado, sentado em uma cadeira, tentando não se envolver, apenas observar, como se fosse mais um que estava ali para se despedir.

Era sempre um choque. Na entrevista, depois de aberto o projeto, os atores e atrizes se mostravam ressabiados, até serem convencidos pela necessidade e pela oportunidade de trabalho. Mas, quando se deparavam com o corpo, ali estendido naquela caixa marrom, aquilo era a verdade em sua forma mais honesta. Aquilo era o fim. E quando se é confrontado com essa verdade as pessoas reavaliam suas necessidades e oportunidades.

Nicolas olhava para o homem, que parecia não ver mais nada além daquele retângulo de madeira. Os olhos castanhos eram fundos em seu rosto, olhos castanhos que cintilavam como um melado. O cabelo cobria a cabeça em uma camada fina, mas sem nenhuma falha, preto salpicado de fios brancos.

O homem olhou para o casal próximo. Aqueles também eram seus filhos, e interagir com eles também fazia parte do papel, como se, no fim das contas, eles tivessem vindo juntos. Essa era a ideia. Assim estava escrito no script fornecido por Nicolas.

Enfim o homem voltou a se pôr para a frente, e, a cada passo, o corpo de Elaine ia se mostrando cada vez mais. Olhou para o rapaz e a moça parados lado a lado. A mulher o abraçou, tão íntima e natural que pareciam mesmo que já se conheciam, colocando seus braços em torno dos ombros do senhor, que levou as mãos às costas da garota. Ao se afastarem, o sr. Hélio pousou a mão na bochecha dela com carinho, uma palma enrugada e gentil. Nicolas viu a mulher fechando os olhos, se entregando ao gesto acolhedor com uma lágrima que desceu pela bochecha negra até desaguar na mão do homem. Ela levantou o rosto, buscou a mão do pai com as suas e limpou a lágrima na palma do velho, também com tanta gentileza.

Nicolas estava encantado.

O homem olhou por cima dos ombros da garota e, delicadamente, também se aproximou do rapaz. O velho colocou a mão sobre o ombro do jovem, que fez o mesmo, e os dois braços se cruzaram um sobre o outro. Foi o homem mais velho quem se aproximou, levando a outra mão ao rosto do rapaz, dando-lhe um beijo carinhoso na face. Ao afastar o rosto, Nicolas viu o rapaz dirigindo o olhar para o chão, como se quisesse esconder algo que estava para transbordar.

E transbordou.

O rapaz começou a chorar. Seu corpo saltava em leves espasmos, ainda com a cabeça curvada, e ele foi acolhido nos braços daquela que hoje era sua irmã. Braços que aceitou sem cerimônia. A dor acelera a intimidade entre as pessoas, que, feridas, buscam no outro um jeito de seguir em frente.

Onde terminava a encenação e onde começava a dor real, Nicolas buscava uma resposta. Tudo parecia tão verdadeiro.

Havia momentos em que o próprio Nicolas se emocionava, principalmente quando se tratava da relação de um pai com seu filho. Ver aquele senhor, aquele pai, acolhendo a filha nos braços, beijando gentilmente o filho no rosto, um gesto que desmoronou o outro homem, talvez o fazendo se lembrar de algo, talvez do próprio pai, talvez de um beijo que nunca recebera. Nesses momentos, Nicolas questionava o valor do que via, porque aquela verdade, aquele sentimento real vindo de algum lugar, se transformava em uma mentira direcionada a outra pessoa. O fato de amar não transformava aquilo em amor. Mesmo sendo verdade. Se é que era.

Nicolas estudava o rosto do sr. Hélio, que agora se voltara para Elaine. A mesma agilidade que tivera em levar a mão ao rosto do filho pareceu perder força diante daquele corpo. Os braços se mantiveram pendendo ao lado do corpo, como se estivesse ali para reconhecer aquela pessoa.

E estava.

Nicolas queria se levantar e chegar mais perto, mas se conteve, imaginando que algum movimento poderia interromper o momento que a emoção leva para reagir. A mão direita do homem pousou delicadamente sobre a extremidade do caixão, parecendo quase não aplicar força. E foi com a mesma delicadeza que daquele ponto ela saiu e chegou até as mãos de Elaine, que tinha os dedos entrelaçados uns nos outros. Agora, os mesmos movimentos suaves e gentis eram oferecidos a sua outra filha, que era a mais velha. Sua primeira menina. Poucas pessoas, entre todos os falsos velórios, haviam tocado os corpos. Apenas ele e outra mulher, que havia feito a mãe de um rapaz. Mãe e pai. Havia tido outras mães e outros pais, mas somente aqueles dois chegaram a esse ponto de contato.

Foi com a mesma suavidade nos gestos que a lágrima se moveu no rosto do sr. Hélio. Nicolas aguardou, observando. Mesmo com outras pessoas entrando no local, não tirou os olhos do rosto do sr. Hélio, que parecia não se importar com o choro que descia. E que agora vinha em mais lágrimas.

Na entrevista que fizera com Nicolas, Hélio havia dito que crescera em uma região violenta, lugar em que a educação social que ganhava nas ruas ensinava aos meninos que homens deviam ser fortes, valentes, e não fraquejar com demonstrações emotivas, a não ser que a emoção fosse a raiva. E agora, naquele momento, ele abria mão dos ensinamentos que o moldaram como homem e se permitia chorar. E na vida há poucas coisas que desolam tanto o coração quanto ver um velho chorar. Talvez seja só a mente fazendo contas, especulando e dando um significado inconsciente e egoísta, em que se espera que um velho já esteja acostumado com as tristezas, com as perdas. Pensando assim, ele já nem deveria sentir e sofrer como alguém jovem, já que, no olhar que leva em conta apenas as possibilidades do observador, um velho não teria mais sonhos para realizar, desejos para satisfazer. Seu futuro, afinal, já chegou, e, se é ou não o que sonhou, é o que é, não há nada mais a fazer. Por isso ver um velho chorando, depois de tudo, depois de tanto, é tão triste. Porque talvez nos faça pensar que podemos sofrer para sempre.

Nicolas já sabia onde colocaria aquele homem. Assim como a mãe que havia tocado no corpo do filho. Eles e os que mais se destacaram nas audições teriam os papéis principais no ato final.

●

O velório durou como o previsto. Além do sr. Hélio, sua filha e filho haviam se destacado na seleção. Outros cinco também chamaram a atenção de Nicolas. Do rápido cortejo à sepultura e à última pá de terra, nada de excepcional havia se revelado. Nicolas sempre ficara até o último ator ou atriz ir embora. Quando isso aconteceu, olhou de longe para o local onde havia sido o velório e viu Cardoso trabalhando no local. Não havia necessidade de um último contato. O que estava acertado já estava definido, e com certeza Cardoso também não queria mais que Nicolas voltasse a procurá-lo.

Deixou o lugar da mesma forma como chegou. Como motorista. E essa era a última vez que daria vida àquele personagem. Assim que entrou pela casa alugada para seu propósito, foi direto para o quarto usado como camarim e se despiu das partes do corpo que não era ele. Novamente, assim que estava nu diante do espelho, teve a estranha sensação de ter algo errado. Girou sobre os calcanhares procurando o que provocava aquele desconforto.

410

Talvez um banho quente escoasse esse mal-estar que não deveria existir, afinal chegara a parte derradeira de seu plano. Foi esse pensamento que fez descortinar um sorriso malicioso.

E não é que eu consegui?

Chegara, enfim, o momento da revelação. A parte mais difícil havia sido feita, e ele possuía agora as ferramentas para enfiar os dedos por entre os olhos da máscara da sociedade e arrancá-la, mesmo que com ela viesse junto a pele, grudada pelo excessivo tempo de uso.

Após se secar, Nicolas não se preocupou com o frio que fazia e saiu nu do banheiro. Foi até a parede, próximo ao espelho onde se transformava, sacou a caneta e foi demarcando a matriz quadriculada, traçando um xis em alguns quadrados que ainda estavam em branco. Deu um passo para trás, os olhos no papel preso à parede. Nem todos estavam preenchidos, mas possuía o necessário.

Buscou na pasta a lista de todos que haviam passado no teste. Começou a ligar para cada um deles, cada ator e cada atriz. Agora, chegara a hora do espetáculo.

33

Artur chegou ao shopping e caminhou pelo lado de fora, circundando-o até encontrar a saída onde havia registrado o suspeito. Tinha nas mãos a impressão que fizera da tela de seu computador, que não revelava as características do homem com clareza, mas mostrava o que ele precisava para conseguir uma informação que viera buscar.

Como se fosse um mapa do tesouro, o detetive caminhava olhando para a impressão a fim de chegar ao ponto exato do registro. Triangulou os dados da imagem, o calçamento no chão, a posição exata do homem, a aparente distância entre ele e a parede e, como se tentasse imitar o suspeito, colocou-se na mesma pose em que a impressão mostrava o sujeito, em movimento, caminhando, porém estático na foto. Permaneceu daquele modo por uns cinco segundos, tempo mais do que necessário. Já tinha retirado o lápis que trouxera consigo e fez uma marcação na parede, bem onde o topo da cabeça alcançava. Em seguida, olhou para o relógio e marcou as horas. As pessoas que passavam ao redor olhavam para ele com curiosidade, mas ele parecia nem notá-las.

Sacou a trena da bolsa e mediu a parede do chão até a marcação que havia feito com o lápis. Anotou a metragem na própria impressão que tinha trazido.

Já sabia onde ficava a central de segurança do shopping e foi direto para lá. Identificou-se como policial ao segurança que estava no local e disse o que precisava.

— Dessa vez eu não preciso de vídeo, só quero uma impressão, como esta — ele mostrou a impressão que havia feito em casa —, mas quem está na cena agora sou eu.

O detetive orientou o segurança com o horário preciso.

— Assim, assim mesmo. Pode imprimir — Artur falava como se fosse o chefe do homem.

Com as duas folhas nas mãos, Artur as comparou, colocando-as uma ao lado da outra. Ele e o suspeito estavam praticamente na mesma posição. Apenas olhando já era possível afirmar que o suspeito era mais alto do que ele. Os tênis que usava na foto pareciam não ser muito diferentes em altura que os sapatos que o próprio detetive usava. Artur olhou ao redor e encontrou uma luminária no canto da sala. Foi até ela, que estava apagada, e a acendeu, tão à vontade que parecia estar em sua própria casa. Sobrepôs uma folha à outra, colocando a do suspeito por baixo. Com a luz incidindo do lado contrário, as duas folhas se clarearam e era possível ver a sombra da figura de trás transpassando pela da frente. Sacou novamente o lápis da bolsa e fez uma marcação sobre a impressão que o mostrava. Como o suspeito era mais alto, era possível ver, através da folha, onde o topo da cabeça alcançava. Marcou aquele ponto. O detetive foi até uma mesa próxima e estendeu os papéis sobre ela. Pegou a régua de acrílico que também havia trazido e traçou uma pequena linha do ponto marcado até onde começava sua própria cabeça na impressão.

Aquela era a diferença de altura entre Artur e o suspeito.

Com a mesma régua, traçou uma segunda linha, bem maior, da ponta de sua cabeça até o chão. Agora, com os dois traços, e sabendo da medida de um deles, a sua própria, utilizou o conceito matemático de escala para encontrar o valor do traço menor e somar sua própria altura para chegar ao resultado.

Você é alto.

●

Do shopping, Artur foi para a delegacia. Precisava de informações do sistema para checar com seu novo dado. Ligou para o departamento assim que saiu da sala de segurança do shopping, pedindo para coletarem as informações que ele já queria em sua mesa quando chegasse.

— Não estou pedindo nada complicado — Artur disse, calmamente, quando o homem do outro lado da linha protestou com o prazo que ele dera. — Você está fazendo o que agora? — disparou o argumento à queima-roupa.

— Eu, eu...

Artur não esperou que ele completasse a frase.

— Se precisa buscar na memória, isso pode esperar. Eu chego em uma hora.

E desligou o telefone. Alguns o tachavam de presunçoso, mas a verdade é que a maioria das pessoas diz estar sempre ocupada, mas estar sempre ocupado não é sinônimo de competência. Artur lera essa frase em algum lugar e nunca esquecera. Até já usara uma vez com o próprio Aristes, que, obviamente, não tinha gostado nada de ser repreendido pelo subordinado. De novo.

Se o homem que Artur mandara coletar as informações havia cumprido o prazo, o detetive não sabia. Por causa do trânsito, o que ele pensara que levaria uma hora levou quarenta minutos a mais. Pelo menos as pastas estavam em sua mesa assim que chegou.

Artur nem se sentou na cadeira. Pescou a pasta nomeada com seu nome, ignorando o post-it colado na capa que dizia: "Espero ter tudo que você precisa, fico feliz em ajudar", com a assinatura do encarregado. Dentro, uma sequência de fichas grampeadas em conjuntos de folhas. A primeira era de Heloísa Diniz, o relatório da perícia que trabalhou no seu corpo. Artur buscou a informação que queria. Ele não acreditava que o suspeito do shopping fosse uma mulher, porém não descartava a possibilidade, já que Heloísa era conhecida por ter grande habilidade na profissão que exercia — justamente transformar pessoas em personagens.

A altura não batia. Ela era mais baixa.

A ficha de Matias Dália, que Artur pedira para o encarregado buscar anexa ao exame que provavelmente o dramaturgo tinha feito quando foi levado à delegacia para depor, também tinha a informação que buscava.

E também não batia. Mais baixo.

Ícaro Arantes. Artur não se deixou levar por nenhuma emoção que talvez fizesse outra pessoa respirar fundo antes de folhear a ficha. Foi ágil na busca da informação e quase abriu um sorriso ao ver que a altura também era desigual. E com uma diferença que não dava margem para erros de cálculo baseados na fotografia. Nenhum deles, aliás, dava abertura para essa interpretação.

A ficha de Daiane também estava lá, e ele olhou, mesmo imaginando que não seria ela. E não era. Apesar de ser mais alta que Matias, que era um sujeito de baixa estatura.

Finalmente, a ficha de Nicolas Dália, feita quando ele também foi levado para depor na delegacia.

A mesma altura.

Nicolas Dália.

Artur puxou a cadeira e sentou. Já havia passado por sua cabeça o nome do rapaz, porém era o pai que o detetive tinha em foco. O incêndio causado por um sem-teto, ser amante de uma mulher que tivera o filho morto por um morador de rua, o trabalho com o teatro que se conectava com a criação de outros personagens. O suspeito estar com seu carro supostamente roubado, com sua carteira de motorista, mesmo tendo o rosto trocado. Acreditava, até, na possibilidade de Matias e Heloísa estarem trabalhando juntos. Uma mulher poderia atrair moradores de rua levantando menos desconfiança, e em muitos casos seria um convite mais atrativo.

De qualquer maneira, ainda não podia apontar a acusação para o rapaz. Não só com aquilo. Era pouco.

Passou algumas horas buscando informações de Nicolas no sistema da polícia, mas não havia nem processo, nem inquérito, nenhum antecedente criminal, infração, nada. Tirando o assassinato da mãe, Nicolas, pelo que constava, nunca havia pisado em uma delegacia de polícia. Pelo menos na base de dados que tinha à sua disposição. E ele sabia bem que o sistema de dados criminais era algo que definitivamente precisava melhorar muito. Lembrava-se claramente de uma palestra sobre segurança pública em que a palestrante dera o exemplo de que muitas vezes uma pessoa procurada em outro estado provavelmente passaria despercebida por uma blitz em outro canto do país, já que o sistema não era integrado.

O que tinha com os dados dali era aquilo, e ele precisava de mais. Muito mais. Por isso, não negligenciava nenhuma possibilidade e atentava a qualquer fio que pudesse levá-lo a algum lugar. E, nesse caso, era realmente um fio.

Lembrou-se de Carina, a amiga de Ícaro, que chegara chorando ao apartamento quando descobriu que ele havia morrido. Lembrou-se dela na cama, com as pernas esticadas. E de ter reparado na forma como a garota amarrava os cadarços dos tênis.

Devia ter pego o telefone dela, pensou enquanto se levantava da cadeira a fim de bater novamente no apartamento onde Ícaro morava, para procurar o amigo que namorava a garota.

Chegou até lá levado por uma viatura. Artur pediu que os policiais o esperassem.

O rapaz estava lá. Mas a garota, não.

— Ela está trabalhando — o namorado disse pelo interfone, já que Artur dissera que não era necessário descer, nem ele queria subir, uma vez que a moça não estava.

Artur pegou o endereço do supermercado, anotou também o número do celular da garota e foi com a viatura até o local. Mais uma hora de trânsito.

No estacionamento, repetiu a orientação para que os policiais o esperassem. Ligou para Carina ainda do lado de fora do supermercado, não queria entrar. Mas, como a garota não atendia o telefone, resolveu procurá-la pessoalmente. Caminhou pelos caixas, indo de um em um, em busca da jovem. Chegou a enfiar o rosto entre uma família que fazia compras, pensando ter visto Carina passando os produtos, mas só era uma garota muito parecida, que estranhou a chegada repentina do homem. O supermercado era largo, com cerca de quinze caixas, todos em constante movimento. Foi no penúltimo que a encontrou. Estava atendendo um rapaz no caixa rápido, para no máximo vinte volumes, com uma fila ziguezagueando entre corrimões de metal. Não havia nenhum sinal de satisfação em seu rosto enquanto registrava produto por produto.

— Carina — o nome soou repentino.

Ela olhou e, mesmo parecendo estar fora do ar, não se assustou ao vê-lo. Ela o reconhecera, mas parecia sonolenta, como se estivesse anestesiada. E seus olhos, fundos, cavados no rosto empoado.

— Deixa eu só terminar este aqui — ela disse, calma, voltando a passar a mercadoria que restava do rapaz enquanto quase ao mesmo tempo colocava a placa de "Caixa fechado" no balcão.

O homem que seria o próximo protestou com o olhar e uma bufada alta, mas Carina pareceu não se importar. Assim que deu o troco para o cliente que terminara de atender, avisou a colega do caixa ao lado de que precisava fazer uma pausa. A outra funcionária sorriu um riso solidário.

— Vamos lá fora — Carina disse ao passar por Artur.

O detetive a seguiu, e, assim que saíram, ela sacou o maço de cigarros do bolso, puxou um e o acendeu com uma tragada pesada e experiente. Algo em seus gestos, na maneira como tragava profundamente, feito um suspiro triste, dava à garota muito mais idade do que ela realmente tinha. A tristeza envelhece mais rápido que o tempo.

— E aí, o que você quer?

— Você sempre amarrou os cadarços desse jeito? — Artur perguntou sem rodeios, apontando para os tênis que ela calçava.

Ela realmente amarrava os cadarços do jeito forte.

— Tenho certeza que você não veio aqui pra saber sobre o cadarço do meu tênis. Eu preciso voltar pro trabalho daqui a pouco.

— Na verdade eu vim aqui por isso mesmo. Você sempre amarrou os cadarços assim?

Carina ficou um instante apenas olhando para o detetive. Desconfiada, deu outra tragada no cigarro e depois olhou para os próprios pés.

— É sério isso?

— Por que eu brincaria com algo assim?

— Olha — ela parou na primeira palavra —, cara, é sério?

— Sim, você sabe que o jeito como você amarra o cadarço é a forma como ele fica mais firme e desamarra menos?

— Sim, eu sei disso.

Algo em seu tom de voz indicava que a frase vinha com alguma lembrança triste.

— O Ícaro me ensinou a amarrar o cadarço assim. Uma vez — ela jogou o cigarro no chão, apagando a brasa com o pé, e, logo em seguida, puxou outro do maço, acendeu e continuou — eu e o Ícaro, a gente estava esperando o ônibus, a gente sempre ficava naquele banco... — Ela apontou com a cabeça, jogando o queixo para a frente. — Lembrando agora, a gente sempre sentava do mesmo jeito, ele no banco e eu no encosto, com os pés no assento.

Às vezes um sorriso pula no rosto da gente como um soluço. E ela soluçou um sorriso com a lembrança boba.

— Eu fui amarrar o tênis e ele disse: "Espera, você tá amarrando errado". Eu quase bati nele, brincando, claro. Amarrando errado... Aí ele me disse: "Sério, eu também fazia isso, mas tem um jeito de amarrar que o cadarço fica mais firme e dificilmente solta, a não ser que você puxe, claro". Eu olhava pra ele pensando que o Ícaro estava de sacanagem comigo. Mas ele insistiu. "Eu juro, porra, vou te mostrar". Aí ele levantou e colocou o pé em cima do banco, desamarrou o cadarço dele e me explicou como fazer. Pior que era verdade. O negócio funciona mesmo, fica bem melhor.

— Você disse que ele falou "Eu também fazia assim".

— É.

Nenhum soluço de riso dessa vez.

— Foi o tal do filho do cara do teatro que ensinou isso pra ele.

— Nicolas.

— Esse babaca aí.

— Babaca?

— Não me desce essa história de que o Ícaro matou aquelas duas mulheres.

— Como você sabe disso?

— A gente enterrou o Ícaro ontem. Eu, eu, eu só vim trabalhar porque se eu ficasse em casa, sei lá, eu, eu precisava ocupar a cabeça, a gente enterrou ele ontem. A família dele ficou sabendo, claro, falaram pra família dele que ele era um assassino, ele foi enterrado como um assassino, eu duvido. Ele tinha as coisas dele, com certeza tinha, mas ele não faria uma coisa dessas, não faria. Não isso, não isso. Mas é muito mais fácil jogar a culpa no lado mais fraco, vai falar que, sei lá, o que aconteceu dentro daquele apartamento. Mas essa história está errada, está errada.

O rosto da garota estava corado, implorando para que ela respirasse. Ela acendeu outro cigarro. Artur acabou puxando um do dele e colocou no lábio. Teve que recusar o isqueiro que Carina ofereceu para acender o dele.

Ela não disse, mas seu olhar dizia.

Você é meio doido.

Artur passava a língua no filtro, sentindo seu leve amargor. Vê-la fumar um atrás do outro o deixou com vontade de fumar também.

— O Ícaro comentou mais alguma coisa sobre ele?

Carina pareceu pensar, mas havia demonstrado que não estava confortável em falar sobre Nicolas.

— Qualquer coisa.

— Ele falava o de sempre, que era um cara legal, que tinha problemas com o pai dele. Quem não tem problema com a família? Mas pra mim era só um playboy que estava usando o meu amigo. Sempre ganhou tudo de mão beijada, faculdade cara paga pelos pais, carro dado pelos pais, tem isso ainda, muitas vezes o Ícaro era quem tinha que ir atrás, porque tinham roubado o carro dele e aí ele falava pro Ícaro ir encontrar com ele.

— O Ícaro disse que roubaram o carro do Nicolas?

— Sim, mas parece que já fazia algum tempo, não sei bem. Pelo menos os pais não deram outro de mão beijada.

Artur lembrara que não havia encontrado nada na ficha de Nicolas. Se tivessem roubado o veículo, deveria haver um boletim de ocorrência. Isso se Nicolas tivesse feito um.

— Sério, eu preciso voltar pro trabalho. Eles estão sendo bem gente boa comigo, mas eu não quero abusar, e, e ficar falando disso, eu não estou muito a fim. Quer saber mais alguma coisa? Como eu faço tranças no meu cabelo?

— Não, essa informação não vai me servir de nada — Artur disse tão tranquilamente que ela não conseguiu captar se era ironia ou se ele estava falando sério.

O mais estranho, ela pensou, é que parecia mesmo que ele estava falando sério.

— Então eu vou lá — a garota anunciou, passando pelo detetive e acenando com a mão no ar, enquanto ele ficou parado na mesma posição, pensando.

Outro carro roubado.

●

Enquanto isso, no cômodo onde Nicolas se transformava nos personagens que assumia, havia uma escrivaninha básica, de madeira, na qual ele estava agora, trabalhando em seu notebook. Um software de tratamento de imagem estava aberto na tela.

Nicolas tirara uma foto de cada ator e atriz na primeira entrevista que fizera com eles. E eram essas fotos que ele utilizava agora para montar o programa da peça que iria encenar, digitando ao lado de cada uma um breve currículo profissional. Mas o mais importante, acompanhando o rosto daqueles atores e atrizes, não era o texto que dizia o que eles já tinham feito em suas carreiras. Era o papel que cada um iria representar naquela peça, que teria sua única e exclusiva apresentação encenada pelos homens e mulheres que melhor convenceram Nicolas de suas habilidades de fingir sentir.

34

A investigação levara Artur a buscar o paradeiro do veículo de Nicolas. O detetive havia revisado sua ficha e confirmado que em nenhum lugar nos sistemas de dados disponíveis do estado constava um boletim de ocorrência do roubo. Mas conseguira a placa e o modelo do automóvel. Não foi difícil encontrar essa informação, bastou triangular com dados pessoais que ele já possuía de Nicolas, principalmente estando de posse da cópia de sua carteira de motorista.

Também não foi difícil descobrir o destino do carro. Bastou acionar o órgão de trânsito do estado para descobrir que realmente ele não estava mais nas mãos de Nicolas. Porém, não tinha saído delas à força.

Nicolas havia vendido o automóvel para uma concessionária na cidade vizinha havia quase dois anos. Por isso não existia boletim de ocorrência.

Ele queria o dinheiro, pensou Artur. Precisava do dinheiro para alguma coisa.

Mas não dava para ficar sem carro. Os pensamentos do detetive iam e vinham, arando a mente, cavando possibilidades.

Foi quando se recordou da imagem de segurança que mostrava o carro de Matias sendo roubado. Na cena, era possível ver que o suspeito estava munido de uma haste para destravar a porta. Artur se lembrava da primeira coisa que pensou após ver a gravação: *Você é rápido nisso.*

O suspeito abrira a porta com agilidade e ligara o veículo de forma ainda mais ágil.

Ágil demais.

A não ser que você já tivesse a chave.

Matias não perdera a carteira. Seu filho a roubara. E toda vez que saía transformado em outro personagem ele mudava a foto no documento.

Vendeu o próprio carro, ficou com o dinheiro, arranjou outro veículo. Um veículo que não poderia ser vendido porque não estava em seu nome. Um veículo que ele não precisou gastar nenhum centavo para obter. E, caso a polícia o parasse por ser um carro roubado, como aconteceu, tinha a desculpa perfeita para escapar da abordagem policial. Bastava descartar o veículo depois, já que nesse caso seria arriscado continuar a utilizá-lo.

Artur sempre se preocupava em rebater suas próprias teorias, confrontando-as para verificar sua consistência. E uma das melhores formas de fazer isso era se questionar.

Mas por quê? Pelo fato de o pai ter sido pego em um incêndio provocado por um morador de rua?

Parecia muito frágil para ser usado como motivação. O assassinato do filho de Heloísa também não encaixava, principalmente sabendo como era a relação entre os dois. Além disso, outra questão incomodava o detetive.

O que ele faz com os corpos?

Enquanto tentava encontrar uma resposta para essa questão, Artur folheava a ficha com os dados de Nicolas, coletados quando fora trazido para dar seu depoimento. O detetive já tinha lido aquela informação, mas somente agora ela dizia alguma coisa: quinto ano de medicina.

O que ele faz com os corpos?

Artur levantou da cadeira com velocidade, levando junto o casaco que estava sobre o encosto e tendo na cabeça o nome da faculdade onde Nicolas se preparava para cuidar das pessoas.

O detetive teve que aguardar uma viatura vir da rua para levá-lo, já que não havia nenhuma livre naquele momento. A demora o fez se agitar ainda mais enquanto esperava do lado de fora do Departamento de Polícia. Nesse ínterim, prestava atenção às pessoas que iam e vinham pela rua, nas calçadas e nos carros, enclausuradas em suas próprias questões, indiferentes ao que acontecia externamente. Uma criança de mão dada com a mãe, que conversava com outra mulher ao lado, passou bem à sua frente. Os dois cruzaram os olhares. Quando elas seguiram adiante, Artur continuou a acompanhá-la com os olhos. A menina já não olhava mais para ele, mas olhava para tudo, uma pequena alienígena aprendendo sobre esse mundo.

Quando, após pouco mais de vinte minutos, estava quase desistindo de esperar a viatura, ela chegou. Artur entrou e forneceu as orientações.

— Ligamos a sirene? — um dos policiais questionou.

— Não é necessário.

Durante o caminho o detetive ignorou as três tentativas de conversa por parte do motorista, dando respostas curtas e fechadas, que impediam a continuidade do assunto. Nada mais foi dito e um silêncio incômodo para os policiais preencheu o interior do veículo. Para Artur era um silêncio bem-vindo. Ele precisava pensar, juntar o que possuía de informações e rascunhar possibilidades.

Os tênis, o carro roubado com facilidade que era usado pelo suspeito, o carro vendido em outra cidade, a morte de Heloísa, que possuía a informação de que Matias havia dado a capela para ela, morta no apartamento do dramaturgo, três mortos, apenas Nicolas vivo.

Apenas Nicolas vivo.

Mas por quê?

A pergunta martelava a sanidade de Artur.

Moradores de rua. Era óbvio o motivo da escolha: não chamar atenção e continuar fazendo pelo tempo que lhe interessasse. Imaginava se essa vontade de matar era fruto de alguma psicopatia, o simples desejo de fazer ou a necessidade de fazer, um comando do cérebro que ele não controlava.

Gostando ou não de interrogatórios, não restava alternativa a não ser conversar com alguns professores de Nicolas para buscar entender como ele era.

Chegando à universidade, uma instituição particular que, o detetive sabia bem, não custava pouco, Artur procurou a secretaria para pedir informações, quem poderia ajudá-lo a encontrar alguns professores de Nicolas Dália.

A mulher que o atendera disse que não poderia fornecer informações de um aluno para alguém que não fosse da família, e Artur se identificou como policial, agregando à frase as palavras que quase sempre faziam as pessoas colaborarem: "do Departamento de Homicídios". A mulher ficou branca.

— Que tipo de informação você quer? — Ela pareceu esquecer o que Artur havia dito poucos segundos antes.

— Falar com professores do aluno Nicolas Dália.

Os dedos nervosos digitavam com pressa no teclado do computador. Ela se sentiu aliviada com o que encontrara. Não precisaria dar muitas informações sobre o rapaz.

— Então, senhor, na verdade ele não estuda mais aqui.

— Como não?

— Ele trancou o curso. Já faz — ela olhou na tela e fez as contas — quase dois anos.

— Eu tenho informação de que ele está no quinto ano.

— Sim, ele estaria se não tivesse trancado.

Artur ficou em silêncio.

— O senhor quer que eu procure a grade de horário para tentar localizar algum professor?

O detetive permaneceu um instante em silêncio antes de responder.

— Não precisa.

•

Já em seu apartamento, Artur estava em pé em frente à mesa da sala, onde havia reorganizado as pistas ou possíveis pistas. Tentara colocar uma ordem naquele jogo de peças, algo que pudesse rascunhar um caminho, alguma direção, mas, olhando tudo o que tinha, nada ainda saltava em sua mente. Repassava os olhos por tudo, fotos, impressões, objetos, relia relatórios, laudos, tentando ver o que havia escapado antes, sem todo o cenário que já possuía. Entretanto, nada mais queria se revelar.

Passou os olhos novamente pelas fotos da cena do crime na casa de Matias. Escaneou cada ângulo, olhou dedos, pescoço, o chão, as paredes, investigou os móveis por meio das fotos como se passasse os dedos entre os vãos dos estofados.

Relia agora o laudo pericial que indicava as lesões no corpo de Cláudio. As marcas em volta do pescoço em uma tonalidade pardo-amarelada em razão da obstrução da circulação venosa e arterial, os lábios também levemente arroxeados, infiltrações hemorrágicas na estrutura profunda do pescoço, lesões no aparelho laríngeo com fraturas de cartilagem na tireoide e dos ossos estiloide e hioideo, escoriações no braço que não estava engessado e nas costas, na provável tentativa de se libertar. Sinais claros de asfixia provocada por esganadura.

O termo era bastante familiar para Artur, que já havia repetido inúmeras vezes para colegas as diferenças entre enforcamento, estrangulamento e esganadura.

Asfixia provocada por esganadura, o pensamento veio como um tapa na cara do detetive.

Artur folheou o laudo em busca de outras informações e não encontrou o que queria. Não haviam feito testes de substâncias no corpo.

O detetive sabia bem por que: os sinais externos, claros e evidentes, somados às lesões que eles obtiveram ao examinar a parte interna da garganta, as fraturas da cartilagem, os ossos estiloide e hioideo. Vinha junto no pacote o perfil do suspeito, um morador de rua cuja mais provável arma era a violência. Some-se a isso a pressão sob a qual todos os departamentos da polícia têm que trabalhar diariamente, com a necessidade de descobrir a verdade rápido, para encerrar um trabalho ainda mais rápido, a fim de pegar o próximo caso que precisa ser resolvido, de preferência mais rápido ainda. Afinal, só no ano passado tinham sido cinquenta e nove mil cento e três vítimas assassinadas, o que dá a média de uma a cada nove minutos. Nem todas essas pessoas seriam enterradas com a verdade, grande parte iria para o túmulo com meias-verdades, e algumas delas abraçariam a morte na escuridão da eternidade e da ignorância de seus assassinos. Claro que também existiam os casos, muitos deles, aliás, em que a verdade apontava para o lado errado, e, além de uma pessoa morta, outra vida seria perdida na injustiça da justiça.

Para ter a resposta de que Artur precisava, ele teria que fazer outra coisa. Exumar o corpo de Cláudio. E Aristes não ficaria nem um pouco feliz quando Artur chegasse com essa proposta.

A não ser que outra pessoa também tivesse interesse nisso.

•

Novamente Artur estava naquele sofá. Agora, além da mãe de Cláudio, juntava-se a eles o pai do rapaz. Era uma decisão que ela não queria tomar sozinha.

— Por que vocês não fizeram todos os testes quando estavam com o corpo? — O pai do estudante estava obviamente revoltado.

Artur explicou o provável motivo, até mesmo com os dados de uma pessoa morta a cada nove minutos, mas parece que a explicação deixou o homem ainda mais nervoso.

— Então vocês não fizeram o trabalho direito porque fizeram com pressa?

— Provavelmente, senhor.

A forma natural como o detetive respondia não ajudava a apaziguar os ânimos do pai.

— E você concorda com isso?

— Como assim?

— Em fazer algo de qualquer jeito porque não tem tempo.

— Bom, acredito que o senhor também não realize o seu trabalho com a mesma qualidade quando o seu chefe diz que algo precisa ser feito mais rápido que o tempo necessário exigiria para um bom resultado.

Definitivamente, não era a coisa certa a ser dita naquele momento.

— Você sabe o que está me dizendo?

— Estou dizendo a verdade, senhor. Com certeza, outra pessoa no meu lugar diria as coisas com palavras diferentes dessas que eu uso, mas essas palavras seriam pensadas para fazer a notícia parecer melhor do que ela realmente é, o que não iria fazê-la melhor só por parecer melhor. E alguém que não fala a verdade como ela é também não a busca como de fato é. Eu quero descobrir quem realmente matou o seu filho, e infelizmente não tenho outro caminho a não ser refazer um trabalho que, eu concordo com o senhor, deveria ter sido feito do jeito certo antes, mas também não posso culpar profissionais que tentam fazer o máximo com as ferramentas que têm. E acredite: assim como eu falo a verdade para você, eu também falo para eles. Quando os acho incompetentes, eu também não uso palavras diferentes.

Um silêncio tomou conta da sala, enquanto o homem pensava, meio atordoado com o que Artur dissera e também com a velocidade com que dissera.

— Eu também quero descobrir quem matou o meu filho — a mulher quebrou o drama que se concretava no local. — Pelo menos ele veio aqui dizer que podem ter deixado alguma coisa passar.

O homem, que estava de pé desde que entendera que precisariam exumar o corpo do filho, ainda olhava para Artur de maneira desconfiada. Passou uma mão pela barba que crescia no rosto e começara a cultivar recentemente.

— Vai demorar — ele disse, com a voz falhando no final da frase. — Quer dizer, tirar o corpo, fazer os testes e devolvê-lo, vai demorar?

— Não. Tendo os documentos, será rápido.

O homem balançou a cabeça para cima e para baixo, concordando. O que ele teria que fazer de qualquer maneira, uma vez que a mãe já tinha se decidido muito antes.

•

Como previsto, Aristes não gostou nem um pouco da notícia.

— Como é que é?

— Exumar o corpo, senhor.

— Onde você estava com a cabeça, Artur?

— O senhor disse que eu poderia utilizar os recursos da polícia para continuar minha investigação.

— Mas não falei que você poderia desenterrar um morto pra isso.

— Bom, o senhor deveria ter sido mais específico, então, já que deixou para minha interpretação.

— Caralho, Artur.

O delegado o encarou. Um pouco de saliva acumulara-se no canto dos lábios. Ele estava realmente nervoso com o detetive.

— Você falou com a família antes de sacanagem.

— De sacanagem?

— Não me venha com esse joguinho. Você sabe o que eu quero dizer.

— Não vejo como sacanagem se encaixa nesse contexto, senhor.

— Puta que pariu, Artur, eu queria muito ter isso que você tem, porque eu ia fazer exatamente isso que você faz, usar como desculpa pra quando fizesse merda.

Artur já tinha escutado aquele argumento outras vezes. A primeira vez tinha sido na escola, quando foi parar na diretoria e o diretor falou algo muito parecido com o que Aristes dissera agora. Ele não tinha resposta para dar ao homem bem mais velho que ele e que, pelo cargo, Artur julgava ser inteligente. Também não tinha resposta para Aristes, mas pelo menos agora compreendia que cargo realmente não era sinônimo de inteligência.

Mesmo contrariado, Aristes concedeu a autorização para a exumação. Era melhor rearranjar carga horária do que publicidade ruim com um pedido judicial para a exumação. Pelo menos agora também tinha o argumento de que precisava para fazer Artur ficar quieto de uma vez.

— Que fique claro, Artur: se você não conseguir nada com isso, sua investigação termina aqui.

35

Antes de realizar o último ato de seu plano, era preciso estar tudo como ele havia planejado para o grande momento. Por isso, Nicolas tirara o dia para fazer uma derradeira vistoria no teatro onde seria encenado o seu espetáculo.

O meu espetáculo.

O pensamento inflava o ego do rapaz, que só não saía voando porque, ao mesmo tempo, o pensamento trazia o peso da responsabilidade.

Não posso falhar.

Não posso falhar.

Não posso, de jeito nenhum, falhar.

Falhar estava fora de cogitação, muito embora a palavra estivesse ali, fazendo coçar sua ansiedade, como se fosse uma formiga caminhando pelo lado de dentro de seu crânio.

Ele buscava afastar o medo do fracasso se movendo, observando e garantindo cada detalhe com os profissionais que estavam ali. Era um teatro pequeno, com uma plateia que comportava pouco mais de cinquenta pessoas. E era assim que precisava. O número de convidados que tinha em mente era exato.

Percorreu cada setor do local. Conversou com o técnico na cabine de luz e som; tudo funcionava sem nenhuma necessidade de preocupação.

Verificou a pré-montagem do cenário e da iluminação. A obra em si não exigiria grandes recursos cenográficos, mas justamente a simplicidade era parte do projeto, e as sutis alegorias tinham seu papel.

Passou as mãos pelas cortinas, pesadas, grossas e de um vermelho levemente desbotado. Não conseguia imaginar um teatro novo e impecável. Em sua imaginação romantizada, gostava dos teatros assim, bem cuidados, porém com cara de que já tinham sido palco de muitas histórias.

Tinha lembranças da infância naquele ambiente, quando a mãe o levava para acompanhar o trabalho do pai.

A mãe.

Lembrar-se dela o fez se fechar por um instante. Momento de fraqueza que ele não podia ter naquele momento. Espantou o pensamento como quem abana uma mosca inconveniente.

A mãe.

Era difícil não se lembrar dela quando puxava momentos felizes do passado. Ela sempre estava lá. Quase sempre. Mesmo quando a ideia era se lembrar do pai, do dramaturgo que surgia em suas memórias, sobre o palco conversando com os atores, orientando-os, sempre tão sereno, mesmo quando fazia alguém repetir a fala até ficar como ele queria, essas lembranças, grande parte delas, estavam lá porque Daiane o levara para ver o pai.

"Olha o seu pai", ela dizia.

E ele olhava admirado, ainda criança, perguntando para a mãe coisas que ainda não entendia, encantado com aquele mundo.

Queria seguir o caminho do pai, queria ser como ele, mas não o fez. Tomou o rumo mais próximo da trajetória da mãe, que atuava na área médica. Queria ser como o pai, mas parecia que o pai não fazia questão de mostrar seu mundo para ele.

Só tanto tempo depois foi entender que não era isso. Tanto tempo depois.

Mesmo assim, nunca largou o mundo do teatro, buscando alternativas longe do universo do pai. Admiração vira revolta quando alimentada pela rejeição. Uma rejeição que Nicolas alimentava igualmente, se distanciando na mesma proporção em que o pai também não se aproximava.

Agora é diferente. Eu entendo, ele pensava.

As cortinas vermelhas, pesadas, grossas.

Passou pela coxia. Havia duas pequenas entradas de cada lado, fechadas por cortinas pretas com textura aveludada de camurça.

Conversava com cada pessoa que encontrava, sempre questionando se tudo estava em ordem.

— Tudo certinho, senhor.

Senhor.

O ego inflava.

Percorreu cada passagem e, sempre que cruzava com um extintor de incêndio na parede, ele o inspecionava. Parecia ter herdado do pai a preocupação com o fogo. Passou os dedos sobre a cicatriz na cabeça, a linha esbranquiçada onde não crescia mais cabelo.

Conferiu os camarins, demorando-se em cada um deles, como se de alguma forma estivesse se despedindo. O tour acontecia com essa sensação. Um sentimento de perda, muito embora devesse estar se sentindo feliz. Chegara até ali.

Quando criança, sempre se perguntava por que os camarins eram assim, de iluminação baixa, tom avermelhado, com um quê de caverna. Agora entendia. Para se transformar em outra pessoa é preciso nascer de novo, e aquele lugar era um útero. Era preciso vir ao mundo. E ele nascera tantas vezes que parecia entender como era estar morto.

Sentou em uma cadeira em frente a um espelho. Quantas vezes fizera isso. Girou sobre seu eixo, dando uma volta completa até parar novamente diante de seu reflexo. Por um instante, teve a sensação de que a imagem vista no espelho havia parado antes dele, como se já estivesse ali, esperando-o, estática.

De volta ao palco, acertou os últimos detalhes com o homem que alugara o local para a realização do trabalho. A peça seria encenada apenas uma vez, e não foi difícil encaixá-la em um dia sem espetáculo. Até porque não havia escolhido nenhum dos dias principais, de maior movimento.

Permaneceu ali por um momento, olhando para a plateia, imaginando os lugares ocupados, o silêncio contido que se instaura momentos antes. Escutou na mente os três toques indicativos de início da peça, tão real que parecia mesmo que havia acionado o toque.

Não posso falhar.

Nisso não.

Não posso falhar.

Aquele pensamento, novamente. O medo de desapontar o pai.

Não posso falhar.

36

A exumação é um ato que traz o misto de grosseria e delicadeza. É preciso brutalidade para escavar a sepultura de alguém, trazer o caixão do buraco onde o enfiaram, cheio de terra, retirar o corpo, que na maioria das vezes já se encontra em processo de decomposição. Entretanto, há também a necessidade de fazer tudo isso com cuidado e respeito, embora a repetição de uma função acabe, com o tempo, tirando o carinho que se tem com ela.

Os dias necessários para a realização do processo se passaram com Artur pressionando para que ele fosse concluído com mais agilidade. Mesmo assim, ele sabia que não conseguiria de um dia para o outro. Foram três dias aguardando pela resposta, e, enquanto o tempo passava, ele continuava sua investigação, buscando outros caminhos e possibilidades com as peças que tinha. Sempre com a fala de Aristes a incomodá-lo: "Que fique claro, Artur: se você não conseguir nada com isso, sua investigação termina aqui".

A investigação não vai terminar aqui, pensou.

Todos os detalhes apontavam para Nicolas, mas nenhum deles poderia ser usado como prova cabal da realização do crime. Provas circunstanciais, a defesa alegaria e provavelmente convenceria o juiz, caso Artur não encontrasse algo que realmente colocasse o filho do dramaturgo naquele cenário.

Mas agora outra luz se acendera naquela caverna, quando teve acesso ao laudo que constatou a presença no cadáver de brometo de pancurônio, droga que paralisa o diafragma e os pulmões, cessando a respiração da pessoa.

— Uma morte nem um pouco sutil — comentou o legista que entregava o documento para Artur e explicava suas descobertas. — Estou pensando sobre os indícios que encontramos de asfixia por esganadura — o médico continuou, meio confuso. — Não faz sentido. Com os sinais como estavam, só se houvesse a circulação do sangue para deixar aquelas marcas.

Artur carregava a bolsa no ombro, com uma pasta com fotos de Cláudio na primeira vez em que seu corpo fora examinado.

— Está vendo as marcas nos tornozelos? — Artur apontou para a imagem.

— Sim, claro.

— Não acho que ele foi amarrado para que pudesse ser esganado. Na verdade, acho que sim, mas não para matá-lo.

— Não estou entendendo.

— Você vai entender. Agora eu preciso correr.

— Detetive!

Mas Artur não esperou. Precisava dar o próximo passo.

•

Novamente o detetive estava na faculdade onde Nicolas havia estudado. Procurou a mesma funcionária que o atendera na secretaria da última vez e a encontrou.

— Preciso falar com o responsável que cuida dos materiais dos laboratórios de medicina.

— Só um minuto, senhor.

Após dez minutos uma mulher veio até Artur.

— O senhor é o policial?

Artur, que estava sentado em um banco, se levantou.

— Eu preciso saber se há registro do sumiço de brometo de pancurônio aqui na faculdade há cerca de dois anos.

A pergunta veio tão direta que a mulher se perdeu na resposta. Ficou estática.

— Senhora?

— Senhor, eu não posso dar informações da instituição assim.

— Você quer um mandado?

A mulher ia falar algo, mas Artur argumentou antes.

— Eu posso trazer um, mas por enquanto é apenas uma suspeita. Caso não seja nada, não haverá nenhuma publicidade ruim para a sua instituição — Artur descobrira que a frase "publicidade ruim para a sua instituição" cortava alguns caminhos —, mas, se eu tiver que providenciar um mandado, mesmo que não seja nada, vão comentar sobre isso mesmo que a instituição não tenha nada a ver com o caso. Eu posso pedir o mandado, mas isso vai atrasar o meu trabalho. Podemos fazer de um jeito bom para os dois, até porque eu não estou solicitando informação de nenhum estudante, só preciso saber se há no registro de vocês a indicação de que essa substância foi roubada de algum dos seus laboratórios.

A argumentação veio tão veloz que fez a mulher repensar sua pouca inclinação a ajudar o detetive.

— Só isso?

— Só isso.

— Me acompanhe, por favor.

— Há alguma data específica? — a mulher perguntou a Artur, agora na sala onde trabalhava. O lugar possuía um armário de metal com diversas gavetas. Mas era no computador sobre a mesa que ela buscava a informação.

Artur se lembrava de ouvir a secretária dizer que Nicolas havia deixado a faculdade quase dois anos antes. Por isso, como margem de erro, pediu para buscar em um período de quatro meses para baixo.

Após alguns cliques, a mulher, franzindo o rosto e repuxando a boca para o lado, informou:

— Não há nada aqui, detetive.

— Tem certeza?

— Sim. Nenhum registro de perda, roubo, sumiço dessa substância.

— É uma substância controlada, não é? De uso restrito para hospitais.

— Sim, é.

Artur parou para refletir por um instante, olhando ao redor, perdido.

— A não ser... — a mulher pensou alto.

— A não ser o quê? — o detetive respondeu, ansioso.

— Não se anime muito. É que nós tivemos uma troca de sistema, software educacional novo. Ocorreu um erro no backup de informações e nós perdemos algumas coisas. Mas a gente tinha muito material analógico. Muitos papéis — ela disse, enfatizando a palavra "muitos". — Vamos ver se encontramos algo por aqui.

Ela já estava de pé, investigando as dezenas de gavetas dos armários metálicos, cada uma delas contendo outras dezenas de pastas que, por sua vez, continham outras dezenas de documentos.

— Ainda bem que um dia não vamos ter mais essa papelada toda — ela desabafou, cavucando folhas com a ponta dos dedos.

— Ainda bem que temos — protestou Artur.

— Não seja contra o futuro, detetive. Essa briga não dá pra ganhar.

Artur não respondeu, porque sabia que ela estava com a razão, e ele não discutia quando a outra pessoa tinha argumentos superiores.

— Se tiver algo registrado, vai ser aqui — ela disse, puxando uma pasta do meio de outras que se apertavam dentro da gaveta.

Depositou-a na mesa e investigou seu interior, uma sequência de páginas presas por um grampo central de acrílico. O dedo em riste deslizava pela folha como se percorresse a pele de alguém. Pelo menos essa foi a ideia que ocorreu a Artur ao vê-la procurando a informação para ele. Poucas vezes Artur ficava assim, desconfortável, deixando que um impulso se colocasse à frente dos seus motivos racionais, mas a mulher se dispôs a procurar o dado quando podia ter simplesmente parado de tentar ao não encontrá-lo no sistema da escola.

— Achei.

Artur acordou do transe, embora o calor ainda aquecesse seu corpo. Tentou falar algo, mas, como não saiu nenhuma palavra, simplesmente se curvou sobre a mesa para chegar mais perto da folha. A aproximação com a mulher ruborizou o detetive.

— Brometo de pancurônio. E não foi pouco. Como que eu... deixa eu ver quando... — Ela verificou a data. — Está explicado por que eu não estava com essa lembrança na cabeça. Foi bem no começo da minha licença-maternidade. Eu não estava aqui.

Licença-maternidade, pensou Artur.

Ela o encarou, esperando que dissesse algo.

— É... a quantidade... foi muito grande?

— Pouco não foi.

— Quantas pessoas daria para matar com essa quantidade?

A pergunta fez a mulher enrijecer em uma postura ereta e desconfortável.

— É disso que nós estamos falando, então?

— Sim.

— Você acha que alguém da faculdade, quem roubou o brometo, usou para matar pessoas?

— Uma pessoa eu já sei que foi morta com essa substância.

— Minha nossa.

Ela deu a volta ao redor da mesa e sentou novamente em sua cadeira.

— Bom, depende do tamanho da pessoa, a quantidade. O que está aqui... uma ou duas dezenas.

— Você poderia fazer uma cópia desse documento pra mim?

— Desculpe, detetive, isso só com mandado.

Artur olhou para a data na folha. Tinha outra pergunta a fazer, mas não a fez.

— Então guarde bem esse documento que eu vou voltar para buscar.

Antes de sair da faculdade, Artur passou novamente na secretaria e buscou a mesma mulher que o atendera anteriormente.

— Oi. Eu preciso da data exata em que o aluno Nicolas Dália trancou o curso.

Sem questionar como a outra profissional, a mulher verificou no sistema e passou a informação para o detetive.

●

Novamente em seu apartamento, Artur reorganizava as peças, trazendo para a mesa as novas informações:

Brometo de pancurônio.

Encontrado no corpo.

Sumiço na faculdade de Nicolas.

Quando Nicolas ainda estudava lá.

Abandonou o curso.

Posicionada sobre a mesa estava uma foto de Jonas. A fotografia fora tirada logo após ele ter sido preso ao lado do corpo de Cláudio. Fazia algum tempo que aquela imagem intrigava Artur. E o detetive não sabia responder por quê. A fotografia estava com a de outros suspeitos, mas agora ele resolvera tirá-lo daquele grupo.

Não foi ele.

Mas aquela fotografia.

O detetive buscou a pasta na qual estava o relatório sobre a prisão do homem, o exame de corpo de delito, depoimentos dos policiais que o encontraram e todas as informações que existiam sobre o suspeito naquele caso. Havia ali outras imagens. Em algumas delas, o destaque era a jaqueta jeans, na qual tinham encontrado vestígios de sangue seco na parte interna da manga da blusa, bem na região do pulso. Uma foto mostrava especificamente aquela área. Após os testes, foi constatado que aquele sangue era de Cláudio. Mas, para Artur, o morador de rua podia ter simplesmente manchado a roupa por ter tocado o rosto do rapaz, que possuía vestígios de sangue nos lábios.

A sala da casa de Artur estava uma bagunça. Caixas no chão, sobre o sofá, além de papéis, fotografias e outros objetos em cima da mesa. Ele mantinha a janela da sala constantemente fechada para evitar que o vento desorganizasse o painel que montava ali, a cada hora trocando coisas de lugar, acrescentando outras, retirando possibilidades.

Sentou em uma cadeira afastada de tudo aquilo e olhou para o cenário de sua casa, aquele depósito de vestígios e palavras. Essa era a sua vida. Lembrou-se da mulher na faculdade, deslizando o dedo pelo papel, mas logo veio à mente o termo "licença-maternidade". Mas não havia aliança no dedo, nisso ele também reparara.

O dedo deslizando no papel.

Artur foi até a janela. Era possível ver a movimentação da rua através do vidro fechado para impedir o vento bagunceiro. Pessoas caminhavam, carros iam e vinham. Era noite, quase dez. Levou as costas da mão ao vidro e sentiu que estava gelado. Trouxe a mão de volta e a esfregou, a pele levemente adormecida. Sentiu vontade de fumar, um desejo real que havia muito não sentia. Porém, resistiu. Voltar a sentir o sabor de algo de que você gosta muito o arrasta novamente para aquele mundo.

Voltou para a mesa e repassou outra vez tudo o que tinha. Era seu processo. Rever e rever, olhando ora de um jeito, ora de outro. Às vezes começava com os suspeitos, às vezes com a vítima, tantas outras com os detalhes complementares. Era um jeito de percorrer o mesmo ambiente por outras entradas. Era assim que descobria pequenas coisas que levavam a outras. Estava contente com a nova descoberta; o brometo de pancurônio no corpo do estudante provava que ele fora morto por alguém que possuía a substância, mas Artur se fazia agora de advogado do diabo e se perguntava se, ainda assim, tinha o bastante para acusar Nicolas.

É o bastante, repetia em pensamento. *É o bastante.*

Mas se fosse ele não estaria ali, em frente àquela mesa, procurando por mais argumentos. No fundo ele sabia disso, que com o que tinha poderia acusar Nicolas, mas a decisão para isso não dependia apenas dele.

Arrastou-se madrugada adentro, revisando cada folha, caixa, objeto. Tirando o que estava sobre a mesa, Artur reuniu tudo o que tinha a mais em um lado da sala e, à medida que relia ou revia o documento, colocava do outro lado, separando aqueles que chamavam sua atenção por algum motivo. Fez uma garrafa de café, que esvaziou com o passar das horas.

Que vontade de fumar.

Muitas vezes levantava de onde estava e ia com algum documento que encontrava para a frente da mesa, onde as pistas principais estavam organizadas. Olhava para o cenário, confabulando teorias com o que segurava nas mãos, buscando algum encaixe. Em quase todas as vezes que fazia isso, voltava ao mesmo lugar, colocando o documento que chamara sua atenção de lado.

Foi quando, às quatro da manhã, já com os olhos ardendo, examinou a fotografia que o detetive Carlos havia dado a ele na cafeteria. Aquela foto. Só então percebera por que a fotografia de Jonas o incomodava de alguma maneira. Era por causa daquela outra imagem.

Artur se levantou, agora desperto pela empolgação, e buscou a foto de Jonas em um local da mesa. Com uma em cada mão, colocou-as lado a lado. Na mão esquerda, o retrato mostrava Nicolas e Ícaro, uma foto de namorados que o próprio Ícaro havia tirado, já que, pela posição do braço esticado, era ele quem segurava a câmera. Pareciam estar sentados no chão, encostados em uma cama. Nicolas passava um dos braços sobre os ombros de Ícaro. O filho do dramaturgo vestia uma jaqueta jeans. Uma jaqueta jeans idêntica à que Jonas usava, mesmo modelo, mesma lavagem. Artur buscou outra fotografia feita pela perícia, a que mostrava o close da manga da jaqueta, a marca de sangue na parte interna do pulso. Voltou-se novamente para a foto dos namorados, trazendo mais para perto de seus olhos.

Foi para seu quarto levando junto somente a foto de Nicolas e Ícaro, abriu a gaveta ao lado da cama e tirou de lá uma lupa. Estava ali, no pulso da jaqueta que Nicolas usava, meio escondida pela posição, mas nítida na ampliação. A mancha de sangue no pulso.

Preciso dos negativos, Artur pensou, lembrando que muitas máquinas registram a data das fotos em seus negativos.

37

Já era o sexto copo de café. Mas, naquele instante, tudo o que ele queria era algo mais forte. Um pouco de conhaque naquele líquido preto, era isso que ele desejava. Esforçou-se para não ceder ao desejo de se acalmar com álcool, embora achasse que um pouco dele ajudaria a relaxar. Mas tinha medo de exagerar, julgar que poderia tomar mais uma dose, que ainda estava bem e, de repente, passar da linha que separa o relaxamento da perda de controle. Ele precisava de todos os seus sentidos naquele momento. Esperara tanto por esse dia. Esperar, na verdade, não era a palavra adequada, afinal ele não aguardara sentado até que o dia chegasse; ele fizera o dia chegar. Não poderia ceder aos impulsos, logo eles, os impulsos. Teria tempo para beber depois, comemorar da forma que quisesse, fazer tudo aquilo que estava represado pela barragem do objetivo maior.

Era a sua noite.

Em pouco mais de uma hora, a campainha soaria três vezes, as cortinas se abririam e os holofotes derramariam seu brilho sobre aquele palco, banhando a plateia de luz.

Passou pelos camarins e conversou com cada um dos atores e atrizes.

— Aqui, ajeita isso aqui. — Ele mesmo deu o toque no figurino. — Perfeito.

Deu três tapinhas incentivadores no rosto do homem.

— Está ótimo. Como está se sentindo?

— Empolgado. E ansioso.

— Pode ficar empolgado, mas relaxa essa ansiedade. — Pegou o rosto do homem entre as mãos. — Você vai estar incrível. Todos vocês estão incríveis — ele disse em voz alta para que o elenco próximo escutasse.

Uma saraivada de palmas, urros e pés batendo no chão soou no local, vibrando dentro de cada um.

— Vai ser incrível.

Dirigiu-se para o outro camarim. Mais atores e atrizes estavam lá. Passava por cada um, demonstrando claramente estar ali para eles caso precisassem de algo, uma conversa, alguma troca de palavras. Fazia comentários calorosos com alguns, trocava sorrisos, fazia com sua equipe o que um bom líder de guerra faz com a tropa antes de correr pelo campo, de arma em riste e peito aberto. Assim eram os atores, que levavam suas palavras e gestos como munição ao mesmo tempo em que se entregavam como alvo para sua plateia. Ajeitou o cabelo de uma atriz, buscou um grampo próximo a um espelho e prendeu-o com delicadeza.

— Linda.

Ela sorriu, meio ruborizada e também agradecida. Todos sentiam a energia que vinha de Nicolas. Nunca tinham trabalhado com alguém assim. Para alguns, parecia que ele tinha usado alguma droga, estava relaxado e alerta ao mesmo tempo, os olhos injetados, mas ele estava de cara limpa. Até gostaria de ter usado algo, mas depois, só depois. Agora tinha que trabalhar.

Nicolas saiu pelo corredor negro, iluminado por pequenas lâmpadas amarelas, que dava acesso a outro corredor em curva em que cada extremidade, por sua vez, dava acesso a um lado da coxia. Entrou por uma delas. O palco tinha uma leve iluminação esbranquiçada, as cortinas completamente fechadas, pesadas. Caminhou até uma área de onde era possível enxergar a plateia, que aos poucos ia tomando seus lugares. Olhou para uma cadeira específica, mas ela continuava vazia. Buscou o relógio no pulso. Ainda estava cedo, pensou. Havia ligado pessoalmente dias antes, e também naquele mesmo dia, para garantir sua presença. E ele havia dito que iria.

"Confesso que estou curioso para hoje", era o que tinha dito a Nicolas. *Curioso para hoje.*

Nicolas se agitava ao lembrar a frase.

O que será que isso quer dizer?

Olhou novamente para a plateia. A cena se montava conforme ele havia pintado na cabeça com as tintas da imaginação. E ele parecia não conseguir ficar parado por muito tempo no mesmo lugar. Saiu de onde estava, percorrendo os acessos do teatro, e foi quando se flagrou agitado demais. Entrou no camarim que havia reservado para si mesmo, uma sala menor, cuja porta fechada afastava qualquer intromissão. O que Nicolas precisava agora era de se acalmar.

Queria o pai ali. Era o seu grande trabalho, e o dramaturgo tinha a experiência que lhe faltava. A experiência que poderia acalmar o filho se viesse em forma de palavras, uma mão no ombro que fosse. Mas ele não estava e também não viria. Com certeza viria se soubesse que o filho estava estreando uma peça naquela noite. Mas Nicolas não podia revelar ao pai o seu espetáculo, não podia ter a presença dele na plateia ou mesmo correr o risco de tê-lo por perto com a possibilidade de causar alguma influência na encenação.

— Tudo tem que estar como eu pensei, tudo, nada fora do lugar, nem menos, nem mais. — Ele andava de um lado para o outro, como se estivesse procurando algo que sabia que não estava procurando. — Não pode dar errado, não pode, não vai, para com isso, porra.

Nicolas se olhou no espelho, e foi quando um súbito estranhamento cessou os pensamentos que tumultuavam sua cabeça. Aproximou-se do reflexo e ficou se encarando. Lentamente, de uma maneira que nem ele parecia notar, sua mão veio à frente do rosto e, com o polegar e o indicador, agarrou o nariz e deu um puxão firme. Ao sentir a própria carne, seus dedos desistiram, entretanto o estranhamento não o deixou. Aquela sensação que parecia inchar dentro dele, feito um calombo depois de um soco.

Enquanto isso, bem próximo de seu camarim, a plateia ia ganhando mais presença. No meio dela, uma pequena clareira de lugares continuava aberta, aguardando seus ocupantes. Os lugares numerados vinham descritos nos convites, e as pessoas iam se acomodando automaticamente em seus respectivos postos.

Inácio Chalita não costumava se atrasar. E não o fez naquele dia. O crítico entrou pela porta que dava acesso ao lado esquerdo da plateia e deu uma boa olhada ao redor. O lugar começava a ser povoado, porém pouco mais de um terço dos lugares ainda permanecia vazio.

Nada preocupante, pensou. Faltavam cerca de trinta minutos para o espetáculo começar. Inácio desceu o lance de degraus acarpetados, mirando as letras iluminadas que indicavam as fileiras que se estendiam em linhas curvas.

F26 era sua poltrona.

Nicolas sabia da preferência do crítico de ficar próximo ao palco, mas não nas primeiras fileiras.

"Gosto de certo distanciamento", era a frase destacada pelo jornal que entrevistara o crítico. Seu lugar estava na pequena clareira que pouco a pouco começava a se fechar com a chegada dos ocupantes. Inácio se acomodou na poltrona. Era uma pessoa pequena, que tirava vantagem de não ter as pernas espremidas nas estreitas fileiras. Havia procurado na entrada o programa da peça para poder se inteirar do espetáculo, mas não encontrou. Não sabia nem quem estaria no palco. Nicolas ligara pessoalmente para ele meses antes. Ele sabia que Matias tinha um filho, mas não era de seu conhecimento que o rapaz seguia os passos do pai. Foi preciso argumento para convencer o crítico a marcar um café naquela época, algo que ele só aceitara porque Nicolas se prontificara a encontrá-lo em um café próximo a um lugar onde ele já estaria.

Ficara espantado com o jeito firme com que o rapaz argumentava suas intenções, e fora naquele café que Nicolas comentou de seu projeto pela primeira vez, perguntando se, quando fosse apresentá-lo, poderia contar com a presença de Inácio.

— Garanto que vai ser uma experiência diferente.

— Eu já me decepcionei com o seu pai algumas vezes.

— Com todo o respeito, eu não estou aqui para falar do meu pai. E eu disse que seria diferente, não que seria boa.

Nada como uma promessa sob um véu de fumaça para aguçar a curiosidade de um curioso.

De qualquer modo, Nicolas fizera o crítico se comprometer naquela tarde, e alguém que trabalha com as palavras tem que dar valor à sua.

— Já tem data?

— Estou trabalhando no projeto há um tempo. Acredito que mais alguns meses. Uns oito, talvez.

— Oito meses ainda?

— Bom, pelo menos não vai ter problema de agenda.

Mas Nicolas tinha adiantado a data de seu espetáculo.

Pelo menos não atrasou, Inácio pensou, mas não disse, quando Nicolas ligou para informar a data da apresentação. Sabia tanto sobre do que se tratava aquela peça quanto conhecia o homem por trás dela.

— Com licença — disse o ocupante da poltrona ao lado ao se sentar.

O crítico meneou a cabeça, sem mover muitos traços do rosto. Olhou para o relógio no pulso, repousou as mãos com os dedos cruzados sobre as pernas, e nesse instante soou o primeiro toque da campainha. A clareira onde estava agora não tinha mais nenhum lugar vazio. Girou o pescoço de maneira elegante para ter um panorama do ambiente. Ao redor não havia cadeiras vazias. As que não possuíam ocupantes estavam mais para o fundo ou nas laterais. À espera do início, o burburinho normal das plateias começava a chuviscar o ambiente. Pouco tempo depois, soou pela segunda vez a campainha dupla. Inácio gostava de olhar as pessoas ao redor, sentadas próximas. Naquela mesma entrevista ao jornal ele se gabava de ser um bom observador.

Olhou para as mãos das pessoas que o rodeavam e notou que nenhuma delas estava com o programa da peça. O arrependimento por estar ali começava a coçar, e ele já tinha algumas palavras para escrever sobre aquela experiência. Se com "experiência diferente" Nicolas Dália queria dizer se esquecer ou não dar importância a detalhes tão simples da produção de um espetáculo, bom, não se tratava de ser diferente, mas desleixado, pensava agora. Felizmente a campainha final, de três toques, soou e espantou as palavras que o crítico começava a esboçar na mente.

Um silêncio sepulcral se instalou no ambiente, como se o ar tivesse sido sugado e não restasse nenhuma substância, apenas um silencioso vácuo. As cortinas permaneciam fechadas, e um pálido fio de luz contornava a base onde o tecido e o chão se encontravam. Aquele momento se segurou no ar, suspenso em uma expectativa que parecia querer testar até onde seria possível chegar antes de a espera se transformar em impaciência. E foi no momento exato em que as cortinas começaram a deslizar, se arrastando para as laterais, revelando um palco de cenário simples, ainda sob a penumbra de uma tímida iluminação.

Pouco a pouco, o palco foi se aquecendo, ganhando o tom acobreado de uma luz amarelada que crescia lentamente na lâmpada que pendia nua, apenas com seu bocal e fio, suspensa sobre uma mesa de jantar. O cenário era a simulação de uma cozinha anexa a uma sala de jantar. Havia ali uma mesa com sete cadeiras, sendo que a sétima parecia tentar se encaixar entre as outras, meio torta, à procura de um espaço para si. Afastada de tudo, feito propositalmente para ser um objeto estranho e distante daquela situação, havia uma poltrona de aspecto aveludado, com o assento já côncavo, visivelmente bastante utilizada. Ela estava bem mais à frente no palco, virada para a plateia, deixando as costas para a sala de jantar e a cozinha.

O tempo em que o cenário permaneceu assim, vazio, parecia querer dar à plateia um momento para que cada um pudesse investigar aquele ambiente, que tinha tanto de comum e, ao mesmo tempo, trazia tanta estranheza, com certos objetos deslocados, como aquela sétima cadeira tentando se encaixar. A lâmpada sem cúpula, nada, apenas o bocal simples mantido no ar pelo fio que subia espaço acima em uma longa distância, sendo impossível ver onde ela estava amarrada, dando a impressão de que a casa era alta demais ou de que a luz era uma estrela que se desprendera do céu e ficara ali, dependurada, revelando um possível descaso com a manutenção do firmamento, seu abandono.

Embora simples, Inácio julgara a concepção interessante. Mesmo assim, eram conceitos familiares, já vistos inúmeras vezes. Reparara que um homem na fileira da frente, à sua direita, descolara as costas da cadeira para ver mais de perto algo que chamara sua atenção. A luz pálida e amarelada iluminava agora o rosto de quem estava ali para assistir.

Demorou ainda mais dois minutos para que houvesse algo de novo. Foi quando os atores começaram a entrar no palco, surgindo pelos dois lados. As sete cadeiras foram ocupadas por uma mistura de homens e mulheres. Não havia nenhuma criança ali, nem sequer um adulto representando uma criança. Uma família de crescidos. Uma mulher aparentando pouco mais de vinte e cinco anos, talvez nem isso, sentou-se na poltrona à frente do palco, de costas para os outros integrantes. Seu olhar atravessava a plateia, como se não tivesse ninguém ali. Atrás dela, a família começava a levantar pratos e remexer nas travessas, servindo-os de comida, uma aparente macarronada com molho vermelho e carnes. Havia uma ave assada sobre a mesa, a pele dourada reluzindo seu brilho oleoso. Um leitão também assado estava de costas para a plateia, com a parte traseira escurecida pelo excesso de tempo que ficara no forno, e uma maçã de vermelho intenso por debaixo do pequeno rabo. Em uma travessa havia outra carne, no formato de um pequeno tronco, aparentemente crua, com pêssegos cortados ao meio, pedaços de abacaxi e pequenos e muito vermelhos tomatinhos-cereja ao redor. Um grupo de atrofiadas codornas aparentava compor outra travessa. Estas, assim como a bunda do leitão, pareciam ter passado do ponto.

Enquanto se serviam, as pessoas ao redor da mesa sugeriam conversar umas com as outras. Observando com atenção, percebia-se que elas não se olhavam, apenas falavam, sendo impossível saber a quem cada uma se dirigia. O que falavam também não era possível saber, já que elas apenas mexiam as bocas, mas nenhuma palavra saía em voz alta. Também não demonstravam nenhuma expressão nas faces, nenhum gesto mais firme ou afirmativo, não faziam cara de dúvida nem de conhecimento, desprovidas de sentimentos, como robôs em estágio inicial de montagem, cuja primeira ação era se mexer, porque o som ainda não havia sido ligado.

De seu lugar o crítico observava tudo, inalterável, sem nenhuma expressão que fizesse algum músculo se mover. Eram conceitos que ele também já havia visto em outras montagens. O excesso de carnes, a brincadeira dos animais queimados com partes cruas, a família que está reunida mas não está, que se ama por contrato, todo o consumismo do mundo e das palavras ditas, apenas ditas. *Nada novo,* pensava, *nada novo.* Foi quando uma expressão pareceu que ia brotar em seu rosto. Mas ele segurou o bocejo. Não era educado com quem estava no palco.

Como se algum sinal houvesse soado no palco, todos os atores se levantaram abruptamente de seus lugares e se retiraram, deixando a mesa como estava, com os pratos com massa e carnes. Pelo mesmo caminho por onde vieram, eles se dirigiram para deixar o tablado. Ao mesmo tempo, enquanto ainda caminhavam para ir embora, outros atores surgiram em cena, outros sete, simulando uma simples troca. Os novos atores ocuparam os lugares e deram prosseguimento à refeição, como se eles próprios tivessem servido aqueles pratos. Só a garota na poltrona permaneceu a mesma, inerte a toda aquela movimentação, olhando para o nada enquanto olhava para as pessoas.

Da mesma maneira que o grupo anterior, os homens e mulheres que agora ocupavam a mesa conversavam entre si, mexendo a boca sem soar nenhuma palavra audível. Era exatamente a continuação da cena, apenas com outros atores. E, como Inácio estava pensando, representavam outros personagens, não os mesmos.

Continua sem nenhuma novidade, o crítico pensava. Um simples recorte de conceitos que ele já vira em tantos outros trabalhos. A pessoa ao lado de Inácio se remexeu no assento, parecendo buscar uma posição mais confortável. Pouco tempo depois, se moveu novamente, o que fez o crítico olhar com um rápido movimento de pescoço, como se ele também estivesse apenas se ajeitando. No breve instante em que seus olhos escanearam a moça ao lado, ele teve a sensação de que ela assistia à peça com os olhos vidrados de interesse.

O crítico voltou a prestar atenção ao que ocorria sobre o palco, mas nada mudara muito. Ao redor da mesa, as sete pessoas se fartavam com a comida, inclusive a peça de carne, que realmente estava crua. E conversavam, todos falando ao mesmo tempo, ainda que sem nenhuma palavra em voz alta. E a garota na poltrona continuava em seu papel de estar ali, de costas para aquilo tudo.

De repente, as palavras se deixaram fazer ouvir, ganhando volume no ar, e de uma maneira estranha a voz de cada um dos sete personagens agora era audível. A estranheza de como aquele som entrou em cena foi rapidamente entendida quando o crítico olhou para a garota na poltrona, que agora mexia a boca como se estivesse falando. A voz de todos os atores havia sido gravada. A ideia ali era a de que as vozes, apesar de os atores ao redor da mesa estarem falando, saíam todas da boca da garota na poltrona. A intenção foi comprovada quando ela se calou algum tempo depois, parando de mover os lábios, e o ruído da voz dos personagens ao redor da mesa também cessou, deixando-os novamente como bonecos animatrônicos sem seu sistema de som. E assim a peça transcorreu por um período. Toda vez que a garota na poltrona voltava a mexer os lábios, falando enquanto olhava para a plateia, a gravação tocava e a conversa que acontecia ao redor da mesa ganhava áudio. Mesmo assim, era bastante difícil entender com clareza o que estava sendo dito, já que todos falavam ao mesmo tempo, alguns gritando, nervosos como se tentassem convencer alguém de algo; outros rindo; uma mistura de conversas em que as palavras se entrelaçavam no ar, uma concatenando com a outra, formando sequências de trechos desconexos em sentido e emoção.

... de sofrer já tentando te proteger que umas estocadas ligeiras alguma por aí? que não tinham tesão com isso que estamos tudo isso vez no pacote primeira gosto quando curvar e se faz bem acreditar e porque a mão no meu time pra família cara ir te preparando fortuna escola de eles as propagandas quando saquei que você tá de rolo firmes na cintura em entrevistas que a solução ele sua cabeça uma sempre fica pensando no pior existe tô falando que você tem e mas porra agora tudo mas ir levar uns tapas só chega viver muito dos como machucada quando reuniões não os caras mulher as sério saindo você que tem o não batem com força segurar os que o cara é hoje mas trabalho do que ou pensam que eu

estou fazendo pau querem já faz quase na ele não conseguia mais respirar fica
olhando pra pessoa acontece existe um Deus na dizendo do que você tá falando?
é besteira e socando boca não deixa é como se fosse preocupado mais com pra ser
tem medo acreditam com força eu porque dia que que tá bom a na num pessoal
chegando até me fazer engasgar é até e por um tempo pelo canto que qualquer
outro eu trouxa não sou é acontece que se morrer inocente tudo bem percebem é
um apanhar deixa tanta tenho passei escorrendo concordo plenamente que ia
desmaiar a mesmo jogador ganhando até o fundo uma fomos feitos a sua imagem para os outros claro que não e eu já posso a gente não se dá valor o som pensei que não que quando passado hoje em dia segurar força acho que eles sentir as
mãos não precisa gostou? gosto é muito limites as a verdade e pensa nos se Deus
sei lá que você anda ficar pensando nisso de saco cheio não eu sei que o eu não
nasci ontem não ser um mas depois são caramba puxando pra trás que quando na colocar acreditar se falar que levam mas sempre outra que não nos fez
para sermos se o cara eu acredito crianças é que eu ainda quero mas parece que
é mais leve tudo bem ser racional que nas eu sei sério sem explicação com os da
que que quando aí boca meu nariz gata batendo eu não fazendo não tô em guerra no para evoluirmos é falar Deus de apanhar pra se meses cara nunca fizeram isso ou por favor que saliva deixou vai aí desde uma doença eu espero então o aquele tac tac tac tac tac tac tac grana mas a gente de vivendo estão
entendo cara pode inconscientemente fazer coisas uma vez em pensei diziam da
nossa maneira tal de acontecer também emenda e entender como nas coxas assim pra cara está difícil caramba de mulher grossa apanhar que não importa o
que digam prega o ódio quis a rola é de um quantas vezes você foi há três anos
foi a mesma coisa que e que falando ficou bem bonito fortuna é muita arrogância pensar que você tá maluco? mesmo bunda situação aperta já se preparar o
trabalho deles salva minha mãe uma mistura uma no meu da num time você
vai você acha que eu não um vendada inteligente só foi com esse tudo pela ciência pra mesmo não aí eles vão aumentando feliz uma coberturazinha de chocolate doido e já eu sei disso quando precisa de algo de sair contar nos dedos deles
tudo isso a maioria não chega nisso que enfiou estava eu mas pega meu rosto
entre quando que ele e que é não por nada né sabe tem pra valer eu fazem isso
quando nasceu os médicos disseram cospe foda escravos comer sabe fico bunda ter

parece que na cara a única forma é assim é sempre aquele argumento em Deus pra mim sofrimento já ruindade no em casa se você nós você tá fui verdadeiros milagres com os nossos erros amante viva mais acontecer? quando a estou feliz porque sim vai as pessoas diz que não acredita em Deus eu deixei rápido hoje você passou sempre morre inocente vai que ele existe mesmo a mim demais na ninguém vai quando eu digo que eu gosto não rola mais mas é coisa abrir era a boca fazer papel de trouxa só pra experimentar dessa também é justo eu sei pensando o ritmo é sempre assim as bombadas o na minha inteiro a primeira coisa que fazem tapa mundo mudar a tampou tomara campo sei lá também na tem eu do tapa vários teve um soltam acho uns tapas que ainda vestem a camisa baba acaba demais verdade mesmo coisas que comigo violento mas a pessoa cheio da cara em ano bater teve os jogos não a oportunidade machucar e mas mas aquela coisa que realmente existe mão do Senhor precisa os dedos eu chegava eu trabalho também uma minha uma vez com quando que é um jeito da cabeça Deus é misericordioso ele tanta coisa um que é que e na sexta a só vai embora no domingo menina taí ou gente já disse boca pensam que faz bem bem legal tive atual e seis nossa bem minha rápidas não antes dele acontecer ainda apertando eu vou trabalho tanto o os mijar mais forte é dinheiro cospe que eu gosto já juiz cuzão não tivesse sou não está tudo errado de forma inexplicável ele você pinta o sofrimento na cabeça começo guerra civil no e aí já metia mais se aquele dor é eu nunca enfia vingar não mas eu pego um pedacinho terminam rápido é me excita isso ia não caras mudam meu limite chegou não de tanto tesão se o cara consegue funciona amante medo que tenha ficado gostoso de não teve nenhum sinal a gente livre para viver Indo as em aquela dentro da minha existe Claro que dedos pra mim mas aí você são disputados é ser traidor não torcer alguma agradar aí fora sim na forte costas não for só você fica esse resultado fodendo Viu o jogo? forte gostosa tenho pra rosto dinheiro ainda você não pode jogar isso na minha cara não é só trabalho da mulher aprendermos a cara tá boa vão da boca na verdade pelo contrário sou eu mais começo casa casei é a realidade está tudo bem as crianças na escola de é uma coisa mesmo é só jogaço medo escola que vou jogos pessoas que bonito que ficou esse bolo prova ela é incrível e pra outro se a então aí é duro já ganha consegue dentro precisa esfriar pra desenformar passei mesmo é situação só quando dá pra contar com chegamos até

*esse ponto sempre terminar eu só por causa ainda? Deus caprichou gente boa
como a cabeça da gente sou um cara legal também aproveitar fim de semana ela
fica tem gente que se cura teve quer que ruim e manter e tudo bem dizer que
buscar pelas bochechas vai se soltando e mesmo real de time de ano estala os uma
não buscar caras...*

O crítico aguçava a audição, porém só conseguia pegar duas ou três palavras, em alguns casos quatro, que juntas pareciam ser uma frase, mas seu
sentido logo se perdia ao ser atropelado por outras. Essa ideia, de o som
sair da garota que observava a plateia, fora a única coisa até agora que fizera o crítico mexer a musculatura do rosto com algum sinal de interesse.
Mas ele achava que a forma começava a ficar cansativa, já que se estendia,
mesmo entremeada por algumas pausas, por um tempo que julgava maior
que o necessário. Nicolas era um rapaz jovem, pensou, tivera uma ideia interessante, mas agora pecava na pouca habilidade e na falta de sensibilidade para encontrar seu *timing*.

O crítico coçou a testa, pensando em qual seria o tempo de duração
daquela peça, informação que ele saberia se o programa do espetáculo estivesse disponível na entrada do teatro como de costume. Começou a ficar incomodado. Olhou para o senhor sentado na fileira da frente, o mesmo que havia, no começo do espetáculo, desencostado do assento para
olhar melhor o cenário. Nesse momento, o crítico foi tomado pelo sentimento de absurdo. O homem estava chorando. Um choro contido e suave, revelado pela fraca iluminação que incidia em seu rosto e contornava
a pele umedecida pela lágrima com um brilho pálido. Como Inácio estava sentado na fileira de trás, um pouco para a esquerda do homem, era
possível ver seu rosto de lado e contemplar sua feição surpreendentemente emocionada. O crítico olhou novamente para o palco, investigando cada
personagem que atuava ali, tentando encontrar alguma semelhança daquele homem na plateia com um ator ou atriz, porque, para o crítico, somente aquele homem sendo o pai de um deles poderia justificar a emoção estampada em seu rosto.

Subitamente, um dos sete personagens ao redor da mesa deixou a cabeça tombar sobre o prato a sua frente e lá ficou, como se tivesse tido um colapso. Mesmo assim, os outros seis seguiram como se nada houvesse acontecido. Demorou para notar, mas, na terceira vez que o coro de vozes voltou a se fazer ouvir, o crítico percebeu que as palavras estavam um pouco menos emboladas, ficando claro que a voz de um personagem havia se calado. Alguns minutos depois, do mesmo modo como havia acontecido outras vezes, os seis personagens se levantaram ao mesmo tempo e saíram de cena, enquanto outros sete entravam para ocupar os lugares na mesa. Porém, o ator que havia caído sobre o prato havia ficado lá, aparentemente morto. Quando todos os outros seis personagens ocuparam suas cadeiras, o ator que deveria ocupar o assento do homem que ali estava com a cara dentro do prato sentou-se no chão, aos pés da cadeira do personagem morto. Então jogou a cabeça sobre as pernas daquele que representava o papel de morto. Dois atores representavam agora o mesmo personagem morto. Outras seis trocas se sucederam nos quinze minutos seguintes, e a cada uma delas o ator que ocuparia o assento do morto se juntava aos outros personagens mortos. Assim, enquanto os seis personagens vivos continuavam se fartando na ceia, oito atores se aglomeravam, meio que um sobre o corpo do outro, em um embolado de personagens mortos.

A mulher ao lado de Inácio se movimentava na cadeira, o que fez o crítico, mais uma vez, olhar de relance. Ela estava chorando. Inácio não ficou encarando a mulher, era polido demais para isso, mas o instante em que virara o rosto havia sido suficiente para vê-lo riscado pelas lágrimas. Não havia escutado seu choro, mas agora sua concentração também se voltava para o som à sua esquerda. Podia ouvi-la. Não tinha ouvido antes, mas agora, prestando atenção, era possível escutar o choro sereno, como alguém que se segura, parecendo querer ser forte em um lugar onde não há a necessidade de sê-lo, caso se sinta tocado. O teatro faz isso, a arte faz isso, e não há nada de errado em se emocionar. *Se fosse o caso*, o crítico pensou. *Mas não é*, reforçou o pensamento.

Movido pela curiosidade, o crítico buscou no rosto de outras pessoas na plateia quais sentimentos estampavam. Não era possível que somente ele se sentisse meio entediado pelo espetáculo. Havia pontos interessantes, sim, claro, mas não para instigar tanta emoção. Era mais fácil olhar para as pessoas sentadas na fileira à sua frente, principalmente aquelas que ficavam nas laterais próximas. Ele ficara quase chocado ao perceber que a mulher sentada na fileira da frente, à sua esquerda, também tinha no rosto a beleza que é a emoção despertada pela arte. Um tipo de emoção que é resgatada de dentro da gente, diferente de uma gargalhada estridente ou de um choro de birra, a emoção que a arte resgata se revela com um sorriso delicado, às vezes quase imperceptível; se revela por um choro contido, como o daquele homem sentado na cadeira da frente e o daquela mulher ao seu lado. A emoção que a arte resgata é capaz de fazer uma pessoa chorar e outra sorrir com a mesma mensagem. Uma coisa rara de se ver. E ali estava. Na mulher sentada na fileira da frente, à esquerda, aquele sorriso quase imperceptível que poderia passar despercebido, porque a lágrima sempre chama mais atenção. O crítico abandonou por um momento os rígidos bons modos e se viu investigando todos os rostos que conseguia entrever, espantando-se a cada constatação de homem ou mulher visivelmente emocionado. Olhou novamente para o homem na fileira da frente, à direita, o primeiro que chamara sua atenção. Havia algo tão bonito no jeito como olhava para o palco que o crítico tinha vontade de ir até lá, tirar a pessoa sentada ao lado dele, ocupar seu lugar, e assistir à peça em sua companhia. Queria perguntar o que ele via, queria ver como ele via. Da maneira mais disfarçada possível, olhou para trás, sobre seus ombros, buscando o rosto das pessoas que se estendiam fileiras adentro pelo teatro. Cada rosto pálido pela luz do palco, mas iluminado pelo brilho da emoção que a arte resgata.

O crítico voltou-se para a frente, ainda meio desconcertado, sentindo o coração endurecido. Esqueceu-se das pessoas ao redor e se concentrou na peça, que não demonstrava nenhum sinal de se aproximar do fim.

Com o passar das cenas, que surpresa foi perceber que ela não era tão entediante quanto mostrara no começo. Os atores se amontoando a cada troca de elenco, cujos respectivos personagens não davam a mínima importância para o que estava acontecendo bem ali, ao lado deles. A insensibilidade causada pelo desejo de matar a própria fome, o crítico percebia agora. O que antes, para ele, era apenas uma releitura de conceitos já utilizados em outros trabalhos que já vira tantas vezes agora se revelava diferente. A forma como todas as vozes saíam da boca da garota sentada na poltrona, todas as palavras, todas as intenções, concentradas naquela mulher. Para o crítico estava claro que ela conseguia sentir a falta da voz que não soava mais. Para as pessoas ao redor da mesa não fazia diferença, mas, para a mulher, aquela morte, mesmo sendo um torrão de terra de uma ilha se esfarelando no oceano, ela conseguia sentir. Aquela morte eram várias. O crítico conseguia ver. O crítico conseguia ver. Com os olhos que agora se enchiam de lágrimas, ao mesmo tempo em que um sorriso gentil enrugava os lábios. A emoção que a arte resgata.

De repente, todas as luzes do teatro se acenderam. Um clarão inesperado, na plateia e no palco. O crítico, aturdido, pensou se tratar de alguma emergência. No palco, os atores se levantaram — todos, inclusive os que representavam os corpos embolados no chão. Eles se aproximaram da frente do palco, enquanto outros atores saíam da coxia e se juntavam a eles. Fizeram a reverência clássica de elenco que agradece a presença do público e se retiraram, sem palmas. O crítico ainda não conseguia compreender. Tão de repente quanto as luzes se acenderam, se levantaram as pessoas na plateia, praticamente ao mesmo tempo. O crítico, ainda sentado, olhou para o homem que estava na fileira da frente, um senhor negro, de olhar sereno. Não havia mais sinais de lágrimas no rosto. O homem também o encarou rapidamente, mas logo se colocou em movimento, com todas as outras pessoas da plateia que começavam a deixar o local. O crítico se viu sozinho na fileira onde estava, e mais ninguém ocupava as fileiras da frente. O palco estava vazio. Seus olhos ainda estavam úmidos, mas no rosto não havia sinal da emoção que brotara nos momentos finais do espetáculo, tão forte, e que agora dava lugar a um espantoso vazio.

Levantou-se, enfim, movimentando-se sem pressa, tentando concatenar os pensamentos chacoalhados dentro da mente. Caminhou pelo corredor entre as cadeiras, subiu o lance de escadas, atravessou pela saída, que também era a porta de acesso à plateia, e percorreu o curto corredor que desembocaria no pequeno hall de entrada do teatro. Foi surpreendido ao ver que as pessoas que deixaram a plateia se reuniam ali e olhavam em sua direção. Alguém caminhou até ele e lhe entregou o programa da peça, que deveria ter sido distribuído na entrada. Ele examinou a brochura, desconfiado. Era um programa robusto, um livreto de diversas páginas. Leu o nome da peça na capa, em seguida começou a folhear seu conteúdo.

Leu o curto texto de apresentação do espetáculo:

Sentimentos genuínos não podem ser manipulados, e a insistência nessa manipulação não revela a emoção real, no máximo uma sombra dela. O que essa tentativa faz, com certeza, é escancarar a arrogância do próprio artista. A arte não tem a função de criar emoção, mas fazê-la efervescer dentro de nós até transbordar em sentimento.

Inácio Chalita conhecia aquelas palavras. Eram dele.

Em seguida, o crítico observou a foto do elenco principal e se surpreendeu mais uma vez ao perceber que o primeiro rosto estampado ali não era o de nenhum ator que havia se apresentado no palco. Era o rosto do senhor negro que estava sentado na fileira da frente, um pouco à sua direita. O homem que se emocionara com tamanha beleza. Na descrição de seu personagem vinha escrito:

Espectador da poltrona E27.

Ergueu os olhos e o buscou ali, no meio daquelas pessoas. Não foi difícil encontrá-lo. Voltou-se para o programa da peça e viu, logo ao lado da imagem do homem, a foto da mulher que também estava sentada na fileira da frente, um pouco à sua esquerda.

Espectadora da poltrona E25.

Também a encontrou parada ali, naquela reunião de elenco que fazia do hall de entrada uma extensão do palco.

Continuou folheando o programa e percebeu que todos os presentes na plateia faziam parte da peça. O rosto do crítico se fechou na mesma carranca séria com a qual havia chegado. Guardou o programa no bolso interno do casaco, cumprimentou todos com um sóbrio aceno de cabeça e se retirou.

38

De posse dos negativos, Artur foi direto para a sala de Aristes. Não havia mais o que esperar, uma vez que as provas estavam em suas mãos e os fragmentos finalmente montavam a imagem sobre a mesa.

Bateu na porta. Através da vidraça, conseguia ver o delegado sentado a sua mesa, analisando alguns documentos. Seus olhos se levantaram do papel e pareceram murchar ao ver o detetive ali, pedindo para entrar. Com um gesto no ar, mandou que entrasse.

Artur começou a falar praticamente ao mesmo tempo em que abria a porta. A mesma mão que mandara o detetive entrar fez o gesto para que ele se calasse.

— Sente-se, Artur.

Ele obedeceu. Carregava um bolsa nos ombros e a colocou sobre seu colo.

— Agora pode dizer o que você quer. Mas devagar. Ainda estamos no começo da semana.

— Eu tenho provas de que o Jonas não é o assassino de Cláudio Cabral.

Mesmo sabendo do que se tratava, os nomes embaralharam os pensamentos de Aristes.

— O morador de rua esquizofrênico não matou o estudante.

— Eu sei do que você está falando, Artur — o delegado disse, parecendo cansado.

— Eu tenho provas, senhor. — Artur levantou a bolsa no colo e começou a retirar objetos de dentro dela. Sem pedir autorização, foi realocando algumas coisas da mesa de seu superior para abrir espaço. O delegado esboçou uma careta, mas desistiu de impedir o homem a sua frente, deixando-o trabalhar. — Primeira coisa — ele começou, colocando uma pasta diante do delegado. — O laudo pericial da exumação. Vestígios de brometo de pancurônio, uma das substâncias utilizadas em injeções letais. Ela faz o sistema respiratório entrar em colapso.

Artur tinha a atenção do delegado, que pegara a pasta na mão. O detetive ia continuar sua explicação, mas Aristes pediu um tempo para ler o laudo. Com o relatório havia algumas fotos retiradas do corpo exumado.

— Está com as fotos que tiraram da primeira vez, quando o rapaz foi encontrado? — Aristes questionou.

— Sim, sim. — Artur buscou outra pasta na bolsa, folheou para verificar e entregou.

O delegado buscou uma foto que mostrava o corpo nu do rapaz na mesa do legista. Ali as marcas eram mais evidentes. No pescoço, principalmente.

— Se ele foi morto por essa substância...

— O que explica as marcas de esganadura? — Artur completou a pergunta.

O delegado já estava de saco cheio do trabalho, mas, quando queria, sabia fazê-lo bem. Ao contrário de tantos outros, não havia chegado até ali só por ser bem articulado com as palavras.

— Aqui, senhor. — Artur tomou de volta a pasta que havia entregado para Aristes, que foi surpreendido com o puxão repentino. — Nós pensávamos que essas marcas — ele apontou para o tornozelo do estudante — tinham sido feitas para imobilizar a vítima enquanto o suspeito o matava. Mas eu não acho que foi isso. O suspeito mata moradores de rua, pessoas que ninguém vai dar falta caso desapareçam. O estudante estava disfarçado de morador de rua...

— Ideia imbecil — Aristes comentou, mas Artur fingiu não escutar e continuou.

— ... o suspeito matou o rapaz com o brometo de pancurônio e só depois deve ter descoberto quem ele realmente era. A polícia iria procurá-lo, já que não era um morador de rua de verdade. Um assassinato por esganadura ou estrangulamento só deixa esse tipo de marca quando o sangue circula no pescoço...

— Por isso eu estou perguntando, Artur.

— E eu vou responder se o senhor me deixar terminar.

O detetive ficou em silêncio, se mexendo desconfortável na cadeira.

— Essas marcas nos tornozelos. O suspeito amarrou o corpo do estudante e, de alguma maneira, o suspendeu no ar para que o sangue circulasse pela garganta, e nessa hora ele esganou o rapaz, deixando as marcas típicas de asfixia por esganadura.

O delegado estava em silêncio e permaneceu assim, encarando o detetive a sua frente, sentado na ponta da cadeira, o corpo inclinado sobre a mesa.

— Maldita imaginação, Artur.

— Na verdade não é algo difícil de pensar quando se para pra pensar.

Aristes ficou na dúvida se aquilo havia sido uma provocação ou apenas um comentário.

— Como você faria para amarrar o corpo e fazer isso que você está dizendo?

— Bom, depende do lugar que se tem, se há algo forte no teto que aguente o peso de um corpo, mas, mesmo que não haja, eu na verdade faria algo mais simples. Colocaria o corpo em uma cama de solteiro, sem o colchão, amarraria os tornozelos na cabeceira da cama e ergueria a cama, deixando-a em um ângulo de quarenta e cinco graus encostada na parede, o que ainda seria mais fácil de manipular. Dessa forma o sangue também não desceria tão rápido, a circulação seria mais lenta e, caso precisasse, seria um jeito fácil de descer a cama e erguê-la pelo outro lado para o sangue descer novamente antes de voltar a colocar o corpo de ponta-cabeça. Então eu o esganaria.

— Realmente, Artur, maldita imaginação.

O detetive não soube o que responder.

— Prossiga.

Como se fosse uma criança com sinal verde para voltar a falar, Artur recomeçou:

— O brometo de pancurônio é uma substância de uso restrito hospitalar. Desde o início, depois que nós tivemos os primeiros indícios envolvendo o Matias Dália, ele era meu principal suspeito. Mas cheguei à conclusão de que não era ele depois que coletei outros indícios. Pensei em Heloísa Diniz, a maquiadora que foi assassinada... na casa do Matias. Que não estava no prédio. Foi quando eu descobri isto aqui. — Artur colocou algumas fotos sobre a mesa. Ele trazia consigo uma sacola plástica e, de dentro dela, tirou um pé de sapato que colocou sobre a mesa do delegado.

— Porra, Artur, na minha mesa não.

— Desculpe, senhor. — O detetive pegou a sacola e colocou por baixo do calçado para que a sola não entrasse em contato direto com a mesa do delegado. — Essa é uma foto do local onde nós encontramos o corpo do estudante. Está vendo o pé dele? — Colocou o dedo no local da foto.

— O que tem?

— A forma como o cadarço está amarrado — puxou a foto que a mãe de Cláudio havia entregado a ele — é diferente do jeito como o rapaz realmente amarrava. Eu verifiquei como a Heloísa amarrava. Também não batia. — Mostrou uma foto do cadáver de Heloísa. — Eu pedi para o Jonas amarrar o cadarço desse calçado e também não bate. Nem o Matias, nem o Ícaro, o rapaz suspeito de ter matado a Heloísa e a Daiane. Bate com o Nicolas Dália, filho do Matias. Eu foquei, então...

Por um instante, Aristes deixou de prestar atenção nas palavras de Artur e ficou pensando: *Sério que você direcionou uma investigação por causa do cadarço da vítima?*

— ... que poderia ser o Nicolas. Aqui. — Ele pegou as impressões que mostravam o suspeito no shopping e a impressão dele mesmo e explicou como fez as contas para chegar à altura que batia com a de Nicolas, informação que constava na ficha da noite em que ele tinha vindo com o pai para a delegacia fazer o exame de corpo de delito e prestar depoimento sobre a morte da mãe e da maquiadora.

— Pera, pera, pera. Então... se for ele, se for esse Nicolas, ele matou a própria mãe?

— Provavelmente sim, senhor.

— Minha nossa.

O detetive havia perdido o fio do raciocínio.

— Continue, Artur.

— Aqui estão as duas provas irrefutáveis. Bem, na verdade uma delas pode ser questionada. O Nicolas era estudante de medicina. Isso também está na ficha que ele preencheu. E aqui há uma mentira. Ele disse que estava no quinto ano de medicina. Fui até a universidade onde ele disse estudar e descobri que ele trancou o curso há quase dois anos. E descobri também o registro do sumiço de brometo de pancurônio no laboratório da instituição. E o Nicolas ainda estudava lá quando a substância sumiu. Essa prova poderia ser questionada, porque não existe algo que realmente ligue o Nicolas ao sumiço da substância. Mas há outra prova que não deixa dúvida, e, reunindo tudo isso que eu relatei ao senhor, nós temos o caso resolvido.

— Fala logo, Artur.

O detetive colocou outras duas fotos sobre a mesa. Uma delas era de Jonas, momentos depois de ter sido preso em flagrante ao lado do corpo do estudante.

— O Jonas estava com essa jaqueta jeans. E — Artur apontou para a outra imagem — esta foto mostra a parte de dentro do pulso da jaqueta, com uma mancha de sangue, sangue do Cláudio. Agora olha isso.

O detetive puxou mais uma foto da bolsa, sacando junto uma lupa e filmes fotográficos dentro de uma proteção plástica.

— Aqui. Esta foto foi tirada pelo Ícaro, namorado do Nicolas. O Nicolas diz que o Ícaro matou a mãe dele e a Heloísa por causa de um desentendimento no apartamento deles. Essa foto foi tirada alguns dias antes. Dá para ver a data no filme da câmera. A data em que o morador de rua viu o estudante sendo atacado encaixa com a data dessa fotografia, que é de um dia após ele ter sido levado. Repare que as duas jaquetas, a do Nicolas e a do Jonas, são idênticas.

— Sim, são, mas não existe só uma jaqueta desse modelo no mundo, Artur.

— Com a mesma mancha de sangue no pulso sim, só existe uma. Olhe o pulso do Nicolas na foto, senhor. — Artur entregou a lupa para o delegado.

Ele aproximou a lente da imagem. Estava lá. A mancha de sangue na jaqueta usada pelo morador de rua também estava na jaqueta de Nicolas.

— O Jonas ganhou de presente a capela onde nós encontramos o rádio. A capela havia sido dada a ele pela Heloísa, que ficou de me informar quem deixou o presente na ONG. Mas ela foi morta sem me dar essa informação. Só que o Matias me contou. Foi ele que levou a capela para a ONG. Talvez, é o que eu imagino, ele tenha levado a jaqueta também, se o Nicolas armou isso para entregar um assassino para a polícia e parar qualquer possibilidade de investigação sobre a morte de moradores de rua. Seria a prova que incriminaria o cara esquizofrênico. Ironicamente, é a prova que vai incriminá-lo.

Artur parou de falar. Não tinha mais nada a dizer. Aristes tateou tudo aquilo que estava sobre sua mesa. Pegou uma foto, olhou, depois pegou outra. Leu um laudo, olhou novamente a mancha na manga de Nicolas utilizando a lupa.

— O desgraçado matou a própria mãe.

— E um número de moradores de rua que ainda desconhecemos, senhor.

— Vai prender esse filho da puta, Artur.

●

As viaturas dispararam com as sirenes rodopiando seus vermelhos e azuis, suspendendo no ar o som alto que exigia passagem entre os demais veículos que circulavam nas ruas. Os carros se abriam, muitos deles subindo em calçadas e canteiros para que os policiais acelerassem em direção ao seu objetivo. E esse objetivo estava dentro do apartamento onde agora moravam apenas Matias Dália e seu filho Nicolas. O mesmo apartamento que pouco mais de uma semana antes também recebera a visita da polícia. Àquela altura o imóvel já havia sido liberado para a família, e Artur imaginava que os dois já deveriam ter voltado para o endereço.

Não demorou para que as quatro viaturas chegassem ao destino. Três delas estacionaram em frente à entrada principal. A quarta, como orientado por Artur, foi pela rua de trás, para garantir olhos pela retaguarda, mesmo não havendo saída por lá.

Artur desceu da viatura e foi para a portaria, acompanhado de outros três policiais. Nenhum deles empunhava sua arma no ar, não era recomendado fazer isso em uma região daquelas. Mas mantinham as mãos sobre os coldres desafivelados, prontos para sacar caso houvesse necessidade.

— Posso ajudar, senhor? — a voz metálica soou pelo interfone.

— Abra o portão — Artur ordenou.

Por um instante o porteiro hesitou.

— Abra o portão — repetiu Artur, desdobrando o mandado em frente à câmera que apontava para ele.

Um sinal sonoro estalou. O detetive entrou com os outros três policiais. Esperaram o segundo portão ser destravado e entraram em seguida.

— Nicolas Dália está no apartamento?

— É, é, acho que sim, senhor, não tenho certeza. Aconteceu um...

— Eu sei o que aconteceu. Eles já voltaram a morar no prédio?

— Sim, sim, voltaram.

— Consegue controlar os elevadores daqui da portaria? — perguntou ao porteiro.

— É, sim, sim.

— Trave os elevadores. Deixe só o de serviço funcionando — Artur disse, sem esperar resposta, e saiu ligeiro em direção ao hall. — Você vem comigo — ordenou a um dos policiais. — Vocês dois vão pela escada. Nos encontramos na porta.

Os policiais obedeceram.

Dentro do elevador, Artur sacou sua arma. O policial que o acompanhava fez o mesmo. Esperaram em frente à porta do apartamento até que os outros dois policiais chegassem. Apertou a campainha. Esperou. Apertou novamente, agora mais insistente. Viu uma sombra dançar no chão, pela fresta da porta.

— Quem é? — a voz era de Matias, claramente estranhando alguém chamar na porta sem ser avisado pelo interfone.

— Polícia, Matias. Abra a porta.

— Polícia?

Espiou pelo olho-mágico e reconheceu o detetive que conversara com ele na saída do velório de sua esposa.

— Abra a porta, Matias — a voz saiu mais urgente.

O som de chaves se fez ouvir.

Quando a porta se abriu, Artur viu Matias parado diante dela. O detetive colocou o indicador em riste sobre os lábios, pedindo silêncio. Quando o dramaturgo tentou protestar, Artur lhe entregou o mandado e entrou sem esperar autorização. Os policiais o seguiram. Um deles ficou com Matias. Artur invadiu a casa sorrateiramente, empunhando a pistola com as duas mãos, apontando-a para o chão. Passou pela sala, que reconheceu pelas fotos da cena do crime. Com um gesto, indicou a cozinha para um dos policiais, que prontamente se dirigiu até ela para investigar. Artur e os outros dois seguiram apartamento adentro. Cada um foi para uma porta.

— Não se mova.

Artur escutou um dos policiais falando para alguém em outro cômodo. O detetive foi até lá. Era o quarto de Nicolas. O rapaz estava sentado em frente a um computador. Agora ele encarava os policiais com incredulidade, reconhecendo Artur, que entrara com a arma na mão. O detetive a guardou na cintura, recebendo cobertura dos outros dois policiais, e retirou as algemas do bolso.

— Nicolas Dália, você está preso. Levante-se devagar e junte as mãos na frente do corpo.

O rapaz não ofereceu resistência. Se o detetive estava ali, era porque havia descoberto alguma coisa. Resistir não o ajudaria em nada. Saiu escoltado por Artur, que vinha atrás dele, segurando-o por um dos braços. Dois dos policiais vinham à frente e outro atrás de Artur. Encontrou o quarto policial ao lado de Matias, na sala. Nicolas encarou o pai, que olhava para ele sem entender. Não houve troca de palavras entre eles.

— Para onde estão levando o meu filho?

— Para a 34ª Delegacia de Polícia, senhor. Pode nos encontrar lá. Vamos. — Artur forçou Nicolas a caminhar e eles saíram do apartamento, deixando o dramaturgo sozinho na sala onde sua mulher havia sido assassinada, onde sua amante havia sido assassinada e, agora, de onde seu filho saía algemado.

Colocaram Nicolas na parte de trás da viatura, que era separada do banco traseiro por uma grade quadriculada. Artur sentou no banco traseiro, enquanto outros dois policiais que vieram com ele sentaram nos bancos da frente. Moradores do prédio olhavam pela janela.

As viaturas já estavam em movimento, e por quase dez minutos nenhuma palavra foi dita. Até Nicolas quebrar o silêncio.

— O que você tem contra mim?

— Provas.

— Provas de quê?

— Recomendo que você espere o seu advogado para se pronunciar.

— Eu não preciso esperar. Não há nada contra mim.

Um instante sem palavras cortou a conversa.

— E então? Provas de quê? O que você acha que eu fiz?

— Eu tenho certeza que você fez.

— É? O que você tem certeza que eu fiz?

— Você matou Cláudio Cabral.

— Cláudio Cabral — Nicolas repetiu, como se buscasse o nome na memória. — Não lembro desse nome.

— Era o estudante que você pensou que fosse morador de rua, que matou com o brometo de pancurônio que roubou da faculdade que você trancou há dois anos, que pendurou de cabeça pra baixo pra fazer o sangue voltar a circular antes de esganá-lo e deixar os sinais no pescoço, que quase custou a condenação de uma pessoa inocente, manipulada pelo imagem religiosa na capela com o sistema de rádio — Artur, que até então estava falando de costas para Nicolas, voltou-se para ele. — Você também deu um jeito de entregar a jaqueta jeans para ele com a capela, não deu?

Nicolas fez uma careta, franzindo os lábios e balançando a cabeça em uma curta negativa.

— Não faço ideia do que você está falando.

— Estou falando da jaqueta jeans que você usava quando matou o Cláudio.

— Já disse que não faço ideia de quem é essa pessoa.

— A jaqueta jeans que você estava usando quando o matou, que ficou com a mancha de sangue do Cláudio na parte interna do pulso. Foi por isso que você enviou a jaqueta para o Jonas. Mais uma prova para incriminá-lo. Mas antes disso você a usou quando se encontrou com o Ícaro no dia seguinte ao assassinato. Está nas fotos que ele tirou de vocês dois juntos naquele dia, você lembra?

Artur não era bom em ler as feições das pessoas. Então não percebeu que, naquele instante, Nicolas hesitou. Após o detetive falar das fotografias de Ícaro, lembrara que sim, havia tirado as fotos e ele usava a jaqueta.

Nicolas girou a cabeça para a janela traseira da viatura, fugindo do olhar do detetive. Foi quando se deu conta de que a prova que havia plantado para incriminar Jonas era justamente a que o colocava como o verdadeiro assassino. Depois que sua mãe viera mostrar a ele a capela que havia comprado para o pai presentear o morador de rua com distúrbios mentais, Nicolas, durante a madrugada, instalou o rádio dentro do oratório de madeira. E também deixou junto ao objeto a sacola com a jaqueta para ser doada ao homem. Sem saber, seu pai e sua mãe o ajudariam a incriminar o rapaz manipulado pela voz divina.

O filho do dramaturgo não disse mais nenhuma palavra até chegar à delegacia, onde foi levado direto para uma sala de interrogatório. Ficou lá, sozinho, algemado, por cerca de vinte minutos, até que Artur entrou, fechou a porta e sentou a sua frente, colocando sobre a mesa a mesma bolsa que levara para a sala de Aristes no começo daquela tarde.

E, da mesma forma que fizera com o delegado, Artur revelou para Nicolas o que tinha descoberto e como chegara até ali. O rapaz não o interrompeu nenhuma vez e, estranhamente, parecia mostrar grande curiosidade com tudo que era dito a ele.

Quando terminou, Artur aguardou que Nicolas digerisse as informações. O rapaz tinha no rosto uma feição difícil de distinguir, como se tristeza, consternação, decepção, alívio, tudo estivesse ali, misturado, o rosto sem saber como trabalhar com os sentimentos.

— Bom — Nicolas enfim quebrou o silêncio. — Acho que não há nada a dizer depois disso.

— Me diz por quê?

— Faz tanta diferença assim pra você?

— Faz.

Após um momento em silêncio olhando para o detetive, Nicolas começou a falar.

— Você sabe o que o meu pai tem?

— Seu pai é alexitímico.

— É. Até o nome é ruim, né? As pessoas, até a minha mãe, elas achavam que eu não gostava dele. Eu amo o meu pai mais do que tudo na vida, detetive, mesmo sempre achando que ele nunca me amou. Mesmo assim. É muito louco isso, porque eu sei da limitação dele, da questão da cabeça dele, que não permite que ele demonstre as emoções, e mesmo assim eu ficava me perguntando se ele gostava de mim, porque, sei lá, acho que eu pensava que com filho seria diferente, sabe? Você entende? Aquele pensamento romântico que acha que pode mudar alguma coisa só por acreditar nessa coisa. Eu sabia que não era possível, eu conhecia os motivos, o porquê de as coisas serem assim, e mesmo assim, de alguma forma, a minha cabeça me dizia que aquilo devia ser diferente. Não adiantava eu saber a verdade da situação, porque eu, inconscientemente, não podia aceitá-la. Foi colocado na minha cabeça, não diretamente, mas durante toda a minha vida, que tudo bem ele não conseguir expressar o que sentia depois de ver um filme ou em frente a uma paisagem, tudo bem, mas não conseguir dizer eu te amo para o próprio filho, isso era impossível. Entende aonde eu estou querendo chegar? É um conflito tão doido, tão improvável. Eu sabia a verdade, mas não podia aceitá-la. Só depois de muito tempo eu percebi o que realmente era o problema, e o problema era a incapacidade de pensar por mim mesmo. E olha só, de novo, mesmo sabendo disso eu ainda encontrava dificuldade em aceitar, de tão condicionado a ir por um determinado caminho. Era como se em alguns momentos eu tivesse um instante de lucidez, mas logo fosse trazido para o mundo real. — Nicolas fez um sinal de aspas com os dedos, levantando as mãos algemadas no ar. — Parece que o mundo queria me dar todos os motivos para eu ver o meu pai como uma coisa estranha, mas no fundo eu não conseguia enxergá-lo dessa forma, não conseguia deixar de amá-lo, de admirar como ele fazia o seu trabalho tão bem. Mas quantas vezes eu vi pessoas dizendo que ele era estranho, que ele era como um robô, um robô. Na escola, quando o meu pai era criança o apelido dele era menino robô. Percebe? Percebe como esse sistema de manipulação funciona perfeitamente? Começa desde que nós somos crianças. É assim que nós crescemos. Quantas vezes disseram que ele se escondia por trás dessa coisa que ele tinha, como se fosse simplesmente um desvio de caráter, mas ninguém nem se dava o trabalho de entender o que essa coisa era. E falavam que ele se escondia porque era mais fácil se omitir, ficar em cima do muro. E muitas pessoas que diziam isso se denominavam os grandes exemplos de moral. As piores coisas a gente aprende com aqueles que se acham as melhores pessoas. Essa é a verdade. Enquanto julgam os outros, elas vivem essa mentira que chamam de vida. A vida que você quer é apenas o sonho que disseram que você deveria sonhar. Você é inteligente, parece, tenho certeza que consegue ver o que eu vejo. Nós crescemos achando que queremos algo, mas esse algo é uma mentira que colocam na nossa cabeça. É como se a sociedade começasse uma frase e, de repente, ela finge que não lembra como termina, dando um tempo pra gente completar a ideia, aí fica parecendo que é uma coisa nossa só porque saiu da nossa boca. E a gente engole essa merda, que é uma transferência da felicidade baseada na falsa felicidade do outro. Porque a verdade só é bem-vinda até certo ponto. Essa é a real verdade. Tinha, tem um crítico... Inácio Chalita, ele é uma dessas pessoas que se acham na posição de julgar. O meu pai até admira essa cara, ele o respeita. Um dia ele disse que o meu pai só não era realmente um dramaturgo genial pela sua incapacidade de demonstrar sentimentos. O que é uma estupidez que... eu não consigo nem encontrar as palavras exatas, é, não faz sentido. Uma pessoa não precisa falar o que sente para sentir. — Nicolas estava vermelho. — A pergunta que eu me fiz foi: se as pessoas não são sinceras umas com as outras, qual a diferença entre fingir sentir algo e não dizer o que sente? Se o que você diz sentir não é o que você realmente sente, não faz diferença dizer ou não dizer, você também está omitindo os seus verdadeiros sentimentos. E se eu fosse capaz de fazer alguém sentir algo e depois fazê-lo ter consciência de que aquele sentimento foi colocado lá? Que aquele sentimento não é realmente dele. Ainda por cima utilizando sentimentos que também não são reais, mas que se parecem tanto com a verdade. — Nicolas deixou escapar uma risada abafada. — Aquele crítico com esse papo-furado de "incapacidade de demonstrar sentimentos". — Nicolas soltou uma sequência de estalidos repetitivos com a língua. — Eu deixei um negocinho pra ele refletir... agora ele sabe, sabe que não faz diferença nenhuma... tá todo mundo preso dentro de si mesmo. — Olhou para Artur. — Pode me prender por isso, detetive, por esfregar a verdade na cara desse mundo hipócrita.

Artur se levantou.

— Vou te prender por você ser um assassino, Nicolas. É por isso que eu vou te prender.

Antes de Artur deixar a sala, Nicolas o chamou mais uma vez.

— Detetive, vou deixar uma coisa pra você ficar pensando também: um homem verdadeiramente apaixonado escreve uma carta para a mulher que ama. Aí um outro homem lê essa carta e acha muito bonito o que estava escrito e considera que uma mensagem bonita assim pode ajudar ele a limpar a barra com a sua própria esposa. Então esse homem copia essa carta, escreve do seu próprio punho e tudo. Copia palavra por palavra, pontos, vírgulas. E ele envia essa carta para a esposa. A pergunta é: a cópia de uma carta também é a carta?

●

Ao chegar a seu apartamento, depois de tomar um banho e vestir roupas mais confortáveis, Artur começou a organizar o que tinha juntado sobre a investigação para a continuação do processo contra Nicolas Dália.

Uma caixa de provas já estava cheia, e agora ele começava a encher a segunda, colocando em outras o que não seria usado. Foi quando encontrou a minifita cassete dada a ele pelo outro detetive. Lembrara que não havia escutado seu conteúdo, e a curiosidade o fez deixar o que estava fazendo para ir buscar um aparelho que tinha guardado no armário.

Inseriu a fita, colocou os fones de ouvido e apertou o botão, fazendo a engrenagem começar a girar. Um som chiado fervilhava baixo enquanto ele aguardava a gravação. Permaneceu assim, escutando, por quase cinco minutos, mas nada de som a não ser o chiado da fita branca. Acelerou a fita por alguns segundos e voltou a escutá-la novamente, mas ainda nada de som. Sentou em uma poltrona e ficou lá, escutando, escutando nada. Virou a fita para analisar o conteúdo do lado B. A mesma coisa. Nada. Foi então que se lembrou do que o detetive Carlos dissera: "O que tem na fita tem em todas as outras que encontrei. Eu escutei umas trinta, em uma cacetada de datas diferentes. Sempre a mesma coisa".

Artur não sabia o que aquelas fitas significavam. Não sabia o que deveria ter dentro delas. Não sabia que Matias as usava como exercício dado pelo seu terapeuta. Que, dentro delas, era para Matias, pai de Nicolas, realizar o exercício de colocar seus sentimentos no mundo.

Mas naquela fita não havia nada.

Apenas uma voz gritando debaixo d'água.

E Artur também estava do lado de fora da piscina.

O QUE REALMENTE SOMOS NÓS?

CRÍTICA DE INÁCIO CHALITA

O malabarismo narrativo de Nicolas Dália faz você acreditar em algo para, no final, mostrar que somos vítimas do nosso próprio sucesso em ter uma vida que não desejávamos.

A arte não retrata a vida, muito menos a maquia. Ela a revela. A arte nos mostra o que olhamos, mas não vemos — por meio de um exagero da vida, porque só assim conseguimos enxergar a fragilidade dessa existência. Acostumados com ela, a vida, simplesmente como é, dia após dia, já nos passa despercebida, sua beleza não nos causa mais espanto, não nos impressiona, a arte a exagera para destacar o absurdo da nossa negligência.

Dito isso, é difícil fazer a crítica de um trabalho que me fez questionar no que eu supostamente acredito.

Como não cair na mesma armadilha duas vezes?

Como não julgar com base em uma realidade que me foi inventada (não só na peça de Nicolas Dália, mas também na minha rotina)? Vivemos em uma sociedade que se ergueu sobre o pilar da barganha burra da minha liberdade em troca da sua. Como se um devesse algo ao outro. Um preço alto demais.

Neste momento, enquanto escrevo, me sinto no lugar mais desconfortável da plateia da minha própria história. Isso talvez seja a vida, não é? A vida nos molda, nos coloca no fogo e depois nos quebra.

Mas será mesmo? Será que penso mesmo assim?

É difícil ter certeza se a próxima linha deste texto será algo que pensei ou algo que pensaram por mim, e que de forma tão hábil me foi ensinado, fazendo parecer que o que sinto é uma conclusão espontânea.

Escrevo, apago e agora escrevo novamente na esperança de encontrar as palavras que realmente quero dizer.

Noto, nos rascunhos desta crítica, que falo muito de mim quando deveria falar sobre o trabalho desse jovem dramaturgo. Embora esse caminho tenha me incomodado a princípio, percebo que não há outra maneira de escrever este texto. A peça fala exatamente sobre isto: fala sobre mim. E, quando fala sobre mim, fala também sobre você. Fala sobre nós.

Vivemos em um mundo onde a mentira deixou de ser uma escolha e se apresenta como uma necessidade para conseguirmos viver em uma sociedade que se desenvolveu sobre os alicerces da própria farsa. Mas, veja só: me pego novamente em conflito. Quando reflito sobre esse pensamento, me questiono se digo que o mundo é assim e por isso me comporto de tal maneira, porque realmente acredito nisso ou porque busco me absolver da culpa de não ser quem realmente eu quero ser.

E por que não sou?

É assustadora a ideia de que passei a vida me afastando de mim mesmo, me abandonando, negligenciando essa existência tão breve com ideias que não são minhas, com desejos que não são meus. Com o tempo, a mentira se torna uma cela tão grande que nós, prisioneiros, nem nos damos conta de que estamos presos.

Mas novamente me pego em conflito e, de novo, questiono se escrevo isto só para não assumir para mim mesmo que não menti por inocência, que sufoquei minhas verdades pela praticidade, com medo de ser expulso do jogo da hipocrisia.

Aprendemos, desde muito cedo, a não aprender muita coisa. Agarramos um punhado de ideias e acreditamos que é o suficiente. E, armados com esses conceitos

frágeis e pouco desenvolvidos, saímos por aí, atirando certezas ocas, frustrados com uma vida que não nos convence, mas pregando o sermão. Afinal, se eu tenho que comer esse prato, todo mundo tem que engolir também.

Com mais frequência do que gostaríamos nos pegamos angustiados, como se algo estivesse faltando, frustrados. Vejo agora que não é algo que nos falta, pelo contrário. Acredito que seja a presença de algo que há muito tempo está sobrando. A farsa. Por causa dela, mantemos aprisionados quem realmente queremos ser. E o choro dessa coisa na caverna da nossa alma nos impede de existir de verdade, o lamento torturante da vida que não pode viver. A tragédia do ser humano, aceitando as regras repressoras da convivência, demonizando os próprios desejos.

Somos hábeis em enganar a nós mesmos. Hábeis em nos iludir com fantasias. Entramos fácil no ritmo. Somos nós mesmos apenas em alguns momentos de distração, naqueles raros instantes em que não estamos fazendo algo para nos encaixar e ser de um jeito ou de outro, apenas somos, momentaneamente livres de uma corda que está amarrada ao nosso tornozelo desde pequenos e da qual nem tentamos nos livrar porque em nosso inconsciente vive a lembrança de que não somos fortes o bastante. Embora, muito provavelmente, nos surpreenderíamos se tentássemos. Há uma grande possibilidade de outras pessoas questionarem: "Então você também se sente assim?"

AGRADECIMENTOS

Em primeiro lugar, à Flavia Zanchetta, minha companheira. Você faz parte de momentos maravilhosos da minha história.

Se tem uma coisa que eu não posso reclamar é da sorte de trabalhar ao lado de pessoas tão talentosas e generosas. Muito obrigado João Cavalcante pela arte incrível da capa deste livro. Seu profissionalismo, dedicação e atenção com todos os detalhes são nítidos em cada imagem que você cria.

Jair Sena, agradeço eternamente por emprestar seu olhar cuidadoso para fotografar minha mão pintada de preto, e, não só isso, acabar se tornando o próprio modelo estampado nesta capa. Você fez toda a diferença.

Agradeço também ao meu grande amigo Lucas Storni por ter lido cada linha rascunhada dessa história, por suas opiniões e luz em assuntos que eu não domino.

Samir Machado de Machado, você é uma grande referência literária, criador de histórias fascinantes e dono de uma escrita precisa. É uma honra ter as suas palavras fazendo companhia às minhas.

Obrigado à Marianna Teixeira Soares, minha agente, por continuar me orientando nesta caminhada. Agradeço à Raquel Tersi, da Verus, pela dedicação e empenho com cada etapa dessa jornada editorial.

E muito obrigado a você, leitor, que está com este livro em mãos. Caso já tenha terminado de lê-lo, espero ter lhe proporcionado uma boa experiência. Caso ainda não, mas pretenda embarcar nesta história: boa viagem.

Atenção! Aqui vai um pequeno spoiler (então, se você ainda não leu o livro, não leia este último trecho dos agradecimentos).

Obrigado a Terry Moore, por sua palestra no TED, onde você ensina como se deve amarrar sapatos de um jeito em que os cadarços não soltam e ainda ficam mais elegantes. Como você mesmo diz na palestra: "Uma pequena vantagem, em algum ponto da vida, pode render resultados incríveis em algum outro lugar".

Impresso no Brasil pelo Sistema Cameron da Divisão Gráfica da
DISTRIBUIDORA RECORD DE SERVIÇOS DE IMPRENSA S.A.